둥지 속의 날개

이어령 전집

11

둥지 속의 날개

크리에이티브 컬렉션 1
장편소설_ 신문연재의 차원을 바꾼 문명 비판적 세계

이어령 지음

21세기북스

상상력과 흥의 근원에 관한 깊은 탐구

박보균 | 문화체육관광부 장관

이어령 초대 문화부 장관이 작고하신 지 1년이 지났습니다. 그러나 그의 언어는 여전히 우리 곁에 남아 새로운 것을 볼 수 있는 창조적 통찰과 지혜를 주고 있습니다. 이 스물네 권의 전집은 그가 평생을 걸쳐 집대성한 언어의 힘을 보여줍니다. 특히 '한국문화론' 컬렉션에는 지금 전 세계가 갈채를 보내는 K컬처의 바탕인 한국인의 핏속에 흐르는 상상력과 흥의 근원에 관한 깊은 탐구가 담겨 있습니다.

선생은 우리 시대를 대표하는 지성이자 언어의 승부사셨습니다. 그는 "국가 간 경쟁에서 군사력, 정치력 그리고 문화력 중에서 언어의 힘, 언어력言力이 중요한 시대"라며 문화의 힘, 언어의 힘을 강조했습니다. 제가 기자 시절 리더십의 언어를 주목하고 추적하는 데도 선생의 말씀이 주효하게 작용했습니다. 문체부 장관 지명을 받고 처음 떠올린 것도 이어령 선생의 말씀이었습니다. 그 개념을 발전시키고 제 방식의 언어로 다듬어 새 정부의 문화정책 방향을 '문화매력국가'로 설정했습니다. 문화의 힘은 경제력이나 군사력같이 상대방을 압도하고 누르는 것이 아닙니다. 문화는 스며들고 상대방의 마음을 잡고 훔치는 것입니다. 그래야 문화의 힘이 오래갑니다. 선생께서 말씀하신 "매력으로 스며들어야만 상대방의 마음을 잡을 수 있다"라는 말에서도 힌트를 얻었습니다. 그 가치를 윤석열 정부의 문화정책에 주입해 펼쳐나가고 있습니다.

선생께서는 뛰어난 문인이자 논객이었고, 교육자, 행정가였습니다. 선생은 인식과 사고思考의 기성질서를 대담한 파격으로 재구성했습니다. 그는 "현실에서 눈뜨고 꾸는 꿈은 오직 문학적 상상력, 미지를 향한 호기심"뿐이었다고 말했습니다. 그는 마지막까지 왕성한 호기심으로 지知를 탐구하고 실천하는 삶을 사셨으며 진정한 학문적 통섭을 이룬 지식인이었습니다. 인문학 전반을 아우르는 방대한 지적 스펙트럼과 탁월한 필력은 그가 남긴 160여 권의 저작물로 남아 있습니다. 이 전집은 비교적 초기작인 1960~1980년대 글들을 많이 품고 있습니다. 선생께서 젊은 시절 걸어오신 왕성한 탐구와 언어의 발자취를 따라가다 보면 지적 풍요와 함께 삶에 대한 진지한 고찰을 마주할 것입니다. 이 전집이 독자들, 특히 대한민국 젊은 세대에게 문화 전반을 아우르는 교과서이자 삶의 지표가 되어줄 것으로 확신합니다.

100년 한국을 깨운 '이어령학'의 대전大全

이근배 | 시인, 대한민국예술원 회원

여기 빛의 붓 한 자루의 대역사大役事가 있습니다. 저 나라 잃고 말과 글도 빼앗기던 항일기抗日期 한복판에서 하늘이 내린 붓을 쥐고 태어난 한국의 아들이 있습니다. 어려서부터 책 읽기와 글쓰기로 한국은 어떤 나라이며 한국인은 누구인가에 대한 깊고 먼 천착穿鑿을 하였습니다. 「우상의 파괴」로 한국 문단 미망迷妄의 껍데기를 깨고 『흙 속에 저 바람 속에』로 이어령의 붓 길은 옛날과 오늘, 동양과 서양을 넘나들며 한국을 넘어 인류를 향한 거침없는 지성의 새 문법을 만들기 시작했습니다.

서울올림픽의 마당을 가로지르던 굴렁쇠는 아직도 세계인의 눈 속에 분단 한국의 자유, 평화의 글자로 새겨지고 있으며 디지로그, 지성에서 영성으로, 생명 자본주의…… 등은 세계의 지성들에 앞장서 한국의 미래, 인류의 미래를 위한 문명의 먹거리를 경작해냈습니다.

빛의 붓 한 자루가 수확한 '이어령학'을 집대성한 이 대전大全은 오늘과 내일을 사는 모든 이들이 한번은 기어코 넘어야 할 높은 산이며 건너야 할 깊은 강입니다. 옷깃을 여미며 추천의 글을 올립니다.

시대의 언어를 창조한 위대한 상상력

'이어령 전집' 발간에 부쳐

권영민 | 문학평론가, 서울대학교 명예교수

이어령 선생은 언제나 시대를 앞서가는 예지의 힘을 모두에게 보여주었다. 선생은 한국전쟁이 끝난 뒤 불모의 문단에 서서 이념적 잣대에 휘둘리던 문학을 위해 저항의 정신을 내세웠다. 어떤 경우에라도 문학의 언어는 자유가 되어야 한다는 신념으로 문단의 고정된 가치와 우상을 파괴하는 일에도 주저함 없이 앞장섰다.

선생은 한국의 역사와 한국인의 삶의 현장을 섬세하게 살피고 그 속에서 슬기로움과 아름다움을 찾아내어 문화의 이름으로 그 가치를 빛내는 일을 선도했다. '디지로그'와 '생명자본주의' 같은 새로운 말을 만들어 다가오는 시대의 변화를 내다보는 통찰력을 보여준 것도 선생이었다. 선생은 문화의 개념과 가치의 중요성을 일깨우고 그 새로운 방향을 제시하면서 삶의 현실을 따스하게 보살펴야 하는 지성의 역할을 가르쳤다.

이어령 선생이 자랑해온 우리 언어와 창조의 힘, 우리 문화와 자유의 가치 그리고 우리 모두의 상생과 생명의 의미는 이제 한국문화사의 빛나는 기록이 되었다. 새롭게 엮어낸 '이어령 전집'은 시대의 언어를 창조한 위대한 상상력의 보고다.

일러두기

- '이어령 전집'은 문학사상사에서 2002년부터 2006년 사이에 출간한 '이어령 라이브러리' 시리즈를 정본으로 삼았다.
- 『시 다시 읽기』는 문학사상사에서 1995년에 출간한 단행본을 정본으로 삼았다.
- 『공간의 기호학』은 민음사에서 2000년에 출간한 단행본을 정본으로 삼았다.
- 『문화 코드』는 문학사상사에서 2006년에 출간한 단행본을 정본으로 삼았다.
- '이어령 라이브러리' 및 단행본에서 한자로 표기했던 것은 가능한 한 한글로 옮겨 적었다.
- '이어령 라이브러리'에서 오자로 표기했던 것은 바로잡았고, 옛 말투는 현대 문법에 맞지 않더라도 가능한 한 그대로 살렸다.
- 원어 병기는 첨자로 달았다.
- 인물의 영문 풀네임은 가독성을 위해 되도록 생략했고, 의미가 통하지 않을 경우 선별적으로 달았다.
- 인용문은 크기만 줄이고 서체는 그대로 두었다.
- 전집을 통틀어 괄호와 따옴표의 사용은 아래와 같다.
  『 』: 장편소설, 단행본, 단편소설이지만 같은 제목의 단편소설집이 출간된 경우
  「 」: 단편소설, 단행본에 포함된 장, 논문
  《 》: 신문, 잡지 등의 매체명
  〈 〉: 신문 기사, 잡지 기사, 영화, 연극, 그림, 음악, 기타 글, 작품 등
  ' ': 시리즈명, 강조
- 표제지 일러스트는 소설가 김승옥이 그린 이어령 캐리커처.

차례

저자의 말

둥지 속 새들의 날개 12

둥지 속 새들의 날개

이 세상 사람들은 누구나 자유로운 날개를 가지고 있다. 다만 가정이라는 둥지, 직장이라는 둥지, 사회나 인습이나 기억의 둥지 때문에 그 날개를 펴지 못하고 있다.

저녁이 되어 어둠이 깔리면 모든 새들은 둥지로 돌아간다. 그 귀소 본능은 바로 날개를 접는 본능이기도 하다.

그러나 새들은 날아오를 것이다. 아침 햇살이 나뭇가지에 얽히는 시각이면 깃털이 돛처럼 바람에 부풀어오른다. 둥지를 가진 새들은 더 멀리, 더 자유롭게 난다.

이것이 내가 쓰고 싶은 이야기이다. 둥지에 갇혀 있으면서도 끝없이 하늘을 나는 새들의 이야기……. 그 날개는 사랑일 수 있고, 예술일 수도 있고, 거대한 욕망의 시장일 수도 있다.

글을 쓰는 사람이든 읽는 사람이든 우리는 조용한 둥지 속에서 만날 것이고 그 날개를 함께 꿈꿀 것이다. 휴식과 모험이 되풀이되는 언어를 통해서 우리는 삶의 이야기를 엮어간다.

내가 1983년 『둥지 속의 날개』를 《한국경제신문》에 처음 연재할 때 "작자의 말"로 쓴 것이다. 원래 이 장편소설은 1978년 월간 《한국문학》에 '의상과 나신'이라는 제목으로 8회 연재를 하다가 도중에 건강상 이유로 중단했던 작품이다. 분망한 나날과 가진 고초 속에서 나의 문학적 열정을 모두 쏟아 부었던 작품이라 그런지 세월이 갈수록 유난히 애정을 느끼게 되는 소설이다.

이 소설의 시대적 배경은 산업화가 한창이던 1970년대에서 1980년대의 초반으로 되어 있다. 그러나 인간의 영원한 내면세계를 다루려 한 소설임으로 직접적인 시대상황과는 관계가 없는 이야기이다. 그러면서도 광고라는 새로운 직업을 소재로 하였다는 점에서 이 소설은 문명 비평적 요소도 없지 않다.

1993년 4월

이어령

독고의 출근시간이
늦어진 이유와 뻐꾸기시계

  이름을 제외하고는 자기에겐 이렇다 할 특징이 없다고 독고윤
獨孤閏은 생각한다. 대개의 경우 사람들은 외자 성을 가지고 있고
돌림자를 합쳐 이름은 두 자로 되어 있기 마련이다. 그러나 독고
윤은 그것이 물구나무를 선 것처럼 거꾸로 되어 있다. 성은 이름
처럼 두 자로 독고이고 이름은 성씨처럼 외자일 뿐이다. 그래서
그냥 멋모르고 흘려들은 사람들은 이름이 성인 줄 알고 윤선생이
니, 미스터 윤이니 하고 부르기도 한다.
  말이 나왔으니 말이지, 그는 자기의 성씨에 대해 감사를 드릴
때도 있고 한없이 불만을 표시할 때도 있다. 성씨까지 그 흔해 빠
진 이李씨나 김金씨였더라면 정말 자기에겐 남의 주의를 끌 만한
밑천이란 게 티끌만큼도 없을 뻔했다는 생각이 드는 것이다.
  그에겐 기성복이 맞춤 양복보다도 더 잘 어울린다. 그는 평균
치의 키와 평균치의 몸무게와 평균치의 가슴둘레, 그리고 허리
통, 머리통은 물론이고…… 발까지도 평균치여서 25.5인 것이다.

독고윤이 쇼핑을 한다면 미디엄 사이즈를 찾으면 족하다. 식성도 예외가 아니어서 어쩌다 양식집에서 비프스테이크를 시키면 으레 미디엄으로 주문한다.

그러니 어딜 가나 남의 눈에 띌 턱이 없다. 피붓빛도 유난히 검거나 유난히 희지도 않다. 도대체 '유난히'라는 말은 그의 외모에는 붙일 데가 없는 무용지물의 부사이다. 유난히 빛나는 눈, 유난히 까만 눈썹, 유난히 우뚝한 콧날……. 그런 특징을 대신해주는 것이 바로 그의 성인 것이다.

처음 만난 사람들이 자기를 기억해주는 일이 있다면 오로지 그건 그의 성씨 덕분인 셈이다.

이따금 신문을 보다가 독고윤은 짜릿한 환상에 젖는 수가 있다. 자기가 무슨 범인이 되는 꿈이다. 자기가 신문기사의 그 수배된 은행 갱일 때 유쾌해진다. 자신의 몽타주 사진과 인상착의가 신문 사회면에 대대적으로 보도될 것이다. 과연 그들은 내게서 어떤 특징을 잡아낼 것인가? 자기 모습을 그린 그 기사와 몽타주 사진이 궁금하기 짝이 없다.

그들은 무엇이라고 쓸 것인가? 두 개의 눈, 한 개의 코와 입, 두 개의 다리를 가진 사람……. 그 이외에 그들은 또 무엇이라고 날 설명할 수 있을 것인가?

그렇다고 그가 자신의 성姓에 대해 언제나 만족하고 있다고 생각한다면 그건 여간한 오해가 아니다. 성은 자기 것이 아니기 때문이다. 아버지와 할아버지, 그리고 끝없이 거슬러 올라가는 그 무수한 할아버지들의 것이기 때문에, 그는 그것이 자신을 압도하는 짐이란 것을 잘 알고 있다.

외자라도 무거운 것이 성姓이다. 그런데 그게 두 자나 포개져서 그나마 겨우 자기 몫으로 차지한 이름을 까뭉개버린다. 이름이 성씨의 수염에 묻혀 보이지 않는 초라한 자신의 얼굴이 더욱 평범하게만 느껴진다.

이유는 그것 말고도 또 있다. 독고를 거꾸로 읽으면 고독이 되어버린다. 사실 독고윤은 고독이란 말만 들어도 언제나 불쾌한 반응을 갖기 마련이다. 거기엔 좀 그럴 만한 사정이 있긴 있다. 평소에 영문과를 가겠다고 큰소리치던 자기가 다른 시간도 아닌 영어시간에 론섬lonesome을 '로네삼'으로 잘못 읽어서 망신을 당했던 그 기억 때문만은 아니다. 자기는 별로 그런 것도 아닌데 입을 다물고 잠자코 앉아 있기만 해도 "흥! 또 고독을 즐기시나요?"라고 놀려대는 친구들이 많기 때문이다.

그가 어느 후진 지방지의 신춘문예에 시 한 편이 준당선된 경력이 있다는 걸 놈들이 알아차렸을 리는 만무하다. 순전히 그건 독고라는 자기 성에서 오는 선입견 탓이라고 그는 굳게 굳게 믿고 있는 터였다. 그 강박관념 때문에 그는 잠시도 가만히 있을 사이가 없다. 침묵의 특권을 빼앗겨 언제나 떠들고 움직이고 술 따르는 계집처럼 끊임없이 주위 사람들에게 시선을 던지고 눈웃음을 쳐야 한다.

그렇지 않았다가는 "흥! 또 고독을 즐기시나요?"라는 비아냥거림을 받게 되고, 그 말은 곧 멀고 먼 옛날, 시를 쓴답시고 돌아다니던 그의 아픈 상처와 열등의식을 향해 못질을 하게 되는 것이다. 자기가 남보다 쉬 피곤해지는 것도 다 그 탓이라고 그는 생각한다.

그러니 독고윤의 출근시간이라고 별스러운 데가 있는 것은 아니다. 아침 러시아워의 커브가 절정에 달하는 8시 30분이 무교동에 있는 '애드 킴'을 향해 돌진해야 되는 시간이다. 그가 출근하는 모습을 본 적이 있는 사람이면 그 돌진이란 말이 절대로 과장된 표현이 아니라는 걸 알 수 있다.

그의 집은 불광동이니까 아침에 버스로 삼십 분 남짓 걸린다. 적어도 집에서 버스 정류장까지 나오려면 넉넉히 십오 분은 잡아야 한다. 그러니까 늦어도 8시 이전에는 출근 준비가 완료되어야 한다. 그런데 그것이 언제나 말썽이다. 넥타이가 잘 매지지 않아 그 길이가 짝짝이로 되어 몇 번쯤 매었다 풀었다 하는 날에는— 내동 화초처럼 잠잠하던 아내가 몇 시에 들어올 거냐, 나갈 때 남들처럼 뺨에 키스라도 못해주느냐, 왜 다려놓은 바지를 입지 않고 하필이면 수세미가 된 걸 입고 나가느냐, 그걸 보면 직장에서 날 뭘로 알겠느냐, 이렇게 잔소리를 늘어놓는 날에는, 그리고 어쩌다가 아침 공기가 기막히게 맑은 날 심호흡을 하고 손바닥만

한 뜰에서 팬지에 어린 이슬을 바라보고 산다는 게 이런 게 아닌 데라고 청승을 떠는 그런 날에는, 그 밖에도 여러 가지 변칙적인 아침이 있기 마련이므로—그런 날에는 별수 없이 길 한복판에서 허둥거려야 한다. 버스를 타야 하느냐, 택시 합승을 해야 되느냐, 얼핏 판단이 서지 않을 만큼 어중간한 시간에는 사냥 몰이꾼처럼 이 차 저 차의 꽁무니를 쫓아다니느라고 요란한 것이다.

출근 경험이 있는 사람들은 아마 별소리 다 한다고 비웃을지도 모른다. '새마을호'나 '관광호'를 타러가는 서울역 손님도 아닌데 그까짓 오륙 분 차이로 허둥댈 게 뭐냐고 핀잔을 놓을 것이다. 더구나 직장이 '애드 킴'이라니, 여자 속옷 정도나 파는 양장점이 아니면 뭐 보세품이나 늘어놓고 서양 냄새를 피우는 양품점일 것이 분명한데 '돌진'해봤자 그게 그거 아니냐고, 꽤 깐깐히 따질 사람도 있을지 모른다.

그러나 그것이 다 오해라는 것이다. 남의 일에 대해서 사람들은 늘 그런 오해를 하고 산다. 독고윤의 직장생활을 조금만 가까이 가서 살펴보면 절대로 그런 매정스럽고 눈치 없는 말을 늘어놓진 못할 것이다.

'애드 킴'이라는 직장은 광고 대행사이기 때문에 애드는 영어로 광고라는 애드버타이즈먼트의 두 문자를 딴 약자 AD이고, 킴은 전직 경제부 기자 생활을 하다가 미국에서 경영학을 잠시 연구한 경력이 있는 김봉섭 사장의 성을 딴 것이다. 그의 말에 의하면 광고업은 미래의 스타산업이다. 그래서 모든 경영도 재래식에서 탈피해야만 되는 신종 기업이라 회사 조직이나 사원들의 근무도 혁신되어야만 한다는 주장이다.

그 덕분에 독고윤은 명함 이름 위에 부장이라는 꽤 무게 있는 직함을 얹어가지고 다닐 수가 있다. 그건 천만다행스러운 일이었다. 삼십이 넘어 겨우 취직한 초임자에게 나잇값을 얹어 선뜻 부장 자리를 줄 직장은 하늘 밑에 둘도 없을 일이었다. 그건 오로지 김봉섭 사장의 진보적인 신경영학, 이를테면 선진 미국의 경영철학 덕택이다.

지금까지 회사 능률이 오르지 않는 것은 회사조직이란 것이 모두 수직적으로만 되어 있기 때문이라는 게 평소의 그 경영학자 김봉섭 사장의 지론이다. 견습사원 위에는 평사원이 있고, 사원 위에는 계장, 계장 위에는 과장, 과장 위에는 부장이란 것이 있다. 부장의 마루턱에 오르면 그때부터 또 본격적으로 첩첩산중…… 국장, 상무, 전무는 말할 것도 없고, 부사장을 거쳐 사장, 이사장, 회장의 현기증 나는 까마득한 층계가 솟아 있다.

회사가 무슨 맨해튼의 고층 빌딩이라고 위로 솟아오르는 경쟁만 하다가 힘을 다 빼버려야 되느냐—그래서 김봉섭 사장은 윗자리에 오를 생각만 하다가 세월 다 보내는 이 수직적인 옥상옥의 조직, 그 비능률적인 조직을 옆으로 뉘어 수평적으로 만들지 않으면 한국 기업의 내일은 없다고 역설하였으며, 역설이 아니라 바로 자기 회사를 그 본보기로 실천에 옮기고 말았다.

그 과감한 결단이 있고부터 '애드 킴' 직원들은 사장만 빼고 모두 부장이 되었으며 각기 프로듀서 시스템으로 기능에 따라 횡적으로 구성되기에 이른 것이다. 복잡하게 말할 것 없이 업무과 소속의 수금사원은 수금부장이 되었다고만 알고 있으면 되고, 독고윤은 광고문을 쓰는 카피라이터니까 그저 문안文案부장쯤이라고 생각하면 별로 헛짚는 게 아니다.

대체 그것이 일이 분을 다투는 출근시간과 무슨 상관이냐고 하겠지만, 따지고 보면 그게 다 이런 신경영학과 무관한 게 아니다. 김봉섭 사장실에는 흔히 볼 수 있는 '홍익인간', '성실 근면 창의' 따위의 낡은 액자 대신 영문으로 "Money is Time"이라는 격언이 붙어 있다. '타임 이즈 머니'라는 속담을 잘못 썼다고 생각하는 사람은 아직도 김사장의 뜻을 제대로 파악하지 못하는 재래식 사고의 소유자이다. 시간이 돈이 아니라 이제는 돈이 시간이 되는 세상에 우리가 살고 있다는 이야기이다. 그 뜻이 무엇인지는 확실치 않더라도 '애드 킴'에서는 이 새로운 구호와 그 부장들이 타는 월급액이 일정치 않다는 것이 밀접한 연관성이 있다는 사실만은 분명하다. 서른여섯 가지의 실적 체크 포인트에 따라(이것을 다 맞추어야) 얼마의 봉급이 나오는데, 이게 꼭 유원지에서 공기총으로 움직이는 번호판 숫자를 쏘아 맞히는 게임같이 여간 어려운 게 아니다. 그까짓 놀이터의 사격쯤이야 최고 득점을 따도 비누 한 장이나 초콜릿 한 통이지만, '애드 킴'의 사격은 현금과 직결되어 있어서 능란한 사격수, 그러니까 김사장이 정해 놓은 삼십육 점을 다 쏘아 맞히는 실력을 쌓아올리기 위해 모든 부장들은 전전긍긍해야만 된다.

그중의 한 점이 바로 출근시간이고 일 분이라도 어기면 체크 포인트의 숫자가 내려간다. 정말 에누리 없는 일이 분 차이로 거북선 몇 갑이 날아간다. 합승값이 대수가 아니다.

벨이 울린다. 9시 정각, 김봉섭 사장의 버저 옆에는 일 초의 오차도 없는 정확한 진공 수정시계(그런 게 정말 있는지 확실치 않지만 부장들은 다 그렇게 믿고 있다)가 있다. 도안 전문인 박부장이 회사 문을 여는 순간 이 진공 수정시계와 직결되어 있는 벨이 울린 적이 있었다. 그러나 야구심판의 규칙을 적용하여 아깝게도 그는 체크포인트에 붉은 점 하나가 찍히고 만 일이 있다. 출근부를 관장하는 총무부장이 사장에게 문의한 결과, 베이스에 야구선수의 손이나 다리가 닿아야 되는 것처럼 벨이 울리는 것보다 몇 분의 일초라도 먼저 자기 책상에 몸이 닿아 있어야 세이프가 된다는 판결이었다.

이러니 독고윤의 출근 모습을 보고 '돌진'해간다 해서 무엇이 과장이라 하겠는가?

독고윤은 매일 아침 버스 정류장 앞에 있는 네거리에 이르면 으레 자기 손목시계를 시계병원이라고 쓴 '정공사' 점포 안에 진열된 시곗바늘에 맞추는 버릇이 있다. 그의 손목시계는 '투가리스'다. 실상 이런 시계를 두고 롤렉스나 오메가처럼 상표를 들먹일 처지는 못 된다. 사람들은 그래서 그런 시계를 그냥 '딸라시계'라고 부른다.

그러나 그 투가리스는 아내의 결혼 선물이라 특수한 의미가 있다. 정확히 십이 년 오 개월째로 접어드는 그 투가리스 시계는 제 부속이 하나도 남아 있지 않을 만큼 낡은 것이어서 하루에 서너 번은 맞추어야 겨우 시계 구실을 할 수가 있다. 스테인리스 뒤 딱지에는 아직도 쇼크 레지스트反衝擊라는 글자를 분명히 읽을 수 있었지만, 사실은 이따금 툭툭 쳐서 충격을 주어야만 비로소 초침이 움직이는 그런 시계이다.

아무리 이름만의 부장이라 해도, 독고윤이 그 낡은 시계를 끌러버릴 수 없을 정도로 가난한 건 아니다. 결혼식장에서 끼워준 다이아 반지가 아내의 가운뎃손가락에서 저렇게 빛나고 있는 한 그 시계를 섣불리 끌러 내동댕이칠 수는 없다는 게 그의 소신이었다.

그러나 그날만은 그 시계가 독고윤의 가슴을 아프게 했다. 매일 같은 습관이었지만 정공사 벽 위에 붙은 시계에 '투가리스'의 그 시곗바늘을 맞추려는 순간, 문득 그건 손목시계가 아니고 자기를 옭아맨, 십여 년 동안이나 옭아맨 수갑이라는 생각이 든 것이다.

정공사의 시계는 8시 43분이었는데 그의 시계는 8시 32분, 그러니까 십일 분이나 늦게 가고 있었다. 이젠 아무리 애써봐도 체크포인트에 붉은 점이 찍힐 것을 각오해야만 했다. 지각생만이 알고 있는 불안하면서도 그 묘한 쾌감, 국민학교 시절의 그 느낌이 생생하게 되살아왔다.

정공사에는 많은 시계가 있었다. 그중에는 문자판이 없이 톱니바퀴의 내장들만이 움직이고 있는 괘종시계도 있었고, 독고윤의 어린 시절 옛날 집 그 사랑방에 걸려 있었던 것과 똑같은 낡은 뻐꾸기시계도 있었다. 문자판의 그 로마자는 그때나 지금이나 그에겐 언제 봐도 부적처럼 아리송해 보였다. 그 시계추는 녹이 슨 채로 움직이고 있었다. 십칠 분만 있으면 뻐꾹새가 굳게 닫힌 뻐꾸기집 문을 열고 툭 튀어나와 아홉 번을 울 것이다. '정말 저 속에 목각 뻐꾸기가 살고 있는 것일까?' 독고윤은 아무래도 그 속엔 뻐꾸기가 없고, 바람을 잡아 넣어두었다가 울어대는 그 풍금 페달 같은 성대도 없을 것이라는 생각이 들었다.

출근시간에 이렇게 한가로운 생각을 해보기는 그날이 처음이었고, 동시에 그 손목시계가 무거운 수갑처럼 느껴졌던 것도 처음 느껴보는 감정이었다. '이왕 늦은 거, 뻐꾸기가 정말 우는지 기다려보자.'

길거리를 질주하는 자동차의 경적 소리가 참으로 먼 데서 들려오는 것 같았다. 꼭 뻐꾸기시계가 우는 것처럼 '뻐꾹…… 뻐꾹……' 하는 소리가 들려오는 것 같았다. 그러나 바늘이 9시를 가리켜도 끝내 그 뻐꾹새는 울지 않았다.

'아, 그리고 보니 봄이 아닌가!'

손목시계만이 아니라 바바리코트도 무겁게 느껴진다. 독고윤은 하늘을 쳐다봤다. 어두운 정공사의 실내를 들여다보다가 갑자기 환한 하늘을 올려다본 탓인지 햇빛은 눈알을 후벼파는 것처럼 부셨다.

'아직도 하늘이 있었구나.'

파란 하늘에 안개인지 구름인지 희끄무레한, 한 움큼의 덩어리가 아직도 불그레한 아침 햇살을 반사하고 있었다.

'지금쯤 벨이 울리고 있을 것이다. 늦어서는 안 되는데…… 모두가 이 시계 탓이었어. 나에겐 일 초의 오차도 없다는, 수정시계처럼 정확한 시계가 필요했는데.'

독고윤은 여러 가지 시계 이름들을 속으로 외워보았다. 오메가, 롤렉스는 너무 흔하다. 파텍, 바쉐론, GP, 벨포트, 모바다, 몬디아……. 그러자 여름에도 이마에 하얀 눈을 뒤집어쓴 스위스의 산봉우리들과 요트의 그림자가 비쳐 있는 파란 호수가 떠올랐다. 산등성이와 호숫가에 서 있는 스위스의 지붕은 뻐꾸기시계처럼 뾰족하고 경사가 급한 세모꼴을 하고 있었다. 독고윤에겐 그런 지붕 밑에서 사는 사람들은 모두가 세상을 외면한 은둔자처럼 생각되었다. 사랑을 하다가, 정치를 하다가, 돈을 벌다가 쫓겨났거나 도망을 쳐온 사람들. 망명자들이었고, 소외된 귀족들이었고,

스캔들의 늙은 주인공들이었다.

"흥, 또 고독을 즐기시나요?"

누가 어깨를 툭 칠 것만 같아 독고윤은 부랴부랴 바바리코트의 호주머니를 뒤져 거북선을 찾았다. 성냥이 없었다. 독고윤은 마침 007가방을 들고 그의 곁을 지나가는 행인을 붙잡고 말했다.

"혹시 불 좀 없으신지요?"

007은 거들떠보지도 않고 빠른 걸음으로 간단히 그를 추월해버렸다. 그러고는 막 떠나려는 155번 버스에 올라탔다. 물론 그에게는 시선 한번 던져주지 않았다.

순식간에 007을 싣고 떠나버린 버스의 뒷모습에서 독고윤은 다시 뻐꾸기시계 같은 세모꼴의 지붕들과 하얀 눈으로 뒤덮인 알프스의 산과 호수와 망명객과 은행 이자로 살아가는 늙은 귀족들을 생각해내려고 애썼다. 그러나 그것은 '애드 킴' 사무실에 붙어 있는 광고 포스터의 그림이었다. 회사 생각을 하자 문자판이 없는 시계들이 부지런하게 톱니바퀴를 돌리고 있는 시계방의 어둑한 실내의 그늘이 독고윤의 가슴을 압박했다.

시간이 되어도 뻐꾹새는 울지 않는다.

"불 좀 없으신지요?"

"불 좀 없으신지요?"

그런 봄날이었다. 국민학교에 입학하던 첫날이었으니까…….

여선생님은 간호원처럼 하얀 가운을 입고 있었다.

"자! 여러분, 시곗바늘 돌아가는 방향으로 손을 돌리세요."

여선생은 유치원 아이들의 유희 같은 것을 가르쳐주고 있는 중이었다. 선생님은 시곗바늘의 축軸처럼 둥그런 원을 그린 아이들의 한복판에서 손짓을 했다. 선생님은 예쁘게 웃고 있었다.

"시곗바늘이 돌아가는 방향으로 손을 돌려요."

독고윤은 신이 났다. 자기가 뻐꾸기시계, 사랑방 벽에 걸린 그 뻐꾸기시계가 된 것이다. 뻐―꾹, 뻐―꾹. 독고윤은 속으로 뻐꾸기 소리를 흉내내며 자기 손을 시곗바늘처럼 왼쪽으로 왼쪽으로 돌렸다. 그때 아이들의 웃음소리가 터져나왔고, 선생님이 독고윤의 손을 잡았다. 그제서야 아이들은 모두 오른쪽 방향으로 손을 돌리고 있는데 자기만 왼쪽으로 두 손을 돌리고 있다는 것을 깨달은 것이다.

"자, 잘…… 봐요. 이름이 뭐더라?"

선생님의 뺨에는 예쁜 보조개가 파였다.

"독고윤이요."

또 한 번 와! 하고 아이들이 웃는 웃음소리가 들려왔다. 선생님도 따라 웃었다. 독고윤은 선생님까지 따라 웃는 게 미웠다.

"자, 독고윤이라고 했죠? 다른 아이들을 봐요. 여러분, 다시 한 번 시계가 돌아가는 방향으로!"

굴렁쇠가 굴러가듯 아이들은 일제히 두 손을 오른쪽 방향으로 뱅뱅이질을 했다.

"한번 따라서 해봐요, 시계 방향으로!"

독고윤은 다시 다른 아이들과는 반대 방향으로 동그라미를 그렸다. 그렇다. 내가 시계라면 분명히 그 바늘은 왼쪽으로 돌아가야 한다. 진짜 시곗바늘은 그렇게 돌아간다. 아이들이 틀린 것이다. 사람이 시계를 마주 보니까 오른쪽으로 돌아가고 있는 것처럼 보이는 게지, 정말은 이렇게 왼쪽 방향으로 시곗바늘이 돈다. 선생님은 화를 내셨다.

"웬 아이가 이렇게 고집이 세!"

혼잣말로 말하다가 갑자기,

"독고윤은 바보예요?"

라고 선생님이 소리치셨다. 독고윤의 눈에서 눈물이 흘러 떨어졌다.

'아녜요, 선생님. 선생님은 시곗바늘이 돌아가는 방향으로 손을 돌리라고 하셨잖아요. 우리 집 시계는 이렇게 돌아가는걸요.'

독고윤은 속으로 그렇게 말하고 싶었지만 용기가 나지 않았다. 입을 크게 벌리고 일제히 웃는 아이들의 모습이 자기에게로 향하고 있었다.

'저는 바보가 아녜요. 저는 바보가 아녜요.'

독고윤은 처음 볼 때부터 그 여선생이 죽고 싶도록 좋았다. 예쁜 선생님이었다. 그래서 더욱 서러웠는지 모른다. 이윽고 독고윤은 큰 소리를 내고 울었다. 그래서 정말 그날부터 그 여선생은 자기를 바보라고 생각해버린 모양이었다. 아이들도 그 때문이었을까, 자기를 놀이에 끼워주지 않았으니까! 선생님도 그랬을 것이었다.

그는 결혼한 지 얼마 안 되어 아내에게 그 이야기를 했었다.

"난 지금도 그때 바보짓을 한 게 아니란 걸 확신하고 있어. 생각해봐. 시계가 돌아가는 방향이라고 하면 시계 자신의 위치에서 바늘 돌아가는 그 방향을 생각해야 되지 않겠어? 시계를 보는 사람 입장에서 생각하는 건 잘못이라구…… 그런데도 그때 그 여선생이나 아이들은 지금까지도 내가 바보라고 여기고 있을 거란 말야. 당신은 그렇지 않겠지? 당신만이라도 그 진상을 알아주어야 한다구. 그 비밀을 아는 유일한 사람…… 그것이 부부인 거야."

아내는 건성으로 대답했다.

"물론이죠. 모든 사람이 당신을 다 바보라고 한다 해도 나에게는 하나밖에 없는 소중한 사람인걸요."

"그게 아니라니까! 이건 날 봐달라는 것과 달라. 내 마음과 생각이 남과 달라도 당신만은 내가 옳다는 것을 객관적으로 이해하고 증명해야 된다는 말이지. 생각해보라니깐 글쎄. 자, 내가 시계라고 해봐. 그리고 이 손이 바늘이라면 이렇게 자, 이렇게 왼쪽으로 돌잖아!"

아내는 웃었다.

"알겠어요. 알겠어요…… 그만해줘요. 시곗바늘이 어디로 돌든 시간은 틀림없이 흘러가고 있으니까, 걱정 마세요. 괜히 그런 걸로 우리의 아까운 시간을 낭비하지 말고요."

독고윤은 막막했다. '아내마저도…….' 꼭 여선생이 아이들과 함께 웃던 그때처럼 서글프고 무안한 생각이 들었다.

그것이 아니었다. 공연히 그 시계 이야기를 한 것이 결정적으로 자기에게 위기를 몰고 온 일도 있었다. 결혼하자마자 아내는 애를 가졌고 독고윤은 신이 나서 아이를 낳기도 전에 유모차, 장난감, 이런 것들을 사가지고 왔다. 그래도 부모가 남겨준 유산이 얼마간 있었으니까 직장은 없었어도 아이를 맞을 채비에 두려움 같은 것은 없었다. 아이 이름도 남자용 여자용 두 개를 지어놓고 해산할 날만 기다렸다. 하나는 독고연, 그건 계집애 이름이었다. 또 하나는 독고진, 그건 사내놈 이름이었다.

이름이 외자라 짓는 데에도 힘은 들지 않았다.

그러나 두려움은 뜻하지 않게 그 뒤에 닥쳐왔다. 정신박약아였던 것이다. 삼 년이 지나도 엄마 아빠란 말도 제대로 할 줄 몰랐고, 장난감은 물론이고 밥숟가락도 변변히 쥘 줄 몰랐다.

"당신도 괴롭겠지만요, 저 애가 저런 건 제 책임이 아녜요. 그것만은 분명히 해두고 싶어요."

"아니, 누구의 책임을 따질 때야? 애가 걱정이지, 우리의 책임이 문제냐고."

"불행은 어깨동무하고 다닌다잖아요. 유전이라면 당신네 집 쪽이지 절대로 우리 쪽은 아니란 말예요."

"내 쪽이라구……? 별소릴 다 듣겠네! 그래 내 쪽이면 어떻게 할 거야!"

"어린애를 다신 안 가진다고 해도 그건 내 잘못이 아니라는 걸 명백히 해두려는 거죠." "어린앨 안 낳겠다구?"

"물론이죠. 당신 피가 나쁜 걸…… 불쌍한 애를 어떻게 또 낳 겠어요."

"좋아, 내 쪽이든 당신 쪽이든 나도 애는 더 이상 갖고 싶지 않 으니까 그만둡시다."

"난 그만둘 수 없어요. 밝혀둬야 해요. 공연히 내 쪽인 줄 알고 딴생각은 하지 말아요."

"딴생각?"

아내는 독고윤이 첩을 들이거나 아니면 이상한 곳에 씨받이 여 자라도 두지 않을까 염려했던 모양이다. 말은 그렇게 하면서도 독고윤의 아내 수련이는 마음에 켕기는 데가 있었다. 자기 집안 에는 사실 몇 대씩 내려오면서 정신박약이나 미친 사람이 있다 는 걸 그녀는 어렴풋이나마 짐작하고 있는 터였다. 첫 번째의 약 혼이 파혼으로 끝나버린 것도 그 때문이었다는 것은, 서로 말은 안 했지만 어림으로 집안 사람이 다 알고 있는 일이었다.

수련이의 여동생 수희만 해도 하는 짓을 보고 있으면 그런 의심이 안 갈 수 없었다. 대학입시의 낙방만이 아니라 수희가 하는 짓을 가만히 따져보면 절대로 정상적이라고 할 수 없는 일이 많았기 때문이다.

"심리학 책에서 봤어요. 아이들에게 접시를 닦여보면 안대요. 오른쪽 방향으로 돌리며 닦는 아이는 정상적이고요. 그러니까 그게 시계 방향이죠. 그렇지 않고 왼쪽으로 돌리는 애는 아이큐가 낮대요. 지진아…… 말이 고상하지 바보란 말이죠."

독고윤에게 이런 말까지 한 것도 실은 은근히 자기 쪽으로 혐의가 닥쳐올까 봐 예방선을 단단히 쳐놓자는 속셈이었다.

"당신도…… 당신도 날 바보라고 생각하는군. 난 그렇게 좋아했는데 여선생님은 날 바보라고 비웃었지. 이젠 똑같은 그 이유로 당신이……."

독고윤은 그때처럼 또 눈물을 흘렸다. 그래서 이번에도 아내 앞에서 바보가 된 것이었다.

"그게 그 증거예요. 멀쩡한 어른이 고만 일로 울다니…… 내참, 기가 막혀. 그리구 다 큰 사람이 밤낮 여선생은 다 뭐야?"

여선생은 아름다웠다. 다래끼가 나서 하얀 안대를 하고 다니는 것까지도 미치게 좋았다. 여선생의 몸에서는 박하 같은 화한 향내가 났다.

"선생님! 선생님!"

독고윤이 숨이 막혀서 선생님에게 매달리면 아랫입술로만 살짝 웃으면서 머리를 쓰다듬어주기도 하고 기분이 좋을 땐 두 손으로 상기한 뺨을 꼭 감싸주기도 한다. 따스하고 부드러운 촉감이 독고윤의 가슴에서 도랑물처럼 흘러간다. 얼음이 풀려 말갛게 흘러가는 삼월의 도랑물, 노란 개나리가 피어 있는 도랑물 소리가 들린다.

'선생님 저는 바보가 아니랍니다.'

몇 번이나 그렇게 말하고 싶었지만 선생님이 자기를 대하는 것은 다른 애들에게 하는 것과는 어딘가 좀 다른 데가 있었다. 독고윤을 딱하게 생각하고 있었다.

철봉대 밑에서 혼자 모래장난을 하며 놀고 있을 때였다. 여선생님은 이제 담임선생님도 아닌데 일부러 그의 곁에 와서 말을 걸었다.

"넌 왜 딴 애들과 함께 놀지 않니?"

여선생님의 말소리가 쓸쓸하게 들렸다. 웃을 때의 보조개에도 그늘이 서려 있는 것 같았다.

"아녜요! 철봉을 하려고요."

그 철봉은 저학년 아이에겐 너무 높은 것이었다. 독고윤은 철봉을 할 생각은 티끌만큼도 없었는데 거짓말을 했다. 여선생님을 걱정시켜서는 안 된다는 생각이 들었기 때문이다.

"정말 너 철봉 할 줄 아니? 저렇게 높은데. 사 학년 아이들도 못하는 걸…… 넌 참 용감한 애구나!"

독고는 신이 났다. 펄쩍 뛰기만 하면 철봉대에 손이 닿고 허리에 힘을 주기만 하면 빙글빙글 바람개비처럼 얼마든지 돌아갈 수 있을 것 같았다. 독고윤은 여선생님 앞에서 갑자기 펄쩍 뛰어 올랐다. 손끝으로 겨우 철봉대를 잡고 바둥댔다. 죽어도 좋을 것만 같았다.

여선생님 앞이라면 두 팔이 찢겨나가도 아플 것 같지 않았다. 힘을 주고 몸을 흔들었다. 허리가 하늘로 솟구친다. 그 순간 독고는 여선생의 비명 소리를 들은 것이다. 독고는 머리를 땅에 박고 거꾸로 떨어지고 만 것이었다.

독고는 양호실 침대에 누워 있었다. 정신이 들자 사방이 쑤셨다. 온몸에는 빨간 머큐로크롬이 칠해져 있었다. 손도 까딱할 수가 없었다. 여선생은 가늘게 눈을 뜨고 근심스러운 말투로 "괜찮니?" 하고 물었다. 실낱처럼 가늘게 뜬 여선생님의 눈에 몇 방울의 눈물이 맺혀 있었다. 여선생의 손이 독고의 이마를 짚는다. 그러나 독고는 빨간 머큐로크롬칠을 하고 양호실 침대에 누워 있는 것이 영웅처럼 느껴졌다.

다른 녀석들은 지금쯤 교실에서 구구단을 외우느라 야단일 것이다. 개구리처럼 구구단을 합창하는 소리가 멀리서 들려오고 있었다. 그런데 자기는 지금 여선생의 하얗고 부드러운 손바닥을 느끼면서 아이들이 함부로 들어올 수 없는 양호실에 누워 있는

것이다. 그렇잖아도 그것이 부러워 자기도 한번 체육시간에 일사
병에 걸려 쓰러져봤으면 하던 차였다.

"선생님! 선생님! 제가 한번 구구단을 외워볼까요? 전 다 외웠
어요. 전 바보가 아녜요. 이이는 사, 이삼은 육……."

그러나 여선생은 독고윤이 열에 들떠 헛소리를 하는 줄로 알
고 양호선생님을 부르러 뛰어나갔다. 그의 구구단 외우는 것을
다 듣지도 않고 말이다. 가슴에 소금을 뿌린 것처럼 얼얼한 통증
을 느꼈다. 분명 그것은 철봉대에서 떨어진 그 상처의 아픔은 아
니었다. 눈을 감았다. 심호흡을 하려니까 옆구리가 쑤셔왔다. 황
급히 문을 여는 소리가 나면서 발자국 소리가 들려왔다. 코끼리
발소리처럼 육중하게 쿵쿵 울리는 것은 양호선생일 것이고, 탁구
공이 튀는 것처럼 통통거리고 울리는 음향은 여선생님의 발소리
일 것이다. 눈을 감고 있는 얼굴 위로 향긋한 여자의 머리카락이
와 닿았다. 몸을 굽혀 자기를 들여다보는 여선생의 머리카락이었
을 것이다. 숨이 막혔다. 그것은 가랑잎이 타는 것 같은 향내음이
었다. 뜨거운 숨결이 뺨에 와 닿았다. 이번에는 감초 냄새 같은
것이 풍겨 왔다. 구름 속에 둥둥 떠 있는 것 같았다. 다시 한 번 철
봉 대에 매달려 바람개비처럼 빙글빙글 돌고 싶은 뿌듯한 행복감
이 온몸의 마디마디에 배어 들어온다.

독고는 몰래 한쪽 눈을 가늘게 떠보았다. 그건 여선생이 아니

라 코끼리 같은 양호선생이었다. 뚱뚱하고 심술 사나운 양호선생은 언제나 거의 같은 소리로 왝왝 소리를 지른다.

"이놈들이 왜 이 방에 왔어? 주삿바늘로 꽉 찌르기 전에 어서들 나가!"

남자 같은 여자였다. 여선생은 침대 옆에 팔짱을 끼고 천장 쪽을 지켜보고 있었다. 눈물을 흘리지 않으려고 양호선생에게 뭐라고 말하는 소리가 들려왔다.

"괜찮을까요, 선생님? 나 때문에 이렇게 된 거예요. 정신을 잃은 게 아닐까요? 조금 전에 헛소릴 했거든요. 정말 아무 일 없겠어요?"

그러더니 한층 낮은 목소리로 무엇인가 양호선생과 몇 마디 주고받는 말소리가 들려왔다.

"바가들은 다 마음씨가 곱고 착한가 봐요. 참 안되었어요. 왜 하느님은 착한 애를 바가로……."

여선생의 말이 바늘처럼 그의 귀를 찔렀다. 그건 한숨에 섞여 나오는 나직한 소리였지만 양호실 전체가 꽝꽝 울리는 것처럼 메아리쳤다.

'바가가 뭐야?'

바가가 무슨 소린 줄 몰랐지만 착한 아이란 말에 독고는 희망을 걸었다.

"바가가 뭐야? 바가가 무슨 뜻이야?"

업혀서 집에 돌아오자마자 누나에게 제일 먼저 물어본 말도 바로 그 말이었다. 누나는 톡 쏘아붙였다.

"바로 너 같은 녀석 말이다. 너 같은 녀석은 빠가라고 하는 거야."

"어떤 게 나 같은 건데?"

"잘한다, 잘한다 하면 할 줄도 모르는 철봉대에 매달렸다 골통을 부수는 놈 말이지. 그게 빠가가 아니고 뭐겠니……?"

"아니야, 선생님은 빠가가 아니라 바가라고 했단 말야……. 그런 뜻이 아냐!"

빠가가 바보란 것을 알고 독고는 밤새도록 울었다.

"아녜요, 선생님. 저는 빠가가 아녜요. 절대로 빠가가 아녜요. 전 선생님이 좋아서 그랬어요."

사람들은 그가 다친 데가 아파서 그러는 줄만 알고 며칠 동안 약만 자꾸 퍼먹였다. 선생님에게 빠가란 말을 들은 것은 그밖에도 또 한 번 있었다. 그런 일이 있고 나서 여선생님과 독고는 아주 친해져 있었고, 숙직을 하는 날에는 방과 후에도 선생님 일을 거들며 함께 있었다.

그러나 이상스러운 일은 여선생이 일직 당번을 할 때마다 육학년 담임인 맹꽁이가 줄곧 나타나는 것이었다. 맹선생은 남자 선생님들 중에서도 제일 덩치가 크고 아귀힘도 세서 한번 걸렸다 하면 녹초가 된다. 별명이 맹꽁이지, 아무리 속말로 아이들이 '맹

맹 꽁꽁'이라고 맹꽁이 우는 흉내를 내도 금세 알아듣고는 솥뚜
껑만 한 손바닥으로 뺨을 올려붙였다.

'왜 저렇게 예쁘고 몸집도 작은 여선생님이 어쩌려고 저런 소
도둑놈 같은 맹꽁이와 어울리는 거야?'

독고는 심술이 나서 토라졌지만, 여선생님은 아는 체도 하지
않고 맹선생한테만 귓속말로 무언가 이야길 한다. 가끔 여선생은
혼자서 커다란 소리를 내고 웃었다. 그러면 맹꽁이는 여선생님
쪽은 보지 않고 힐끔 독고의 얼굴을 살피는 것이다.

하루는 숙직실에서 여선생님이 풍금을 치고 독고가 노래를 불
렀다. 은어 같은 하얀 손이 누렇게 찌든 풍금 키를 날렵하게 스쳐
지나가면 오묘한 바람 소리 같은 음악이 흘러나왔다. 선생님의
하얀 목을 저녁 햇빛이 발갛게 물들였다. 독고는 눈을 감고 풍금
소리를 들었다.

"너 왜 노래 부르지 않니?"

눈을 떠보니 맹선생이 와 있었다. 두꺼비 같은 한쪽 손으로 풍
금을 짚고 있어서 꼭 풍금 앞에 앉아 있는 여선생을 끌어안고 있
는 것처럼 망측해 보였다. 악보를 보는 체하면서 맹선생은 몸을
구부렸다. 시꺼먼 맹선생의 얼굴이 하얀 여선생의 뺨에 닿을 듯
말 듯 가까워지는데도 여선생님은 잠자코 있었다.

아니다. 잠자코 있었던 것이 아니다. 풍금을 치던 손으로 살짝
다가오는 맹선생의 머리를 만졌다. 독고는 그 순간 눈을 감았다.

여선생님이 무안해할까 봐 차마 돌아서 나올 수도 없었다.

맹선생이 일본말로 무어라고 말했다. 그러자 여선생님도 일본말 같은 걸로 짤막하게 대답했다.

"이이데스요. 아노코와 바가데스카라네!"

독고는 바보가 아니었다. 그래서 그 말이 무엇인 줄 금세 알 수 있었다. 두 번째로 듣는 빠가란 말, 이번에는 그 말뜻을 놓치지 않았다.

'응, 내가 바보니까 괜찮다는 말이지?'

독고는 신발주머니와 책보를 들고 뛰어나오고 싶었지만 여선생님이 민망해할까 봐 이를 악물고 참았다. 눈물이 나왔지만 이번에는 잘 참았다. 빠가란 말이 맹선생의 입에서가 아니라 바로 그 여선생님 입에서 흘러나온 것이 믿기지 않았다.

"이이데스요. 아노코와 바가데스카라네!"

독고는 정말 바보가 되자고 결심했다. 눈치를 모르는 사람처럼 가만히 서 있었다. 또 일본말로 무어라고 맹선생이 말하더니 독고가 보는 앞에서 여선생님의 허벅다리를 만졌다. 풀 먹인 스커트 주름이 원숭이처럼 털이 북슬북슬 난 맹선생의 손바닥 밑에서 구겨지는 것을 보았다. 그때 맹선생의 눈과 독고의 눈이 마주쳤다.

'안심해도 됩니다. 소문 같은 건 절대로 안 낼 테니까요. 보세요 저는 이렇게 바보인걸요. 빠가! 빠가!'

독고는 그렇게 보이기 위해서 정말 바보처럼 히기죽 웃었다.

"이 녀석이 있으니까 더 자극이 되는데?"

이번엔 여선생이 경계를 하면서 맹선생의 입을 한 손으로 틀어막으면서 또 한 손으로는 마당만 한 털북숭이 맹선생의 손을 잡아서는 자기의 허벅다리에서 떼어놓았던 것이다. 그러고는 옷맵시를 고치는 것이었다.

"너 심심하지?"

여선생은 이번엔 독고의 뺨을 어루만져주었다. 독고는 자기를 생각해주는 그런 여선생님이 고마웠다.

"아녜요! 풍금 한 번 더 쳐주세요."

여선생은 〈스와니강〉의 노래를 쳤다. 바깥 교정에는 저녁놀이 꽉 차 있었다. 참새들이 모여 와서 비 오는 소리처럼 쨱쨱거리고 있었고, 그 소리들 사이로 〈스와니강〉은 끝없이 출렁거리며 흘러가고 있었다. 독고는 그 다음 날부터 여선생을 다시는 찾아가지 않았던 것이다.

155번 버스가 왔다. 독고는 몇 대나 155번 버스를 그냥 보내버렸다. 벌써 투가리스 시계는 9시 반을 가리키고 있었다. 독고는 버스에 올라탔다. 스위스 시계의 광고 포스터가 그를 불안하게 했기 때문이다. 오늘 중으로 광고 문안을 만들어야 했다. 그것은 스위스와 합자회사를 차린 정시사正時社가 새로 개발한 알프스 전자동 전자시계의 선전문에 대한 것이었다. 오늘은 자신이 카피를 작성해서 사장 결재를 맡아야 할 마감날이라는 것을 알고 독고는 갑자기 초조해졌다. 버릇은 천 리 밖에 있다가도 필요할 때는 영락없이 제자리에 와서 앉기 마련이다. 버스는 노마처럼 느렸다.

독고는 마음이 다급해지거나 몸 둘 바 없이 거북할 때는 으레 자기 모습을 슬로모션으로 찍는 상상을 해본다. 그게 TV의 광고에서 곧잘 쓰는 수법이고 보면 직업이란 잠꼬대 속에서도 작용하는 강한 독소를 가지고 있는 모양이다. 그게 직업의식이건 단순한 버릇이건 독고는 늦은 출근길의 사무원들, 외출벽이 있어 남편을 직장에 보내놓기가 무섭게 아침부터 바깥나들이를 하는 가정주부들, 구직하고 다니는 룸펜들, 이런 승객들 틈에 끼어 자신의 모습을 슬로비디오로 돌려보는 것이다.

터덜거리며 달려가는 그 버스는 경주용 말이다. 그곳은 경마장이다. 독고는 자키騎手가 되어 달리는 말에 올라타 있다. 채찍을 가한다. 말이 뛰는 것이 슬로모션에 걸린다. 옆에서는 다른 말들이 앞을 다투며 채플린 시대의 영화처럼 빠른 속도로 앞질러 간다. 공기처럼 너울거리는 독고의 말은 한 동작, 한 동작을 허공에 찍으며 그 앞서 가는 말들의 볼기짝을 쫓는다. 독고의 말은, 그 버스는 지평선 쪽으로 점처럼 사라져가는 말들을 쫓아가느라고 흰거품을 뿜는다.

말들이 사라져버린 지평선 위엔 조금 전에 본 파란 하늘이 펼쳐지고, 그 위에 뭉게구름처럼 마지막 본 여선생님의 얼굴이 클로즈업된다. '유니나' 광고처럼 자기를 향해 달려오던 여선생의 머리카락이, 낙엽을 태우는 연기 같은 머리 다발이 한껏 하늘로 치솟아 흩어졌다가는 그대로 스톱모션에 걸려버린다.

구부러진 못은 펴 쓸 때에만
망치질을 한다

독고가 '애드 킴' 사무실 문 앞에서 스프링의 탄력을 느끼며 도어노브를 돌리다가 흘낏 쳐다본 투가리스는 10시 3분 전을 가리키고 있었다. 수갑처럼 왼쪽 손목에 꽉 채워진 그 시계는 멈추지 않고 정확하게 제시간을 가리키고 있었다. 도어노브를 돌리며 독고는 천천히 사무실 안으로 들어갔다.

독고윤은 도둑고양이의 걸음으로 살금살금 걸어서 자기 자리로 찾아갔다. 바바리코트를 입고 온 것이 쑥이었다. 그것만 걸치지 않았더라도 한 시간이나 늦은 자신의 지각이 그렇게까지 눈에 띄지 않았을 것이며, 문을 열자마자 화장실에라도 다녀온 듯한 거동으로 곧장 제자리에 앉으면 그만이었을 것이다.

그러나 멋쩍어서 공연히 넥타이를 만지며 주위의 눈치를 살핀 것은 독고윤 혼자의 일이었다. '애드 킴' 사무실은 그와 상관없이 정확한 급행열차처럼 정시로 운행되고 있었다. 도안부장 박병열은 은행원처럼 양소매에 검은 토시를 끼고 소시지 광고의 도안을 그리느라 정신이 없었고, 사진부장 최명식은 현상된 컬러 슬라이드를 창 쪽을 향해 비춰보느라고 독고 쪽은 쳐다보지도 않았다. 옆방 판매부 쪽에서는 여느 날과 다름없이 타이프라이터 소리가 급행열차 소리처럼 울려오고 있었다.

그렇다. 이 모든 것은 오전 10시의 '애드 킴' 사무실의 변화 없는 그 구도構圖이다.

다만 독고윤을 향해서 눈웃음을 치며 인사를 한 것은 칸막이 벽에 붙어 있는 드링크제 포스터의 광고 모델 사진이었다.

'안녕하세요? 상쾌한 아침을 마시세요!'

먼로처럼 한쪽 눈으로 의미심장한 윙크를 던지고 있는 모델의 눈은 어느 각도에서 보든지 보는 사람의 시선과 마주치도록 되어 있었다.

무슨 큐피드의 화살이나 되는 것처럼 드링크병을 내밀며 온몸을 통째로 내맡길 듯 아양을 떨고 있는 모델의 시선을 황급히 피하면서 독고는 중앙 벽에 걸린 레이더판을 흘깃 훔쳐보았다. 광고 대리점에 레이더가 다 뭐냐고 놀랄 사람이 있겠지만 그것은 메리트 시스템을 '메리치 시스템'이라고 부르는 '애드 킴' 사원들의 숱한 유행어 중의 하나라고만 생각하면 된다.

하기야 아이디어맨들만 모아놓은 광고 회사가 아닌가. 그러니까 그들이 레이더판이라고 부르는 것은 열차 변소간에 들어가 문을 잠그면 바깥 표지판에 사용중이라고 쓴 빨간 불이 들어오는 것처럼, 사원들이 자기 의자에 가 앉으면 근무중이라고 쓴 표지판에 자동적으로 불이 들어오도록 되어 있는 근무 상황판인 것이다.

물론 의자를 뜨면 '애드 킴'의 전 직원들은 누구나 이 표지판에 자기 별을 하나씩 가지고 있어서 의자에 앉았다 일어섰다 하는 것이 이 레이더망에 낱낱이 걸리게 되고 또 기록되어 가는 것이다. 그래서 특별히 국장 자리가 없어도 사장 혼자서 회전의자에 앉아 손바닥을 들여다보듯 모든 사람들의 근무 상황을 파악할 수가 있다.

이 레이더망은—경영학자 김봉섭 사장의 말로는—미국의 막강한 벨 회사에서 사용하고 있는 근무 상황판을 그대로 도입해온 것이라고 했으나, 도안부장의 말로는 틀림없이 두 달 전 사장이 새마을호를 타고 부산 출장중 열차 변소간에서 발견한 독창적인 아이디어일 것이라는 주장이었다.

그러고 보면 생판 지어낸 말은 아닌 것 같았다. 김봉섭 사장이 부산에 다녀온 뒤 부랴부랴 이 근무 상황판, 그러니까 초현대식 레이더판이 내걸리게 된 것이며, 그 기능을 설명하는 사장 자신의 입에서도 열차 변소간 이야기가 한두 번 등장했으니 말이다.

"불쾌하게 생각하지들 마시오. 선진 미국에서는 이미 옛날부터 써오는 방식이니까요."

김봉섭 사장 덕분에 '애드 킴' 부장들은 낙후한 한국에 살면서도 선진국 미국 시민과 언제나 어깨를 나란히 할 수 있는 것이 대견하고 대견했지만, 이 레이더판의 출현에 대해서만은 아직도 그 영광을 잘 실감하지 못하는 눈치였다.

그것을 알아차린 김봉섭 사장은 벨 회사가 오늘날 미국에서 다른 기업을 물리치고 세계 시장을 석권한 이유가 어디에 있는가? 그것은 오로지 '합리주의 경영 방식에 그 비밀이 있다'는 것이었고, 그중의 하나가 바로 전 사원들의 인력을 정확하게 컨트롤하는 근무 상황판의 이용에 있었다는 것을 역설했다.

"인간의 사고는 언제나 플러스 쪽을 향해 움직여야 하는 겁니다. 마…… 플러스 사고란 같은 사물을 놓고도 생산적이고 창조적이고 포지티브한 쪽으로 이끌어가는 '웨이 오브 싱킹'을 뜻하는 것인데…… 마…… 이 근무 상황판만 해도 그렇습니다. 마…… 예를 들면 우리가 열차 여행을 할 경우, 변소는 하나인데 그 칸의 승객은 오십 명가량 됩니다. 변소에 만약 표지등이 없으면 어떻게 되겠습니까? 승객들은 자리에서 일어나 일일이 비틀거리며 애써 변소에까지 가서 확인해봐야 합니다. 노크를 해서 만약 오큐파이되어 있다는 것을 알면 다시 제자리로 걸어와 앉아 있거나 마…… 변소간 문 앞에서 스탠바이해야 합니다. 얼마나 이래셔널한 일입니까. 얼마나 정력, 시간 그리고 신경의 낭비입니까? 만약 이 근무 상황판을 단순한 감시판이라고만 생각하는 사람이 있다면 매사에 사물을 네거티브하게만 보려는 마이너스 사고의 소유자일 겁니다. 마……이 상황판을 기능적으로, 자기에게 이롭도록, 말하자면 자신의 메리트를 올릴 수 있게 포지티브한 면으로 이용하려는 사람은 플러스 사고를 하고 있는 합리적 인간입니다. ……앞으로 이 근무 상황판을 적절히 활용하십시오. 열차 변소에 '사용중'이라는 불이 켜져 있는데도, 그걸 보지 않고 변소간에 가서 일일이 노크를 하는 사람들이 많이 있어요. 내가 바로 며칠 전에 목격한 체험입니다. 한국인들은 아직 멀었다 하는 생각이 들더군요. 원시적인 감각주의적 라이프 스타일 때문에, 편리한 표지등을 달아놓아도 자기가 몸으로 직접 노크를 해서 변소간에 사람이 있는지 없는지를 확인해보고 나서야 안심을 하니 마……이런 거 하나에도 후진성이 있는 거 아닙니까?"

관세도 없이 자유자재로 드나드는 그 영어 단어만큼이나 사장의 훈시는 알쏭달쏭한 것이었지만, 어쨌든 벨 회사로 하여금 오늘날의 영광을 누리도록 한 근무 상황판이란 것이 열차 변소간의 '사용중'을 '근무중'이라고 바꿔치기해놓은 것과 별로 다를 게 없다는 것은 대강 눈치로 짐작이 가는 일이었다.

독고윤은 변소간에 들어가듯이 자기의 의자 안으로 들어갔다. 문안부라고 쓰인 표지판에 비로소 불이 켜지는 것을 보았다. 그제서야 독고윤은 도둑고양이처럼 숨을 죽이고 몰래 제자리로 찾아갔던 자신의 어리석음을 깨닫게 되었다.

여기는 초현대식 합리주의 경영을 자랑하는 애드 킴의 사무실인 것이다. 황소걸음으로 들어오건, 도둑고양이처럼 기어오건 그가 한 시간 동안 자리를 비웠다는 사실은 이미 손바닥의 손금처럼 환히 드러나 있는 사실이다. 벌써 독고윤의 책상 위에 하루의 시간별 일과표와 업무 지시표가 놓여 있었다.

9시에서 10시까지는 사장실에서 정시사의 시계 광고에 대한 문안을 보고해 결재를 맡도록 되어 있었고, 10시부터 점심시간까지의 두 시간 반 동안은 전광사 냉장고의 CM송 작사의 초고를 완성하도록 되어 있었다. 그리고 다음에는 땅콩과자, 양말, 무좀약, 선풍기의 선전 문안들이 차례로 줄지어 늘어서 있었다.

예외적인 것이 있었다면, 이 일과표 옆에 '댁에서 전화―급히 연락달라고―9시 30분 접수, 접수자 희'라고 쓰인 전화 메모 용지가 놓여 있었다는 점이다.

독고윤은 양쪽에서 협공을 당하고 있었다. 사장실에서는 김봉섭 사장이 이 레이더망을 통해서 그의 출현을 망보고 있는 중이며, 집에서는 그의 아내 수련이가 전화통 앞에서 귀를 곤두세우고 앉아 있을 것이다.

아내의 전화가 궁금하긴 했지만, 의자에 앉자마자 집에다 대고 전화를 걸 만큼 독고윤은 뻔뻔스럽지 않았다. 그렇다고 곧장 사장실로 들어갈 수도 없는 일이었다. 결재 맡을 문장이 준비되어 있지 않다는 이유만은 아니다. 독고윤은 한 시간 동안의 알리바이를 대야 한다. 사장에게도 아내에게도……

뻐꾸기시계 속에 정말 목각 뻐꾸기가 살고 있는지 확인해보려고 하다가 출근길에 한 시간 동안이나 길에서 서성댔다고 말해봤자 아무도 믿어줄 사람은 없을 것이다. 그럴듯한 알리바이가 있어야만 한다.

출근길 버스에 불이 났다고 하자! 그러나 이런 사건이라면 당장 석간 신문에라도 나와야 하지 않겠는가? 버스가 사람을 치었다, 그렇기로서니 한 시간이나 늦을 수야! 왜 자기가 늦었는지 사장 앞에서나 아내 앞에서 떳떳이 말할 수 있는 정당한 구실을 만들어내야만 한다. 그것이 광고 문안을 만드는 일보다 더 시급한 창작물이었다.

인터폰이 울렸다. 보나마나 사장실에서의 호출일 것이다.

"예, 문안부입니다."

"빨리 들어오시래요. 문안 가지고요."

'예, 이제 문안 드립니다.'

문안이란 말이 꼭 문안 드린다는 말로 들려 독고는 웃었다. 그러나 녹음테이프가 돌아가는 듯한 비서실장 오경희의 목소리는 차가웠다. 이쪽 얘기는 듣지도 않고 자물쇠 잠그듯 인터폰을 끊어버리는 소리가 철컥 하고 독고의 가슴을 떠다밀었다.

응접 소파는 비어 있었지만 독고윤은 등받이가 없는 둥근 보조의자에 쭈그리고 있었다. 그건 사장실에 들어올 때마다 독고가 자진해서 앉는 지정석이었다.

거인국에 온 걸리버처럼 끝없이 작아져가고 있는 자신을 의식하면서 안락의자에 앉아 있는 김봉섭 사장을 힐끔 훔쳐보았다. 김봉섭 사장은 사냥이라도 하러 가는 사람처럼 스포티브한 점퍼 차림을 하고 있었는데 이것이 더욱 독고윤을 겁주고 있었다. 헌팅복 차림은 '일하는 사장', '정력적인 사장'의 이미지를 만들어 주는 광고 효과이다. 그것이 몇 개의 선전 공식에서 그대로 빌려온 것임을 잘 알면서도 독고윤은 어쩔 수 없이 기가 꺾이고 마는 것이다.

'너희들은 무력하다', '너희들은 게으르다', '너희들은 남성이 아니다.' 아무 말을 하지 않아도 김사장의 옷차림은 이런 위협적인 CM송을 되풀이하고 있는 거와 다름이 없었다.

굵직한 시가, 귀밑까지 내려오는 구레나룻, 티셔츠의 첫째 단추를 풀어놓아 앞가슴에서 소용돌이치는 털이 약간 드러나 보이게 하는 노출 효과, 군번을 매단 것같이 목에 걸린 굵은 펜던트의 사슬. 그것은 정력적이고 활동적인 남성 상징을 자아내게 하는 이미지 효과의 정석 플레이였다.

"이미지를 발굴하라. 이미지를 팔아라. 광고 회사의 광맥은 무궁무진한 상상력 속에 있다."

김봉섭 사장은 이 구호를 몸소 실천하기 위해서 자신의 옷차림이나 소지품 하나하나에까지도 광고 선전술을 도입했고, 그래서 자기 자신이 스스로 네온사인 같은 하나의 광고 선전탑이 되는 것이다.

김봉섭 사장은 넘기고 있던 근착 《포춘Fortune》지를 탁자 위에 내던졌다. 어찌나 세게 내던졌던지 잡지 갈피에 적혀 있는 그 소중한 지혜의 보고 영문 글씨들이 왈칵 쏟아져 나올 것만 같았다.

《포춘》지를 넘기던 손가락으로 사장은 굵은 시가를 집어들어 입에 문 채 여간 조심하지 않고서는 알아듣기 어려운 말을 입 안에서 중얼거렸다. 크게 말하고 싶거든 작은 목소리로 말해라. 언제나 선전 광고는 반대 효과를 노려야 한다. 그건 선전술 제1장에 적혀 있는 사장의 신조이다.

"남의 집 담을 뛰어넘는 것만이 도둑이 아니라는 걸 명심하게."

타인의 스케줄, 그 철옹성 같은 시간의 담을 뛰어넘어 침범하는 것도 절도의 하나라는 것이었다.

독고윤은 봄이 오는 거리에서, 뻐꾸기시계가 걸려 있는 가게 앞 거리에서, 007이 가방을 들고 지나가는 거리에서 옛날옛적 여선생의 낙엽 타는 그 머리칼 냄새를 맡다가 사장님의 소중한 시간을 훔쳤고, 애드 킴 전 부장님들의 시간을 한 시간씩 훔쳐버린 죄인이 된 것이다.

"내가 잔소리할 때에는 아직 희망이 있다는 걸 명심하시오. 구부러진 못은 펴 쓰려고 할 때에만 망치질을 하는 법이니까."

사장의 시가에서 향기로운 연기가 피어 오르기 시작했다. 그것은 멀고 먼 하바나의 항구 냄새였다.

'예, 명심하겠습니다. 꾸중을 해주셔서 희망을 갖겠습니다. 녹슬고 구부러진 이 못을 그냥 내버리시지 않고 펴 쓰시겠다니…… 제발 망치로 때려주십시오.'

독고윤은 속으로 말하면서 엉덩이를 조금 들썩하고는 꾸벅 절을 했다.

"오늘 일은 사무적으로 처리하고 그냥 덮어버리겠네. 그리고 자네의 변명 같은 것은 듣고 싶지도 않으니 카피나 어디 봅시다."

물론 사무적이란 말은 서른여섯 가지의 체크포인트에 기록되는 근무 성적을 뜻하는 것이며, 그것은 동시에 월급에서 돈을 빼겠다는 것을 의미한다. 그런데도 인심을 쓰고 관용을 베풀고 있는 쪽은 김봉섭 사장이었고, 절도범처럼 고개를 숙이고 있는 쪽은 독고윤이었다.

'사냥꾼에게 쫓기던 토끼는 드디어 포수를 향해 사정을 했습니다.'

독고윤은 국민학교 학생이 국어책을 읽듯 속으로 이런 말을 되풀이하다가 드디어 입을 열었다.

"사장님, 죄송합니다만 내일까지 시간 여유를 주셨으면 합니다. 실은 제가 늦은 것도……."

"변명은 듣고 싶지 않다고 하지 않았소!"

이번에는 시가를 입에서 뽑아내면서 외쳤다. 얼굴에 김봉섭 사장의 침방울이 날아왔지만 독고윤은 닦지 않았다.

정시사의 선전 문안이 얼마나 막중한 임무라는 것을 독고윤인들 모를 리가 없다.

"자네들은 잡아다 준 고기도 뜯어먹지 못하나? 상대편은 한국인이 아냐. 모델들을 불러놓고 맥주 몇 병으로 쓱싹해서 넘길 수 있는 치들이 아니란 말야. 그치들이 스위스 본사 광고를 그대로 쓰자는 걸 이 김봉섭이가 오리지널로 가자고 우긴 거라구. 귤이 회수를 건너 북쪽 땅으로 오면 탱자가 된다. 마…… 선전은 그 민족성이나 문화적인 배경에 맞도록 해야 된다. 금으로 만든 포크도 밥을 먹을 때는 대나무 젓가락만도 못한 것이다. 트랜슬레이터 트레이터―번역자는 반역자다. 알겠어? ……이런 설득으로 겨우 따온 선전문이야. 그걸 자네가 망치겠단 말인가?"

'머니 이즈 타임'이라는 찬란한 구호도 김사장이 자기 자랑을 하는 자리에서만은 쪽을 못 썼다. 어떻게 해서 김봉섭 사장이 스위스의 대광고 회사에서 만든 선전문을 밀어제치고 애드 킴에서 새 광고 기획을 따게 되었는지, 그 혁혁한 무훈담을 독고가 들은 것만 해도 이번이 꼭 여섯 번째였다.

"어렵게 어렵게 따신 일인데 이왕이면 하루만 더 시간을 주십사 하는 것이죠. 스위스에서 만든 광고보다는 월등 우리 것이 나아야 되지 않겠습니까? 아이디어를 다듬고 손질하려면 좀 더 시간이 있어야 합니다.”

독고윤은 다시 만년설에 뒤덮인 알프스 산과 뻐꾸기시계 같은 스위스의 호숫가 별장 지붕들을 생각하면서 말했다.

아이디어가 떠오를 때에 만화책 주인공의 머리에는 으레 전구에 불이 켜진다. 독고윤의 머리에서도 분명 전구 같은 것에, 레이더판의 그 빨간 전구 같은 것에 희미하게나마 불이 번쩍하는 것 같았다.

“어디 그 아이디어란 것을 좀 들어보세…….”

‘우리 것’이란 말에 조금 감동을 했던지 태도가 좀 누그러지면서 김봉섭 사장은 흰 메모지를 꺼냈다. 그리고는 피의자 심문을 하는 형사처럼 독고윤을 바라보았다.

“우선 이 시계는 남성용이잖아. 남성 이미지는 무엇으로 잡았나?”

사장의 메모장에는 수컷을 뜻하는 ♂표가 적혀져 있었다. 물론 화장품 광고에는 암컷의 표지 우가 붙는다. 독고윤은 ♂표를 보면서 얼결에 대답했다.

“등산 이미지입니다. 요즈음 우리나라 등반대가 히말라야 산정山頂을 정복하지 않았습니까? 애나 어른이나 등산 붐입니다.”

독고윤은 하늘로 치솟은 삐죽한 화살표를 보고 순간적으로 알프스 산정을 연상하게 된 것이었다.

‘아, 사장이 그 표만 그리지 않았더라도!’

독고윤은 다시 한 번 꾸벅 사장에게 절을 했다. 사장은 바둑을 둘 때 상대방에서 의외로 묘수를 썼을 때와 같은 표정을 지었고, 독고윤의 머리 위에서는 백 촉짜리 전구가 반짝거리고 있었다.

"등산이라!"

사장은 팔짱을 끼고 천장을 쳐다보았다. 사장의 아이디어는 늘 천장 위에 매달려 있는 모양이었다.

"더구나 이 시계 상표는 알프스가 아닙니까. 만년설이 뒤덮인 산정을 배경으로 알피니스트alpinist의 정력적인 모습이 클로즈업된 사진을 씁니다. 그리고 캐치프레이즈로는 알프스의 산정을 정복한 등산가의 손목에……."

이번에도 사장이 팔짱을 낀 것에서 힌트를 얻은 것이었다. 다시 한 번 독고윤은 절을 했다. 아슬아슬한 등산이었다.

"좋아 그런데 스위스제라는 이미지, 정교 정밀의 이미지를 때려줘야지……."

사장은 두 번째로, 스위스제의 이미지—정밀성이라고 쓰고는 그 밑에 퀘스천 마크를 찍었다.

"그건 이미 나오지 않았습니까? 스위스 하면 알프스 산과 시계를 연상하게 마련이니까요. 장갑과 손은 따라다니기 마련이죠."

"그러나 구체적으로 정밀성이 나타나 있지 않잖나? 그리고 이건 일제 시계에 밀려나고 있는 스위스 시계의 롤백 작전이잖아? 설득력이 없어요. 셀링 포인트는 이 시계가 일제보다 앞서 있다는 기능과 십 년에 한 번 전지를 갈아끼우기만 하면 되는 반영구형이라는 데 있어! 노른자위가 없어요, 노른자위가!"

김봉섭 사장의 입에서 영어 단어가 조금씩 튀어나오는 것을 보면 독고윤의 아이디어가 일단은 성공한 눈치였다. 누구에게 좀 꿀린다 싶을 때 김사장의 무기는 어려운 영어 단어를 섞어 쓰는 것과 미국의 경영학 이론을 인용하는 것이었으니까.

"자네는 지금 시를 쓰고 있는 건 아닐 테지. 아이다AIDA 법칙을 잊었나? 선전문에는 반드시 아이다가 있어야 한다는 게 상식 아닌가? Attention, 우선 보는 사람의 주의를 끌고, 다음에 Interest, 흥미를 불러일으키고, 사고 싶은 Desire, 욕망을 불러일으키고, 마지막엔 Action, 행동으로, 즉 물건을 사는 실천으로 유도하는 것…… 아이다, 아이다 법칙."

맞다. 그들은 스물네 시간 아이다 행진곡 속에서 살아가야만 한다. 누에가 체내에서 명주실을 뽑아내고, 꿀벌이 배에서 꿀을 짜내듯이 카피라이터는 기발한 어휘들을 머릿속에서 짜내야 한다. 아이다라는 기괴한 행진곡에 맞추어서 행주를 짜고 치약을 짜듯이 이미지를 짜내야 한다.

아이다라는 말을 듣자 독고윤의 머릿속에서는 피댓줄이 돌기 시작했고 우렁찬 모터 소리와 함께 모든 언어들이 밀가루처럼 빻아져서 쏟아져 흘러내렸다. 그건 독고윤이 생각하는 것이 아니었다. 선전의 법칙, 광고의 문법에 의해서 사고의 기계는 저절로 움직이게 되어 있다.

독고윤은 자신의 잘못을 깨달았다. 카피라이터는 설명 없는 시를 써야 한다. 아내의 육체나 팬지가 피어 있는 생활의 뜰 같은 것, 버스 칸에서 본 노파의 눈물이나 아이들의 얼굴 같은 것. 자신의 감정이나 사생활을 노래 불러서는 안 된다. 마술사들이 보자기에서 비둘기를 꺼내듯 메이커들이 뿌리는 상품에 날개가 돋칠 수 있는 언어들을 사전 속에서 끌어내와야 한다.

술 광고를 쓸 때에는 술을 찬미해야 되고, 간장약 광고문을 쓸 때에는 술의 해독을 써야 한다. 병 주고 약 주는 그 모순을 동시에 해치우고도 머리가 두 쪽이 나지 않아야만 유능한 카피라이터가 되는 것이다.

카피라이터는 중세의 기사 시인 트루바두르(음유시인)이다. 정처 없이 이 메이커, 저 메이커의 성곽을 찾아다니며 성주의 마님들을 찬미하는 시를 써 바쳐야 한다. 그 높으신 마님들에게 콜라며 아이스크림이며 신발이며 생리대며 감기약을 드린다. 만약에 그것이 조금이라도 마음에 들지 않으면 처량한 트루바두르들에겐 한 잔의 술도 고깃덩어리도 던져지지 않는다. 황야로 내쫓기어야 윈 당나귀를 타고 벌판을 헤매야 한다. 바로 지금이야말로 중세 기사 시인 독고윤이 성에서 쫓겨나지 않기 위해서 아이다의 하프에 맞추어 알프스 시계의 찬가를 소리 높이 불러야만 할 순간인 것이다.

"제가 왜 그걸 모르고 있겠습니까. 아이다…… 아이다의 노래를 말입니다."

"자신이 있다면 어디 들어봅시다."

김봉섭 사장은 볼펜 머리를 눌렀다 뗐다 하면서 찰깍거리는 시계 소리를 냈다.

"알프스, 스위스 하면 목가적인 사랑이 연상되지 않습니까."

독고윤은 출근길에 생각했던 여선생의 슬픈 미소를 머릿속에 떠올리면서 말했다.

"'스위스의 러브스토리'라는 표제를 달면 어텐션의 A를 충족시킬 수 있습니다."

독고윤은 머리에서 모터가 돌아가는 대로 지껄이기 시작했다. "에델바이스가 피어 있는 알프스의 고원에서 두 남녀가 사랑을 했습니다. 어느 날 남자는 알프스의 빙하 끝에서 핀다는 에델바이스 꽃을 따러 갑니다. 그 남자는 산정을 정복했지만, 소녀가 보고 싶어 급히 내려오던 길에 실족을 해서 빙하의 낭떠러지로 떨어집니다. 소녀는 십 년 동안이나 산 밑 호수에서 기다립니다. 에델바이스가 열 번이나 폈다 시든 어느 날 새벽, 호수에 그 젊은이의 시체가 떠오릅니다. 빙하의 이동을 타고 십 년 만에 떠내려온 얼어붙은 모습, 이제 소녀는 나이가 들었지만 그 가슴에 안긴 청년은 옛날 그대로의 모습입니다. 그리고 그의 손목에 채워진 알프스 시계는 여전히 움직이고 있습니다. 일 분도 안 틀리는 정확한 시간을 가리키고 있었습니다. 인간의 심장은 멈췄어도 또 하나의 심장은 십 년 동안이나 빙하 속에서 움직이고 있었던 것입니다. 알프스의 사랑과 알프스의 전자동 시계는 영원합니다. 빙하의 냉혹한 추위도 그 사랑과 시계를 파괴하지 못했습니다."

김봉섭 사장은 다시 시가를 피워 문 채 천장을 쳐다보고 있었다.

"이 사람아."

자네라는 호칭이 이 사람으로 옮겨가는 것은 사장의 마음이 아이다의 두 번째 이니셜 인터레스트의 I로 이동하고 있다는 증거이다.

"광고주 말일세. 한국인이 아니라 스위스 쪽 중역들 말야. 그들이 그런 러브스토리를 좋아할 것 같은가? 그들은 합리주의자들이라 감정보다는 이성에 호소하는 설득력을 좋아할 거란 말야……."

"단순한 러브스토리가 아니잖습니까? 사장님께서도 늘 이성을 감정의 포장지로 싸라고 하시지 않았습니까? 알프스 시계가 빙하 속에서도 작동한다는 것, 십 년 동안 전지를 갈아 끼우지 않아도 움직인다는 것, 그 같은 기능을 알프스 소녀의 목가적인 사랑으로 포장한 것이지요."

머릿속에 켜진 독고윤의 전구는 더욱더 빛을 냈다. 거의 오백 촉짜리는 되리라고 자만을 했다. 그러나 사장은 중세의 성처럼 만만찮게 그 벽이 두껍기만 했다.

"현대의 애드 맨(광고인)은 무의식의 심층까지 잠수해야 되는 법이오. 진주를 따려면 바다 밑으로 들어가야 돼. 그 이야길 모르나, 자네?"

다시 호칭이 자네로 변했다.

"라면 제조업자가 그 포장지 사이에 나일론 양말 한 켤레씩을 경품으로 끼워주었던 일이 있었지."

'예…… 알고말고요. 그건 패커드의 책에 나오는 유명한 일화가 아닙니까? 그런데 사장님, 그건 라면이 아니라 분말 수프랍니다.'

독고윤은 속으로 말했다.

"그런데 그게 역효과를 내고 말았네. 왠지 아나? 잠재의식 때문이었지. 소비자들은 라면 속에 여자 스타킹이 빠져 있는 것을 연상한 걸세. 그 때문에 더러운 생각이 들었던 거야."

"이 경우엔 라면이 아니라 시계입니다. 그리고 알프스 소녀를 여자의 스타킹에 비기시다니…… 당치도 않습니다."

독고윤은 수프라고 말하려다가 얼른 '라면'이라고 그대로 말했다. "이 사람아(호칭이 다시 바뀌었다), 매일반 아닌가? 그 선전문을 읽으면 이내 잠재의식 속에 죽음을 생각할 테니 누가 그 시계를 사겠느냐 말야. 시계는 산 사람에게나 필요한 거라구. 죽은 자의 시계가 정확하면 뭘 하겠어? 상품 이미지만 버리지 말게."

"아닙니다. 시계는 불멸의 심장, 정확한 그리고 영구한 심장의 고동 소리, 그 시계를 차면 영생을 얻는 것 같은 이미지를 소비자에게 심어주는 겁니다."

광고인들 사이에서는 거짓말이란 말을 점잖게도 이미지라고 불렀다.

"시적이군."

김봉섭 사장은 코웃음을 쳤다. '시적'이란 말에 독고윤은 다시 풀이 죽었다.

"십 년이나 기다린다는 알프스 소녀의 이미지는 19세기, 그렇지 뻐꾸기시계 선전이면 모를까, 초현대식 쿼츠 전자제품의 이미지에는 알맞지 않네. 비행기 선전에 꽃가마를 끌어대는 격이지."

독고윤은 빨리 이 자리를 모면하고 싶었다. 아내의 전화가 마음에 걸렸던 것이다. 틀림없이 아내의 전화는 청심원(그건 기생집 요정이 아니라 정신박약아를 수용하는 곳 이름이다) 진이에게 무슨 일이 일어났다는 급한 전갈일 것이다. 불쌍한 진이…… 드디어 독고 윤은 엄청난 객기를 부리고야 만 것이다.

"사장님, 전 이번 광고 문안에 자신을 갖고 있습니다. 내기를 하셔도 좋습니다."

"그래? 내기라! 만약 자네 문안대로 통과가 되면 자네에게 위로 출장을 보내주겠네. 그런데 자넨 뭘 걸 작정인가?"

"네, 사표입니다."

사장은 시가를 떨어뜨렸다.

"네, 사표를 쓰겠습니다."

다이아 반지같이 단단하고
빛나는 영원한 자궁을 가진 아내여

아내의 전화는 의외였다. 당장 좀 들어와 보라는 것이었다. 독고윤은 긁힌 레코드판 소리처럼 "왜 그래." "왜 그래." 소리만 되풀이하고 있는데 수화기에서는 독이 오른 아내의 목소리가 피그미족들이 입으로 불어 쏘는 독화살처럼 쉴 새 없이 날아왔다.

"왜 못 대는 거예요. 어디 있었나 왜 못 대요. 왜 그래라니? 집에서 출근한 게 몇 신데…… 9시 반에도 당신은 회사에 없었잖아요? 굴러갔어요, 기어갔어요, 뭐예요! 일 분만 늦어도 월급을 까는 회사라구 그랬죠. 나만 미친년이 됐지. 글쎄, 멋도 모르구응…… 출근시간 맞추겠다고 꼭두새벽마다 그 야단을 했으니, 내 참 기막혀서. 수상쩍다 수상쩍다 했는데 오늘에야 모든 게 분명해졌어. 증거가 있어요, 증거가……. 그래, 애가 그 모양인데 당신이 그런 짓을 하고 다닐 수 있어요? 궁금하면 빨리 들어와요, 증걸 보여줄 테니."

독고윤은 전화를 끊었다. 알프스 고원으로부터 겨우 제자리로 내려왔는데 또다시 눈앞에는 높은 산이었다. 아내는 지금까지 저녁이면 몰라도 이렇게 이른 시간에 전화를 거는 법이 없었다.

여자는 남편들을 출근시켜 놓고는 화장을 한다. 볼일이 있어도 없어도 아내들은 외출 준비를 한다. 십자군들이 전쟁이 없는 날에도 창 끝을 닦듯이 외출을 할 일이 없어도 아내들은 화장대 앞에서 화장을 한다.

9시 반이면 그런 시각이 아닌가.

'청심원'으로 아들을 면회 갈 때에도 그들은 출근 전에 미리 그 시간과 장소를 약속해두는 것이 보통이었다.

'설마 그 반지 때문에 그러는 것은 아니겠지. 그 일이라면 벌써 십여 년이 지난 일이 아닌가.'

현대인들은 신은 두려워하지 않아도 증거물이라는 말 앞에서는 꼼짝 못하고 무릎을 꿇는다. 독고윤은 위험한 인화물질이나 되는 것처럼 수화기를 얼른 팽개치고는 신경안정제 노이핀 광고에 나오는 사나이처럼 머리를 감쌌다. 그 꼴을 보고 사진부장 최명식이가 와서 그의 어깨를 툭툭 쳤다.

"머리가 아플 때에는 노이핀, 허리가 아플 때에도 노이핀, 두통 치통 불안증에 노이핀 한 알……."

최명식은 약을 올리듯 CM송을 불렀다. 그것도 사실은 독고윤 작사였다. 최부장은 애드 킴 회사 안에서 레이더판을 두려워하지 않는 유일한 자유인이었다. 그에게만 무슨 특권이 주어져서가 아니라 사진 촬영담당이라는 그 직책 때문이다. 그에게는 도안부나 문안부와는 달리 자리에 앉아 있는 것이 오히려 감점의 조건이 될 때도 있다. 그래서 최명식은 외근시간인 11시 이후엔 사무실 안에 있어도 밖에 나가 있는 것처럼 꾸미기 위해 의자에서 일어나 온 회사 안을 누비고 다니는 것이다. 레이더판의 표지등이 꺼져 있으라고 말이다. 새장에서 풀려난 종달새처럼 온 방 안을 날아다니며 온갖 참견을 다 하는 것이 그의 버릇이다.

"발목 잡힌 거로구만 그려. 내가 뭐랬어. 집에서 온 전화는 받는 게 아니라 했잖아. 계집은 말여, 사귀는 게 문제가 아니라 워떻게 띠는가에 달려 있는 거여. 붙기는 쉬워도 띠기는 어려운 거지. 입 안에 넣고 씹을 때는 단물이 고여도 뱉을라면 그게 아니란 말여. 피우고 싶다고 아무나 바람을 피우는 줄 아남."

사진부장은 여자를 떼는 열두 가지 비법을 자기는 다 마스터했다는 것이고, 월사금만 바치면 한시라도 쉬운 걸로 한두 개 가르쳐주겠다는 것이었다. 독고윤에게 여자를 다루는 방법을 가르쳐주겠다는 후하고 후한 우정을 베푸는 것은 비단 최명식 하나만은 아니었다. 거의 경쟁적으로 도안부장 박병열이도 독고윤을 보기만 하면 외도 강의를 늘어놓는 것이었다.

다만 다른 것이 있다면 언제나 사진부장은 주로 여자를 떼는 방법에 대한 강의였고, 도안부장은 여자를 꾀는 방법에 대한 것이었다.

최명식은 느긋한 충청도 사투리고, 도안부장은 억센 경상도 사투리로 강의를 한다. 독고윤은 착한 학생이었다. 이 착한 학생을 앞에 놓고 그들은 누가 더 관록이 있고 누가 더 사나이다운가로 촌보의 양보도 없이 불꽃 튀는 경쟁을 벌였다. 생각할수록 독고윤은 신기한 일이었다. 두 사람의 여성 헌팅 강의는 믿기지 않는 것이 많았으나 그들의 독특한 그 사투리로 들으면 모든 게 실감이 나고 그럴듯하게 느껴졌다. 아마 두 사람의 이야기를 바꿔서 충청도 말을 경상도 말로, 경상도 사투리를 충청도 사투리로 옮긴다면, 그건 신발을 짝짝이로 신은 것만큼이나 어색할 것이라고 생각한다. 독고윤은 표준어를 쓴다. 그런 말씨로는 흉내도 낼 수가 없는 이야기들일 것이다.

　"이봐, 워떻게 했길래 남자 일에 여편네들을 다 끼게 하는가? 계집들은 말여, 탈이 생기기 전에 띨 줄 알아야지."

　최부장은 새끼손가락을 독고의 눈앞에 디밀었다. 그리고는 셔터를 누르듯이 강의를 늘어놓았다.

　"계집은 말여, 떨어질라 하다가도 이쪽에서 눈치를 비면 찰싹 달라붙는 기여. 내 뭔 일인지 몰라도 말여, 자네가 단단히 걸렸는가 본디 뭣땜에 그런 걸로 골칠 썩이나? 그렇잖여, 재미를 보자는 게 외도인디. 안 그려, 이 사람아? 생선 맛을 보려면 가시를 바를 줄 알아야 하고, 계집 재미를 보려면 뒤꼬리 잡히지 않게 해야 된단 말여."

어느새 최부장이 강의를 시작하는 것을 엿듣고, 도안부장이 제도기를 밀어제치고는 손을 내저었다. 착한 모범생을 빼앗길 수 없다는 태도였다.

"야! 자슥들아, 치워버려라. 내 말 들으래이, 마누라가 무슨 냄새를 맡았건 문제될 게 없는 기라! 할 일 없다고 그런 기다 마, 신경을 쓰나?"

도안부장 박병열의 엉덩이는 들먹거리고 있었지만, 그의 눈은 레이더판을 흘끔흘끔 훔쳐보고 있었다. 레이더판 때문에 자리를 떠서 원정까지 올 형편은 못 되는 것 같았다. 도안부장은 여자를 떼고 안 떼고가 문제가 아니라, 아내의 의심을 받지 않고 외도를 하는 솜씨를 알고 있느냐 하는 게 중요하다는 거였다.

"마누라가 아침상 차려 올 때 안 있나! 그때 신문을 펴 드는 기라. 어느 날이고 신문에 부고 안 나오는 날 있드나?"

하루도 빼놓지 않고 죽는 놈은 있으니까 언제라도 필요하기만 하면 부고란을 전천후로 이용할 수 있고 감쪽같이 아내를 속여 외박을 할 수 있다는 것이었다.

아무 부고란이나 들여다보고는 한숨을 크게 쉬라는 것이었다. 그러면 아내들은 언짢은 남편의 기색을 보고는 틀림없이 먼저 그 이유를 물어올 거라는 것이었다. 그때까지 잠자코 기다리는 것이 부고 외도술의 요령인데, 여자가 그래도 무관심하게 있으면 밥숟갈을 놓고 안경을 닦든가 손으로 눈을 비비라는 것이었다.

신경이 밧줄 같은 여자도 숟가락을 놓는데 왜 그러느냐고 묻지 않고 배기지는 못할 거라는 거였다. 여자란 애에게나 어른에게나 이거 먹어라 저거 먹어라 밥상 앞에서는 말이 많은 법이니까! 이렇게 해서 아내가 미끼에 걸리면 낚시를 할 때처럼 지그시 잡아당기다가 툭 튕기면 된다는 게 중요한 요령이라는 것이었고, 아마추어들은 대개 이때 실수를 저지른다는 거였다.

"허 참, 우리가 이거 살아 있는 긴가?"

"무엇 때문에 아침밥 먹다 말고 그래요? 신문에 뭐가 났길래."

여자는 밥상 옆에 떨어진 신문, 남편의 시선이 머물고 있는 검은테 두른 부고란을 볼 것이다.

"엊그제까지 팔팔하던 자슥이…… 죽긴 왜 죽노? 뭐가 그리 급하닥고……."

적당히 슬픔과 분노를 섞어줘야 한다. 도안부장은 자신의 명강의에 신이 올랐다. 화난 체해야, 언짢은 체해야, 자기도 언제 죽을지 모르는 몸이란 것을 강조해야 여자는 꼬치꼬치 묻지 않게 된다는 것이었다. 쓸데없이 이름을 대거나 죽었다는 그 친구와의 내력을 절대로 소상히 늘어놔서는 안 된다, 묻지 않는 말엔 자진해서 쓸데없는 말을 지껄여서는 안 된다는 것이었다.

"돈 내놓거라. 흰 봉투 없나?"

"부조하시게요?"

"그라믄, 그 돈으로 술 먹을 줄 알았나? 적당히 넣거라이."

이때 부의금은 물론 외도 자금으로 쓰는 것이고 '올나이트'를 하고 와도 '알리바이'는 완벽하다. 초상집에 전화 걸 만큼 신경이 굵은 미친 여자는 없을 것이기 때문이다.

와 하는 웃음소리가 나자 도안부장은 배우처럼 어깨를 으쓱하고는,

"그런데⋯⋯."

라고 진지하게 말꼬리를 길게 끌었다. 마지막 강의 결론에 장중한 종지부를 찍을 모양이었다.

"처음부터 밤샘을 한다구 말하면 안 되는 기라. 밖에 나가서 전화를 걸어야제, 그렇잖으면 그것들 눈치가 좀 빠르나? 초상집에 와보니 형편이 그게 아니라꼬 잔뜩 욕을 늘어놓고는 문단속 잘하래이, 수고한다고 말하면 다 끝나는 거 아이가?"

이렇게 도안부장에게 시선이 쏠리자 사진부장은 초조해졌다. 독고윤의 귀에다 대고 여자를 떼는 열두 가지 방식을 열강하기 시작했지만, 그는 그의 말이 귀에 들어오지 않았다.

친구 녀석들은 그때도 그랬었다. 여자를 후리는 것이든 털어버리는 것이든 남자들은 자기가 남보다 여자를 얼마나 더 잘 다루는가 하는 한량의 기질을 과시하려고 든다. 그것 역시 광고 선전술의 에이 비 시에 따르면 남성적 이미지를 조작해내는 자기 선전 방법의 하나라는 것을 독고윤은 잘 알고 있었다.

그것은 해적처럼 검은 안대를 끼고 콧수염을 기른 해서웨이 제품의 와이셔츠 상표와 다를 게 없는 것이었다. 수련이와의 결혼 날짜를 받아놓았던 그때에도 친구 녀석들은 해서웨이 와이셔츠의 '검은 안대'를 과시하기 위해서 독고윤의 하숙방으로 몰려왔던 것이다.

신부가 만약 처녀가 아니면 어떻게 하겠느냐가 그들의 우정에 넘치는 충고였었다. 스무 살이 넘도록 동정을 버리지 못하다가 장가를 가는 이 주변 없는 샌님을 걱정하기보다는, 그걸 기화로 자기들이 얼마나 그 방면에 관록이 풍부한 남성인가를 자랑하고 또 증명해 보이고 싶은 탓이었다.

신부가 숫처녀가 아니라 해서 결혼 첫날밤에 신부를 내쫓을 만큼 과단성이 있는 남자라면 지금까지 동정으로 있을 턱이 없다는 게 그들의 의견이었고, 그러니 밑지지 않게 이쪽에서 동정을 아예 버려버리면 장군멍군이 되는 것이니 덜 억울할 게 아니냐는 것이었다. 그들은 모두가 결혼 전인 대학생들이었지만, 그들의 말을 들어보면 결혼을 대여섯 번씩 치른 풍부한 경력의 소유자들로 행세했다. 셰익스피어 강독의 학점을 따기보다는 그쪽이 훨씬 더 수월하다고 아낌없이 격려를 해주는 놈도 있었다.

그래서 독고윤은 끌려나갔고, 술을 마셨고, 창녀의 곁에서 눈을 떴다. 독고는 창녀의 얼굴을 봤다. 양미간에 까만 사마귀가 박혀 있었다. 술집에서 보았을 때보다는 훨씬 나이가 들어 보이는 여자였다. 눈 가장자리에 잔주름이 잡혀 있었고 거기에만 분가루가 떨어져 있어서 나비의 나래처럼 보였다.

포접망에 걸린 나비를 잡으면 손끝에 미세한 파동이 묻어왔다. 그러고는 꽃가루 같은 것이 떨어져 나래에 얼룩이 졌다. 방학숙제로 독고는 여름내 산과 들판을 헤매면서 나비를 잡으러 다녔던 것이다.

더구나 여선생님이 표본실 책임을 맡고 있어서 칭찬을 받으려면 이 세상에서 제일 예쁜 나비를 많이 많이 잡아야만 했다.

"선생님! 선생님! 제가 이 나비들을 모두 잡았어요."

호랑나비, ○○나비, ○○나비……. 독고는 아이들 눈에 띄지 않게 몰래 나비 채집함을 들고 선생님이 계신 생물 표본실로 찾아갔다. 방과후의 으슥한 표본실은 벌써 땅거미가 지고 있었다.

선생님은 혼자서 숙제물을 정리하고 계실 것이다. 선생님 눈에 띄려고 일부러 숙제물을 따로 들고 몰래 표본실을 기웃거렸다. 선생님은 아이들이 잡아온 나비 표본 상자들을 선반 위에 올려놓으려고 까치발을 하고 있었고 맹선생은 옆에서 부축하고 있었다. 그들의 얼굴은 상기해 있었다.

"술 좀 깨셨수?"

여자는 스테인리스 대접을 독고윤의 턱밑에 불쑥 내밀었다. 여자의 파란 정맥이 슬프게도 육십 촉 전등 불빛 밑에 어렴풋이 떠올랐다. 대접의 물을 마시려고 하자, 눈이 벌겋게 짓무른 자신의 눈이 물 위에 얼비쳤다. 비릿한 물 냄새가 나면서 역겨웠다. 여자의 머리카락 하나가 물 위에 떠 있었다.

독고윤은 구역질을 했다.

여자는 대야를 가져왔다. 독고윤은 내장까지 다 토해버리고 싶었지만, 아무것도 토해내질 못했다. 문을 부수고 나와 어둠 속으로 뛰어 달아나고 싶었다. 여자는 등을 치다 말고 독고윤의 등에 그냥 엎드려버렸다. 귀를 잘근잘근 씹으면서 말했다.

"정말 숫총각인가……."

목소리는 창을 부를 때처럼 쉬어 있었다.

"어이구, 우리 애기…… 딱해라."

쯧쯧, 혀를 차면서 독고윤을 안아 뉘었다.

"겁낼 것 없어요! 자, 우리 애기 이리 와요…… 이리 와."

칠이 벗겨진 캐비닛이 꼭 표본실의 진열장처럼 느껴졌다. 그 옆으로 구겨진 담요들이 있었고, 화장대 하나가 놓여 있었다. 바보 삼형제의 플라스틱 인형과 화장품 병과 야광시계인 듯한 자명종이 관자놀이가 두근거리는 것처럼 재깍거리고 있었다.

여선생의 머리카락은 헝클어져 있었다. 표본실의 하얀 가운 사이로 허연 허벅지가 드러나 있었고, 맹선생은 수캐마냥 엎드려서 여선생을 온몸으로 짓누르고 있었다.

독고윤은 울면서 속으로 선생님을 불렀지만, 그의 눈은 빛나고 있었다. 어둠 속에서였지만, 선생님의 맨발 벗은 엄지발가락에 봉선화를 물들인 것까지도 볼 수가 있었다. 마치 파도가 치는 것 같았다. 표본실의 박제된 새들까지도 놀라 퍼덕거리는 것 같았다. 매캐한 냄새, 유리창 틈 사이에서 야릇한 냄새가 풍겨왔다. 독고윤은 순간 메스꺼움을 느끼고 헛구역질을 했다. 입을 틀어막고 교정으로 뛰어나와 어둠 속을 뛰었다.

독고는 교문을 빠져나와 둑길 아래로 몸을 숨기고 포복을 하는 자세로 뛰어 달아났다. 쿵…… 쿵…… 쿵……. 발자국 소리보다도 더 크게 심장이 뛰는 소리가 들려왔다.

'난 아무것도 안 봤어요. 정말예요. 난 아무것도 모른다구요. 선생님이 좋아서 그냥 몰래 찾아간 것뿐예요…… 맹세할게요. 맹세할게요.'

강바람이 벌겋게 상기된 독고의 얼굴을 쳤다. 그건 모래 바람이어서 얼굴이 따가웠다. 하지만 바람이 더 세차게 세차게 불었으면 싶었다. 마음속에 있는 것을 홀딱 뒤집어 머리카락처럼 말짱히 불어 없애주었으면 싶었다.

여선생의 허연 허벅다리와 풀무질하듯이 씩씩거리던 맹선생의 숨결을 모두모두 날려버렸으면 싶었다.

애녀석들은 히히거리며 웃었다. "물 떠와라, 물 떠와." 애들은 신이 나서 바가지에다 우물물을 퍼가지고 왔다. 마치 불이라도 난 것처럼 말이다. 물을 끼얹으면 콩밭길에서 이상한 짓을 하고 있던 개들은 끼깅거리면서 서로 떨어지려고 안간힘을 썼다. 그러나 잘못 낀 반지처럼 잘 빠지지 않았다. 그럴 때마다 동네애들은 독고를 보며 하하거리고 웃었다.

"해피야! 해피야!"

그것은 독고네 개였다. 너무 부끄럽고 또 분해서 독고는 해피의 엉덩이를 걷어찼다.

"야, 창피하다 창피해. 이 망할 놈의 개새끼…… 빨리 집에 가자니깐……."

독고는 혼자서 뛰어 달아났다. 물바가지를 뒤집어쓴 해피가 노랑내를 풍기며 독고의 뒤를 헐떡거리며 쫓아왔다.

"임마, 왜 그런 짓을 했어!"

해피의 눈을 보자 불쌍한 생각이 들었다. 아직도 뻘건 성기를 내놓은 채, 해피는 머리를 쓰다듬는 독고의 손을 핥았다. 징그러운 감촉이었다. 독고는 손을 얼른 뺐다.

독고는 여자의 손을 뿌리치며 벌떡 일어났다.

"폐를 너무 많이 끼쳤습니다. 이만 실례해야겠어요."

그러고는 국민학교 아이처럼 꾸벅 절을 했다. 여자는 한참 동안 웃었다.

그러더니 갑자기 독고의 머리를 곧추세우고 가슴으로 끌어안으면서 등을 토닥거렸다.

"어이구, 귀여워라! 우리 애기."

몇 번 부라질을 시키고는 정말 애에게 젖이라도 먹이려는 자세로 독고를 무릎에 앉혀놓고 여자는 등을 긁듯이 손을 자기의 등 뒤로 가져갔다. 지퍼를 내리려는 모양이었다.

그 순간 여자의 팽팽하던 테트론 원피스가 실이 끊긴 가오리연처럼 맥없이 제물에 흐물거리며 흘러내렸다. 여자의 목덜미에는 굵은 주름이 패어 있었지만 양 어깨는 비에 씻긴 양파같이 둥그렇게 솟아나 있었다.

'선생님, 선생님 저는 아무것도 안 봤어요.'

어떻게 감당할 줄을 몰라서 독고는 눈을 감았다. 이마에 뜨거운 입김을 느낄 때 여자에게선 파김치 냄새가 났다.

그러고는 그리마 같은 것이 코끝을 스쳤다. 독고는 용기를 내어 눈을 살며시 떠보았다. 그것은 브래지어의 레이스 한 오라기가 뜯겨져 늘어진 것이었다. 온통 그의 시야에는 까만 여자의 브래지어뿐이었고 그것은 하늘만큼 부풀어오른 거대한 콩깍지였다.

다시 숨이 막혀왔다.

원피스의 지퍼를 내릴 때처럼 여자의 손이 등 뒤로 가는가 싶더니 브래지어 한쪽이 갑자기 흘러내리면서 둥그런 유방이 튀어나왔다.

그러나 독고는 실감이 나지 않았다.

저것이 여자들의 옷 속 겹겹이 숨겨져 있던 비밀스런 그 육체였던가?

정말 그게 아니었다.

한쪽은 아직도 검은 브래지어에 가려진 채 독고의 눈앞에 불쑥 솟아난 반쪽의 유방은 『보물섬』에 나오는 실버 선장, 그렇다, 한쪽 눈에 검은 안대를 두른 애꾸눈 실버 선장의 얼굴처럼 보였다.

거대한 콩깍지가 이제는 애꾸눈을 한 해적의 눈처럼 독고에게로 다가오고 있었다.

그는 여자의 앞가슴을 떠밀면서 다시 일어나려고 했다.

"물…… 물 좀 줘요, 목이 타 죽겠어."

"보채긴……."

여자는 더 힘껏 팔에 힘을 주면서 말했다.

"마음을 편하게 먹어요. 누구나 처음엔 다 그러는 거지 괜찮다니까! 글쎄, 괜찮대두…… 조금만 있으면 몸이 달아오를 거야!"

"괜찮어! 얘야, 어서 들어오라니까 그래."

독고는 뜨거운 탕 속이 무서웠다. 쭈뼛거리며 아직 마음을 결정하지 못하고 멍하니 뽀얗게 피어오르는 뜨거운 김을 쳐다보고 있었다.

그 수증기 속에는 낚시의 찌처럼 수건을 두른 머리들이 둥둥 떠 있었다.

"뜨겁지 않대두. 글쎄, 빨랑 들어오라니까 그래. 들어와보면 기분이 좋아진단 말야."

조금 화가 난 어머니의 목소리가 욕탕 안에서 메아리쳤다.

그때 갑자기 쏴! 하는 물소리가 나더니 뻘겋게 익은 여자의 알 몸뚱이가 탕 위로 솟아올랐다.

안개의 바닷속에서 솟아오른 거대한 고래 같았다.

눈 깜짝할 사이에 알몸이 되어버린 여자는 이제 눕힌 채로 독고의 옷을 벗기기 시작했다.

주삿바늘을 뒤에 감추고 겁에 질린 아이들의 팔뚝에 탈지면을 슬슬 문지르는 간호사처럼 여자는 '무섭지 않다'느니 '겁낼 것 없다'느니 하는 기계적인 말을 되풀이하면서…….

독고는 한숨이 나오려는 것을 겨우 참았다.

"아! 이런 게 아닌데. 정말 이런 게 아닌데."

그가 스물두 해를 두고 생각해온 여자는 이런 것이 아니었다.

소녀는 발레리나처럼 튜튜를 입고 토슈즈를 신어야 한다.

저물어가는 표본실의 마룻바닥이나 파리똥이 묻은 육십 촉짜리 전등불이 켜져 있는 이런 싸구려 셋방이어서는 안 된다.

그것은 푸른 초원이어야 할 것이다. 잡목이 우거진 숲이거나 아니면 〈호두까기 인형〉 같은 무슨 무용곡이라도 들려오는 아늑한 방이어야만 한다.

"피곤해요."

소설 삽화 속에서 걸어나온 것 같은 소녀는 어깨에 기대면서 눈을 감아야 한다. 속눈썹을 볼 것이다.

그것은 승마장이거나 아니면 테니스를 치고 난 오후이거나, 그것도 아니라면 최소한 곁에서 책을 읽다가 말고 소녀는 그렇게 말해야 한다.

독고는 비상구라도 찾듯이 다시 방 안을 훑어보았다. 스위트 홈이라고 쓴 이불보, 매니큐어를 찍어 줄 나간 데를 막은 스타킹, 스테인리스 대야, 레이스가 뜯겨져 늘어진 검은 브래지어……. 담요 주위에는 그런 것들이 폭격을 맞은 것처럼 널려 있었다.

아! 독고의 소녀, 처음으로 끌어안아야 할 소녀는 이런 곳에 있지는 않았다.

"정말 숫총각인가 봐…… 지금 대체 몇 살인데 그래?"

여자는 온몸에 깁스를 한 사람처럼 몸이 굳어 있는 독고를 마사지라도 해줘야겠다는 듯이 주물러 내려가면서 귓밥에다 대고 말했다.

쏴! 하고 물소리가 나더니 여자의 알몸이 탕 위로 솟아올라 왔다.

"에구머니, 애가 몇 살인데 여탕엘 들어왔어?"

비명에 가까운 여자의 앙칼진 목소리가 자욱한 안개를 뒤흔들었다.

"아직도 젖먹는 앤데 뭘 그래요."

변명을 하는 어머니의 목소리가 독고의 마음을 조금 가라앉혔다.

그러나 '솨! 솨!' 하고 물에 잠겨 있던 여자들이 하나 둘씩 물개들처럼 탕 위로 솟아오르는 소리를 들었다.

물소리와 함께 여기저기에서 거대한 살덩이들, 벌겋게 익은 여자의 배꼽들이 솟아올랐다.

고무공 같은 불룩한 젖가슴과 엉덩이, 두부모같이 흐물흐물한 배, 뿌연 수증기 속에서 여자의 알몸뚱이들이 구름처럼 뭉게뭉게 피어오르면서 독고 쪽으로 다가서고 있었다. 천장에서 떨어지는 차가운 물방울이 목덜미에 떨어졌을 때처럼 독고의 가슴은 섬뜩했다.

"너 몇 살이니?"

"아이구머니, 망측해라!"

어떤 여자는 수건으로 앞을 가리며 소리를 질렀다. 동굴 속에서처럼 여자들의 목소리가 쿵쿵 울려왔다.

그 소리들은 땅속 깊숙한 깊이에서 아니면 하늘의 구름 뒤에서 들려오는 것 같아서 독고는 아무 대꾸도 할 수가 없었다.

"다섯 살요."

그렇게 말하려고 했지만 입을 벌리기만 하면 곧 울음이 터져나올 것 같았다.

"여기 뜨거운 물 더 보내슈!"

칸막이 너머 남탕 쪽에서 고함을 지르는 소리가 들렸다. 딴 세상에 온 것 같았다.

출렁거리며 탕 밖으로 뜨거운 물이 넘쳐나는 소리, 철썩하고 찬물을 퍼올리는 소리, 쏴하고 물을 끼얹는 소리, 졸졸졸 홈으로 물이 흘러가는 소리, 병마개를 따듯이 펑—펑—여자의 알몸뚱이들이 솟구쳐 올라오는 소리.

온통 목욕탕 안의 수증기들은 여자의 알몸으로 부풀어올라 있었다. 그것들은 비누거품처럼 끝없이 불어나고 커져서 뜨거운 김처럼 독고의 온몸을 휘감아 숨을 막히게 했다.

독고는 무언지 죄를 지었다는 막연한 생각이 들면서 고개를 숙여 빨간 비눗갑만 만지작거리고 있었다. 그때 여자의 손 하나가 수증기 속에서 불쑥 튀어나왔다. 물에 불어서 허옇게 부푼 손이 점점 커졌다. 옷표의 나무 쪼가리를 매단 검은 고무줄 때문에 그 손목은 한층 더 부어오른 것처럼 부풀어 있었다. 생선 같은 손, 거대하게 팽창해가던 여자의 손이 독고의 고추를 잡았다. 매끄러운 비누의 감촉과 뜨거운 손이 고추에 와닿자 자기도 모르게 부르르 떨며 그것이 벌떡 일어나는 것을 느꼈다.

"흥! 얘가 아직 젖먹는 애라구?"

여자들이 와그르르 웃는 소리가 또 한 번 안개를 뒤엎었다.

목욕탕은 거대한 북처럼 둥둥 울리고 있었다.

그놈의 고추를 떼 팽개치고 싶었다. 옷을 맡길 때 그놈의 고추도 떼서 맡길 수 있었다면 얼마나 좋았을까. 그래서 그것 대신 옷표라도 그곳에 날름 붙이고 다녔더라면 아무 일도 없었을 게 아닌가.

"아니, 애에게 이게 무슨 짓들예요!"

엄마의 목소리를 그 웃음소리 사이에서 찾아내자 독고는 갑자기 서럽고 부끄러운 생각이 들어 왕! 하고 그만 울음을 터뜨리고 말았다.

"왜 이래, 증말? 못난이처럼."

아랫도리를 만지려던 여인의 손을 뿌리치려 하자 여자는 앙칼지게 쏘아붙였다.

"무슨 남자가…… 뭐 이러지? 그게 뭐 자기만 달고 다니는 건 줄 알아? 자, 얌전하게 있어요. 학생은 선생님 말을 잘 들어야 공부를 잘할 수 있어요."

여자는 겁을 줘놓고는 눈 깜짝할 사이에 금세 부드러운 태도로 바뀌면서 다시 애무하기 시작했다. 몇 방의 총을 갈기고 총부리를 한 번 훅 불고는 금세 권총을 제 집에 쑤셔넣는 서부영화의 그

재빠른 총잡이와도 같았다.

그러나 그건 아주 다행스러운 일이었다. 학생이라는 말, 그리고 선생님이라는 말을 듣자 갑자기 독고의 피가 거꾸로 돌면서 뜨거운 강바람이 불었던 것이다.

'선생님! 선생님!'

여선생님의 허연 허벅지가 꿈틀거렸다. 여선생은 신음 소리를 내고 있으면서도 맹선생을 놓아주지 않았다. 여선생의 손은 스포츠형으로 깎은 맹선생의 짧은 머리를 움켜쥐려고 더듬대고 있었다.

"선생님! 선생님!"

독고가 그렇게 어리광을 부리며 매달리면 그렇게도 보드랍게 느껴지던 선생님의 스커트가 나비들이 흩어져 있는 표본실의 마룻바닥에서 얼룩지고 있었다.

독고는 미친 듯이 여자를 끌어안았다. 가능하면 그 살 속을 비집고 여자의 온몸 안으로 들어가고 싶었다. 그러나 아무리 끌어안아도 빈 구석이 있다. 여자는 송곳처럼 말라 있었는데도 물속에 꿈틀대는 고래를 끌어안으려고 하는 것처럼 힘이 들었다. 독고는 미끄러운 비눗방울과 목욕탕 속의 후텁지근한 그 수증기에서 벗어나 여자의 알몸들을 움켜쥐려고 했다. 하지만 번번이 불어터진 비누 같은 여자의 몸뚱이가 그의 품안에서 미끄러져 나가는 것을 느꼈다.

몸과 몸 사이에는 갑갑한 수증기의 한 꺼풀이 끼어 있는 것 같았다. 독고는 있는 힘을 다해 여자의 알몸을 끌어당겼지만 그와 맞닿은 피부에는 엷은 한 겹의 잠옷이 느껴졌다.

"벗어! 잠옷을 다 벗으란 말야!"

독고는 숨찬 목소리로 소리 질렀다.

"숨막혀 죽겠다…… 어…… 어…… 왜 이래? 뭘 또 벗으라고 그래요. 허물까지 벗으란 말야…… 아이구, 왜 이래 증말? 나 몰라."

거짓말이 아니었다. 여자는 더 벗을 것이 없는 알몸이었지만 독고는 그것을 느낄 수가 없었다. 온몸에 두드러기가 난 것일까? 잠옷 같은 것도, 목욕탕의 수증기 같은 것도 거기에는 없었다. 그런데도 독고는 여자의 알몸을 송두리째 느낄 수가 없었다.

땀을 흘렸다. 무디게 느껴지는 그 경련과 마비에서 벗어나고 싶었다. 알몸을, 진짜 몸을 느끼고 싶었다. 여자의 몸은 피부의 저 깊숙한 곳에 들어 있었고 그 몸에 도달하려면 콩깍지를 까듯이 껍질을 까고 벗겨야 한다. 그래야만 정말 실감할 수 있는 여자의 육체를 만질 수 있을 거라고 생각했다. 여자의 비명 소리가 들렸다. 알몸을 드러낸 여자들이 허연 뱃가죽을 흔들며 웃어대던 욕탕, 북소리같이 울리던 그런 소리를 들었다.

독고는 까무러치듯이 쓰러졌다.

독고는 정신을 차렸을 때 그의 손톱에 피가 묻어 있는 것을 보앉다. 여자는 거울 앞에 알몸으로 앉은 채 어깨와 등 뒤에 머큐로 크롬을 칠하고 있었다.

"왜 그래. 무슨 일이오?"

"흥, 보면 몰라! 아쭈, 지가 총각이라구? 총각 좋아하시네."

"왜 그래요? 내가 어쨌게 그래."

"정말 별꼴야. 이것 좀 보란 말야, 이 변태야. 다신 오지 말어!"

여자의 온몸에는 깊은 손톱자국이 나 있었다. 그리고 그것은 독고가 한 짓이었다.

"옷을 벗기려고 한 것뿐이라구."

"아이구 쓰라려. 내일 어떻게 나가지? 썩 꺼져버려, 이 변태야!"

독고는 뺨을 맞듯이 여자의 방에서 쫓겨났다.

구겨진 옷주름을 펴고 지퍼를 올리고 있을 때 성당의 종소리를 들었으니까 그건 새벽 4시였을 것이다. 가로등 불빛이 흐르는 큰 길로 접어들었는데도 도시에는 인기척이 없었다. 다만 채소를 가득 실은 트럭들이 흙냄새를 풍기며 지나갔다. 도시는 남아 있는 어둠의 잔털을 부지런히 뽑아내면서 아침의 맨살을 드러내놓고 있었다.

독고는 엄마의 뒤를 말없이 따라갔다. 물을 짜낸 수건과 비눗 갑 같은 것이 들어 있는 대야를 들고.

"애야, 이젠 엄마 꽁지만 쫓아다니질 말고 다음부턴 넌 남탕으로 들어가거라."

"예, 어머니."

독고는 처음으로 엄마가 아니라 어머니란 말을 썼다. 엄마는 틀림없이 자기의 고추가 성을 내고 벌떡 일어선 것에 대해서 화를 내고 있는 것이라고 생각했다. 엄마에게 미안한 생각이 들었다. 다시는 누가 만져도 그것이 일어나지 못하도록 해야겠다는 생각도 했다.

그리고 앞으로 혼자 가야 될 남탕이란 곳을 생각해보았다. 칸막이 밑에 찬물을 뜨는 물통만은 남탕에서도 여탕에서도 같이 쓸 수 있게 되어 있었다. 독고는 저편의 남탕에서 물을 떠 올리는 손들을 본 적이 있었다. 용수철 같은 힘줄이 툭툭 튀어나온 손, 털들이 북슬북슬한 손, 퍼런 먹물로 무엇인가 이상한 무늬와 글자를 살가죽에 새긴 팔, 갈라진 노란 손톱과 누에처럼 뭉툭한 손가락들.

거기도 안개처럼 뜨거운 김이 퍼져 있을 것이고 그 사이로 해피와 같은 수캐마냥 커다란 성기를 드러낸 사내들의 알몸이 비누 거품처럼 부풀어오르고 있을 것이다.

"예, 어머니."

독고는 이제 앞으로는 혼자서 남탕에 들어가야 할 것을 생각하며 어금니를 깨물었다.

"예, 어머니."

입을 조금만 열어도 울음이 터져나왔을 것이다.

여자의 집에서 나온 독고는 허리띠를 힘껏 조였는데도 바지가 자꾸 흘러내리는 것처럼 느껴졌다.

남의 옷을 주워 입은 것처럼 저고리와 바지가 모두 갑자기 헐렁헐렁해진 것 같았다. 무언가 굉장한 것을 잃었고 무언가 굉장한 것을 얻은 것 같은 마음이 들었다. 그 여자의 이름이라도 물을 걸 그랬다는 생각과, 꼭 표본실에서 여선생의 허벅다리를 보았을 때처럼 강바람이 세게 불어서 간밤에 겪었던 모든 일들을 촛불처럼 꺼버리고 날려버렸으면 좋겠다는 생각도 들었다.

독고는 아무 생각도 하기 싫었다. 새벽의 도로변에서, 성당의 종소리가 아직도 그 여운을 남기고 있을 그 거리 한복판에서 독고가 할 수 있는 것은 시원스럽게 오줌을 누는 일뿐이었다. 체내의 모든 찌꺼기를 훑어내도록…….

손가락 사이로 쭈글쭈글하게 시들어버린 자신의 성기가 집혀졌다.

그것은 말라비틀어진 구근球根을 생각나게 했다. 물을 주고 따스한 지열이 올라오면 시들어버린 그 구근에서는 씨근거리듯이 파란 잎이 돋아나고 대궁이가 부풀어오르고 붉은 꽃이 필 것이었다. 그러다가도 찬바람이 불면 그 구근은 다시 잠들어버려서 구겨진 종이쪽처럼 누렇게 말라비틀어진다.

깊고 깊은 밤, 바닷속보다도 깊은 잠…… 아직 시월인데도 새벽바람은 독고의 손가락을 얼려 감각을 무디게 했지만, 그는 분명 그 손끝에 와닿는 미지근한 체열을 느낄 수 있었다. 잠든 시간과 눈뜬 시간의 그 틈 사이로 새벽 안개와도 같이 흘러가는 숨결도.

독고는 오줌을 누었다. 그렇게 해서 스물두 해의 길고 긴 동정에 우두 자국 같은 종지부를 찍었다. 통증조차 느낄 수 없는 우두 자국 같은 기억을.

사진부장의 코가 커졌다. 사람들은 누구나 똑같은 이유로 화를 내지만 그것을 나타내는 표정은 제각기 다른 법이다. 사장이 화를 낼 때에는 어금니를 지근지근 깨물면서 동공이 커지고, 도안부장은 손마디를 꺾으며 눈썹이 일어난다.

그런데 사진부장은 코가 커지는 것이다. 정확하게 말하자면 콧방울이 팽창하면서 콧잔등에 주름이 잡힌다. 독고는 갑작스럽게 커져버린 사진부장의 코를 보는 순간 '또 실수했구나' 하는 생각이 들었다.

"사람이 그럼 못쓰는 거여. 할 일 없으면 코라도 후비고 앉았지, 이런 말 하겠어? 전활 받고 하도 고민하는 것 같아서 충고하려 한 건디…… 그것도 다 성의란 말여. 좋을 대로 혀봐. 혼자 철학 많이 혀보라구."

독고에게 여자 떼는 법을 가르쳐준답시고 자청했던 사진부장은 반응이 없이 넘어간 사람처럼 앉아 있는 독고를 보자 기분이 상한 모양이었다.

"여자는 껌과도 같다. 입 안에 넣고 씹을 때는 귀찮게 달라붙는 법이 없지만 막상 뱉으려고 하면 아무 데나 달라붙어서 떼기가 힘들어진다. 그러니 여자는 씹을 때보다 뱉을 때 조심을 해야 한다. 버리고 싶으면 은종이로 잘 싸서 버려라."

이러한 껌 씹는 연애 강의가 아니면,

"충치하고 골치아픈 여자는 빨리 뺄수록 좋다. 내일로 미루지 말고 생각날 때 얼른 빼버려야 된다. 그렇지 않으면 두고두고 속을 썩인다. 그 대신 이빨을 빼거든 그 자리에 금이빨을 빨리 해 박아라. 그렇지 않으면 두고두고 불편하고 허전하다."

이런 충치 연애 강의.

독고는 그것을 다 외우다시피 한 것이므로 사진부장의 호의와 성의라면 너무 많이 받아 탈이었다. 그러나 독고는 선량하다. 예수처럼 남을 위해 자기 손바닥에 못을 박는 일은 하지 않겠지만 최소한 다른 사람의 가슴에 못질을 한 적도 없다.

"날 도와줄 일이 정말 있다니까 그래. 남자에게도……."

"그만둬, 여자 문제라면 최부장이 도사니께."

독고에게 화를 낸 것인지 부고식 외박 강의로 인기를 채간 최

부장에게 화를 내는 것인지 불쑥 한마디 내뱉고는 CF부의 스튜디오 있는 쪽으로 몸을 감춰버렸다. 그래서,

"남자도 여자처럼 불감증이란 게 있는 건가?"

독고는 말하기 쑥스러운 것을 겨우 참고 이렇게 물어봤지만, 사진부장은 듣지 못했을 것이다.

왜 아내는 전화를 걸었을까? 그 증거를 잡았다는 것은 대체 무엇일까? 어차피 오늘은 모든 게 틀린 날이었다. 급행열차가 한 시간쯤 연착한 거라면 손님들에게 급행 요금을 물어주면 될 것이다.

그러나 독고의 한 시간 지각은 돈을 물어주는 것만으로는 끝날 것 같지 않았다. 알프스 소녀의 문안이나 사표를 들먹인 것부터가 빗나간 일이었고, 아내의 전화를 일방적으로 끊어버린 것도 화근의 씨앗이었다. 직장과 가정을 동시에 잃을지도 모른다는 생각을 하니 뻐꾸기가 제시간에 우는지 안 우는지, 그런 실없는 일을 가지고 바쁜 출근길에 시계방 앞에서 서성대던 일이 미웠다. 여선생님이 미웠고, 자신의 동정을 빈 병을 걷어가듯이 걷어가버린 엿장수 같은 작부가 미웠다. 그런 생각들을 끄집어낸 것부터가 메스꺼운 일이었다.

정말 자기는 시곗바늘을 거꾸로 돌리고 있는 바보인지도 몰랐다.

아내는 왜 전화를 걸었을까? 잡았다는 증거는 대체 무엇인가? 독고윤은 실상 아내를 만날 때부터 가지고 있었던 비밀이 있었고, 그 때문에 결혼 첫날밤부터 죄의식을 품어야만 했다. 결혼날짜를 잡아놓고 엉뚱하게 술집 여자에게 동정을 바쳤다는 그 이유만은 아니다. 그건 못된 친구들 탓으로 돌릴 수도 있고 술 탓이라고 밀어버리면 그까짓 죄의식이라고까지 할 건 못 된다.

고해성사 감도 못 되는 일을 가지고 그래도 나이 삼십이 지난 독고윤이 그렇게 주눅이 들 필요는 없지 않은가? 문제는 그게 아니라 그 다음에 생겨난 일들이었다. 독고는 동정을 잃던 날 동시에 나쁜 병을 얻었기 때문이다. 열흘 후면 예식장에 있어야 할 그 신랑이 그보다는 피부비뇨기과의 병원을 드나들기가 더 바쁘다면, 독고가 아니라도 누구나 얼굴이 붉어질 일이 아닐 수 없다. 그것도 말이 좋아서 드나들기에 바쁘다고 하는 것이지 그는 태연하게 치료조차 변변히 받은 게 아니었다. 독고를 남자로 만들어주겠다고 호언장담하던 친구들도 막상 병원 이야길 꺼내면 눈치를 보며 어물어물 도망쳐버리는 것이었다.

누구나 여자와 놀아나는 이야기는 신이 나서 해대지만, 이상한 병 이야기가 나오면 그건 별개의 이야기라는 듯이 입을 다물고 숨어버린다. 따지고 보면 그건 번개와 천둥처럼 같은 말인데도 말이다.

독고는 되도록 후미진 골목에 있는 피부비뇨기과를 찾아나섰다. 가장 이상적인 장소는 남의 눈에 띄지 않고도 병원 문으로 편안히 들어갈 수 있는 곳이어야 하니까! 그리고 또 눈에 띈다 할지라도 그 문이 반드시 피부비뇨기과로만 통해 있다는 인상을 주지 않는 곳이라야 한다. 그러기 위해서는 골목길에 위치한 이삼 층짜리 건물에 이 층쯤에는 다방이 있어야 한다. 삼 층 구석진 곳에 그 병원은 자리 잡고 있어야 하며 간호사는 절대로 여자여서는 안 된다.

그래서 치료가 아니라 병원을 찾는 데 독고는 이틀을 허비했으며, 그 병원 안으로 들어가는 데 하루를 낭비해버렸다.

그냥 쓸데없이 버린 그 삼 일은 독고에게 있어선 초서의 『캔터베리 이야기』로부터 엘리엇의 『황무지』에 이르는 실로 찬란한 대영제국의 그 귀중한 문화 전통과 맞바꾼 것이었다.

그렇게 해서 드디어 흑판이 걸린 강의실에서 영문학사를 강의하시는 김일두 박사님이 아니라, 꽃과 버드나무에서 피는 사랑의 꽃, 그 세균들을 긁어모아 우람한 오 층 빌딩을 세운 김철호 박사님 앞에서 독고는 아랫도리를 벗었다.

"들여다보시오."

박사님의 호의에 독고는 더욱 식은땀이 났다. 현미경 속을 들여다보는 체했다. 그러나 김철호 박사는 철저한 학구파였다. 실험실의 학생을 대하듯 박사님은 근엄한 어투로 설명을 하고 있었다.

"포도상 구균이라는 게지. 그보다 좀 커다랗게 보이는 하얀 점은 백혈구지요……. 어때요, 한강의 모래 같지 않아요?"

독고는 그것이 한강이 아니라 은하수처럼 보였다. 조금 전에도 독고는 그것을 보았었다. 대기실의 구석 벽에는 각종 화류병의 세균을 몇만 배로 확대시킨 퇴색한 괘도 한 장이 걸려 있었고, 독고는 둥그런 원 속에 천연색으로 찍힌 사진을 바라보며 잠시 세균에 대해서 연구를 해보았다. 분명히 그것들은 살아 있는 생명체였다. 사람들처럼 일정한 수명을 가지고 일정한 장소, 일정한 온도, 일정한 양식을 먹으며 서로 뭉쳐 번식하고 성장하고 그러다가 죽어가고 있는 것이다. 어느 세균인지는 몰라도 한 여자의 체내에서 서식하고 있던 세균이 이제는 자기의 체내에서 생활하고 있다. 마치 대서양을 건너서 미국으로 이민을 간 영국의 청교도들처럼, 지금 자기의 체내에 있는 세균들은 레이스가 뜯어진 검은 브래지어의 그 여자를 모국으로 삼고 있는 것이었다.

'아니다!'

독고는 생각해봤다. 그 세균은 처음부터 그 여자의 것은 아니었을 것이다. 그것은 어떤 남성의 것이어야 하며 그 남성의 육체 속에 있던 세균들의 모국은 또 어떤 여성 속에 있어야 한다. 이렇게 여자와 남자를 지그재그로 거슬러 올라가면 그것은 반드시 한국 사람이라는 보장도 없다.

'국제'자가 붙은 화류병이 있지 않던가. 홍콩과 마르세유의 항구, 샌프란시스코, 그리고 그것은 모로코와 모나코의 카지노, 멀고 먼 도시의 술집, 의자와 침대, 사라센 문양을 한 담요로 이어져 간다.

독고는 현기증이 났다. 지구에는 수십억의 인간들이 살고 있다. 그들은 제각기 다른 옷을 입고 제각기 다른 언어를 사용한다. 제각기 다른 신을 믿고 다른 지붕 밑에서 산다. 그들은 서로가 적이며 이방인이다. 다만 이 성병 세균만이 그들을 한 울타리 안으로 끌어들인다. 뿌리칠 수 없는 한몸이 되게 하며 서로를 깊이 연결시키고 있다. 그렇다. 그것은 모래처럼 흩어져 있는 것이 아니라 끈끈한 인력을 가지고 어둠 속에 뭉쳐 있는 막막한 은하계였다.

"내 이 조그마한 몸에 이렇게도 많은 생명의 별들이, 더럽혀지고 저주받은 별들이 살고 있다니!"

독고는 한숨을 쉬며 현미경에서 눈을 뗐다.

"악덕 의사들이 많지요."

의사는 소독약으로 손을 씻으며 말했다.

"멀쩡한 사람을 이상한 환자로 몰아붙여놓고 치료비랍시고 돈을 강탈하는 자들이지. 대개 면허증도 제대로 없는 친구들이지만! 특히 이런 병에는 환자들이 제각기 약점을 가지고 있어 내놓고 따지지도 못하는 법이지요. 그런 사람들이 의사의 명예를 떨어뜨리는 거니까 환자만이 피해자라 할 수 없지. 이런 병일수록 환자 자신들이 믿을 수 있는 의사를 찾아가고, 또 이렇게 현미경으로 직접 확인도 해보고 하는 양식을 갖추어야 해요."

믿을 수 있는 의사는 파랑새처럼 먼 곳에서 찾을 필요가 없다. 바로 지금 눈앞에 있는 김철호 박사님이야말로 그 표본으로, 환자 앞에 이렇게 군림해 있다.

그의 표정은 그렇게 말하고 있다.

"어때요, 이런 덴 처음인 것 같은데?"

김박사는 병만 고치는 게 아니라 양식을 갖춘 환자를 훈련시키는 역할도 담당하고 있는 눈치였다.

"예, 처음입니다."

"뭐, 남자라면 누구나 다 겪는 거니까……. 별것 아니니 걱정할 것 없습니다."

작부도 그런 말을 했었다. '처음엔 누구나 다 그러는 거라구, 두려워할 것 없다'고……. 사람들은 독고에게 다 그렇게 말했다. 걱정할 것 없다, 두려워할 것 없다, 누구나 다 그러는 거라고…… 남자는 다 그러는 거라고……. 뜨거운 욕탕처럼 처음에 들어갈 때만 그렇지 조금 있으면 아무렇지도 않다고……. 그리고 기분이 좋아지는 법이라고.

주사를 맞으며 김철호 피부비뇨기과 오 층 무명 커튼 사이로 내려다본 대낮의 거리에는 무수한 사람들이 모른 척하고 흘러가고 있었다. 그러나 독고는 임균이나 포도상 구균 같은 세균으로 그들과 깊이깊이 연결되어 있는 자신의 의미를 깨닫고 처음으로 웃었다. 그러고는 절대로 절대로 하얀 면사포를 쓴 신부와만은 그런 세균으로 관계를 맺어서는 안 된다고 속으로 다짐했다.

'열심히 다니리라. 믿을 수 있는 박사님, 김철호 박사님을 은사처럼 찾아다니리라. 그래서 신혼여행의 트렁크와 그 침대보를 더럽히지는 않으리라.'

독고는 아내가 처녀냐 아니냐는 것으로 이미 고민할 필요가 없었다. 자기가 더 많은 죄를 지은 보균자가 되었으므로 이제는 단지 하나의 의무만이 남아 있었다.

아내는 왜 전화를 걸었을까? 잡았다는 증거는 대체 무엇일까? 아무래도 그것은 결혼반지 때문일 것이라는 불길한 예감이 들었다. 선전문안들을 건성건성 정리하면서 독고는 투가리스 손목시계를 들여다보았다. 시계가 정확하다면 퇴근시간까지는 아직도 세 시간이 더 남아 있었다. 세 시간, 적어도 이 세 시간 동안 독고는 자신의 죄명을 생각하고 회의하고 변명할 수 있는 자유가 있었다.

반지 때문인가? 독고는 지나간 날의 아득한 우두 자국을 다시 긁었다. 열심히 피부비뇨기과를 다녀야 했기 때문에, 적어도 결혼 전까지는 한 마리의 세균도 남기지 않고 그의 체내에서 내쫓아야 했으므로, 믿을 만한 김철호 박사님에게 독고는 많은 돈을 바쳤다.

물론 결혼 비용에서 말이다. 결혼반지의 예물 값을 최신 최강이라는 신종 개발의 마이신에 바쳤고 세균 검사 비용으로 헌납하고 만 것이다. 독고는 그때 자기에게 병을 준 검은 브래지어의 여성으로부터 보상을 받아낼 아이디어 하나를 발견했던 것이다.

잠자리를 같이하기 전 그 여자는 술집에서 나무젓가락을 두드리며 〈육자배기〉를 부르다 말고 한숨을 쉬었다. 자기의 파트너로 옆에 앉아 있던 그 여자는 독고의 귀에다 대고 말했다.

"다 그놈 때문이었지, 나쁜 놈, 글쎄 결혼반지까지 사길 쳤단 말야."

"신랑이 준 게 가짜 반지였다는 게요? 유리였나?"

술에 취한 여자는 호호하고 웃었다.

"그렇다면 제법 순진했게? 기스가 난 삼 부 다이아야. 그런 것을 반값으로 주고 생색을 냈단 말예요."

"그걸 어떻게 알았어? 흠인지 뭔지."

"반지 팔러 갔잖았겠수. 보석상 놈이 무시메가네(확대경)를 쓰고 뒤져보더니 반값이래. 흠이 있어도 보통 흠이 아니라드만."

"모르고 살 수도 있잖아요. 남자란 그런 데 무신경이니까."

독고는 자기도 잘못하면 그런 다이아에 속았을지도 모른다는 생각을 했다. 역시 사람은 귀가 밝고 넓어야 한다. 신부 반지를 살 때에는 무시메가넨지 뭔지, 그것을 꼭 뒤집어쓰고 사리라.

독고는 여자가 자기에게 하는 소리 같아서 제물에 놀라 변명을 했다.

"결혼반질 팔러 갔다니, 그건 더 나쁘잖아요. 그리구 그 남자가 정말 알고 반값에 샀는지 증거도 없구."

독고는 현미경으로 포도상 구균(아, 아름다운 포도송이를 어찌하여 이런 잡균 이름으로 따다 썼는가? 저주 있을진저!)을 관찰하던 순간, 그리고 치료비와 신부의 다이아 반지가 저울대 위에서 평형을 잡느라고 기우뚱거리고 있는 동안 스물두 해의 동정을 빈 병처럼 빼앗아간그 여자에게서 보상을 받아내는 아이디어가 번쩍이며 눈앞을 스 쳐갔다. 현미경과 무시메가네…… 세균과 다이아몬드의 흠……, 옳지, 치료비를 다이아의 흠으로 상쇄하리라. 그 여자에게서 받 은 손해를 그 여자의 입에서 얻은 정보로 까버릴 것이니라.

독고는 현미경을 들여다보듯 보석상에서 삼 부 다이아를 관찰하고 그중에서 가장 큰 흠이 난 놈으로 골라 반값을 치렀다. 이것이 지금 독고윤의 아내 수련이가 가운뎃손가락에 끼고 애지중지하는 결혼반지 삼 부 다이아의 비밀이었다.

반지를 신부의 손가락에 끼워줄 때만 해도 죄의식은 없었다. 김철호 박사님의 이야기대로 독고윤의 몸은 재생한 처녀막보다도 훨씬 완벽하고 순수한 것이었고, 또 아내는 결혼반지를 보석상에 내다 팔 만큼 뻔뻔스럽지 않은 교양인인 명문 여대 중퇴생이었으니까.

독고가 심한 죄의식을 느낀 것은 첫날밤에 수련이가 깨끗한 처녀였다는 것을 안 순간이었으며, 진이가 태어난 뒤 정신박약아라는 진단을 받던 그날부터었다.

그는 몇 번인가 고백할 기회를 노리고 있었다.

그러나 영국 속담에 "참회하고 목 잘린다"는 무시무시한 말이 있음을 상기하고는 지금까지 십여 년을 미루어오기만 했던 것이다.

몹쓸 놈의 병균이, 꼬리가 긴 한 마리의 병균이 어디엔가 숨어 있다가 진이의 뇌수를 파먹은 모양이었다. 다이아 반지처럼 단단한 아내의 자궁 속으로 침입하여 그놈은 사정없이 큰 '흠'을 남겨놓은 것이 분명했다. 가정의학대사전에도 정박아의 원인 가운데 하나가 성병균으로 되어 있음을 그는 똑똑히 보았다.

간디처럼 마른 아내를 향해 독고는 속으로 기도하듯이 말을 했다.

'아내여, 미안하다. 당신의 다이아 반지에는 세균 같은 상처가 있다. 내 아들의 머리에도 세균 같은 상처가 있다. 나는 죄인이다. 용서해다오. 아내여, 순결한 동정녀였던 아내여, 다이아 반지 같이 단단하고 빛나는 영원한 자궁을 가진 아내여. 그것을 내가 망치고 말았구나.'

독고는 마음이 가벼워졌다.

신문기사에 보면 그렇게 씌어 있다. 오랫동안 숨어 살던 대부분의 범인이 체포되면 누구나 그 순간 자신의 심정을 털어놓는 공통된 표현이 '오히려 속이 후련합니다'라고. 독고도 그럴 것이었다.

오늘에야말로 반지의 비밀을 속 시원하게 다 털어놓을 것이다.

진이가 왜 정박아가 되었는가를 이야기하리라. 그리고 그 뒤에는 한 번도 다른 여자를 가까이해본 적이 없었다는 것을 털어놓으리라.

여선생이 표본실에서 맹선생과 살을 맞대던 그 비밀스런 장면을 훔쳐보았을 때, 아니다, 벌써 그 이전에 목욕탕에서 자기의 일어선 고추를 보고 깔깔거리며 웃던 여자들의 웃음소리를 들었던 그 순간, 흘레를 하던 해피가 물바가지를 뒤집어쓰자 자기를 보고 애원하는 눈초리를 보내던 그 콩밭길에서 난 멀리멀리 여자를 잃어버렸던 것이라…… 애원하리라.

지금이라도 당장 그 저주받은 자신의 생식기를 잘라버릴 각오가 되어 있다고 무릎을 꿇고 말하리라.

버저가 울렸다.

"예, 문안부입니다."

"사장님께서 오후 결재문안 올리시랍니다."

독고는 제정신이 들었다. '잡숴보시면 압니다. 성광 목장 소시지'라는 문안이 적힌 용지 위에 '사죄하리라', '짤라버리겠다', '흠', '다이아', '정박아', '고백'이란 낙서가 가득 차 있는 것을 보고 독고는 그 종이를 얼른 구겨버리고는 자리에서 일어났다.

아내는 왜 전화를 걸었을까? 잡았다는 증거는 과연 그 다이아
반시일까?

어째서 수련이는 TV 뉴스 시간을 기다렸는가

"뭔지 말해야 알지."

"글쎄, 마음에 짚이는 게 있으면 다 말하세요."

또 침묵이 흘렀다. 침묵은 고문의 한 방식이었고 절규보다도 더 강했다.

언젠가 TV 신경통 광고에 이용한 적이 있던 뭉크의 〈절규〉라는 그림이 연상되었다. 원근법이 확실치 않은 다리 위에서 표주박이나 꼴뚜기처럼 생긴 인간이 귀를 틀어막고 있다.

노란 색조의 공간에는 파문 같은 어지러운 선이 진동하고 있다.

"불안감을 일으키는 효과음을 생각해보시오."

사장의 제의에 독고는 대답했다.

"빈 놋그릇 가장자리를 젓가락으로 천천히 돌립니다. 처음엔 은은한 소리가 나지만 그 공명은 차차 웅웅거리고 커지지요. 신경불안의 증대를 가중시키듯이 말예요."

"좋았어!"

사장이 무릎을 쳤다.

"그런데 그 아이디어가 어디서 났지?"

독고는 기분이 좋았다.

"어렸을 때 귀신 노릇을 하면서 놀던 기억이⋯⋯."

"자네의 아이디어는 항상 어린 시절의 기억 속에 있군."

사장은 독고에게 악수를 청했다. 독고는 트로피를 받듯이 두 손으로 사장의 악수를 받았다.

김봉섭 사장은 특별 기획회의 때 특종 아이디어를 낸 사람에 겐 으레 트로피나 금일봉의 보너스 대신 악수를 하사하는 방법을 썼다.

"그 소릴 들으면 멀쩡한 사람도 신경쇠약에 걸려 '다리정'을 찾게 될 거야! 클라이언트가 아주 좋아할 걸세."

"컬러 TV라면 효과가 더 클 거예유. 그림의 노란 빛깔이 훨씬 더 불안감을 줄 게 아니겠어유?"

사진부장은 뭉크의 아이디어를 내놓은 장본인이었다. 독고의 효과음에 빛이 흐려진 자신의 아이디어에 대한 사람들의 관심을 다시 불러일으키겠다는 속셈이었다.

정말 그 뭉크의 〈절규〉라는 그림 속에 나오는 사람은 독고였 고, 놋그릇을 돌리는 불안한 소리는 바로 이 침묵이 고문하는 소 리였다.

"반지 때문에 그러는가 본데……."

독고는 각오를 하고 수련이의 눈을 처음으로 정시했다. 이상스럽게도 신혼여행, 해운대 온천장 호텔 커피숍에 앉아 있을 때처럼 수련이의 눈은 성적인 매력을 풍기며 빛나고 있었다.

"쓸데없는 수작 부리지 말아요. 애꿎은 반지가 어쨌단 말예요? 내 형편에 삼 부 다이아면 고작이지…… 당신이 뭐 리처드 버튼이에요?"

컴컴하던 독고의 마음이 터널을 빠져나와 평원을 달리고 있었다.

'아— 그건 아니었구나!'

독고는 이런 자리에서 쓸데없이 행복감을 느끼는 자신이 비굴하게 느껴졌다.

아내는 일어나서 화장대 서랍을 열더니 찢어진 종이쪽지 두 장을 독고의 눈앞에 던졌다.

"자! 이래도 시치밀 뗄 거예요? 누구랑 갔어요? 그리구 오늘 아침 누굴 어디서 만났어요?"

그것은 꼬깃꼬깃 접은 극장표 두 장이었다. 색연필로 쓴 좌석 번호만을 겨우 읽을 수 있을 정도로 낡고 오래된 두 장의 극장표.

그러나 독고에겐 아무 기억이 없었다.

"극장표가 두 장이니 혼자 갔다고는 할 수 없겠죠? 그리고 당신 겨울옷을 챙기다가 그 호주머니에서 나온 거니까 설마 남의 거라고 우기지도 못할 테고요."

"모른대두 그래. 내가 누구하고 극장엘 가, 극장을……? 아!
참, 가만있어봐."

독고는 기억이 없었지만 때로는 믿기지 않는 진실을 이야기하
기보다는 믿을 수 있는 거짓말이 더 효과가 난다는 생각을 하며
그럴듯한 변명거리를 만들어내기로 했다.

아이디어를 만들어서 살아가는 카피라이터는 때로 이런 덕을
볼 수도 있는 것이다. 사장 앞에서 알프스 러브스토리를 꾸며내
던 관록을 이제는 아내 앞에서 사용해야 된다.

'뭣 때문에 뻐꾸기 생각을 하다가 이 곤욕을 치러야 하는
가…….'

"알겠어, 알겠어요! 그건 말야, 내가 광고문을 쓴 국제 전자 회
사의 기업광고였지. 그게 극장에서 하는 광고시간에 붙었거든.
그때 그 메이커 선전부장하고 효과 측정, 거 있잖아…… 관객 반
응 이런 걸 조사하느라고 같이 들렀던 거야. 흔히 있는 일이잖아.
광고회사에 다니다보면 말야."

"그래요?"

수련이의 입술이 바르르 떨렸다. 어찌 보면 웃고 있는 것도 같
았다.

"전화번호 대세요."

아내는 전화통을 끌어다 쾅하고 독고 앞에 내려놓았다. 수련이

가 이렇게까지 나올 줄은 천만뜻밖의 일이었다.

심상찮다. 단단히 무얼 오해하고 있다. 아마도 내 이유 없는 지각 때문이리라. 하나를 못 믿으면 다른 것도 못 믿는 게 인간이니까……. 불신도 불행처럼 어깨동무를 하고 다닌다.

"글쎄, 정말 기억이 없다니까 그래. 어디 좀 줘봐."

독고는 아내가 울고 있는 동안 극장표를 자세히 뜯어볼 수 있었다.

"어떡하다 당신이 이 모양이 됐어요? 알겠어요, 알아요. 말만 부부지, 우린 말만 부부야……."

극장표에는 희미한 일부인이 찍혀 있었지만 잘 알아볼 수가 없었다. 물론 영화 제목도……. 0자가 보였고 다음엔 좀 간격을 두고 1자가 찍혀져 있는 것을 겨우 뜯어볼 수 있었다. 0월이란 것은 달력에 없다. 20월도 30월이란 것도 없다. 그렇다면, 그게 달 수를 나타내는 숫자라면 10월일 것이 분명하다. 독고윤은 코난 도일이 된 것처럼 무릎을 치고 싶었다. 그렇다, 그건 10월이다. 그리고 1자가 있으니 10월 1일, 10월 11일, 10월 21일 그리고 마지막이라면 10월 31일이다.

10월 31일…… 어딘가 낯익은 날짜였다. 10월 31일, 무슨 국경일은 아니다. 그런데도 낯익은 날짜였다.

"여보, 10월 31일이 무슨 날이지?"

우는 아내를 달래며 말했다.

"그 수에 누가 넘어가요? 그까짓 결혼기념일이 무슨 대수예요! 난 그날을 저주해요. 저주해요! 그날이 없었으면 그런 애도 태어나지 않았을 거 아녜요."

이번에는 독고윤의 머리 위에 백 촉짜리 전구가 찬란하고도 찬란한 전깃불을 번쩍였다.

"여보, 알아냈어. 작년 우리 결혼기념일에 당신과 함께 극장엘 갔었잖아? 바로 당신이랑 말야."

독고는 보물섬에서 비밀 상자를 묻어둔 지도의 암호를 푼 것 같았다.

"뭐요? 작년 결혼기념일이라구요?"

"보라구, 자 보라구, 날짜가 그렇잖아……."

아내는 기뻐할 줄 알았다. 그러나 갑자기 맥이 확 풀린 눈으로 쓸쓸하게 극장표를 뜯어보더니 껌종이를 내버리듯이 그걸 꼬깃꼬깃 접어서 방구석에 내던져버렸다.

그래, 그건 그들의 결혼기념일이었다. 그리고 일요일이었다. 그들은 아침에 둘이서 청심원을 찾아갔다. 그것이 그냥 나들이 가는 것이라면 얼마나 평화롭고 행복했을 것인가? 두 사람은 말이 없었다. 언제나 청심원에 수용되어 있는 '진'이를 찾아갈 때에는 말이 없었다.

청심원 울타리에는 코스모스가 한창이었다. 보랏빛, 흰빛, 분홍빛, 가을의 잠자리 날개처럼 섬세한 코스모스 잎이 살결을 까

칠하게 하는 서늘한 바람 속에서 흔들리고 있었다. 키가 큰 코스모스들은 그만한 바람에도 미친 듯이 흔들리고 있어서 꽃눈 가루가 흩어지는 것처럼 보였다.

투명한 일요일, 가을 햇볕이 마당 가득히 괸 청심원에서 그들은 축복받지 못한 그들의 결혼을 서로 위로하듯이 손을 맞잡고 진이를 보았다. 유난히 머리통이 큰 진이는 열한 살인데도 몸집은 어른처럼 보였다.

"여기 아이들은 아무 걱정이 없어요. 슬픔도 느끼지 못해요. 그래서 병만 없으면 먹는 대로 살이 찌지요. 보세요, 늘 이렇게 빙긋이 웃고 있잖아요."

보모의 말은 거짓말이 아니었다. 진이는 두부모처럼 흐물흐물한 살이 쪄 있었다. 그것이 독고와 수련이의 마음을 더 슬프게 했다.

고추잠자리가 날아다니고 있는 청심원의 황토흙 마당에서 정박아 A그룹 민들레반 아이들은 유희를 배우고 있었다.

"진달래가 폈어요, 개나리가 폈어요."

그들은 유치원 아이들처럼 서투르게 노래를 부르며 손뼉을 치며 간단한 춤을 배우고 있었다.

그러나 그들은 유치원 아이들이 아니라 중학생 모자를 써도 어울리는 소년들이었다. 진이는 큰 머리통을 제대로 가누지 못하면서 열심히, 아주 열심히 선생님이 하는 대로 따라했다. 아이들

의 유희를 보지 않고 발끝을 내려다보고 있는 걸 보니 또 아내는
울고 있는 모양이었다.

"이젠 글을 조금씩 읽을 수 있어요. 아직 글을 쓸 줄은 모르지
만요. '아버지', '어머니', '이리 와'…… 받침이 없는 간단한 글자
는 많이 익혔어요. 어디 한번 시켜볼까요?"

보모는 진이를 그들에게 데리고 왔다.

"괜찮아요. 정말 수고하셨습니다."

"이젠 그만 가봐야지요."

그들은 보모에게 인사를 하는 진이의 얼굴을 보았다. 진이도
그들을 물끄러미 쳐다보고 있었다. 무엇인가 어려운 것을 기억해
내려는 사람처럼 눈을 껌벅껌벅하면서, 그리고 아주 아득히 먼
곳에 있는 것을 응시하려고 드는 시선으로…… 보모가 아무 말
도 하지 않았더라면 아마 진이는 몇 시간이라도 선 채로 그렇게
그들의 얼굴을 쳐다보았을는지 모른다.

"아빠 엄마에게 인사를 해야지."

진이는 우등생처럼 보모의 말이 떨어지기 무섭게 커다란 절을
두 번 하면서 국어 책을 읽듯이 말했다.

"어마 아녕."

"아버 아녕."

아내는 휙 돌아섰다. 어깨가 가볍게 들먹거리고 있었다. 독고
는 머리를 숙여 인사하는 아들의 얼굴을 지켜보았다. 인사를 끝

내고는 담장 너머 가시 울타리가 둘러쳐져 있는 코스모스 밭을 우두커니 쳐다보고 있었다.

"아! 바보의 눈에는 저 꽃들이 어떻게 보이는가. 너무 눈이 부셔서, 햇살처럼 눈이 부셔서 저렇게 멍청한 눈으로 바라보는 것일까. 그렇지 않으면 온통 안개에 싸인 것처럼 온 세상이 뿌옇게 보여 저러는 것일까. 저 애는 지금 무엇을 기억해내려고 애쓰는 것일까. 옛날 자기가 살던 집, 첫돌 때 받았던 플라스틱 기차, 굴러가는 바퀴일까."

아내는 내내 울고 있었다. 정말 저주받은 결혼기념일이었다.

일요일이었고 청명한 가을이었다. 그래서 극장마다 만원이었기 때문에 극장 세 군데를 돌다가 겨우 암표를 사서 모처럼, 아주 모처럼 전설같이 돌아가는 영화를 구경했다.

한마디로 재미없는 영화였다. 암표나마 살 수 있었던 이유를 극장 문을 나설 때에야 비로소 알 것 같았다. 이젠 자극도 감동도 없는 뻣뻣한 아내의 손을, 아내는 독고의 손을 꽉 잡고 영화를 보았다는 것, 그저 그것만이 기억에 남았다.

"우린 왜 이렇게 재수가 없지요?"

택시를 겨우 붙잡고 자리에 앉자 피곤한 얼굴로 아내는 말했다.

"재수라니! 별소릴 다하네. 청심원에는 장관 아들도 재벌 딸도 있다구."

"진이 이야기가 아니라 모처럼 당신하고 보는 건데 영화까지 시시하니 말예요."

옷자락에 묻은 껌을 뜯어내며 아내는 말했다.

재수라는 것이 무슨 산에서 사는 짐승 같은 것이라면 독고는 사자이든 늑대이든 아니면 타조처럼 잽싸게 뛰는 놈이든 이 땅의 마지막 끝이라도 뛰어가서 꼭 한 마리 잡아서 아내에게 바치고 싶었다.

"TV를 보지 그래. 9시 뉴스 시간인데."

독고는 무언가 아내에게 선심을 쓸 것이 없나 해서 궁리 끝에 시간이 벌써 9시가 된 것을 알고는 그렇게 말했다. 아내는 풀이 죽어 있었다. 구겨진 극장표 두 장을 앞에 놓고 서슬 푸르게 덤벼들 때에는 온몸에서 푸성귀 냄새라도 풍겨나올 듯이 싱싱하던 아내였다. 발갛게 달아오른 양 볼은 제복을 입은 여고생을 연상시켰으며, 파르르 떠는 입술은 그물에 걸린 붕어가 파닥거리는 것처럼 탄력이 있었다. 싸워야 한다. 사람은 싸우면서 살아야 한다. 활은 화살을 쏠 때에만 팽팽해지고 사람은 싸움을 할 때에만 생기가 있다. 차라리 독고는 자신이 어느 여자와 정말 아내 몰래 영화관에 갔었더라면 얼마나 좋았을까 하는 생각을 했다.

그랬더라면 아내는 저렇게 바람 빠진 풍선처럼 갑자기 늙어버리지는 않았을 것이다. 지금까지 계속 눈썹을 치켜세우고 그 애가 누구냐? 어느 정도의 관계냐? 심하면 아마 주민등록번호까지 캐물었을지도 모른다. 그러는 동안 퇴화해가던 성감대는 일제히 날을 갈고 가장 빨간 시새움의 피는 급류를 이루며 온몸의 골짜구니로 흐를 것이다.

여성다운 본능은 푸드득 잠에서 깨어나 그 새파란 매력의 눈을 뜨고 오랫동안의 공복을 채우기 위해 먹이를 찾았을 게다. 그러나 아내는 발을 헛디뎠으며 그래서 지금은 기억의 깊은 함정 속으로 끝없이 추락해가고 있는 중이다.

결혼기념일의 그 아팠던 기억—영화관의 어두운 구석자리에 앉아 어깨를 맞대고 독고의 손을 잡고 있던 낯선 도전자의 그 얼굴이 다름 아닌 자기 자신이라는 것을 느꼈을 때, 그 얼굴에서 이미 삼십을 지난 정신박약아의 슬픈 한 어머니를 발견했을 때—아내의 마음은 어떠했을까. 그건 참으로 기묘한 경주였다.

그들은 다 같이 기뻐했어야 옳았다. 독고는 자신의 무죄가 증명된 것이며, 아내는 불륜의 짓을 했다고 믿었던 남편이 결코 자신의 곁을 떠나지 않았다는 확증을 얻은 것이다. 그런데도 그들의 손에 들려 있는 잔은 축배가 아니라 쓰디쓴 술잔이었다.

아내는 돌아앉아 고개를 숙이고는 손가락 끝으로 구멍난 방바닥만 후비고 있었다. 마치 구들장 밑에 보물이라도 묻어둔 사람처럼…… 장판에 구멍이 뚫린 것은 벌써 한 달 전 독고의 담뱃불 때문이었다.

선광전자의 TV세트 광고 문안을 생각하던 때였다. 아이디어가 떠오르지 않을 때 으레 그는 담배를 피워 물었고 그러다가 영감이 스치면 재떨이에서 담배는 혼자 불탔다. 그날도 그랬던 것이다. 아내는 이상스럽게도 9시 뉴스 시간만 되면 TV를 켰다.

아내는 매일 밤 "지금 몇 시예요?"라고 물었고, 독고가 9시라고 하면 부리나케 TV 스위치를 넣었다. 독고네의 TV는 구닥다리라 스위치를 넣어도 한참 꾸물대다가 소리가 먼저 나오고 그러다가 또 한참 부스럭거리다가 두들겨패야 겨우 눈을 뜨고 일어난다. 게다가 또 독고의 시계 투가리스도 구닥다리라 정각 9시라고 해봤자 실은 언제나 오륙 분이 지난 뒤이다. TV도 시계도 다 같이 게으름을 피우는 바람에 아내는 으레 신경질을 피운다. 앞부분을 못 본 것이 모두 독고의 탓이라고 생각한다. 그게 무슨 일일연속극이라면 몰라도 뉴스 몇 토막 앞대가리 못 본 것을 그렇게도 섭섭해하는 아내를 독고는 이해할 수가 없었다.

"신문에 다 나온 거 아뇨, 뭐 뉴스가 그렇게 대단한 거라고……."

그렇게 독고도 짜증을 내면 아내는 한 옥타브 높은 목소리로 대꾸를 해온다. 더구나 아내는 성악 지망생이었다.

"뉴스는 속보성에 있잖아요! 방구석에만 들어앉아 있으니 나도 좀 바깥세상일 좀 알고 지냅시다."

아내 수련이는 뉴스광이었다. 특히 뉴스 해설자의 얼굴이 나타나면 암송 연습이라도 하는 상업학교 학생처럼 진지한 표정을 짓고 있었다.

그런데 방바닥을 태우던 그날 밤, 뉴스광을 아내로 둔 덕택으로 그는 멋있는 선전 광고문의 착상을 얻어낸 것이다. 선광사 TV는 '스위치를 넣자마자 화상이 나타난다', '전기 소모량이 적다', '우아한 디자인이다'는 세 가지 개량된 특성을 강조해달라는 주문이었다. 그날 밤에도 아내는 허둥지둥 스위치를 넣으면서 독고에게 불평을 했다.

"에이, 이놈의 구닥다리 TV 좀 갈아치웁시다. 뉴스 시간이 또 지났는데……."

아내는 성급하게 TV를 꽝꽝 때렸다. 화면에는 본뉴스가 끝나고 조미료 광고가 한창이었다. 아내는 조미료보다도 뉴스를 더 고대하고 있는 것이다.

"바로 저것이다!"

독고는 무릎을 쳤고, 피워 물었던 담배는 방바닥에 떨어졌다. 원고를 쓰기 시작했다.

'아빠, 게으른 구식 TV를 바꿔치워요. 일 초를 다투는 뉴스, 켜자마자 선명한 화상.'

이렇게 적어놓고 차례차례 문안을 고쳐가는데 아내의 신경질적인 목소리가 그의 뺨을 쳤다.

"아이구, 저 장판 타요! 일은 사무실에나 가서 하세요."

재떨이에서 떨어진 담뱃불로 장판 바닥이 타고 있었다. 그 바람에 독고의 가물가물하던 아이디어의 나비떼가 몽땅 도망치고 만 것이다.

"여보, 그게 뭐 대수야? 그까짓 장판, 때우면 되잖아!"

"뉴스 시간만은 빼놓지 않고 보는 걸 알면서 시간 좀 가르쳐주면 어때요. 이틀째 못 봤다구요."

아내는 독고가 쓰고 있는 종이쪽을 확 빼앗아서는 읽어 내려갔다.

"흥!"

경멸적인 웃음이었다.

"게으른 구식 TV 좀 갈아치우라구요? 남에게 권유하기 전에 당신 것이나 먼저 갈아치우지 그래요. 저게 몇 년 묵은 TV인지 알기나 알아요? 당신이 사람이라면 말예요……."

"당신은 몇 년 묵은 여우인지 알기나 알아? 당신이 사람이라면 말야. 남편이 그래도 먹고살자고 이렇게 고생고생 일을 하는데 말야."

"뭐요? 내가 여우라면 당신은 곰예요."

"곰?"

"그래요, 바보 천치 우둔한 곰이란 말예요."

아내는 절대로 바보란 말을 입 밖에 내놓은 적이 없었다. 진이 녀석 때문이었다. 아내는 그랬었다.

"여보, 같은 말이라 해도 정신박약아라고 해요. 바보란 말 듣기 싫어요. 같은 말이라도 듣기가 다르다구요."

같은 뜻이지만 정신박약아란 의학용어가 훨씬 듣기에 좋다는 그녀였다. 다리병신이라는 말보다도 소아마비라고 하는 것이 듣기 좋은 것처럼 말이다. 바보나 다리병신이란 말은 당사자의 잘못인 것처럼 들리는데 정신박약아나 소아마비라고 하면 당사자에겐 아무 잘못이 없고 단지 외부로부터 침입한 병균의 딱한 희생자를 연상시킨다는 것이었다. 그런 어감의 차이는 광고 문안에서도 이미지를 좌우하는 절대적인 효과를 나타낸다.

독고도 아내의 말에 수긍을 했다.

그런데 아내의 입에서 천치 바보란 소리가 나온 것을 보면 장판 바닥 하나 태운 것치고는 반응이 너무 심한 편이라고 생각하였다.

"왜 내가 바보란 말야? 장판쯤 태웠다고 곰이란 말야?"

"생각해보라구요. TV는 우리 식구예요. 텅 빈 방에 남아 있는 건 저 TV와 나밖에 없어요. 진이가 성한 애라면 저 자리에 앉아 있었을 거예요. TV를 볼 때마다 그 생각을 한다구요. 그 애는 말할 거예요. 학교에서 벌 선 얘기, 시험 친 얘기, 버스 칸 속에서 일어난 얘기, 길거리에서 사먹은 아이스크림 얘기…… 내 마음을 알기나 하세요?"

아내는 또 울 눈치였다. 장판을 태운 것이 문제가 아니라 뉴스를 못 본 화풀이인 것도 같았다. 결국 독고는 장판을 태우고 곰이라는 별명까지 얻었지만 뉴스광의 아내 때문에 또 하나의 아이디어를 얻어냈다.

'TV는 우리 집의 한 식구.'

김사장이 특히 마음에 들어했던 캐치프레이즈는 그렇게 해서 탄생되었고, 덕분에 선광 TV는 애드 킴의 중요한 고객으로 확고한 뿌리를 내리게 된 것이었다.

그런데 한 달이나 넘도록 뚫어진 장판 바닥을 때우지도 않고 저렇게 후벼대기까지 하는 것을 보면 역시 그날 밤에도 그건 트집에 불과한 것이었음을 독고는 분명히 깨닫게 되었었다.

관심은 뉴스에 있었던 것이다.

"TV를 보지 그래. 9시 뉴스 시간인데……."

독고는 아내를 위로하는 데 그 이상의 것이 없다는 확신을 갖고 말했다. 자진해서 뉴스 시간을 알려주고 TV를 권한 것은 지금이 처음 있는 일이었다. 사실 독고가 당장 아내에게 선심을 쓸 수 있는 것은 그것밖에는 없기 때문이다. 아내는 기뻐하리라.

"TV를 보라니까. 당신이 기다리는 뉴스 시간이래두."

"정말 왜 이래요!"

아내는 고개를 추켜세우고는 쏘아붙였다. 그러나 독고가 방에 들어설 때의 독 오른 그 발랄한 표정은 아니었다. 줄이 풀어진 기타를 튕기는 것처럼 이미 그 몸짓에도, 목소리에도 탄력은 없었다.

"왜 그래? 나쁜 뜻으로 한 말이 아냐. 당신에게 무얼 해줘야 기뻐할까 해서 한 소리라구."

"흥! 기뻐해요? 비꼬지 말라구요. 그래요. 당신은 성인군자구, 난 화냥년이에요!"

뜻밖의 대답이었다. TV를 보라고 한 것이 성인군자가 되는 것도 이상한 일이었지만, 9시 뉴스를 보는 게 어째서 '화냥년'이 되는 건지? 평소에도 아내와 TV를 놓고 까닭 없이 실랑이를 벌인 적이 많았지만 이번처럼 이렇게 노골적으로 '화냥년'이란 저질스런 말까지 튀어나온 적은 없었다.

"그게 무슨 말야! 화냥년이라니? 도대체 왜 당신은 TV 이야기만 나오면 신경이 예민해지는 거야?"

독고는 TV 스위치를 눌렀다. 그리고 같은 뉴스 시간이라도 아내가 지정국으로 삼고 있는 채널 X로 돌렸다. 마침 뉴스 시작 전의 조미료 광고 끝부분이었다.

서서히 밝아지는 화면을 타고 요란스런 CM송이 흘러나왔다. "사랑받는 주부는 조미료 미정! 알뜰한 주부는 조미료 미정!" 구호를 외치듯이 조미료통을 불쑥 내밀며 어깨를 서로 포옹한 남녀 한 쌍이 환하게 웃고 있었다. 부부로 분장한 인기 탤런트들은 신기하게도 각자 이혼을 몇 번씩이나 한 스캔들의 주인공들이었다.

그러자 화면이 곧 바뀌면서 뉴스 해설자 김수열 아나운서가 심각한 표정으로 화면에 나타난다.

"안녕하셨습니까?" 아나운서가 꾸벅 절을 했다. 꼭 독고를 쳐다보며 진짜 절을 하는 것 같아 독고도 얼른 유치원 아이들처럼 따라서 꾸벅 답례를 했다.

김수열의 눈썹은 독고보다 배는 짙은 것 같았다. 그리고 콧날도 배는 높은 것 같아서 꼭 서부영화의 카우보이처럼 보였다. 단지 입술만은 독고보다도 배가 얇다. 그래서 저렇게 말을 술술 잘하는 모양이었다. 김수열을 그렇게 감상하고 있자니까 방바닥을 후비고 있던 아내가 갑자기 달려들어 TV 스위치를 껐다. 구식 텔레비전이라 화상 속의 김수열은 점점 축소되어 멀리 사라지면서 스폿 현상을 일으키며 마지막엔 하얀 점이 되어 사라져버렸다. 파리똥만 한 점이 되어 사라져버린 김수열을 생각하면서 독고는 농 반 진 반으로 아내에게 말했다.

"여보, 무슨 짓이야? 김수열 아나운서가 무안하잖아. 공손히 인사까지 하고 예절 바르게 얘길 하려는데 그렇게 내쫓는 사람이 어디 있어?"

아내는 다시 제자리로 돌아와 쭈그리고 앉아 있더니 눈에서 눈물방울이 주르르 쏟아졌다.

"비꼬지 말아요. 당신, 알고 계셨군요? 그래서 당신은 내가 9시 뉴스만 보면 그렇게 질색을 했지요?"

아내는 정말 영문을 모를 이야기만 계속하고 있었다.

"그래요, 전 화냥년이에요. 당신은 성인군자구요. 전 당신처럼 비꼬는 거 몰라요. 당신은 광고 선전문을 쓰니까 둘러치는 것도 잘하지만 전 그런 짓 못해요."

독고는 드디어 화를 냈다.

"당신 정말 왜 이래! 그런 짓은 못한다니, 그럼 화냥질만 한다는 거야? 극장표 문제는 해결됐잖아? 적반하장이라더니 당신 자꾸 왜 이러는 거야?"

"점잖은 말 쓸 것 없어요. 전 신분이 천한 사람이니까요. 똥 뀐 놈이 성낸다는 거지요. 맞아요, 똥 뀐 놈 성내고 있는 거예요."

"똥보다 더 천한 말이 없는 게 유감이겠군."

"비겁해요, 당신은. 당신이 성인이 되자고 날 화냥년으로 만들어요? 좋아요. 좋아요! 난 그런 년이니까."

"당신, 그게 무슨 좋은 소리라고 화냥년 타령을 하지? 그렇게 하고 싶으면 해보라구. 젠장, 벌써 화냥년이란 말 네 번째라구."

"당신, 속으로는 매일 밤 그 소릴 했을 테니까, 내가 뉴스를 볼 때마다 했을 테니까, 그건 몇 번이나 되나요? 천 번인가요, 만 번인가요?"

재수 없는 날이었다. 그래도 출근길에 봄 하늘을 보았을 적엔 기분이 그런 것이 아니었다. 살아 있다는 것, 그래서 숨쉬고 있다는 것, 이마에 함빡 따스한 햇살을 받고 있을 때 가슴이 공연히 뿌듯해지면서 아메리칸 인디언처럼 무슨 깃털 같은 모자를 쓰고 한길에서 호이호이 외치고 싶었다.

"다 알고 있으면서도 당신은 내 비밀을 들춰 쥐고 그걸 혼자 즐기고 있었던 거지요?"

"비밀?"

"시치미 떼지 말아요! 당신은 늘 나를 이겼으니까, 이제 그만 해두어요. 이만하면 항복을 받은 거 아니겠어요?"

독고는 아내의 말에 갑자기 호기심이 생겨났다. 그렇다, 방패만을 쓸 것이 아니다. 창이다, 창이다! 범인은 내가 아니라 아내였구나. 그렇지, 싸움은 아내를 아름답게 만든다. 잠자는 욕정을 일깨우고 말라비틀어진 구근을 다시 적셔 싹을 움트게 한다. 독고는 이래저래 전략을 바꾸기로 했다. 일이 잘못돼 아내가 넘겨짚었더라면 제 발자국에 놀라 오늘 밤 독고는 다이아 반지 건에 대해서 술술 다 불 뻔하였다. 그것을 역이용하여 고백이 아니라 고백을 받는 작전으로 역공세를 취하리라. 그래서 상쇄하자, 아내의 비밀로 내 비밀을 상쇄하자!

독고는 연기를 시작했다. 아내가 불쌍해 보였지만 불쌍한 것은 피차 매일반이니까.

"뭐, 그까짓 걸 비밀이랄 것도 없잖아. 난 그런 거 다 이해한다구⋯⋯."

"그게 틀렸다는 거예요. 왜 질투를 하지 않지요? 그게 절 사랑하지 않았다는 증거지 뭐예요?"

"뭐? 묵은 일을 가지고 질투를 해! 난 도굴범이 아냐. 무덤 같은 남의 과거를 캐서 뭘 해? 삭아가는 **뼈**를 놓고 질투는 무슨 질투야!"

"왜 제가 남이에요? 김수열이가 왜 **뼈**예요? 그게 아니라 매일 밤 김수열 아나운서의 얼굴을 보고 있는 저를 비웃고 계셨던 거지요? 시치밀 떼고 올가미를 쳐놓고 저의 표정을 즐기고 있었지요? 신의 위치에서요."

독고는 드디어 아내가 왜 뉴스광이 되었는지, 그 비밀을 손바닥에 쥐었다. 고삐는 이제 완전히 독고에게 쥐어져 있었다. 원하는 방향으로 잡아당기기만 하면 된다. 그래서 그랬었구나. 문득 질투심이 나면서 아내의 육체를 갖고 싶다는 이상한 충동이 일어났다. 새로운 여자가 그의 눈앞에 앉아 있는 느낌이었다. 조금 전에 극장표를 가지고 따질 때에도 아내의 마음은 지금의 내 마음과 같은 것이었으리라. 이런 것을 보고 심리학자들은 앰비밸런스(복합심리)라고 하던가.

"기다렸었지, 당신 입으로 이야기할 때까지."

"참을성이 많으시군요."

"참을성이 아니라 진실성이겠지."

"그렇다구 오해하지 마세요. 김수열이는 나와 아무 관계도 없었어요. 교회 고교 합창대회에서 성가를 함께 부른 일밖엔 없었으니까요."

"물론 성스러운 노래였겠지!"

풀 먹인 빳빳한 주름치마를 입고 단발머리 살랑거리며 김수열과 노래를 부르는 아내의 환상을 바라보면서 독고는 불행과 행복을 동시에 맛보았다. 머리 두 개를 가진 뱀이, 악마의 뱀이, 아니 천사의 뱀이 독고의 몸을, 감정을 서서히 친친 감아 올라갔다.

"비겁한 사람, 자꾸 비꼬지 말아요."

"비꼬는 게 아냐. 김수열이와 당신이 함께 부른 성가대의 노래가 성스럽다는 것쯤 잘 알고 있단 말야. 난 예수쟁인 아니지만, 그리고 그것도 알고 있지, 『성서』라는 책에 씌어 있다던가? '마음속으로 생각하는 것도 간음하는 것'이라는 성스러운 말씀도……."

아내는 또 울음보를 터뜨렸다.

"왜, 김수열이가 보고 싶어? 첫사랑을 한 애인이 편리한 직업을 갖고 있으니 신에게 감사해야지. 매일, 그것도 매일 밤 말야. 부부가 잠자는 침실 속으로 매일 밤 방문해 오는데, 그것으로 아직도 부족하단 말인가?"

독고는 자꾸 잔인해졌다. 독고는 아내의 여고 시절을 모른다. 살을 맞대고 십여 년을 살아온 여자의 반밖에는 영원히 모른다. 저 안개 너머에 가장 순결하던 반토막의 수련이가 있다. 수련이는 자기보다 눈썹이 배나 짙고 콧날이 배가 높은 김수열이와 노래를 부른다.

"내 주여 뜻대로 행하시옵소서. 만유의 주 우리 하나님 할렐루야 할렐루야!"

밝고 맑은 성가대의 노래는 새벽녘의 종달새처럼 교회의 뜰 안 가죽나무의 숲에서 머뭇거리다가 종탑과 십자가의 녹슨 청동의 지붕 처마 밑을 지나 구름이 떠 있는 파란 하늘로 번져간다.

어디엔가 그들의 노래는 지금도 어느 하늘을 날고 있을지 모른다. 굵직한 바리톤의 김수열 아나운서의 목소리를 독고는 매일 들어서 잘 알고 있다.

아내는 소프라노. 까만 교복에 다섯 개의 단추가 달려 있는 김수열의 모습이 눈앞을 스친다. 수련이의 하얀 손이 그 단추를 만지작거리고 있다.

"미안해요! 그러나 평범한 친구 사이였어요. 절대로 첫사랑의 감정 같은 건 없었어요."

아내는 울다 말고 축축한 눈으로 독고의 화난 얼굴을 흘깃 훔쳐보았다. 장판 구멍을 이번에는 독고가 후벼파야 할 판이었다.

"그냥 그때의 일들이 말예요, 성가 합창대 시절의 여고 생활이 말예요, 막연히 그리워서 그랬던 거예요. 그 사람 개인에 대한 감정은 정말 아니었다구요."

"박애주의자이시군. 합창대의 남학생 전부에 대한 감정이었겠군? 군기를 들고 맨 첫 줄에 있는 기수가 바로 김수열 아나운서고……. 내 아내가 인기인을 알고 있었다니 나까지 행복한 걸?"

"자꾸 비꼬지 마세요! 뭐라 해도 사실은 사실이라니까요. 맘대로 하세요. 개인에 대한 감정이 아니니까."

"그 사람이라구 그럴라구……?"

"글쎄, 제 말부터 들어요. 교회에 나갔을 때 우린 정말 하나님을 믿구 있었구, 그래서 안식을 얻었지요. 하얀 눈이 내리던 날 저녁 우린 성가를 부르며 전나무를 장식해놓은 집 창문 앞에서 찬송가를 불렀지요. 그때가 그리워요. 지금 난 하나님을 믿지 않으니까요. 신이 계시다면 왜 죄도 없는 어린아이에게 형벌을 가하나요? 진이가 무슨 죄가 있어요? 이젠 알아요. 성당의 십자가 위에다가도 벼락이 무서워 피뢰침을 세우는 이유를 말이지요……."

"에덴동산이 그립다는 거지? 아담이 있으니까!"

"당신답지 않은 얘기예요. 그렇게 질투를 하고 계셨다면 왜 TV를 보고 있는 제 뺨을 때리거나 TV라도 산산조각을 내지 않았어요? 예수쟁이가 아니라면서 왼쪽 뺨마저 돌려주는 관용을 베풀려 했던가요?"

독고는 다시 가슴이 뭉클해지면서 마음이 약해지려고 했으나 잔인한 발톱을 다시 세웠다.

"친구 사이인지, 연정을 느낀 사랑이었는지 그걸 어떻게 증명하지?"

아내는 아름다웠다. 수련이의 눈은 빛나고 있었고 피부는 이슬에 젖은 것처럼 물기가 있었다. 조금 겁먹은 표정이 수줍어하는 단발머리 여고 시절의 수련이를 느끼게 했다.

"증명할 수 있어요. 제겐 더 큰 진짜 비밀이 있으니까요."

"흥! 갈수록 오늘은 비밀 털어놓기 대회라도 벌어지는 것 같군."

"이상해요. 오늘은 당신이 영 딴사람 같군요. 당신답지 않아요."

"당신두."

"언젠가 털어놓으려던 것들예요. 난 남자라면 무조건 다 두려워했어요. 사랑 같은 감정은 그걸 알기 전부터 금지되어 있었죠. 무서웠어요."

"하기야 착실한 기독교 가정에서 태어났으니까!"

아내는 멍하니 독고의 얼굴을 쳐다보았다.

"이것이 뭘까요! 이 소리가 뭘까요?"

이중 차임벨의 광고에 나오는 탤런트의 표정 같았다. 아내는 한숨을 길게 쉬더니 독고에게 다가왔다. 방 안엔 그들끼리였지만 비밀 얘기를 할 때에는 으레 거리를 좁혀야 한다는 본능이 발동된 모양이었다.

"고백할래요. 진이는 당신 쪽이 아니라 저의 집안 피 때문에 그렇게 된 거예요."

독고는 현기증을 느꼈다. 장난으로 '몇 년 묵은 여우냐'고 한 소리였지만, 정말 독고는 여우에게 홀린 소금장수가 된 느낌이었다.

"당신 미쳤어? 왜 밑도 끝도 없는 소릴 온종일 늘어놓는 게야."

"글쎄, 제 말부터 다 듣고 말씀하세요."

수련이의 집안에는 나쁜 피가 흐르고 있다는 소문이 있었다. 수련이가 그것을 안 것은 국민학교에 막 입학하던 그날이었다. 때때옷을 입은 수련이는 어머니의 화장대 앞에서 머리를 빗고 몰래 크림도 훔쳐서 찍어 바르고 했다.

그러다가 어머니에게 들켜 영문도 모르는 채 모진 매를 맞았다. 피가 흐를 정도로. 쪼그만 것이 벌써부터 모양을 내다가는 한평생 신세를 망치고 집안 망신을 시킨다는 것이었다. 고모처럼 되고 싶지 않거든 화장이니 거울이니 사내니 하는 생각하고는 담을 쌓고 지내라는 것이었다. 그 뒤에도 사람들이 수련이를 보고 얼굴이 양귀비처럼 예쁘게 생겼다고 칭찬을 하면 누가 빼앗아 가기라도 하는 것처럼 얼른 등 뒤로 아이를 감추면서 말했다.

"애를 보고 별소릴 다하네. 애가 예쁘면 예뻤지, 왜 하필 양귀비여?"

어머니는 그때마다 고모를 생각한 것이다. 어머니가 그까짓 일을 가지고 왜 그렇게 아픈 매를 때리고, 별것도 아닌 말에 그처럼 역정을 냈는지, 수련이는 고모를 보고, 또 커가면서 분명히 알아낼 수 있었다.

고모는 뒤채에 있는 헛간에 갇혀 있었다. 어른들은 고모가 '인에 미쳤다'고들 했다. 수련이는 그 말뜻을 잘 몰랐지만, 고모를 풀어놓으면 큰일을 저지를 거라는 것을 어렴풋이 짐작하고는 있었다.

"커서 고모처럼 될라."

어른들은 나쁜 피가 흘러서 고모는 시집에서 살지 못하고 쫓겨 왔다고 했으며, 누군가 고모의 나쁜 피를 이어받지 않았나 해서 불안해하고 있다는 것을 어린 수련이도 눈치 챌 수 있었다. 친정으로 쫓겨 내려온 고모는 남내를 못 맡아 끝내 미쳐버렸다—소문은 한마디로 그런 것이었다. 남내가 무엇인지, 나쁜 피가 무엇인지, 그리고 인에 미쳤다는 것이 무엇인지 수련이는 그걸 알기 위해서 얼씬도 못하게 하는 뒤채 헛간을 몰래 기웃거렸다.

여름이었다. 매미가 울고 있었고 철 늦은 찔레꽃들이 담장에 가득 피어 있었다. 노란 꽃가루를 뒤집어쓴 벌레들이 웅웅거리는 소리로 온 공기가 진동하고 있었다. 헛간에서는 노랫소리가 들려왔다. 유행가였다.

"그리운 당신만을 사랑하는 까닭에……."

유행가 가사는 흠집 난 레코드판처럼 끝없이 반복되고 있었다.

"고모처럼 될라고 그러니……."

대체 고모는 어떻게 되어 있는가? 살며시 창살로 막은 헛간 안을 들여다보았다. 어둑한 헛간 안은 진흙바닥 같았다. 그것은 늪이었다.

그런데 그 위로 연꽃보다도 더 희고 탐스러운 고모의 얼굴이 떠올라 있었다. 어둠에 눈이 익숙해지자 하마터면 수련이는 소리를 크게 지를 뻔했다. 옷을 갈가리 찢어발겨 알몸이 드러나 있었으며 가랑이를 벌리고 괴물의 아가리 같은 자기의 아랫도리를 들여다보고 있었다. 문은 튼튼한 창살로 가로막혀 있는데 어디서 주워왔는가? 색종이, 색실, 그리고 찢어진 치마 쪼가리로 머리에 가득 화관처럼 장식을 해놓았고 볼에다가도 흙을 찍어 발라 화장을 했다. 노래를 부르면서 자위를 하고 있었던 것이다. 노랫소리가 거칠어지면서 온몸을 비틀었다. 마치 몸 안에서 뜨거운 김이 솟아나는 것 같았고 팔과 다리는 끓는 물을 틀어막고 있는 냄비뚜껑처럼 들먹거리고 있었다.

노랫소리가 신음 소리로 바뀌면서, 숨 끊어지는 사이사이에 남자들의 이름이 섞여나왔다.

고모는 얼굴이 반반해서 어느 사장 집 외동아들에게 시집을 갔었지만, 피가 너무 뜨거워 외간 남자를 끌어들이는 버릇이 있었다.

운전사, 요리 배달꾼, 전공, 심지어 우편배달부…… 남자만 얼씬거리면 상대를 가리지 않고 틈만 있으면 관계를 가졌다. 고모만이 아니었다. 자기 문중에는 한 대씩 꼭 그런 나쁜 피를 가진 사람이 유전해서, 남자는 바보가 되고 여자는 성욕에 미쳐버리는 정신병 환자가 된다는 것이었다.

찔레꽃이 흐드러지게 핀 뒤채 헛간에서 짐승이 되어버린 미친 고모의 모습이 그때부터 수련이를 줄곧 쫓아다녔다. 손으로 헤집어 뻘겋게 짓무른 성기가, 아가리를 벌리며 끝없이 남자를 찾고 있는 허연 알몸의 사지가 수련이의 머릿속을 따라다녔다. '너도 고모처럼 되고 만다'는 어머니의 말과 함께.

교회 사람들은 마귀를 내쫓는다고 고모가 있는 헛간에 몰려들어 찬송가를 불렀다. 검은 책을 들고 목청이 터지도록 사람들은 노래를 불렀다. 수련이가 교회에서 합창대에 낀 것도 자기 몸안에 있는 고모의 피를 쫓아내기 위해서였다.

"진이는 나쁜 피를 받은 거예요. 그리고 그 진이가 증거예요. 내가 어느 남자에게도 연정을 품을 수 없다는 증거 말예요……. 미치고 싶지 않았어요. 제 몸의 어느 한구석에 위험한 붉은 짐승이 발톱을 갈고 있다는 생각에서 한 번도 헤어나 본 적이 없어요. 그것은 미친 고모였어요. 난 그걸 튼튼한 창살 속에 가두어 밖으로, 절대로 밖으로 나오지 못하게 하려고 애써왔어요. 당신에게까지도요."

독고윤은 수련이의 고모를 파멸시킨 그 뜨거운 피가 자기에게로 옮아오고 있는 것처럼 느껴졌다. 김수열, 미쳐버린 고모의 색정 그리고 아내 수련이……. 지금까지 말라서 시들어버린 것 같던 자신의 성기가 꽃불처럼 터지고 있는 것을 느꼈다.

독고는 상대가 작부이기 때문에 그리고 첫 번째의 경험이기 때문에 그랬으리라고 믿어왔었는데 첫날밤 아내의 몸을 끌어안았을 때에도 역시 마찬가지였다. 여자의 알몸을 실감 있게 온몸으로 느낄 수가 없었다. 아내는 알몸이었지만 끌어안으면 한 겹 엷은 잠옷을 걸친 것처럼 한 꺼풀의 막이 가로놓여 있었다.

그렇다고 작부를 상대하듯이 피부를 할퀼 수도 없었으며 알몸이 된 아내를 향해 옷을 벗으라고 헛소릴 지를 수도 없었다. 실수를 하지 않기 위해서 독고는 언제나 긴장되고 답답한 마음으로 그 일을 형식적으로 끝내곤 했다. 남자에게도 불감증이 있는 것인가?

그런데 지금은 그렇지가 않다. 아내가 옷을 입고 있는데도, 떨어져 있는데도 그녀의 살결 냄새를 맡을 수 있었고, 털구멍 하나하나로 여자의 피부를 느낄 수가 있었다.

헐렁한 잠옷 자락 밑에 불쑥 뻗친 아내의 두 허벅다리가 그의 몸을 건드리는 것을 느꼈다. 투명한 피부 안에 파란 정맥이 은은하게 숨겨져 흐르는 것까지 맨살로 짚을 수가 있었다.

아내는 세웠던 다리를 풀어 자세를 바꾸었다. 잠옷 자락으로 두 다리가 끝나는 어두운 구석을 독고는 놓치지 않았다.

"그런데 누가 당신에게 김수열 이야길 했어요?"

아내는 얼굴을 붉히면서 자지러지는 목소리로 물었다.

"아무도……."

독고는 침을 삼켰다. 아내는 전연 다른 여자, 어디에선가 먼 데서 찾아온 낯선 여자처럼 보였다.

"그럼, 유도심문이었단 말예요?"

아내는 자신의 경솔함에 화가 난 모양이었다.

"역시 비겁한 사내야, 당신은."

"사랑하지 않았다면서 켕길 것 없잖아?"

"난 몰라!"

아내는 독고의 가슴으로 파고들면서 두 손으로 방망이질을 했다. 정말 화가 나서 때리는 것인지, 울안에 가두어두었던 위험한 짐승이, 고모의 피가 겉으로 뛰어나온 것인지……. 독고에게는 그것이 무엇이었든 자신의 피까지를 들끓게 했다.

'아내와 간음하리라.'

독고는 아내를 쓰러뜨렸다. 처녀처럼 수련이는 완강하게 독고를 떼밀었다.

"정말 당신 오늘 이상해!"

독고는 입을 맞추어 아내가 아무 말도 못하게 했다. 독고의 입술에서 빠져나온 아내는 "자리도 안 피구 왜 이래요?"라고 말했지만, 이미 숨은 거칠어 있었다. 옛날의 아내가 아니었다.

독고는 난폭하게 다루었다.

"당신 지금 질투해서 그러는 거 아니지?"

독고는 아무 말도 하지 않았다.

"안 돼, 난 이젠 애 안 가질 거야. 안 돼요, 안 돼. 날 미치게 하지 말아요. 파멸이야……."

독고는 겨우 여자의 알몸을 느끼기 시작했다.

십 년 동안이나 아니다, 태어날 때부터 모르고 있었던 알몸의 세계가 바로 그의 눈앞에 파도치고 있다. 조금만, 조금만 손을 뻗치기만 하면 그 갈증은 적셔질 것이었다. 그 순간 아내는 찬물을 끼얹듯이 소리질렀다.

"진이 때문에 안 되겠어요. 아서요, 고모처럼 돼요. 고모처럼된다니까요."

아내는 뜨거워지는 자신의 육체적 변화를 알게 되자 황급히 몸에 붙은 그 불을 끄기 시작했다. 독고도 맥이 확 풀렸다. 광란의 직전에서 스톱모션이 걸린 것 같은 아내의 굳어버린 시선은 꼭 코스모스들을 멍하니 쳐다보고 있던 진이의 눈망울을 연상시켰다.

"나쁜 피를 퍼뜨리지 마세요. 제발, 제발 용서해주세요."

독고와 수련이는 두 개의 사화산처럼 마주 보았다. 영원히 분화될 수 없는 차디찬 재, 식어버린 용암, 창살이 겹겹으로 꽂혀 있는 그 피부를 어루만지면서 독고는 해피와 같은 한 마리의 수캐가 되어 몸을 부르르 떨었다. 물 떠와라, 물 떠와! 아이들은 차가운 물을 뿌렸고 흘레를 하던 개는 미처 떨어지지 못해 끼깅거렸다.

독고는 자신의 추악한 육체의 몸무게에서, 중년살이 붙기 시작해서 이제는 육십 킬로가 넘는 그 자신의 몸무게에서, 형벌의 바위처럼 억누르고 있는 그 몸무게에서 한시라도 바삐 빠져나오기 위해 버르적거렸다. 그리고 젖먹는 아이라고 변명을 하던 어머니를 여지없이 망신을 시켰던 목욕탕 속의 그 기억, 수증기가 안개처럼 피어오르던 뜨거운 욕탕 속에서 자기 의사와는 아무런 관련도 없이 불끈 발기했던 음험한 그 고추 생각을 했다.

"여보, 미안해요. 습관이 되어버렸어요. 기쁨을 느끼려는 순간이 되면 고모와 진이 생각이 나거든요. 딴 여자를 사귀세요. 성한 애도 낳구요. 이젠 극장표 같은 것이 나와도 질투하지 않을게요."

"아냐! 우린 똑같은 사람이라구. 진이는 당신 때문이 아니라 바로 나 때문에 그렇게 된 거요. 유전될 게 따로 있지, 당신과 고모는 아무 관계도 없어요. 왜, 내가 얘기하던 여선생 있잖아."

아내는 손바닥으로 독고의 입을 얼른 막았다.

"우리 이제 남의 얘긴 하지 말아요. 고모 얘기도, 김수열 얘기도, 그리구 당신도 그 여선생 얘기 하지 말아요. 어차피 당신은 속아서 저와 결혼한 거지만 날 버릴 때까지 이대로 꼭 우리끼리만 손잡고 있어요."

독고는 아무 말도 하지 않았지만 그는 속으로 수련이의 고모 이야기를 계속하고 있었다.

'여선생도 당신의 고모와 똑같았지. 교양도 있었고, 깔끔했고, 기품도 있었지. 다만 한 가지, 그녀는 자기의 몸뚱이만은 어쩌질

못했던 거라구. 워낙 내가 어렸을 때니까 그땐 잘 몰랐었지만, 이젠 분명하게 말할 수 있다구.'

맹선생과 여선생의 추문이 온 마을에 퍼지기 시작했다. 여선생은 아직 처녀의 몸이었지만 맹선생은 아내와 그리고 아이가 둘이나 있었다.

"저 년을 끌어내!"

맹선생의 처가 식구들이 몰려와 여선생이 기숙하고 있는 함석집 마당으로 모여들었다. 남자 몇 사람은 횃불을 켜 들고 여자들 뒤를 따라다녔다.

독고는 어른들 틈에 끼어 여선생이 끌려 나오는 것을 보았다. 머리는 헝클어져 있었고 옷은 이리저리 끌려다니느라고 찢겨져 있었지만 그녀의 얼굴은 교단에 서 있을 때처럼 단정했다. 입을 꼭 다물고 있었으며 오똑한 콧날은 여전히 기품 있는 이마 밑으로 우아한 굴곡의 선을 자아내고 있었다. 독고는 가슴이 아팠다.

"선생님! 선생님! 난 아무 말도 하지 않았어요. 난 선생님이 좋아요!"

여자들의 앙칼진 욕설 틈에서 독고의 작은 목소리는 곧 짓밟혀 버렸지만, 독고는 끝없이 자기 탓이 아니라는 말을 되풀이했다. 맹선생과 여선생이 만나는 것을 몰래 목격하긴 했지만 자기가 소문을 퍼뜨린 것은 아니었다. 그러나 맹선생은 독고를 의심하고 있는 눈치였다.

"아가리에 똥을 퍼넣어!"

"똥 퍼와! 이런 년은 생똥을 먹여야 해."

횃불 밑에서 무엇이 번쩍하더니 악취가 풍겨 나왔다. 아! 〈스와니강〉을 치던 여선생님의 하얀 손, 노래하듯이 국어 책을 읽던 여선생님의 작은 입술, 한 오라기도 흐트러진 일이 없이 단정하게 빗어내린 까만 머리카락…… 여선생님의 그 온몸에선 똥물이 흐르고 있었다.

강 건너 시내에서 경찰차가 오고 마을이 다시 조용해졌을 때 독고는 병원에 있었다. 사람들이 무어라고 웅성대고 있는 것을 보면 선생님도 옆방에 계시는 모양이었다. 독고는 까무라쳐 있었던 것이다. 독고는 정신이 들면서 벽 너머로 귀를 기울였다.

철봉대에서 떨어지던 날 양호실에서 선생님에게 간호를 받던 행복한 그날 같았다. 이따금 여자의 메마른 기침 소리가 들려왔다. 분명히 그건 이웃방에 누워 있는 여선생님의 기침 소리였을 것이다.

아내는 잠들어 있었다. 독고는 사장과의 약속을 지키기 위해 알프스 전자시계의 광고 문안을 궁리중이다. 그렇게 조용한 것을 보면 통금시간이 지난 모양이었다.

밤이 발자국 소리를 내며 툇마루에까지 온다. 등불이 흘러나오는 창밖까지 와서는 머뭇거리고 엷은 기침을 한다. 들어가도 좋

으냐고. 이런 시각에 독고는 시를 썼었다. 아내가 교회에서 할렐
루야를 합창하던 시절, 풀 먹인 빳빳한 교복 스커트를 다리미질
하던 그런 시간에 그는 의인법이 많은 시를 쓰고 있었다.

그러나 지금 아내는 아무 부끄러움도 없이 사내 옆에서 잠들어
있고 독고는 서명조차 필요 없는 광고문을 쓴다.

사장의 말은 옳았다. '알프스 소녀의 사랑 이야기'는 비행기 시
대에 꽃가마를 끌어내는 지문이었다. 광고문은 당대의 평균적인
인간의 기호, 감각 그리고 삶의 방식을 기준으로 삼아야 한다. 광
고문은 당대 풍속의 평균치를 찾는 일이며, 평균적인 교양의 수
준을 설정하는 일이기 때문에 그건 언제나 그 시대의 표준시간이
돼야 하는 것이다.

독고는 PR 요령의 책갈피를 닫았다. 어질어질한 그 평균대에
서 내려오고 싶었다. 그렇다. 너무 오랫동안 그는 평균대에서 몸
의 균형을 잡느라고 애를 써왔다. 차라리 떨어질 일이다. 추락할
일이다. 왼쪽으로든 오른쪽으로든 기울어서 떨어질 일이다. 내
사표를 내리라. 그리고 아내와 함께 쫓기는 사슴처럼 숲으로 가
리라. 헐떡거리고 숨이 차서 넘어질 때까지 도망치리라. 조바심
을 치며 9시 뉴스를 기다리지 않게 내 아내를 행복하게 해주리
라. 다시 아이를 낳자. 눈이 크고 콧날이 오뚝한, 그래! 김수열의
얼굴을 닮아도 좋다. 보기만 하면 여자가 한눈에 반해 버릴 그런
사내아이를 낳고, 이놈에게만은 평균대에서 떨어지지 않고 똑바

로 걸어갈 수 있는 슬기를 가르쳐주자.

전지를 갈아 끼우지 않아도 십 년을 끄떡없이 정확하게 돌아간다는 알프스 시계처럼 그놈의 심장은 튼튼해야 된다. 더 빠르지도 말고, 더 늦지도 말고 정확하게 그 심장은 뛰리라.

독고는 광고 문안을 써놓은 초고를 갈기갈기 찢어버렸다. 생각보다 그 소리가 너무 커서 독고는 놀라 잠자는 아내 쪽을 바라보았다.

그러나 밤보다도 더 검은 빛, 해초처럼 베개 위에 부드러운 율동을 그리고 있는 머리카락…… 미세하고 섬세한 수면의 작은 가락들. 아무리 큰 소리로 외쳐도 머리카락은 그 깊은 수면 속에서 깨어나는 법이 없다.

거기엔 감각이 없는 것이다. 머리카락은 통증도 쾌감도 느낄 수 없는 잠자는 숲, 잠자는 공주가 등장하는 동화 속의 숲이다.

"수련아!"

독고는 작은 소리로 불러본다. 온몸이 머리카락처럼 잠들어 있는 수련이를 깨우고 싶었다.

위험한 짐승을 잠재우기 위해 수면의 목책을 굳게 박아놓고 수련이의 육체, 성벽같이 높은 육체, 언젠가는 꼭 그것을 허물어 뜨려야 한다고 생각하면서 머리를 쓰다듬는다.

하루가, 밤이, 그 손가락 사이로 빠져 달아난다. 단지 지난날의 기억들만이 비듬처럼 남아서 이 잠자는 숲에 찌꺼기를 남긴다.

이불 속으로 미끄러져 들어가며 독고는 내일로 일을 미루자고 생
각한다.

그리고 현실과 현실 사이에 위태롭게 걸려 있는 꿈의 다리를
건너간다.

바보들을 위한 신호등
그리고 바보들의 자전거 경주

"사표장이 무슨 마팬 줄 알았어? 그것만 내밀면 다야? 뭘 해도 다 되는 줄 알았나?"

독고는 김봉섭 사장의 눈썹이 칫솔처럼 **빳빳**이 곤두서는 것을 보았다.

"도대체 이게 무슨 짓이야? 유감이 있으면 솔직히 남자답게 털어놓으면 될 게 아냐."

독고의 얼굴로 사표서와 알프스 전자시계의 광고 문안지가 동시에 날아왔다. 과연 사장님은 남자다웠다.

종이비행기처럼 그 종잇장들이 독고의 이마 위에서 급선회를 하고는 그의 발등 위로 가볍게 내려앉는다. 그게 만약 종잇장이 아니고 사장이 애독하는 영문《포춘》지가 아니면 최소한 저 하바나 시가 토막만 같았어도 틀림없이 독고는 그 얼굴에 반창고 몇 개는 붙였어야 했을 것이다.

독고윤은 다행히도 연착륙한 두 장의 종잇장을 주워올리는 순간 자신이 쓴 일회용 반창고의 CM송을 들었다.

"호미로 막을 것을 가래로 막지 마세요. 아무리 작은 상처라도 덧나면 무서워요. 건강한 새 피부를 준비하세요. 일회용 현대 반창고……."

타악기의 리듬에 맞추어 나비처럼 날아와서는 이마에, 콧잔등 위에, 손가락에, 그리고 무릎과 발가락에 척척 달라붙는 CF 만화의 그 주인공이 바로 독고 자신인 것 같았다.

그러나 독고는 웃지 않았다. 거북한 일, 슬픈 일, 분한 일…… 무엇이고 견디기 어려운 일이 있을 때마다 독고는 자신을 CF의 모델로 생각했고, 그 장면을 으레 슬로비디오로 찍어본다.

그러면 아무리 절박한 일도 비현실적으로 느껴지고 그의 입술에서는 엷은 웃음이 피어나올 수 있었다.

그러나 이번만은 종이쪽을 줍고 있는 자신의 모습을 슬로비디오로 돌려보지 않았다. 이젠 평균대에서 내려올 때인 것이다. 아니 마음 놓고 떨어져버리자. 평형감각은 이미 다 파멸되었다. 구르든지, 엎어지든지, 드러눕든지 뭐라도 좋다. 옛날옛적 꼬리가 달려 있었다는 그 미골尾骨, 퇴화된 지 오래인 그 미골을 더 이상 오싹거리며 살아갈 필요는 없을 것이다.

"사장님, 그건 오햅니다. 제가 사표까지 붙여 카피를 제출할 때는……."

독고는 구겨진 선전 문안을 펴 탁자 위에 엎어놓으면서 단호한 말투로 이야기했다.

"사표까지 제출할 때에는 그게 장난이 아니라는 걸 알려드리려고 한 것입니다. 그리고 전날 서로 약속드린 것도 있지 않습니까!"

"흥, 장난이 아니라? 날 놀린 게 아니라구? 뭐가 어째? 알프스 전자시계는 까머화니…… 뭐, 어쩌구 팔남샤샤?…… 이게 대체 어느 나라 말야? 아프리카야, 달나라 말야? 무당이 굿하는 주문 소리야? 일 초에 만 원권 몇 장이 날아가는 광고문이라구. 미친 놈들의 잠꼬대를 방송에다 틀려고 그래 몇천만 원씩 내버릴 놈이 어디 있어!"

독고윤은 광고 선전문과 사표를 사장 앞에 다시 내밀었다. 그러고는 천천히 일어섰다. 최후 진술을 하기 위해 일어서는 피고와도 같았다.

"제가 쓴 카피 원고는 정확하게 말하면 이렇습니다. 알프스 전자시계는 까매아스고태십, 팔남바사샤……. 사장님 말씀이 다 옳습니다. 이건 미친놈의 잠꼬대구, 달나라나 화성에서 사는 우주인의 말일지도 모르죠. 무당이 굿하는 소리라 해두 좋구요. 아무튼 아무 뜻이 없는 말이니까 뭐라고 생각해도 좋습니다. 하지만 한 가지만은 틀립니다. 그건 절대 장난이 아니라는 거죠. 알프스 전자시계의 열두 가지 특색을 하나도 빼놓지 말고 다 살려달라는 게 그들의 요구사항이 아닙니까! 그것도 단 수십 초 동안에 말이죠. 짧은 순간에 많은 의미를 다 담으려고 할 때 사람들은 대개 무의미한 소리밖에 지르지 못합니다. '오!'니 '아!'니 하는 감탄사만 해도 그렇지 않습니까? 공기를 압축하면 액체가 되듯이 말을 압축해놓으면……."

"그래! 말을 압축시키면 까마바나…… 가 된단 말야?"

사장이 비꼬는 말투로 독고의 말을 가로막았다.

"까마바나가 아니라 까매아스입니다. 사장님!"

"자네는 그 주문 같은 말을 한 자도 **빼놓지** 않고 용케도 기억하고 있군."

독고윤은 야유를 받으면서도 침착하게, 그러나 조금은 슬픈 얼굴을 하고 피고의 최후 진술을 계속해갔다.

"예, 그렇습니다. 그건 열두 가지 요구사항이 적힌 메모의 구절들에서 맨 첫 글자들만 따서 엮어놓은 말이니까요." 사장의 눈이 안경을 쓴 것처럼 갑자기 번쩍 뜨였다.

"까만 자판을 아름다운 여러 색조로 바꾸었음에서 '까'자를 따왔지요. 다음의 '매' 역시 매시간 시보를 알리고 필요한 시간에 알람을 울리게 할 수 있다는 그 구절 첫 글자입니다."

독고윤은 증거물을 내놓듯이 호주머니에서 메모지를 꺼내 사장에게 보였다.

1. 까만 자판을 여러 색조로 바꾼 미려한 디자인

2. 매시간 시보를 보내고 정해진 시각에 알람을 울릴 수 있는

자동장치

  3. 아날로그와 디지털을 함께 쓸 수 있는 신개발품

  4. 스톱워치의 기능

  5. 고급형에서 학생용 대중형까지 자유로운 선택

  6. 태양전지를 사용했음

  7. 십 년 동안 보증

  8. 팔목에 부담을 주지 않는 특수 경금속

  9. 남녀 공동으로 쓸 수 있는 유니섹스 스타일

  10. 바다나 산에서는 나침반 대용이 됨

  11. 사진이나 글자를 시계 뒤판에 찍어주는 특별 서비스

  12. 샤워장에서 풀어놓지 않아도 되는 완전 방수

사장은 메모지에 적힌 글의 두문자를 서서히 읽어 내려갔다.

"까…… 매…… 아…… 스…… 고…… 태…… 십…… 팔 남바……사……샤…… 응……그렇군. 그러나 자네나 알지, 누가 그 뜻을 알아먹을 사람이 있어?"

독고윤은 사장의 태도가 좀 누그러지는 기색이 보이자 늦추지 않고 풍차가 돌아가듯 빠른 말씨로 계속 설명을 했다. 사장이 잡고 있는 카드에는 늘 조커가 있기 때문이다. 그러나 이번만은 그 조커가 독고의 손에 잡혀 있었다.

알아듣지 못하기 때문에 바로 선전 효과가 있다. 뜻을 알면 사람들은 그냥 한쪽 귀로 흘려보낸다. 소화가 잘되면 무엇을 먹었

는지 기억에 없지만 위에 걸리면 먹은 음식을 하나하나 생각하게 되는 것과 마찬가지다. '아리랑'이나 '강강수월래'란 말에는 의미가 있는가? 그건 아무 뜻도 없기 때문에 수백 년 동안 사랑받은 게 아닌가.

의미 있는 말은 시간이 변하면 단풍이 들어 떨어지기 마련이지만 무의미한 말은 세월이 달라져도 그 처녀성을 잃지 않는다. 말의 의미를 축구볼로 치자면 가죽이나 튜브 같은 것에 지나지 않는다. 거기에 바람이 들어가야 비로소 탄력이 생겨 잘 구르고 잘 뜨는 법이다. 무의미, 그것은 바람이다. 의미가 너무 빼빼이 들어차서 사람들은 지금 그 무거운 짐에 짓눌려 비명을 지르고 있다. 광고문을 봐라. 모두가 최상급의 언어로만 되어 있지 않은가. 사람들은 텅 빈 공간으로 빠져 달아나고 싶어한다.

최상급이 붙은 모든 의미에서 벗어나려고, 의미의 중력 상태에서 자유로워지려고 무슨 우주복 같은 것을 찾고 있는 중이다.

그러니 '까매아스고태십……'이라는 말들을 녹음기에 넣고 빨리 돌리면 사장도 처음에 그랬듯이 저것이 우주인의 말이냐, 미친놈의 잠꼬대냐, 주문이 아니면 무슨 시계가 돌아가는 소리로 알 것이다. 결국 이런 의문 때문에 광고를 볼 때마다 온 신경을 집중하게 될 것이고 뭐라고 하는 소린지 정확히 말 하나하나를 알아내려고 일부러 광고시간을 기다리는 사람도 생길 것이다.

'까매아스'인지 '까미하늘'인지 서로 내기를 거는 사람도 있을 것이다. 그렇게 하다가 의미의 세계 속에서만 살아가던 그들이 아편 같은 그 무의미의 말에 사로잡힌다. 그렇게 되면 선문답과도 같은 종교적인 희열을 맛볼 것이며 의미에 짓눌려 사는 현대인에겐 그 광고문이 신의 언어처럼 들릴 것이다…….

독고는 대개 이런 내용의 이야기를 한참 늘어놓고는 사장에게 마지막으로 꾸벅 인사를 했다. 특히 축구볼의 비유를 들 때에는 전신이 오싹하는 쾌감을 느꼈다. 왜냐하면 김봉섭 사장의 별명은 경영학자 말고도 축구볼이라는 것이 있었기 때문이다.

"사장님, 물러가 있겠습니다. 책을 보니까 어차피 카피라이터의 수명은 최고 삼 년이라고 씌어 있더군요. 이 회사에 제가 온 지도 이 년 육 개월이 되어갑니다. 삼 년이 지나면 녹이 슬어 새 아이디어가 나오지 않는다고 하더군요. 사장님도 늘 말씀하셨지요. 애드 맨(廣告人)은 아이디어의 광부라구요. 그런데 제 머리에서는 다 파먹고 난 텅 빈 폐광廢鑛, 텅 빈 갱도가 울리는 소리가 들려오거든요. 저의 마지막 아이디어를 사장님께 바치는 겁니다. 그것도 말입니다, 제 아들이 도와주어서 가까스로 생각해낸 아이디어랍니다. 채택하시건 말건 상관없어요. 사표는 수리된 것으로 알겠습니다."

사장실 문을 열고 나올 때 그는 바람을 가득 넣은 축구볼같이 팽팽해진 사장의 얼굴을 보았고, 그가 던진 마지막 질문을 들었다.

"아니, 그렇게 큰 아들이 있었소?"

독고는 그 말에 대답하진 않았다. 그러나 자기 책상을 정리하고 짐을 꾸리는 동안, 그리고 문안부장이라고 쓰인 레이더판 글씨 밑에 빨간 전등불이 마지막으로 꺼지는 것을 보고 있는 동안, 영문을 모르며 모여든 도안부장이나 사진부장과 악수를 나누는 동안, 엘리베이터를 타지 않고 계단 하나하나를 천천히 밟고 내려오는 동안 줄곧 독고는 사장이 마지막 던진 그 질문에 대답하고 있었다.

웬일인지 진이 녀석이 그날따라 못 견디게 보고 싶었다. 자랑스럽게, 참으로 자랑스럽게 그 녀석의 이야기를 하고 싶었다.

"예, 사장님, 그렇게 큰 자식놈이 있고말고요. 정말 제가 카피를 작성하느라고 끙끙거리고 있을 때, 아! 그놈이 글쎄 힘을 안 들이고 도와주었다구요. 그놈은 천재랍니다. 까매아스고태십, 팔남바사샤……."

그렇다. 그건 거짓말이 아니다. 그의 아들 진이가 독고를 도운 것이다. '청심학원'에 넣기 전에 진이는 늘 뜻을 모를 말을 지껄였다. 가장 똑똑히 할 수 있는 말은 어머, 아버, 그리고 또 아퍼! 라는 말뿐이었다.

사랑을 받고 싶을 때, 비가 뿌리고 천둥이 치는 여름밤에 무서움을 느낄 때, 배가 고플 때, 문풍지가 시끄럽게 울리는 겨울밤에 녀석은 "아퍼!", "아퍼!"란 소리를 되풀이했다.

아내는 '아퍼'라는 말에서 여러 가지 말뜻을 들을 줄 알았다.

"저 애가 춥다는군요. 연탄불 좀 봐주실래요?", "쟤가 무서운가 봐요. 전깃불을 켜줄까요?" 그뿐만이 아니었다. 조금 무엇인가 충격을 받으면 무언지 알아들을 수 없는 소리를 제멋대로 늘어놓고 되풀이했다. 손바닥만 한 화단에 모란꽃들이 일제히 피어난 초여름 아침이었다.

"아아……가만……아퍼……아시시사야시다 아버……아버……."

아내는 그 애의 억양이나 표정으로 모르는 부호나 우주인의 말과 같은 그 의미 없는 분절음에서 무한한 말뜻을 찾아내 가지고 독고에게 통역을 해주었다.

"어디서 갑자기 저런 게 생겼느냐는 거예요. 어제까지 없던 꽃들이 피었다는 거지요. 저 꽃이 아주 예뻐서 갖고 싶대요. 당신이 사가지고 온 과자인 줄 알고 갖고 싶다는 거예요."

그것은 신비한 주문이었고 음악이었고 태초의 말─인간과 신이 다정하게 주고받던 신화의 말이었다. 형용사나 부사와 같은 일체의 수식어를 벗겨낸 나체의 명사, 그나마 몇 마디의 명사, 그리고 격동적인 몇 개의 동사만으로 진이는 노여움과 슬픔과 그기쁨을 이야기한다. 유난히 큰 그 머리통을 가누지 못하고 벽에 기대앉은 진이를 독고는 조용히 쓰다듬는다.

"그래, 너는 말을 배우지 마라! 너의 엄마는 네 말을 다 알아들으니까! 세상 사람들이 쓰는 그런 말을 배우지 않아도 된단다. 우린 네 말을 잘 모르니까 네가 말하려는 걸 더 잘 알아들을 수가 있다구. 진이야, 왜 그런 줄 아니? 네가 말을 잘하면 우린 그냥 건성건성으로 들었을 거다. 아빠는 벽에 못을 박으면서, 그리고 엄마는 생선비늘 같은 것이나 털면서 그래! 그랬니? 그랬구나……. 그렇게 말했을 거라구. 그건 세상 부모들이 자기 아이들에게 하는 말투란다. 하지만 우린 그렇지 않아, 그렇지 않단 말야."

독고가 그렇게 말하면 진이는 돌상에 앉아 있는 어린애처럼 짝짜꿍을 하면서 말했다.

"떼떼…… 아마아마…… 어디버."

진이와 사물, 진이와 감정, 진이와 행동, 그런 것들 사이에는 언어라는 옷이 없었다. 알몸으로 부딪칠 뿐이었다. 그러니까 '까매아스……'와 같은 알프스 시계의 의미 없는 선전 문안의 발상은 분명히 아들 진이가 가르쳐준 것이 틀림없는 일이었다.

'사장님! 저에게는 그렇게 큰 아들 녀석이 있습니다!'

독고는 속으로 그런 말을 계속 외치면서 애드 킴 회사를 나왔다.

그의 손목에 찬 투가리스는 3시를 가리키고 있었다.

"아직도 시간이 이것밖에 안 되었는가?"

독고는 왼손을 들어 시계를 귀에다 대보았다.

좀벌레가 비단옷을 썰고 있는 것 같은 미세한 톱니바퀴 소리가 울려왔다. 시계는 정확하게 돌아가고 있었던 것이다. 분명 도시는 오후 3시의 구도로 거기 있었다. 다만 퇴근시간의 러시아워가 아닌 이런 시간에 도시를 거니는 것이 참으로 독고에게는 낯설게 느껴진 거다.

조퇴를 하고 교문 밖으로 걸어나오던 국민학교 때의 어느 오후를 생각했다.

여선생이 마을을 아주 떠나버린 날, 사람들은 수군거리고 독고는 머리가 아팠고 열이 났었다.

교실에서는 소리 맞춰 국어책을 낭독하고 있는 아이들의 목소리가 들려오기도 하고, 탁자를 탁탁 때리며 "자! 여길 보세요."라고 큰소리로 외치는 선생님의 소리가 열어놓은 창문 밖으로 새어나오기도 했다.

여느 때 같았으면 언제나 이런 시각엔 그 애들과 함께 교실 의자에 앉아 있었을 것이다. 그런데 독고 혼자만이 그 시간과 장소에서 비켜나 시내의 거리를 걷고 있는 것이다.

하학 시각 이전의 거리는 마치 처음 가보는 길 같았다. 같은 문방구도 과자가게도 자전거포도 다 새롭게 보였다. 불안하고 생소하고 그러면서도 한편으로는 뿌듯한 무슨 희열이, 휘파람이라도 불고 싶은 그런 마음이 솟구쳐올랐다.

그제서야 독고는 사표를 낸 것을 실감했다. 매일같이 레이더판에 빨간 등불이 들어와 있던 오후 3시 책상에 앉아서 광고 문안을 다듬고 있던 오후 3시.

그러나 그 오후 3시는 전화벨 소리와 타이프라이터 소리가 울리는 사무실 안에만 있는 것은 아니었다. 시간은 그의 사무실 밖에서도 이렇게 부지런하게 움직이고 있지 않은가. 당연하고 당연한 그 사실을 그는 비로소 깨달았다.

만약에 그가 사표를 던지고 사무실 밖으로 나오지 않았더라면 지금 자기가 길거리에서 바라보고 있는 저 많은 광경들—제과점에서 과자상자를 들고 나오다가 자기와 부딪칠 뻔했던 저 뚱뚱한 신사, 손등에 머큐로크롬을 바른 리어카꾼의 이 땀냄새, 공중전화의 유리상자 속에서 고개를 숙이고 있는 삼십 대 여인의 하얀 얼굴, 영구차, 포니, 까만 레코드, 가구를 싣고 지나가는 픽업, 경적을 울리며 질주하는 빨간 소방차, 호루라기를 부는 교통 순경의 하얀 장갑—한 장소에서 딱 한 번밖에 일어나지 않는 이 모든 해프닝과 영원히 만나지 못했을 것이다. 오후 3시는 수천수만의 장소 속에 있었고, 동시에 그것들은 오후 3시의 각기 다른 세계를 만들어가고 있었다. 갑자기 그는 세계 전체의 모든 오후 3시의 시간을 한꺼번에 살고 싶었다. 독고는 묘한 흥분과 긴장 속에 있었다. 그는 그 자유를 시험해보기 위해서 이 골목 저 골목을 헤매다닌다.

그러다가 그는 을지로 네거리에까지 와 있는 자신을 발견했다.

건널목에서 독고는 우두커니 서 있었다. 처음엔 흥분을 가라앉히기 위해서였고 다음엔 갈 곳이 없다는 것을 알았기 때문이었다. 집으로 갈 수는 없었다.

그 시각에 귀가를 하려면 아내에게 그럴 만한 이유를 대야 한다. 결혼한 남자란 늦게 들어올 때에도 정당한 이유가 있어야 하지만 반대로 너무 일찍 들어가도 그 정당한 이유를 대야만 하는 것이다.

사표를 썼다는 것을 아내에게 말할 용기는 아직 없다.

그렇다면…… 그렇다면 퇴근시간까지 어디에선가 시간을 보내야 한다.

사슬을 풀어놔도 제 집 둘레를 빙빙 맴돌고 있는 강아지처럼 벌써 독고는 애드 킴 사무실이 있는 무교동 골목길을 서너 바퀴나 돌았던 것이다.

독고는 신호대를 바라보았다. 빨간불, 파란불, 노란불. 비둘기 집 같은 구멍에서 신호등이 부지런하게 켜지고 꺼지고 몇 번이나 불빛이 바뀌었지만 독고는 그냥 신호등만을 우두커니 바라보고 있었다.

그때 갑자기 독고는 귀가 멍멍해지면서 모든 소리가 사라져가고 있는 것을 느꼈다. 바퀴가 굴러가는 소리, 엔진 소리, 경적 소리, 사람들의 발자국 소리까지도 일시에 정지되어버리는 정적이었다. 별안간 토키가 끊긴 영화의 화면과도 같았다.

사람들은 롤러스케이트를 타듯이 까만 아스팔트 위를 소리 없이 미끄러져가고 있었고, 질주하는 자동차들은 아지랑이처럼 흐느적거리며 꺼져갔다. 소리만이 아니었다. 온통 그 네거리는 폐허처럼 변해가고 있었다. 그것은 경기가 끝난 축구장처럼 텅 비어가고 있었다.

다만 그 정적과 텅 빈 마당에서 신호대만이 우뚝 솟아 혼자 불빛을 껌벅이고 있었다.

독고는 오한을 느끼며 부르르 몸을 떨었다.

'저것이다! 바로 저 신호등이다. 그때도 나는 저 신호등을 보았었지.'

애드 킴에 취직이 되던 바로 그날이었다. 이젠 수입도 생겼고 아내도 진이로부터 벗어나 좀 쉬어야 할 때가 된 것이다. 그는 애드 킴에서 간단한 면접을 끝낸 후 입사가 결정된 것을 확인하자 아내 몰래 곧바로 청심학원으로 갔다.

정박아 수용소의 철문은 굳게 닫혀 있었다. 띄엄띄엄 푸른 숲 사이로 붉은 지붕의 비탈들이 별장처럼 평화로워 보였지만 자꾸 감옥을 연상시켜주었다. 철문 때문이었다. 같은 문이라도 그것은 아주 달랐다. 보통 건물의 문은 밖에서의 침입자를 막기 위해서 있는 것이다. 그러나 죄수이든 정박아든 모든 수용소의 문은 정반대이다. 그건 안에서 밖으로 나가지 못하도록 달아놓은 문이다. 그것은 바깥 세계를 지키기 위해서 있는 문이었다. 영원히 사자들을 닫아둔 비석이나 묘지 혹은 판도라의 상자를 덮고 있는 뚜껑이었다.

독고는 그냥 돌아가려고 했다. 절대로 내 자식을 이런 울안에 던져버리고 밖에서 굵은 빗장을 질러버릴 수는 없다고 생각했다. 그건 진이가 정박아라는 확인서에 서명 날인하는 일과 다를 게 없다. 똑같은 죄를 짓고서도 감옥 안에서 사는 사람과 감옥 바깥에서 사는 사람은 다르다.

성한 사람들과 함께 감옥 바깥에서 살아가는 한 그는 완전한 죄인은 아니다. 내 아들을 체포해서는 안 된다. 이들에게 인계해서는 안 된다.

그러나 수위가 정문을 열자 독고는 마치 진공청소기에 빨려 들어가듯이 자기도 모르게 그 문 안으로 들어갔고 어느새 자갈과 모래가 깔려 있는 앞마당 한복판에까지 와 있었다.

모래는 사금파리처럼 빛나고 있었다. 너무도 조용해서 마당 가득히 내리쬐는 여름 땡볕이 벌레들이 일제히 은빛 날개를 떨고 있는 것처럼 잉잉 소리를 내며 진동하고 있는 것 같았다.

'정박아 상담소'의 건물을 찾기 위해서 독고는 눈 위에 손을 올리고 주위를 훑어보다가 아! 하고 짤막한 소리를 질렀다. 특별한 모양을 한 신호대라서 그랬던 것은 아니다. 오히려 도심지의 길거리에서 흔히 볼 수 있는 거와 똑같이 생긴 진짜 신호등을 발견했기 때문이었다.

사람이 지나다니지 않는 사막 한복판에서 문득 예고 없이 나타난 신호대를 본 것과 흡사한 느낌이었다.

그곳이 보통 학교나 공공건물이었다면, 국기 게양대가 아니면 무슨 기념탑 같은 것이 서 있을 자리였다.

길도 없다.

사람도 없고 자동차도 다니지 않는다.

그런 앞마당 한복판에 아무 의미도 없이 신호대가 서서 빨갛고 파랗고 노란 신호등을 껌벅이고 있다.

오후 3시의 여름 햇살이 비껴 흘러 신호대의 직선으로 뻗친 검은 그림자가 해시계처럼 마당 한구석에 떨어져 있었고, 그 옆에는 노란 금잔화들이 피어 있는 꽃밭이 기하학적인 둥근 원을 그리고 있었다.

신호등은 고, 스톱을 되풀이하고 있었지만 거기에는 갈 것도 없었고 멈춰 설 것도 없었다. 정적과 햇볕과 바람 한 점 없는 텅 빈 공간에 의미 없이 신호등은 혼자서 꺼졌다가는 켜지고 켜졌다가는 꺼진다. 대체 왜 이것을 여기에 세워놓았는가? 초현실파의 그림처럼 그것은 일상의 논리와 실용성을, 그리고 우리의 모든 습관을 부수고 있었다.

독고는 그때 발자국 소리를 들었다. 아이들이었다. 독고를 향해서 미끄러운 진흙바닥으로 걸어오는 몸짓으로 그들은 서서히 다가오고 있었다.

아이들은 히기죽히기죽 웃고 있었다. 좌측에서도 우측에서도 뒤에서도 앞에서도 정박아들이 서너 명씩 떼를 지어서는 조금씩 조금씩 독고를 향해 죄어든다.

독고는 이마에 흐르는 땀을 씻었다. 정글 속을 헤매다가 갑자기 피그미 족들에게 포위당한 탐험대들도 아마 그렇게 땀을 씻었으리라.

독고는 웃어 보였다.

"얘들아! 여기 상담소가 어디니?"

일부러 정박아란 말은 하지 않고 그냥 상담소라고 말했다.

이쪽에서 부드럽게 웃고 이야길 걸자 한 아이가 "안녕하세요" 하고 인사를 했다. 그러자 다른 아이들도 제각기 그 커다란 머리통을 끄덕거리며 "아영하스요", "아녀하시오", "아잉하세요"라고 인사를 한다. 인사라기보다는 태엽을 감아놓은 장난감 앵무새소리 같았다. 그 움직임도 용수철을 단 단순한 기계의 동작이었다.

그러고는 독고에게 로봇 인형처럼 덜커덕덜커덕 몰려들었다.

"상담소가 어디 있나?"

독고는 아이들의 경계심을 풀기 위해서 백원짜리 동전을 꺼내며 물었다.

그러나 아이들은 무슨 말을 해도 그냥 "안녕하세요"란 말만 되풀이했다. 열서너 살쯤 된 계집아이가 갑자기 덩굴 같은 손을 내밀며 독고의 손을 잡았다. 억센 힘이었다.

"응! 아저씨하고 악수하자고?"

독고는 조심스럽게 손을 흔들었다. 악수를 끝내고 손을 놓으려 했지만 그 계집아이는 독고의 손을 놓아주지 않고 점점 힘을 주어 죄어왔다. 영원히 놓지 않을 듯이.

독고는 달래는 투로 계집아이의 눈을 보고 말했다.

"착하지? 아저씨는 상담소로 가야 돼. 나중에 또 보자."

그러나 독고의 손은 끈끈이주걱에 달라붙은 파리처럼 그 아이의 손에서 빠져나올 수 없었다. 아이는 그의 얼굴을 올려다보며 큰 눈망울을 한 바퀴 돌리고는 히죽이 웃는다. 웃을 때마다 긴 혓바닥이 턱에까지 내려왔고 침이 지르르 흘렀다. 그늘이 있는 저 침통한 웃음, 독고는 거기에서 진이의 얼굴을 보았으며 차마 그 아이의 손을 뿌리치지 못했다. 또 하나의 손이 그의 다른 쪽 손을 잡았다.

"아더씨 와, 여기 와."

손을 끌어다가는 자기의 무릎 위에 난 상처를 어루만지게 하려는 눈치였다.

"응, 아프겠구나. 저런! 어디서 넘어졌니?"

상처를 어루만져주려 했지만 독고의 몸이 말을 듣지 않았다. 계집아이가 한쪽 손을 힘껏 움켜쥐고 있었기 때문이다.

두려웠다. 독고는 오한을 느꼈다. 영원히 바보들에게 둘러싸여 다시는 이 자리에서 풀려날 수 없을 것 같았다. 손이 잡혀 있어서만이 아니었다.

정박아들은 진공청소기처럼 무슨 초인적인 강력한 힘으로 그를 빨아들이고 있었던 것이다.

독고는 그게 무슨 힘인 줄은 설명할 수가 없다.

수렁에 빠진 것 같은 무력감. 그렇다, 진이의 눈을 보고 있으면 어두운 수렁을 느낀다. 그는 바로 그 수렁 속에 빠져 있는 것이다. 고개를 들었다. 바늘 끝같이 번쩍이는 햇볕이 그의 얼굴에 박혔다.

무서운 힘으로 죄어드는 정박아의 손아귀에 두 손을 묶인 채 신호등만을 바라보고 있을 수밖에 없었다.

빨간불이 켜졌다. 빨간불이 꺼지고 파란불이 켜졌다. 파란불이 꺼지고 노란색 신호가 켜졌다. 또 꺼졌다.

이 속에서 몇 번이나 신호들이 무의미하게 교체되어간다.

"자! 저리 가 놀아요. 놀이터로 가요."

간호사 차림 같기도 하고 수녀복 같기도 한 제복의 여인이 나타나서 독고를 구해주었다.

아이들은 그 말을 듣자 떨어지지 않으려고 더 강하게 독고의 팔을 움켜쥔다.

"말 안 들으면 감독선생 불러올 거야! 자, 어서."

제복 입은 여인은 손뼉을 쳤다. 갑자기 아이들은 공포의 얼굴을 하고 독고의 손을 놔주고는 달아났다. 한 녀석은 신호등 쪽으로 뛰어 도망가다가 그 자리에 얼어붙은 것처럼 서서 꼼짝도 하지 않는다.

한참을 그렇게 서 있다 파란불이 켜지는 것을 보고야 똑바로 뛰어가 놀이터의 그네에 가 매달린다.

독고는 서커스의 미녀—가죽채찍을 들고 능숙한 솜씨로 사자에게 곡예를 시키는 조련사 같은 제복의 여인을 향해 공손히 절을 했다.

"원생들은 위험한 일은 하지 않아요. 가끔은 사람의 손을 잡고 놓아주지 않는 버릇이 있습니다만. 그런데 무슨 일로 오셨지요?"

"정박아 상담소에……."

"아! 그러세요? 마침 잘 됐군요. 따라오세요."

딱 하고 허공에서 가죽채찍이 울리는 것 같았다.

그 제복 입은 여인은 꼭 조련사가 울리는 채찍 소리처럼 말을 했던 것이다. 용기를 내서 독고는 물었다.

"저 신호대는 무엇인지요. 왜 저기다 세운 거지요?"

여인은 가운의 앞에 달린 앞 호주머니에서 손을 꺼내고는 설명을 했다.

"훈련용이에요. 교통신호를 익힐 수 있게 원생들을 연습시키는 거지요."

설명은 아주 간단명료했다.

제복 입은 여인은 수녀였다. 그리고 독고가 찾고 있는 바로 그 상담소의 주임이었던 것이다. 애드 킴에서 구두시험을 치를 때와 똑같은 사태가 벌어진 것이다. 다만 책상 앞에 앉아 있는 것은 김봉섭 사장이 아니라 테레사 수녀라는 것이 다른 점이었다. 그리고 한쪽은 '입사용'이고 이번 것은 '입소용'이라는 것이 다를 뿐이다.

"좋습니다. 그러면 우선 아이의 증상에 대해서 간단히 말씀해주실까요?"

수녀는 김봉섭 사장과 마찬가지로 그가 볼 수 없는 비밀스러운 서류에 연방 무엇인가를 체크하면서 물었다. 사장은 나의 특기를 물었었지. 특기와 증상은 어떻게 다른 것일까.

"예 수녀님. 저희 애는 미에 대한 감수성이 아주 예민해요. 꽃을 보거나 제 에미가 어쩌다 예쁜 나들이옷을 입으면 여간 좋아하지 않아요. 그리고……."

수녀가 손에 들고 있던 볼펜을 책상 위에 던지고는 그의 말을 가로막았다.

"좋은 점은 필요 없어요. 문제행동에 대해서만 솔직하게 말씀해주세요."

"문제 행동이라니요?"

"두통거리 말예요. 보통 애들과 다른 행동, 이를테면 옷을 찢는

다든가, 아무것이나 먹는다든가, 뭐 이상한 짓 하는 거 없어요?"

수녀의 말은 하나님의 말씀처럼 진리였다. 사실 여기는 그런 말이 필요 없는 곳이다.

독고는 아들을 칭찬하려고 온 것이 아니라 제 자식이 얼마나 못난 바보인가를, 얼마나 골칫덩어리인가를, 얼마나 병신스러운가를 흉보러 온 것이다. 그것이 바로 상담소라는 곳이다.

독고는 눈물이 핑 돌았다.

"예, 제 자식은 바봅니다. 오른쪽, 왼쪽도 분간할 수 없는 병신예요. 제 허리띠도 먹고, 제 에미 버선도 먹고, 남이 보지 않으면 똥까지 찍어먹는 천치 바보입니다. 그리고 하나와 둘도 모르고, 제 이름도 못 읽습니다. 그런데 나이가 몇인 줄 압니까? 열두 살 예요. 예, 아내는 이 아이 때문에 이사를 수없이 다녀야 했습니다."

수녀는 진정하라고 독고를 달랬다. 정박아의 부모는 모두 독고처럼 신경쇠약에 걸려 있으며, 자기는 그걸 충분히 이해한다는 것이었다. 정박아를 수용하는 것은 정박아 자신보다도 부모를 그 고통 속에서 구제해주자는 데 그 근본 목적이 있다는 것이었다.

정박아 때문에 집안 전체가 비정상적으로 되어간다는 것이었고 그런 점에서 정박아는, 이를테면 바보는 전염병 보균자처럼 주위를 오염시키기 때문에 격리 수용해야 된다는 것이었다.

가정이 병들면 사회가 병들고, 사회가 병들면 국가가 병든다.

그러니 주님의 은총으로 도와주겠다는 것이었고 병든 어린양을 천주의 품에 맡기라는 것이었다.

하지만 입소 역시 애드 킴 입사만큼이나 어려웠다.

원래 청심학원은 사설 고아원이었다는 것이다. 고아 가운데서 성한 아이들은 모두 솎아서 외국에 입양시키고, 정박아와 불구자만이 남게 되자 문을 닫아버리려 했다는 것이다.

고아들을 외국에 입양시키는 것은 피차 돈벌이가 되는 일이었다. 사회보장제도가 엄격하게 시행되고 있는 나라에서는 자녀가 있어야 더 많은 생계보조비를 탈 수 있다. 그래서 미국이나 유럽에서 한국의 고아를 데려다가 입양을 시키면 그 부모가 여러 가지 혜택을 받게 되기 때문에 고아를 구하는 데 수월찮은 돈을 지불한다. 고아 사업은 양쪽에서 다 인기가 좋다.

결국 인기상품은 다 팔리고 정박아들만 남게 되었고, 그 고아원의 경영자는 그들을 쓰레기처럼 내버리려 했다. 그래서 가톨릭의 자선단체에서 종교적인 사명을 갖고 그 고아원을 인수하게 되었다는 것이다.

"아흔아홉 마리의 양을 버려두고 길 잃은 한 마리의 양을 찾으려고 하는 것이 천주의 뜻이고 사랑이지요. 그런데 선생님 댁에선 예수를 믿으시나요?"

수녀는 또 비밀스러운 서류에 무엇인가를 기입하면서 물었다.

"그것이 입소 조건인가요?"

"참고 사항이지요. 결정은 원장님께서 직접 하십니다."

"방금 아흔아홉 마리 양을 말하시지 않으셨습니까! 바로 저희들은 길 잃은 양에 속하지요."

독고는 아내가 착실한 기독교 신자였지만 진이를 낳고부터는 신을 믿지 않게 되었다는 말을 하려고 했지만 참았다.

아들을 위하여.

수녀는 금테 안경을 썼다. 그리고는 기록표를 쭉 훑어보더니 "에, 또"라고 말머리를 길게 빼고는,

"입소 여건이 여러 가지 불리하지만 힘써보겠어요. 시설은 없고 입원을 원하는 정박아는 매일같이 늘어간답니다. 저희들도 다 수용하기에는 힘이 들어요. 옛날에는 정박아라 해도 부모들이 입소시키는 걸 꺼렸지요. 그게 부모의 정이 아닙니까. 남을 믿고 가뜩이나 불쌍한 자식을 선뜻 맡기려 드는 부모는 흔치 않았었지요. 그런데 요즈음엔……"

수녀는 말끝을 흐렸다.

"요즈음엔 정박아를 내버리고 싶어 하는 매정한 부모들이 많아졌다는 거지요? 부모의 정도 옛날 같지가 않다는 것이지요? 알겠습니다. 저는 요즈음 부모보다는 옛날 아버지가 되겠습니다. 수녀님, 입소시키는 걸 포기하겠어요."

독고는 부끄러운 마음으로 일어났다.

과연 상담소 카운슬러답게 능숙한 솜씨였다. 입소를 거절하는

방법이 심리학자답다. 마치 김봉섭 사장이 경영학자답듯이.

수녀는 독고의 민감한 반응을 알아차리고는 자신의 말을 번복했다.

"그런 말이 아니라, 저희들 사업을 그만큼 믿어주는 부모들이 많아졌다는 겁니다. 기쁜 일이지요."

때로는 복음서를 읽듯이, 때로는 조련사가 채찍을 치듯이 말하는 수녀는 가부간 곧 연락이 있을 거라는 것과 입소가 되지 않아도 원외 지도, 전화 지도 등 여러 가지 협조가 있을 거라고 했다. 독고는 밖으로 나왔다. 물론 선물도 받았다. 그건 두 권의 책이었다. 한 권은 '기쁜 소식'이라는 교회 선교 팸플릿이었고 또 한 권은 '청심학원 안내서'였다.

두 권의 책을 겨드랑이에 끼고 독고는 청심학원을 나왔다. 그때 그는 또 그 빈 마당에 서 있는 신호등과 마주쳤다.

그가 이곳에 들어올 때보다 그 그림자는 더 길게 마당에 드리워져 있었고 그 신호등에는 노란색 불이 켜져 있었다. 조금 있으면 자갈이 많은 마당에도 그렇게 노란 황혼이 젖어들 것이었다.

횡단보도의 신호등에 파란불이 켜졌다. 그것은 빛의 수문이었다.

막혔던 제방 물이 일시에 흐르듯 도도한 인파가 길을 가로질렀다. 이번에는 독고도 그 군중 속에 끼어 길을 횡단했고 빈 택시를 찾아 부지런하게 몸을 움직였다.

애드 킴에 입사한 날이 그랬으니까 애드 킴에서 퇴사하는 날에도 역 그래야만 할 것 같아서이다.

말하자면 오후 3시의 거리에서 오디세우스처럼 표류하고 있던 독고는 퇴근시간까지 시간을 보내는 방도와 그 목적지를 드디어 찾아냈다는 이야기이다. '청심학원'으로 가자고 하니까 택시 운전사는 힐끔 뒷좌석에 앉아 있는 독고의 얼굴을 훔쳐보았다.

'그럴 테지, 거긴 아무나 가는 데가 아니니까.'

동정인지 경멸인지 야릇한 택시 운전사의 시선을 받으며 독고는 다시 한 번 외쳤다.

"청심학원으로 가라니까요. 청심학원 말입니다. 왜 길을 몰라서 그래요?"

사람들은 그곳을 간단하게 그냥 청심원이라고 부르고 있었지만 독고나 그의 아내는 언제나 정식으로 '청심학원'이라고 불렀다. '학원' 자가 붙으면 그래도 무엇인가 배우는 학교라는 기분이 들기 때문이었다.

독고는 눈을 감았다. 최소한 오늘만이라도 거리의 간판이나 광고 선전판에서 풀려나고 싶어서였다.

그리고 아무에게도 들키지 않게 몰래 자기와 진이의 문제를 생각해보고 싶어서였다.

데려오자! 빗장을 열어젖히고 진이를 데리고 나오자. 바보면 어떠냐. 아내와 아들과 나와 세 식구가 모두 똑같은 바보가 되어 한 방 안에서 뒹굴며 살아가자. 흉을 보라지, 바보 일가족. 이젠 나도 실직을 했으니 바보가 된 거나 마찬가지고, 아내도 옛날 애인의 추억을 빼앗겨버렸으니 바보가 된 게 아닌가. 진이를 데려오자. 그러나 아내가 그걸 반대하지 않을까? 사실 섭섭했었지. 그날 청심학원에서 돌아와 진이를 정박아 수용소에 넣자고 조심조심 우언법의 수사까지 쓰면서 이야기를 했었는데 뜻밖에도 아내는 손뼉을 치며 좋아하지 않았던가! 처음엔 진이도 무언가 배울수 있다는 것, 책상에 앉아서 선생님이 시키는 대로 따라서 하고 흑판에 무언가를 그리고 쓰는 것을 지켜볼 수 있다는 것, 아내는 그런 것이 좋아서 그러는 줄로만 알았었지. 진이가 진짜 학교에라도 합격한 것처럼 뺨이 상기되어 즐거워하는 아내 때문에 조금은 배신감 같은 걸 느꼈고, 그래서 나중에는 절대로 해서는 안 되는 말들, 원생 중엔 때로 분뇨통에 빠져 죽거나 집이 그리워서 탈출하다가 담에서 추락사한 일도 있다는 이야기를 했었다.

그런데도 아내는 누구나 다 그런 건 아니라고 하면서 진이는 틀림없이 보호반이 아니라 최소한 생활반이거나 아니면 학습반 정도엔 들어갈 수 있을 거라고 그런 이야기만 늘어놓고 있었지. 아내도 요즈음 어머니구나. 진이가 그렇게도 귀찮았던가? 똥을 주워 먹어도 그게 우리들의 핏줄이 아니냐? 섭섭하지도 않으냐? 그런 애를 혼자 떼 보내놓고도 베개를 높이 베고 잘 수 있느냐?

아니야, 그건 오해였을 거야. 아내도 속으로는 울고 있었을 거야. 정말 그건 내 오해라구. 청심원에서 통지를 받고 진이를 입소시키던 날, 수련이는 그 애를 부둥켜안고 놓지 않았었지.

"데데데 엄마. 아니야. 데데 아니야!"

수련이는 충혈된 눈으로 쳐다보면서 이렇게 통역을 해주었지.

"보라구요. 들어가기 싫대요. 아빠 엄마와 함께 살겠대잖아요." 오히려 매정하게 그놈을 처넣고 입사 첫날의 실적을 올리기 위해 라면 광고문의 카피만 줄곧 생각했던 것은 바로 나 자신이 아니었던가? 아내도 진이를 찾아오는 것을 반대하지 않을 거다. 나는 애드 킴의 생활에서, 아들놈은 청심학원의 생활에서 똑같이 이 년 육 개월의 경력을 쌓고 이제는 집으로 돌아가는 거다. 진이야, 우리 시골로 갈래? 아빠의 고향, 아니지, 아빠의 고향은 이제 서울이 되어버렸으니까 더 멀리 있는 고향으로 가야 되겠구나. 짱아! 예쁜 짱아, 고추잠자리를 잡아주겠다. 제일 높은 가지에 앉아 있는 매미를 잡아주겠다. 시골 고향에는 여치도 있단다. 그놈이 얼마나 잘 우는지 아니? 아빠가 밀짚으로 예쁜 집을 만들어줄 거다. 그 녀석은 찌르르찌르르 하고 운단다.

그래, 넌 열심히 공부해서 생활반에서 학습반 육 학년으로 올라갔잖니! 생활지도반으로 가봤자 나무뿌리나 손질하고 톱질하는 일 같은 것이나 배울 거 아니니. 넌 이젠 다 공부한 거야. 자! 이젠 집으로 가자구. 고향으로 가야 돼.

택시에서 내린 독고는 곧장 청심학원의 철대문으로 향했지만 이 년 전 그때와 마찬가지로 철대문 앞에 이르자 갑자기 자신을 잃었다. 그냥 되돌아가야 된다는 생각이 들었다.

안 되지. 25일의 면회 날이 아니면 출입이 금지되어 있지 않은가. 질서, 질서! 청심학원은 아이들에게 질서를 가르쳐주는 곳이 아닌가.

교실 복도마다 그 한복판에는 흰 줄이 쳐져 있지 않던가. 좌측통행을 가르쳐주기 위해서.

그리구 맨 첫날 보지 않았는가. 차가 다니지 않는 그 마당에서도 신호등에 붉은 불이 켜지니까 뛰다 말고 서 있던 원생을 보지 않았던가. 오늘은 면회일이 아니다. 질서를 파괴해서는 안 된다.

독고는 용기를 잃었다. 준비를 좀 더 하고 아내와 상의도 하고 뒷날 언젠가 퇴원수속을 해야겠다고 마음을 돌려먹었다. 다만 진이가 보고 싶어서 청심학원 뜰이 내려다보이는 언덕 숲길로 올라갔다.

마당은 텅 비어 있었다. 운동장 양쪽 끝에는 빈 골포스트가 서 있어서 더욱 그 공간이 외로워 보였다. 애들은 모두 어디로 간 것일까. 낮잠을 자는가 보다. 그렇지 않으면 집짓기 장난감을 가지고 공부들을 하고 있는가? 바위에 앉아 독고는 빈 마당을 우두커니 내려다보았다. 얼마를 그러고 있는데 어디선가 덜커덩거리는 금속 소리가 들려왔다. 그것은 숲 쪽에서 멀지 않은 물리치료실 건물에서 들려오는 소리였다. 독고는 담 가까이까지 내려가서 그 건물 안을 들여다보았다. 창문이 열려 있어서 으슥한 실내의 그늘에 눈이 익숙해지자 모든 광경을 뚜렷이 볼 수가 있었다.

실내는 체육관 같았다. 창고 같은 데 손목을 끼고 있는 놈, 허공에 매달린 줄을 잡아당기고 있는 놈, 벨트판에 올라 달리기를 하는 녀석들.

그때 독고는 진이를 발견했다. "진이야!"라고 큰 소리로 외쳤지만 시끄러운 실내의 소음 때문에 아무도 그 소리를 듣지 못한 것 같았다. 다행이었다.

진이는 자전거를 타고 있었다. 혼자만이 아니라 여남은 대가 일렬로 늘어선 자전거 위에 올라타 아이들과 함께 열심히 페달을 밟고 있었다.

몸통에는 우편배달부가 타고 다니는 것같이 빨간 칠이 칠해져 있었고 손잡이는 활처럼 휘어져 올라간 흰빛 스테인리스였다.

어두운 방 속에서도 분명히 자전거 바퀴가 돌아갈 때마다 은빛 살들이—방사선으로 뻗친 무수한 그 은빛 살들이 번쩍거리 고 있는 것이 보였다.

"달려라, 진이야!"

"달려라, 진이야!"

수십 명의 챔피언들이 지금 앞을 다투며 종착점을 향해 질주하고 있었다. 수십 대의 자전거가 경주를 벌이고 있는 것이다.

달려라!

달려라!

더 힘차게 밟아, 밟아라. 이겨라. 진이야.

진이야, 달려라.

내 아들이 자전거를 탄다. 그것도 세발자전거가 아니고 두 바퀴짜리 경주용 자전거를.

쏜살같이 언덕을 내려와서는 푸른 초원으로 끝없이 뻗은 철길을 따라 자전거는 질주한다. 가로수들을 지나간다. 길가에 늘어선 가겟집과 놀이터를 지나간다. 이제는 도시의 중심 가도이다. 연도에는 구경꾼들이 손뼉을 치고 색종이 테이프를 던지며 응원을 한다. 다른 선수를 제치고 골인 지점을 향해 진이는 선두로 달린다. 오 미터, 삼 미터, 이 미터, 일 미터.

달려라, 진이야! 밟아라, 진이야!

조금만 더, 조금만 더.

그러나 자전거는 그 자리에서 꼼짝도 하지 않았다.

아무리 페달을 밟아도 빈 바퀴만 물레처럼 돌아간다. 그건 진짜 자전거가 아니다. 발운동을 하기 위해서 설계된 물리치료 기구에 지나지 않는다.

앞서 가는 것도 뒤로 처져가는 것도 없다. 정박아들이 탄 자전거들은 한 치의 차이도 없이 여전히 일직선으로 늘어서 꼼짝도 하지 않았고 빈 바퀴만이 돌아가고 있었다.

"바보들의 자전거 경주!"

독고는 누가 듣지 않았나 싶어 주위를 살펴보았다. 곧 신록의 철이 오려나 보다. 파란 눈들이 다닥다닥 붙은 참나무 가지가 바람에 흔들거리고 있었다.

하루의 먼지를 털고 살기 위해서
내가 살아 있구나

"무슨 일이 있었어요?"

대문을 열어주면서 수련이는 나직한 귀엣말로 말했다.

"회사에서 사람들이 와 있어요."

독고는 가슴이 덜컹 내려앉았다.

"무슨 일은! 급한 기획회의가 있나?"

독고는 일부러 태연한 척 표정을 짓고 신을 벗었다.

구두는 두 켤레였다. 하나는 너부죽하고 하나는 길쭉하다.

"도안부장과 사진부장인가 보군."

예상대로였다.

"뭔 일여, 이 사람아!"

사진부장이 수다를 떨려고 하는 것을 보자 독고는 손가락을 입
에다 댔다.

안주상이라도 보고 있는지 수련이는 부엌에서 달그락거리고
있었지만 독고는 사표를 던진 일을 아내에게 들킬까 봐 조바심을

쳤다.

"폐일언하구 이거 갖구 왔다⋯⋯. 내 축구볼한테 들은 이야기지만 말야! 그럴 것 없잖어. 다 농담으로 돌려버리면 안 되겠나!"

도안부장은 사직서 봉투를 안주머니에서 꺼내며 말했다.

"옳은 말씀여. 축구볼이란 건 본시 어디루 굴러갈지 모르는 것 아니겠어? 신경 쓸 것 없어."

"좌우간 아내한텐 비밀로 해주게나. 그리구 그건 사장을 골리려구 장난친 게 아냐. 일단 그 안은 스위스 사람들에게 돌리라구 해!"

"히히히."

사진부장이 기묘한 웃음을 터뜨리며 말했다.

"까마하나 우지십팔바가야로⋯⋯. 히히히, 좋았어 좋았어유. 축구볼 얼굴 한번 요란했을 끼여."

"우째 자슥, 그리두 머리가 나쁘노? 까마하나우지십이 아니라 고태십인기라. 다음엔 뭐랬더라? 그놈의 말 외느라고 왼종일 고생 안 했나."

"야, 참말 그거 신난단 말여. 사장 약깨나 올랐을 거여. 자넨 증말 인재여⋯⋯."

사진부장은 호주머니에서 쪽지를 꺼내놓고 다시 읽었다.

"까매아스고태십, 팔남바사샤⋯⋯ 에잉, 뭔 말인진 몰라도 속이 후련허다."

어쨌든 세 사람은 껄껄거리고 웃었고 그 웃음소리 탓인지 맥주를 들고 온 아내 수련이의 얼굴도 한결 환해 보였다.

"전 잠깐 반장 댁엘 좀 갔다 오겠어요. 천천히 놀다 가시지요."

찍찍 끄는 아내의 슬리퍼 소리가 사라지자 기다렸다는 듯이 사진부장과 문안부장은 또 여성 강의를 시작했다.

"마누라한테 와 그리 꼼짝 못하노? 왕년에 장가 못 들어본 사람 있나!"

도안부장은 입에 묻은 맥주거품을 쓱 씻고는 독고를 향해 본격적인 교육을 실시하려는 모양이었다.

"어제 그 안 있나, 부고를 이용한 외도법 있제?"

"아무리 그래도 한 번은 꼬리를 잡히는 기라."

"잡히는 게 아녀, 밟히는 거지."

"잡히든 밟히든 그게 문제가 아니라 그 다음 방법만 알고 있으면 그까짓 잡힌다고 무서워할 것 있나?"

"뭔 소리여. 야, 이 사람 말 곧이들었다간 말여, 신세 조지기 십상이여. 내 말대로 꼬리를 밟히기 전에 여잘 떼는 것이 바로 요령이란 거여, 요령…… . 밟힐 때까지 오입하는 놈은 서툰 놈이여. 안 그려, 이 사람아?"

사진부장의 말에는 대꾸도 하지 않고 도안부장은 제 말만 지껄였다. 꼬리를 잡히면 무조건 시치미를 뚝 떼라는 거였다. 도안 부장 박병열은 명동 길거리에서 다방 레지와 팔짱을 끼고 데이트를 즐기던 중 그만 헌병과 딱 마주친 적이 있었다는 것이다. 그는 아내를 늘 헌병이라고 불렀다.

여자의 질투는 안방이든 네거리든 가리지 않는다. 불심검문에 걸리는 순간 이젠 죽었구나 하는 생각이 들었지만 궁즉통이라! 멱살이라도 잡을 듯이 "여봇!" 소리를 지르는 헌병을 향해 박병열은 말했다. "댁이 누구시더라, 혹시 사람 잘못 보신 거 아닙니까?"라고.

그 말 한마디 던져놓고는 유유히 옆골목으로 더욱더 다정하게 레지양의 팔목을 끼고 새버렸다는 이야기였다. 그러고는 아내의 시야에서 벗어나자 걸음아 살려라, 줄행랑을 쳐서 택시를 잡아타고는 집으로 직행을 했다.

여자는 아무리 급한 상황이라도 여간해서는 택시를 잘 안 탄다. 여자란 보석처럼 몸에 지니는 것을 사는 데는 간 큰 줄 몰라도 길에 뿌리고 다니는 것은 십 원도 애석해하는 법이니까.

집에 들어와서 이불을 펴고 곧장 누워 있자니까 반시간쯤 되어서 아니나 다를까, 버스를 타고 헐떡거리고 추격해온 아내가 즉시 공격을 가해왔다.

무슨 일이냐, 난 명동은커녕 회사에서 몸이 아파 겨우 집에 들어왔다. 눈이 가자미눈이냐, 반창고를 붙였느냐, 누굴 보고 와서 생사람 잡느냐, 그래 외도할 데가 없어 당신 보라구 명동 한복판에 여자 팔을 끼고 다니며 광고할 놈이 어디 있겠느냐?

박부장은 뜸을 들였다. 변명을 할 때에는 되도록 화난 목소리로 크게 떠들어대면서 펄펄 뛸 것, 상대방이 말할 틈을 주지 말 것, 조금도 기세가 꺾여서는 안 될 것, 적반하장이란 말도 다 그런 데서 나온 말임을 명심할 것 등등의 주석을 달았다.

"별소리 다 하네. 그걸 말이라구 혀? 여자는 눈두 없대여. 뜸 자죽인 줄 알어? 제 눈으로 즈이 남편 쌍판을 보구도 잡아뗀다고 그 말을 믿을 껴? 하이코 참 내, 그걸 말이라구 하냐?"

역시 그들은 라이벌이었다.

도안부장은 빈정대는 그의 말을 묵살하지 않고 이번엔 정면대결로 나섰다.

"야, 자슥아, 늬는 여잘 모른다. 빤히 알아도 여잔 자기에게 불리하다 싶으면 좋은 쪽을 믿으려 드는 기라. 혹시 잘못 본 게 아닌가, 이렇게 자기도 믿고 싶은 거라. 불행한 일보다는 속여서 좋은 일이면 자기 자신도 속이는 게 여자라 이 말씀이야. 알어들어?"

그러니까 여자에게 현장을 잡혀도 무조건 딱 잡아떼야지, 섣불리 고백을 하거나 실토해놓고 달래려고 하다가는 평생을 두고 머리털을 뽑힌다는 거였다.

사진부장은 어제의 패배를 만회하기 위해서 이번에는 안간힘을 썼다.

"그렇게 궁하게 살 게 뭐여. 다방 레지를 뭣 땜시 길거리로 끌구 다녀? 계집은 이부자리에서 길거리로 나오기 전에 딱 끊어버려야 하는겨."

두 구멍을 파놓으면 안심하고 그 굴 속으로 들어갈 수 있다. 여자도 사귈 때 미리 뒤탈이 없도록 뗄 방법을 강구해놓으면 언제고 안심할 수 있다는 거였다.

그중에서 특효약이 '심장병'을 사칭하는 것인데, 일이 된다 싶을 때에는 미리 복선을 쳐두라는 거였다.

"난 심장병이 있는디, 그래서 여잘 멀리해왔던 겨. 그런데 미스 김만은 예외가 됐지 뭐야?"

이 대사는 후일에 이렇게 써먹는다.

"미스 김은 모를 거라구. 벌은 여왕봉하구 한 번 연애하구는 죽는다면서? 의사의 말인디, 여자를 절대로 가까이하지 말라는 거야. 기쁜 일이든 슬픈 일이든 충격을 받으면 심장이 마비된다, 특히 사랑하는 여자와의 관계는 좋지 않다, 그 자극이 배나 되니까 말이지. 참 내가 그까짓 것 무서워할 줄 아나! 미스 김, 알아줘야 돼, 난 목숨을 걸고 사랑하는 거라구."

그러면 여자는 자기 옆에서 알몸으로 시체가 된 남자를 상상해본다. 어느 여자나 상상력이 많은 법이니까, 이렇게 한마디만 해놓으면 다음부터는 화약 쳐다보듯이 할 것이고 언제 터질지 모르는 그 화약고에서 되도록 멀리 떨어져 있으려고 한다. 여자를 버리는 요령은 자기가 버렸지만 상대는 언제나 자기가 그쪽을 버렸다고 믿게 하는 데 있다는 것이었다. 그래야 오뉴월에 서리가 내리지 않는다.

"그라도 같이 꽉 죽자고 덤비면 어떡할라꼬?"

박부장이라고 그냥 감탄만 하고 맞장구를 칠 리 만무였다.

"그러니께 말여! 전쟁은 소총으로만 하는 게 아녀. 총으로 안되면 대포로 치고, 대포로 안 되면 폭격으로 때리는 거지! 바둑 수가 하나여? 그래도 안 되면 말이지."

끝이 없을 것 같았다.

독고는 웃었지만 마음이 어두웠다.

자기에겐 여자가 없으니 시치미를 뗄 일도 없고, 심장병을 앓아야 할 이유도 없다. 그러니 그런 이야기는 집어치우자고 하니까 그러면 여자를 낚는 방법을 이야기해주겠다는 것이었다. 그것은 도안부장이 자기 전공이라 했지만, 독고가 보기엔 카메라를 들고 모델 사진을 찍으러 다니는 사진부장이 훨씬 앞서는 것 같았다.

독고는 화제를 돌려 회사 이야길 했고, 자기의 광고 문안을 취소할 수 없다는 것과 그 안이 채택되어도 회사에 나갈 생각이 없다는 말을 했다. 화제를 더 찾지 못해 전전긍긍하고 있는데 바깥에서 초인종이 울렸다. 반장 댁에서 돌아온 아내를 보자 그들은 마지못해 부스럭거리며 일어났고, 독고는 얼른 사직서의 봉투를 바지주머니에 꾸겨넣었다. 역시 아내가 있다는 것은 좋은 일 이었다.

취기가 돌기 시작한 그들은 이차로 어딜 가느냐로 잠시 실랑이를 벌이다가 드디어 독고와 악수를 하고는 물러섰다. 골목길은 어두웠다. 그리고 부슬비가 내리고 있었다. 환한 가로등이 켜진 큰 길거리로 사라지면서 사진부장은 배웅을 나온 독고에게 손을 번쩍 들어 보였다.

"내일 나오는 거지? 젠장, 이놈의 세상…… 까매아스고태십 팔남바사샤여잉."

도안부장도 좀 혀가 꼬부라진 소리로 외쳤다.

"까매아스고태십…… 알았지?…… 팔남바사샤…… 꼭 나오는 거여."

"응, 알았어. 잘 가게."

독고도 손을 흔들었다. 그들이 사라진 골목을 잠시 응시하다가 독고는 돌아선다. 불빛이 비치는 곳마다 봄비가 날파리처럼 날아다니고 있었다. 어느 집인가 들창문을 열어놓았는지 갑자기 TV에서 흘러나오는 CM송이 골목 안으로 울려퍼졌다.

"우리는 동해 라면 정다운 가족…… 아빠의 웃음 속에 영양이 가득, 엄마의 웃음 속에 희망이 가득."

독고는 자기도 모르게 CM송을 따라 부르면서 잠시 봄비를 맞고 있다.

쉬고 싶거나 난처한 일이 생기면 돈 많은 사람은 여행을 떠나고 가난한 사람은 꾀병을 앓는다.

독고윤은 잠자리에서 일어나질 않았다. 부슬비가 내리는가 보다. 아늑하게 젖어드는 방 안 공기에 낙숫물 소리가 회색 파문을 그리며 번져간다. 비를 피해서 처마 밑에 모인 참새들이 촌스러운 소리로 짹짹거리며 울고 있다.

독고는 배를 타고 누워 있는 것 같았다. 둥둥 떠서 그냥 하류로 하류로 자꾸 떠내려가는 배. 그건 서너 평짜리 방이 아니라 신이 밀봉한 노아의 방주 속이었다.

아무런 이유도 없이 뿌듯한 행복감이 독고의 온몸을 햇솜처럼 덮고 있었다.

그때 물기 묻은 차가운 손이 이마를 짚는다.

감초 냄새 같은 여자의 체취가 코끝에서 뱅뱅 돈다.

"열이 나잖아요? 병원에 갑시다."

독고는 이마를 짚는 손과 근심스러운 목소리를 들으며 각혈처럼 울컥 치밀어오르는 행복감에 현기증을 느꼈다.

"아냐, 괜찮아! 뭐, 봄감기겠지."

이 바보야, 이건 꾀병이라는 거라구. 힘없고 가난하고 주변 없는 놈들이 최후로 발견해낸 무기, 최후로 숨을 곳을 찾은 은신처. 웃음이 터져나오는 것을 참고 독고는 최대한으로 힘을 빼고 그냥 봄감기인가 보다고 대답을 했다. 그리고 헛기침을 몇 번 했다. 폐가 쿵쿵 울렸다.

아내의 말대로 정말 신열이 나는 것도 같았다. 거울을 보듯이 살아 있는 자신의 온몸을 기침과 체열 속에서 느낄 수가 있었다. 그러자 또 한 번 형언할 수 없는 행복감이 이번에는 온몸의 마디마디에서 솟아났다.

독고는 잊어버린 사람의 이름을 기억해내려고 하듯이 아른아른한 이 행복감이 대체 어디서 생겨나는지를 알아내기 위해서 지그시 눈을 감고 있었다. 이상한 일이 아닌가? 아내 몰래 사표를 던진 실직자이다. 밖으로 나갈 수도, 집 안에 처박혀 있을 수도 없는 딱한 처지에 있지 않은가? 그런데 왜 나는 지금 이렇게 행복한가? 온몸이 근질근질한 이 행복감은 대체 어디서 오는 것인가? 더욱 이상한 것은, 그것이 생소한 감정이 아니라는 사실이었다. 언젠가 갔던 길을 다시 걸어가고 있는 느낌이었다.

독고는 난생 처음으로 가보는 길인데도 언젠가 와본 적이 있는 길이라는 생각이 들 때가 많았다. 지금도 꼭 그런 기분이었던 것이다.

"당신 헛소리까지 하고 있잖아요. 와봤던 길이라니요? 무슨 소리예요?"

이마를 짚고 있던 수련이는 독고의 몸을 흔들면서 겁에 질린 목소리로 말했다. 아내가 다급한 반응을 보일수록 독고는 더 아늑한 평화 속에 젖어들고 있었으며 음흉스러운 쾌감 속에 빠져 들고 있었다. 달콤한 비밀, 속임수로 얻는 자기만의 평온. 밖에서 눈보라의 바람 소리가 심해질수록 따뜻한 방 안은 한층 호젓하고 아늑해지는 법이다. 독고는 이마에 남아 있는 아내의 손바닥 자국을 느끼며, 기저귀를 찬 아이처럼 퇴화해가는 그 세계를 몰래 혼자서 즐기고 있었다.

"안 되겠어요, 의사를 불러와야지요. 회사에도 못 나간다고 연락을 하구요."

수련이가 전화를 걸려고 일어서려 하자 독고는 달팽이의 패각이 부서지는 소리를 들었다. 지금껏 신경의 마디마디와 그리고 눈꺼풀, 손끝, 귓밥……. 그런 온갖 예민한 기관 위에 솜털처럼 돋아나고 있던 행복감이 꺼져가고 있는 소리였다.

"안 돼, 그냥 앉아 있어!"

독고는 수련이의 손을 잡아끌었다. 환자치고는 너무 세찬 행동이 아니었나 싶어 아내의 눈치를 힐끔 살펴보았다. 그때서야 독고는 모든 것을 알아차렸다. 그렇다. 그건 꾀병을 앓았을 때마다 느껴온 감정이었다. 숙제를 못한 날 아침, 청소당번에 걸렸을 때, 아니다, 그런 것이 아니다. 온 식구들이 자기에게 아무런 관심을 보여주지 않으면, 그래서 야속한 마음이 들기만 하면, 그는 곧잘 꾀병을 앓곤 했다.

꾀병은 범죄의 쾌감을 가지고 있었고 그것을 은폐하는 연극은 예술적인 희열을 불러일으켰다. 거기엔 또 슬픈 사랑까지 곁들어 있었다. 어머니는 머리맡에서 이마를 짚어주신다. 아! 그 이마를 짚는 손—선뜩한 손의 촉감을 통해서 그는 자신의 이마를 느낀다. 어느 것이 어머니의 손이고, 어느 것이 바로 자신의 이마인지 분간할 수 없이 한 덩어리가 된 감각……. 식구들은 근심스러운 표정을 짓고 머리맡에 빨간 사과, 바나나, 종이 풍선, 그리고 피노키오의 그림 만화책, 그런 선물들을 가득히 쌓아놓고 간다. 그는 단지 누워서 거미줄처럼 끝없이 풀려 나오는 그 끈끈한 행복에 온몸을 맡기기만 하면 되는 것이다.

그가 꾀병을 앓기 시작한 것은 철봉대에서 떨어지던 날 양호실에 누워 있었을 때의 그 쾌적한 기분을 느끼고 난 뒤부터의 일이었다. 이마를 짚어주던 여선생님의 손과 근심스러운 목소리를 느끼며 죽고 싶을 만큼 행복했던 그 감각을 다시 얻기 위해서 그는 꾀병의 신비한 마력을 찾아냈고 그 마력에 탐닉했다.

학교에서 백 점짜리 시험지를 들고 돌아올 때에나 운동회의 달리기에서 일등을 하고 상으로 공책을 타던 때의 그런 기쁨과는 근본적으로 다른 감정이었다. 불안이나 죄의식이 없는 그런 쾌감에는 탐닉해 들어갈 만한 깊이도 부피도 없는 것이다. 오직 꾀병만이 그것을 가능케 해준다.

그러나 "의사를 불러와야지", "학교에 연락을 해야겠다"라는 어머니의 말은 언제나 꾀병의 행복감을 부숴버린다. 몸을 감출 껍질이 부서진 달팽이처럼 흐물흐물한 알몸이 드러나는 공포에

젖어 버리는 것이다. 그 무서운 말을 바로 아내 수련이가 한 것이
었다.

"여보, 당신이 의사라구. 당신 손이 약손이란 말야."

독고는 아내의 손을 잡은 채로 엄살을 떨었다.

비가 오고 있었다. 축축한 공기가 음란한 체열을 풍기고 있었
다. 독고는 아내를 이불 속으로 끌어들였다. 전화를 걸지 못하
게……. 처음엔 그랬었다. 그러나 그 수련이의 손을 끌어당길 때
그는 꿈틀하고 균형을 잃은 여자의 육체를 보았고, 손아귀에 전
달되는 그 무게를 느꼈다. 꾀병의 행복감이 이번에는 이상하게도
성욕의 쾌감으로 번져가는 자신을 느꼈다. 그게 무엇인지도 모른
채 수음을 배운 것도 꾀병을 하며 혼자 빈방에 누워 있을 때였다.

"아프다면서 왜 이래요?"

"당신이 바로 의사라니까. 이렇게 하면 금방 나을 거란 말야.
당신 몸이 약이니까."

일어나려는 수련이를 다시 눕히면서 이불을 뒤집어씌웠다. 두
꺼비집 속에 들어간 것 같았다. 이불은 그들에게 이 세상에서 제
일 쬐그만 하늘을 만들어주었다.

바깥 세계로부터 아무것도 침입해 들어올 수 없는 절대의 공
간—태내와도 같은 공간 독고는 그 공간을 한층 더 좁히기 위해
수련이의 잠옷을 비집고 그 가슴속에 얼굴을 묻었다. 작은 숨을
내쉬어도 열풍이 부는 것 같았다. 이번에야말로 아내의 몸을 완

전히 소유할 수 있을 것 같다는 생각이 들었다.

"당신, 간음해본 적 있어?"

"왜 또 이래요……. 아이구, 갑갑해."

아내는 깊은 물속에서 헤어 나오는 물고기처럼 허우적거리며 이불을 헤치고 얼굴을 밖으로 내밀더니 후하고 숨을 내쉬었다. 그 입술이 아가미처럼 보였다.

"간음해본 적 있느냐구."

"또 싸울 거예요? 아무것도 아닌 걸 가지구 남 TV도 못 보게 해놓구선."

간디처럼 매일매일 말라가고 있었지만 수련이의 육체는 은빛 비늘이 있었다. 그물에 걸린 물고기처럼 독고의 손에서 퍼덕거리며 꼬리를 치는 탄력이 싱싱했다.

수련이를 미친 고모의 환상에서 벗어나게 하기 위해서는 젊은 애들이 쓰는 그 EDPS(음담패설) 치료를 해야 될 것이라고 독고는 생각했다. 우리는 서로 의사가 돼야지. 서로가 서로의 약손이 되어야지.

"우린 함께 죽자구. 한날 한시에 눈을 감잔 말야."

"그까짓 감기라면서……. 당신 엄살은 알아주어야 해, 죽긴 왜 죽어?"

수련이는 손으로 독고의 머리를 빗질해주다가 하얀 새치 하나를 뽑았다.

"그래야 염라대왕 앞에 나가도 덜 무섭지. 당신 말야, 염라대왕이 뭘 하는 줄 알아?"

"죽어봤어야 그걸 알지, 당신은 알아요?"

"알구말구, 바느질을 한다더구만."

수련이는 킥킥거리고 웃었다. 웃을 때 움직이는 몸이 독고의 가슴으로 와 닿으면서 잔물결이 파동을 일으켰다.

"왜 바느질을 한대요? 지옥에서 입을 새 옷 한 벌씩 지어주려구요? 염라대왕이 뭐 그래!"

"그게 아니지, 이승에서 몇 번이나 바람 피웠는지 심사를 하는 거래. 그래가지구 그 횟수만큼 몸에다 바늘을 박는 거야. 한 번은 한 바늘, 두 번은 두 바늘, 세 번은 세 바늘, 네 번은……."

"알았어요, 알았어요. 네 번은 네 바늘……. 암만해두 당신 주사 맞혀야겠어요. 괴상한 헛소릴 자꾸 하니 말예요."

"글쎄, 다 들어보라니까."

독고는 수련이를 더 힘껏 끌어안으면서 귀에다 대고 속삭였다. "그러니까 부부가 한날 한시에 같이 죽으면 입장이 난처하거든. 서로가 말야, 완전범죄를 했구나 하고 마음 놓고 죽었는데 말이지, 그게 죽고 나서 탄로가 날 테니까 말야. 근데 말이지, 재수 없게 비행기 사고로 함께 죽은 부부가 염라대왕 앞에 출두를 하지 않았겠어. 먼저 여자 쪽을 부르더라는 거야. 염라대왕은 문서첩을 뒤지더니 응, 세 번 간음을 했구나, 그러면서 세 바늘을 꿰매는 거야. 어잔 죽었다 싶었지. 결국 남편도 알게 될 테니까!"

이미 죽은 사람이 '죽었다 싶었지'라고 말했다는데도 수련이는 웃지 않았다. 웃지 않는 게 아니라 불쾌한 표정을 짓고 있었다.

"다음엔 남편 차례가 됐지. 그런데 글쎄, 여자가 아무리 문밖에서 기다려도 나오지 않더라는 거야. 아내가 하도 궁금해서 문틈으로 몰래 들여다보니까."

"흥! 백 바늘쯤 꿰매고 있었겠지, 뭐."

"그게 아니라구. 도저히 바늘로는 꿰맬 수 없어서 염라대왕은 재봉틀로 들들들 박구 있더래잖아."

수련이도 독고도 서로 끌어안고 한참을 웃었다.

그러나 웃음이 끊기자 갑자기 정적을 느꼈다. 둘이 모두 조용히 있었다. 아내 수련이가 더욱 심했다.

'겁낼 것 없어. 세상은 그저 그런 거지. 다들 숨기면서 적당히 그런 짓들을 하는 거야. 고모 생각을 하지 마! 남자와 그것을 하는 것을 그저 한 토막의 음담패설, 웃음을 자아내게 하는 농담쯤으로 생각하라고. 성은 말야, 심각하게 생각할수록 추해 보이고 더러워 보이지. 한 바늘 꿰매는 것처럼 그저 따끔한 것뿐이라구. 이젠 나도 사표를 냈어. 옷을 뒤집듯이 새 생활을 시작하는 거야. 난 잠들어 있는 당신의 얼굴에다 대고 맹세를 했었지. 이 여자의 몸속에 깊이깊이 잠들어 있는 본능의 욕망을 기필코 깨워주겠노라고……. 자, 지금부터 그걸 시작하는 거야, 나도 당신도.'

말라비틀어져 죽어버린 가지에서 다시 움이 트고 꽃이 피어 나려고 시끄러운 소리로 수액이 올라오는 소리가 온몸에서 들려왔다.

"아이구, 내 정신 좀 봐! 지금 몇 시지?"

수련이는 목을 감고 있는 독고의 손을 풀어가지고는 그가 차고 있는 손목시계를 들여다보았다. 투가리스는 7시에서 멎어 있었다.

"이 시곈 지금이 새벽이구먼요!"

갑자기 기운을 빼버린 수련이가 원망스러워서 독고는 투정을 부리는 아이처럼 말했다. 독고는 수련이에게 그렇게 말했다.

"톡톡 쳐봐. 그럼 갈 거야……. 이 시곈 여자 같아서 조금씩 때려줘야 말을 잘 듣는단 말야."

"당신두, 참."

수련이는 낯선 사람을 보듯 독고의 얼굴을 가만히 들여다보면서 한숨을 내쉬었다.

그리고 부스스 일어나 흐트러진 머리카락을 쓰다듬어 올리면서 발작적으로 말을 퍼붓기 시작했다.

"당신이 아프다는데 이런 말 할 생각은 없었지만요, 이제 더 견디기 힘드네요, 정말. 조금 전에 낄낄거리고 웃던 여편네가 금세 토라져가지고 넋두리를 떤다고, 여잔 영락없는 여우, 변덕스러운 구미호다, 그렇게 생각하시겠지만요, 정말 우린 서로 속마음을 모르고 산다구요. 발가벗고 살을 맞대고 살면 뭘 하나요? 피가 통해야 부부지요. 당신이 실없는 소리를 하기에 웃었지요. 그런데 막 웃고 있는데 목구멍에 무엇이 걸리잖겠어요? 생선가시를 삼킨 것처럼 말예요. 전 늘 그래요. 며칠 전에도 그랬어요. 창문을 열어놓고 방에 비질을 하는데도 춥지가 않더군요. 훈훈한 바람이 불어와요. 봄이라고 했자, 봄하고 나하구 무슨 상관예요? 그런데두 말예요, 공연히 마음이 뿌듯해지대요, 그래서 콧노래를 불렀어요."

"아무렴, 당신은 성악가 지망생이었으니까. 합창단에서 환희를 불렀던 적도 있었다면서?"

"별안간 또 가시를 삼킨 것처럼 가슴이 뜨끔해지더군요. 난 남들처럼 웃어서는 안 된다. 콧노래를 불러도 안 된다……. 진이 생각이 난 거지요. 병신 자식을 둔 에미가 어떻게 남들처럼 웃을 수 있나요? 아주 작은 행복 같은 것도 용납되지 않아요. 죄를 지은 것처럼 섬뜩해진답니다."

"미안해, 나도 조금 전까지 그런 행복감에 젖어 있었지. 정박아를 둔 애비가. 그렇지, 우린 행복하면 안 되지. 그건 남들이나 가지고 있는 거니까 우리가 그것을 갖는다는 건 남의 물건을 훔친 것이나 마찬가지라구."

"길에서요, 상복을 입은 사람이 웃는 걸 본 적이 있어요. 추악하더군요. 불결해 보여요. 제가 만약 여러 사람 앞에서 그런 표정을 짓고 웃는다면 남들도 다 그런 감정을 갖겠지요."

'불쌍한 수련이. 그런데 왜 내둥 가만히 있다가 지금 그 이야길 꺼내는 거지? 날 꾸짖자는 거야, 뭐야?…… 독심술이라도 배웠나?'

"당신이 재봉틀 이야기할 때 정말 난 모든 걸 다 잊어버렸었다구요. 당신이 아프다는 것, 그리고 진이 생각도요. 걔는 학예회에서 임금님 역을 맡았대요. 그런 걸 깜빡 까먹고 웃은 거지요. 그러다가 목구멍에 가시가 걸리는 걸 알고 제 자신으로 돌아온 거예요. 제 자신이란 게 뭔지 잘 모르겠지만요. 절대로 웃어서는 안 된다는 것만은 언제나 확실하게 느껴요. 진이가 학예회 때 쓸 왕관을 제가 만들기로 되어 있지요. 아! 그래요. 진짜 왕관 같은 걸 만들어야 해요. 너무 찬란해서 보는 사람이 눈을 뜰 수 없는 진짜 왕관 같은 걸 씌워줘야지. 우리 애를 아무도 깔볼 수 없게 말예요. 구슬도 많이 달아줄래요. 그 일을 약속했거든요. 11시에 제 친구 지혜, 지혜 알지요? 미대를 나오고 지금 명동에서 피노키오 완구점을 내고 있는 친구 말예요."

'피노키오라! 당신 정말 독심술을 하는 거야? 조금 전에는 꾀병을 해서 받은 피노키오 만화책을 생각하고 있었는데.'

"그 약속을 잊어버리고 실없는 당신의 재봉틀 이야길 듣고 웃고 있었잖아요."

'정확하게 말하면 간음을 하는 꿈이었겠지. 간음은 사람들에게

현실을 잊게 하는 가장 좋은 마약 구실을 하는 법이니까.'

"약속시간은 11시예요. 그래서 황급히 당신 시계를 봤지요. 글쎄, 아직도 7시잖아요."

'이제 알았어? 그 때문에 난 사표까지 내게 된 거라구. 그날 시계만 제대로 갔더라면 난 뻐꾸기시계 같은 거나 구경하려고 한 시간씩이나 길거리에서 서성거리지 않았을 거란 말야.'

"그 시계를 보자 목구멍에 걸린 것 같던 가시가 이번엔 왈칵 넘어오지 않겠어요? 입덧을 하는 임신부처럼 구역질이 났어요. 세상에…… 글쎄, 십 년이나 넘은 그 구닥다리 시계를 용케도 차고 계시는군요. 저도 알아요. 그건 결혼선물로 제가 드린 거니까요. 당신과 결혼한 것, 지금까지 살아온 것, 그게 입덧처럼 한꺼번에 구역질로 넘어오는 거 있지요?

뭐라구요, 툭툭 치라구요? 그러면 잘 움직일 거라구요? 옳은 말씀예요. 바로 우리가 그랬으니까요.

먼지가 끼고 녹슬고 탄력을 잃어가고, 몇 번이나 우리의 생활이 멎으려고 했지요. 그럴 때마다 툭툭 때렸어요. 가슴을 치고 머리카락을 휘어잡고요. 그러나 이젠 가시를 토해버리기로 했어요. 목구멍에 넣어두지 말고 토해버리기로 했다구요. 당신이란 사람은 왜 그래요, 정말? 당신이 출근하고 나면 제가 뭘 하는지 생각해본 적 있어요? 당신이 허물처럼 벗어놓고 간 잠옷, 두꺼비집 같은 이불."

'옳아! 관찰력이 제법이군. 나는 집에 허물을 벗어놓고 직장에 나갔었지. 집 전체가, 당신과 진이가, 내가 벗어놓은 허물이었지. 사람의 조상은 원숭이가 아니라 뱀이었을 거야. 허물 벗은 뱀. 매일 밤 허물을 벗는 구렁이.'

"그걸 개키고는 방을 쓸지요. 하루의 먼지를 털고 쓸어내기 위해서 내가 살아 있구나. 남이 벗어놓은 허물을 말이지요. 알맹이는 어디로 다 빠져나가구 빈 껍데기만 남아 있는 허물을 개키기 위해서 살아가는구나.

그건 그래도 나아요. 방을 쓸다 보면 당신이 밤새도록 버린 원고지, 메모쪽지들의 글자가 빗자루에 와닿지요. 그것도 당신의 허물일 거예요. 그걸 가끔 주워 읽어요. 심심하니깐요. 난 신문 같은 건 잘 안 읽어요. 아파트를 사고, 고속도로를 타고 다니고, 아이들이 한강에서 헤엄을 치다가 빠져 죽었다거나 무슨 입학시험 제도라든가……. 그건 다 남들이나 하는 거니까, 똑똑한 자식과 똑똑한 남편을 둔 여자들이나 하는 짓이니까 나완 상관없는 일이잖아요."

'알고 있다고. 밤마다 TV 뉴스 시간을 기다린 게 뉴스 때문이 아니라, 아나운서가 된 당신 애인의 얼굴을 보려는 것이었다는 걸 말야! 하마터면 그런 당신을 뉴스광으로 오해할 뻔했지. 알몸을 비빈다고 부부가 되는 게 아니라는 당신 말은 정말 명언이야.'

"참 우스운 일예요. 당신이 쓰다 버린 종이쪽지, 그 광고 문구들 말예요. 그걸 읽다 보면 정말 묘한 생각이 들어요. 툭툭 쳐야 겨우 돌아가는 고물딱지 시계를 차고 다니는 사람이 뭐라구요? 십 년 동안 태엽 한번 안 감아도 일 초의 오차도 없이 돌아가는 최신형 전자시계가 어쨌다구요? 냉장고, 전기밥솥, 실크, 자동 대문…… 그 종이쪽지엔 없는 게 없더군요.

주부의 행복을 보온밥통처럼 오래오래 간직하세요……. 흥, 당신이 보온밥통이 뭔지 알아요? 투 도어 펭귄 냉장고엔 무엇이 든 넣어둘 수 있다? 가정의 평화와 사랑까지도……? 이건 또 뭐 예요? 쳇! 우리집에 그런 게 있어야 당신의 사랑을 넣어두지요."

'브루투스, 너마저도……. 이건 시저의 말이지만 난 이럴 때 뭐라고 하지?'

"이런 말 안 하고 살려 했어요. 너무 흔해서요, 천해서요. 하긴 출발부터 우린 틀린 거 아녜요? 당신은 효자가 되기 위해서 결혼한 거 아녜요! 어머니가 며느리를 꼭 보고 돌아가셔야 한다니까, 당신은 두말없이, 빈 택시가 지나가는 것을 손들고 세우듯이 그렇게 절 잡은 거지요. 빈 택시가 아니지요. 위독한 어머니를 실어가는 앰뷸런스였겠지요!"

'어머닌 손자까지 보시려 했었지…… 그런데 그전에 돌아가신게 얼마나 다행인가.'

"저도 그래요. 앞바퀴가 굴러가야 뒷바퀴가 굴러가지……. 수혜를 시집보내기 위해서 말예요, 앞바퀴부터 구르기 위해서 말예요, 그래서 당신을 잡은 거니까 저도 할 말은 없어요.

지혜 말이 나왔으니 하는 소린데, 난 그 앨 보면 맥이 탁 풀린다구요. 우린 그렇게 살면 못쓰나요? 파란 잔디밭이 있는 뜰, 거기엔 하얀 칠을 한 철제 의자와 잔디깎이 기계가 놓여 있어요. 신데렐라의 마차 같은 것, 멀고 먼 나라. 우린 절대로 그 울타리 안으로 들어갈 수 없는 사람들이지요. 대체 그게 몇 푼이나 하는 거예요. 그까짓 게 뭔데 사람을 그렇게 주눅 들게 하고 병신이 되게 하지요?

술이 달린 망사 커튼 말예요. 그리고 뭐라더라? 그냥 유리가 아니라 색안경같이 거무스름한 빛깔이 도는 색유리창."

'흔히 선탠이라고 하지. 지혜네 집 유리창도 그랬던가?'

"지혜네 방 안에 들어서면 냄새부터가 달라요. 당신도 맡아본 적 있을 거예요. 약간 곰팡이 같기도 하고 비누 냄새 같기도 한 거⋯⋯. 그렇지요, 그건 김치 냄새 같은 게 아니지요. 방 안 공기까지도 아주 묵직하게 느껴지구요, 마룻바닥에는 호랑이 가죽이 깔려 있구."

'왜, 코끼리 같은 것도 있지.'

"벽시계에서는 웨스트민스터 사원의 종소리가 울리지요. 도대체가 스테인리스 같은 건 눈을 뒤집고 찾아봐도 없어요. 은스푼과 은쟁반. 난 시장엘 가도 그런 게 보이지 않던데 걔네는 커피에 타 먹는 설탕까지도 유별나요. 차돌 쪼가리처럼 생긴 노란 덩어리, 각설탕도 아니구, 그걸 뭐라고 하나요? 흑설탕 말고요, 아까 말한 부잣집 유리창, 노르께한 빛깔의 유리창을 부숴놓은 것 같은…… 좌우간 그런 설탕이지요. 그걸 커피에 타 먹는 거지요. 뭔가 달라요. 부티라고 하는 거, 말로는 설명할 수 없는 거지요. 허영심이니 샘이니 하겠지만 절대로 그런 게 아니랍니다. 물질적인 콤플렉스가 아녜요. 그런 것들이 날 우습게 만들고, 기를 쓰고 살아가려는 내 자신을 맥빠지게 만들지요. 지혜는 늘 몸이 아프대요. 몸이 아프다고 얼굴을 잔뜩 찌푸리고 이상한 알약 같은 걸 먹지요. 그것까지도 부럽게 보여요. 고상해 보인다니까요. 건강한 게 오히려 촌스럽고 천티가 들게 한다구요. 그 결혼시계를 말예요, 당장 끌러서 내동댕이치세요.”

‘정말 당신은 독심술을 배웠군.’

“애드 킴인가 뭔가 때려치우세요.”

‘정말 당신은 독심술을 배웠군.’

“여보! 우리 새로 시작해요. 제가 걸리적거리면, 진이 때문이라면 말이지요, 혼자서라도 하세요. 딴 여자하고라면 자신이 있으시겠지요. 당신만이라도 이제부터 시작하는 거예요.”

‘이 여자가 사표 낸 걸 다 알고 하는 소리 아냐?’

“외도 한 번 못 해본 사람이 말로만 음담을 배워가지고 재봉틀 이야기나 하고, 십 년 전 구식 투가리스를 차고서 알프스 시계 광고를 쓰는 일은 이제 그만합시다. 실제로 하세요. 외도도 하고,

출세도 하고, 냉장고 전기밥솥 컬러 TV……. 잔디밭과 베란다가 있는 집에 들어가 사세요. 진짜 허물을 벗으세요."

아내만이 독고가 쓰다 버린 원고를 훔쳐 읽는 게 아니다. 독고도 언젠가 집에서 쓰다 만 초고 원고들을 호주머니에 쑤셔넣고 출근을 한 적이 있었는데, 뜻밖에도 그 종이쪽지 사이에서 찢겨 나간 아내의 일기장 한 장을 발견했었다.

국민학교 아이들의 수학공책처럼 뭣인가를 계산한 숫자들이 잔뜩 적혀 있었고, 콩나물, 버스비, 아빠 양말, 이런 글씨들이 그 귀퉁이에 적혀 있었다. 그리고 한구석에는 짧은 일기문이 있었다.

"칼로 파를 다지다가 손가락을 조금 다쳤다. 큰 상처도 아닌데 한참을 울었다. 왜 그런 일로 그렇게 슬프게 울었을까? 내 몸에도 아직 피가 흐르고 있다는 것을 알았기 때문일까? 어머니가 보고 싶다. 엄마, 내 손에서 피가 나요……."

독고는 꾀병을 그만두기로 했다. 아내는 진이의 왕관을 위해서 나가고 없었다. 아내가 들어오기 전에 무엇인가 계획을 하고 결심을 해야 된다. 구슬이 많이 달린 왕관을 씌워주기 위해서.

아내와 진이의 머리에, 보기만 해도 너무 찬란하여 눈을 뜰 수 없다는 그런 왕관을 씌워주기 위해서. 독고야! 주먹을 쥐어라. 대문을 두드려라. 스모크 선탠을 한 유리창과 호랑이 가죽과 웨스트민스터 사원의 종소리가 울린다는 흑단의 벽시계, 그리고 파란 잔디밭이 깔려 있는 부티 나는 집 안으로 들어갈지어다.

네가 마시는 커피에 록 슈거를 타고, 귀이개처럼 작은 은스푼으로 그걸 저어라. 그러나 어떻게 해야 아내가 말하는 '공기까지도 육중한' 그 부티를 살 수 있는가?

아직도 독고는 그 방법을 생각해낼 수가 없었다. 독고윤은 역시 시인이었다. 시인의 재산은 공상과 말밖에 없었다. 이불 속에 누워서 허물을 벗으려고 안간힘을 썼지만, 그건 모두가 동화 같은 공상에 지나지 않았다.

심심하면 교통순경이나 자기 팬들에게 캐딜락을 사준다는 엘비스 프레슬리, 그렇다, 그런 유행가 가수—독고는 노래자랑에 출전한다. 5번 독고윤!⋯⋯ 익살깨나 부리는 인기 코미디언이 자기 번호를 호명한다.

독고는 지정곡을 부르지 않고 자신의 작사 작곡으로 된 새 곡목을 가지고 등단한다. 엘비스 프레슬리처럼 아래위로 하얀 옷을 입고 전자기타를 들고 나온다.

제목은 뭘로 할까? 평범하게 그냥 '가을이면'으로 하자.

등잔 밑이 어둡다고, 히트곡은 으레 평범한 제재 속에서 탄생하는 법이니까, 가사는 비가 오듯이 단조로우면서도 축축해야 한다.

가을이면 모든 여자들이 온다.

쓸쓸한 바람 소리처럼 여자가 온다. 버스를 기다리는 여자, 머리에 리본을 하고 고양이를 안고 가는 여자, 지하철 입구에서 공중전화를 걸고 있는 여자, 가을이면 모든 여인들이 온다. 언젠가 사랑했던 여자들처럼 가을이면 모든 여자들이 내 마음속으로 걸어온다. 낙엽처럼 온다.

방청석에서는 우레 같은 박수 소리가 터져 나온다. 방청객과 심사위원과 사회까지도 총기립을 하며 십 분간이나 박수를 친다.

〈가을이면〉은 길거리 라디오 가게에서나, 술집에서나, 공사장에서나 아무 데서나 흘러나온다.

한국만이 아니라 일본, 미국, 유럽, 지도 위에 있는 모든 도시에서 〈가을이면〉의 히트송을 들을 수 있다.

백만 장의 디스크, 한국에서도 그런 것이 있었던가? 독고는 골든 디스크를 수없이 받는다.

아내는 성악을 했으니까 독고 커플의 그룹사운드를 만들자.

전용 비행기를 타고…… 미국 대통령이 타고 다닌다는 707 전용 비행기를 타고. 그렇다 김봉섭 사장을 내 선전 홍보 담당 비서로 써야지……. 707 전용 비행기를 타고 순회공연을 떠난다. 수련아! 밍크코트를 골라라. 스타더스트에서 열리는 파티장에 나갈 준비를 해야지. 베벌리힐스다. 천 에이커의 골프장 같은 우리 별장 잔디밭에서 우리는 말을 타는 거다. 가장 부티 나는 승마복을 골라라!

무하마드 알리—누가 그를 흑인이라고 흰 눈으로 흘겨볼 것인가. 주먹 한 번 내미는데 백만 달러씩 쏟아져 나오는 복싱 선수가 되면 어떨까?

어느 날 독고는 골목길에서 깡패에게 쫓긴다. 마지못해 주먹을 피하다가 상대방 턱을 갈긴다. 이상한 기적이 일어난다. 열 명이 순식간에 엿가락처럼 부러진다. 괴력의 펀치. 마침 그 광경을 보던 복싱계의 매치메이커로 유명한 스미스 씨(그는 관광차 한국에 들른 것이다)가 독고를 스카우트한다. 그냥 주먹만 내밀기만 하면 KO승이다. 일부러 쇼를 하기로 한다. 지는 것은 이기는 것보다 언제나 쉬운 일이니까. 세계 헤비급 타이틀을 일부러 **빼앗겼다가** 다섯 번이나 재탈환한다.

매니저로는 김봉섭 사장을 기용할 것이다. 수십억의 팬들이 전 세계 동시중계로 그 경기를 보는 가운데 기네스북에 오르는 세계의 KO 신기록을 수립한다.

그러나 이 주먹을 가지고는 개미 한 마리도 칠 만한 힘이 없잖은가? 그러나 방망이라면. 그렇지, 방망이라면. 야구 선수가 되자. 백 프로의 타율, 천 개의 홈런 기록. 어느 날 꿈에 돌아가신 어머니가 나타나신 거다. 네 소원이 뭐니? 그냥 휘두르기만 하면 날아가던 공이 저절로 지남철에 걸려들 듯이 제 방망이에 맞게 하십시오.

기적은 그렇게 해서 나타난다.

미국, 일본의 각 구단에서는 독고를 스카우트하려고 쟁탈전이 벌어진다. 요미우리 자이언츠 같은 건 저리 가라다.

그 친구들이 나타나 입단 교섭을 펴면 커피를 마시며 창 밖에 떠 있는 구름이나 보자. 그리고 이렇게 말하자.

"당신네 땅은 내 홈런을 받기엔 너무 좁습니다."

연봉이 천만 불. 미국 최하위 팀이 어디더라? 그렇지, 뉴욕 양키스팀이라 했던가. 왕년의 스타 늙은이들만 모인 그 구단에 들어가서 전세를 역전시킨다. 월드 시리즈에서는 9회 말 이사 만루의 찬스에 투 스트라이크 스리 볼의 풀 카운트에서 배트를 휘두른다. 관중 십 만이 넘는 최대의 구장. 관중들이 태풍을 만난 바다처럼 일렁인다. 와! 흰 공은 매처럼 하늘로 솟아 구장 밖으로 사라진다. 홈런을 갈긴 거다. 한 점 차로 역전승. 해피엔딩.

수련아! 디마지오의 아내였던 마릴린 먼로처럼 마음 놓고 웃거라, 백치처럼 웃어라. 목구멍에 가시 같은 건 없다. 너는 스타의 아내다.

아니다. 독고는 좀 더 현실성이 있는 것을 고르기로 한다. 그건 전부 어렸을 때 국민학교 시절에 생각해보던 공상의 복사판이라는 걸 독고도 잘 알고 있었다. 세계적인 규모는 아니었지만 라이벌인 신성 국민학교 팀에 지기만 하는 축구경기를 보고 독고는 밤새껏 그런 공상을 한 적이 있었다.

밤에 마녀가 나타나서 자기에게 초능력을 부여한다. 축구볼을 강아지처럼 부르면 저절로 굴러오는 초능력을. 독고는 패색이 짙은 상황에서 단독 드리블로 타임아웃 십 분 전에 무려 세 골을 집어넣는다. 전교 학생이 모인 조회 때 교장선생님으로부터 상장을 받고 우레 같은 박수 속에서 독고는 손을 번쩍 들어올린다.

아! 그러면 여선생님은 자기를 끌어안고 볼을 비비며 이렇게 이야기할 것이다.

"다른 사람들은 다 믿질 않았지만, 난 네가 꼭 이길 줄 알았다. 독고야, 장하다."

현실성, 현실성이 문제이다. 그렇지, 소설을 쓰자. 베스트셀러의 소설을 쓰는 거다. 바이런처럼 그저 아침에 눈을 뜨기만 하면 된다.

독고는 이미 저명인사가 되어 있다. 인지를 찍어도 찍어도 끝이 없다.

아내는 이렇게 말할 거다.

"여보, 팔이 아파 죽겠어요."

강연회, TV, 출판사, 신문사에서 몰려드는 청탁들, 영화사에서의 원작권 교섭. 소재는 무엇이 좋을까? 표지 디자인은 애드 킴 도안부장에게 맡기자. 그리고 사진부장을 영화감독으로 발탁하는 조건으로 원작 영화권을 넘겨주자.

김봉섭 사장은 그 영화 포스터를 붙이는 인부로 고용하는 것이 좋다. 아니다. 그 친구를 소설 어딘가에 쓰자. 전 인류의 미움을 사는 악역 하나를 내주는 거다. 하지만 김봉섭 사장은 그걸 영광으로 알겠지.

"아주 리얼하게 그렸어. 역시 자네는 대작가야!"라고.

어느 날인가 여선생이 그 소설을 읽고 나타나실 거다.

"날 기억하겠어요?"

여선생은 얼마나 늙으셨을까.

"보세요, 선생님. 저는 빠가가 아니랍니다."

아! 여선생님은 어디 계실까?

노벨상까지 타는 꿈을 꾸려고 하는데 전화벨 소리가 요란하게 울렸다. 그의 베개를 기웃거리던 엘비스 프레슬리도, 알리도, 행크 아론도, 헤밍웨이도 연기처럼 문틈으로 새어 나가고 없었다. 빗소리 같은 발자국 소리를 남기고.

수화기를 들자 아내의 목소리가 들렸다.

"푹 쉬래요, 당신! 김사장님하고 직접 통화를 했는데 당신이 쓴 문안으로 지금 알프스 시계의 CF를 결정했대요. 당신이 아프다니까 모두들 걱정인가 봐요. 진이의 왕관도 잘되어가고 있어요. 청심원에 가지고 가기 전에 당신께 보여줄게요. 진짜 멋있을 거야. 노여웠수, 당신? 애기야…… 당신은 서른 살 먹은 애기라구요. 참 삐치기도 잘해. 당신 한약 좋아하잖어…… 내 감기약 져 갈게요. 쉬고 계세요."

독고는 아직도 자기가 공상 속에서 몽유병처럼 헤매고 있는 것이 아닌가 하는 생각을 했다. 그렇게 펄펄 뛰던 김사장이 푹 쉬고 있으라는 말도 수상쩍은 일이지만, 무당 푸닥거리냐고 비웃었던 그 광고문으로 CF를 만들 것이란 이야기는 바다 그물에 코끼리가 걸려 나왔다는 말처럼 믿기지 않는 일이었다.

수련이와 통화를 끊자 독고는 애드 킴 사무실로 전화 다이얼을 돌렸다.

"그렇잖아도 자네에게 전화를 넣으려고 하던 중이네."

사장의 부드러운 목소리가 수화기를 통해서 흘러나오자 독고는 그게 공상이 아닌 현실의 이야기라는 것을 확인했다.

"자네, 한약을 먹게나……. 우리 사업도 앞으로는 한방을 쓸 방침이란 말일세……. 특히 말야, 서양 친구를 상대로 하는 싸움에서 카운터 펀치를 먹이려면 한약 처방이 제일일세."

영어 단어와 《포춘》지의 인용으로 단단히 한몫을 하고 있는 김봉섭 사장의 입에서 한약 처방 이야기가 튀어나온 것은 뜻밖의 일이었다.

"갑자기 한약이라니요, 제 처가 뭐라고 한 모양이지요?"

허허거리고 웃는 사장의 웃음소리가 마고자를 입은 할아버지의 흰 수염을 연상케 했다. 분명히 평소의 사장 웃음소리는 남성적 정력을 과시하는 찰스 브론슨이었는데 말이다.

"자네한테 배운 것이 많네."

말투까지도 그랬다. 여러 가지 색깔을 입힌 당의정 알약이 아니라 그건 한약의 감초 냄새였다.

"정시사 기획실장을 만나서 자네 선전 문안을 보여줬지! 무릎을 치더군. 그 왜 김실장 말일세. 내가 경제부 기자로 있을 때, 그 친구가 사업상의 일로 골치 아픈 일에 걸려든 적이 있었잖아. 내 덕을 좀 본 셈이라구. 어떻게 해서든 알프스 시계의 광고만은 우리 애드 킴에 넘겨주려고 했는데 마음이 놓이질 않더라는 걸세. 우리 카피라이터가 제아무리 용빼는 재주가 있더라도 말일세. 그걸 영어나 독일어로 번역해서 자, 이런 내용입니다라고 하면 미끄러질 게 뻔하다는 거야. 모든 걸 다 양놈들 걸 배워가지고 하는 일인데 경쟁이 되겠냐는 거야. 양약을 가지고는 안 되지. 한방으로 말야, 인삼이나 침 같은 걸루 대응해야 꼼짝 못하지. 자네가 써 놓은 거, 아니, 뭐랬더라? 선전문의 첫 자만 따서 모아놓았다는 거 말일세."

"까매아스고태십 팔남바사샤 말입니까?"

"그렇지 주문처럼 그건 뜻이 없잖나? 영어로 번역할 수가 없지! 기획실장은 선전 효과야 어쨌든 스위스 중역들만 깜빡 죽어서 보내면 그게 그만이라는 거야. 자네가 선문답 효과 운운한 걸 이야기했더니 무릎을 치며 자넬 천재라고 하더군. 그 얘기도 했어. 우리나라의 강강수월래, 니나노, 아리랑……. 인기 있는 민요는 다 이렇게 의미가 없는 것이고, 심지어 국민학교 학생들이 무지개색을 외우는 데도 왜 있잖나, '보남파초노주빨'이라고 하지 않던가.

바로 그 효과를 이용한 것이라는 설명까지 붙였네. 떼놓은 당상이라는 거야. 의미 있는 말이면 트집을 잡지만 아, 이거야 뜻이 있어야 비판을 하지. 샅바 없는 알몸을 잡고 씨름하는 격이 아니겠나? 한방식漢方式 선전! 이것이 서양의 과학과 그 합리주의에 대항하는 우리의 새 처방이란 거야. 페니실린으로는 안 되네. 그들을 치려면 신비주의의 냄새가 나는 약을 달여야 하네. 자넨 그들에게 알리와 같은 펀치를 먹이고, 행크 아론과 같은 홈런을 치고, 엘비스 프레슬리 같은 히트송을 부른 거야. 노벨상감이라구!"

"사장님! 사장님!(아니 이 자가 독심술이라도 배웠나? 알리라니, 행크 아론이라니, 엘비스 프레슬리라니, 노벨상이라니?)"

"푹 쉬게. 이번 내기에선 자네가 이겼어. 그러니 자네도 한방을 써서 몸을 빨리 회복하게나. 이번 카피는 틀림없이 성공할 걸세. 적어도 스위스놈들 기를 꺾는 건 땅 짚고 헤엄치기니까 자네에겐 위로 출장을 보내주겠네. 가방을 준비하라고."

뭐야? 그러면 정말 기적이 일어나는 건가! 내가 알리가 되고, 행크 아론이 되고, 노벨상을 탔다는 건가?

수화기를 내던지고 독고윤은 그 자리에 벌렁 누워버렸다.

나는 알리가 되었다. 행크 아론이 되었다. 히트송을 불렀다. 그런데도 왜 여전히 이렇게 가난하단 말인가?

아내가 꿈꾸는 잔디밭 정원이 있는 그 집 대문은 왜 열리지 않는 것일까? 내 전용기는 대체 어느 풀밭에 있는가?

바다는 삼각 깃발처럼
나부끼고 있었다

독고는 새 시계를 사서 찼다. 그것도 태양전지로 움직인다는 신개발 전자시계, '까매아스고태십 팔남바사샤……'라는 주문 같은 선전 문구를 달고 곧 TV나 라디오를 시끄럽게 할 문제의 그 알프스 전자시계를 말이다.

독고는 자기가 선전문을 쓴 상품을 직접 사보기는 두통약 말고는 이번이 처음이었다. 평생 가도 자기 것이 될 수 없는 자동차, 냉장고, 싱크대, 전자레인지, 세탁기……. 그는 이 현란한 상품들을 위해 노래 불렀고, 남들이 그것을 사도록 구매 의욕을 돋우는 북을 두드렸다.

그러나 과연 그것이 자기가 만든 선전문이 주는 이미지와 일치하고 있는 것인지 한 번도 확인해볼 도리는 없었다.

왜냐하면 그는 가난했으니까! 그리고 돈이 있어도 아내와 단둘이서만 살아가는 그 생활에서는 별 볼일이 없는 것들이었으니까! 몰이꾼은 단지 몰이꾼일 뿐이다. 몰이꾼은 사냥개와 마찬가지다.

사냥해 잡은 멧돼지나 노루고기를 먹는 사람들은 다른 곳에 존재한다.

아내의 권고로 새 시계를 사기 위해 '또와 백화점'에 갔을 때에도 독고는 그런 생각을 했다. 백화점 입구는 진공청소기처럼 수천수만의 사람들을 빨아들이고 있었다. 독고는 그 많은 사람들을 백화점이나 시장으로 몰아넣기 위해 선전문을 쓴다. 그건 북이다, 꽹과리다. 우우…… 하고 소리치는 함성이다. 그가 두드리는 북소리에, 꽹과리 소리에, 함성에 코끼리가, 토끼가, 사슴과 표범이 함정을 파놓고 지키고 있는 그 사냥꾼들의 목으로 쫓겨오고 있다. 에스컬레이터가 그들을 재빨리 덫으로 낚아챈다.

아내는 웃었다.

"여봐요. 저 가방! 저 날개표 여행가방 말예요─가장 가벼운 꿈의 날개. 이 날개만 달면 어디로든 마음 놓고 갈 수 있어요─그게 바로 당신이 쓴 그 가방이지요? 벌써 잊었어요? 왜 주말 연속극 할 때마다 하던 것 말예요."

독고는 웃지 않았다. 잊긴 왜 잊어. 그 선전문을 생각해내기 위해서 그는 며칠 밤을 두고 헛기침을 했고 머리털을 뽑았다. 마법의 융단처럼 TV의 광고에서는 은빛 날개를 단 여행용 가방이 자유자재로 하늘을 날아다닌다.

날개표 가방은 엠파이어 스테이트 빌딩과 에펠탑과 안개 낀 템스 강가의 공원 벤치 위로, 혹은 저 피라미드가 있는 사막 위로 깃털같이 가볍게 떠다닌다.

몰이꾼의 아내가 철컥하고 뒷에 걸리는 순간이었다.

"같은 값이면 이걸 사요. 당신도 이 날갤 달고 떠나는 거예요."

아내가 산 그 날개표 가방은 그가 상상 속에서 생각했던 광고의 이미지와는 너무나 달랐다.

깃털처럼 가볍지도 않았으며 백조의 은빛 날개 같은 것은 더더구나 없었다. 그건 그냥 투박한 비닐 조각이었다. 사람들의 마음을 끝없이 바다 건너로 유혹하는 것, 여행에 대한 신비한 이국 정서의 자석 같은 것도 없었다.

물론 그가 산 알프스 전자시계도 마찬가지였다.

그러나 분명한 것은 어쨌든 그가 새 시계를 샀고, 아내는 위로 출장의 명목으로 여행을 떠나는 남편을 위해 새 여행가방을 샀다는 것이다. 작은 기적들이 시작되고 있다는 흥분이 오래간만에, 참으로 오래간만에 독고의 피를 발효시키고 있었다.

독고는 서울역 시계와 자기 손목에 찬 알프스 시계가 희한하게 일치하고 있다는 사실을 깨닫자 조금은 멋쩍어지는 느낌이었다. 새 시계를 차고도 서울역까지 오는 데 그는 몇 번이나 그 시계를 흔들어보았고, 시청 광장의 전자시계를 몰래 훔쳐보곤 했었다.

'기차는 떠나간다. 보슬비를 헤치고……'

독고는 개찰을 하고, 플랫폼으로 나가는 층계를 걸어 올라가

고, 아직도 개찰구에 멍하니 서 있는 아내에게 어서 들어가라고
손짓을 할 때까지도 자기가 여행을 떠난다는 것을 실감하지 못했
다.

'기차는 떠나간다. 보슬비를 헤치고…….'

어렸을 때 불렀던 그런 유행가의 한 토막을 노래하고 있는 느
낌이었다. 사실 기차는 언제 봐도 독고에겐 현실적인 느낌을 주
지 않았다. 역에 모여 있는 승객들이나 구식 제복을 입고 다니는
역원들이나 더구나 개찰구에서 이상한 가위를 들고 찰칵찰칵 표
를 찍고 있는 광경들, 기찻길, 시그널 플랫폼……. 이런 모든 것
들이 장난감처럼 느껴졌고, 사람들은 지금 그 장난감 놀이를 하
고 있는 것이라는 생각이 들었다. 그렇지 않으면 그건 무슨 흘러
간 영화의 낡은 필름이거나 유행가 책표지의 삽화일 것이었다.

'그놈도 그렇게 생각하고 있을 것이다.'

독고는 청심원에 있는 진이 녀석을 생각하면서 속으로 혼잣말
을 했다.

'그 녀석은 아직도 실제 기차를 타본 적이 없으니까! 장난감 기
차만 보고 있었으니까! 그것들이 진짜 사람들을 태우고 진짜 시
골 보리밭이나, 산 옆구리를 뚫은 진짜 깜깜한 굴 속을 지나간다
고 상상이나 할 수 있을 것인가!'

기차는 정말 기적도 없이 서서히 플랫폼을 미끄러져 나갔다.

'위로 출장'—자기는 무엇을 위로받는다는 것일까?

보통 출장과 위로 출장은 어떻게 다른 것일까? 이 기묘한 말뜻을 제대로 알기 전에 아내의 권유로 새 시계를 사고, 새 가방을 들고, 새 도시를 향해 독고는 떠나고 있었다.

부산에는 온천장과 바다가 있다. 온천은 겨울 나그네, 바다는 여름 나그네를 위해 있다.

그러나 지금은 봄이 아닌가?

사표를 낸 회사에 다시 나가는 것보다는 그래도 위로 출장이라는 명목이 있으니 어디든 떠나는 것이 좋긴 좋은 일이다.

꾀병을 앓는 것보다는 연기演技로 쳐도 훨씬 쉬운 일이었으니까!

아니다. 아내를 나에게서 며칠이라도 좋으니 해방시켜 주자. 마음 놓고 TV를 보며 옛날 애인이었다는 그 아나운서의 얼굴을 더듬게 하자. 묵은 속내의를 갈아입듯이 생활을 바꿔라. 사람을 바꿔라. 시간을 바꿔라.

아내여, 나도 이젠 결혼선물 시계를 내던졌으니 너는 가운뎃손가락을 파먹어 들어가는 다이아 반지를 빼버려라. 확대경을 대고 자세히 들여다보면 거기에 남모를 흠집 하나가 나 있느니라. 매춘부의 병균이 잠들어 있느니라.

기차는 한강 다리를 지나고 있었다. 갑작스레 기차바퀴 소리가 한 옥타브쯤 높아지면서 북소리같이 쿵쿵 울리는 차체가 독고의 텅 빈 머리에 메아리쳤다.

"저 실례하겠어요. 아저씨 자리는 바깥쪽인데요? 제 자리가 창 쪽이구요."

옆에 앉았던 여자가 독고에게 무슨 비밀 이야기나 하듯이 말을 걸었다.

"아! 그래요? 그럼 바꿔 앉으시지요."

독고는 일어섰고, 여자는 앉은 채로 창 쪽으로 미끄럼 타듯이 옮겨 앉았다.

"저…… 바깥 구경을 좀 하려구요. 그리구 전 늘 멀미를 해서 창가에 앉는 게……."

여자는 독고 쪽을 쳐다보지도 않으면서 혼잣말처럼 변명을 했다.

강을 내다보고 있는 여자의 옆얼굴을 보면서, 독고는 자리를 옮길 때 그의 엉덩이 쪽을 스치던 여자의 허벅다리, 그 분명한 촉감을 마음속으로 다시 재생시켜보았다.

누구나 옆얼굴을 보면 그렇지만 그 여자의 콧날은 유난히 오뚝했다. 그래서 눈은 한층 더 움푹 파인 것 같고 어두운 그늘이 서려 있는 것처럼 보였다.

"마! 눈 딱 감고 한번 떠나보는 기라. 신경쇠약엔 이게 약인기라."

그가 떠나기 전날 밤 도안부장이 찾아왔었고, 새끼손가락을 내

보이면서 이번에야말로 한번 외도를 해보라는 것이었다. 그게 아주머니를 위해서도 좋은 일이라고 했으며, 마음속으로 또아리를 틀고 사는 구렁이를 밖으로 내몰아야 마음도 깨끗해진다는 거였다. 그는 그걸 '하수도 청소'라 했다. 그러고는 길에서 만난 생전 처음 보는 여자에게 어떻게 수작을 붙여야 하는가를 장장 두서너 시간 동안 강의를 늘어놓았다. 라이벌인 사진부장이 없었기 때문에 도안부장의 섹스 강의는 중단되거나 과장되는 법이 없이 아주 스무스하게 진행되었으며, 아내는 옆방에서 짐을 챙기는 준비를 하고 있었기 때문에 그 강의는 더욱 은밀한 결론에까지 이르렀다.

독고는 여자의 옆얼굴을 보면서, 그리고 허벅다리의 그 촉감을 생각하면서, 도안부장의 섹스 강의 가운데 만약 묘령의 여인을 기차간에서 만나게 되면 어떻게 유혹하는가 하는 서장 대목을 정리해보았다.

첫째, 연령에 따라서 어프로치하는 세 가지 다른 패턴이 있다고 했다. 그런데 이 여성은 이십 대 중반? 아니면 삼십 대 초반일까? 독고는 연령부터 살폈지만 정말 알 수 없는 것은 여자의 나이라 첫째 문을 여는 것부터가 만만치 않았다.

어쨌든 좋다. 소녀는 아니니까, 도안부장의 공식에 의하면 이 경우에는 제2형식에 속한다고 보아야 한다.

이십 대 후반…… 여기에 속하는 여자는 육체적인 접근법을 써야 할 것. 단, 대의명분을 세워줘야 한다. 예컨대 이쪽은 눈을 감고 자는 체하면서 서서히 상대편 몸에 기댄다. 그러면서 반응을 측정해보라. 정말 자는 것처럼 보여도 안 되고 공연히 자는 체하는 것처럼 보여서도 안 된다. 긴가민가하는 애매한 중간성, 연기력이 요령의 본질이라는 거였다.

명심하라. 이런 나이의 여자를 보면 감이라고 생각지 말고, 호두라고 생각해야 된다. 덥석 껍질째 삼키려다가 이빨을 다친다. 호두와 같은 단단한 껍질부터 깨뜨려야 한다. 그걸로 끝난다고 생각해선 안 된다. 호두 속처럼 복잡하니까 잘 꺼내야 한다. 그래도 아직 고소한 진짜 맛을 맛보기 위해서는 또 한 번 속껍질을 조심스럽게 벗겨가야만 한다.

즉 삼단계 접근법을 시도하는 게 원칙이다. 제2형식의 첫 단계는 자는 체하거나 또는 무심한 자세로 여자의 육체에 자신의 어깨든 다리든 손이든 접촉해 볼 것, 가장 평범한 방법은······.

독고는 도안부장의 강의를 실습해보기로 결심했다. 아내와 헤어진 지 십 분이 넘기도 전에 그럴 수가 있느냐? 햄릿이 말했다.

"장례식의 그 꽃다발이 채 시들기 전에, 그 눈물자국이 아직 지워지기도 전에 아······ 그럴 수가 있을까?"

그러나 독고는 말했다. 단지 시도해보는 거야. 나는 새 시계를 샀으니까. 독고는 도안부장의 지시대로 오른쪽 손을 올려 여자가 창가를 향해 모로 앉아 있는 의자 뒤로 얹었다.

차체가 흔들릴 때마다 여자의 어깨가 그의 손가락에 와닿을 수 있게. 처음에 독고의 손이 와닿았을 때에는 약간 놀란 표정을 하고 여자는 창가에서 고개를 돌려 독고를 쳐다보는 것 같았다.

"절대로 여자의 얼굴을 봐서는 안 되는 기라. 딴 곳을 보며, 그 자! 그 손에는 신경도 피도 없다는 표정을 하고 말이다. 옳제, 홍익회원이 들고 다니는 소주병이라도 찾고 있는 듯이 시치미를 뚝 떼고 있는 기다."

여자는 별로 경계의 빛을 보이지 않았다. 조금씩 조금씩 덩굴처럼 뻗어가는 독고의 손을 통해 여자의 따스한 체온이 예민한 모세혈관을 타고 그의 심장으로 흘러들어오고 있는 것을 느낄 수 있었다.

'인간은 타인의 피로 살아간다. 누구나 인간은 본질적으로 드라큘라의 후손이다.'

독고의 손끝은 드라큘라의 어금니처럼 여자의 어깨로 파고들어간다.

이젠 2단계이다. 도안부장이 귓속말로 외치는 소리가 독고의 가슴을 죄었다.

"경계하지 않으면 말을 붙이거라. 그러나 자기의 몸이 그 여자의 몸과 닿아 있다는 것에는 여전히 무관심한 체해야 된다. 평범한 말로부터 시작하되 복선을 깔아라."

독고는 여자를 향해서 물었다. 나는 지금 선전문을 쓰고 있는 것이다. 상품에 대한 구매 의욕을 돋우는 이미지 메이킹을 정욕을 돋우는 것으로 바꿔치기만 하면 간단할 테니까. 독고는 침을 삼키고 속으로 발성 연습과 대사의 초를 잡고 난 뒤 드디어 말을 건넨 것이다.

"빈혈이 심하신가 보죠? 밖을 보면 어지러워서 멀미가 더 날 텐데요."

차창으로는 평범한 아카시아 덤불에 덮인 구릉밖에는 스쳐 지나가는 것이 없었다.

여자는 아무 말도 하지 않고 헛기침을 했다.

처음에 그 여자가 자기를 '아저씨'라고 부른 것이 마음에 걸렸다. 여자가 남자를 향해 부르는 가장 덤덤하고 김새고 입맛 떨어지는 호칭이 바로 '아저씨'란 말이었다.

"어디까지 가십니까?"

여자의 냉담한 반응에 독고는 당황했다. 여자의 어깨 부근에 놓았던 손을 얼른 빼며 아무 말이나 나오는 대로 지껄였다.

"엉망이다, 이 자슥. 그것도 말이라구 하나?"

도안부장은 성적이 좋지 못한 학생을 나무라는 가정교사처럼 혀를 차며 실망한 어조로 말했다.

"부산요!"

단 한마디 말이었다. 여자는 계속 볼 것도 없는 차창 너머로 눈을 붙박은 채 혼잣말처럼 대답했다. 독고는 그때 차창에 비치는 여자의 또다른 각도의 얼굴을 바라볼 수 있었다. 생각한 것보다 훨씬 아름다웠다. 짙은 반달형의 눈썹은 꼭 옛날 여선생의 얼굴을 닮았다. 그러고 보니 나이도 비슷해 보였다.

독고는 다급해지자 2단계도 거치지 않고 그만 3단계 전략으로 뛰어넘어 엉뚱한 대사를 말했다.

"여자들은 남성의 얼굴을 보기만 해도 그 직업, 성격, 연령을 다 알아맞힌다는데 한번 우리 내기를 해볼까요?"

이 대사는 2단계에 성공한 뒤, 홍익회원이 밀고 다니는 수레에서 오징어포나 맥주 한 병쯤 서로 까먹고 난 뒤에 나누도록 되어 있는 것이었다. 그러나 당황해하는 독고를 여자는 슬픈 눈으로 찬찬히 뜯어보더니 의외의 말을 했다.

"선생님도 무척 심심하신 모양이군요?"

선생님이라는 말, 그리고 '도'라는 토씨, 독고는 갑자기 앞이 훤히 뚫리는 광채를 보는 것 같았다.

그건 "나도 무척 심심하답니다"라는 고백과 다름없었다.

여자의 목덜미에 붙은 까만 사마귀 하나가 독고의 눈을 스쳐지나갔다. 독고의 눈이 밝아진 것이었다.

"심심한 사람은 여행을 한답니다. 저런, 제 직업의 힌트를 반쯤 드렸으니 아무래도 게임이 불리해질 것 같네요."

"실직자시군요?"

여자는 농담을 했지만, 얼굴빛엔 전연 웃음 같은 것도 떠올리지 않으며 사무적으로 말했다. 여행사의 안내원처럼.

"맞았어요. 저는 실직자랍니다. 남해 바다로 일자리를 찾아가는 중이지요."

여자는 한숨을 쉬었고, 독고는 계속 카피라이터의 관록으로 선전 문구를 찾아내려고 안간힘을 썼다.

"갈매기의 사육사 같은 직업, 그렇잖으면 뭐랄까, 모래밭에 숨어 있는 예쁜 조개껍데기를 찾는 사립탐정……."

여자는 또 한 번 큰 한숨을 쉬고는 슬픈 얼굴로 조용히 독고를 쳐다보았다.

"정말 게임을 하시자는 거예요?"

여자는 팔짱을 끼고 이번에는 약간 장난기 있는 억양을 붙이고 질문을 했다.

"선생님은 의사신가요?"

"의사?"

"저를 보자마자 빈혈 환자로 진단했잖아요."

'독고, 힘을 내라. 가능성이 있다. 3단계설을 포기하라. 자유형으로.'

도안부장이 응원가를 흔들며 신이 나는 중이었다.

"그럼, 정말 빈혈이신가요?"

사실 여자의 얼굴은 파리했다. 핏기가 없는 창백한 얼굴은 흔한 말로 대리석 조각을 연상시키는 고전적인 기품을 풍기고 있었다.

"그래서 바닷바람을 쐬러가는 거예요. 근데, 빈혈의 원인은 묻지 않으세요? 만약 의사 선생님이라면 말예요, 진단보다 중요한 게 있을 텐데요."

여자는 놀리는 것인지, 그렇지 않으면 접근해오려는 것인지, 독고는 분간할 수 없었다. 도안부장은 지금 너무 멀리 있다. 이런 여자는 몇 형식에 속하며 이럴 때의 작전은 무엇인가? 가르쳐줄 사람은 없었다. 독고는 얼굴이 붉어지기 시작했다. 숨쉬는 것까지가 어쩐지 부자연스럽게 느껴지는 것이다.

"여자를 보면 우선 과일로 분류를 하게. 과일의 성격에 따라 먹는 방식이 다 다른기라. 우선 제1형식에 속하는 여자는 복숭아……. 귀밑에 솜털이 가시지 않은 10대의 소녀들이 대부분 이런 유형에 속한다고 생각하면 틀림없다. 이십 대가 넘어도 복숭아 같은 여자들이 있으니까 주민등록증 나이만으로는 대중할 수가 없긴 하지만……. 왜 있잖아? 편지를 써도 편지지나 봉투에 야자수나 코스모스, 네덜란드의 풍차, 좀 더 촌스러운 걸로는 물레방아 같은 그림이 있는 걸 잘 쓰지. 그런 여자를 만나면 칼로 벗기지 말고 손톱 안 있나, 그런 걸로 살살 벗겨야 하네. 환상적인 말, 크리스마스카드에 나오는 그림 같은 이야기로 말이제."

손톱으로도 충분히 벗겨버릴 수 있으니까 복숭아형의 여자들은 보기보다 유혹하기가 쉽다는 거였다. 물기가 많아서 다만 잘 못하다가는 미끄러워 놓치고 말 때가 있으니 조심하라는 거였다.

"그러나 조심할 게 있네. 위험은 끝에 안 있나. 즉 씨까지 먹어서는 안 되는 기라. 씨가 나올 무렵이면 미련 없이 버리는 게 요령인 기라. 씨를 먹지 말라는 게 무슨 뜻인지 알겠나?"

껍질도 속살도 다 부드럽지만, 끝에 가서는 딱딱한 씨가 있는 법이니 절대로 삼켜서는 안 된다는 거였다. 복숭아 씨는 목구멍에 걸릴 뿐, 맛은 없는 것이니까. 책임을 진다는 것, 책임을 요구하기 시작한다는 것, 그것이 바로 복숭아 씨라는 걸 명심하란 말이었다.

제2형은 호두에 속하는 여성, 그러니까 제1형의 여성과는 정반대이다.

처음 껍질을 깨뜨리기가 어렵지, 일단 깨기만 하면 그 다음에는 일사천리, 아무런 부담도 없다는 거였다. 즐기는 데는 최상급이지. 복숭아 씨 같은 게 없으니까! 그러나 능숙한 기술이 없으면 잘못하다 이빨만 부러뜨리고 마는 수가 많으니까 워밍업을 충분히 하고 대들라는 거였다.

제3형의 여성은 감……. 껍질째 먹어도 되는 삼십 대 후반의 한물간 연시감들이라 했다. 먹기는 쉬워도 그게 흐물흐물해서 입 가장자리고 뺨이고 손가락 사이고 어디에든 잘 묻어 지저분한 게 좀 탈이다. 그러니까 연시감 같은 여자는 곶감처럼 두고두고 말려서 먹어야 좋다는 거였다.

즉 자주 만나지 말고 묵혔다가 이따금 만나서 즐기면 된다. 그

편이 맛도 좋다.

"알아들어? 말려서 먹는다는 것, 쉽사리 여자의 요구를 받아들이지 말고 질질 끄는 걸세."

그러나 이 여자는 복숭아도 호두도 감도 아니다.

온갖 과실을 합산한 과실, 딱정벌레 같은 단단한 껍질을 지닌 견과이며 동시에 유충 같은 연과이다.

여자의 나무에 매달리는 과실들은 한 가지가 아니다. 이론의 나무에서 열리는 과실은 잿빛이지만 생의 나무, 여성의 나무에 열리는 과실은 바다처럼 넓다.

독고는 여자를 향해서 다이빙을 할 준비를 갖추었다. 도안부장이나 사진부장이 가르쳐준 모든 '이론'들을 포기해버려야 된다고 생각했다.

그리고 아내로부터, 선전 구호로부터, 아! 침을 질질 흘리며 스톱 사이클을 타고 있는 불쌍한 진이로부터 잠시라도 떠나야 한다는 생각을 했다.

독고는 여자에게 들키지 않게 몰래 숨을 깊이 몰아쉬었다. 마치 물속으로 다이빙을 하려는 기분으로……. 뛰어라, 솟구쳐 올라가라, 그리고 두 손을 모아 뾰족한 칼날을 만들어라. 그리고는 파도를 쪼개고 물속 깊이 닻처럼 가라앉아라. 사랑은 이론이 아니다, 다이빙은 이론이 아니다. 담력, 모험, 부딪치는 것, 도약대에서 뛰어내리기만 하면 거기 삼각형으로 파랗게 출렁거리는 신비로운 바다가 있다.

부패를 막는 짜디짠 소금물, 바다에서 사는 고기떼들은 조개나 말미잘이나 성게나 무엇이든 바다에서 살아가는 그 생물들은 죽을지언정 결코 부패하지는 않는다. 바닷물은 짜니까, 바닷물은 항상 움직이니까.

"전 의사가 아닙니다. 실직자라고 하지 않았습니까. 그러나 빈혈의 원인을 맞힐 만한 통찰력은 있습니다."

여자의 어깨 쪽으로부터 얼결에 내린 손을 처치할 수가 없어 주머니 속을 뒤져 담배를 꺼내며 독고는 말했다.

"그래, 내기는 무엇인가요?"

"점심을 사는 거지요."

"도시락 말인가요?"

"아니죠. 식당차로 가는 겁니다."

독고는 여자에게 좀 더 다가가면서 말했다.

열차가 커브를 도는가 보았다. 독고의 체중이 자연스럽게 여자의 몸 쪽으로 밀렸다. 이발소에서 머리를 감고 나올 때처럼 향수 냄새가 풍겨왔다.

"좋아요. 제 빈혈의 원인이 무언지 맞혀보세요."

"드라큘라."

독고는 여자가 으레 따라 웃을 줄 알고 껄껄거리고 큰 소리를 내어 웃었지만, 그건 서글픈 독창이었다. 그러나 독고는 실망하지 않고 소리쳤다.

'뛰어들어라. 두 손을 뾰족이 모으고 물을 갈라라.'

"드라큘라 아시죠? 송곳니로 목덜미의 피를 빨아먹는다는 드라큘라. 박쥐 같은 망토를 입고 밤마다 너울거리는 드라큘라. 그래서 우린 지금 피가 모자라는 겁니다."

여자의 눈빛이 변했다.

"사람들은 사랑을 합니다. 그러나 실은 사랑이 아니라 서로 피를 빨아먹는 거지요. 상처도 없는데, 어디선가 끝없이 피가 흘러내리는 소리가 들려오지요. 그 피는 보도로 흘러서 하수구로 들어가지요. 그러다가 강으로 바다로 흘러내려 재수가 좋으면 구름이 된답니다. 아침이나 저녁노을의 구름을 보신 적이 있어요? 그것은 사랑하는 사람들이 흘린 응결한 피들입니다."

도안부장의 말은 옳았다. 그 여자는 호두였다. 웃지도 화내지도 않았다. 담담한 표정으로 소돔의 소금 기둥처럼 독고의 얼굴을 그냥 쳐다보고만 있었다. 그러다가 여자는 핸드백을 꺼냈다. 그리고 은박지에 싼 알약 두어 개를 깨서는 물도 없이 그냥 꼴깍 삼키고는 다시 창밖을 내다보고 있었다.

독고는 부끄러웠다. 보들레르의 시 구절까지 표절하고, 괴기 영화의 상상력까지 동원해봤지만, 여자는 소금 기둥이었다.

다이빙은 비참한 실패였다. 허공에서 허둥대다가 발부터 물에 빠지는 추악한 추락이었다. 더구나 그가 떨어진 것은 바다가 아니라 두꺼운 바위였다. 머리가 얼얼해진 독고는 여자의 시선을 따라 차창 밖을 내다보았다.

빌어먹을……. 거기에는 마침 대형 선전 광고판이 지나가고 있는 중이었다. 해초같이 머리를 풀어헤친 영화배우 S양이 독고를 향해 비웃고 있었다.

"두통, 불안, 신경증엔 노이정을……."

'그래, 그래! 네 말이 맞다. 이럴 때 노이정이라도 있다면 오죽이나 좋겠느냐.'

기차는 드라마도 없이 종착역에 와서 막을 내렸다.

지도에 보면 온천 지대에는 으레 온천 마크가 적혀 있다. 그러나 땅에서 정말 그런 김이 무럭무럭 나는 것은 아니다. 오히려 그런 김이 나는 것은 사람들 쪽이었다. 온천장 분위기란 것은 침실의 핑크빛 거대한 침대와도 같아서 여관이나 호텔이 아니라도 길거리에 다니는 사람들까지도 성기를 내놓고 다니는 것처럼 느껴진다.

사실 독고가 격에 맞지 않게 해운대 온천장의 한 호텔에 투숙한 것은 자기도 그 심장에 온천 마크를 그려보고 싶었기 때문이었다. 뜨거운 물이 콸콸 쏟아지는 심장, 김이 무럭무럭 피어오르는 육체, 알몸을 태우는 유황의 불꽃―막연하지만 독고의 새 출발은 이런 데서부터 시작되어야 한다고 생각했기 때문이다. 그렇다. 자신을 망친 것은 여탕 속에서 고추를 만진 그 거대한 여인 때문이었을 것이다.

"너도 컸으니 이제부턴 남탕으로 가거라."

작은 게처럼 옆걸음질 치면서 화난 어머니의 뒤를 쫓아오던 날 아침, 어금니를 물고 '예'라고 대답했던 그 약속을 그는 아직도 지키지 못했다는 생각을 했다. 안개가 자욱한 미지의 그 남탕 속에는 도안부장과 사진부장이 버티고 있었다.

그들은 말같이 커다란 성기를 늘어뜨리고 문간에서 부끄럽게 서성거리는 독고를 향해서 외치고 있었다.

"야, 이 병신아! 빨리 들어오라니까! 옷을 벗고 들어오란 말야……."

독고는 침대에 누워서 목욕물이 괴는 소리를 듣고 있었다.

물은 뜨거울 것이다. 수십 피트의 어두운 지하에서 솟구쳐오르는 저 뜨거운 지하수는 아직도 화산이 폭발하던 원시의 경이를 기억하고 있을 것이다.

창밖으로 빌딩들 틈 사이에 여러 토막으로 각이 난 바다가 보였다.

봄바다는 쓸쓸했고 해안에는 아이들만이 철 늦은 연을 날리고 있었다.

독고는 우선 목욕을 할 것이다. 되도록 비누거품을 많이 일게 해야 할 것이다. 그리고 나서는 부드러운 리넨의 잠옷 바람으로 싸늘한 맥주 한 병을 마실 것이다. 그리고 조금씩 취해가는 것이다.

뜨거운 온천 마크를 가슴에 달고 여자를 찾으러 나간다. 그리고 처음으로 생생하게 발기한 성기를 깃대처럼 꽂고, 자신의 옷 밖으로 스쳐 지나가던 온갖 사물들을 이번에는 땀구멍 하나하나로 빨아들여야 한다.

낙지의 흡반처럼 모든 걸 빨아들이자. 음모 같은 밤을, 비밀 같은 가등街燈의 불빛들을.

은화를 삼키는 슬롯머신처럼 모든 것을 삼켜버리자.

그러나 독고는 직장이나 아내로부터 완전히 해방된 것은 아니었다. 목욕물을 받아놓고서도 목욕을 하지 않았다. 옷 벗기가 귀찮아졌다. 수련이가 성화를 부려야 목욕을 하는 게 그의 습관이었다. 옷도 벗지 않은 채 독고는 그냥 잠이 들어버렸다.

눈을 뜬 시간은 밤 9시였다. 그가 로비에 있는 식당으로 내려갔을 때 공교롭게도 카운터 곁에 놓인 TV에서는 바로 교회 합창단 출신이며 아내 수련이의 첫사랑 애인이었다는 바로 그 아나운서가 한창 뉴스에 열을 올리고 있는 중이었다.

아내는 지금쯤 TV 앞에 앉아 저자의 입놀림을 황홀하게 쳐다보고 있을 것이다. 턱을 괴고 반쯤 눈을 감고 있는 수련이에게, 저 아나운서는 석유값 파동에 따른 경제 동향이나 각료회의와 같은 딱딱한 이야기를 늘어놓지는 않을 것이다.

"생각나요? 교회의 합창 연습을 끝내고 난 뒤, 우리는 가죽나무가 늘어선 성공회 뒷길을 걷고 있었지요."

아내는 지금 여학생 제복 차림을 하고 있을 것이고, 저 아나운서는 칼라가 높이 솟은 교복을 입고 있을 것이다. 그리고 할렐루야의 합창 소리가 전자 자jar나 메리야스 광고문을 쓰다 만 독고의 책상 위를 더듬다가 PR 교본이 꽂힌 서가의 구석구석을 맴돌고 끝내는 형광등의 갓 위로 날아다닐 것이다. 황금빛 나방처럼.

수련이는 '아!' 하고 한숨을 쉴 것이다. '이 자유!'라고 말할 것이다. 저 뉴스가 끝나면 빈방의 자유 속에서 수련이는 아나운서실로 전화 다이얼을 돌릴 것이다.

"저예요! 수련이에요. 아직도 절 기억하시는군요. 여사라니요? 피, 그러지 말아요. 여사는 무슨 여사예요? 옛날 그대로의 수련이에요. 행복하긴요. 선생님은요?…… 그럼 뭐라고 불러요. 옛날처럼이라니요? 피차 마찬가지라구요. 좋아요. 저보고 여사라고 부르지 않으면 저도 그렇게 부를게요. 언제 제가 오빠라고 불렀어요? 아무튼 좋아요. 그런 데 말구요. 방송국 근천 싫어요. 베어하우스란 데가 있다지요? 스카이웨이 근처, 스카이웨이, 하늘의 길……. 정말 그런 길이 있음 좋겠네요."

독고는 쾅 탁자를 치면서 벌떡 일어났다.

아나운서는 이스라엘의 다얀에 대한 뉴스를 읊고 있는 중이었다.

해적선의 선장처럼 한쪽 눈을 검은 안대로 두른 다얀의 사진이 화면 가득 나타나 있었다.

"선생님은 유태교를 믿으시나요? 이스라엘 문제에 관심이 많으신가 보죠?"

독고가 열차에서 만났던 그 빈혈증 환자가 독고의 자리에 와 앉았다.

두 번째 당하는 망신이었다.

"아이구, 저! 그렇지요. 앉으세요. 결국 이곳으로 오셨군요."

"바닷바람을 쐬러 간다고 하지 않았던가요?"

"아 참, 그러셨지요."

"게임이 끝나지 않은 채로 우린 헤어졌잖아요? 시작한 게임이니까 끝장을 내야 하지 않겠어요. 앉아도 좋겠어요?"

독고는 그제서야 위로 출장의 뜻을 명확하게 느꼈다.

기회는 길거리에 있다. 문밖에 있다. 돌아다닌다. 그러면 지팡이에 걸리는 게 있다.

갈매기 사육사는 여자를
길들이기 위해 바닷가로 간다

독고는 콜럼버스 일행에 감사를 드렸다. 이럴 때 담배가 없었더라면 또 갈팡질팡대다가 일을 그르쳤을 것이다. 담배를 꺼내 천천히 불을 붙이고는 앞에 앉은 여자의 얼굴을 이제는 똑바로 그리고 차분히 쳐다볼 수가 있었다.

형광등의 불빛 때문에 여자의 옆얼굴은 더 파리해 보였다.

"그렇죠, 우린 게임을 하고 있었지요. 그런데 제가 그만 엉터리 의사 노릇을 하는 바람에."

"아녜요. 재미있었어요. 드라큘라라고 하신 말씀, 아주 뜨겁게 맞히신걸요. 정말 저는 말이죠, 상처가 없는데도 늘 피를 흘리고 있는 병을 앓고 있으니까요. 선생님은 진짜 명의名醫예요."

"의사라구요? 천만에요. 솔직히 말해서 내 직업은 말이죠……."

여자는 손으로 자기 입을 막는 시늉을 하며 말했다.

"제가 알아맞힐게요."

"그럼 제 직업은?"

"갈매기 사육사."

처음으로 두 사람은 웃었다. 사람이 가까워지는 데는 웃음 이상의 것이 없다는 것은 에누리 없는 진리였다. 독고는 말했다.

"제 솜씨가 궁금하지 않으세요? 저, 밖으로 나가십시다. 바닷가로 나가야 갈매기가 있을 테니까 말입니다."

"밤에두 갈매기가 있나요?"

여자는 장난기가 있는, 그러나 어딘지 마음이 나간 사람처럼 억양이 없는 말로 대꾸했다.

독고는 정말 밤바다에도 갈매기가 날아다니는가 생각해보았다. 부엉이나 박쥐를 빼놓고는 밤이면 모든 새들은 둥지로 돌아온다. 저 넓은 바다, 수평선과 구름밖에 없는 텅 빈 하늘에서 날아 다니던 그 많은 갈매기들은 대체 밤이 되면 모두들 어디로 가는 걸까? 갈매기에게도 둥지가 있는 것일까?

그러나 독고는 잠시 멍하게 앉아 있다가 다시 전지를 갈아 낀 장난감 곰처럼 힘차게 북을 두드리기 시작했다. 독고는 선파워의 건전지 CM송을 생각하면서 힘을 냈다.

"바다는 갈매기의 둥지지요. 파도에 둥둥 떠서 잠들을 잡니다. 저는 그놈들을 잡아다가 길을 들이는 사육사란 말입니다."

그러나 이번에는 웃지 않았다. 여자는 금세 딴 사람이 된 것처럼 표정을 바꾸고 자리에서 일어서려는 눈치였다.

'웃겨야 한다. 웃음이야말로 어색한 순간을 씻어버리는 샘물이다. 낯선 사람들의 마음을 누그러뜨리는 햇살이다. 무장해제하고 경계의 가시철조망을 끊어버리는 평화의 바람이다.'

독고는 자동 전자시계인데도 공연히 태엽을 감듯이 손목시계를 만지작거리면서 말했다.

"잠깐만요, 농담이 아닙니다. 바다로 가기만 하면 갈매기가 파도 속에서 예쁜 둥지를 틀고 꿈꾸고 있는 모습을 보여드리겠습니다. 갈매기는 무슨 꿈을 꾸는가? 그리고 꿈을 꾸다가 물에 빠져 죽은 갈매기에 대해서도 이야기해 드릴게요."

여자는 갈매기가 익사를 했다는 말이 우스웠던지 미소를 지었다. 조금 측은한 눈초리로 독고를 잔잔히 바라보면서 말했다.

"좋아요! 바다로 나가요. 바다에 빠져 죽는 갈매기를 보러 가요!"

여자는 바바리코트의 깃을 올렸다. 3월의 밤바다는 춥고 쓸쓸했다. 해변의 산책로에는 수은등이 켜져 있어서 여자의 흰 바바리코트가 정말 갈매기의 날개처럼 펄럭거렸다.

독고는 갈매기에 대해서 말하고 싶었다. 거대한 수족관 같은 바닷물 속에서 헤엄치는 예쁜 열대어를, 용수철이 달린 장난감처럼 물 위로 솟구쳐 오르는 돌고래, 흰 조끼 위에 까만 두루마기를 입은 것 같은 펭귄, 시골 종친회 회장같이 뻣뻣한 수염을 기르고 근엄하게 수평선을 응시하고 있는 해표, 그리고 또 산호초, 미역

같은 해초나 진주 같은 신기한 바다 밑의 보석들에 대해서도 이야기하고 싶었다.

그러나 뭔지 모르게 감상적인 느낌이 울컥 치밀어 오르려고 하는 순간, 도안부장의 말이 뺨을 때렸다.

'야, 자슥아, 길에서 만난 여자를 그마 데리고 살 낀가! 촌티 나게 시를 읊을 게 아니다. 화끈한 말로 그마 조져버려야 되는 기라.'

화끈한 말이란 성감대를 건드리는 외설, 음담을 뜻하는 것이었다. 젊은 애들도 이젠 다방에 앉아서 바흐나 세잔 이야기를 늘어놓지 않는다. 그런 이야기를 꺼내면 촌닭이다.

그러나 처음 보는 여자에게 외설스러운 이야기를 늘어놓는 데는 그만큼 기술이 필요하다는 것이었다. 옛날 어머니들이 아이들에게 금계랍을 먹이듯 섹스의 언어는 되도록 부드러운 오블라투에 싸서 먹이라는 것이었다.

'시인가, 음담인가?'

그러나 독고는 햄릿이 될 시간적 여유가 없었다. 그렇다. 심각한 것보다는 경음악처럼 가벼운 것이 좋을 것이다. 경쾌한 웃음을 자아내는 조크 속에 농도 짙은 섹스를 깔아라. 독고는 도안부장의 착한 제자가 될 것을 결심했다.

"조금 전에 절 보고 중동 문제에 관심이 있느냐고 물어보셨지요?"

독고는 다시 도안부장에게 얻어들은 음담 한 토막을 기억해내면서 카피를 작성하듯이 말을 건넸다.

"갈매기를 보러 가자더니 겨우 TV 뉴스 이야기예요? 전 말이죠, 다얀 장군이나 엔테베 작전 같은 건 관심조차 없거든요. 그러니까 선생님이 그쪽 일에 대해서 뭘 어떻게 생각하든 상관할 게 아니지요." 여자는 서서히 그물에 걸려들고 있었다.

"동감입니다. 저도 다얀 같은 사람은 딱 질색이거든요. 전쟁이나 영웅 같은 건 저와는 거리가 멉니다. 제가 관심을 갖고 있는 것은 다얀의 검은 안대에 대한 것이지요."

여자는 의아한 얼굴로 독고를 쳐다보았다

"검은 안대라니요?"

"제 말을 들어보세요. 그러니까 말이지요, 중동전쟁이 한창이던 때 말입니다. 미국의 높으신 정치가 한 분이 연일 그 문제로 신경을 쓰느라고 버드 여사를 돌볼 틈이 없었다는 것입니다."

"그것 보세요. 역시 정치 문제잖아요!"

"그렇지요. 일종의 정치 이야기라고도 할 수 있지요. 정치를 거꾸로 읽으면 치정이 되니까요."

'이 자슥아, 빨리 EDPS를 멕여라. 그리고 반응을 봐서 말이제 그 말을 듣고도 싫어하지 않는 눈치가 보이문 이제 마 다 된 기라. 그라문 손을 잡고 말이제……'

도안부장이 능글맞게 웃었다.

"그래서 그 높으신 분의 여사께서는 어떻게 하셨는지 그걸 아시겠습니까?"

"높으신 여사께서는 드디어 어느 날 밤 묘책 하나를 생각해낸 것입니다. 침실에서 브래지어 한쪽을 끌러놓고 자는 체한 거지요. 정신없이 돌아다니고 있는 남편이 돌아오기만을 기다리면서 말입니다."

독고는 눈치를 살폈다. 여자는 브래지어 이야기를 하고 있는데도 아무 반응도 없이 바바리코트의 깃만 매만지고 있었다.

"침실 문을 열고 남편이 들어왔지요. 그러고는 가슴을 반만 가린 여사의 까만 브래지어를 들여다보더니 커다란 소리로 외친 거지요……. 그러면 그렇지, 여사는 자는 체하면서도 회심의 웃음을 웃었던 거지요. 그런데 말입니다, 그 고관께서는 밖으로 뛰어나가면서 이렇게 소리쳤다는 겁니다. '그렇지, 다얀이다. 하마터면 다얀에게 전화 거는 걸 잊을 뻔했다.' 한쪽 유방만 가린 아내의 검은 브래지어를 보고 다얀의 검은 안대를 생각해낸 것이지요."

역시 여자는 별로 웃는 기색이 없었다. 그렇다고 화를 내는 기색도 없었다. 아니, 여자는 바닷바람이 추웠던지 떨고 있었다.

"그렇게 추우십니까? 역시 빈혈이시군요. 절보고 명의라고 하셨지요? 자, 곧 낫게 해드리지요."

독고는 이렇게 말하고는 손으로 여자의 어깨나 허리를 감아볼 속셈이었지만, 엉뚱하게 빈혈이란 말로 말끝을 얼버무리고 말았다. 소매치기 연습이라도 하듯 독고의 손은 몇 번이나 여자 쪽으로 뻗어가다가는 바지 호주머니 속으로 다시 들어가곤 했다.

'국산 영화를 보면 이럴 때 여자는 발을 헛디뎌 넘어지는 법이다. 그러면 놀란 듯이 남자가 여자의 몸을 붙들고 그러다가 그 순간 서로의 눈이 부딪치면 갑자기 지남철을 댄 쇳조각처럼 두 남녀는 왈칵 포옹을 한다. 그러면 부끄러운 듯이 카메라는 외면을 하면서 바닷가 모래사장을 핥고 있는 파도의 물거품을 클로즈업으로 잡는다.

그렇지 않으면 갑자기 소나기가 쏟아지고 번개가 치거나…….어쨌든 이렇게 멜로드라마는 시작된다. 행운이여! 오라. 여자여! 제발 돌부리에라도 차여 넘어지거라. 비여, 쏟아지거라. 번개여, 치거라.'

그러나 빈혈증 환자라면서도 여자는 꼿꼿이, 그리고 정확하게 대지를 튼튼히 밟고 걸어가고 있었다. 오히려 여자의 표정을 살피다가 발을 헛디뎌 쓰러질 뻔한 것은 독고 쪽이었다.

아무래도 이 여자는 입만 벌리고 누워 있어도 저절로 굴러 떨어진다는 연시감은 아닌 모양이었다. 어금니로 딱딱한 껍질을 깨뜨려야만 비로소 그 맛을 느낄 수가 있는 호두 종류에 속하는 여자임에 틀림없었다.

'레디—고!'

사진부장이 고함을 쳤다.

'야, 뜸 들이지 말고 퍼떡 손부터 잡으라. 여자의 손은 대문 빗장 아이가. 그놈만 빼면 제아무리 담이 높아도 넘어 들어가기란 식은 죽 먹기다.'

도안부장이 응원을 했다.

독고는 심호흡을 했다. 비릿한 바닷바람이 그의 가슴에 작은 해일을 일으켰다. 여자의 머리카락이 파도에 밀리는 미역처럼 너풀거렸다.

"갈매기의 둥지를 보여준다고 하셨잖아요. 그리고 사육하는 솜씨도요."

여자는 독고 쪽을 쳐다보지도 않고 혼잣말처럼 말했다.

'옳지, 찬스다.'

도안부장이 손뼉을 치며 용기를 북돋운다.

'내 그렇게 나올 줄 알았다.'

독고는 정신없이 여자의 코트 호주머니 속으로 손을 쑤셔 넣었다. 그리고 여자의 손을 잡았다.

여자는 발걸음을 멈췄다. 처음엔 좀 놀란 표정이었지만 막상 손을 잡고는 어색해서 어쩔 줄 모르는 독고를 측은하다는 듯이 바라보았다.

"이게 갈매기의 둥지란 말예요? 그건 제 호주머니예요."

여자는 톡 쏘아붙이듯이 말했지만 손은 뿌리치지 않았다. 그러고 보니 여자의 호주머니 속은 둥지처럼 따뜻했다. 그 속에서 잠들어 있는 여자의 작은 손은 갈매기의 깃털처럼 포근했다. 아니다. 축축한 땀이 배어 있는 그 작은 손은 분명 조개껍데기였고, 그 호주머니는 모래 속에 파놓은 작은 두꺼비집이었다.

하지만 독고의 마음은 결코 평온한 것은 아니었다. 여자의 손이 아니더라도 독고는 남과 악수할 때마다 늘 마음이 불편했다. 이쪽에서 먼저 손을 놓을 것인가, 그냥 상대편이 놓을 때까지 계속 잡고 있을 것인가? 늘 그러한 결정 때문에 거북한 표정을 지어야만 했던 것이다. 어떻게 자연스럽게 악수한 손을 풀어야 할지! 먼저 손을 놓으면 상대방이 무안해할 것 같고, 또 거꾸로 계속 붙잡고 있다가 상대편에서 먼저 손을 빼면 이번엔 자기 자신이 좀 멋쩍어진다. 늦지도 빠르지도 않게 동시에 악수를 풀기 위해 호흡을 조정하는 일은 여간 힘드는 일이 아니다. 더구나 이번에는 그것이 여자의 손이고, 또 이쪽에서 자청하여 잡은 손이다. 독고는 그렇게 부드럽던 여자의 손이 덫처럼 무섭게 느껴지기도 했다.

'그렇다, 나는 카피라이터이다. 광고 문안을 쓰는 기지로 이 어색한 분위기를 뚫고 나가야 한다.'

독고는 아이스크림 광고나 초콜릿 같은 달콤한 과자의 커머셜을 쓰듯, 여러 가지 대사를 머릿속에 그려보면서 가장 빛나는 언어들을 바둑알처럼 늘어놓는다.

"맞습니다. 이 손은 바로 갈매기입니다. 세상에서 제일 작고 제일 예쁜 갈매기. 그리고 이건 세상에서 제일 안전하고 조용한 둥지이구요."

"그러나 사육하긴 힘들걸요?"

독고는 의외로 순순히 자기 말에 운을 달아주는 여자가 놀랍기도 하고 고맙기도 했다. 독고는 자신을 갖기 시작했다.

"전 길을 들일 자신이 있습니다."

"피아노 선생도 그런 말을 했어요. 그러나 제 손은 너무 작아서 피아노의 한 옥타브를 누를 수가 없었어요."

"피아니스트인가요?"

"방금 손이 작아서 피아니스트가 못 되었다고 하지 않았어요. 피아노 선생이 길을 들이려다 실패했다구요⋯⋯."

"그러면 작은 손으로 할 수 있는 직업이 무엇이 있더라? 그렇지, 타이피스트?"

"아직도 내기 게임을 하고 계신 거예요?"

여자는 한숨을 쉬듯이 말했다.

"제 직업을 맞히시려고 애써도 그건 소용없는 일예요. 저는요, 제가 할 수 없는 것만 골라서 하려는 이상한 성질이 있거든요. 키가 작은 사람이 농구 선수를 꿈꾸고, 심장이 약한 사람이 마라톤 선수가 되려는 것과 같지요⋯⋯."

"색맹이 미술가를 지망하고, 벙어리가 오페라 가수를 꿈꾸고……. 또 뭐가 있을까?"

"농담하지 마세요. 전 가능한 일은 하지 않아요. 뻔한 것을 뭣 때문에 하나요……? 그러한 욕심이 제 빈혈의 원인이기도 하지요."

"그래서 이번엔 갈매기가 되고 싶어서 바다를 찾아오셨군요. 날개가 없으시니까!"

"맞아요. 마지막 꿈에 도전하려고 바다에 왔지요. 날개가 없으니까 갈매기가 되려는 꿈을 꾼 거지요. 그리고 지금 제 곁에는 그 사육사가 계시구요."

"사육사란 잔인한 직업입니다. 사자에겐 아프리카의 초원을, 흰곰들에게는 북극의 얼음을 잊게 합니다. 어떤 야생의 짐승이라도 좁은 울안에 가두어 점잖게 길들이는 것, 이것이 사육사의 기술이지요."

"절 가두겠다는 말씀이세요?"

"아마 날아갈 수 없을 겁니다. 이렇게 가두어버리면 말입니다."

독고는 잡고 있던 여자의 손을 이번에는 자기 호주머니 속으로 끌어넣으면서 말했다. 여자의 손이 독고의 호주머니 속에서 파닥거렸다.

'여자란 이런 것이구나. 몇 가지 공식만 알고 있으면 쉽게 풀리는 인수분해 같은 것이구나. 진짜 과일이구나. 껍질만 깨뜨리면

고소하고 연한 속살이 드러나는 호두구나. 이것이 바로 바다보다도 깊은 여자의 육체구나.'

"그러구서는 배고픈 갈매기에게 모이를 주거든요."

독고는 선실처럼 생긴 작은 술집 하나를 발견하고 그곳으로 발걸음을 옮겼다. 하지만 여자의 껍질은 금세 깨뜨려질 것 같지 않았다. 여자는 독고의 호주머니에서 손을 뺐다. 그러고는 그냥 제자리에 서서 고개를 내저으면서 말했다.

"피곤해요. 전 돌아가겠어요."

도안부장이 소리쳤다.

'놓치지 마! 지금까지 아주 잘한 거라. 여자와 말은 올라타야지, 뒤에서 쫓아가다가는 발길로 차이는 법이야! 고압적으로 나와야 돼, 알겠니?'

독고는 말고삐를 쥐듯이 뿌리친 여자의 손을 잡고 끌었다. 무지막지한 맹선생에게 다소곳이 안겨 있던 여선생 생각이 났다. 겉으로 보면 먼지 하나 내려 앉을 데가 없이 그렇게도 깔끔한 여인이 어째서 그 뻔뻔하고 무지막지한 맹선생 앞에서 그토록 힘없이 무너져버렸는가?

상상한 대로 여자는 몇 번인가 머뭇거리다가, 끝내는 독고가 하자는 대로 따랐다.

술집 내부도 꼭 선실 같았다. 창도 동그랗고 천장도 나직했다. 여행이란 좋은 것이다. 아내 곁을 떠난다는 것은 남자가 새롭게 탄생된다는 것이다. 밤과 바다와 그리고 술이 있으면 더욱 좋을 것이다.

독고에게 축복 있어라. 도안부장과 사진부장이 술잔을 맞부딪치며 건배를 했다.

"건배…… 술은 무얼로 하실까요?"

사실 독고는 양주 광고의 카피를 많이 만들어왔지만, 술 이름에 대해서는 별로 아는 것이 없었다. 기껏해야 칵테일로는 톰 콜린스나 페퍼민트 정도였다.

"전 마티니로 하겠어요."

'역시…… 얌전한 색시는 아니었군.'

독고는 조금은 실망하면서도 겉으로는 여전히 순진한 아가씨로 생각하고 있다는 듯이 말했다. "괜찮으시겠어요? 마티니는 좀 독할 텐데요." "전 마티니로 하겠어요."

여자는 똑같은 말을 똑같은 억양으로 되풀이했다. 독고는 거기에서 어떤 위안을 느꼈다. 무시당한 기분이 들기도 했다.

"좋아요, 좋습니다. 마티니하고 스트레이트로 위스키 한 잔!"

독고는 벌써 술에 취한 듯한 목소리로 웨이터에게 소리쳤다. 실내장식에 비해 시끄럽게 불어대는 음악들은 촌스럽고 저속한 것들뿐이었다.

'그대 없이는……'이라든가 '그리워 그리워서……'라든가 하는 가사들이 여자와의 대화를 가로막고 있었다.

향기로운 술 방울이 여자의 목을, 위장을, 그리고 가슴을 적신다. 손끝의 그 모세혈관까지 순도 높은 알코올이 스며들기 시작한다. 파리했던 그 얼굴에도 붉은 햇살이 퍼지는 것 같았다. 여자는 조금씩 조금씩 말이 많아지기 시작했다.

"경계했던 게 아니지요. 내가 뭣 때문에 남을 경계하나요? 전 가진 것두 없구 예쁘지도, 젊지도 않아요. 사실 난 선생님에게 갈매기 사육사란 농담을 듣는 순간부터……. 그렇지요, 아마 기차가 추풍령을 지나고 있었을 때일 거예요. 산골짜구니 사이로 저 금통같이 아주 작은 역이 창으로 스쳐 지나는 것이 보이더군요. 그때부터 전 줄곧 갈매기 생각만 했나 봅니다. 그러느라고 선생님 쪽에 관심을 보이지 않았던 것뿐이지요. 이 세상에서 살고 있는 갈매기의 종류는 사십 종이 넘는다나 봐요. 그중에서도 제일 예쁘고 멋진 것은 아무래도 '로스 갈매기'일 거예요. 핑키시 화이트, 저녁놀이나 아침 햇살 위로 떠다니는 것처럼 이 갈매기의 날개는 언제나 연분홍빛이 감돈다는 것이지요. 핑키시 화이트, 북쪽 시베리아의 추운 바다에서 살고 있대요. 그리구 세인트 로렌스 만灣에 가면 또 그 날개가 삼십육 인치나 되는 커다란 갈매기가 바다 위로 날아다니지요. 다리가 아주 까마귀처럼 까맣다나요. '키티웨이크 갈매기'라고 부르지요. 아마 이 세상에서 제일 자유롭게 날아다니는 새일 거예요. 겨울철이면 지구를 반 바퀴 나 돌아 우리 동해 바다에까지 날아오는가봐요. 삼지창 같은 꼬리를 달고 다니는 사비나 갈매기란 것도 있구요. 초원에서 곤충을 잡아먹고 사는 프랭클린이나 캘리포니아 갈매기도 있어요. 하지만 내가 제일 보고 싶어하는 갈매기는 뭐니 뭐니 해도 '라핑 갈매기'입니다. 머리는 까맣고 부리와 다리는 빨갛게 생겼대요. 라핑 갈매기, 아시지요? 라핑…… 웃음, 그러니까 우리나라 말로는 '웃음 갈매기'가 되나요? 이 갈매기는 이따금 웃음소리 같은 걸 내면서 날아다닌다는 게지요. 생각해보세요. 하늘에서, 그것도 바다 위의 하늘에서 말이지요. 껄껄껄…… 낄낄낄…… 하하하……. 이런 웃음소리가 들려온다고 생각해보세요. 파도 같은 그 웃음소리는 얼마나 찬란할까요. 대체 그 갈매기는 무얼 보고 웃는 거지요? 눈부신 햇빛일까요, 아니면 뭉게뭉게 피어오르는 흰구름일까요. 카리브 해의 그 파란 바다 위를 훨훨 날아다니면 아마 나라도 웃음을 참을 수가 없을 거예요. 미친 듯이 즐거운 생. 참고 참아도 웃음이 막 터져나오는 희열. 저도 그런 갈매기가 되고 싶은 거지요. 살아 있는 것이 못 견디게, 못 견디게 말이지요, 기쁘기만 해서 낄낄거리며 날아다니는 갈매기. 참 우습지요? 허지만 선생님, 난 말이죠. 내가 만약 갈매기라면 말이지요. 미누투 스 종에 속하는 갈매기에 지나지 않을 거예요. 날개가 겨우 이십사 인치밖에는 안 되지요. 독수리같이 사나운 라투스란 갈매기에게 늘 쫓겨 다니는 미누투스 갈매기, 제일 작은 갈매기……."

독고는 놀랐다. 그야말로 "번데기 앞에서 주름을 잡는다."라는 유행어처럼 갈매기 도사 앞에서 자신이 갈매기 사육사라고 떠들 어댄 것이 바보스럽게 느껴졌다. 그리고 조금 전 마티니를 시킬 때만 해도 '술 파는 여자로구나!'라고 속단을 내린 자기의 경솔이 부끄러웠다.

이빨로 씹듯이 입 안에서 굴리고 있던 위스키 몇 방울을 얼른 삼키면서 독고는 여자의 얼굴을 천천히 뜯어보았다.

'저런 것이 이른바 지성미라고 하는 것인가?'

독고는 마티니를 시킬 때만 해도 그 여자의 몸을 온통 슈크림 같은 것으로 느꼈었지만, 갈매기에 대한 해박한 지식을 듣는 순 간, 이번엔 그 오뚝한 콧날이라든가 뾰족한 턱이라든가 그리고 까만 머리칼 사이로 종유석처럼 싸늘하게 얼어붙은 귀라든가, 분 명 미네르바의 조각彫刻이라도 바라보는 기분이었다.

"대단하시군요. 진짜 갈매기 박사님 앞에서 실례가 많았습니 다."

독고는 농담조로 말했지만 속으로는 정말 혀를 차고 있었다. 그러나 여자는 마티니 잔 속에 엷게 떠 있는 올리브 열매를 들여 다보면서 혼잣말처럼 중얼거렸다.

"또 괜한 이야기를 했나 보죠? 아는 체를 한 게 아니라, 뭐랄까, 별 수 없네요, 실토해야지. 사실은 말예요. 전 지금 어느 출판사 의 일을 좀 거들고 있거든요."

"교정 일인가요?"

"뭐, 비슷한 거지요. 백과사전을 번역하던 중이었는데 마침 처음 부분의 항목에 '갈매기'가 나왔던 거지요. 그래서 그 대목을 외워본 것뿐예요. 사실은요…….."

"또 사실입니까? 비밀이 아주 많으신가 보군요."

독고는 기껏해야 교정 정도겠지라고 생각했다가 번역이란 말에 기가 질렸다. 그도 그럴 것이 술 따르는 여인으로부터 출판사 교정원으로, 그 교정원에서 다시 번역가로 전광석화처럼 변신하고 승진하는 여자의 이미지를 미처 따라잡지 못했던 것이다.

하지만 그가 결코 주눅이 들어 있었던 건 아니다. 갈매기 연구가, 백과사전 번역가 앞에서 독고는 그 자신이 거짓말처럼 파란 카리브 해를 날아다니며 사는 것이 너무 즐거워서 껄껄껄, 하하하 웃음소리를 낸다는 라핑 갈매기가 된 느낌이었다. "사실은 말이지요…….."라고 여자가 말했던 까닭이다. 그것은 그 여자가 조금씩 조금씩 그 자신의 빗장을 벗겨주고 있다는 증거이다. 불과 몇 시간 전 열차 안에서 자리를 바꿔달라고 하던 여자, 독고를 아저씨라고 부르던 여자, 그 생면부지인 여자가 지금은 피아니스트가 되려던 꿈과 갈매기 꿈을 이야기하고 있다. 그리고 자기의 직업이 또 무엇인가를 고백하려고 "사실은 말이지요…….."라는 말을 되풀이하고 있다. 한 여자가, 한 인간이 독고의 눈앞에서 신비스럽게 개화開花하고 있는 것이다.

"사실은 말이지요. 선생님이 갈매기 사육사라고 하실 때, 난 너

무 놀라서 숨도 크게 쉴 수 없었거든요. 갈매기 항목을 번역하다
가, 갑자기 바다가 보고 싶어 무작정 기차를 탔던 거예요. 선생님
이 그런 내 마음을 빤히 읽고 있는 것 같아서 기분이 오싹해지더
군요. 자요! 게임 그만하시구요, 내 직업도 밝혔으니까…… 이젠
선생님 차례예요."

　독고는 멋쩍었지만 애드 킴에 다닌다는 것과, 거기에서 카피라
이터 노릇을 한다는 것과, 부산에서 며칠 그냥 쉬려고 왔다는 것
을 불심검문을 당하고 있는 사람처럼 고지식하게 하나하나 늘어
놓았다. 그러나 왠지 지나치게 사무적인 것 같기도 하고 쑥스럽
기도 해서 자신의 이름을 대거나 그녀의 이름을 묻거나 하지는
않았다. 사람들은 자신을 소개할 때 이름부터 알리는 것이지만
둘은 그렇지가 않았다. 이름은 좀 더 깊은 곳에 있었다. 바다 속
의 진흙 밑에서 조용히 입을 다물고 있는 조개의 진주알……. 그
곳에까지 이르자면 한참이나 잠수를 해야만 될 것이었다.

　여자는 독고가 카피라이터란 말에 비상한 호기심을 보이는 것
같았다. 독고가 위스키 잔을 세 잔이나 비우는 동안 여자는 내내
TV 광고 이야기를 하고 있었다. TV에서 사실 볼 만한 것은 커머
셜밖에는 없다는 거였다. 그것은 현대의 동화이고 전설이고 신화
라는 것이었다. 동시에 그것은 이 시대의 성서라는 것이었다. 화
장품 광고를 보고 있으면 천하의 박색 부인도 한순간에 신데렐
라가 되고, 음료수 광고를 보고 있으면 지옥의 유황불 같은 더위

속에서도 씻은 듯이 목이 서늘해진다는 것이었다. 더구나 그것은 무슨 의미나 논리의 힘 때문이 아니다.

요란한 오토바이가 달리는가 하면, 갑자기 바위에 부서지는 물거품이 나오기도 하고, 그 속에서는 병마개를 뽑는 소리와 함께 돌고래처럼 음료수 병이 솟구쳐 나온다. 냉장고 문을 열면 북빙양과 같은 바닷물이 나타나고, 싱싱한 물고기들이 지느러미를 세우고 헤엄쳐 다닌다는 거였다. 이것이 요술할머니의 지팡이 이야기가 나오는 메르헨이 아니고 무엇이겠느냐는 거였다. 그중에서도 자기는 약 광고가 제일 좋다는 거였다.

치통에 걸려서 잔뜩 찌푸리던 얼굴이 이삼 초 후에 종소리가 울리고 알약 두어 개가 쏟아지면 금세 건강하고 행복한 웃음으로 돌변한다. 지팡이를 짚고 비틀거리며 다니던 사람이 지팡이를 내던지고 해가 뜨는 지평선을 향해서 호마처럼 달려가는 신경통약 광고나, 배를 틀어쥐고 울던 아이가 표범처럼 식탁의 고기를 먹어치우는 위장약 광고는 기적의 바이블이 아니고 무엇이냐는 것이었다. 앉은뱅이 꼽추가 예수님 앞에 모여 앉듯이 TV 약 광고의 커머셜이야말로 폭죽이 터지듯이 화려하고 찬란하고 믿을 수 없는 불빛으로 타올라야 할 것이다.

"더구나……."

여자는 몇 방울 안 남은 마티니 잔을 기울이고는 말을 이었다. "더구나 말입니다. 연속극 속에서는 매일매일 장면이 바뀌어 사랑하던 사람이 헤어지기도 하고, 살아 있던 사람이 죽기도 하는데, 이를테면 시간이 계속 흐르고 있는데 말예요, TV 광고의 장면만은 매일 똑같지 않겠어요. 어제 보던 그 사람이 똑같은 대사를 외지요. 신경통 환자는 매일 지팡이를 던지고, 화장품 광고의 모델은 매일 밤 머리를 풀어헤쳐요. 광고 속에서만 시간이 정지되어 있는 것이지요. TV 뉴스는 하루가 다르지만, 우리가 광고에서 보는 것은 어제 본 것들이 아니지요. 한 달 전에 본 것과 똑같은 사건들이지요. 현대의 신화를 만드시는 분, 메시아의 사도에게 자! 축복의 잔을……."

여자는 취해 있었다. 그런데 약 광고 이야기를 하면서 몇 번인가 여자는 한숨을 쉬었고, 풍차처럼 쉴 사이 없이 말을 돌리면서도 얼굴에는 쓸쓸한 그림자가 서려 있었다.

'기회다. 지금이 바로 기회가 온 것이다. 이젠 나폴레옹이 알프스 산을 넘은 것이나 다름이 없다. 여자는 취해 있으니까, 너를 메시아의 사도라고 했으니까 마음 놓고 공략을 해도 된다. 따분한 이야기는 때려치우고 어서 안아 일으켜라. 거부하거든 많이 취하셨습니다, 제가 부축해드리지요, 그러고는 끌어안으면 된다. 그리구 호텔방까지 잘 모시고 가는 거다. 알았나, 독고! 너도 이젠 어른이 되는 거다. 국민학교 학생처럼 등에 멘 란도셀의 순진성을 벗어 내동댕이쳐라!'

도안부장과 사진부장이 삼삼칠 박수를 쳤다.

독고는 술집을 나오면서 여자를 부축했다. 정말 여자는 취해 있었다. 독고가 아니면 제대로 몸을 가누지 못할 지경으로. 그러고 보면 마티니를 달라고 한 것은 순전한 허세였던 것 같았다. 아마 언뜻 생각나는 이름이 그것뿐이었던 것 같았다.

'마티니'를 중국말로 하면 '말이 너를 먹는다'라는 뜻이 된다고 여자에게 말했을 때 "그럼, 중국 술집에서는 마티니를 달라고 해서는 안 되겠군요. 그렇담 무슨 술을 달라고 하지?" 라고 했던 걸 보아서도 능히 짐작이 가는 일이다.

도안부장 말대로 오가다가 만난 여자를 데리고 살 것은 아니었는데도 그 여자가 술에 약하다는 것이 독고에게는 여간 기쁘지가 않았다. 그만큼 순수한 여인이라는 뜻이기 때문이다. 다행히 여자는 호텔방 열쇠를 프런트에 맡기지 않고 코트 호주머니속에 넣어 가지고 나왔고, 또 독고는 처음 여자의 코트 호주머니로 손을 넣어 그녀의 손을 잡을 때 열쇠가 들어 있었던 것을 알았기 때문에 남의 눈에 띄지 않고 무사히 호텔방까지 그녀를 데리고 올수가 있었다.

독고는 여자의 코트를 벗기고 침대에 눕혔다. 술집을 나올 때보다도 여자는 훨씬 더 취기가 더한 것 같았다. 정신없이 침대에 쓰러져 있는 여자를 보며 부끄러워한 것은 오히려 독고 쪽이었다. '여자는 일부러 독한 술을 마신 거다. 계획적으로 널 꾄 것이다. 취한 체하는 거다. 이 자슥아, 장승처럼 서 있지만 말고 퍼뜩

해치워라.'

도안부장이 신경질적으로 말하는 소리가 귓전에서 울려왔다.

독고는 침대에 쓰러져 있는 여자를 용기를 내서 다시 한 번 똑바로 쳐다보았다. 그리고 가까이 가서 뺨을 어루만졌다. 뜨거웠다. 관자놀이가 두근거리는 것이 보였다. 섬세한 모세혈관이 엽맥처럼 비쳐 보이는 작고 귀여운 귀, 그 귓밥을 향해서 입술을 대려고 했다.

그 순간 독고는 까만 사마귀 하나가 붙어 있는 가느다란 목덜미에 파란 정맥이 비쳐 있는 것을 보았다. 정맥……. 살결 속에서 스며나오는 그 여자의 정맥은 왠지 슬퍼 보였다. 약하고 작은 몸집을 하고 이 세상을 살아가느라고 애쓰고 있는 모습을 바라보는 것 같았다. 갑작스레 여자의 구겨진 스커트의 주름살이 눈에 띄었다.

"아!" 하고 독고는 한숨을 내쉰다.

'이건 죄를 짓는 거다. 남이 잠자는 틈에 몰래 물건을 훔쳐 가는 절도와 같은 것이다.'

그리고 독고는 생각했다. 날개가 겨우 이십사 인치밖에 안 되는 작은 갈매기─튼튼하고 사나운 라투스 갈매기에게 쫓겨 다녀야 하는 미누투스 갈매기, 그게 자기일 거라고 말했던 여자의 목소리를 생각했다.

그리고 간디처럼 매일매일 말라가는 아내의 팔을 생각했다. 주사를 맞으려고 해도 정맥이 튀어나오지 않아 주삿바늘로 사방을 찔리고 시퍼렇게 멍들어 있던 아내의 팔을……. 그렇다, 그날은 진이를 면회하고 돌아오던 길이었다. 아내는 졸도를 했고 독고는 수련이를 업고 병원으로 뛰어갔다. 그 몸이 얼마나 가벼웠던지 독고는 몇 번인가 등에 업혀 있는 수련이의 얼굴을 어깨 너머로 돌아다보곤 했었다.

독고는 여자의 목, 파란 정맥에다 대고 입을 맞추었다. 그리고 심호흡 하듯 길게 숨을 들이쉬고는 속으로 조용히 말했다.

'편히 자요! 안녕!'

웬일일까? 서울 집으로 전화를 했지만 계속 통화중이라는 것이었다. 웬일일까? 독고는 침대에 누워 천장을 올려다보면서 공상을 하기 시작했다. 이 밤중에 대체 누구와 통화를 하고 있는가? 그것은 틀림없이 옛날 아내의 애인이었다는 김 아나운서일 것이다. 무엇 때문에 서로 감시하고 의심하고 상처를 주고받으면서 세상 사람들은 열심히 부부 노릇을 해야 되는 것일까? 독고는 아직도 아내에 대한 질투심이 남아 있는 자기가 신기했다.

조금 전에 TV에서 본 김 아나운서의 얄팍한 입술과 귀족적인 이마가 독고의 열등의식에 불을 끼얹고 있었다. 아내에 대한 질투심이 아니라 그것은 분명 남자들끼리의 경쟁심이었을 것이다. 그렇게 생각하니까 독고는 더욱더 자기가 외로워 보였다. 독고는 다시 수화기를 들었다.

"전화 다시 좀 부탁해요. 급한 연락이 있어서 그러는데 통화중이라도 교환에서 어떻게 뚫고 들어갈 수 있잖아요?"

수화기에서는 의외의 대답이 흘러나왔다.

"상대편에서 수화기를 내려놓은 것 같아요……."

교환수의 목소리가 독고의 가슴을 찔렀다. 그렇다면 아내는……. 수련이는 지금쯤 외출중인 것이다. 자기가 장거리 전화를 걸 것을 알고 수화기를 내려놓고 그것으로 가짜 알리바이를 만들어놓고 말이다. 지금쯤 그놈과 술잔이라도 기울이고 있다는 것일까? 독고는 침대에서 일어나 창가로 갔다. 마치 그들이 창 앞에서 보이는 장소에서 밀회라도 하고 있는 듯이 말이다.

열기로 달아오르는 뺨을 창유리에 대고 바깥을 내다보았다. 술기운만이 아닌 뜨거운 숨결이 창문에 김을 서리게 했다. 밤바다는 거대한 어둠을 몰고 독고에게 다가서고 있었다. 그 어둠 속에서 수련이는 여학생복을 입고 김수열과 걸어 나오고 있었다.

옛날 쓰다 버린 향수병이
어느 땐가 문득 눈에 띄는 일이 있나니
그것은 다시 소생하는 영혼이 생생하게 날갯짓을 펴는 것과 같도다.
억누르는 어두운 암흑 속에서
조용히 떨고 있는 것,

음울한 애벌레같이 온갖 생각이 잠들어 있다가
지금에서야 그 나래를 펴고 날아오르는 것을
보아라, 도취된 추억이 혼란한
대기 속에서 날아다니고
있는 것을.

독고는 보들레르의 시를 읽었다. 수련이는 누에고치 속에 잠들어 있는 애벌레였고 낡은 향수병이었다. 지금 그것이 소리 없이 날개를 펴며 날아오른다.

독고가 낯도 모르는 여자와 마티니를 마신 것처럼 수련이는 김 아나운서와 민트라도 마시고 있을 것이었다. 그리고 그 여자처럼 취해서 김 아나운서의 부축을 받으며, 구겨진 스커트의 주름을 펼 생각도 하지 못하고 어느 침대 위에 쓰러져 있는지도 모른다.

독고는 갑작스레 진이가 보고 싶었다. 아빠 소리도 제대로 하지 못하는 그 바보 자식이 미치게 보고 싶었다.

그리고 옛날 여선생님—철봉대에서 떨어진 자기를 근심스럽게 쳐다보며 가슴으로 꼭 품어주시던 그 여선생님과 이야기를 하고 싶었다.

'나도 취해버린 것일까.'

어둠인지 바다인지 모르는 암흑을 응시하면서 독고는 무언가 커다란 소리로 "아니다", "아니다!"라고 외치고 있었다.

어둠의 가장 밑바닥에는 독고가 떠나온 서울이 있었다. 거기에는 충치와 같이 늘어선 빌딩과 버짐처럼 번져가는 무수한 간판들이 있다. 튀고 쫓고 할퀴고 외쳐대는 소리가 있다. 그것은 거대한 밤의 목소리들이다. 하이힐의 굽이 아스팔트를 쪼는 발자국 소리 같은 것, 쇠와 쇠가 마찰하는 자동차의 브레이크 소리 같은 것, 신경질적으로 불어대는 교통순경의 호루라기 소리 같은 것, 온갖 잡음이 한데 어울려 바다의 조수처럼 밀려오기도 하고 밀려가기도 하는 소리……. 독고는 두고온 서울의 소리에 잠시 귀를 기울여보았다. 그리고 그 많은 소리 가운데 전화의 통화중 신호 소리가 들려왔고, 그 소리는 점점 커져가고 있었다.

'그렇다. 수련이는 수화기를 내려놓고 외출중이다. 지금쯤 그자와 함께 스카이웨이를 드라이브하고 있을지도 모른다. 아니면 최소한 그자에게 전화를 걸고 있을 것이다. 그렇지 않다면 어째서 이런 시각에 통화중이란 말인가?'

독고는 수련이를 의심하기 시작했다. 그리고 미워하기 시작했다. 자기 고모 때문이었다고 했지만, 진이와 같은 정박아를 다시 더 낳고 싶지 않기 때문이라고 했지만, 아내가 자주 잠자리를 피하는 까닭은 틀림없이 그와의 첫사랑을 못 잊어하기 때문이리라.

독고는 다시 수화기를 들고 교환에게 부탁했다.

"미안합니다. 마지막으로 한 번만 더 걸어봐주세요."

독고는 그렇게 말하면서 속으로, 만약에 이번에도 통화중이라면 나는 아무 가책도 없이 그 여자와 사랑을 하리라, 지금 당장 그 여자의 방문을 두드리리라고 속삭였다.

결과는 뻔한 노릇이었다. 통화중이라는 대답이었고, 독고는 오히려 그것을 다행스럽게 생각하였다. 수련이가 미워질수록 이상하게 독고의 마음은 가벼워지는 것이었다. 수련이가 청승맞게 빈 방에 앉아서 진이가 연극할 때 쓸 '왕관'이나 만들고 있기보다는 어디에선가 좋은 사람과 함께 술이라도 마시고 있기를 은근히 기대했었는지도 모를 일이었다. 그래야지만 독고는 완전히 혼자가 될 수 있었고, 혼자만의 그 자유를 완벽하게 누릴 수가 있는 것이다.

"좋아, 좋다구! 어디 한번 해보라지."

독고는 약이 올라 옷을 벗어던지며 혼자 투덜댔지만, 한 옆으로 는 그 여자가 잠들어 있는 507호실의 숫자를 역력히 머리에 떠올리면서 커머셜을 만들듯이 몇 가지의 신과 대사를 외고 있었다.

"뭘 놓고 간 것이 있어서 찾으러 왔습니다."

여자는 아직도 취기에서 깨어나지 못한 채 잠꼬대를 하듯이 말할 것이다.

"놓고 가셨다니요? 대체 이 밤중에 뭘 잃어버리셨다는 거예요?"

여자는 침대에서 일어나 무엇인가를 찾으려 할 것이다.

"바로 이걸 잊었던 것이지요."

이렇게 말하고 여자의 입술에 입을 갖다댄다.

그러나 독고의 환상은 날개표 여행용 가방을 여는 순간 유리창이 깨어지는 소리를 내며 산산조각이 났다. 가방 안에는 수련이가 써놓은 쪽지가 있었던 것이다.

쪽지에는 이렇게 씌어 있었다.

"이번 기회에 푹 쉬세요. 서울 일은 다 잊어버리시고, 햇볕도 쬐고 바닷바람도 많이 마시세요. 제 걱정은 하지 않아도 돼요. 여기 내의를 많이 넣어두었으니, 매일매일 목욕하시고 반드시 갈아입도록 하세요. 양말은 옆에 달린 주머니 속에 넣어두었으니 아침마다 갈아신으시구요. 신은 양말은 빨지 마시고 그냥 비닐주머니에 넣어두세요. 안녕, 수련이로부터."

가계부를 적듯이 또박또박 쓴 아내의 글씨에는 정성이 담겨져 있었다. 그리고 과연 쪽지에 쓴 말대로 가방 속에는 한 다스 가까운 방울표 팬티와 러닝셔츠가 차곡차곡 잘 개어져 있었다. 그것 말고도 치약, 칫솔, 빗과 손톱깎이까지가 여행용 주머니에 가지런히 챙겨져 있었고, 심심풀이로 읽을 만한 신간 소설책 두어 권도 들어 있었다.

독고는 속내의를 하나하나 개고 있는 아내의 손을 보았다. 그리고 짐을 챙기고 앉아 있는 수련이의 뒷모습을 보았다. 날갯죽지가 부러진 것 같은 두 어깨가 숨쉬고 있는 것을 보았다. 아내는 가방이 놓여 있는 바로 그 자리에 앉아 있었던 것이다. 시속 백 마일이 넘는 기차를 타고 사오백 킬로미터 떨어져 있는 곳으로 달려와도 서울의 아내는, 그 이십 평 남짓한 생활의 둥지는 어김없이 그의 곁을 따라온다.

독고는 아내 수련이를 대하듯 멋쩍은 표정으로 그 가방을 물끄러미 바라보았다. 죄를 짓다가 들킨 느낌이었다.

왜냐하면 그가 가방을 연 것은 목욕을 하기 위해서였다. 독고는 목욕을 싫어한다. 집 안에 변변한 목욕탕이 설비되어 있지 않기 때문만이 아니다. 어렸을 때부터의 습관이었으며, 어머니를 따라 여탕에 들어갔다가 망신을 당하고 난 뒤부터는 여간해서는 공중탕에 들어가 본 적이 없었다.

그러던 독고가 어째서 부지런을 떨며 목욕을 하려고 했는가? 그리고 그냥 목욕만이 아니라 가방을 열었던 것은 속내의를 갈아입으려고 했기 때문이다. 그것도 독고로서는 예외적인 일이었다. 수련이가 일부러 쪽지에다가 당부할 만큼 독고는 내의 갈아입는 것을 싫어한다. 갈아입으라, 갈아입으라고 성화를 부려야 마지못해 속옷을 벗는다. 독고의 변명에 의하면 팬티를 자주 갈아입는 사내 녀석들치고 바람기 없는 놈이 없다는 거였고, 자기가 속옷을 잘 갈아입지 않는다는 것은 그 반대로 품행이 방정한 남편이라는 증거라는 거였다.

그러던 독고가 어째서 여행 첫날부터 목욕을 하고 속내의를 갈아입을 생각부터 해냈는가 하는 거였다.

그것은 '갈매기'의 여자 때문일 것이었다. 독고의 바로 위층 507호실에 그 여자가 누워 있었다. 그 여자의 스커트는 구겨져 있고 양말은 지금 흘러내린 채이다. 뿐만 아니라, 그 여자는 이미 취하기 전에 "저를 길들일 수 있으세요?"라고 말했던 것이다.

독고에게 변화가 일어나고 있다. 목욕을 하고 내의를 갈아입으려 한 것은 아내 수련이가 아니라 507호실의 그 여자의 명령인 것이다. 여자는 남자에게 목욕을 시키고 내의를 갈아입힌다. 어렸을 때는 어머니가, 커서는 아내가, 그리고 그보다 더 어른이 되면 정부情婦가 말이다.

그 여자의 구실이 아내에서 다른 여자로 바뀌려 하고 있는 중이다. 순간 그러한 생각에 뺨을 때리듯 아내의 쪽지가 독고의 손으로 떨어졌던 것이다.

눈물은 온천물처럼 옛날에 폭발했던
화산의 신성한 불꽃을 기억하고 있다

아침 햇살이 독고를 깨웠다. 눈을 뜨자마자 방 안 가득히 눈부신 일광이 파도치고 있었다. 물에 빠진 사람이 허우적거리듯 두 손을 휘저으면서 독고는 일어난다. 눈이 부시다. 눈을 가늘게 뜨고 방안을 훑어본다.

낯선 공간, 벽 색깔도, 천장도, 방바닥도, 탁자, 유리컵, 의자, 침대 모든 것이 생소했다. 그렇다. 여기는 호텔방인 것이다. 아내가 있는 안방이 아닌 것이다. 눈을 뜨면 모든 가구들과 심지어는 쓰레기와 티끌 하나라 할지라도 늘 무거운 책임을 강요하는 그 의무의 공간이 아니었다. 찢어진 벽지는 도배를 하라고 명령한다. 책상에 놓은 흰 원고용지는 무엇인가를 생각하고 무엇인가 쓸 것을 요구한다.

살림살이들은 제각기 독고에게 불평을 하고 책임을 지우고 요구하고 행동의 틀을 짜낸다.

그것들은 모두 독고가 장만한 것들이고 또 독고에게 속해 있는 물건들이었지만 한동안 시간이 흐르다 보니까 이제는 독고가 그 물건들에 속해져버렸다.

그러나 호텔방 안에는 용케도 그 생활의 의무와 책임을 느끼게 하는 살림살이들로부터 풀려나는 자유가 있는 법이다.

자유. 독고가 눈을 뜨자마자 발견한 호텔방 안의 아침 햇살은 바로 자유 그것이었다. 시트커버가 더러워져도 걱정할 필요가 없이 편한 잠을 잘 수 있다. 아무리 먼지가 쌓여도 그것들은 빗자루를 요구하지 않는다. 벗겨진 칠이나 뚫린 문구멍이 있어도 그것은 나와는 상관이 없는 것이다. 아무런 책임감도 없이 단지 그것들을 사용하기만 하면 된다.

만약에 독고가 간밤의 그 여자와 이 방에서 잠자리를 같이 했더라면, 그리고 이 눈부신 아침 햇살 속에서 이렇게 눈을 떴더라면, 옆에 누워 있는 그 여자 역시 저 테이블 위에 놓여 있는 갓등과 다를 것이 없다고 생각했을 것이다.

우선 그 여자는 아내처럼 빨리 일어나라고 말하지 않을 것이고, 출근을 하라고 독촉하지도 않을 것이다. 아니다, 아내는 아무런 말을 하지 않아도 독고는 그녀의 이마 위에 난 조그만 부스럼이나 주근깨 하나에서도 자신의 책임을 읽는 것이다. 아무 말을 하지 않아도 끝없이 독고에게 불평을 하고 책임을 지우고 요구하고 행동의 틀을 짜낸다.

그러나 만약 간밤에 마티니를 마신 그 여자라면 다만 사용하기만 하면 된다. 일체의 의무가 없는 호텔방 안의 가구와 조금도 다를 게 없을 것이다.

독고는 그 자유의 방을, 그러나 그만큼 외로운 그 방 안을 무비 카메라로 패닝하면서 천천히 좌우로 살펴보았다. 밤은 부드러운 지우개처럼 모든 것을 말끔히 지워놓았지만, 침대 옆에 있는 전화기와 가방만은 눌러 쓴 연필 글씨의 자국처럼 분명한 기억을 남겨놓고 있었다.

완벽한 자유란 어느 곳에도 없는가 보았다. 그것들은 어제 시간의 속편을 쓸 것을 강요하였으며, 일방통행이라든가 U턴금지라든가 주차금지라든가 하는 도로 표지판처럼 그의 행동을 지시하고 있었다.

독고는 서울에 있는 아내와 동시에 507호실에 있는 여자에 대한 궁금증으로 목이 타고 있었다. 우선 507호실로 전화를 걸었다. 그러나 신호만 가고 아무런 응답이 없었다.

그러나 서울의 아내는 하품을 하면서 전화를 받았다. 잠에서 덜 깬 목소리였다. 그러면 그렇지, 하품을 하겠지. 행복한 기지개를 켜야지. 태연한 아내의 목소리에 머리카락이 일어섰다.

"이봐! 당신 말야."

독고는 수화기에다 대고 소리를 질렀지만 그 순간 김봉섭 사장의 얼굴이 떠올랐다. 화날수록 그 목소리를 나지막하게 하는 김봉섭 사장. 그것이 분노의 효과를 더 증폭시키는 아이러니의 수사학이란 것을 독고는 김봉섭 사장으로부터 이미 익히 배워오지 않았는가? 독고는 갑자기 말소리를 한 옥타브 내리고 침착하게 말했다.

"어떻게 된 거야?"

"어머나, 당신 어떻게 알았어요?"

독고는 환청을 들은 게 아닌가 생각했다.

"뭘 알아? 알고 있었느냐니? 수화기를 내려놓고 스카이웨이 베어 하우스에서 당신이야말로 인기 아나운서와 미디엄 스테이크를 들고 있을 때, 난 유치원생처럼 당신이 시키는 대로 진솔 팬티나 갈아입고 잠이나 자라 이거였나?"

세상 부부들은 사랑하기 위해서 있기보다는 싸우기 위해서 존재하는 것 같았다. 서로가 서로의 경찰이었고 헌병이었다. 검사와 피고의 관계, 때로는 채무자와 채권자의 관계. 독고는 너무 넘겨짚은 것이 아닌가 하는 생각이 들었지만 내친 김에 길고 긴 통화중의 그 이유를 밝혀내야 한다고 마음을 단단히 먹었다.

그러나 수화기에서는 뜻밖에도 또 한 번 가느다란 울음소리가 들려왔다.

"왜 그러는 거야? 왜 그래? 왜 그래, 응……?"

작은 도랑물이 흘러내리다가 봇물이 되고, 봇물이 터지면서 폭포수가 되듯이 수련이의 울음 섞인 목소리가 점점 커져갔다.

"뭐요, 수화기를 내려놓았다구요? 그래요, 당신 같으면 어떻게 했겠어요. 애가 열이 사십 도 가까이 올라 인사불성이라는 급한 전활 받고도 제정신차릴 에미가 어디 있어요? 이 세상에 어디 있어요? 수화기가 떨어져 있는지 올라가 있는지, 한가롭게 그거나 따지고 있어요? 누구를 만났다니요? 당신이야말로 바다 구경하고 갈매기와 신선놀음을 할 때 난 어떻게 했는지 알기나 알아요?"

이젠 수련이의 울음소리가 커지는 것보다도 진이 걱정이 더했다.

"진이가 아프다구? 아니, 내가 떠날 때만 해도 연극 연습 잘한다고 하지 않았어? 당신, 왕관인가 뭔가 만든다고 하더니…….."

이번엔 독고가 울 판이었다. 수련이의 말로는 청심학원에서 갑자기 전화가 걸려와 진이가 이상 반응을 일으키니 급히 오라는 것이었다. 보통 일이면 이 밤중에 전화가 걸려오겠는가? 진이가 세상을 떠나는 것이다. 짧고 슬픈 정박아의 한 생애가 그걸로 그냥 끝나버리는 것이다.

원인 불명의 고열 속에서 진이는 병원 응급실 침대에 늘어져 있었고 이따금 헛소릴 했다.

"나는 이금님이다. 세상에서 제일 고운 옷을 입은 이금님이시다. 에헴…… 에…… 헴…… 에헴……."

연극 대사를 외고 있었던 것이다. 아마 병이 난 것도 연극 연습에 열중해 너무 긴장을 한 데 원인이 있는 것 같다고 의사가 말했다. 정박아들이 무엇엔가 정신을 오래 집중하다보면 경기 같은 게 일어나기도 한다는 거였다.

다행히 수련이가 갔을 때에는 열도 좀 내렸고 상태가 호전된 때였지만, 병보다도 수련이의 마음을 아프게 한 것은 그런 것이 아니라는 거였다.

정신이 돌아오자마자 진이는 자기가 병이 난 것을 깨닫고 그렇게 되면 자기가 맡은 연극 역할을 못하게 될지도 모른다는 걱정을 하기 시작한 것이다. 하나에서 백도 제대로 셈하지 못하는 진이지만, 이번만은 분명한 추리력을 가지고 얼마 남지 않은 연극에 자기가 출연하지 못할 거라는 것을 걱정하고 있었던 것이다.

"서상님, 서상님, 나 안피게 안으펴. 나, 이그님, 나는 이금님 해. 안 아프게."

수련이는 진이를 끌어안았다. 뺨을 비빌 때 척척한 눈물이 자기의 눈에서만 흘러내리는 것이 아니라는 것을 수련이는 분명히 느낄 수가 있었다. 좀 더 뜨거운 눈물이 그녀의 뺨에 와닿았던 것이다.

그 눈물은 온천물처럼 깊고 어두운 땅속에 갇혀 부글부글 끓던 진이의 영혼이었던 것이다. 멀고 먼 옛날에 폭발했던 화산의 신성한 불꽃을 기억하고 있는 영혼이었으며, 폭포처럼 쏟아져 내리는 용암의 생명력이었다.

수련이는 땅속 깊이 숨겨져 영원히 영원히 닫혀 있던 진이의 그 어두운 심연 속으로 내려갈 수가 있었다.

"엄마다. 너의 엄마다. 걱정하지 마라. 너는 임금님이다. 너밖에 임금님 할 사람은 없단다. 그 대신 빨리 병이 나아야지. 맹세할게, 꼭 맹세할게. 목숨을 걸고 약속하겠어. 무슨 일이 있어도 이 엄마가 네가 맡은 연극의 주인공을 누구도 뺏어갈 수 없게 지켜줄 테야. 진이야, 들리니, 내 말이 들리니⋯⋯?"

독고는 전화를 끊었다. 도망치듯이 전화를 끊었다. 그렇지 않으면 아내보다도 더 큰 소리로 통곡을 할 것 같았다. 그리고 자기는 절대로 절대로 아내와 진이로부터, 그 의무의 공간으로부터 도망칠 수 없다는 것을 깨달았다.

"진이야."

독고는 작은 소리로 아들의 이름을 불렀다.

"진이야, 내 아들아. 너도 그 슬픔이란 것을 알고 있었구나. 딱딱한 바위 속에 용암의 눈물을 간직하고 있었구나. 그래, 연극이 그렇게도 하고 싶던? 내 임금님, 빨가벗은 임금님. 엄마가 만든 구슬 달린 예쁜 왕관을 쓰고 무대 위에 나타나면, 진아! 이 아빠가 아니라 세계의 모든 사람이 박수를 칠 거다. 진이 임금님 잘한다, 잘한다. 그렇게 외칠 거다. 진이야, 빨리 나아서 연극을 멋지게 해야 한다."

독고는 침대에서 내려와 무릎을 꿇고 기도를 했다.

독고는 온종일 바다를 보고 있었다. 진이 때문에 서울로 올라가버릴까도 했지만, 수련이의 말로는 특별한 병이 아니라는 진단이었고 진정을 시키면 곧 나을 수 있는 것이라 사람과의 접촉을 금지시키고 있다는 거였다. 더구나 진정시켜야 할 것은 진이만이 아니라 독고 자신이기도 했다.

바다를 보며 마음을 진정시키리라. 독고는 오륙도가 보이는 동백섬에 가 앉아 있었다. 시간의 변화에 따라 바다의 표정이 조금씩 조금씩 변해가는 것을 독고는 지켜보고 있었다. 자신이 앉아 있는 바위의 온도처럼 바다의 온도도 미묘하게 변하고 있을 것이다.

바다가 고깃배나 부표들만 가볍게 떠올리는 것은 아니었다. 공기의 진동을, 갈매기들을, 하늘에 떠 있는 구름까지도 바다는 그 거대한 부력浮力으로 떠올리고 있는 것이다.

독고의 상상력에 의하면 이 세계 전체가 바다 위에 떠 있는 배였다. 사람들이나 빌딩이나 자동차나 산까지도 바다의 부력에 떠서 어디론가 흘러가고 있는 것이었다. 땅 전체가 배이고 뗏목이었다.

바다의 부력에 몸을 맡기고는 진이가 정말 왕관을 쓴 임금이 되는 것을 꿈꾸어보았다. 진이가 살고 있는 궁전에는 골프장만 한 푸른 잔디가 깔려 있는 정원이 있을 것이다(수련이가 늘 가고 싶어 하는 곳이 바로 그런 곳이었지). 동화책의 삽화와 똑같은 성곽 안에서, 트럼프장에 그려진 수염 기른 왕처럼 클로즈업된 진이의 얼굴을 상상해보았다. 똑똑한 신하들과 삼총사같이 충성스러운 기사들이 진이를 호위하고 있다.

또 수련이가 여왕이 되는 꿈을 꾸기도 했다. 엘리자베스 같은 그런 현대의 여왕이 아니라, 그 역시 마법의 시대에 등장하는 동화 속의 여왕 말이다.

그러나 막상 자기는 무엇이 되는가? 아무리 생각해봐도 자신의 꿈을 꿀 수는 없었다. 그가 추구하는 자유, 그리고 행복이라는 것이 기껏, 아내 아닌 다른 여자와 베개를 같이 베는 것이었던가. 갈매기를 이야기하고, 마티니를 마시는 여자의 그 손을 잡는 것인가.

발렌타인 돈 주앙, 발렌타인 돈 주앙.

정말 그것이 내 꿈의 모습이란 말인가. 그렇지 않다면 김봉섭 사장처럼 기업가가 되는 것인가. 남보다 언제나 반 발짝이라도 먼저 가야 경쟁사회에서 승리자가 될 수 있다는 그 기업가의 세계, 거기에 자신이 앉아야 할 의자가 있는가.

시인이 되는 것인가. 아니면 경호차를 앞세우고 다니는 정치가가 되는 것인가. 그러고 보니 독고는 한 번도 무엇인가 되고 싶다는 생각조차도 해본 적이 없는 것 같았다.

스폰서들이 좋아할 만한 카피를 만들어주는 것, 보너스가 나온 달 월급봉투를 받아들면서 기뻐하는 아내의 얼굴을 보는 것, 도안부장이나 사진부장의 연애 강습처럼 언젠가는 자기도 어느 여성을 만나 남들처럼 약간의 외도를 해보는 것……. 기껏해야 그런 환상을 좇으며 살아왔던 것뿐이다.

그나마 바다를 보면서 조수, 바다의 파도, 마멸되는 조개껍데기들. 파도는 조개의 내장들을 훑어 보내고 빈 소라껍데기 같은 나선형의 공동空洞만을 남긴다.

그러다가 모래처럼 잘게 잘게 부수어버린다.

독고가 온몸에 소금기를 묻히고 호텔로 돌아온 것은 정오가 조금 지나서였다. 바다를 너무 오래 바라다본 탓인가, 그렇지 않으면 아침을 들지 않은 공복 때문인가, 온 세상이 이따금 네거필름처럼 거꾸로 뒤집히는 현기증을 느꼈다.

독고는 프런트에서 방 열쇠를 찾을 때, 생각하지 않으려던 그 여자의 얼굴이 떠올랐다. 그것은 똑같이 생긴 방문 열쇠였고 그리고 방 번호도 숫자 하나만이 다른 것이었다. 여자는 507호실이고, 자기 것은 407호실이었다. 그러고 보니 여자는 어젯밤 내내 천장 위에 있었던 셈이다. 획일적인 호텔 구조이고 보면 옷장의 위치, 바다가 보이는 창문, 디지털 시계가 달려 있는 탁자, 책상, 그리고 침대가 놓인 자리까지도 같을 것이었다.

아마 아침에 눈을 떴을 때 그녀도 같은 창문에서 흘러들어오는 아침 햇살과 바래가고 있는 마호가니빛 가구들을 보았을 것이고, 책임과 의무에서 벗어난 그 공간에 신기한 눈빛을 던지고 있었을지도 모를 일이었다.

그런데 왜 그 여자는 아침에 전화를 걸었을 때 받지 않았을까? 자기가 건 것이라는 것을 알고 그랬을까? 만약에 전화를 받지 못할 상황이었다면…… 그녀는 목욕탕에 있었을 것이다.

독고는 엘리베이터를 기다리고 있는 그 짤막한 순간 속에서 잠시 꿈을 꾸고 있었다. 여자의 육체가 비누거품으로 바뀌어가고 그 비누거품이 다시 수증기 위로 풀려가면서 드디어는 공기 속으로 사라져버리는 환상을……. 아니면 새벽녘의 바다를 보기 위해서 해변가로 간 것일까?

샴푸 광고처럼 흐트러진 까만 머리카락이 바닷바람에 나부끼고 있는 슬로비디오의 장면. 머리카락은 깊숙한 해저 속에서 흔들리고 있는 해초가 되고, 작은 손은 섬세한 지느러미를 가진 열대어처럼 흐느적거리고 있었다. 전화벨이 울리던 시간에 그 여자는 어디에서 무엇을 한 것일까.

어쨌거나 벌써 그것은 지난 일이 되어버렸다. 수련이와 진이가 어제의 그 일들을 멀고 먼 과거의 수렁으로 몰아넣어버린 것이다. 아내와 자식, 그것만이 영원한 현재이고 그 나머지의 다른 것들은 과거가 아니면 미래의 시간 속으로 밀려간다.

그러나 독고가 엘리베이터를 기다리고 있는 동안 환상이 아닌 이상한 또 하나의 현재가 빠르고 그리고 갑작스레 그의 곁으로 다가섰다.

엘리베이터가 멈추고 그 문이 열리자마자 그 안에서는 들것을 든 사람들이 몰려나온 것이었다. 들것에는 하얀 침대 시트가 덮여져 있었다. 그것이 독고의 곁을 스치고 지나갈 때, 그 빨래뭉치 같은 곳에서는 긴 머리카락과 그리고 파리하고 작은 손 하나가 나타나 마치 그를 부르는 것처럼 흔들리고 있었다.

"아!"

독고는 짤막한 비명을 질렀다. 그 들것은 아주 빠른 속도로 독고의 곁을 스쳐 지나갔으며 곧 비상구를 통해 사라져버렸지만 독고는 여자의 손을 분명히 보았고, 그리고 마치 구원을 청하듯이 자기를 부르고 있다는 것을 느꼈다.

"아! 저 손."

밖에서 앰뷸런스의 급한 경적 소리가 들려왔으며 그 소리는 점점 의식을 잃어가듯이 멀어져갔다.

독고가 달려 나갔을 때에는 이미 들것도 앰뷸런스도 없었다. 몇몇 사람들만이 앰뷸런스가 사라진 거리 쪽을 바라보면서 수군거리고 있었다.

"무슨 일예요? 누가 다쳤나요?"

독고는 청소부 차림을 한 뚱뚱한 중년 부인 하나를 붙잡고 물었다.

"아무 일도 아닙니더. 여자 손님 하나가 좀 아픈가 보래예."

주위를 둘레둘레 살피면서 불안한 표정을 지으며 말했다. 무엇을 감추고 있는 눈치였다.

"어느 방 손님입니까?"

독고는 다시 다그쳐 물었다.

"아이구, 아니라예. 난 잘 모르겠심더."

모여 있던 사람들의 시선이 일제히 독고 쪽으로 쏠렸다. 오히려 그들은 독고에게 무엇인가를 물어보려는 태도였다.

"아시는 분입니까?"

제복을 입은 도어맨이 독고에게 다가서면서 물었다. 독고는 경찰 제복이 아닌데도 심문을 당하는 것 같아 가슴이 덜컥 내려앉았다.

"아닙니다. 누가 들것에 실려 나가길래 혹시나 해서…… 말예요."

"507호실 손님이랍니다. 혼자 묵으신 여자분이라니까 선생님과는 관계없는 분일 겁니다."

"507호요?"

"네, 왜요? 아시는 분입니까?"

도어맨은 처음과 똑같은 질문을 했다.

"아닙니다. 그냥 들것에 누가 들려 나가길래."

독고도 똑같은 소리를 했다. 들것에서 흔들거리던 손을 본 순간 불길한 예감이 들었다. 그것이 그대로 적중한 것이다. 좋은 예감은 빗나가기가 일쑤지만 나쁜 예감은 대개가 다 들어맞는 법이다.

"아! 저 손."

그것은 독고가 바로 어젯밤, 자기 손으로 붙잡았던 그 손이었고, 갈매기의 날개라고, 작은 조개껍데기라고 생각했던 그 손이었다. 너무 작아서 한 옥타브의 피아노 건반도 누르지 못했다는 바로 그 손이었다.

그러나 '아는 사람이냐'는 말에 비록 '모르는 사람'이라고 딱 부러지게 잡아떼지는 않았지만, 독고는 그녀를 향해 고개를 저었던 것이다. 예수를 모른다고 세 번이나 부정한 베드로처럼……. 독고는 대낮 속에서 닭의 울음소리를 들었다.

난 저 여자를 모른다, 난 저 여자를 모른다. 다만 우연히 만나 술 한 잔을 마신 것뿐이다. 그것은 그 여자가 열차간에서 우연히 내 옆에 앉아 있었다는 것과 다를 것이 없다.

'다를 것이 없느냐? 정말 다를 것이 없느냐?'

독고는 몸을 떨었다. 한 여자가 지금 죽어가고 있다. 더구나 그 여자는 자기를 보고 웃었고, 갈매기 얘기를 해주었고, 자신의 직업이 무엇인가를 밝혀주기도 했다. 독고는 자기도 모르게 프런트 데스크로 걸어가면서 생각했다.

지금 이 자리에 그녀를 제일 잘 알고 있는 사람은 나밖에 없다. 그 여자와 제일 가까운 사람, 청소부와 도어맨 같은 호텔 종업원들, 낯선 군중과 앰뷸런스……. 그 사이에서 제일 가까운 사람이 있다면 오직 자기 하나밖에 없다. 모른다고 고개를 내저을 수 있는가.

"미안합니다. 말 좀 물읍시다. 507호실 손님 말씀입니다."

독고는 프런트에서 접객 일을 맡고 있는 종업원에게 말을 건넸다. 그의 얼굴 표정만 보아서는 이 호텔 안에서 아무 일도 일어난 것이 없는 것 같았다. 그러나 507호실 손님이라고 하자 그는 갑자기 얼굴이 굳어졌다.

"예, 그 손님은 말씀이죠⋯⋯."

말꼬리를 길게 뻗치면서 그 종업원은 청소부와 마찬가지로 주위를 돌아다보며 말했다.

"그 손님은 말씀이죠⋯⋯. 근데 왜 그러십니까? 아시는 사인가요?"

"그 손님이 어쨌게요?" "신문기자세요?"

"난 그 손님이 어떻게 되었느냐고 묻고 있는 겁니다."

"글쎄요. 어떤 관계이신지 모르겠지만, 그걸 모르고서는 이야기할 수 없는데요."

종업원은 방어태세를 취했다.

"걱정 마세요. 전 신문기자도 경찰도 아닙니다."

"그런데 무엇 때문에 아시려고 하지요?"

"제 옆방의 손님이니까요."

"아, 그러시다면 저희 손님이란 말씀이신가요?"

"그래요, 어저께 들어왔습니다."

"이상한데요? 그 옆방에는 모두 일본 관광객들인데……. 몇 호실이세요, 선생님은……?"

"407호실."

"아니, 그런데 무슨 옆방 손님입니까? 전 또 무슨 새 정보라도 알려주시려고 하는가 했더니."

종업원은 반은 실망, 반은 조롱을 당한 사람이 화를 내듯이 얼굴을 붉혔다.

"507호실은 407호실의 윗방이 아닙니까? 그건 옆방보다 더 가깝지요. 그 방은 바로 내 천장에 있으니까 말이지요."

자기가 말을 해놓고도 엉뚱한 소리를 한다 싶었다. 아니나 다를까, 종업원은 커다란 소리를 내고 웃었다.

"뭐요, 윗방이라구요?"

정신병자나 바보를 대할 때 누구나가 그러듯이, 그는 음절을 하나하나 띄어 천천히 타이르듯이 말했다.

"아무, 일도, 아, 니, 니까, 불안, 하게 생각하지, 마, 세, 요."

독고도 그냥 물러설 수 없었다.

'이놈도 날 바보 취급을 하는구나.'

"이 호텔에 묵고 있는 한 왜 그 여자 손님이 죽었는지, 안전을 위해서라도 알 권리가 있어요."

"아무 일도 아니라니까요. 그 여자 손님은 간밤에 누구와 늦게 까지 술을 마셨던 모양입니다. 뭐, 애인이나 그런 사이겠지요."

"술이요? 술 때문에……."

독고는 다시 한 번 엘리베이터를 타고 급강하하듯이 전신으로 오싹한 추위를 느꼈다.

"예, 별로 술을 못하는 분이었던가 본데 과음을 한 거지요."

"아니, 그럴 수가? 술을 먹고 죽어요?"

"죽다니요, 왜 아까부터 죽었다는 말을 자꾸 하십니까?"

"흰 천에 덮여 들것에 들려 나갔잖아요."

"그야, 잠옷 바람의 여자 손님인데, 아무리 위독해도 그냥 들고 나갈 수야 없잖아요."

"그래, 죽지 않았다면……."

독고는 갑자기 희망이 생겼다. 다행이다 하는 생각이 들었다.

"수면제를 먹었다나 봐요. 술을 들고 수면제를 먹으면 그게 소량이라도 금세 온몸에 퍼져 위험해지지 않습니까."

"수면제라."

"그래요! 수면제요. 자살하려고 한 건지, 과실인지 어쨌든 혼수상태에 있는 걸, 청소부가 발견한 거지요."

"자살이라구? …… 천만에요, 그럴 여자가 아닙니다."

독고는 라핑 갈매기, 웃음 갈매기를 이야기하던 그 여자의 목소리를 다시 들었다. 사는 것이 너무 기뻐서 껄껄 웃으면서 파란 카리브 해상을 날아다닌다는 '웃음 갈매기.' 그런 웃음 갈매기를 제일 좋아한다는 여자.

"역시 아시는 분이었군요. 그러시다면 어젯밤, 함께 술을 드신 분이……?"

종업원은 의심스러운 눈으로 독고를 아래위로 천천히 뜯어보았다.

독고는 다시 고개를 저었다. 베드로처럼. 한낮에 우는 닭소리를 들었다.

"아닙니다. 아는 여자가 아닙니다. 서울에서 여길 내려오는데 기차간 내 옆자리에 앉아 있던 손님이지요. 그때 인상이 자살할 사람 같지 않았다는 게죠."

"그런데 그 여자 손님이 어떻게 507호실에 묵고 있다는 걸 아셨어요?"

"그건 말이죠."

'독고야, 니 정신 차려라.'

도안부장이 소리쳤다.

'니 신세 망칠 작정이가? 오다가다 만난 여잔데 왜 아는 체하노? 공연히 말려들면 의심받지 않나. 니가 아무리 혼자서 결백하다 해도 그걸 뉘가 믿어주노. 그런 일은 내놓고 하는 게 아니니까, 당사자밖에는 모르는 일 아니가. 잡아뗄 수도 있지만, 거꾸로 잡아떼도 소용이 없을 때가 있는 기라! 신문에 나면 마 그만 파이다. 아내 생각 해야제. 내 뭐랬나……. 니는 마, 오입도 제대로 못하고 뺨만 맞을 놈인 기라.'

독고는 필사적으로 자기 방어를 하기 위해 방패를 들었다.

"그건 말이죠. 체크인 할 때 나와 같은 엘리베이터를 탔던 거지요. 층수만 다르고 방 번호가 우연히 같길래 안 거지요."

역시 카피라이터란 좋은 직업이었다. 목수의 호주머니에는 언제나 자가 들어 있듯이 그들에겐 광고 문안을 짜내듯 임기응변하는 위트의 말이 안주머니에 들어 있는 것이다.

"우린 지금 여자 손님과 술을 든 남자를 찾고 있는 중입니다."

"왜요? 그 남자가 그 손님을 해치기라도 했다는 겁니까?"

"그야, 자세한 걸 알 수 있나요? 두 사람 사이의 일인데. 다만 저희들은 그 손님의 신원을 밝혀내야 할 텐데 말입니다. 우선 신원을 알아야 진상이고 뭐고 알아낼 게 아닙니까?"

"신원을 모르다니요, 체크인 할 때 카드를 쓰지 않았던가요?"

독고는 피의자가 되었다가 증인이 되었다가 벼랑 위로 숨가쁘게 달리고 있었다.

"그것이 전부 가짭니다. 주소도, 전화번호도…….. 신원을 속이려고 한 걸 보면 아무래도 자살을 하려고 한 게 분명하지요."

"글쎄, 자살할 사람은 아니었다니까요."

"근데 손님, 혹시 신원을 알 만한 단서가 될 만한 말이라도 들은 적 없으세요? 우연히 말씀을 나누시다가 말이지요."

"글쎄, 생각이 나지 않네요. 별로 말을 주고받은 게 없었으니까요."

독고는 그 여자를 모른다고 세 번 고개를 내저었다. 베드로처럼. 낮인데도 닭이 우는 소리가 들려왔다. 한 여자가 지금 죽어가고 있다. 자신의 안전을 위해서 손을 움츠리는 것은 비겁한 일이다. 그 여자는 자기가 출판사 일을 거들고 있다고 말하지 않았던가? 백과사전을 기획하고 있는 출판사라면 큰 출판사일 것이고, 웬만한 데다 물어보면 그게 어느 곳인지 금세 알 것이 아닌가? 말하라! 말하라! 이 일에 손을 대도 너는 결백하다. 아무 죄도 없다. 남들이 오해할까 두렵다고 해서 손을 움츠리는 것은 비겁하다.

"하지만 말입니다."

독고는 망설이다가 용기를 냈다. 네가 잡았던 바로 그 손이 들것 아래로 흔들리던 것을 보지 않았느냐? 독고야. 독고는 용기를 냈다.

독고는 그녀가 출판사에 다닌다는 것과 번역을 한다는 것을 대충 이야기했고, 출판사로 수소문하면 금세 알 수 있으리라는 것을 말했다. 그리고 그녀가 어느 병원으로 옮겨졌는지를 알아냈고 옷소매 한 번을 스쳐도 전생의 인연이라 했는데, 그냥 눈감을 수는 없는 일이라고 자기 변명까지 덧붙였다.

위험한 일이기는 했지만, 그 여자를 응급실에 그냥 내팽개쳐둘 수가 없었다. 독고는 병원으로 찾아가기로 마음먹고 잠시 머리를 식힐 겸 자기 방으로 돌아왔다. 그리고 침대에 누워 천장을 올려다보았다. 바로 저 위에서 그 여자는 쓰러져 있었다. 온 핏줄로

졸음이 스며들어 신경의 가닥가닥을 죽음의 고요한 세계로 풀어
헤치고 있을 때, 아마 독고는 전화를 걸었을 것이었다. 목욕을 하
고 있던 것도, 아침 해변에서 조개껍데기를 줍고 있었던 것도 아
니었다.

단지 그 여자는 잠들어 있었다. 자기 의지로는 영원히 눈뜰 수
없는 깊은 잠, 눈꺼풀이 바위처럼 굳게 닫혀버린 깜깜한 그 잠!
꼭 살아야 한다. 다시 깨어나야 한다. 그리고 물어봐야지. 그게
자살이었는가, 사고였는가? 자살이라면 왜 그런 짓을 했느냐고
물어봐야지. 왜냐하면 나는 '갈매기 사육사'라고 말하지 않았던
가.

환청이었을까? 독고가 누워서 그 천장을 바라보고 있을 때, 여
자의 날카로운 하이힐 뒷굽이 바닥을 두드리고 지나가는 것 같은
소리가 들려왔다.

딸깍…… 딸깍…… 딸깍…….

아니면 누가 그 빈방을 청소하고 있는 것일까? 그 여자의 지문
이 묻어 있는 도어노브와 머리카락이 떨어져 있는 침대 시트를
누가 말끔히 지워버리기 위해서 청소를 하고 있는 것일까?

아내의 야윈 어깨와 진이의 왕관과 그리고 빨래 보따리처럼들
것에 들려간 그 여자의 손을 번갈아 생각해봤다. 그리고 바다 와.
그것들은 제각기 의미가 다른 세계에 속해 있었다. 아내도 진이
도 바다도 이름을 갖고 있었지만, 그 여자의 것만은 이름이 없었

다. 이름이라도 물어볼 것을 잘못했다는 생각이 들었다. 종업원의 말로는, 가명이겠지만, 그녀의 이름은 김수희라는 거였다.

김수희. 독고의 휴가는 하나의 가명 속에 매몰되어버린 것이다. 이 가명 뒤에 있는 진짜 이름을 알아야만 될 것 같은 의무감이 그를 압박하기도 했다.

수희야! 너는 내가 비겁자라는 것을 가르쳐주었다. 너를 밤의 여자 다루듯이 하려고 했다. 아니다. 네가 밤의 여자라 할지라도 우리는 한 인간을 노리개로 삼을 권리가 전혀 없는 것이다. 너의 병실에 제일 예쁜 꽃들을, 별처럼 작고 빛나는 안개꽃 같은 것, 혹 은 작은 향수병같이 향기로운 꽃이 매달려 있는 프리지어 꽃을 보내주마! 튼튼한 날개, 지구를 반 바퀴 돌아서 우리의 동해 바다에까지 온다는 무슨 갈매기라고 했지? 그 이름이……. 그런 갈매기처럼 튼튼한 날개를 회복하고 다시 날아올라라, 수희야. 다시 마티니 잔을 들자. 본프로보다는 언제나 광고 쪽이 재미있다는 말대로 너를 위해 나는 멋있는 카피 하나를 마련하겠다.

오늘도 신경통약 광고의 그 신사는 지팡이를 던지고, 내일도 또 그 지팡이를 던지고 해가 뜨는 지평선을 향해 달려가겠지. 그렇게 우리는 어젯밤처럼 선실같이 생긴 술집에 앉아 마티니 잔을 들고 올리브의 떫은 열매를 깨무는 거다. 수희야! 독고야!

독고는 천천히 담배 연기를 내뿜으며 이제부터 자기가 할 일을 생각해봤다. 앰뷸런스에 실려간 그 여자와 아내, 그리고 진이……, 그것들은 슬픈 삼각형이었다. 문제는 그 삼각형의 정점에 누구를 앉혀두느냐 하는 것이었지만, 아내와 진이는 서울에 있기 때문에 당장 그의 행동과 결부되어 있는 것은 역시 병원 응급실에 누워 있을 그 여자였다. 그 여자를 마지막 본 사람, 마지막으로 이야기한 사람은 자기이다. 이러고 있을 때가 아니다. 아니다, 그것이 무슨 의미가 되는가. 그 여자는 나와 아무 관계가 없다.

침대에서 벌떡 일어서려다 말고 담뱃재만을 턴 채 다시 제자리로 쓰러지면서 독고는 머리를 흔들었다.

그때 노크 소리가 들렸다. 조금 전에 보았던 프런트의 바로 그 종업원이었다. 그러나 혼자가 아니었다.

"쉬시는데 죄송합니다. 참고로 좀 물어보실 게 있다고 해서."

종업원은 말을 한층 더 낮추고는 귀엣말로 하듯이 속삭였다.

"서울에서 나오셨습니다."

독고는 종업원의 어깨 너머로 작업복 차림의 한 남자가 서성대고 있는 것을 재빨리 훔쳐보았다.

"좋습니다. 여기에서 말입니까…… 예, 들어오시죠."

독고는 자기의 말소리가 공연히 떨리고 있다고 생각하자 마른기침까지 나오려고 했다. 형사는 독고가 채 말을 끝내기도 전에 벌써 방 안에 들어와 있었고, 마치 커튼 집에서 커튼을 재러 나온 사람처럼 창문과 방 안을 한 바퀴 휘 돌아보고 있었다.

"성함과 주소, 직업을 좀."

형사는 수첩을 꺼내 들고 별 인사말도 없이 불쑥 질문을 던졌다. "왜요? 제가 뭐 잘못이라도 저질렀습니까?"

독고는 자기도 모르게 좀 거친 대답을 했다. 형사는 힐끔 독고의 얼굴을 쳐다보더니 좀 더 단호한 말투로 설명을 했다.

"아니! 의례적인 것입니다. 사건의 목격자들은 일단 신분을 확인해야 하니까요."

"목격자라니요? 저는 아무것도 목격한 것이 없는데요."

"그래요? 종업원 이야기로는 그 여자의 신원을 알고 있는 분은 손님뿐이라던데요. 지금 출판사에 조회를 의뢰하게 된 것도 손님 제보에 의한 것으로 알고 있는데……."

독고는 앞이 깜깜해진다. 공복 때문에 생기는 단순한 현기증은 아닌 것 같았다.

"안다는 것과 목격했다는 것은 다른 거지요. 어쨌거나 좋습니다."

독고는 형사에게 서울 주소와 직업과 연령, 그리고 이름을 댔다. 그것은 자기가 소속되어 있는 곳이었다. 집 주소를 댈 때에는 아내와 진이의 얼굴이 떠올랐고, 직업을 댈 때에는 김봉섭 사장과 도안부장, 사진부장의 모습을 생각했다.

"그러니까 지금 출장중이시군요?"

형사는 수첩을 덮고 나서 다시 물었다.

'출장중이 아니다. 그러나 위로 출장이니 뭐니 복잡한 이야기를 꺼냈다가는 공연히 의심을 산다. 누가 비싼 호텔값을 치르며 더구나 피서철도 아닌 이때에, 아무 목적도 없이 여행을 다닐 사람이 있겠는가?'

"예."

독고는 거짓말을 했다.

"열차 안에서 우연히 만나셨다는 게 사실입니까?"

형사는 피의자를 심문하듯이 계속 질문을 했다.

"예."

독고는 계속 짧게 대답했다.

"그런데 어떻게 그 여자 손님이 출판사에 근무하고 백과사전을 번역중이란 것을 아셨지요?"

독고는 다시 가슴이 뛰었다. 그 이야기를 하자면 갈매기 사육사니 뭐니 하는 이야기부터 해야 된다. 그러나 그것을 말했다가는 누구도 믿어주지 않을 것이다. 독고는 비로소 인간은 남에게 자신이 한 일을 설명할 수 없다는 평범한 사실을 실감하게 되었다. 세계와 자신 사이에 있는 두꺼운 벽, 그 벽이 독고에게 자주 거짓말을 시켰다.

"여자 손님은 제 옆에 앉아 있었지요. 심심해서 몇 마디 물었더니 그렇게 말하더군요. 전혀 우연이었습니다."

"이 호텔 안에서 그 여자를 마지막으로 본 것은 언제쯤인가요?

정확한 시간을 좀.”

“그런 것까지 다 말해야 됩니까.”

“예, 협조해주셔야 합니다. 이런 강력사건에는 아주 작은 단서
라도 놓칠 수 없는 법이니까요.”

“강력사건이라구요?”

독고는 피가 역류하는 것 같았다.

“뭐, 아직은 아무것도……. 하지만 살인일 가능성도 있지 않습
니까? 누가 밤중에 그 여자와 함께 있었다는 겁니다. 여자가 술
에 취해 있었으니까, 물에다 수면제를 타서 먹였을 가능성이 많
지요. 자살을 위장한…….”

형사는 살인이란 말을 하지는 않았지만 이미 살인사건으로 치
고 조사에 착수한 느낌이었다. 뿐만 아니라 형사는 계속 이야기
를 하면서 독고의 안색을 살펴보았다.

“손님의 알리바이를 위해서도 사실대로 말씀하십시오. 공연히
귀찮은 일에 말려들지도 모르니까 말입니다.”

독고는 도마에 오른 생선처럼 부르르 몸을 떨었다.

“어젯밤 우연히 만나서 술을 마셨지요. 호텔로 돌아온 것은
11시쯤이었습니다.”

사실은 자정 무렵이었지만 한 시간쯤 줄여서 말을 했다.

형사는 다 알고 있었다는 듯이 아무 동요도 없이 계속 무엇인
가를 메모해나갔다.

"어디서 헤어졌어요?"

"그 여자의 방까지 데려다주었습니다."

독고는 거짓말을 하면 불리하다는 것을 깨달았다. 어디엔가 그 여자의 방 안에는 자기의 지문이, 혹은 구두 발자국이라도 찍혀져 있을는지도 모른다.

"몹시 취해 있었거든요."

"아침까지 그 방에 같이 있었던 거지요?"

"아닙니다. 난 바로 내 방에 들어왔습니다."

형사는 조금 웃는 것 같았다. 그렇다. 형사는 있을 수 없는 일, 아무도 모르는 객지에서 우연히 만난 남녀가 술을 마시다가 호텔 방 안에 같이 들어왔다면, 그 다음엔 뻔할 뻔 자가 아니겠느냐는 눈치였다. 누구라도 그렇게 생각했을 것이다.

"거짓말을 하면 불리해집니다. 그리구 피해자의 의식이 돌아오면 모든 게 다 밝혀질 것이니까 숨길 것 없어요."

피해자란 말에 독고는 다시 기가 죽었다.

그 말투를 보면 형사는 아예 그 여자는 피해자이고, 독고는 가해자로 치부해놓고 있는 눈치였다.

그 순간 독고는 밤중에 계속 서울로 전화 신청을 했던 기억이 떠올랐다. 지금 자기의 알리바이를 증명해줄 사람은 그 교환수밖에 없는 것이다.

"사실입니다."

독고는 자기가 여자의 정맥을 보고 느꼈던 그때의 심정을 말하려고 했지만, 형사의 검은 수첩을 보는 순간 입을 다물었다. 시집이라면 몰라도 검은 수첩의 세계 속에서는 그런 말이 어울리지도, 또 허용될 수도 없는 것이었다.

"사실입니다. 저는 서울에 급히 전화를 걸 일 때문에 바로 제 방으로 돌아왔습니다. 교환수에게 물어보면 알 것입니다."

독고는 객관적으로 증명될 수 있는 것만을 추려서 말했다. 바로 어젯밤의 이야기인데도, 그것은 몇십 년 전의 멀고 먼 일처럼 생각되었으며, 자기 자신의 일인데도 마치 딴 사람의 거동에 대해서 말하고 있는 듯한 착각이 들었다.

"좋습니다. 어쨌든 그 여자 손님과 간밤에 함께 있었던 것은 사실이지요? 술을 마셨고, 그 방에 들어갔고……." 독고는 무언가 말하고 싶었지만 입이 잘 떨어지지 않았다.

"하지만, 하지만……"이라고 몇 번인가 형사의 말을 부정해보려고 했지만, 사실 형사가 다짐해서 묻는 말은 모두가 사실이었다. 같이 술을 마셨고, 같이 그 여자의 방에 있었다. 그것은 사실이다. 그러나 형사가 생각하고 있는 그 사실의 의미와 자기가 겪은 그 사실에는 엄청난 거리가 있었다. 그 거리를 좁히려고 애써보았지만, 도저히 자신의 결백을 증명해 보일 만한 말을 찾아내지 못했다.

"그렇다면 제가 그 여자를 어떻게라도 했다는 말씀입니까? 절

의심하는 겁니까?"

독고는 그렇게 반문할 수밖에 없었다.

형사는 낚시질을 하는 사람이 물 위에 떠 있는 찌를 바라보듯이 잔잔한 눈으로 독고의 얼굴을 쳐다보고 있었다. 그리고 그 찌가 움직이는 것을 본 모양이었다. 재빨리 낚싯줄을 채듯이 말했다.

"손님이 그 여자를 어떻게 했다니요? 언제 내가 그런 말을 했습니까? 단지 사실만을 묻고 있는 게 아닙니까!"

낚싯줄을 당겼다 풀어주었다 하는 형사의 솜씨는 능란했다.

그 여자와 술을 함께 마셨다는 것, 그 여자의 방에 들어갔다는 것, 더구나 밤늦게 서울로 여러 차례 전화를 걸려고 했다는 것……. 그 진술만으로 이미 그 형사는 월척을 낚았다고 생각하는 눈치였다.

"문제는 없어요. 그 여자 손님이 현재 의식이 없고, 잘못하면 영원히 그냥 입을 다물고 말지도 모른다는 거지요. 유서 한 장 남긴 것도 없고 주소고 뭐고, 그것도 다 가짜입니다. 그러니까 현장이나 목격자, 증인들에 대해서 일단 예비적으로 신원 파악을 해두려는 거니까 너무 염려할 것 없습니다."

형사는 흡족한 표정을 짓고 자리에서 일어났다. 그리고는 방문을 열다 말고 뒤돌아보면서 말했다.

"이왕 협조해주시는 김에 한 가지만 더 부탁드려야겠는데……

별도로 연락이 있을 때까지 되도록 호텔 밖으로 나가지 마십시오."

"잠깐만⋯⋯."

독고는 소리를 질렀지만 그 대답은 철썩하고 닫히는 문짝 소리였다. 바로 아침에 눈을 떴을 때만 해도 호텔방 안은 자유로운 공기로 가득 차 있었다. 커튼 사이로 흘러 들어오는 눈부신 햇살이 천지창조 첫째 날과 같이 빛나고 있지 않았는가?

그러나 눈 깜짝할 사이에 그것이 감방으로 바뀌어버린 셈이다. 문이 닫히는 소리를 들었다. 체포된 사람처럼 독고는 손발을 자유롭게 움직일 수가 없었다. 형사를 만나고 난 순간, 이미 자기는 진이나 아내, 그리고 그 여자에 대해서 걱정하지 않고 있다는 사실을 알았다. 자기가 편하고 안전할 때에만 사람은 남의 걱정을 하는 것이다. 자기가 곤궁에 처해지면 자기 일밖에는 생각지 않는다.

독고는 여자가 빨리 깨어나기를 바랐다. 그것은 타인의 생명을 생각하는 순수한 마음 때문이 아니었다. 그래야지만 자기의 혐의가 풀리게 된다. 만약 그녀가 그대로 깨어나지 못한 채로 죽는다면⋯⋯. 독고는 영원히 그 여자와의 관계를 명백히 밝혀낼 수가 없을 것이다. 형사는 두 사람의 관계는 이미 옛날에 서울에서부터 시작된 것이고 비밀 여행을 한 것이라고 생각할 것이다.

"출장중이십니까?"

라는 말에 독고는 그렇다고 말했다.

그러나 생각해보라! 출장중인 사람이 어째서 시내에서 한참이나 떨어진 바닷가 관광호텔에 묵을 수 있겠는가? 형사의 유도심문에 걸려든 게 분명했다.

'여자는 그날 밤, 독고에게 이혼을 하고 자기와 빨리 결혼해달라고 반 협박조로 이야기했을 것이고, 독고는 횟술을 퍼마시는 여자를 보고 살해할 방법을 강구했다.'

형사는 그렇게 추리하고 있는 눈치였다. 독고는 이러한 의심으로부터 벗어나려고 애썼다. 자기를 향한 형사의 의심은, 곧 아내의 의심이 될 것이다. 그리고 자기를 바라 보는 모든 세상 사람들의 의심일 것이다.

형사를 보내놓고서도 독고는 왜 그때 자기가 이렇게 말하지 못했는가 후회하면서, 다음 심문에 대비해 자신의 결백을 밝힐 만한 대사를 미리 마음속에 외워보았다.

"형사님! 제가 만약 그 여자와 무슨 관계가 있었다면 무엇 때문에 자진해서 호텔 종업원에게 이야기를 했겠습니까? 그리고 어째서 체크인할 때 그 여자처럼 가짜 주소와 이름을 대지 않고 신분을 곧이곧대로 밝혔겠습니까!"

그러다가 독고는 의심의 거미줄로부터 벗어나기 위해 파닥거리는 자신의 나래를 보고 긴 한숨을 쉬었다.

한 여자가 죽어가고 있다. 아들이 죽어가고 있다. 그런데 자기는 지금 자기의 입장만을, 그 결백만을 생각하고 있다. 그래서 자신의 결백이 한 인간의 생명보다 더 무겁다는 것인가? 더구나 그 여자가 과실로 수면제를 복용했다면 술을 마셨다는 것이 결정적인 요인이 된다. 그건 독고의 책임인가?

독고는 사방 벽이 죄어드는 압박감 때문에 방문을 박차고 밖으로 나갔다. 그러나 바깥의 공기는 방 안보다도 무거웠다. 모든 사람들이 숨어서 독고를 쳐다보고 있는 것 같았다. 독고와 시선이 마주치면 얼른 눈길을 피하고 서로 작은 소리로 무언가 귀엣말로 수군거렸다.

그가 만났던 프런트의 종업원이 특히 그랬다. 호텔 전체가 엘리베이터에 소문을 태우고 오르락내리락하고 있는 것 같았다.

'저 사람이다. 자기의 정부를 죽이려고 술에 독약을 타 먹인 사람이 바로 저 사람이다.'

만나는 사람마다 이렇게 한마디씩 하고 지나는 것 같았다.

독고는 피하듯이 커피숍 한구석으로 가 앉았다. 어제 저녁 그 여자를 만났던 그 자리였다. 김수열 아나운서와 다얀 장군이 나와서 이야기하던 TV가 지금은 관처럼 침묵한 채 썰렁하게 놓여 있었다. 그리고 그 여자가 앉아 있던 의자도.

커피를 두 잔이나 마시고, 이번에는 레지의 눈을 피하며 밖으로 나왔다. 밤에는 그렇게 신비하게 보였던 가로수 역시 죽은 나무들에 지나지 않았다. TV와 마찬가지로 대낮의 수은등 역시 썰렁해 보였다. 아직도 자기가 자유로운 몸이라는 것을 확인하기 위해서 독고는 호텔 밖으로 나와본 것이다.

간밤의 흔적, 발자국 같은 것, 주고받던 이야기들, 그때 들려왔던 파도 소리까지도 모두 사라져버린 것 같았다. 밤의 파도 소리는 소리까지도 더 크게 들려왔었던 것이다.

독고는 그 여자와 걷던 길을 따라서 선실처럼 생긴 술집까지 왔다. 모든 것이 달랐다. 네온은 꺼져 있었고, 불이 꺼진 창문들은 앙상한 뼈를 드러내놓고 있었다. 범인은 반드시 현장에 나타난다. 독고는 그 범인의 심리를 알 것 같았다. 무언가를 확인해보고 싶었던 것이다. 불안하면 불안할수록 그 자리를 떠나지 못하는 심리. 그러고 보니까 독고는 형사가 생각하고 있는 것처럼 그 여자와 오래전부터 사귀어온 사이같이 느껴졌다. 어쩌면 어젯밤 자기가 정말 그 여자의 마티니 잔에 수면제를 타 먹였는지도 모른다는 생각이 들기도 했다.

그 술집은 낮에는 경양식집으로 바뀌어 있었다. 갑자기 독고는 시장기를 느꼈다. 사실 독고는 아침부터 아무 음식도 들지 않았던 터였다.

햄 샌드위치를 시켰다. 그 불안 속에서도 군침이 돌았다. 자신의 식욕 속에서 짐승의 한 부분을 보는 것 같았다. 혼자 쪼그리고 앉아서 샌드위치를 씹고 있는데, 마침 〈오! 마미 블루〉의 음악 소리가 들려왔다.

"오! 마미, 오 마미 블루."

샌드위치를 씹으면서 〈오! 마미 블루〉의 음악을 들으면서 눈물이 흘러내리는 것을 느낀다. 카운터 뒤의 장식장에 놓인 술병 들이 이중 삼중으로 턱이 져 보였다.

목이 막혔다. 독고는 손가락으로 몰래 배어나오는 눈물자국을 씻고 웨이트리스에게 보리차를 달라고 했다.

"어젯밤, 여자분과 저 자리에서 술을 마신 손님이시지요?"

"그런데요."

독고는 다시 가슴이 뛰기 시작했다.

"누가 다녀갔어요!"

"누가 다녀가다니?"

"형사인가 봐요. 어떤 사이처럼 보이던가, 무슨 이야기를 주고받던가, 싸우지는 않던가, 이런 이야기들을 묻던데요?"

"그래서 뭐라고 말하셨나요?"

"근데 왜 형사가 그런 걸 캐묻지요?"

"글쎄, 뭐라고 하셨어요?"

"나쁘게 말했음 이런 걸 선생님께 귀띔해드렸겠어요?"

"그래, 나와 그 여자는 무슨 사이처럼 보이던가요?"

"신혼부부요."

독고는 얼굴을 붉혔다. 이럴 때 농담을 거는 웨이트리스의 태연함에 오히려 기가 질렸다.

"걱정하지 마세요. 두 분은 정답게 술을 마셨고, 얌전하게 나가셨다구요……. 무슨 일이 있으시다면 빨리 피하세요."

독고는 아무 데도 자신이 휴식할 만한 곳이 없음을 깨달았다.

"왜 날 도우려 하지?"

웨이트리스는 말했다.

"사랑하는 사람들은 죄가 없지요."

독고는 서울로 전화를 걸었다. 수련이의 목소리는 한결 가벼웠다. 진이가 열도 많이 내리고 마음도 안정을 찾은 것 같다는 거였다.

그러나 수련이는 갑자기 진이 이야기를 하다 말고 말했다.

"당신, 무슨 일이 있었수?"

독고는 올 것이 왔구나 하는 생각을 하면서도 태연하게 받아넘겼다.

"무슨 일이 있긴, 왜?"

"옛날 동창생이라고 하면서 당신 주소하구 전화번호를 확인하려고 걸었다고 하면서……."

독고는 수련이의 '하면서'라는 말꼬리에 이상한 여운을 느꼈다.

"그러면서 말예요. 김미란이라는 여자를 아느냐구 묻던데요?"

김수희는 가명이었구나. 김미란―형사들은 벌써 그 여자의 신원을 파악한 게로구나. 김미란.

"김미란이 누구예요?"

"별소릴, 내가 무슨, 김미란이라니……."

독고는 떨리는 소리를 감추기 위해 헛기침을 했다.

"선일출판사라든가 무슨 출판사에 다니는 여자라는데, 혹시 당신이."

"혹시 당신이라니! 그 친구가 대체 누구야? 별 싱거운 친구 다 보겠네."

"당신 왜 그렇게 화를 내요? 혹시 당신이 그 여자를 알고 있는 것 같더냐구, 아마 다른 동창생 주소를 알려고 그러는가 봐요. 동창생 명부를 정리한다나요?"

독고는 형사들이 벌써 서울로 자기 신원을 조회하고 있다는 것을 알자 불쾌감과 불안감이 함께 뒤범벅이 되었다. 그러면서도 아직 아내는 아무것도 모르고 있는 눈치여서 불행 중 다행이라고 생각했다. 그리고 진이가 조금씩 회복되고 있다는 말에 마음이 가벼워졌다. 독고가 전화를 끊자마자 다시 전화벨 소리가 울렸다. 통화 시간을 알려주는 전화인 줄 알고 수화기를 들었지만 의외로 그것은 자기를 찾아왔던 그 형사였다.

"어제는 실례가 많았습니다."

첫소리부터가 공손했다. 또 이거 무슨 유도심문인가? 독고는 긴장해서 그냥 아무 대꾸도 하지 않았다.

"여자 손님의 신원도 밝혀졌고, 서울에서 가족도 내려왔는데요, 아무 걱정 마십시오."

걱정이란 말이 아주 미묘하게, 그리고 여러 뜻으로 받아들여졌다. 혐의가 풀렸으니 걱정 말라는 것인지, 여자가 무사하니 걱정하지 말라는 것인지.

"걱정 말라니요? 그 여자가 회복되었습니까?"

"예, 아직은. 그러나 의사 말로는 고비를 넘겼다는 거지요. 원래 그 여자 손님은 악성 빈혈증 환자라 시한부 인생과 다를 게 없다는 거예요. 뭐, 그건 저희 소관이 아니라 병원 측에서 잘 알 겁니다."

독고가 무엇을 더 이야기하려고 했지만 찰칵하고 전화를 끊는 소리가 들려왔다.

김미란, 악성 빈혈증 환자, 시한부 인생. 그 여자가 드라큘라라는 말에 민감한 반응을 보였던 것이 생각났다. 상처도 없는데 끝없이 피가 흘러내린다는 보들레르의 시를 표절해서 이야기했을 때 확실히 그 여자의 얼굴에는 동요의 빛이 있었다.

그랬구나! 자기를 명의라고 부른 것도, 그리고 그 파리한 얼굴빛, 약 광고 이야기 등 모든 비밀이 풀리는 것 같았다.

김미란! 독고는 조용히 한 음절씩 그 여자의 이름을 불러보았다.

여자가 살아 있다. 자기를 의심할 사람은 이제 아무도 없다. 나는 자유롭다. 죄인이 아니다. 여자가 약을 먹고 정신을 잃은 것은 나 때문이 아니다. 아니다. 아니다.

갑자기 불안감에서 풀려난 독고는 공연히 방 안을 빙글빙글 돌면서 호주머니를 뒤적거려보기도 하고, 걸 데도 없는데 전화의 수화기를 들었다 놓았다 했다. 창문을 열고 닫고 하다가 또 우두커니 서서 손마디를 꺾기도 했다.

그것은 기쁨이기도 했다. 분노와 허탈감이 함께 뒤범벅이 된 느낌이기도 했다. 갑자기 필름이 끊긴 영사막처럼 공백의 나락이 나타나기도 했다.

독고는 그때 문득 어렸을 때의 미술시간이 생각났다. 크레용으로 색칠을 하다가 모든 색을 한꺼번에 다 칠하면 무슨 색깔이 될까 하는 궁금증이 떠올랐던 것이다. 하얗게 보이는 햇빛을 굴절시키면 무지개 색깔이 나온다고 선생님은 말씀하셨지. 그래, 빛깔을 모두 합치면 본래의 흰빛으로 돌아가고 말 거야.

독고는 칸나 꽃을 그리고 있었던 참이다. 빨간 칠을 해놓은 그 꽃 위에 '빨, 주, 노, 초, 파, 남, 보'의 그 순서대로 빨강, 주황, 노랑…… 순서로 크레용을 문질러갔다.

그러나 꽃 색깔은 생각한 것과는 정반대로 까만 것이 되어버렸다. 그때 마침 여선생님이 독고에게로 가까이 왔다.

"어마, 까만 꽃! 칸나 꽃이 까만가요?"

아이들이 와! 하고 웃었다. 독고는 무지개 이야기를 하려고 '선생님 그게 아니구요’라고 변명하려 했지만, 아이들의 웃음소리가 독고의 말을 삼켜버렸다. 여선생님은 아이들을 조용히 하라고 야단쳤다. 그리고 독고의 머리를 쓰다듬으며,

“괜찮어, 괜찮어! 까맣게 칠하면 까만 꽃도 있는 법이지. 그림이니까 자기가 원하는 대로 그릴 수 있는 거야.”

여선생님은 측은한 눈으로 독고를 바라보았다. 여선생님은 또 자기를 ‘바보’라고 생각하고 있는 것이다.

‘전 바보가 아녜요. 전 바보가 아니랍니다.’

독고는 속으로 소리치려고 했지만, 여선생님은 벌써 딴 아이의 그림을 바라보고 있었다.

모든 색깔을 합치면 까만 무채색이 된다. 지금이 바로 그렇다. 기쁘고 슬픈 모든 감정의 빛깔들이, ‘빨 주 노 초 파 남 보’의 감정들이 독고의 가슴에 이겨 붙여진다. 독고의 마음은 여선생님이 딱한 듯이 바라보았던 바로 그 ‘검은 칸나 꽃’이었다.

그 여자의 일을 깨끗이 잊어버리기로 한다. 아! 작은 유희. 남들 같으면 담배를 피우듯이 그렇게 간단히 할 수 있는 일도 독고에게는 아프리카에 가서 금강석을 캐내는 일처럼 어렵고 힘이 든다. 그 짧은 여행, 그 사소한 속삭임도 이제 파도에 지워진 모래밭의 발자국이 되어버렸다.

독고는 병원을 찾아가려던, 그래서 병실에 꽃 한 송이 꽂아놓고 돌아오려던 자기의 생각이 얼마나 사치스러운 것인가를 깨달

앗다. 그런 것은 다 행복한 사람들이나 하는 짓이다.

검은 칸나 꽃 같은 무채색의 감정이 다시 솟구쳐 올라왔다. 웃을 수도 울 수도 없는 그 마음을 표현할 길이 없다. 그때 자기도 모르게 독고의 입에서 우연히 흘러나온 말은 자기가 썼던 알프스 시계의 그 광고문이었다.

"젠장! 까매아스고태십, 팔남바사샤."

목욕탕 속에서는 진짜 자기의
목소리를 들을 수가 없다

'까매아스고태십, 팔남바사샤.' 독고의 TV 커머셜의 카피가 히트를 쳤다. 알프스 시계의 CF가 나가자마자 사람들은 주문 같은 묘한 선전 문구의 뜻을 알기 위해서 비상한 호기심을 보였고, 뜻이야 어떻든 유행어처럼 무턱대고 그 말을 외고 다니는 수가 늘어나기만 했다.

"잘 들어봐요. 까미하스가 아니라 까매아스예요."

"허허, 아니라니까. 글쎄, 까미하날이라구."

TV를 보다 말고 부부싸움을 벌이는 가정이 있는가 하면, 알프스 시계 회사로 지금 내기를 하는 중인데, 그 광고문의 정확한 말과 그 뜻을 가르쳐달라고 전화를 걸어오는 술꾼들도 있었다.

CF는 사진관 세트처럼 알프스 산을 배경으로 한 공원 벤치가 놓여 있다. 인기 절정에 오른 희극배우가 애인을 기다리고 있는 중이다. 초침이 돌아가는 소리가 점점 크게 울려오면서 그 희극배우는 팔목에 찬 알프스 시계를 들여다보면서 카운트다운을 하는 흉내를 낸다. 오 초 전, 사 초 전, 삼 초 전, 이 초 전, 꽝하는 소리와 함께 알프스 전자시계가 정오의 시간으로 바늘이 모두 합쳐지면 그와 동시에 하늘에서 선녀가 내려오듯, 역시 스캔들로 한창 바쁜 인기 탤런트 미스 차가 나타난다. 이들은 서로 뺨을 맞댄 얼굴로 시청자를 향해 다같이 정오를 가리키는 알프스 시계를 찬 손목을 내보이면서 합창하듯 외치는 것이다.

"까매아스고태십, 팔남바사샤."

사람들은 아무 때나 이 말을 썼다. 어색할 때나 기쁠 때나, 화가 치밀 때나……. 이를테면 애인을 기다리다가 바람을 맞은 사나이는 "에잇, 까매아스……"라고 외치면서 침을 뱉는다. 반대로 기다리던 애인이 정시에 나타나면 여자는 아주 예쁜 소리로 "팔남바사샤!"라고 소리친다. 운전기사들은 자동차가 고장날 때 보닛을 들어올리면서 이 말을 하고, 학생들은 시험지를 받아들고 깜깜한 생각이 들면 휘파람을 불듯이 이 말을 지껄인다.

그때그때의 어감과 상황으로 그 광고문은 기쁨의 의사 표시가 되기도 하고, 화나 짜증을 나타내는 말이 되기도 한다.

아무 의미도 없는 말이, 풍선처럼 속이 텅 빈 이 말이 안방으로, 골목으로, 로터리로, 시장과 백화점, 유치원에서 대학으로, 선술집에서 카바레로 둥둥 떠다니면서 열풍을 일으켰다.

김봉섭 사장은 처칠같이 시거를 입에 문 채 "자네는 영웅이 된 걸세." "자네는 천재가 된 걸세."라는 말을 수없이 되풀이했다.

그러나 여전히 독고는 사장실에 들어올 때마다 자신의 지정석으로 삼고 있는 보조 의자에 쭈그리고 앉아서 양탄자의 꽃무늬만 바라보고 있었다.

"좋아! 참 좋은 아이디어야. 근데 그게 자네 아들의 아이디어라고 했겠다?"

김봉섭 사장은 책상서랍에서 흰 봉투를 꺼냈다.

"그러니 아이디어 값을 독고부장 아드님에게 치러야 할 게 아닌가? 허! 그것 참, 까매아스고태십이군!"

사장 자신도 그 유행어로 끝을 얼버무리면서 독고에게 금일봉을 하사했다.

"아닙니다, 사장님!"

독고는 진이의 연극 날을 생각하면서 봉투를 뿌리쳤다.

"그 애는 지금……."

독고의 표정에 구름이 꼈다.

"무슨 소릴……, 팔남바사샤."

김봉섭 사장은 봉투를 독고의 호주머니에 구겨 넣어주었다.

그렇다. 사람들은 옛날부터 그런 말을 써왔었다. 서양 사람들은 '아멘'이란 말을, 동양 사람들은 '나무아미타불'이란 말을. 뜻도 모르면서도 사람들은 가장 중요할 때 그 말을 써왔다. 아무 때, 어디에서도 '아멘'과 '나무아미타불'이란 말은 쓰일 수가 있다. 뜻이 확실치 않기 때문에, 어떤 소망이든 어떤 절망이든 담을 수 있는 그릇이 된다.

'까매아스'가 바로 그 말을 대신하게 된 것이다. 절간에서, 교회에서 배웠던 것을 현대인들은 TV에서 배운다.

독고는 수련이에게 김봉섭 사장으로부터 받은 상금 봉투를 던져주면서 말했다.

"사장님이 이걸 진이에게 주라고 하시더군."

수련이는 봉투 안에 든 돈부터 빼어서 세기 시작했다. 은행에서 갓 나온 칼날 같은 새 지폐였다. 보수로 끊어줄 수도 있고 또 헌 지폐로 줄 수도 있었을 것이다. 그것을 일부러 새 지폐로 바꿔준 것은 바로 김봉섭 사장의 경영철학이요, 그의 심리학이었다. 같은 액수의 돈이라도 기분이 사뭇 다른 것이다.

과연 김봉섭 사장의 전략은 적중했다. 아내는 얼굴에 홍조를 띠면서 손에 와 닿는 새 지폐의 감각에 도취해 있었다.

"어머나! 이거 백만 원 아녜요?"

아내는 돈을 헤아리다 말고 소리 질렀다.

"무슨 돈이에요? 진이에게 주라니, 어떻게 된 거죠?"

수련이는 독고가 장난을 치는 것이 아닌가 해서 그의 표정을 살펴보면서 물었다.

"그래! 진이 거야. 김사장님이 진이에게 주는 거라고 했거든!"

"당신, 진이 이야기를 했군요? 그래도 그렇지, 이 돈은 너무 많잖아요. 그까짓 학예회에 나가는 건데."

말꼬리가 흐려지면서 위조지폐라도 섞여 있는 것처럼 무릎 위에 떨어져 있는 지폐장을 한참 동안 들여다보고 있었다.

"알았어요. 청심학원의 정박아들을 위해서 기부금으로 내놓은 거군요. 당신두 그래, 병신 자식 팔아서 돈을 뜯어와요?"

수련이의 눈썹이 축축해지기 시작했다.

"아니야. 그건 말이지 내 카피가, 왜 알프스 시계 카피 말야. 그게 히트하는 바람에 우리 회사를 찾는 클라이언트들이 부쩍 늘게 된 거지. 이를테면 상금을 탄 거야."

독고는 아내가 측은했다. '자기는 절대로 행복해서는 안 된다'는 것이 아내 수련이의 종교였다. 무언가 좋은 일이 생기거나 기쁜 일이 생기면 으레 이상반응을 보이곤 했다. 물론 그것은 진이 때문에 생긴 오랜 습관이었다.

"이봐요!"

독고는 수련이의 어깨를 두 손으로 잡았다.

"당신두 마음놓고 한번 좋아해봐. 옛날 애인도 만나서 마티니라도 한잔 마시구, 〈오! 마미 블루〉 같은 애상적인 노래도 들어보며 무드를 내보라구. 백만 원 별 큰 돈은 아니지만, 진이를 잊을 만큼의 도취를 안겨줄 수는 있지."

수련이는 피식 웃었다.

"농담하지 말구요. 상금이라면서 왜 이 돈을 진이에게 주라는 거지요? 진이가 그 까매아스인가 뭔가 광고문을 썼다는 건가요.”

“맞았어. 그건 진이가 쓴 거야.”

“피! 둘러대기는……..”

수련이의 얼굴은 구름장과 햇빛 사이를 오락가락했다.

“정말. 까매아스는 독고진의 작품이야. 성한 사람들은 모두 목에 힘주고 무언가 뜻있는 말들을 하려고 애쓰고 있잖아. 애국이니, 건설이니, 정의니, 민중이니……. 그런데 우리 진이는 그런 말을 하지 않아. ‘데데’니 ‘두두’니 ‘무이’니, 아무 뜻도 없는 말, 정의할 수 없는 말을 하고 있어. 결코 뜻으로 정복될 수 없는 말, 순수한 말, 천지창조 이전에 있었던 암흑의 말……. 우리 진이는 위대한 사투리로 이야기하고 있단 말야. 그것이 ‘까매아스’이고 ‘팔남바사샤’가 된 거지. 보라구, 어디를 가나 이 말이 유행하고 있지. 처음엔 국민학교 아이들이, 지금은 회사 중역들까지 말이야. 성한 사람들이 진이의 말투를 닮아가고 있는 중이야. 우리 진이는 바보도 아니구, 불행하지도 않아.”

“어쨌든 이 돈은 진이를 위해서 써도 되는 거지요?”

수련이는 다시 돈을 세기 시작했다.

독고는 부산에서의 일을 생각하면서 말했다.

“진이보다도 당신을 위해서 써. 나 혼자 여행했으니, 당신도 진이네 행사가 끝나면 조용한 데 가서 쉬었다 와요.”

독고는 돈을 세고 있는 수련이의 목덜미를 바라보았다. 그러나 정맥 같은 것은 보이지 않았다.

"헷갈려! 가만히 좀 있어요."

아내는 돈을 세고 또 세었다. 마치 그렇게 세고 확인하지 않으면 지폐가 날개라도 돋쳐 멀리멀리 날아가버리기나 할 것처럼.

"앞으로 닷새 남았어요. 청심학원 창립 기념일 말예요. 가톨릭 재단 본부에서도 많이들 나온댔어요. 만국기도 걸고 악대들도 부르고, 아마 성금도 많이 들어왔나 봐요. 더구나 말이지요, 진이는 임금으로 나오잖아요. 늘 숨어 살았던 진이가요. 살아서 숨쉬는 게 부끄러웠잖아요. 하지만 그날만은 안 그럴 거예요. 자랑스럽게 무대에 나와서, 여러 사람 앞에서 큰소릴 치지요. 열두 명의 시종들을 거느리고 걸어가는 거랍니다. 그날을 위해서 난 이 돈을 쓸 거예요. 당장 왕관부터 새로 만들구요, 그리구 무대장치도, 그 궁성 말이지요, 더 크고 예쁘게 만들어달라고 할 거예요. 그리구 연극이 끝나고 나면 특별 허가를 맡아 진이를 데리고, 아니지요, 진이가 아니지요. 임금님을 모시고 나와서 말이지요, 서울에서도 제일 높은 스카이웨이 베어 하우스나 그렇잖으면 영빈관 같은 데서 만찬회를 연답니다. 수녀님들도 모시구요······ 샥스핀 요리도 먹이고······ 샥스핀이 정말 상어 지느러미예요? 또 뭐라더라, 게살로 만든 수프도 먹이고······. 정말 이 돈, 내가 써도 되는 거지요?"

독고는 아무 말도 하지 않고 고개를 끄덕였다.

전화벨 소리가 울렸다.

수련이는 아직도 손에 들고 있는 백만 원 지폐 덩어리를 어쩌질 못하고 있다. 전화를 받으러 급히 일어나는 바람에 사방으로 돈을 흩어놓고 말았다. 방바닥에 지폐가 깔렸다. 독고는 만 원권 지폐가 카펫처럼 깔려 있는 것을 물끄러미 바라보면서 시인이 되려던 옛날의 꿈을 되새겨보았다.

광고문에는 저작권이란 것이 없다. 서명이란 것이 없다. 그것은 상품들과 함께 태어났다가, 그것들의 칠이 벗겨지고 향기가 날아가버리게 되면 쓰레기터로 함께 가 묻혀버린다. 그것이 '카피'라는 슬픈 시집이다.

형광등 불빛 아래 여기저기 흩어져 있는 그 지폐는 아무런 부끄러움도 없이 알몸뚱이를 드러낸 창녀처럼 민망스럽게 보였다. 독고는 얼른 그 지폐를 두 손으로 가리듯이 긁어모았다.

그렇다. 돈은 여자의 육체를 닮았다. 지폐를 세고 있는 사람들의 손가락과 그 표정을 관찰해본 적이 있는가? 그것은 꼭 음란한 사내가 여자의 알몸을 손으로 애무하고 있는 것과 다를 게 없다. 지폐도 관능의 육체를 지니고 있는 것이다. 그러기 때문에 지폐에도 옷을 입혀야 한다. 지갑이나 봉투나 금고 속 깊이 가두어 두어야 한다. 여체와 지폐는 남의 눈에 띄지 않게 몰래몰래 숨겨 두어야 한다. 그리고 지폐는 근본적으로 여자의 육체처럼 정절을 지키기가 어려운 것이다. 조폐공사에서 찍혀 나오는 그 순간부터 지폐는 처녀성을 잃는다. 교환되도록 운명지어져 있는 것이 돈의 운명이기 때문이다. 무수한 사람들의 손때를 묻히며 찢기어가는 지폐들. 더럽다, 더럽다고 하면서도 미친 듯이 그 뒤를 쫓고 있는 신비한 힘, 소유의 갈망, 정복의 징표—그러면서도 부끄러운 것, 영원히 부끄러운 것. 얄팍한 종이쪽지지만 거기에는 감추어야만 할 깊은 수렁의 비밀이 있다. 사진부장이 말했었다.

"난 말이지, 시라구는 김소월의 「진달래꽃」밖에는 모르지만 말여. 내 경험인디 날 버리고 떠나는 님에겐 말이지, 진달래꽃을 뿌려서는 안 되는 거여. 간단한 방법이 있잖어. 진달래꽃대신 돈을 확 뿌려주라는 거여. 아니, 지가 그걸 밟고 떠나긴 워딜 떠나……."

독고는 돈을 모아 얼른 봉투 속에 집어넣으면서 뜨거운 숨결을 느꼈다.

"전화 좀 받아보라니까요!"

수련이는 수화기를 손으로 틀어막고 조금 신경질적으로 소릴 질렀다. 정신없이 돈을 주워 봉투에 넣고 있는 독고의 모습이 추악해 보여서였을까.

"전화?"

"그래요, 전화예요……."

"누구래?"

"도안부장인가 봐요."

독고가 수화기를 받아드는 순간, 수련이는 한숨을 쉬면서 혼잣말을 했다.

　"전화가 왜 안 오지? 진이 보모가 꼭 전활 해준다고 했는데⋯⋯."

　"이봐라! 니, 나한테 뭐 숨기는 거 있노⋯⋯."

　도안부장은 술에 취해 있는 것 같았다.

　'숨기다니'라고 반문하려다 말고 독고는 수련이의 얼굴을 훔쳐보며 딴전을 피웠다.

　"미안하다고 했잖아. 다음에 정말 한턱 낸다니께 그래."

　"그 이야기가 아니여, 까매아스⋯⋯."

　"뭔데 그래?"

　"팔남바사샤."

　"말하라니까, 그래!"

　"뭐예요? 무슨 일이 있대요?"

　이번에는 전화를 엿듣던 수련이가 참견을 했다.

　"아니야, 아무것두⋯⋯."

　독고는 수화기를 손으로 막고 수련이에게 눈짓을 하며 말했다.

　"야, 이 자슥아, 선상님에게 보고를 했어야지⋯⋯. 니, 부산에서 재미 본 아가씨한테서 전화 왔더라."

　무엇인가 대꾸를 하려고 했지만 목구멍이 뜨끔했다. 아직도 넘어가지 않은 가시가 찌르고 있는 아픔이었다.

독고는 어렸을 때에도 그런 경험을 했었다. 생선을 먹다가 가시가 목구멍에 걸리는 일이 있었다. 어머니는 밥을 씹지 말고 그냥 꿀꺽 삼키라고 하셨다. 밥을 넘기고 나면 목이 개운해지고 따끔따끔하던 아픔도 말끔히 가셔버린다. 그러나 한참 있다가 침을 삼키거나 하면 아직도 가시가 목구멍 속에 남아 뜨끔거리는 것이다.

몇 번인가 밥 덩어리를 목구멍으로 넘기고 또 넘기고 그러고는 침을 삼키며 확인을 해보고……. 독고는 침을 삼켰다. 목이 타고 있었다.

거의 한 달이 지났다. 겨우 잊을 뻔한 그 순간에, 그것도 도안부장으로부터 김미란의 이야기를 다시 듣게 될 줄이야. 독고는 침을 삼켰다. 분명히 아픔의 흔적이 되살아나고 있었다.

"니, 그만큼 교육시켰으면 바보라도 알아들었을 거 아닌가? 우쩌자고 마, 직장 이름을 다 가르쳐주노? 그래도 그 주변에 말이다, 제법 여자를 낚을 줄도 알고, 출세했다. 그게 다 형님 덕인 줄 알거라. 그래도 워찌 용케 이름은 대주지 않았노……?"

여자는 애드 킴으로 전화를 걸어 독고를 수소문한 모양이었다. 부산에서 만난 사람이라는 것과 인상착의를 이야기한 모양이었으나, 도안부장은 혹시나 해서 눈치껏 잡아뗐다는 것이다.

"잘한 거제. 니 벌벌 떨까 봐 내 확 잡아떼지 않았나……. 왜 말이 없노? 아주머니, 헌병이 옆에 있어 그라제?"

고마워해야 할 것인가? 독고는 멍하니 듣고만 있었다. 도망치 듯이 부산에서 떠나왔지만 독고는 가끔 해운대의 해변에 찍어둔 그의 발자국을 찾고 있었다. 아니다, 그건 발자국이 아니었다. 해변가에는 무수하게 마멸되어 버린 조개껍데기들이 널려 있다. 무수한 조개들의 죽음. 독고의 기억도 그런 조개껍데기의 하나처럼 거기에 뒹굴고 있었다.

미란이가 전화를 걸어왔다. 그것은 덜 넘어간 목구멍의 가시인 가, 그렇지 않으면 잃었던 향수병을 다시 발견한 것인가?

"무슨 전화인데 그래요?"

수련이가 수화기를 빼앗으려는 듯이 가까이 다가오면서 물었다. 독고는 전화를 얼른 끊어버렸다.

"무슨 일예요? 제가 알면 안 되는 일예요?"

"그래, 여자들은 알 필요가 없어!"

"뭐가 잘못되었어요?"

독고는 수련이의 얼굴을 똑바로 바라다볼 수가 없었다.

"아니래두 그래. 진양식품에서 신개발한 라면이 있거든! 그 광고 때문에 말야."

"이번엔 또 무슨 라면이래요? 신개발품이래두 이름하구 그릇만 다르던데……. 광고만 요란해. 거짓말 쓰구 이런 돈 받아오는 짓, 이젠 그만둡시다!"

수련이는 오랜만에 농담을 했다. 돈이 나쁘지는 않은 모양이었다. 거짓말을 써서 벌어오는 돈이라도 도톰한 봉투를 손에 들고 있으면 웃음이 나오는가 보았다.

그러나 독고는 '거짓말'이라는 수련이의 말에 가슴이 철렁했다.

거짓말—같은 주먹질이라도 그것이 제도화하고 직업화한 사각의 링 위에서라면 폭행죄가 아니라 트로피가 주어진다. 같은 거짓말이라 해도 카피라이터는 사기죄가 아니라 아이디어맨의 영광을 누린다. 백만 원의 상금을 탄다. 그러나 지금 독고는 링 밖에서 주먹을 휘두른다.

김미란! 그것은 카피의 문자가 아닌 것이다. 신개발품 라면 이름이 아닌 것이다. 시한부 인생을 사는 멜로드라마의 히로인은 일 분이면 먹을 수 있다는 인스턴트 식품이 아닌 것이다.

독고는 거짓말을 했다. 진양사의 신개발품 라면 광고를 위해서 도안부장과 이야기를 했다고.

"자리 좀 비켜줘요. 전화를 걸게요."

계속해서 우두커니 앉아 있는 독고를 밀치고 수련이는 재빨리 전화 다이얼을 돌렸다. 벌이 벌집을 드나들 듯이 다이얼 구멍으로 미끄러져 들어가는 갸름하고 긴 수련이의 손가락을 보면서 독고는 들것 위에서 흔들거리던 작은 손을 생각했다.

"죄송합니다. 전화 주신다고 해서 기다렸지만……. 너무 늦어질 것 같아서 제가 걸었습니다. 바쁘시지요?"

재생불능성 빈혈증이라면 대체 무슨 병인가.

백혈병의 일종인가.

"진이는요, 몸만은 튼튼한 아이예요. 계속 그냥 연습을 시켜주세요. 절대, 그 때문에 병이 난 게 아닐 거예요."

"왜, 진이가 또 아프대?"

독고는 전화를 거는 수련이의 말을 가로챘다. 수련이는 '쉬ㅡ!'하고 입에다 손을 대는 제스처를 하면서 수화기에다 대고 이야기를 계속했다.

"오히려 말이죠, 그 애가 임금님 역을 안 맡으면 큰 병이 날 거예요. 물론 노래를 시키는 것도 좋지만요, 그 애가 임금님 놀이와 왕관 쓰는 걸 그렇게 좋아하는데 말이지요."

커다란 웃음소리를 내며 날아다닌다는 라핑 갈매기. 수희라는 가명을 가진 김미란. 정말 신병 때문에 수면제를 먹었는가? 정말 원인은 빈혈 때문인가? 그렇다 해도 왜 하필 그때 수면제를 먹었는가?

"자살행위라니요, 절대로 그럴 리가 없어요. 아무리 정박아라고 하지만 그까짓 대사쯤 외우느라고 신경을 써서 그런 발작이 일어났다고 할 수는 없잖아요. 물론 알아요. 정박아들에겐 간질이 많아요. 설령 그런 발작이라 해도 죽기야 하겠어요? 네……네……네……. 선생님, 선생님만 믿겠어요."

"무엇 때문에 그래, 진이 연극을 못하게 한다는 거야?"

독고는 다시 수련이에게 물었다. 그러나 수련이는 여전히 입에다 손을 대고 조용히 하라는 신호만을 보냈다.

"물론이지요. 아빠도 마찬가지예요. 이왕 시작한 일이니, 아닌 말로 다시 쓰러지는 한이 있더라도 그냥 계속해주세요. 이 세상에 나와서 처음으로…… 사람 구실을 하는 건데 기회를 뺏지 마세요. 제 입으로 안 아프게 꼭 그 임금님 역을 시켜달라고 애원하는 걸 어떻게 말리겠어요."

아내는 기어코 울음을 터뜨리고 말았다.

독고는 아내가 진이 생각을 하고 있을 때 김미란이의 손과 목소리와 목덜미의 까만 사마귀를 생각하고 있었던 자신에 죄의식을 느끼면서 그에 보상이라도 하듯이 수련이의 어깨를 잡으며 말했다.

"걱정 마! 내가 내일 원장수녀님을 만날 거야. 무슨 일이 있더라도 청심학원의 십 주년 기념 연극 공연의 주인공은 진이가 될 테니 걱정 말아요."

"원장수녀님은 바뀌었어요."

수련이는 울면서도 극히 사무적인 이야기를 했다.

"새 수녀님이면 어때? 내가 가서 설득시킬 거야. 돈도 생겼잖아."

독고의 말에 수련이는 울다 말고 머릴 꼿꼿이 세웠다.

"당신 그게 무슨 소리예요? 돈도 생겼다니요."

"그저 해본 소리라구. 돈만 있으면 지옥으로 가려던 귀신도 천당으로 간대잖아."

"별소릴 다 하시네요. 원장수녀님을 돈으로 매수하겠다는 말예요? 당신 정말 우스워졌어. 아까만 해도 그래요. 진이의 연극 때문에 목이 빠지게 전활 기다리고 있다가 도안부장한테서 온 전화인 줄도 모르구 정신없이 일어난 거죠. 그 바람에 돈이 흩어졌어요. 근데 당신은 누가 빼앗아라도 갈까 봐 돈을 챙기느라고 허겁지겁하더군요. 돈이 날개가 돋쳐 날아간다고 해도 그렇지요. 그까짓 돈 백만 원에 죽고 살아요? 전에는 안 하던 짓예요. 바보 자식을 낳고 가난한 월급쟁이 마누라 노릇을 하면서도요, 당신하구 살 수 있었던 건 당신이 어린애 같기 때문이에요. 영원히 어른이 못 되는 사람처럼 순결하다는 거지요. 그런데 당신, 부산 갔다 오구부터, 아니지요, 거 뭐예요, 까매아스인가 뭔가 알프스 시계 광고가 히트하고부터 아주 이상해졌단 말예요. 수녀님을 돈으로 설득시켜요? 어떻게 그런 소릴 할 수 있어요? 세상이라구 다 시장판인 줄 아세요? 수녀가 아니라도 애들이 불쌍해서, 너무너무 불쌍해서 시집가지 않고 평생 보모 노릇을 하고 있는 사람이 하나 둘이 아녜요. 진이를 위해서 연극을 그만두게 하려는 거지요! 간단하게 줄이고 줄인 대사라 해도 애들에겐 벅찬 거예요. 태어나자 마자 그냥 배우는 엄마, 아빠란 말도 가르쳐주는데 일 년 이상 걸려야 하는 애들도 있어요. 아녜요, 영원히 엄마, 아빠란 말을 모르구 그냥 죽어간 애들도 많아요. 아이큐가 이삼십밖에 안 되는 애들 말이지요. 때로는 원장수녀님이 그러시더군요. 진이에게 감사하라구. 진이는 조금은 책도 읽을 수 있구, 노래 가사도 욀 수 있다구요. 엄마란 말을 모르고 마지막 죽을 때 '밥!'이라고 부르고 숨을 넘겼다는 애 이야기를 하시더군요. 진이가 요즈음엔 가볍기는 해도 연극 연습을 시키기만 하면 너무 긴장한 탓인지, 옛날 당신이 부산에 갔었을 때처럼 원인 모를 발작이 일어난다는 거지요. 원장수녀님이나 보모들은 진이가 연극 때문에 병이 날까 봐 연극을 그만두게 하라는 건데, 겨우 한다는 말이…… 돈을 써요?"

수련이는 이따금 감정이 격해지면 물레를 돌리듯이 숨도 쉬지 않고 이야기를 퍼부어대는 버릇이 있었다. 조금 행복해지려고 하면 금세 울어버리고. 울고 나면 말을 퍼붓고, 말을 퍼붓고 나면 기진한 사람처럼, 그러나 아주 예쁜 얼굴을 하고 색색 잠이 든다.

이번에도 예외 없이 그런 순서로 모든 일이 진행되고 있었다. 이제는 잘 차례였다.

독고는 아무 대꾸도 하지 않고 수련이를 안아 뉘었다.

'수련아, 걱정 마라. 내가 어른이 되려면 아직 멀었다. 너도 나도 어른이 되지 말자. 물론 우리 진이도 그래! 우리는 모두 밥 대신 흙을 떠놓고 소꿉장난을 하면서 세 식구가 살아가는 거다, 수련아.'

수련이의 말대로 자기는 영원히 어른이 되지 못하는 아이인지도 모른다는 생각을 했다. 정박아에게는 나이란 것이 없다. 죽을 때까지 철없는 아이와 같은 것이다. 그렇다면 자기도 진이도 지금 어른이 못 되는 핏줄로 이어지고 있는 것일까? 그건 수련이도 마찬가지이다.

독고의 담 너머에서 살고 있는 어른들. 그 어른들의 세계란 대체 무엇인가?

"너도 다 컸으니 이제부터는 혼자서 남탕으로 가야 한다."

어머니가 그렇게 말씀하시던 날, 독고는 무안하고 또 불안해서 입술을 깨물며 울었었다. 그 남탕에는 퍼런 문신文身이 새겨진 우람한 팔뚝이 꿈틀거리고 있었다. 철사처럼 튕겨나온 힘줄들이 뜨거운 물을 퍼내고 있었다. 말이나 소처럼 겉으로 드러낸 성기에서는 김이 무럭무럭 솟아나고 있었으며, 구둣솔처럼 깔깔한 턱수염에서는 비누거품이 뭉게뭉게 피어나고 있었다. 그 위로 새파란 면도날이 번갯불처럼 섬광을 일으키며 스쳐 지나간다. 그것은 공포의 세계, 겁을 주는 세계였다. 그때부터 자기는 절대로 그 남탕으로 들어갈 수 없을 거라는 확신을 갖게 되었는지도 모른다.

지금도 독고의 담 너머에는 거대한 남탕이 있다. 조금만 소릴 질러도 그 음향은 몇 배나 크게 증폭되어 커다란 울림을 갖는다. 거기에서는 진짜 자기 목소리를 들을 수 없는 것이다. 키가 육척이 넘는 존 웨인, 그렇지 않으면 시커먼 털이 떡 벌어진 가슴을 덮고 있는 찰스 브론슨. 독고는 액션 영화의 스타들에게서 어른들의 얼굴을 찾아내려고 했지만, 역시 그에게는 김봉섭 사장의 얼굴이 더 강렬하게 떠올랐다.

김사장이야말로 남탕의 가장 한복판에 우뚝 서서 폭포수처럼 뜨거운 물을 끼얹고 있는 거인이었다.

"미래를 지배하는 산업은 말일세."

김봉섭 사장은 파이프를 뚫으면서 21세기의 강의를 시작했다.

"창고를 필요로 하지 않는 상품을 만드는 일일세. 쌓아두고 파는 물건들은 모두가 19세기의 유물이란 말야. 정보산업, 광고 그건 말야, 창고에 쌓아두고 파는 물건이 아니란 걸 명심해두게."

김사장 옆에는 또 도안부장과 사진부장이 비누거품을 일으키고 있었다.

"일부일처제란 거 안 있나? 그거 점잖은 풍습처럼 보여도 말이다, 사실은 유인원類人猿의 특징이라고 책에 씌어져 있지 않드나. 그러니 말이다, 남자가 자기 마누라밖에 모른다는 건 미덕이 아니라 원숭이로 퇴화해간다는 증거 기라. 말하자문 역진화제."

김봉섭 사장에게는 경영학 강의를 듣고, 도안부장에게는 여성학 강의를 듣는다. 그런데도 독고는 아직 어른이 되지 못하고 있는 것 같았다.

독고는 잠이 들어 있는 아내의 얼굴을 들여다보았다. 자기를 남편이라고 기대며 살아가는 그 작은 생명을……

'내일은…….'

독고는 속으로 다짐했다.

'청심학원에 가리라. 무대 위에 쓰러져 죽어도 좋으니 진이에게 꼭 그 역을 맡겨달라고 간청해보리라.'

청심학원은 남탕과는 다른 세계, 영원한 어린아이들만이 모여 사는 곳이다. 어쩌면 자기도 진이와 마찬가지로 21세기를 지배한다는 애드 킴이 아니라 청심학원에 들어가야 할 존재인지도 모른다고 독고는 생각했다.

'아예 직업을 옮겨버릴까? 진이를 위해서, 정박아들을 위해서 무엇인가 일을 시작해보자.'

독고는 정박아들과 연극을 하고 함께 춤을 추는 꿈을 꾸었다.

출근하기가 무섭게, 독고를 본 도안부장은 피 냄새를 맡은 상어처럼 헤엄쳐왔다.

"밤잠 못 잤지?"

독고는 아무 말도 하지 않고 아침 기획회의에서 낭독할 카피철을 뒤적였다.

"아주머니가 눈치 챘더나?"

독고는 계속 입을 다물고 카피 원고를 넘겨갔다.

'바다의 질투!'

그것은 우일 선풍기 커머셜의 헤드였다. 시원한 선풍기의 바람을 바닷바람이 질투를 한다는 것이었고, 질투란 말을 더욱 설득력 있게 하기 위해서 그 옆에는 '올 여름은 안방을 피서지로 삼기로 했다'라는 리드를 덧붙여놓았다.

도안부장은 독고의 어깨 너머로 선풍기 카피를 들여다보면서 커다란 소리를 내고 웃었다.

"바다의 질투라고? 허, 그것 참 명언이다. 히트에 히트, 그러나 말야. 아무래도 이 카피 뜯어고쳐야겠다. 내 고마, 전활 받아보니 바다의 질투 정도가 아니라 이건 마 바다의 태풍인기라."

도안부장은 갑자기 목소리를 낮추더니, "이보래이, 농담이 아니다. 도대체 워찌된 게고?" 하며 표정을 바꾸었다.

독고의 머릿속에서는 선풍기와 미란이와 바닷바람이, 그것도 찜찔한 봄바다의 차가운 바람이 불고 있었다. 그 여자가 전화를 걸다니……. 결국 살아 있었구나……, 그런데 왜 날 찾았을까? 독고는 전화 내용에 대해서 자세히 묻고 싶었지만, 왠지 그에 대해서 말하는 것이 두렵게 느껴졌다.

"아무 일도 아냐!"

독고는 여전히 카피에만 관심이 있는 체하면서 시치미를 뗐다. "아니, 아무 일도 아니라니! 그 정도로 포기할 여자가 아니던데……?"

도안부장은 한참 동안 자기가 여자를 보는 눈이 얼마나 정확한가를 설명하고 난 뒤 걸려도 아주 악질적인 여자에게 걸린 것 같다는 결론을 내렸다. 그 여자는 애드 킴이 광고회사라는 것과 독고가 이 회사에서 카피라이터라는 것까지 소상히 알고 있었다는 것과 한 달이 넘은 뒤에 이렇게 독고를 수소문해서 찾는 것은 모두가 다 계산에 넣고 하는 짓이라는 거였다.

아마 그 여자는 독고의 이름까지 훤하니 알고 있고, 어쩌면 집 전화번호까지 이미 손에 넣고 있는지도 모른다는 거였다. 생각해보라는 것이었다. 부산 출장에서 돌아온 지 한 달이 조금 지난 게 아니냐는 것이었다. 독고를 그냥 보고 싶어 건 전화라면 이렇게 뜸을 들였을 리가 있겠느냐, 두고보라는 거였다. 그건 다 타이밍을 맞추려는 수작인데, 그 여자는 독고의 애를 가졌다고 나설 것이 틀림없을 거라는 거였다. 그런 여자들은 처음부터 독고처럼 순진한 남자를 점찍어둔다.

순진성은 바로 그런 여자들의 밥이다. 그 순진성의 정도에 따라 계략도, 협박도, 요구하는 돈 액수도 다 달라진다. 그러니까 자기와 같은 도사급에게는 이빨도 안 들어간다. 그런 여자를 물리치려면, 백전노장인 자기 관록을 빌려야 한다는 게 도안부장의 결론이었다.

비밀은 절대 보장할 테니까 이실직고하라고 도안부장은 계속 설득을 했다. 왜냐하면 그 경과를 알아야 거기에 대해 정확한 작전을 짤 수 있다는 거다.

그러나 독고는 계속 카피의 원고만을 넘기고 있었다. 독고의 성을 뒤집으면 고독이 된다는 걸 애드 킴 사원들은 잘 알고 있다. 일단 독고가 입을 다물면, 그것을 열게 할 열쇠가 없다는 걸 도안 부장이라고 모를 리가 없다.

"좋아, 자네 입으로는 말할 수 없을 끼라. 그러나 형님 살려달라고 쫓아와도 그땐 늦은 줄 알그래이. 꼬리 한번 잡히면 모든 게 끝장이다. 어디 돈뿐이겠노……?"

도안부장은 으름장을 놓고 돌아서다 말고 다시 미련이 남아있는지 독고에게 다가왔다. 끝으로 한마디만 하겠다는 거였다. 만약 여자가 나타나 독고의 애를 가졌다고 하면 절대로 당황하지 말고 거꾸로 반색을 하라는 거였다. 고맙다고 큰절을 하고 나서, 우리 부부는 혈액형이 나는 RH플러스이고 아내는 RH마이너스라 아이를 낳으면 정박아가 태어난대서 그동안 애를 갖지 않고 있었으며 양자라도 들이려고 했던 차에 잘 되었다고 말하라는 거였다. 그리고 아내가 딴 여자와 바람이라도 피워서 애를 낳아만 오라고 했는데, 자기는 도저히 외도할 용기가 나지 않아 지금껏 아내 소원을 들어주지 못했다는 말을 절대로 빠뜨려서는 안 된다는 거였다. 그러면 우선 엉뚱한 애를 내세울 가능성도 없는 것이 혈액형이 RH플러스라 했으니 당장 들통이 날 것이고, 또 아내가 외도를 해서 아이를 낳아달라고 했으니 집에 들어가 앉겠다는 협박도 어려워진다. 가끔 이럴 경우 남자들은 자기가 정관수술을 했다고 잡아떼는 작전을 쓰는데, 그건 구식 병기라 현대전에선 오히려 되잡히기 십상이라는 거였다. 그런데 이 모든 작전은 앞뒤 이가 맞아야 하는데 만약 독고가 그 여자의 유도질문에 걸려 농담이라도 결혼 운운을 했다면 이건 그런 약으로도 되지 못한다는 거였다. 단순한 협박이 아니고 '결혼을 빙자한 간음죄'로 고소를 당한다는 거였다.

독고는 뜻없이 한 소리겠지만 '정박아를 낳을까 봐 운운' 하는 소리를 듣고 제정신으로 돌아왔다.

그렇다. 미란이를 생각하고 있을 때가 아니다. 오늘은 세상 없어도 일찍 퇴근을 하고 청심학원에 가리라. 그때 인터폰의 버저가 울렸다.

"사장님이 찾으십니다."

"아니, 곧 기획회의 아닙니까?"

"오늘은 회의 없어요."

"저만 보시자는 겁니까?"

"예, 출근하시는 대로 뵙자고 하셨어요."

독고는 어저께 받은 백만 원의 상금이 생각났다. 예상한 대로 그것은 단순한 상금이 아닐는지도 모른다.

독고는 일단 카피 서류를 들고 사장실로 들어갔다. 늘 앉는 그 독고의 지정석인 보조 의자에 앉으려고 하는데 사장은 굳이 편한 데 앉으라고 앞의 소파를 권하였다. 사장은 오늘따라 결혼식 주례라도 부탁받았는지 검은 정장을 하고 있었다.

김봉섭 사장은 소파에 비스듬히 누워 눈을 감고 뭔가를 깊이 생각하고 있는 포즈를 취했다. 조금 침묵이 흘렀다. 독고는 잠시 남탕 속에서 뜨거운 물에 몸을 담그고 있는 김봉섭 사장의 모습을 마음속에 그려보았다. 그리고 그 옆에는 작은 고추를 수건으로 감추고 조그맣게 쪼그리고 앉아 있는 자신의 모습을, 몽골리즘의 아이 같은 자신을 상상해보았다.

사장은 갑자기 소파에 기댔던 몸을 꼿꼿이 일으키면서 가볍게 손가락으로 탁자를 쳤다.

"내, 결정했소."

사장의 입술에는 기묘한 미소가 떠돌고 있었다.

"무슨 말씀이신지요?"

"독고부장! 아이디어를 다루는 방법에는 두 가지가 있지."

그건 언제나 듣는 사장의 말투였다. 무슨 말을 할 때에는 '××에는 두 가지가 있지', '××에는 세 가지가 있지'라고 미리 그 가짓수를 밝히는 말투인 것이다. 애드 킴의 빛나는 그 아이디어맨들의 추리에 의할 것 같으면 김봉섭 사장은 우선 '세 가지가 있다'고 말해놓고 그때부터 그 내용을 생각하는 것이 틀림없다는 거였다. 왜냐하면 세 가지가 있다고 해놓고 대부분은 한 가지만 이야기하거나 혹은 경우에 따라서는 그것이 네 개도 되고 다섯 개도 되기 때문이다.

"아이디어를 다루는 법에는 두 가지 방법이 있지."

그러나 이번만은 매우 명쾌한 분류가 그 말을 뒷받침했다.

하나는 사과형으로 따자마자 먹는 것이 제일 맛있는 경우이고, 또 하나는 포도주형으로 잘 담갔다가 오래 묵혀서 마실수록 진미가 나는 게 있다는 것이었다. 그런데 이번 아이디어는 포도주형으로 독고가 부산에 내려가 있을 때부터 지금까지 계속 생각해온 거라는 것이었다.

"이제 그 술독을 열 때가 된 것 같소."

"술독이라니요? 아이디어 말씀이십니까?"

"그렇소. 독고부장의 말에서 힌트를 받은 것이니까 역시 이 문제의 결정도 독고부장이 내려야 할 것 같소."

독고는 결혼 주례사라도 나올 것 같은 김봉섭 사장의 얼굴을 물끄러미 바라만 보고 있었다.

"자매결연을 맺기로 결정을 했는데……."

독고는 무슨 말인지 이해할 수가 없었지만 반문하지 않았다.

"어디와 자매결연을 하겠느냐고 왜 묻지 않소?"

질문을 하는 것까지도 의무란 말인가. 그러나 독고는 바보처럼 대답했다.

"예! 어디와 자매결연을 하시겠다는 말씀입니까?"

"청심학원입니다."

독고는 갑자기 눈앞에서 마그네슘이 터지는 것 같았다. 암흑인지 섬광인지 모르는 것이 그의 가슴을 후려쳤다.

"청심학원이라구요?"

독고는 아내의 무릎에 흩어져 있던 만 원짜리 지폐장이 시청광장의 비둘기 떼처럼 일제히 날아오르는 환각을 보았다.

"알고 계셨군요?"

"나쁘게 생각하지 마시오. 어찌하다 아드님이 그곳에 있다는 걸 알았지요. 우린 한식구가 아니겠소? 불행도 행복도 같이 나누어야지."

"동정은 싫습니다. 그리구……."

"허허! 성급하게 굴지 말고 내 얘기를 끝까지 들어보라니까."

사장은 남탕 한가운데 우뚝 서서 온몸에 뜨거운 물을 끼얹고 있었다. 독고는 더욱 오그라진 고추를 클라이언트들에게서 선물로 받은 기업 광고 프린트가 찍힌 타월로 가리고 물을 찍어 바르며 웅크리고 앉아 있다.

"내 독고부장에게 많은 걸 배웠지. 그것은 코페르니쿠스적 전환이라고나 할까? '까매아스' 같은 카피의 발상은 바로 청심학원이 아니면, 그 체험이 아니면 태어날 수 없었다는 것, 여기에 대해서 내 많은 것 배웠시다."

"사장님! 그러시다면 청심학원까지 끌어들여 돈벌이를 하시겠다는 말씀인가요?"

독고는 처음으로, 사장 앞에서 말이다, 처음으로 큰 소리를 질렀다.

"글쎄, 성급하게 결론을 내리지 말라고 하지 않았소? 청심학원과의 자매결연은 자선을 위한 것도, 사업을 위한 것도 아니란 말야. 아니지, 그 두 개 모두일 수도 있어요."

독고는 어지러웠다.

"간단히 말하면 우린 여러 기업들을 알고 있지 않소. TV, 비디오, 냉장고 이런 가전제품이라든가, 또 과자를 비롯하여 여러 식품, 장난감이고 옷이고 뭣이고 우린 클라이언트들과 교섭하면 청심학원을 위해 기증을 받을 수가 있단 말이에요. 불행한 아이들을 위해서 얼마나 좋은 일입니까!"

"그 대신 사장님은 무엇을 원하십니까?"

"사장님이 아니지, '우리는'이라고 말해야 되겠지. 우리는 그 대신 커머셜 효과를 측정하고 새 아이디어를 얻는 겁니다. 나는 오늘 '톱 매니저'의 세미나에서 강연을 하기로 했는데 바로 그 이야기를 하려고 해요. 이제야 깨달았지. 까매아스가 왜 그렇게 히트한 줄 아시오? 독고부장이 잘 알 거 아닙니까? 광고의 원리는 첫째, 되풀이입니다. 그런데 어떻소. 이 반복의 방법을 써야만 살아갈 수 있는 것이, 이를테면 반복의 필요성이 가장 많이 요구되고 있는 것이 정박아의 세계가 아니겠소. 내 조금 연구해봤지요. 정박아들이 TV 프로에서 제일 좋아하고, 또 금세 몸에 익히는 것이 광고란 말입니다. 정박아들이 이해할 수 있는 광고, 정박아를 즐겁게 하는 광고……. 그것만이 다른 것과의 경쟁에서 이길 수 있는 광고가 될 것이란 말이오. 정박아를 위한 특수교육, 이 원리를 뒤집고 그 실험을 뒤집으면 훌륭한 광고학이 된다. 이거지."

독고는 계속 현기증을 느꼈다. 정박아들이 TV 광고를 제일 좋아한다는 말을 듣자 김미란이의 얼굴이 떠올라 더욱 그랬다.

"간단히 말씀해주시지요. 왜 그 말을 저에게 하는 겁니까?"

"독고부장은 청심학원의 학부형이자 동시에 우리 기업의 한 멤버가 아닌가요? 기업과 그쪽 사이에 다리를 놓아주시오. 모든 게 자연스럽지 않소. 우리는 우선 교육용 비디오를 제공할 거요. 그러나 상대는 종교재단이니까 특정 상품을 선전하는 냄새나 상업주의적인 인상을 풍겨서는 받아들이지 않을 걸세. 학부형이라면 누가 뭐라겠나! 아니지, 모두들 좋아하겠지."

독고는 자리를 박차고 일어서려고 했지만 오늘은 세상 없어도 청심학원에 가야 한다는 결심을 했던 터였다. 그렇게 되면 힘 안 들이고 얼마든지 공식적으로, 그리고 떳떳이 아들을 보러 자유로이 자리를 뜰 수가 있다.

"자매결연을 맺고 비디오를 건네주는 것뿐입니까? 조건은 그뿐인가요?"

"비엔 슈르(물론이지요)."

시장은 불어를 썼다. 사장은 난처한 일이 생기면 영어를 자주 썼고 그보다도 더 거북할 때에는 불어를 섞어 썼다.

"다만, 우리가 만든 커머셜을 방영하기 전에 먼저 그 비디오를 틀어 보이고 아이들이 무엇을 제일 좋아하는지 그 반응을 살펴 주면 되는 거지요. 커머셜의 효과에 대한 특수 측정 방법이 있으니까, 거기에 대한 협조만 해주면 되는 거지. 그리구 말이지."

사장은 소파에서 일어났다. 사장이 소파에서 일어난다는 것은 토론을 종결짓거나, 그리고 그만 나가라는 신호였다.

"독고부장은 연구실장을 겸하도록 발령하겠소. 물론 겸직 수당이 별도로 지급됩니다."

독고가 따라 일어섰다. 그리고 자동적으로 허리를 꾸벅하고는 한마디 했다.

"지금 청심학원을 둘러보고 와도 괜찮겠습니까?"

사장은 의외의 반응에 놀라는 표정을 지으면서 양복 윗저고리의 호주머니를 양손으로 툭툭 쳤다. 사장은 기분이 최고조에 오르면 이런 제스처를 쓴다.

"물론이지요. 아! 그리고 참, 문안부에도 증원을 시킬까 하는데……. 독고부장 같은 사람으로 키울 수 있는 똑똑한 엘리트를 물색하시오. 신설되는 연구실 건은 다음에 자세히 밝히겠소만."

독고는 꺼림칙한 여운을 남겨둔 채 사장실을 나왔다. 이번엔 사진부장이 상어의 지느러미를 세우고 독고에게 헤엄쳐왔다.

뒤늦게 엉뚱한 피 냄새를 맡은 모양이었다.

"왜 그려. 그 전화 건 때문에 그려? 사장한테까지 그 여자가 전활 건 모양이지?"

독고는 사진부장에게도 입을 다물었다.

"차라리 직장을 알려줄 바에야 이름도 똑똑히 가르쳐줄 일이
지…… 원, 그래 가지고는 꼬리만 더 밟히는 거여. 아, 독고씨 바
꿔주세요, 이렇게 나오면 누가 알 것이여. 그걸 말여, 이런 사람
찾아내라고 하니 전 사원에게 소문이 나잖어. 자넨 햇병아리여.
월사금 좀 더 내야지……. 서툴러. 아니, 그런데 왜 사장까지 나
서? 사장이라도 남의 프라이버시를 함부로 말할 순 없는 거여."

현기증이 이번에는 구역질로 변할 것 같았다. 무엇인가 억—
억—토해내면, 창자의 저 깊숙한 구석에 끼어 있는 모든 것을 토
해내면 속이 후련해질 것 같았다. 그가 알고 있는 모든 사람의 이
름들을, 지금까지 들어온 모든 말들을, 보고 들은 것뿐만 아니라
손으로 만지고 숨구멍으로 들이마신 세계의 모든 공기까지도남
김없이 토해버리고 싶었다.

"토해버려라!"

어머니는 독고에게 말씀하였다.

"체증에는 토해내는 것 이상의 약이 없단다."

손가락을 목젖이 닿는 데까지 쑤셔넣으면 왈칵 비위가 상하면
서 창자가 뒤틀리며 솟구쳐 올라온다.

그 비리고 역겨운 고통이 지나고 나면 얼마나 평정한 기분이
찾아오는지! 독고는 정말 토하러 나가는 사람처럼 회사를 뛰쳐

나왔다.

"와 이러노, 사내새끼가!"

아무 영문도 모르고 도안부장이 쫓아 나오면서 말했다.

"그까짓 일로 와들 그러노? 사내가 말이다. 여자하고 좀 놀았기로 뭐 어쨌다는 거고! 사장이 뭐락카드나……?"

"아냐! 그 일이 아니라니까."

"치어라, 그마. 자, 후딱 들어오래이."

"아니래두 그래, 사장 심부름으로 어디 좀 갔다 오려는 거야."

그들은 부조리극의 연극처럼 제각기 서로 통하지 않는 대사를 외고 있는 중이었다.

"그 가시나한테 전화 오면 뭐락할까? 마! 만나가지고 꽉 결판지어 부려라, 내 중간에 들어설 거니……."

독고는 순간 주저했다. 정말 전화가 다시 걸려오면 어떻게 할까?

왜 아이들은 하늘을 향해
깃털을 불어 올리는가

　청심학원은 벌써부터 축제 분위기였다. 운동장에는 깃발이 나부끼고 있었고, 농악 연습을 하는 북과 꽹과리 소리가 무르익은 봄바람을 뒤흔들고 있었다.

　연극 지도를 맡고 있는 선생은 남자였다. 으레 보모를 연상하고 있어 여자이거니라고 생각했던 독고에게는 의외였다. "그건 제 의견이 아니라 원장수녀님의⋯⋯." "새로 오셨다는 원장수녀님 말씀입니까?"

　독고는 선생의 말이 채 끝나기도 전에 그렇게 반문하였다.

　"그렇습니다. 원장수녀님은 옛날에 학교 선생님을 한 경력이 있으신가 봅니다. 그래서 아이들의 교육 문제에 대해서는 전문가나 다름이 없지요."

　"그런데 왜 연극을 중지하려고 하시는 거지요?"

　"그건 말입니다. 진이가 아파서 그러는 것만이 아닙니다. 한두 달 걸려서 훈련을 해도 말이지요, 아이들은 대사를 욀 수가 없지요. 말만이 아니라 연극과 현실을 구별 못하기 때문에 상황에 따라서는 엉뚱한 행동을 하거든요. 원래 성극을 하기 위해서 아주 간단한 극을 해오긴 했습니다마는, 정박아들에게는 아무래도 무리입니다."

"그러나 말예요, 한두 달이나 애써온 거 아닙니까? 그걸 이제 와서 중단한다면 아이들이 얼마나 실망하겠어요."

독고는 진이가 아프면서도 연극을 시키지 않을까 봐, 임금님의 왕관을 빼앗아갈까 봐 아프지 않은 체한다는 아내의 말을 생각하면서 좀 강경한 어투로 말했다.

"물론 저도 선생님 의견과 같습니다. 왠지 원장수녀님이 이번 행사에서 연극을 제외시키려고 하는 눈치입니다."

"그게 성극이 아니고 안데르센 동화라서 그런가요? 저는 그 연극이 마음에 듭니다. 발가벗은 임금님을 본 대로 이야기한 것은 어린아이였습니다. 정박아도 마찬가지예요. 그 애들은 우리가 살고 있는 허위의 세계를 가장 정확히 꿰뚫어볼 수 있는 능력이 있거든요."

"원장수녀님을 만나보시지요. 저 역시 선생님과 전적으로 의견이 같다고 하지 않았습니까."

"연극은 중단 상태인가요?"

독고는 되도록이면 원장수녀님을 만나지 않고 해결할 방법을 찾아내려고 했다.

"예. 사실 진이의 형편으로는 무리입니다. 그 연극만 시키면 이상하게 흥분을 하거든요. 긴장 때문에 일종의 발작이 일어납니다. 보통 경우와 달라 진이가 연극을 할 수 없게 되면 대역이 불가능해지기 때문에, 결국 연극 전체를 중지해야 됩니다."

"안 됩니다!"

독고는 자기도 모르게 소리를 질렀다.

"보여주어야 합니다. 연습만 하면 그 애들도 훌륭하게 연극을 할 수 있다는 것을 사람들에게 증명해 보여야 합니다. 생각해보십시오. TV의 코미디 프로나 연극 같은 데서 바보는 늘 웃음거리로 등장하지요. 그러나 이번에는 거꾸로 그 애들이 우리를 비웃을 차례입니다. 발가벗은 임금님, 똑똑한 사람들의 그 거짓말을 찢어서 진실의 맨살을 보여줘야 해요."

연극 지도교사는 독고에게 손짓했다.

"자! 한번 아이들의 학습 광경도 구경하시고, 또 진이도 직접 만나보시고 난 뒤에 원장수녀님과 상의해보시지요."

독고는 선생의 뒤를 따라 일어났다. 무엇보다도 진이를 만나보고 싶었다. 교실 입구의 작은 뜰에는 여남은 명의 아이들이 무엇인가 즐겁게 놀이를 하고 있었다.

그들은 공중에 떠 있는 닭털을 입으로 불고 있는 중이었다. 하얀 닭털은 조용히 하늘로 떠올랐다가는 서서히 땅으로 가라앉는다. 그러면 얼굴이 시뻘겋게 달아오른 아이들이 그것이 땅에 떨어지지 않도록 입김을 불어 허공에 떠올린다. 이러한 동작이 끝없이 끝없이 되풀이되고 있었다. 아이들은 제각기 제 닭털을 가지고 있는 것 같았다.

그들을 미처 불어 올리지 못하고 땅에 떨어뜨린 아이는 그 대열에서 쫓겨나게 되는가 보았다. 그렇게 하다 보면 그 수가 하나씩 하나씩 줄어들어가고 나중에는 결국 닭의 깃털과 아이 하나만이 남게 된다. 그 아이는 예쁜 그림책과 크레용 같은 상품을 받게 될 것이다.

아이들은 밀려나지 않으려고, 그리고 손을 대면 반칙이 되기 때문에 모두들 뒷짐을 지고 열심히 열심히 닭털을 불어 올리는 것이다.

독고는 잠시 서서 그 광경을 바라보고 있었다. 아이들은 닭털이 아니라, 이 세상에 중력을 가지고 있는 모든 것들을 그 입김으로 불어 올리고 있는 것처럼 보였다. 튼튼한 뿌리를 가지고 있는 나무들과 흙에 박혀 있는 무거운 바위와 사람들과 자동차와 빌딩과 도시 전체가 닭털처럼 둥둥 떠서 하늘로 올라간다. 독고는 눈부신 햇빛 아래서 잠시 동안 이상한 환각들을 보았던 것이다.

"왜 저런 놀이를 시키는가요?"

독고는 정신을 가다듬기 위해 교사에게 물었다.

"놀이라구요?"

선생님은 이렇게 반문하고는 조금 웃었다.

"예, 다들 그렇게 묻지요! 놀이라고 말입니다. 그러나 저건 놀고 있는 것이 아녜요. 언어학습을 하고 있는 겁니다."

독고는 그가 농담을 하고 있는 것 같아 불쾌했다.

"언어학습이라구요? 닭털을 부는 것이 어째서 말을 배우는 일인가요?"

"겉으로는 그렇게 보이지요. 그러나 저건 호흡훈련을 하고 있는 거예요. 정박아들은 호흡하는 것, 숨을 들이마시고 내뱉는 가장 기본적인 것까지도 훈련을 시키지 않으면 서툴러지기 때문이지요. 뿐만 아니라 'ㅎ' 발음을 잘 못하기 때문에 닭털을 불다보면 발음 교정을 쉽게 할 수 있습니다. 사탕이나 껌을 씹는 것까지도 정박아에겐 일종의 학습인 것입니다. 껌을 씹으면 굳어 있던 혀가 유연해지거든요. 그래야 말을 배울 수가 있습니다."

독고는 부끄러웠다. 정박아를 둔 학부모들에게 이미 그런 것쯤은 상식이 아니겠는가? 그러나 독고의 머리 한구석에는 자기의 자식이 정박아라는 사실을 완강히 부정하려는 무의식이 움직이고 있는 것이었다.

독고는 청심학원에 들어온 뒤 진이가 처음 쓴 글자를 본 적이 있었다. 그때 진이의 보모는 자랑스럽게, 흰 도화지에 크레파스로 커다랗게 '아'라고 쓴 글짜를 보여주었다.

"다음에는 '버'와 '지'를 가르칠 거예요. '아버지'라고!"

정박아들은 글씨를 배우기 전에 먼저 연필 쥐는 법부터 익혀야 하는 것이다. 그래서 정박아들에게는 삼각형의 특수 모의 연필이 주어지는 것이다. 고무밴드를 이용해서 손가락과 연필을 밀 착시킨다. 그것은 연필만이 아니었다. 밥숟가락을 손으로 잡지 못하기 때문에 밥을 혼자 먹을 때까지는 오랜 훈련이 필요하다. 그것도 아이큐가 이십오 이상 되는 훈련 가능급에만 해당되는 것이고, 그 이하의 수용 보호급은 영원히 밥숟가락도 혼자서는 움직이지 못한다. 옆에서 떠먹여야 한다.

그것을 알고 있는 독고에게 있어서 진이가 아버지의 첫 자인 '아'를 써준 것은 너무나 너무나 고마운 일이었다. 한참 동안 들여다보고 있는 동안 '아' 자의 동그라미가 자꾸 이지러져서 잘 보이지 않았다. 어느새 눈물이 흐르고 있었던 것이다.

'아'는 '아버지'의 첫 자이고 동시에 '아들'의 첫 자이기도 하다. 독고와 진이는 이 '아' 자 속에 함께 있었다.

'아들아!'

독고는 속으로 그렇게 불렀다.

'장하다, 내 아들아!'

'아' 자로 시작하는 말들. '아침', '아이', '아이리스', '아름다움', '아담.' 독고는 '아' 자로 시작하는 모든 말들을 불러보았다.

그러고 보면 진이가 이 년 남짓한 과정에 연극까지 할 수 있게 된 것은 기적에 가까운 일이라고 할 수 있다. 진이의 아이큐는 칠십 가까이 된다고 했다. 정박아들이 모이는 세계에 있어서 칠십은 천재에 가깝다. 교육 가능급, 잘하면 지진아 바로 다음 클라스인 경계급에 들어갈 수도 있다. 이를테면 성한 사람과 정박아를 구분하는 경계선에서 턱걸이를 할 수 있는 것이었다.

"아이큐 칠십의 천재!"

독고는 기뻐해야 할지 눈물을 흘려야 할지 몰랐다. 단지 분명한 것은 수련이를 위해서 독고는 몇 번인가 되풀이하면서 '아이큐 칠십의 천재론!'을 주장했었다.

사실 정박아들이 모여 사는 청심학원에는 진이보다 불행한 아이들이 한둘이 아니었다. 정박아를 낳으면 부모들이 길에다 그냥 내버리기 때문에 고아 아닌 고아로 시립아동보호소에 수용되는 수가 많다. 그런 아이들은 이름도 성도 모르는 것이다.

아내 수련이는 눈물을 닦으면서 말했다.

"여보! 글쎄, 진이네 반에는 말예요, 이름이 똑같은 애가 열 명이 넘어요. 왠지 알아요? 보호소에서 지어준 이름인데 불쌍하다고 해서 이름이 '불쌍'이야. 그러니까 김불쌍, 박불쌍, 이불쌍이란 말이에요. 그리고 말이지요, 미상이도 있어요. 누군지 성명이 미상이라는 것이 그냥 이름이 된 거지요. 김미상…… 박미상…… 이미상……. 이런 이름들을 가진 애가 한둘이 아니지요."

"성은 어디서 난 거야?"

"그냥 흔한 성을 따다 아무렇게나 붙여준 거래요."

"그렇다면 독고란 아이는 없겠군, 우리 애밖에……."

"당신두, 왜 우리 애가 고아예요?"

아내는 뾰로통해져서 눈을 흘겼다.

"그러니까 그만 짜란 말야. 우리 애는 독고진! 훌륭한 성도 이름도 다 있구, 그리고 아이큐도 제일 높은 칠십이야. 신에게 감사해야 돼."

진이는 작업실에 있었다. 열 명의 아이들이 마룻바닥에 앉아서 열심히 무엇인가를 문지르고 있었다. 독고는 갑자기 실내로 들어왔기 때문에 잠시 눈이 익숙해지기를 기다려야만 했다.

독고는 그것이 커다란 나무뿌리라는 것을 알게 되었다.

샌드페이퍼로 뿌리를 문지르고 기름걸레로 길을 들인다. 몇 번이고 몇 번이고 같은 일을 되풀이하고 있는 동안 나무뿌리에는 서서히 광택이 돌아나기 시작한다.

"일종의 추상예술, 그러니까 조각예술이라고 할 수 있지요."

추상적인 뿌리 전체를 손으로 가리키면서 연극 선생은 말했다.

"여기 아이들에게는 가장 적합한 노동입니다. 페이퍼질을 한다든지 기름걸레로 무엇인가를 문지르는 것은 한번 가르쳐주면 온종일 질리지도 않고 열심히 그 일을 되풀이합니다. 아이큐가 높은 아이들일수록 창의적인 일이 아니면 쉬 물려서 게으름을 피우지요. 그러나 여기 애들은 단순한 것일수록 좋아하고 또 능률이 오른답니다."

물론 그 선생의 여기 애들이란 정박아를 뜻하는 말이었고, 또 그 정박아란 바보를 뜻하는 말이었다. 독고는 선생 말에 귀를 기울이고 있지 않았다. 아이들의 얼굴 속에서 진이를 찾아내려고 온 정신을 기울이고 있었기 때문이다. 독고는 맨 뒷자리 구석에서 기름걸레질을 하고 있는 진이의 얼굴을 찾아냈다. 그늘 속에서만 있었는가 파리한 얼굴은 땅거미 지는 쓸쓸한 저녁 뒤안길에 피어 있는 하얀 박꽃 같았다.

"진이야!"

독고는 큰 소리로 부르려고 했지만 얼른 입을 다물고 말았다. 아이들은 지금 수업중인 것이다. 작업을 지도하고 있던 선생이 주의라도 주듯 독고 쪽을 쳐다보았다.

"선생님, 진이와 조금만 이야기를 나눌 수 없을까요? 면회실에서 말입니다."

선생들끼리 귀엣말로 수군거리다가 진이의 이름을 불렀다.

"진이야, 이리 좀 나와봐요."

아이들이 뿌리 손질을 하다 말고 일제히 선생 쪽을 바라보았다.

아이들은 히기죽히기죽 웃고 있었다. 대체 무엇이 그렇게도 즐겁다는 것인가. 무엇을 생각하고 있기에 그들은 그렇게 화평해 보이는가. 조용했던 방 안이 금세 술렁거리기 시작했고, 모든 아이의 이름이 진이라도 된다는 듯이 그들은 일제히 선생님에게로 다가갔다.

"아니야, 넌 그냥 일을 해요. 너도 아니야, 진이 말이야. 진이 말이야."

선생님은 아이들을 하나하나 제자리에 앉히느라고 애를 쓰고 있었다.

그러나 막상 진이는 한눈도 팔지 않고 나무뿌리의 곡선 하나하나를 따라 정성껏 기름걸레질을 하고 있었다.

독고는 진이 쪽으로 다가갔다. 무슨 뿌리일까. 반쯤은 텅 빈 구멍이 뚫어져 있었고 산호수 같은 잔뿌리는 서로 뒤엉켜 용이 꿈틀거리고 있는 것 같았다.

"진이야."

독고는 나직한 소리로 불렀다.

"진이야."

독고는 진이를 나무뿌리로부터 떼어내려고 좀 더 큰 소리로 불렀다.

그러나 여전히 진이는 나무뿌리를 계속 문지르고 있었다. 영원히, 아주 영원히 멈추지 않을 것처럼 진이의 손은 뿌리 위의 곡선 위를 흐르고 있었다. 손이 오갈 때마다 뿌리의 광택은 더욱 빛이 나고 있었다. 그렇다. 그 뿌리는 아마도 백 년, 아니면 천 년쯤 땅 속 깊이 파묻혀 있었을 것이다. 햇볕이 내리쬐는 여름이나 차가운 바람이 부는 겨울이나 그 뿌리는 어두운 지하에서 잔뿌리를 키우고 있었을 것이었다. 그것은 빛을 볼 수 없는 어둠의 세계, 벌레 소리조차 들리지 않는 정적의 세계이다. 그러나 그 어둠 속에는 따스한 지열이 피어오르고 있을 것이다.

독고는 뿌리가 뻗어가는 땅 밑의 어둠을 잠시 생각해보았다. 따스한 어둠, 따스한 심연. 나무는 꼿꼿이 하늘을 향해서 그 나뭇가지를 뻗쳐 올리고 있는데 나무뿌리는 거꾸로 그 따스한 지하의 어둠을 향해서 끝없이 하강해가고 있다.

진이가 느끼고 있는 의식의 세계도 어쩌면 나무뿌리의 그것과 닮은 데가 있는지도 모를 일이었다. 지금 그것이 지하에서부터 솟아나 용처럼 꿈틀거리며 승천하고 있다. 진이는 뿌리의 승천을 위해 어둠을 닦아내고 있는 중이다. 그것에 빛과 율동을 주고 있는 중이다. 진이의 손이 뿌리의 한 가지이고, 뿌리가 진이의 힘줄 하나가 되어 있는 것 같기도 했다.

독고는 진이의 의식을 일깨우고 싶지 않았다. 나무뿌리로부터 진이를 떼어내고 싶지 않았다. 독고는 뿌리와 한 덩어리가 되어 있는 신비한 생명의 광택을 묵묵히 바라보고 있었다.

"진이야, 아빠가 오셨다."

선생님이 진이의 손을 잡아 일으켰다. 진이의 눈에서 갑자기 광채가 사라졌다. 뿌리로부터 받고 있던 생명의 충전이 끊어진 것처럼 보였다.

"아뿌, 아뿌."

진이는 히기죽 웃고는 '아뿌' 소리를 되풀이했다. 아프다는 뜻인가, 아버지라는 뜻인가. 독고윤은 다시 가슴속에서 슬픔의 응어리가 치솟았다.

"진이야!"

독고는 그의 곁에 뒹굴고 있는 뿌리를 보면서 다정하게 불러보았다.

"나 이금님, 나 이금님이다."

혀를 길게 내돌리면서 진이는 독고윤 ─ 아버지의 손을 잡는다.

아버지가 아니라도 정박아들은 사람을 보면 으레 자기에게 관심을 갖도록 손을 잡거나 매달리거나 엄살을 떤다.

"나 이금님이다. 이금님이다."

연극 대사를 외면서 손에 매달리는 진이를 독고는 덥석 끌어안았다.

"알았어, 알았어. 너는 임금님이다. 그래, 임금님이야."

"여기…… 아, 압퍼."

독고의 손을 끌어다가 진이는 자기의 손가락에다 댔다. 뿌리를 손질하다 다쳤는가 작은 찰과상이 나 있었다.

"다쳤니? 아이구, 우리 진이 아프겠구나."

독고는 뜨거운 입김으로 호호 불어주었다.

그랬었지. 자기도 운동장에서 뛰어놀다 어디엔가 상처가 나면 여선생님에게로 달려가 곧잘 엄살을 부렸었지. 그러면 하얀 옷을

입고 다니시던 여선생님은,

"아이구, 아프겠구나!"

라고 말하면서 호호 입김을 불어주셨다. 뜨거운 입김이, 솜사탕 같은 입김이 독고의 손가락에 와닿으면 공연히 슬퍼지면서 눈물이 쏟아졌다.

그랬었지. 무슨 꽃이었던가, 촉계화라고 했던가. 교무실 앞에는 하얀 꽃들이 피어 있었고, 그 꽃들 너머에는 백묵처럼 하얀 여선생님이 있었지.

"진이야, 아빠하고 이야기할까?"

독고는 진이를 면회실 의자에 앉히고 이번엔 의사와 같은 싸늘한 눈으로 하나하나 뜯어보았다. 건강이 좋지 않은 것은 분명했다. 눈꺼풀이 경련을 하고 있었다.

"지금은 그래도 괜찮지요. 그런데 연극 연습만 시키면 흥분하고 이상한 발작을 일으킨답니다."

연극반 선생은 똑같은 말을 되풀이했다.

"어디 아퍼. 아야 아야해?"

독고는 뺨을 만지며 물었다.

"아디다 아디다, 안퍼 안퍼."

그것은 '아니야 아니야, 아프지 않아!'라는 말이었다.

"우리가 물어도 똑같은 말을 하지요. 아프다고 하면 연극을 시키지 않을까 봐 그러는 거지요."

"대사는 다 외웁니까?"

독고는 일부러 말을 피했다. 진이가 너무 측은해서였다.

"뭐, 대사라야 별게 있겠습니까? 최소한도로 단순하게 줄여서 만든 거고, 또 뒤에서 읽어줍니다. 그대로 따라서 하면 되지요."

"며칠 남지 않았으니까, 이 상태라면 그냥 하게 합시다. 저 애가 저렇게 원하지 않습니까?"

"글쎄, 똑같은 말입니다마는 저도 찬성입니다. 다만 새로 부임하신 원장수녀님이 연극을 자꾸 그만두자는 거예요. 비교육적이고 학부모에게 보이기 위한 쇼는 하지 말라는 겁니다. 거기에 더군다나 진이의 일까지 겹쳐서 말이지요."

"좋습니다. 제가 원장수녀님을 만나뵙겠습니다."

독고는 김봉섭 사장의 제안을 생각하면서 용기를 냈다. 처음엔 생각도 하지 않았던 일이지만, 원장수녀님에게 자매결연 이야기와 교육용 비디오 선물 등을 이야기하면, 그리고 그 제안에 그럴듯한 이유를 달면 틀림없이 연극 건이 관철되리라는 확신이 생겨난 것이다.

"진이야, 알겠니? 너는 꼭 연극에 나갈 수 있을 거다. 우리 임금님, 아시겠어요?"

진이는 와! 하고 소리 지르면서 손뼉을 쳤다. 그러고 난 다음에 또렷이,

"까매아스고태십, 팔남바사샤……."

라고 말했다.

　독고는 너무나도 놀라서 말을 하지 못했다. 그것을 옆에서 보고 있던 연극 선생은 껄껄거리며 웃다가 이렇게 말하는 것이었다.

　"예, 놀라셨을 겁니다. 지금 유행하고 있는 거면, 여기 애들도 그대로 다 하지요. 이상한 일 아닙니까. 아무리 가르쳐주어도 엄마 아빠란 말조차 하지 못하던 아이들인데도 저 소리만은 분명히 할 줄 알거든요. 매일 저녁 TV 광고에 나오니까 그렇기도 합니다마는 어떻게 복잡한 말을 다 외웠는지, 그리고 저것이 유행하고 있는 말인 줄 어떻게 알았는지 참 신기하지요."

　원장수녀님은 부재중이었다. 독고는 그편이 오히려 잘 되었다고 생각했다. 독고는 이번 일만이 아니라 남과 무엇인가를 따지려 할 때에는 으레 무슨 핑계를 대서라도 뒤로 미루는 일이 많았다.

　사람과의 일만이 아니었다. 카피를 작성할 때에도 역시 그랬다. 아이디어는 떠오르지 않고 마감시간은 발등에 떨어진다. 분초가 아쉬운 그 위급한 상황 속에서 독고는 변소를 자주 드나드는 것이다. 물론 그러다가 뜻하지 않은 아이디어를 주울 때도 더러 있기는 있지만, 그것은 순전히 위급한 것을 뒤로 미루려는 무의식 속에서 생겨난 버릇이었다.

'잘 됐다. 편지를 쓰자. 맞대놓고 말하는 것보다는 편지로 이야기하는 편이 훨씬 솔직하고 대담하게 의견을 말할 수가 있다. 상대방의 시선을 피하고 이야기할 수 있다는 것, 그것이 글이라는 미디어이다. 여자를 직접 대하면 벙어리가 되지만, 편지로는 부끄러운 말이라도 모두 털어놓을 수가 있다. 그것이 바로 연애편지라는 것이 아닌가.'

독고는 원장실을 나오다 말고 편지를 써놓고 갈 궁리를 했다.

처음부터 편지를 써서 보냈다면 성의 없는 일로 보일지 모르지만 이렇게 방문했다가 부재중이어서 써놓고 가는 편지라면 그 효과가 백배이다.

그리고 보니 언젠가 김봉섭 사장의 비즈니스 강의에도 그런 말이 있었던 것이 어렴풋하게 생각났다.

어려운 교섭이나 청탁을 하기 위해 상대방을 찾아갈 때에는 두 개의 전략을 쓸 것. 하나는 일부러 그 사람이 부재중일 때를 틈타서 찾아가는 것이고, 둘째는 여름 같으면 천둥번개가 치는 비오는 날, 겨울 같으면 영하 삼십 도의 눈보라가 치는 날을 골라서 찾아갈 것. 이렇게 몇 번쯤 부재중 방문을 되풀이하고 난 다음에, 편지를 써놓고 오면 최대의 효과를 거둘 수가 있다. 상대방에서 미안한 생각이 들기 때문이다. 물론 그 편지와 함께 적당한 선물을 놓고 올 것. 그 선물이 아무리 보잘것없는 것이라도 부가 가치가 높아지는 것이다.

독고는 상담실 탁자에 앉아서 편지를 쓰기 시작했다. 그러나 독고는 얻어온 편지지를 몇 장씩이나 계속 찢어야만 했다. 카피만 써 버릇한 탓인가? 편지를 쓰는데도 그 글이 짤막한 선전 문구처럼 되어 도무지 흘러 내려가질 않았기 때문이다.

그렇다. 독고는 긴 글을 써본 지가 참으로 오랜만이라는 것을 느꼈다. 표어처럼 토막난 글, 서술어가 아니라 분사구로 끝나는 글. 이런 글만 써온 것이 이제는 몸에 배어버린 것이다.

원장수녀님에게 쓰는 글을, 무슨 라면이나 스타킹 같은 광고 선전문처럼 쓸 수는 없는 일이 아니겠는가. 독고는 고교 시절에 연애편지를 쓰던 기분을 되살려보려고 애썼다. 그러나 이번에도 몇 번이나 편지지를 찢어야만 했다. 연애편지와 광고 선전문 두 개의 극단 속에서 독고는 방황하고 있었다.

구하라, 그러면 주실 것이다.

예수님이 말씀하셨다. 수녀님의 묵주를 생각했다. 낱말 하나하나를 묵주처럼 꿰어가는 환상을 보았다. 그러다가 독고는 진이를, 임금님이 발가벗었다고 외치는 안데르센의 동화를 생각한다. 본 대로 쓰리라. 두드리라, 그러면 열릴 것이다.

'원장수녀님.'

독고는 고해성사를 하는 기분으로 모든 것을 솔직하게 털어놓자고 다짐하면서 다시 여덟 번째로 '원장수녀님'을 썼다.

독고진의 애비 되는 사람입니다. 잘 아시다시피 그놈은 정박아지요. 그러니까 저는 '바보의 아버지'인 것입니다. 이렇게 당연한 말을 쓰는 것은 인간의 일은 인간의 아버지이신 여호와 하나님이 제일 잘 알고 있 듯이 바보의 일은 바보의 아버지가 되는 제가 잘 안다는 이야기를 하고 싶었기 때문입니다.

수녀님! 잘 아시지요. 예수님이 돌아가셨을 때 제일 슬퍼한 사람이 누구였을까요. 어머니 마리아였지요? 그렇지요, 수녀님? 진이를 제일 아파하는 사람은 보모도, 이곳 선생님도 아닐 것입니다. 다만 한 쪽은 성모이고 이쪽은 정박아의 어머니라는 것만이 다를 뿐이지요.

수녀님은 벌써 알고 계실 것입니다. 제가 찾아온 용건, 그리고 제가 이 편지를 쓰고 있는 것 말입니다. 그 애를 연극에 내보내주세요. 아닙 니다. 그 애가 연극을 못하더라도 다른 아이들만이라도 무대 위에 서게 해주십시오.

바보들이 바보짓을 하는 것을 세상 사람들에게 보여주십시오. 정박 아를 둔 부모들은 밖에서 손님이 오면 그 애를 숨기려듭니다. 더러운 물건처럼 눈에 띄지 않는 곳에 가두기도 합니다. 저희들도 그랬지요. 사람 눈에 띄지 않게 진이를 다락 속에 가둔 적도 있었지요. 바보짓을 하는 것이 너무 부끄럽기 때문에, 그리고 그 애를 바라보는 사람들이 너무 난처해하기 때문에 누가 나타나기만 하면 생활의 막을 얼른 내려 버렸지요. 초인종이 울리면, 사람이 오면 진이는 바보인데도 눈치를 채 고 제 스스로 다락 속에 기어 들어가기도 합니다.

수녀님, 그러나 이번만은 그 막을 올려야 된다고 생각합니다. 환한 조명을 비추고 높은 무대 위에 그 애들을 올려놓아야 된다고 생각합니다. 청심학원이 십 주년이 되었기 때문입니다. 제가 바보 애비 노릇을 한 것도 벌써 열두서너 해가 되었기 때문입니다.

큰소리칠 것도 없고, 뭘 자랑할 것도 없습니다. 남을 보면 죄 지은 사람처럼 고개부터 수그러지지요. 진이는 항상 저희들에게 겸손을 가르쳐주었던 것이지요. 그러나 이와는 반대로 자기 애를 이 세상에 내세우고 싶어하는 어머니들, 즉 TV 광고 모델로 자기 애를 내놓고 싶어하는 어머니들은 대개 똑같은 얼굴, 똑같은 걸음걸이, 똑같은 말투로 이야기하지요. 똑똑한 아이가, 말 잘하는 아이가 그의 어머니를 바보로 만들어놓은 겁니다. 바보는 그 부모를 똑똑하게 만들고, 똑똑한 아이는 그 부모를 바보로 만들어놓는다는 이치를 수녀님은 잘 아실 것입니다.

부모의 허영이 아닙니다. 나는 진이가 왕관을 쓰고 무대 위에 오르는 것을 보고 싶습니다. 왜냐하면 그 애가 그것을 원하고 있기 때문입니다. 그애가 원하는 것을 주고 싶습니다.

수녀님은 말할 것입니다. 수술대 위에 오른 아이는 부모의 감정에 속해 있는 것이 아니라 의사의 이성에 달려 있는 것이라고 말입니다. 물론 그렇지요. 맹장염에 걸린 아이들을 구제하는 것은 부모의 사랑보다 의사의 냉혹한 손이라고 말씀하시겠지요.

아이를 사랑한다면 의사의 말을 따르라고 하시겠지요. 그러나 수녀님, 애정과 과학이 항상 양극 위에 있는 것은 아닐 것입니다.

바보는 과학으로 치유되지 않습니다. 그 애들이 사람 구실을 할 수 있게 하는 것은 과학이 아니라 사랑이라고 생각합니다. 가르쳐야 할 사람은 그 애들이 아니라 바로 정박아를 대하는 그 성한 사람들, 똑똑한 사람들이라고 저는 생각합니다.

수녀님, 끝으로 저의 비밀 한 가지를 말씀드리겠습니다. 제가 어렸을 때, 진이보다도 더 어렸을 때, 그러니까 국민학교 일 학년 때이지요. 학예회에서 〈토끼와 거북이〉 아동극을 하게 되었고 저는 거북이 역을 맡게 되었었지요. 그런데 저는 그 여선생님을 무척 좋아했거든요. 그런데도 여선생님은 저보다 토끼 쪽을 더 귀여워해주시는 것 같았어요. 그래서 저는 선생님에게 "선생님! 나 토끼 할래요."라고 말했지요.

그랬더니 여선생님은 아주 예쁘게 웃으시면서 "토끼는 말을 많이 해야 되거든. 대사를 많이 외워야 된단 말야. 넌 그냥 몇 마디 말만 하고 기어다니기만 하면 되는 거야. 어려운 것보다 쉬운 걸 맡는 게 좋지 않겠니……"라고 말씀하시더군요. 여선생님은 저를 바보로 생각하고 있었던 것이지요.

그러나 수녀님, 저는 토끼가 하는 대사쯤 마음만 먹으면 얼마든지 외워버릴 수 있었지만, 제가 바보처럼 굴어야 선생님이 다른 아이들보다 더 관심을 가져주신다는 걸 알았기 때문에, 정말로 바보인 체한 것이지요. 제가 바랐던 것은 연극이 아니라, 토끼의 역이 아니라 여선생님의 사랑이었습니다. 진이도 지금 그럴 것입니다. 그 아이의 병을 고칠 수 있는 것은 사랑입니다. 과학이 아니라 사랑입니다. 그리고 수녀님은 과학자가 아니라 사랑의 사도이십니다.

　연극의 막을 올려주시기를 바보 아버지로서 간곡히 간곡히 부탁 드립니다.

그리고 추신란에 애드 킴 이야기를 썼고, 앞으로 자매결연을 맺게 되면 여러 일을 도울 수 있다는 것을 잔뜩 늘어놓았다.

독고는 편지를 다시 읽어보지 않았다. 만약 그것을 다시 읽으면 틀림없이 찢어버리고 말았을 것이기 때문이다. 밤에 쓴 연애편지는 아침에 읽지 말라는 말도 있지 않던가! 밤 생각이 다르고, 아침 생각이 다르다. 밤중에는 심각하게 생각되었던 것, 난감하게 느껴졌던 것도 환한 대낮에 생각해보면 웃기는 일이 되어버린다.

독고는 냉정한 마음으로 그 편지를 재독하면서 수정하기를 원치 않았다. 감정의 응어리를, 그 고름을 짜내듯 짜내버리지 않고서는 청심학원을 나올 수가 없었다.

운동장에서는 축제 행사를 위해서 만국기를 걸어놓는 공사들을 하고 있었다. 축구의 나라 브라질의 깃발도 있고, 투우의 나라 스페인의 깃발도 있다. 토고, 통가, 뉴질랜드, 우표딱지처럼 작은 나라 리히텐슈타인도 있다. 아프리카의 나라들이나 남태평양의 섬나라들은 모두 이상한 깃발들을 가지고 있다. 이곳이 지금 세계의 마당이 되려고 한다. 세계의 마당! 진이는 세계의 무대 위에 선다. 그리고 그가 이곳에 태어났음을 그 깃발들을 향해 선언하는 것이다. 그리고 진이는 자기 존재와 생존권을 공인받는다.

"보아라, 여기에도 한 생명이 살고 있다. 숨쉬고 보고 듣고 말한다. 에헴! 나는 임금님이다."라고…….

이자처럼 거짓말은
시간이 흐를수록 불어간다

　수련이는 빨래를 널고 있었다. 수련이는 언제부터인가 기분이
좋은 날엔 빨래를 하는 버릇이 생겼고, 또 언제부터인가 독고는
빨랫줄에 빨래들이 널려 있는 것을 보면 공연히 기분이 좋아져서
휘파람을 부는 버릇이 있게 되었다. 그것은 독고 내외의 즐거운
조건반사였다. 다만 기분이 좋아지면 빨래를 하는 수련이의 버릇
이 먼저였는지, 빨랫줄에 빨래가 널려 있는 것을 보고 휘파람을
부는 독고의 행동이 먼저였는지, 그것은 계란과 닭의 인과관계처
럼 아리송한 것이었다.

　분명한 것은 다른 부부들 같으면 문제도 되지 않을 것이지만,
정박아를 둔 그들에겐 그것이 특별한 상징이 될 수도 있다는 것
이었다.

　때가 묻는다는 것, 구겨진다는 것, 먼지가 앉는다는 것, 그것들
은 인간을 조금씩 조금씩 죽음으로 몰아넣는 시간의 비듬들인 것
이다. 빨래를 하고 청소를 한다는 것은 그런 것들과 싸워 삶을 다

시 찾아오는 재생의 의식儀式인 셈이다.

독고는 시커멓게 때가 묻어 있던 자기의 속내의들이 하얗게 순백의 색깔로 순화되어 아내의 치마와 함께 빨랫줄에서 펄럭이고 있는 것을 보며 무슨 개선 행진의 깃발이라도 보는 것 같아 숨이 뜨거워진다. 그때가 바로 한숨이 휘파람으로 변하는 순간인 것이다.

그러나 청심학원에서 돌아오던 독고는 아내가 빨래를 널고 있는 것을 보고서도 휘파람을 불지 않았다. 청심학원의 운동장에서 나부끼는 만국기를 보았기 때문이다. 삶의 마당, 세계의 그 마당을 보았기 때문이다.

예상대로 아내의 기분은 절정에 달해 있었다. 간밤에 횡재를 한 백만 원 때문이었는지, 독고가 진이의 연극 건으로 청심학원에 간 탓인지 분명치는 않았지만, 어쨌든 수련이는 근래에 보기 드물게 들떠 있었다.

"당신 말예요, 여성들한테 인기가 아주 대단하던데요?"

아내는 걷어붙였던 소매를 내리면서 농담을 했다. 오랜만에 보는 아내의 웃음이었다. 그러고 보니 아내의 덧니가 아름다웠었다는 것을 독고는 새삼스럽게 느꼈다. 그러나 독고는 웃을 기분이 아니었다. 더구나 여자 얘기를 들먹거리는 아내의 말에 불안한 예감이 들기도 했다.

"갑자기 그건 또 무슨 얘기야?"

독고는 신발을 벗지 않은 채 마루에 그냥 걸터앉았다.

"두 여자에게서 당신을 찾는 전화가 동시에 걸려왔거든요!"

독고는 황급히 구두끈을 끄르는 체하면서 고개를 숙였다. 순간적으로 얼굴이 벌겋게 달아오른 것이다.

"왜 잠자코 있죠. 누구냐고 묻지 않아요?" "……."

"맞혀보라니까요."

수련이는 사춘기 소녀처럼 까닭없이 웃으면서 계속 농조로 이야기를 했다. 웃는 투로 봐서는 미란이의 전화는 아닌 것 같았다.

"당신이 질투를 하지 않는 거 보면…… 할망구한테서 온 전화겠구만."

독고는 곁눈질로 아내의 표정을 읽었다.

"반은 맞혔어요. 한 여성은 원장수녀님!"

독고는 원장수녀님이 자기의 편지를 읽고 중지하려던 진이네 연극을 이번 행사 프로그램에 넣기로 결정하게 되었다는 것을 직감적으로 느꼈다.

"됐어? 연극을 그냥 하기로 결정한 거지?"

"그래요……. 카피라이터 알아 모셔야겠어. 당신 편지 보고 결심을 했다는 거예요."

"뭐라고 그래, 그 수녀님……."

"당신 고향이 어디냐고 묻는 걸 보니까 보통 관심이 아니던데요. 아무리 나이가 드시고, 수녀님이라도 질투 나던데요!"

독고는 소녀처럼 좋아하는 수련이가 오히려 더 측은해 보였다. 그렇다. 수련이는 남의 어머니처럼 소풍 가는 아이의 도시락도 싸주고 싶고, 학교 운동회에는 학부모들의 보물찾기 게임에도 나가고 싶었을 일이었다. 진이가 공중 앞에 나서서 무엇인가를 한다는 것은 진이보다도 수련이를 더 흥분시키는 일이 아니겠는가.

"그리구 또 한 여성은 아주 젊고 예쁜 아가씨인데요."

독고는 갑자기 구름에서 진흙바닥으로 추락하는 현기증을 느꼈다.

"젊고 예쁜 아가씨라니?"

"김…… 미란."

"김미란이가 누구야?"

독고는 자기도 모르는 사이에 그렇게 쉽게 거짓말이 나오는 것이 신기했다. 그것이 아내에 대한 첫 번째 거짓말이었다.

"당신 동창생의 여동생! 어때요, 내 기억력."

독고는 한숨을 돌렸다.

"왜, 동창회 명부인가 뭔가 만든다고…… 왜 당신 부산 갔을 때 말예요…… 그때 전화로 김미란이를 아느냐고 당신 동창생이 물었었잖아요. 바로 그 아가씨가 전활 건 거지요. 아마 연락이 왔나 봐요. 근데 그 아가씨를 당신 본 적 있어요?"

"응, 지금 보면 모를 거야. 그땐 국민학교에 다니고 있었지 아마? 그래…… 김미란…… 맞아, 우리가 그 애 집에 놀러가면 미련아, 미련아!라고 놀려댔으니까."

그것은 두 번째의 거짓말이었다. '아내여, 용서하라! 너를 위한 거짓말이니까.' 거짓말을 하려면 상상력과 기억력이 좋아야 한다. 상상력이 있어야 사실처럼 거짓말을 꾸며댈 수 있고 기억력이 있어야 그 거짓말이 탄로가 나지 않는다. 기억력이 나쁘면 자기가 한 거짓말을 잊어버리고 엉뚱한 이야기를 했다가 결국 꼬리를 잡히게 된다.

카피라이터들에게 있어 상상력이라면 걱정할 게 없다. 조심스러운 것은 기억력 쪽이었다.

"근데 왜 당신을 찾지요, 미란이가?"

"오빠 소식 전하려고 그랬겠지. 그 녀석 뭐 중동에 갔다는 이야기도 있었는데."

세 번째 거짓말을 했다.

"당신하고 친했던가 보지요? 난 당신이 고등학생이었다는 것과 친구가 있었다는 게 영 실감 안 나."

공격은 최대의 방어라는 것을 독고가 모를 리 없었다.

"물론 고교 시절은 김수열 아나운서와 당신만의 것이니까!"

"또 질투예요?"

"질투는 당신이 먼저 했잖아?"

"참 당신두, 질투를 하면 내가 이렇게 넉살좋게 웃고 있겠어요? 이렇게 했지."

처음 있는 일이었다. 수련이가 독고의 허리를 꼬집은 것이다. 독고는 순간 깊은 죄의식을 느꼈다.

"그런데 말이죠, 그 아가씨가 이리로 전화를 달래요!"

"미란이라는 아가씨는 간호사인가 봐요. 어디냐고 물으니까 병원이래."

방으로 들어가면서 수련이는 메모지를 주었다.

'병원? 그렇다면 아직도 회복을 하지 못했는가? 그런데 왜 날 찾는가? 집 전화를 어떻게 알았을까?'

독고는 일부러 자신의 표정을 감추기 위해서 책꽂이에서 책을 찾는 체했다. 그리고는 메모지를 『숨어 있는 설득자』라는 패커드의 책갈피 속에 넣었다.

"뭐하고 있지요? 수녀님에게 인사 전화를 드려야지요. 그리구 미란이도 전화를 기다리고 있을 텐데……." 독고는 네 번째 거짓말을 했다.

"미란이라는 애, 또 전화하면 없다고 해. 내가 옆에 있을 때라도 말야."

수련이는 놀라는 표정이었다.

"왜요? 무엇 때문에 전활 따돌려요? 동창생 동생이라면서……."

"그게 말야, 그 오빠 있지? 당신에게 말 안 하려고 했지만, 질이 좀 안 좋은 친구야. 이를테면 깡패고 건달인데…… 내 소재를 알면 직장으로 찾아와 또 손을 내밀 거야. 한두 번 당한 게 아니었지. 아예 이쪽에서 처음부터 쌀쌀맞게 해야 단념을 하지……. 그러니까…… 그 친구 중동에서 돌아온 모양이군. 자기가 걸면 내가 알 테니까, 여동생을 시켰을 거야. 아니지, 병원이라고 했지? 그 친구 틀림없이 싸움질을 해가지구 병원에 입원중인지도 모르지……. 공연히들 재경동창회 명부는 만든다구 소란들 피워가지구…….”

독고는 김봉섭 사장이 아니라 지금은 아내 앞에서 상상력과 그 기지의 테스트를 받고 있는 중이다.

“그걸 말이라고 해요?”

수련이가 이렇게 말하자 독고는 거의 절망적인 상태였다.

‘알고 있었구나, 모든 게 거짓말이라는 걸 알고 있었구나, 그걸 말이라구 하고 있는가? 그러나 거짓말은 한참 하다보면 꼭 그게 정말 같은 착각이 든다. 중동에 간 친구, 술 마시는 깡패 친구, 직장에 불쑥 찾아와 소파에 앉아서 우두커니 콧구멍을 후비고 앉아 있는 영락한 친구……. 꼭 그런 친구 하나가 나에게 있었고 또 그에게는 단발머리를 하고 동네 골목길에서 줄넘기를 하고 놀던 여동생이 있었다는 생각이 들었다. 그러나 수련이는 말했다. 그걸 말이라고 하느냐고. 어째서 내게는 기쁜 일과 궂은 일이 언제나 함께 어깨동무를 하고 나타나느냐. 어째서 대낮과 밤이 등을 맞대고 찾아오며 어째서 하늘과 땅이 함께 문턱이 되어 앞을 가

로막느냐?'

"당신 참 부산에서 돌아온 뒤부터 이상해졌어요. 어제만 해도 원장수녀님을 돈으로 매수한다더니 이번엔 또 돈 달라는 친구 전화 따돌리라고 해요? 갑자기 왜 그러지요?"

수련이는 아무것도 모르는 채였다.

독고는 속으로 작은 한숨을 쉬었다.

"걱정 말어. 돈 문제라면 걱정 말라구. 돈 때문만이 아니라, 그 친구 내 직장으로 자주 찾아오면 김봉섭 사장이 가만히 있지 않을 거야. 당신도 알잖아, 메리트 시스템…… 근무태도 체크하는 것 말야."

독고는 보통 때보다 일찍 출근을 한다. 빈 사무실에서 누구의 눈치도 보지 않고 전화를 걸기 위해서이다. 독고에게도 비밀 하나가 생긴 것이다. 따지고 보면 미란이와의 관계는 비밀이라고 할 만한 것도 못 되었다. 단지 하룻밤 함께 술을 마셨다는 것─그 밖에는 서로 이름조차 모르고 있는 사이였다.

독고는 어렸을 때 참외씨 하나를 주워다가 동네 뒷산 비탈에 뿌린 적이 있었다. 학교에서 돌아올 때마다 친구들 몰래 매일매일 그 장소에 가보곤 했었다. 물도 주고 거름도 퍼다가 주기도 했다. 참외씨를 묻어놓은 장소를 잊을까 봐 예쁜 차돌을 주워다가 탑 모양을 만들기도 했다.

그것은 독고의 성지였다. 누구도 모르는 땅, 누구도 발을 들여놓을 수 없는 성지. 그것을 지키기 위해서 독고는 친구들에게 거짓말을 했고 집안 식구들의 눈을 속였다.

개똥참외에 지나지 않는 것이었지만 독고는 무거운 흙을 들어올리고 파란 떡잎이 돋아나는 것을 보며, 그만 그 옆에 무릎을 꿇고 말았다.

'너하고 나밖에는 모르는 거야. 여기에 참외가 있는 것을 아는 사람은 이 세상에 단 한 사람도 없는 거야.'

여름 햇살이 내리쬐면 운모 섞인 차돌들이 보석처럼 눈부시게 빛나고 있었다. 도마뱀이 쪼르르 달아나면 그 꼬리를 물고 한낮의 정적이 밀려왔다. 숲에서는 매미 소리도 들려오지 않았다. 정적에 귀를 대고 있으면 흰구름이 굴러가는 소리인가, 쿵쿵거리는 북소리 같은 소리가 은은히 들려왔다. 독고의 가슴이 뛰는 소리였다. 그것은 비밀을 갖고 있는 사람만이 들을 수 있는 불안하고도 행복한 심장의 고동 소리였다.

독고의 성지는 결국은 아이들에게 들키고 말았고 꽃이 피기도 전에 개똥참외는 시들어 죽고 말았다. 무엇 때문에 독고는 먹지도 못할 개똥참외를 심어놓고 그것을 그토록 몰래 지키려고 애썼는지, 무엇 때문에 아이들은 뒤를 밟아가며 독고의 비밀을 캐내려고 그토록 기를 썼는지, 그것을 서로가 다 모르면서 어른이 되고 말았던 것이다.

빈 사무실에 혼자 숨어 아내로부터 전해 받은 미란이의 전화 번호를 돌리면서 문득 독고는 동네 호젓한 산모퉁이의 개똥참외 밭을 생각했다. 어디에선가 차돌멩이 하나가 번쩍이고 있었다. 운모의 비늘들이 독고의 눈앞을 스쳐 지나갔다.

"네, 동심병원입니다."

수화기에서 교환수인지 예쁜 여자의 목소리가 울려왔다. 203 호실 부탁합니다. 독고는 전화번호 밑에 203이란 숫자가 더 있는 것을 보고 짐작으로 그냥 그렇게 말했다. 조금 침묵이 흘렀다.

독고의 눈에는 또 차돌 하나가 번쩍 빛나고 있었다. 무거운 흙을 헤집고 거짓말처럼 파란 떡잎 하나가 솟아오르고 있었다.

"여보세요. 여보세요! 누구시지요?"

분명히 그것은 미란이의 목소리였다. 얼굴은 가물가물하지만 그 목소리만은 분명하게 기억 속에 살아 있었다.

"갈매기 사육사입니다."

독고는 일부러 어색한 마음을 감추기 위해 농담을 했다. 그러나 아무 응답이 없었다.

독고는 순간 실수했구나 하는 생각이 들었다. 여자는 지금 병원에 있다. 그리고 그 여자는 이름도 가르쳐주지 않은 자기를 수소문해서 집으로까지 전화를 걸었다. 무슨 이유에서였든 그런 여자를 앞에 두고, 전화의 첫마디부터 농담으로 시작할 것은 아니었다.

"미란 씨지요?"

독고는 목소리를 가다듬고 정중하게 말했다.

"제 이름을 어떻게 알고 계셨지요?"

"미란이라고 이름을 대고 집사람에게 이 전화번호를 가르쳐주시지 않았습니까?"

"그게 아니라 미란이가 저라는 걸 어떻게 아셨냐구요?"

"그야, 제가 독고라는 걸 알고 계신 것과 마찬가지이지요. 우리는 서로 이름을 가르쳐주지 않았지만, 이렇게 서로가 그걸 알아내지 않았습니까?"

독고는 좀 마음이 놓였다.

여자의 웃음소리가, 언뜻 들으면 흐느끼며 우는 소리 같기도 한 여자의 웃음소리가 수화기에서 흘러나왔다.

독고는 무시당하는 기분이었지만, 같이 따라 웃을 수밖에 없었다.

"선생님에게 사죄하려구요. 그래서 선생님을 찾은 거예요."

여자는 웃을 때와는 딴판으로 아주 야무지게 말했다.

"뭐, 저에게 잘못하신 거 있어요?"

"솔직해지세요. 놀라셨지요? 그리고 내 욕 많이 하셨지요?"

"아닙니다. 건강은 좀 어떠세요?"

"정말 궁금하셔서 묻는 건가요?"

"예, 정말입니다."

"그런데 왜 꽁무니 빠지게 도망쳐 올라오셨나요?"

독고는 어떻게 대답할지를 몰랐다. 변명을 할까 하다가 그냥 잠자코 있었다.

"왜 말을 안 하세요? 제가 살았는지 죽었는지 정말 궁금하셨어요?"

"정말이라니까요."

독고는 좀 신경질적으로 말했다.

"그러면 한번 와보세요. 이 병원으로요. 제가 죽었는지 살았는지."

"놀리시는 겁니까? 절 조롱하자구 일부러 전화번호까지 찾아냈는가요?"

'여자는 지금 나를 비겁자로 생각하고 있는 것이다. 여자는 나의 비겁을 확인하기 위해서 전화를 건 것이다. 그것도 집으로, 날 난처하게 만들기 위해서.'

독고는 미란이가 죽어가고 있는데 자기는 혐의자로 몰릴까 그것만을 걱정하고 있었던 자신의 비겁했던 모습이 인두 자국처럼 가슴에 와 찍혔다.

"놀리다니요, 왜 제가 선생님을 놀리나요? 오히려 반대지요. 자살, 시한부 생명, 완전히 전 선생님 앞에서 멜로드라마의 여주인공 노릇을 한 거지요. 선생님께 그렇게 보인 제가 쑥스러운 거지요. 선생님을 뵙고 싶어요. 그리구 그때의 일을 꼭 설명해드리고 싶어요."

"병원에서 만나는 것은 더욱 멜로드라마지요."

"이왕이면 완벽하게 멜로로 해버리지요. 꽃도 사가지고 오세요. 영화 장면대로요. 계절도 봄이니까, 사월의 끝이니까 잘 맞네요."

여자는 냉소적으로 말했지만 정말 사람이, 독고가 그리운 눈치였다.

"언제쯤이면 좋아요?"

이렇게 말하려고 하는데 문소리가 났다.

독고는 반사적으로 전화를 끊었다. 장난하다 들킨 아이처럼.

"웬일이여, 독고선생? 히트 한번 치시더니 이제 철들었나베…… 까매아스."

사진부장이었다. 머리가 부스스한 채였다. 틀림없이 바깥잠을 자고 청진동쯤에서 해장국 한 그릇 뜨고 나온 눈치였다.

"카피가 좀 밀려서……. 조용하지 않으면 생각이 나지 않는단 말야."

"그려, 조용해야 생각이 나지. 그렇게 전화질 해싸면 뭔 생각이 나겠어?"

독고의 얼굴이 붉어졌다. 사진부장은 뱀처럼 천천히 독고의 몸을 감아오르면서 죄어갔다.

"잘못 걸려온 전화야."

"그려? 왜 요즘 잘못 걸려온 전화가 그렇게 많대여."

독고의 몸은 더욱 죄어들었다.

"어제도 말여, 잘못 걸려온 전화가 있길래 내가 말여, 자네 집 전화번호를 가르쳐주었지."

자기가 심어놓은 개똥참외를 발견하고 동네 아이들이 일제히 놀려대던 함성을 들었다. '얼래꼴래, 얼래꼴래.' 독고는 창피해서 뛰어 도망쳤다. 그날도 개울로 헤엄치러 가자는 것을 거짓말로 따돌리고 혼자 몰래 참외밭으로 갔다가 뒤를 밟은 아이들에게 그 현장을 들키고 말았던 것이다. 아무것도 창피할 것이 없는 일이었다. 몰래 개똥참외를 심었으면 어쨌다는 거냐? 뭐가 나쁜가? 왜 그것이 얼래꼴래인가? 독고는 끝내 그 이유를 모른 채 어른이 되었던 것이다.

"사람이 그러면 못쓰는 거야. 아, 친구 좋다는 게 뭐여. 부산에서 이게 생겼으면 생겼다고 털어놓고 거 상의조로 나오면 다 협조할 거 아녀? 자네가 뭐 열녀비 선 청상과부여?"

사진부장은 급소를 물었다. 그러나 독은 없는 이빨이었다. 독고는 숨이 찼다. 칭칭 감긴 사진부장의 손아귀에서 풀려나고 싶었다.

"전화 다시 걸어봐. 내 안 들을 테니……."

사진부장은 수화기를 들어 독고에게 건네주었다. 그러고는 스튜디오 쪽으로 사라졌다.

정말 그들은 그들 자신의 말대로 도사들이었다. 그들은 어른들이었다. 일찍부터 남탕의 한복판에서 몸을 담그고 있는 어른들이었다. 독고는 누가 볼까봐 수건으로 아랫도리를 숨기고 한구석에 쪼그리고 앉아서 물을 찍어 바르고 있는 궁상맞은 자기의 육체를 힐끔 훔쳐보았다.

그러나 동시에 차돌멩이의 운모 비늘이 번쩍이는 것을 독고는 놓치지 않았다. 독고는 다시 전화 다이얼을 돌렸다.

"왜 끊으셨어요. 전화를……?"

미란이는 쌀쌀하게 말했다.

"누가 오길래……."

"댁에서 거는 거예요?"

"여기, 사무실예요."

"그게 아니라,"

이번에는 저쪽에서 찰칵하고 전화를 끊는 소리가 독고의 뺨을 쳤다.

"여보세요…… 여보세요?"

독고는 끊어진 전화에다 대고 몇 번인가 미란이를 불러봤지만 아무 응답이 없었다.

이런 때는 으레 독고는 진이 생각을 한다. 그리고 과연 바보는 유전하는 것인가 하는 문제에 대해서 생각해보는 것이다.

'나는 바보이고 어린아이고 비겁자이고 사진부장의 말처럼 몹

쓸 사람이다.'

아내가 가르쳐준 전화번호로 아내의 뒤통수를 친다. 뭣 때문에
이른 새벽에 나와 이런 곤욕을 사서 치르고 있는가?

다시 전화를 걸었지만, 교환수는 통화중이라고 했다. 독고는
해운대에서 수련이에게 전화를 걸던 때가 생각났다. 교환대를 통
해서가 아니라 직접 자신이 다이얼을 돌릴 수 있는 직통전화였
다면 그렇게 답답하지 않았을지 모른다. 이번에는 미란이의 전화
가 통화중이었다. 그리고 똑같이 직접 통화중 신호를 확인할 수
없는 교환전화인 것이다.

지금 옆방에 술에 취해 누워 있는 것은 아내 수련이고, 교환대
에서 '통화중예요'라고 말하는 목소리는 호텔의 교환양이다. 그
리고 수화기를 내려놓고 있는 것은 미란이다. 대칭도형을 보는
것 같은 착각 속에서 독고는 호텔방 안을, 아니 사무실 빈 책상
사이를 누비며 걸어다녔다.

동물원에 갇힌 짐승들이 왜 미친 듯이 똑같은 장소를 빙글빙글
맴돌고 있는지를 알 만하다고 독고는 생각한다. 사람은 사방 문
이 열려 있어도 그것이 단단한 철책으로 느껴질 때가 많은 것이
다. 전화의 통화중도 일종의 그러한 철책이었다.

독고는 다시 전화 다이얼을 돌렸다. 교환양의 쌀쌀한 음성이
저쪽, 아주 먼 저쪽에서 들려왔다.

"동심병원입니다."

독고는 순간 할 말을 찾지 못했다. 미란이의 방 번호를 댔지만 결과는 마찬가지였다.

"통화중예요."

교환양은 금세 전화를 끊을 기색이었다.

"아! 여보세요…… 잠깐만."

숨이 찼다.

"빨리 말씀하세요."

교환양은 화를 냈다.

"말씀만 좀 전해주세요."

독고는 사무실로 전화를 걸어달라고 부탁하려 했지만, 엉뚱한 소리를 하고 말았다.

"방금 전화 걸었던 사람인데요. 회사 끝나는 대로 방문하겠다고요……."

독고는 교환양의 응답도 듣지 않고 얼른 도망치듯이 전화를 끊었다. 빈 사무실을 휘 돌아보았다. 누가 듣지 않는가 해서였다.

아무것도 아닌 일이다. 남들은 밤의 여자를 찾아다니기도 하고, 아내가 있는 남자, 남편이 있는 여자가 아무렇지도 않게 술을 마시고 춤을 추고 부부들처럼 부끄럽지 않게 몸을 맞댄다. 그까짓 전화 하나 거는 것 가지고 눈치를 보는 자기가 미워졌다.

그렇다.

독고는 이상한 오기가 솟아나는 것을 느꼈다. 털구멍 하나하나에서 내뿜는 뜨거운 열기를 느꼈다. 나도 어른이 되리라. 아무렇지도 않게 살아가는 저 사람들처럼 기침을 하고 침을 뱉고 개기름이 흐르는 얼굴에 유들유들한 웃음을 지으리라. 라이터를 켜듯이 아무 때고 불이 필요할 때는 성기를 발기시키는 재주를 배우리라.

전화가 걸려왔다.

"독고 선생님이세요?"

독고는 미란이의 목소리를 듣는 순간 정말 라이터를 켜듯이 불꽃이 번쩍 튀는 것을 보았다.

"네, 독고입니다."

일부러 모르는 체했다.

"미란이에요."

"아…… 그러세요. 이제야 겨우 우리는 통성명을 하는군요."

독고니 미란이니 하는 성명이 오가자 갑자기 서먹서먹하던 낯선 분위기가 사라져버리고 말았다. 이름은 서로가 서로를 부르는 호출부호일 뿐 아니라 어둠 속에서 자기 존재를 알리는 반딧불이기도 했다.

"뭐, 팔남바사샤예요."

미란이는 뜻밖에도 독고가 만든 커머셜 유행어를 썼다. 병원에 내내 입원하고 있었을 터인데 어떻게 그 두꺼운 벽을 뚫고 그 유행어가 환자의 베개맡에까지 스며들어 갔을까? 하기야 거기에도 TV는 있을 것이고 또 미란이는 TV 프로에서 볼 만한 것은 광고 뿐이라는 CF 팬이고 보면 당연하고 당연한 일일는지도 모른다. 그런데도 독고는 진이가 그 말을 했을 때처럼 놀랍고도 착잡한 마음이 들었다.

"왜 아무 말이 없으세요?"

미란이가 말을 재촉하자 얼결에 독고는 자기의 속마음을 털어놓고 말았다.

"어떻게 미란 씨가 그런 유행어를 아시지요?"

"왜요? 이 말 때문에 이렇게 전화를 걸 수 있는 건데."

독고는 두 번 놀랐다.

"그러면 그게⋯⋯."

"생각해보세요. 그렇지 않으면 뭐 제가 탐정이라도 되나요? 어떻게 이름도 모르는 선생님을 찾아냈겠어요?"

"근데, 그 광고문을 만들었다는 걸 어떻게 아셨지요? 미란 씨는 줄곧 침대에 누워 있었을 텐데, 누가 제 이야기를 해주던가요?"

미란이는 웃었다.

"주간지를 졸업했지요. 전 병원에 있을 때마다 한 가지씩 마스터해요. 어떤 때는 라벨의 음악⋯⋯. 물론 카세트 라디오로 말이지요. 어떤 때는 클레의 그림—이건 미술책 수집으로요. 근데 이 번엔 주간지를 샅샅이 뒤졌지요. 라벨보다도 클레보다도 재미있었어요. 선생님 기사는요. 그러니까 《홀리데이서울》에서는 4월 20일자에 유행을 만드는 사람 란에 실렸고, 《주간 현대》에는 잠망경이라는 칼럼에서 다루어졌고요…… 《주간 포스트》에서는 화제 뒤의 인물에 어느 수화手話 교사의 이야기와 함께 실렸고요."

"그만…… 그만 좀 해둬요."

미란이는 갈매기 얘기를 할 때에도 그랬지만 이번에도 마치 반도체의 기억장치에서 풀려나오듯 끝없이 주간지의 기사를 펼쳐갈 기세였다. 미란이는 결국 심심해서 주간지들을 빼놓지 않고 읽었고, 그러다가 독고의 기사를 발견하게 된 것이다.

"왜요? 아직 멀었는데요. 선생님은 스크랩해두지 않았나요? 문제는요, 결정적인 것은 말이지요, 《주간 스포츠》였지요. 거기엔 선생님의 사진이 실려 있었거든요. 독고윤…… 그건 제가 찾고 있던 사람이었지요."

"왜 절 찾았나요?"

"그야, 저에게 수면제를 탄 술을 먹였으니까요."

"뭐예요? 제가 수면제를요?"

"형사가 그렇게 말하지 않던가요?"

"그때 생각을 하면 진땀이 나요. 농담이라두……."

"농담 아녜요. 선생님은 저에게 수면제를 먹였어요."

"농담은 하지 말래두요."

"농담이 아니라니까요. 궁금하시면 교환수에게 한 말을 지키세요."

"그…… 그건 말이지요, 퇴근하고 들른다고 했지만……."

"전 그런 말투가 싫어요. 말을 해놓고 그 말 끝에 '만'자를 붙이는 것 아주 질색이에요."

통화가 너무 길어지고 있었다. 하나둘 사원들이 모습을 나타내고 있었다. 조금 있으면 도안부장이 등장할 것이고, 아침부터 전화통에 매달려 있는 자기를 보면 물을 것도 없이 그게 수상한 전화란 걸 금세 눈치 챌 것이다. 그렇게 되면 또 뭘 설명하고 주석을 달고 변명을 해야 된다.

독고는 빨리 전화를 끊어야 했다. 그리고 전화를 빨리 끊는 방법은 오직 하나 "예……", "예……"라고 대답하는 것뿐이다. '노'라고 말할 때 이야기는 길어진다. 그러나 '예스'에는 군말이 없는 것이다.

"알았습니다. 제가 가지요!"

독고는 이렇게 말하고는 전화를 끊었다. 수화기를 놓자마자 정말 아슬아슬한 간발의 차이로 도안부장이 들어왔다. 도안부장은 독고를 향해서 곧장 걸어오고 있었다.

'저런, 기어코 냄새를 맡은 모양이군.'

도안부장은 독고에게 가까이 다가서자 아주 나직한 귀엣말로 말했다.

"어떻게 된 거야?"

"아냐, 그냥 집에 전활 걸었지. 카피 원고 몇 장을 두고 왔거든."

"그게 아니구."

"그게 아니라니."

"자네가 지금 전화를 건 부산 여자 말고 말이다. 그거 있제……."

도안부장은 정말 도사였다. 자기 입으로 말한다면 이미 다 옛날에 경험한 것이기 때문에, 보지 않고도 자기는 손바닥을 펼쳐보듯 환히 다 안다는 거였다.

"뭐가 어쨌다는 거야?"

독고는 자수할 생각으로, 묻는 말에 모두 털어놓을 작정으로 도안부장의 얼굴을 정면으로 바라보았다. 그러나 그는 의외로 심각했다. 농담을 하려는 것이 아닌 성싶었다.

"사장 말이다."

"사장이라니?"

"조용히."

독고가 큰 소리로 사장이라고 하자, 주위를 살피면서 도안부장은 입을 막았다. 그리고는 계속 들릴 듯 말 듯한 낮은 목소리로 이야기를 했다. 전에는 없었던 일이다.

"회사에 무슨 변동 있는 거 아니가? 자넨 알고 있제……?"

독고는 사장이 연구소를 겸한 기획실을 만들려고 한다는 것과 자기가 그 실장 아니면 소장이 될 거라는 이야기를 하려고 했지만, 입이 떨어지지 않았다. 사장과 두 사람만의 이야기였고 왠지 자기의 승진이 동료를 배신한 느낌이 들기도 해서 말하기가 거북했기 때문이다.

"사장이 말이다. 이것 좀 보래이⋯⋯."

도안부장은 종이봉투에서 몇 장의 도화지를 꺼냈다. 그건 정박 아들이 그린 그림이었다.

두 눈만 커다랗게 그려놓은 사람 얼굴과 마치 개구쟁이가 골목 담장에다 낙서를 해놓은 것처럼 손가락을 펴고 다리를 벌리고 서 있는 사람들의 그림이 독고의 눈을 끌었다. 진이도 그런 그림을 곧잘 그리기 때문이다.

"이게 뭔데⋯⋯?"

"밑도 끝도 없이 말이다. 이 그림을 잘 연구하라는 기라. 이런 바보들 그림을 'TV' 커머셜에 내보낼락 하는 기라."

"근데, 그게 회사 변동과 무슨 관계가 있다는 거야?"

도안부장은 한층 더 목소리를 낮추더니,

"독고실장과 상의해서 안을 한번 내보라는 거야. 독고부장이 아니라 분명히 독고실장이라구 말이다. 그래서 내가 말이제, 독고실장이라구요? 라고 반문했드니만, 아니 뭐 내가 지금 실장이라구 했나 하드니 좀 당황하는 기색이드란 말야."

사장 자신이 당황해한다는 판에 자기 입으로 그 연구소 이야기를 할 필요는 없다고 생각하면서 "그럴 수도 있겠지. 말이 헛나올 수도 있잖아."라고 화제를 얼버무렸다.

"아니다. 그 이야기가 아니란 말이다. 사진부장에게도 똑같이 독고실장이라고 말했다는 기라."

"사진부장에게도?"

"실언을 두 번 이상 되풀이할 수는 없제. 더구나 김봉섭 사장이 말이다. 이건 틀림없는 애드벌룬이다. 떠보자는 거래두."

독고는 얼굴이 붉어졌다.

"설마……."

"자네한테는 아무 말도 없드나?"

독고는 더욱 난처했다. 요즈음엔 앞으로도 뒤로도 갈 수 없는 벼랑에 서 있는 마음이 자주 드는 것이었다. 그러나 결국 독고가 한 말은 '아니'라는 대답이었다. 감추려고 해서가 아니라 확정된 일도 아닌데 공연한 화제를 일으킬 필요가 없다고 생각해서였다. 말을 돌리고 싶었다.

"그래, 정박아 그림 연구는 해봤나?"

도안부장은 독고의 말에 이번에는 커다란 소리로 이야기했다.

"아이큐가 돼지만큼도 안 된다는 정박아가 어찌 이런 좋은 그림을 그리노. 내 한참 보고 있으니 고만 눈물이 안 흐르드나…… 클레, 미로는 다 저리 가라다. 사람은 말이제, 아무리 바보로 태어 나도 짐승이 아닌 기라. 그것들이 어찌 알고 이리 아름다운 그림을 그리노."

옛 미술가 지망생이었던 이 도안부장은 정박아들의 그림을 내놓으면서 물끄러미 내려다보고 혀를 찼다.

독고는 도안부장에게서 그런 눈은 처음 대하는 것이었다. 맑고 크고 축축하다. 꿈꾸는 눈이다. 그리고 바보로 태어나도 짐승하고는 다르다는 말에 그만 고마운 생각으로 덥석 도안부장의 손을 잡았다.

"아! 와 이러노, 징그럽게! 니 호모가……?"

도안부장은 꿈에서 깨어난 사람처럼 황급히 그림들을 챙기고는 자기 자리로 돌아갔다.

'독고실장, 바보들의 그림, 클레는 저리 가라다.' 한동안 이런 말들이 독고의 책상 위에서 여운처럼 남아 맴돌고 있었다. 그리고 도안부장의 말만이 아니라 수화기에서 울려오던 미란이의 가냘픈 목소리도. 그러나 왠지 아내의 목소리는 아무리 귀를 기울여도 들려오지 않았다.

'나는 지금 아내를 배신하고 있다.'

그러나 독고는 속으로 자신의 말을 부정했다.

'병원에 찾아간다는 것은 단지 궁금증 때문이다. 문병의 예의에 지나지 않는다. 내가 미란이에게 수면제를 먹였다는 궤변을 변명하자는 것뿐이니까.'

온실 속의 폭풍과 딸기는
장미과에 속한다는 발견

　동심병원의 시계탑이 오후 6시 43분을 가리키고 있을 때 독고는 203호 병실 앞에서 헛기침을 하고 있었다. 방문을 노크하기 전에 자기 손에 들려 있는 장미꽃 다발을 흘끗 곁눈질해보았다. '초라하지 않을까?' 아직은 장미철이 아니었다. 그러나 꽃가게에는 장미꽃들이 만발해 있었다. 모든 것이 계절보다 앞서가고 있었다. 바깥에서는 겨우 벚꽃이 진 지 오래잖은데 병원 앞 꽃가게에서는 서리 속에서 피는 가을 국화꽃이 한창이었다.

　독고는 또 한 손에 들려 있는 카피 봉투를 생각했다. 그 속에는 선풍기, 룸쿨러, 냉장고 등의 뜨거운 여름들로 가득 차 있었다. 꽃가게도 광고업계도 계절을 먼저 꿔온다.

　그리고 보면 병원도 그렇지 않은가? 그것은 죽음의 세계, 머리를 붕대로 싸맨 환자들만이 아니라, 병원 속에서는 의사도, 면회하러 온 손님도 휠체어에 탄 사람과 근본적으로 다를 게 없다. 살아 있으면서도 그들은 죽음의 시간 속에서 서성대고 있는 것이다.

'초라하지 않을까?' 독고는 벌써 시들어가고 있는 장미꽃 잎에 코를 대고 심호흡을 하듯 숨을 들이마셨다.

아무 향내도 없었다. 아니다. 독고가 그 장미꽃에서 맡은 것은 소독약 냄새였다.

'미란이 혼자만이 아닐 것이다. 누군가 반드시 그의 곁에서 간호하고 있는 사람이 있을 것이다. 이대로 돌아가버리자. 꽃다발에 간단한 쪽지를 써서 간호사실에 맡겨놓고 가자. 그러나……놓고 가기에는 너무 초라한 꽃다발이 아닌가.'

그때 마침 맞은편 복도에서 의사와 인턴들이 떼를 지어 몰려오고 있었다. 도둑질을 하는 사람처럼 복도 앞에서 서성대고 있던 독고는 얼결에 병실 문을 두드렸다.

그러나 아무 응답이 없었다. 독고는 용기를 갖고 더 크게 문을 노크했다. 쉽게 응답이 없는 것으로 보아 미란이는 혼자인 것 같기 때문이다.

말 대신에 여자의 기침 소리가 났다. 독고는 살며시 문을 밀고 그 틈 사이로 바람이 스며들듯 살며시 들어갔다.

미란이는 침대에 비스듬히 누워 있었다. 푸르스름한 환자복 차림의 미란이는 수척해 보였지만, 풀기 없는 허술한 옷 사이로 드러나 보이는 허연 두 다리가 독고의 눈을 부시게 했다.

독고는 미란이를 정시하지 못하고 쇠침대의 녹슨 바퀴를 쳐다보며 인사를 했다.

"주무시는 것을 깨운 것 아닙니까?"

독고는 병실에 들어서기 전 미란이를 만나면 무어라고 인사말을 할 것인가를 몇 번이나 속으로 연습해보았다. 그러나 불쑥 입에서 튀어나온 말은 전혀 엉뚱한 소리다.

"아뇨! 책을 읽고 있었어요."

정말 그녀의 손에는 《주간 스포츠》가 들려 있었고, 그 옆에는 각종 주간지들이 베개보다도 높이 쌓여 있었다.

미란이는 마치 독고가 으레 이 시각이면 병문안을 오는 사람인 것처럼 대했다. 놀라워하지도, 서먹해하지도 않는다. 독고는 그러한 미란이를 보자 마음이 좀 느긋해지기 시작한다.

그러자 이번에는 걷잡을 수 없는 호기심들이 머리를 들고 일어났다.

"줄곧 병원에 있으셨습니까?"

"걱정 마세요. 저는 일 년이면 반쯤은 병원에서 지내니까요."

"그래 어떠세요. 많이 회복하셨나요?"

미란이는 커다란 소리로 웃었다.

"왜 웃으세요?"

독고는 무엇인가 무시당하고 있다는 생각이 들었다.

"저는 나쁜 애예요. 용서하세요."

"나쁘다니요?"

"전 말이지요. 병문안 오는 사람들의 얼굴을 관찰해왔거든요.

그래도 절 위해서 온 사람들인데…… 늘 이런 웃음으로 기분 나쁘게 하거든요."

"하긴 저도 그 웃음소리를 듣고 기분이 좋진 않았어요."

"그러니까 전 나쁜 애라고 하지 않았어요."

"왜 알면서 그런 웃음을 웃지요?"

"하지만, 나오는 걸 어떻게 해."

미란이는 반말 비슷하게 말했다. 그 말투가 어리광처럼 느껴져 밉지 않다고 독고는 생각했다. 다른 말을 하고 싶었지만 분위기가 어색해질까 봐 계속 미란이의 웃음에 대해 화제를 몰고 갔다.

"그런 웃음이 왜 나오냐는 거지!"

독고도 반말 비슷하게, 그러나 나긋한 목소리로 반문했다.

"열이면 열, 그 표정이 너무 똑같기 때문이죠. 판에 아주 박은 것 같애."

이번에도 또 미란이는 말끝을 잘라 '요'자를 뺐다.

"그럼 나도 그런 표정을 지었다는 거요?"

"그러믄요."

"어떤 표정인데……?"

"마치 죄를 지은 사람, 살아 있는 것이 미안하다는 표정. 환자를 보면 왜 갑작스레 사람들은 그 표정이 엄숙해지는 걸까? 조금은 슬퍼하는 체하기도 하고 걱정하는 체하기도 하고. 그러나 내심으로는 모든 사람들이 이렇게 말하고 있지요. 다행이야. 내가 저렇게 되지 않은 것이 다행이야. 술래잡기에서 아직 붙들리지 않은 아이처럼 웃고 있는 거지요. 그래서 그 표정이 아주 복잡해지는 거지요."

"그것이 관찰기록의 전부입니까?"

"화내지 마세요. 어차피 병실에 누워 있으면 할 일이 없잖아요. 그러니 사람 얼굴을 관찰했다 해도, 처음부터 무슨 악의가 있었던 건 아니니까요."

"아닙니다. 알 만해요. 초상집에 문상 간 사람들의 표정도 백이면 백 사람 다 똑같지. 병원에 문안 오는 사람도 그럴 겁니다. 만약 내가 입원할 때 미란 씨가 찾아오신다 해도 아마 그런 표정을 지을 겁니다. 누구나 살아 있다는 게 멋쩍고 죄스러운 생각이 들 때가 많은 법이니까요."

"그만, 그 이야기는 그만하세요. 내가 사과했잖아요. 그래두 말이지요. 내가 그런 웃음을 웃고 그 웃음에 대해서 이렇게 설명하거나 사과한 것은 선생님이 처음예요."

"감사합니다. 그러나 저도 꼭 들려줄 말이 있어요."

"어머, 이거 장미 아녜요!"

미란이는 아직도 독고의 손에 들려 있는 장미를 빼앗다시피 가져다가는 코끝에 대었다. 그리곤 냄새를 맡았다.

그러나 독고는 끈기 있게 물고 늘어졌다.

"꼭 들려줄 말이 있어요. 나에겐 아들 녀석이 하나 있지요!"

"매력 없어요. 처음 보는 여자 앞에서 자기 아내나 자식 이야기 꺼내는 사람은요."

"매력 있으라고 하는 말 아닙니다. 그리고 내 아들은 특수하지요. 정박아입니다. 아세요? 정박아란 말······ 정신박약아. 쉬운 말로는 바보지요."

미란이가 이번에는 거북한 표정을 짓고 독고를 쳐다보았다.

독고는 미란이처럼 웃었다.

"거 보세요. 저도 내 자식의 불행을 놓고 관찰했지요. 내 자식 놈이 바보라는 것을 알고 사람들이 맨 먼저 보이는 그 표정은 모두가 판에 박은 것 같거든요. 공연히 미안해하고 죄스러워하고 거북해하는 표정, 그러면서도 정박아로 태어나지 않은 자신을, 정박아를 낳지 않은 자신을 대견하게 느끼는 안도의 표정, 저도 수백 번 수천 번 보아왔지요. 지금 미란 씨가 짓고 있는 그런 표정을 말이지요."

"멋있는 복수를 하셨군요."

미란이의 얼굴이 어두워졌다. 그리고는 잠자코 장미꽃만을 응시하고 있었다.

어색한 침묵이 흘렀다. '삑!' 하고 독고의 손목에서 알프스 전자시계가 시보를 알렸다. 벌레가 밟혀 죽을 때 나는 소리 같았다. 독고는 그 시보를 들을 때마다 그런 생각을 했지만, 이번에는 그 소리가 짐승이 울부짖는 것처럼이나 크게 들렸다.

"공연한 말을 했나 보죠. 요컨대 내가 말하려는 것은 그런 표정을 비웃을 게 아니라 우리는 겸허하게 그런 사람들 앞에서 모자를 벗어야 한다는 거지요. 크게 절을 하는 겁니다. 무언지 모르게 살아 있다는 것이, 바보가 아니라는 것이 다행스럽다고 생각하면서도 미안하게 생각하는 마음, 난 그런 마음들이 있기 때문에 이 세상은 아직도 부서지지 않고 잘 굴러간다고 믿는 사람이지요. 모든 사람들이 굶고 있는데 혼자서 밥을 먹고 있는 사람에게 그런 표정마저 없다면 어떻게 될까요. 철없는 아이들도 그렇지요. 아이들이 모두 시험 점수가 엉망인데 혼자 백 점을 받은 아이는 어떤 표정을 지을까요. 바로 미란 씨가 보아왔다는 그런 표정일 겁니다. 기쁘면서도 죄 지은 것 같은 표정!"

"제가 약을 먹고 병원으로 실려갈 때에도 선생님은 그런 표정을 지으셨어요?"

"전 싸우러 온 것이 아닙니다."

"그럼 사랑하러 오셨어요?"

독고는 하마터면 커피 봉투를 바닥에 떨어뜨릴 뻔했다. 하지만 미란이는 환한 표정을 짓고 웃었다.

"이제 됐어요. 우린요, 친해진 거예요. 서로 끌고 잡아당기고자로 재고 가면을 쓰고…… 그런 짓을 하지 않아도 좋아요. 자요!"

미란이는 새끼손가락을 내밀었다.

"우리도 영화 장면 같은 짓 해요. 맹세하는 거지요."

"뭘 맹세하는 거죠?"

"방금 말한 것. 벽이 있으니까 빙글빙글 돌지요. 곧바로 볼 수 있는 걸 말이지요……. 자요, 서로 자기를 감추려고 거짓말 안 하기."

간지러운 짓 같았지만 미란이는 용케 그런 분위기를 자연스럽게 꾸미는 재간이 있었다. 유치한 유행가 가사도 미란이가 부르면 훌륭한 시가 될 것 같았다.

미란이의 새끼손가락은 야위어 있었고 식은땀에 젖어 있었다.

'아, 이 작은 것이 아직도 생명의 전류가 흘러 크리스마스의 장식 전구처럼 이렇게 반짝이고 있다니.'

미란이의 새끼손가락이 독고의 가슴을 뜨겁게 했다.

'정말 나는 사랑하려고 이곳에 온 것일까?'

독고는 미란이의 얼굴을 똑똑히 내려다보았다. 시선이 마주쳐도 피하지 않으리라. 눈꺼풀은 검게 죽어 있었다. 그래서 그녀의 얼굴은 훨씬 더 희게 보였다.

그것은 고통의 감정이었다. 형언할 수 없는 아픔이 가슴에 젖어들었다. 지금까지 미란이와 자신을 가로막고 있었던 절연체가 사라져버리고 고통의 전류가 흘러 들어왔다.

"진짜 갈매기 사육사가 되세요. 저도 이제 바다 위를 날아다니는 일에는 지쳐버렸으니까요. 자! 이리 가까이 와서 앉으세요."

독고는 침대 옆에 스툴을 갖다놓고 앉았다. 흰 침대보 위에 뒹굴고 있는 주간지 표지의 모델이 독고를 보고 눈웃음을 쳤다.

"당신도 꽤 세련되었군요."

이때 노크도 없이 방문이 열렸다. 여대생 차림의 여자였다. 한 번 문 앞에서 주춤하고 방 안 공기를 살피더니,

"언니! 나 나중에 들어갈까?"

라고 말했다. 손에는 과일, 통조림, 휴지, 이런 것들을 담은 쇼핑 백이 들려 있었다.

"아냐! 인사해. 내가 얘기했던 독고선생님."

독고는 '내가 얘기했던'이란 미란이의 말에 다시 굳어지려던 몸이 풀어졌다. 독고는 거북해지면 온몸에 닭살이 돋고 심해지면 두드러기가, 그것으로도 견디지 못하면 쥐가 난다.

"안녕하세요?"

여대생은 인사를 했다. 동생인 듯싶은데 미란이와는 대조적으로 피서를 다녀온 얼굴처럼 까맣게 타 있었다.

"전 시란이에요. 김시란……. 이분의 동생이구요."

그녀가 미란이를 손짓하며 '이분의……'라고 소개를 할 때 두 사람은 합창을 하듯이 웃었다.

"취미는 테니스와 승마, 꽃꽂이, 전자 기타……."

"그만해둬."

미란이가 수선을 피는 시란이를 눈으로 흘겼다.

"선생님은 순진하셔서 여자가 너무 수다스러우면 싫어하신단

말야."

"나를 소개하는 건 말야. 바로 언니를 소개하는 거와 마찬가지 라구…… 난 말이지요."

이번엔 독고 쪽을 보고 말했다.

"왜, 학교에 내는 신상카드 있잖아요. 거기에 특기나 취미란이 있잖아요. 전 그걸 쓸 때마다 고민한다구요. 쓸 게 너무 많아서이 죠. 근데 그게 다 누구 덕이냐 하면 바로 이 사람 때문이라는 걸 알려드리자는 거예요. 언니가 싫증나서 내버린 것을 결국 제가 다 물려받았다 이거지요."

"그럼 미래의 취미는 주간지 읽기가 되겠군요."

독고가 그렇게 말하자 시란이는 입을 삐죽 내밀면서 심술궂게 말한다.

"쳇! 언니 벌써 그 얘기 다 했구나? 주간지 전공으로 옮겨간 걸 다 아시는 걸 보니……."

시란이가 나타나자 독고와 미란이는 한결 더 가까워지는 것 같은 느낌이 들었다.

독고는 일 인칭, 미란이는 이 인칭, 시란이는 삼 인칭, 세 사람이 모여야 비로소 인칭의 구분은 명확해진다. 원래 셋이라는 숫자는 둘의 숫자를 완벽하게 하기 위해 존재하는 것인지도 모른다.

시란이는 쇼핑백에서 딸기를 꺼내어 플라스틱 접시에 담았다.

독고는 일어섰다.

"왜요? 가시려고요?"

미란이가 침대에서 벌떡 일어나며 독고를 붙잡았다. 그러나 그 순간 현기증이 일어났는지 무엇을 더 말하려다 말고 갑자기 손으로 이마를 감싸고 눈썹을 찌푸렸다.

"아니! 그냥 누워 있으세요."

얼결에 독고는 미란이의 어깨를 잡고 침대에 도로 뉘었다.

시란이는 딸기를 담은 접시를 들고 서서 두 사람을 지켜보고 있었다.

"한 폭의 그림!"

시란이가 웃으며 농담을 던졌다.

"딸기 잡숫고 가세요!"

미란이는 눈을 감은 채로 독고에게 말했다. 독고는 땀방울이 배어나오고 있는 미란이의 얼굴에서 눈을 떼지 않고 말했다.

"내 걱정 말고 잠시 동안 그대로 쉬고 계세요."

시란이는 탁자에 딸기접시를 놓으면서 "내 장사는 안 되는데……."라고 계속 농담을 하고 있었지만, 그 말소리는 어쩐지 공허하게 들렸다. 시란이는 실없는 소리나 일부러 우스꽝스러운 제스처로 언니를 위로해주려고 하는 것이 이제는 습관처럼 몸에 배어 있는 것 같았다.

"언니 간호 잘하세요."

독고는 카피 원고의 봉투를 들었다.

"언니가 딸기 잡숫고 가시래잖아요."

시란이는 눈을 흘기는 시늉을 하면서 독고를 의자에 앉혔다.

"약속이 있어서요."

사실 독고는 지금 가야 할 아무런 이유도 없었다. 다만 그렇게 하는 것이 예의인 것 같다는 생각이 들었기 때문이다. 그리고 남의 집 손님으로 가서 음식이 나오려고 하면 사양한다는 뜻으로 으레 자리를 뜨는 체하는 것이 어렸을 때부터의 습관이기도 했다.

"좋아요! 내기를 하세요. 퀴즈요! 맞히면 가시고요, 못 맞히시면 이 딸기 다 잡숫고 가시는 거예요."

독고는 시란이에게서 건강할 때의 미란이의 모습을 찾아볼 수가 있었다.

"문제 일, 딸기철이 언제지요?"

"그게 퀴즈 문제인가요?"

"그래요! 달수를 맞혀보세요."

"그야, 바로 지금이잖아요."

독고는 오월이나 유월이라고 말할까 하다가 고지식하게 대답하는 것이 촌스러울 것 같아 일부러 틀린 답을 말했다.

"맞았어요! 딸기는 온실에서 자라니까 언제고 먹을 수 있지요. 그래서 우리 같은 요즈음 아이들은 딸기가 초여름 과실이라는 것

을 아는 애가 거의 없지요. 그런 의미에서 선생님도 '철없는 세
대'에 속해 있군요. 희망이 있네요!"

"다음 문제는 뭡니까?"

"딸기는 무슨 과에 속하나요?"

"그야, 그것도 역시 딸기과에 속해 있겠지요."

"틀렸어요. 그건 장미과예요."

시란이는 독고가 사온 장미 다발, 미란이의 머리맡에 놓인 장
미꽃을 손으로 가리키며 말했다.

"정말?"

독고는 딸기와 저 장미가 같은 식구라는 게 믿기지 않았다.

"틀림없어요. 이것도 다 언니한테서 배운 것이니까요. 언니의
지식은 절대로 틀리는 법이 없거든요."

독고는 백과사전을 외듯이 갈매기 종류에 대해서 낱낱이 늘어
놓던 미란이의 일이 생각났다.

"언니는 어떻게 해서 그런 것을 알지요?"

"언니는요, 호기심이 많거든요. 바로 얼마 전에 딸기를 사왔잖
겠어요? 우린 그냥 먹어요. 그런데 언니는 딸기의 모든 것에 대
해서 알려고 하지요. 궁금한 건 못 참는대요. 딸기를 먹는 순간
딸기에 미쳐버리는 거지요. 딸기의 색깔, 그 맛, 촉감, 씹을 때의
그 감각, 여기에 관념까지 합쳐서 그것들의 역사, 원산지, 이런
모든 지식까지도 송두리째 삼켜야 하거든요."

미란이는 자고 있는 것일까? 아무 반응이 없었다.

"그러나 문제는 제게 있어요! 이 관심이 딴 것으로 옮겨지면, 그 찌꺼기들은 제 몫이 되고 말거든요. 책도 그런 순서로 읽고 음악도 그렇거든요."

독고는 시란이를 따라서 기계적으로 딸기를 입에 집어넣고 있었다.

"버리는 것이 아깝지요. 저는 공거다 싶어서 그 퇴물들을 차지하지요. 테니스도 승마도…… 그래요. 테니스는 월슨 라켓 때문에, 그리고 승마는 승마복 때문에 배우게 된 거지요. 언니가 안 쓰니까 제가 그걸 대신하는 거지요……."

"말조심해!"

미란이가 눈을 뜨면서 기침을 하듯이 말했다.

"선생님 바쁘신가 봐. 빨리 보내드려."

"저것 보세요. 선생님을 잡은 것은 언니였잖아요. 그런데 지금은 또 보내드리라잖아요. 그러니까 이젠 제가 선생님을 잡고 있을 차례가 된 거지요."

"너 별소리 다 하는구나!"

조금 화가 난 듯이 미란이가 말했다.

"사실 말예요, 언니가 선생님 얘기를 할 때 제가 어땠는지 알아요? 저는 초비상 상태였지요. 저에게도 무관한 사람이 아닐 거다 하는 생각 때문에 말이지요."

"얘는, 너 그거 무슨 뜻으로 하는 얘기니?"

미란이는 정말 화를 냈다.

"아무래도 제가 가야 할 때가 된 것 같습니다."

독고는 열없는 미소를 지으면서 일어났다.

"선생님!"

미란이가 불렀다.

"예, 말씀하세요."

"전화 주시겠어요?"

"물론이지요."

"그럼 됐어요."

"선생님."

이번에는 시란이가 불렀다.

"예, 말씀하세요."

"퀴즈에 지셨잖아요!"

"아! 예…… 고맙습니다. 딸기가 장미과에 속한다는 거 잘 배웠어요. 그렇잖았으면 죽을 때까지 딸기와 장미가 한 식구란 걸 모르고 지낼 뻔했습니다."

시란이에게 말을 하면서도 독고는 미란이의 얼굴을 쳐다보았다.

"퀴즈에 지셨잖아요! 제 말을 들어야지요."

"나는 말이지요. 미란 씨가 버린 말 안장이나 가죽장화와는 다르지요. 염려 마세요.”

말을 하고 나니까 좀 심하지 않았나 싶어 독고는 두 사람의 얼굴을 살폈다. 그러나 의외로 두 사람은 그 말을 듣고도 유쾌하게 웃었다.

“버릇없는 애라고 욕하지 마세요!”

시란이는 손가락으로 딸기를 집어 입 안에 넣으면서 말했다.

“사실은요, 선생님 앞에서 버릇없이 굴 만한 권리가 있거든요.”

“내기에 이겼다는 말씀인가요?”

“그런 게 아니구요.”

시란이는 몸을 반쯤 일으키고 비스듬히 누워 있는 미란이를 곁눈질로 훔쳐보았다.

“저는 언니의 사립탐정이었거든요. 애드 킴 광고 회사를 알아내고, 다음엔 선생님의 신상조회…… 그리구 선생님 댁 주소와 전화번호까지.”

“애 말에 신경 쓰지 마시고 바쁘신데 빨리 가보세요.”

미란이가 말을 채갔다. 독고는 누구의 말에 장단을 쳐야 옳을지 몰라서, 미란이와 시란이를 번갈아 보면서 천치처럼 멋쩍게 웃었다. 진이의 웃음이 떠올랐다. 머리를 삐딱하게 기울이고 혓바닥을 내밀면서 히기죽히기죽 웃고 있는 진이의 웃음.

“만약에 말이지요. 저의 추리력과 상상력, 그리고 끈기가 없었더라면 오늘의 이 오작교는 절대로 놓여질 수 없었다는 것. 그것을 두 분께서는 오래오래 잊지 마시도록……. 자, 그러면 됐어요. 안녕히 가세요."

거침없는 시란이의 태도에 독고는 기가 질리고 말았지만 불쾌하지는 않았다. 그게 어떻게 생긴 새인지 한 번도 본 적은 없지만, 웬일인지 시란이는 꼭 방울새 같다는 생각이 들었다.

미란이는 갈매기, 시란이는 방울새…….

그렇다면 나는 무슨 새일까?

구식 뻐꾸기시계 속에서 살고 있는 목각으로 된 뻐꾹새인가, 어두운 숲에서 서툴게 날아다니는 부엉이인가? 그러나 독고는 분명 페가수스처럼 자기에게도 날개가 있다는 것을 느끼기 시작했다.

촉촉하게 땀이 배어 있던 미란이의 새끼손가락의 감촉을 독고는 온몸으로 느낄 수가 있었다. 그것은 한 달 전 해운대의 바닷가에서 잡았던 그 손이 아니었다. 들것에 들려 나가면서 힘없이 흔들거리던 그 손이 아니었다. 독고가 지금 느끼고 있는 미란이의 새끼손가락은 사월의 공기보다도 가볍고 따스했다. 그건 새의 깃털이었다. 바다와 초원과 그리고 사람들이 한 번도 오르지 못한 높은 산봉우리를 넘어서 온 새. 그 새의 날개 속에서도 가장 깊숙한 곳에 돋아 있는 깃털이었던 것이다.

독고는 일어섰다. 가지를 박차고 날아오르는 새처럼 가볍게.

'미란아! 잘 있어. 빨리 나아서 날아야 해.'

독고는 이렇게 말하고 싶었지만, 시란이가 있다. 독고는 미란이에게 그냥 눈짓을 하고 시란이에게는 "탐정께서도 안녕!"이라고 농담을 던지고 밖으로 나왔다.

꽃의 사월이 가고 이파리들이 철을 맞는 오월이 오고 있었다. 땅거미 속에서, 신록의 내음이 코끝에서 맴돌고 있었다. 머리를 아프게 하던 병원의 그 이상한 소독약 냄새에서 풀려난 독고는 심호흡을 했다.

거리에는 수은등이 켜져 있었다. 자동차의 매연 속에서도 가로수는 연둣빛으로 부풀어 있었다.

페가수스처럼 독고는 하늘로 솟구쳐 올라갔다. 그리고 오월이 오고 있는 서울의 저녁 시가지를 굽어보았다. 독고의 손이 신록의 내음을 헤치고 날개처럼 너울거리는 것이 슬로모션으로 돌아가고 있었다.

독고는 장미 몇 송이와 딸기를 사들고 집으로 돌아갔다. 수련이는 방바닥에 청바지니 티셔츠니 옷을 잔뜩 늘어놓고 있었다.

"아니, 이게 다 뭐야?"

"진이 옷 사온 거예요. 연극 날 입히려구요."

독고는 기가 막혔다.

"진이는 발가벗은 임금님이잖아! 옷이 필요 없어요."

"그러게 말예요!"

수련이는 갑자기 풀이 죽어서 물끄러미 티셔츠에 찍힌 스누피의 모습을 들여다보며 한숨을 쉬었다. 아마 수련이는 그 울긋불긋한 새 옷을 입히고, 진이와 피크닉을 떠나는 꿈을 꾸고 있었던 모양이었다.

"자! 이거 받아요."

독고는 장미와 딸기를 아내에게 던지듯이 주었다. 왠지 멋쩍고 한편으로는 묘한 가책이 들기 때문이었다. 처음엔 아내에게도 장미를 사다주면 모든 게 공평해지리라 생각했었다. 그러나 그 결과는 정반대였다. 같은 장미를 똑같은 날 두 여자에게 선물한다는 게 더욱 부도덕하고 자신을 이중적인 인간으로 만드는 일처럼 보였다.

그보다도 아내가 만약 그 꽃을 받아들고 좋아한다면, 얼마나 미안한 생각이 들겠는가? 그러나 다행히도 수련이는 장미꽃 같은 데는 별 관심이 없었다.

"이게 뭐예요. 회사에서 무슨 일 있었수?"

수련이는 독고가, 그것도 보통 날 말이다. 꽃을 사가지고 들어오리라고는 꿈에도 생각지 않았던 모양이다. 오히려 그렇게 생각해주는 것이 독고에게는 마음 편한 일이었다.

하지만 딸기 상자를 볼 때의 반응은 아주 달랐다.

"어머! 이거 딸기 아녜요?"

수련이는 냉큼 한 알을 입에 집어넣으면서 눈을 가늘게 떴다.

"나 먹으라고 사가지고 온 거예요? 당신도 이런 걸 다 사가지고 올 줄 알고……."

진상을 알면 화를 내도 시원찮을 터인데, 아무것도 모르는 수련이는 독고에게 감사를 하고 있었다.

'딸기는 장미과에 속한다. 너도 그것을 아느냐!'

독고는 속으로 그렇게 말하면서 아내의 시선을 피했다.

"나도 당신에게 선물할 게 있어요. 무엇인가 맞혀보세요."

독고는 점점 가슴이 착잡해졌다. '빵 대신 선물이냐?' 차라리 이런 날은 아내가 무엇이라도 트집을 잡아 생떼라도 썼으면 무거운 마음이 상쇄될 것 같았다.

"무어야. 선물이!"

"방 안을 둘러보세요."

수련이는 생글생글 웃었다.

"방 안을 둘러보시라니까! 뭐, 변한 거 없어요?"

낡은 TV가 있었던 자리에 새 십구 인치 컬러 TV가 놓여 있었다.

"당신 말이에요. 다른 건 몰라도 카피 만들면서 TV가 절대로 필요하잖아요. 그래야 새 아이디어도 나오구! 그래서 말이지요……."

"그래서 말이지, 이젠 당신이 좋아하는 김수열 아나운서의 얼굴을 총천연색으로 감상하게 되었군!"

독고는 일부러 잔인한 짓을 했다. 그렇게라도 하지 않고서는 미란이의 새끼손가락을 만지고 이렇게 태연하게 어제와 다름없이 아내 곁에 앉아 있는 자신의 마음을 지탱할 수가 없었다.

"당신 왜 쓸데없는 걸 가지고 자꾸 질투해요?"

사실대로 하자면 이 대사는 독고가 수련이에게 해야만 될 것이었다. 미란이를 찾아가서 장미꽃을 주고 온 것은 독고이니까 질투를 하자면 수련이가 해야 된다. 그리고 변명은 독고가 해야 될 것이고. 그런데 미안해하는 것은 거꾸로 수련이 쪽이었던 것이다. "그냥 농담으로 한 거야. 땡큐, 덕분에 아이디어가 잘 나올 거야." 독고는 새로 사온 TV 수상기의 스위치를 켰다. TV는 좋은 것이었다. 서로 할 말이 없을 때, TV 켜놓으면 그 침묵의 공백은 책장을 넘기듯 간단히 넘겨진다.

어떤 사람들은 부부싸움을 할 때 으레 TV를 크게 틀어놓는다. 아니다. TV를 틀어놓지 않아도 된다. 여자가 한밤중에 통곡을 하고 울어도 옆집에서는 그게 무슨 TV에서 들려오는 사극의 한 장면쯤 되겠지 하고 생각해줄 수도 있는 것이다. TV에게 축복 있으라.

화면에서는 마침 독고의 카피가 비쳐지고 있었다.

"열 길 물 속은 알아도 한 길 사람 속은 모른다고 했지만……. 천만에, 사람 마음은 다 같습니다."

독고는 얼른 TV 스위치를 눌렀다.

"여보!"

독고는 수련이를 불렀다. 오늘 일어난 일을 모두 이야기하려고 했다.

"여보!"

그러나 어쨌다는 건가? 아무 일도 없지 않았는가? 병원엘 들르고 장미꽃 몇 송이를 준 것밖에 대체 무엇이 일어났단 말인가? 모르는 게 약이라는 말도 있다. 이까짓 것은 아무 일도 아닌 것이다.

오늘 이야기를 하려면 부산에서의 일부터 말해야 된다. 그렇게 되면 이야기가 아주 복잡해진다. 그저 미란이와 만났고 그녀는 환자이고 문병차 병원엘 갔다. 더구나 날 찾아다닌 것은 그쪽이 아닌가? 나는 수동적이었다. 돌은 그쪽에서 날아온 것이다. 내가 던진 것은 아니다.

"여보……."

그러나 독고는 그렇게 아내를 불렀다. 다만 두 글자이지만 '여보'란 말에는 그 발음에 따라 수백수천의 뜻이 내포될 수가 있다. 싸움을 걸 때에도 '여보'이고, 사랑의 말을 할 때에도 '여보'로 시작된다. 부부간의 대화는 이 두 글자 속에 모두 포함된다.

독고가 '여보'라고 한 것은 분명 중대한 이야기, 비밀을 털어놓으려고 할 때, 용서를 빌려고 할 때의 그 '여보'였던 것이고, 순간적으로 수련이에게도 그렇게 전달된 모양이었다.

"왜요? 무슨 일이 있었어요?"

하고 수련이는 독고의 얼굴을 뜯어보았다.

"아냐! 아무것도……."

독고는 TV의 스위치를 다시 눌렀다. 진짜 김수열 아나운서가 나와서 뉴스쇼를 하고 있었다. 컬러로 보는 김수열의 얼굴은 훨씬 더 정력적으로 보였고, 얇고 붉은 입술이 관능적으로 느껴졌다.

이번에는 수련이가 TV 스위치를 눌렀다. 찰칵 소리와 함께 말을 하다 말고 뺨이라도 맞고 사라지듯이 꺼져버리는 김수열의 얼굴이 아무리 TV지만 안됐다는 생각이 들었다.

"정말 왜 이래요. 당신? 그 사람하고 나와는 아무 상관이 없댔 잖아요."

수련이는 독고가 '여보'라고 부른 것이 김수열 이야기를 꺼내려고 한 것으로 짐작했던 모양이다. 페가수스처럼 날아올랐던 독고는 덫에 걸린 짐승처럼 꼼짝도 하지 못했다. 방 안 전체가 덫처럼 보였다.

관객들은 일제히 머리를 숙였다.
무대를 보지 않으려고

기다리던 날이 왔다. 독고는 아침에 일어나자마자 하늘을 보았다. 오월의 하늘은 신록처럼 파랗게 개어 있었다. 독고는 언제나 무엇이든 애타게 기다리던 날에는 으레 비가 오는 일이 많았다.

국민학교 때에는 운동회 날이나 소풍 가는 날이 그랬었고, 어른이 되어서는 결혼식 날이 그랬었다.

청심학원 개원 십 주년 기념일, 진이가 연극을 하는 날. 독고는 또 비가 오면 어떻게 하나 은근히 걱정을 했었지만, 이번에는 구름 한 점 없이 청명한 날씨가 된 것이다.

'오늘만은 모든 것을 진이를 위해 바치리라.'

독고는 속으로 그렇게 다짐하면서 미란이와 약속한 전화 연락마저도 끊어버리고 말았다. 몇 번인가 병원 전화번호로 다이얼을 돌렸지만 끝번호에서 수화기를 내던져버리고 만 것이다.

아내 수련이도 아침부터 한복을 차려입고, 마치 TV 출연이라도 하는 탤런트나 되는 것처럼 '입체화장'이란 걸 했다. 그들은 꼭 신혼부부, 그렇다. 무슨 신혼여행이라도 떠나는 신혼부부 같았다. 차림새도 마음도 그랬던 것이다.

특히 독고는 미란이와의 관계 때문에 더욱더 진이에 대해 있는 정성을 다 보이려고 애썼다. 진이가 어두운 방 안에서 나무뿌리를 문지르고 있는 동안 독고는 미란이의 새끼손가락을 건드리고 있었다. 그것이 꼭 진이를 배반한 것 같은 죄의식으로 독고의 가슴을 억누르고 있었기 때문이다.

사실 그랬었다. 독고는 가끔 진이의 존재를 잊어버리는 일이 있었다. 미란이를 만나서 이야기하고 있을 때에도 가끔 진이는 그의 곁에 없었다. 언제나 그림자처럼 독고의 가슴 한구석에 자리해 있던 진이의 존재가 갑자기 꺼져버리고, 그 자리에 천지창조 첫째 날 같은 환한 햇살이 뻗쳐오르는 것이다.

병원에서 새끼손가락을 걸던 날, 독고가 꼭 날개 돋친 페가수스처럼 하늘에 둥실 떠오르는 것 같은 환각을 보게 된 것도, 진이의 그림자로부터 해방될 수 있었기 때문이다.

진이는 맷돌짝처럼 무겁게 독고의 가슴속에서 돌아간다. 그러나 미란이를 알면서부터 독고는 그 맷돌 돌아가는 소리가 점점 사라져가고 그 무게도 점점 가벼워져가는 것을 느끼게 되었다.

독고는 검은 싱글 정장을 하고 넥타이는 붉은색으로 골라 맸다. 그리고 아내가 화장을 하고 있는 화장대 너머에서 자신의 모습을 얼핏 비춰보았다.

아내가 거울 속에서 웃었다. 도란을 발라서 그런가? 주근깨가 보이지 않았다. 아내는 화장을 한다기보다는 공책에 낙서를 해놓은 것을 지우개로 지우는 아이처럼, 그렇게 지난날의 자기 표정을 지우고 있는 중이었다.

"젊어 보이는데! 당신 아주 예뻐."

"피! 당신이야말로 그대로 나가 예식장으로 가도 잘 어울리겠네요."

"우리 진이는 효자지! 우릴 이렇게 젊게 환생시켰으니 말야."

"환생요? 언제 우리가 죽었나요?"

둘이는 계속 화장대의 거울 속을 들여다보면서 이야기를 주고받았다.

실물보다도 거울로 보는 아내가 더 예쁘고 젊어 보이는 것이 독고의 가슴을 아프게 했지만, 분명 그것은 드물게 느끼는 행복감이었다.

연극은 오후의 마지막 프로그램에 들어 있기 때문에 독고 부부는 전시회니 운동회니 하는 다른 행사들을 먼저 보아야 했다.

모든 축제가 그렇지만, 청심학원의 그것은 더욱 화려하고, 더욱 풍성하고, 더욱 요란스러웠다. 여느 날의 청심학원은 흡사 교도소나 병원 입원실 같은 분위기였지만 오늘은 정반대로 시장속처럼 생기가 넘쳐났다.

아이들이 출품한 그림, 붓글씨, 공작들이 방 안 가득히 원색의

관객들은 일제히 머리를 숙였다. 무대를 보지 않으려고 **401**

무늬로 진열되어 있었고, 오색 테이프들이 늘어져 있어 무슨 왕자의 무도회장처럼 화사하게 보였다.

특히 벽 전면에 걸려 있는 양탄자가 독고의 눈을 끌었다. 그것은 진이네 반 아이들 전체가 합동으로 만든 양탄자였다. 몇 달 몇 년이 걸렸을까? 실 한 오라기 한 오라기로 공들여 짜낸 그 양탄자에는 커다란 꽃무늬가 새겨져 있었다.

대체 저게 무슨 꽃인가? 그 애들은 그것이 꽃이라는 것을 알고 있었을까? 조금씩 조금씩 형태를 만들어나가는 꽃의 모양을 그 애들도 역시 경이의 눈을 뜨고 지켜보았을까?

그것은 양탄자라기보다 정박아들의 시간을 의미하는 연륜 같은 것이었고, 그들의 닫혀진 속마음을 알려주는 비밀의 상형문자와도 같은 것이었다.

"여보! 진이가 만든 거야. 난 그 애가 왼종일 물감을 들인 가지각색 실을 엮어나가는 것을 본 적이 있어."

그러나 수련이는 그 양탄자에 대해서는 별 관심을 보이지 않는 것 같았다.

수련이는 땀이 배도록 행사 프로그램을 쥐고 몇 번이나 몇 번이나 들여다보곤 했다. 거기에는 '독고진'이라는 뚜렷한 이름이 적혀 있었기 때문이다.

동극 안데르센 원작 〈발가벗은 임금님〉—

그리고는 그 밑에 9호 고딕으로 출연자의 이름이 찍혀 있었는데, 그중에서도 독고진이 맨 처음에 나와 있었다.

"왜 이렇게 시간이 안 가지요? 아직도 두 시밖에 안 되었네!"

수련이는 프로그램과 손목시계를 번갈아 들여다보느라고 전시회의 그림이나 공예품 같은 것에는 눈도 주려고 하지 않았다. 독고는 그러한 수련이에게서 썰렁한 거리를 느꼈다. 병아리를 품고 있는 암탉과 같은 본능을 보았기 때문이다.

독고는 그림들 속에 숨겨져 있는 정박아들의 세계를 아내와 함께 보고 싶었지만, 수련이는 동문서답을 했다.

만약에 미란이가 저 그림들을 보았다면 뭐라고 말했을까? 검은 파스텔 그림 속에 예리한 붉은빛이 꽃불처럼 터지고 있는 그림 앞에서 독고는 이렇게 말했다.

"저 애는 빛 속에서 죽고 싶었던 거지. 빛이 많은 희랍의 어느섬, 글쎄. 베수비오 화산이라도 불을 뿜는 섬일까?"

수련이는 그 그림을 보면서,

"선생님이 도와준 거 아닐까? 그렇지요. 선생님이 손을 댄 거지요?"라고 말했다.

속으로 '진'이의 것과 겨루고 있었던 것이다. 조금이라도 우수해 보이는 작품이 있으면 이상할 정도로 신경을 곤두세우는 것 같았다. 정박아이기 때문에 더욱 그 지적인 경쟁심은 치열한 것인지도 몰랐다.

전시실 밖에서는 〈터키 행진곡〉이 들려오고 있었고, 어쩌다 풍향이 바뀌면 와! 하는 함성 소리와 박수 소리가 창문 사이로 쏟아 져 들어왔다.

독고는 어렸을 때의 운동회 날이 생각났다. 만국기, 북소리, 응원하는 박수 소리, 이런 운동회 날의 광경은 꼭 딴 나라에 온 것처럼 환상적인 분위기를 안겨주었다. 그러나 달리기만은 질색이었다. 아무리 이를 악물고 달려도 남들은 모두 자기를 떼놓고 저만큼 앞에서 달려가고 있었다. 독고는 약간 마당발이었던 것이다.

그러나 이번에는 여선생이 보고 있다. 져서는 안 되는 것이다. 여선생은 본부석 옆 적십자 마크의 깃발을 달아놓은 텐트 속에서 양호실 선생님과 함께 하얀 가운을 입고 앉아 계셨다. 다친 아이들에게 머큐로크롬을 발라주기도 하고 붕대를 감아주기도 했다.

"독고야! 약 발라줬으니 꼭 일등해야 된다."

아프지도 않은데 발목이 시다고 독고는 공연히 여선생님에게로 가 엄살을 부렸다. 그때 여선생님은 옥도정기를 발라주고는 입으로 호호 불어주면서 그렇게 말했던 것이다.

화한 약기운이 뼛속에까지 스며들어가는 것 같았다. 선생님의 하얀 손이 자기의 발목을 잡을 때, 독고는 자기 발이 너무 더러워 창피했지만 이번만은 무슨 일이 있어도 선생님이 보는 앞에서 꼭 일등을 하겠다고 다짐을 했다.

햇빛이 사금파리처럼 빛나고 있었다. 운동장을 둘러싸고 있는 사람들의 얼굴 같은 것은 하나도 보이지 않았다.

오직 여선생님—자기를 지켜보고 있는 여선생님의 그 서늘한 두 눈이 독고의 얼굴을 붉게 상기시켰다. 딱총 소리와 함께 독고는 앞으로 달려나갔다. 와! 하는 함성 소리가 들려왔다. 사람들은 제각기 자기와 제일 가까운 사람들을 응원하고 있었다. 어머니가 아들을, 형과 누이가 아우를, 그리고 이웃집 아이를, 친구의 아들을……. 그 함성 속에는 독고를 향해 부르짖는 소리도 섞여 있다. 처음으로 독고는 앞장서서 달리고 있었다. 심장이 그냥 터져 그 자리에 쓰러져도 좋을 것 같았다.

'아! 선생님도 나를 응원하고 계실까?'

독고는 달리다 말고 적십자기가 나부끼고 있는 본부석 근처를 살펴보았다. 여선생님은 누군가 다른 아이를 치료하고 있었는지, 독고가 달리고 있는 운동장과는 반대쪽으로 돌아서 있었다. 하얀 가운 위로 검은 머리카락만이 보였다.

맥이 풀렸다. 독고는 여선생님을 위해서 달리기 연습을 얼마나 많이 했었는지 모른다. 학교에서 돌아오는 길이면 하루도 거르지 않고 언덕 위를 달리기로 뛰어올랐었다.

모처럼, 아주 모처럼 만에 앞장서서 달리고 있는데 여선생님은 자기를 보아주고 있지 않은 것이다.

'선생님, 제가 일등을 했다구요!'

커다란 소리로 외치고 싶었지만 어느새 눈물이 흘러 앞이 보이지 않았다. "와……!" 하는 소리와 함께 사람들이 일제히 웃는 목소리가 들려왔다. 정신을 차리고 보니 자기는 엉뚱한 코스를 향해 혼자서 달리고 있었다.

일등할 때에는 보지 않았던 여선생님이 이번에는 똑똑히 독고의 거동을 지켜보고 있었다.

여선생님이 달려나와 얼른 독고의 손을 끌고 골라인으로 데려왔다. 여선생님은 측은한 얼굴로 독고를 보며 말했다.

"괜찮다. 열심히 뛰다보면 그럴 수도 있는 거야."

독고가 운동회장에서 수련이를 끌고 전시장 안으로 들어오게 된 것도 그때의 일이 머릿속에 떠올랐기 때문이다. 아이들은 달리기를 하면서도 스탠드에 앉아 있는 부모들을 살펴보려고 두리번거리다가 엎어지는 일이 많았다. 앞만 보고 열심히 열심히 뛰는 아이들은 부모가 없는 고아일 경우가 많았다. 독고는 엎어지는 아이들보다도, 그리고 뒤돌아보다가 꼴찌를 하는 아이보다도, 오히려 아무 기대도 하지 않고 혼자서 달리기만 하다가 일등을 하는 아이들이 더 딱하게 보였다.

진이는 달리기를 하지 않았지만, 어쩐지 그 아이들이 모두 진이처럼 보였고 어렸을 때 자기 자신의 모습을 보는 것 같아 자리를 피하고 만 것이다.

"우리 한번 진이 연극하는 연습장엘 가봐요."

수련이는 그림 앞에서 멍하니 서 있는 독고의 손을 끌다시피

하며 밖으로 나왔다.

"아무리 배가 고파도 음식을 만들고 있는 부엌을 기웃거려서
는 안 되지. 그건 점잖은 일이 아니니까."

독고는 카피라이터답게 비유법을 썼지만, 그 바람에 진짜 자신
이 '배가 고프다'는 사실을 느끼게 되었다. 그러고 보니 두 사람
은 그때까지 아무것도 먹지 않았던 것이다.

"이러고 있을 게 아니라 나가서 점심도 먹고 차라도 들자구!"

독고는 수련이를 데리고 청심학원 근처에 있는 경양식집으로
갔다.

"진이가 효자야! 엄마한테 효도를 하고 있다구요."

수련이는 식당 의자에 앉자마자 비꼬듯이 농담을 했다.

"진이 때문에 나하고 경양식집을 오게 되었다는 거군! 이 정도
라면 매일이라도 좋아. 진이가 아니라도 말야."

"정말!"

"그럼, 그까짓 걸 왜 못해. 기껏해야 카레라이스, 햄버거, 스파
게티……."

"돈이 문제라는 게 아니지요. 재미있을까?"

"재미라니?"

"마누라하구 데이트하는 거 말예요."

"마누라 나름이지."

"그럼 말이지요, 전 어디에 속해요. 재미있는 쪽?"

독고는 대답 대신 피식 웃기만 했다.

무엇 때문에 부부라는 게 있는 것일까? 그렇게들 재미없어하면서 왜 한 이불 속에서 잠자고 한 지붕 밑에서 티격거리며 한평생을 지내는 것일까? 습관 때문일까? 흔히들 자식 때문이라고 하지만, 자식 없는 사람은 서로 쉽게 헤어질 수 있는 걸까?

"당신은 어떻게 생각하고 있지? 자기가 어느 쪽일 것 같애?"

수련이는 명랑해지려다 말고 꼭 낀 버선을 벗는 사람 같은 표정을 지었다.

"재미없는 쪽!"

"그래? 정말 그렇게 생각해?"

"나 당신한테 잘해주고 싶어요."

갑자기 수련이의 눈이 축축해지는 것 같았다. 천장 쪽을 올려다보는 걸 보니 또 눈물이 흘러내리는가 보았다.

독고는 가슴이 뻐근해졌다. 불쌍한 수련이.

그러면서도 배가 고팠던지 스파게티가 나오자 국물 있는 걸 시킬 걸 그랬다면서 열심히 빡빡한 국수가락을 입에 넣고 있었다.

'불쌍한 수련이!' 수련이만이 아니었다. 그의 주위에 있는 모든 사람들이 하나같이 불쌍하게 느껴졌다.

지금 저 운동장에서 달음박질을 하고 북을 치고 깃발을 내흔드는 정박아의 잔치는 물론이고 수혈을 받아가며 조용히 죽음을 기다리고 있는 미란이, 그리고 그 언니를 웃기려고 어릿광대짓을 하는 시란이……. 그렇다. 시란이는 대학가에서 떠돌아다니는 개그를 하나도 빠뜨리지 않고 수집해다가 미란이에게 이야기해 주는가 보았다.

"언니, 언니! 오늘은 지리 문제!"

"또 그 엉터리 퀴즈니?"

"아냐, 이건 진짜라구. 병신들만 사는 나라!"

"병신들만 산다구? 글쎄……."

"네팔!"

"운동시합만 하면 언제나 비기기만 하는 나라!"

"태국! 태국은 타이잖아."

"욕을 잘 만들어내는 도시."

"별걸 다 묻는구나."

"뉴욕!"

그러나 독고는 그들의 웃음이 오히려 가슴을 후벼 파는 아픔으로 와닿았다.

존재하는 모든 것은 슬프다. 흰소리 잘하지만 별로 실속은 없는 도안부장, 도안부장의 물감 묻은 가운뎃손가락은 슬프다. 눈만 뜨면 여자 모델과 술 이야기로 늘 화려하지만 어지간히 벗겨져버린 사진부장의 뒷머리, 그리고 그 비듬은 슬프다.

김봉섭 사장의 세무 점퍼, 검정 옷을 입은 수녀들, 정박아들에게 똑같은 대사를 왼종일 되풀이하고 있는 선생님, 보모들, 아니다. 그게 누구인지 몰라도 상관없다.

언젠가 비 오는 거리에서 노란 우의를 입고 호루라기를 불던 늙수그레한 교통순경, 한쪽 바짓가랑이를 걷어올린 리어카꾼, 보닛을 들어올리고 한길 한복판에서 망연히 엔진 속을 들여다보고 있는 택시 운전사, 길거리의 낯선 모든 사람들까지 하나하나가 측은하고 불쌍하게 보였다. 이 불쌍한 사람들은 서로가 서로를 더욱 불쌍하게 만든다. 마치 미란이에 대한 불쌍한 생각이 아내를 더 불쌍하게 만들고, 아내에 대한 측은한 마음 때문에 미란이가 더욱 외로워 보이게 되는 것처럼, 사람은 마음놓고 아무나 불쌍해할 수조차도 없는 것이다.

"당신은 왜 안 들어요? 배가 고프다면서……."

수련이는 스파게티를 먹다 말고 치즈 그릇이며 피클이며 그런 것들을 독고 앞에 가까이 놔주면서 말했다.

"나와서까지 시중들 필요 없어. 어서 먹어요."

독고는 수련이를 배신할 수 없다고 생각하였다.

진이는 정말 효자였다. 진이만 아니라면, 아마 마음 놓고 미란이와 가까워질 수 있었을 것이다. 독고는 수련이가 신경을 쓸까봐 갑자기 입맛이 가셔버렸지만 스파게티에 젓가락을 갖다대었다.

정말 **빡빡**해서 목구멍으로 넘어가지 않았다. 아내의 말대로 국물이 있는 것을 시킬 걸 그랬다는 생각을 하면서 국수가락을 억지로 떠넣었다.

"이젠 다방에 가서 차라도 마시지!"

"여기서도 차를 파는데 뭘요."

"참 재미없구나! 좀 무드 좀 내자야!"

"무드요? 저하고 무슨 무드예요. 무드는 딴 여자하고 내세요."

최후의 만찬처럼 독고 부부는 결국 시무룩한 분위기에서 이쑤시개로 이빨을 쑤셨고, 물기 없는 사과 몇 쪽으로 디저트를 대신했다. 서로 잘해주려고 하다가는 곧잘 싸움을 하거나, 거꾸로 판이 식어지는 일이 한두 번이 아니었다. 덤덤하게, 아무 일도 없듯이 그저 담담하게 바라보는 것이다.

마치 마주 보고 서 있는 두 그루의 나무처럼 언제나 같은 거리, 같은 자세로 물끄러미 바라보는 식물 부부가 되는 것이다. 그래서 좋은 일도 없고 나쁜 일도 없다.

"당신은 참 복도 없는 사람이야!"

"이제 알았어요?"

"조금 전만 해도 말이지. 나한테 뭐 잘해준다고 했잖아?"

수련이는 핸드백을 들고 의자에서 일어날 기세이더니 다시 주저앉으며 독고의 얼굴을 잔잔히 바라보았다.

"그랬었지요! 근데 그게 금세 스치고 지나가버려요. 그런 감정이 말이지요. 당신이 안됐다 싶지요. 무슨 재미로 사나, 나래도 잘해줘야겠다, 진이 때문에 아파하는 당신을 나래도 잘해주어야지! 라고 생각하지요. 그런데 그런 감정이 생기면 당신이 그리구 내가 미워지는 거예요. 소릴 지르고 싶어지는 거예요. 지지리도 못난 사람들. 왠지 분하고 억울한 생각이 치솟는 거지요. 남들은 다들 그렇게 그렇게 사는데 우리는 왜들 이래요? 오늘만 해도 그렇지요. 당신 뭣 하려고 그 검은 옷 차려입고 나왔어요? 누가 봐 준다구요. 나도 마찬가지지요. 뭘 하려고 옥색 한복 꺼내 입고 나왔나요? 계하러 가는 건가요? 당신, 여자하고 파티라도 하러 나가는 건가요? 우리가 지금 무얼 기다리는 거지요? 병신들이 모여서 병신짓 하는 거 기다리느라구 아침부터 이러구 있는 거예요. 점심 먹는 것까지 잊어버리고 말이지요.”

“그만두지 못해!”

독고는 소리를 질렀다. 그 소리에 놀란 웨이터가 싸움을 말리려고 하듯 두 사람 사이에 끼어들어 보리차를 따랐다.

독고는 말소리를 죽였다.

“일어납시다. 어제 오늘 이야기가 아니잖아. 누구 잘못도 아니야. 어디에다 화낼 데조차 없으니까 나는 당신에게, 당신은 나에게 화풀이를 하는 거지. 그게 우리들의 사랑인 거야. 서로가 없으면 누구에게 화풀이를 하겠나. 그렇지, 화풀이할 사람이 이렇게 있으니까 우린 행복한 거라구. 봤잖아? 엎어지지 않고 용케 백 미터 트랙을 잘 달리는 애들 말야. 그 몸을 하고도 열심히 뛸 수 있는 애들은 자기를 염려해주는 보호자가 없기 때문이야. 사랑을 모르기 때문에 혼자서 달릴 수가 있는 것이지. 그러나 부모가 있는 애들은 그렇지가 않아. 뒤돌아보다가, 엄마 아빠의 표정을 살피느라고 기웃거리다가 헛발을 디디고 넘어져 꼴찌를 하지. 그러나 그 엎어지는 애는 행복한 거야. 우리들처럼 말이지."

아내의 손을 잡아 일으켰다. 겨울 들판의 갈댓잎을 잡는 것 같은 촉감이었다.

힘줄이 유난히 손에 잡혔다. 흰 장갑은 예쁘고 젊은 신혼부부가 낄 게 아니라 독고와 같은 중년부부에게 필요한 것이었는지 모른다.

"시간이 다 된 것 같은데 빨리 갑시다. 진이가 기다리고 있을 거야."

독고는 수련이의 팔을 꼈다. 팔짱을 끼고 걷는다. 결혼하던 날 말고는 처음인 것 같았다.

독고 부부는 연극 발표장으로 들어갔다. 교실 하나를 연극 무대와 관객석으로 만든 것이었지만, 셰익스피어 극을 해도 손색이 없을 만큼 정성껏 꾸며져 있었다.

벌써 장내는 내빈과 학부모로 꽉 차 있었다. 평소에는 몸을 숨기고 잘 나타나지 않던 이른바 저명인사급 부형들도 오늘만은 모두 얼굴을 보이고 있었다.

"저 사람이 바로 X장관 아냐?"

"X회장도 나왔구나."

"저분이 X박사지!"

관객석에서는 이렇게 수군대는 소리가 들려왔다.

사실 청심학원에는 저명인사들의 자녀가 많았다. 아이들을 교육시킨다기보다는 사회의 이목을 피하기 위해서 병신 아이를 이곳에 피난시켰다고 하는 편이 정확할는지도 모른다. 그런 죄의식 때문일까? 그런 사람들은 많은 기부금을 냈고 이 학원만이 아니라, 그 재단인 종교단체에까지도 자선금을 바치고 있는 모양이었다.

막이 오르고 조명이 비쳐지고 효과 음악이 울려퍼진다.

애들이 나와서 노래를 부르기도 하고 춤을 추기도 한다. 보통 때의 학예회와 별로 다를 것이 없었지만, 단지 중학생만 한 아이가 나와서 유치원에서나 하는 짓을 연출하고 있는 것이 달랐다.

사람들은 아무것도 아닌 프로를 보고도 대견스러워 했다. 몸도 제대로 가누지 못하는 춤이 끝나도 손바닥에서 피가 흐를 정도로 손뼉을 두드렸다.

드디어 동극 차례였다.

독고는 수련이의 손을 꼭 쥐었다. 수련이는 긴장을 한 탓인지 조금 떨고 있는 것 같았다.

조명이 밝아지면서 진이가 나타났다. 무대 중앙의 높은 금빛 의자에 홀을 비껴 들고 왕관을 쓴 임금님—그게 진이였다. 정말 세상 사람들이 눈이 부셔 감히 똑바로 쳐다볼 수 없을 거라던 구슬 달린 왕관이 붉은 조명을 받고 영롱하게 빛났다. 그것은 수련이가 만든 것이었다.

"멋있는데! 진짜 왕관 같애. 루비와 다이아몬드로 만든 왕관!"

수련이는 아무 말도 하지 않고 독고의 손을 꼭 잡았다.

"내 마 드러……라. 이거 더 좋은 옷 마드러 가지오너라."

더 좋은 옷을 만들어 바치라고 명령하는 장면이었다. 수십 명의 신하들은 제각기 허리를 조아리면서,

"에, 분부대로 하겠나이다."

"에, 황공합니다."

"비단 오 짜다 바치나이다."

라고 대답을 했다. 사람들의 웃음소리가 터져나왔다. 무대의 세트에는 동화책에서 보는 것 같은 뾰족한 탑이 솟아 있었고, 성벽이 그려져 있어서 진이는 정말 권세 높은 왕처럼 보였다.

〈호두까기 인형〉인가? 무곡이 울려오고 궁녀들이 춤을 춘다. 말만 하지 않으면 그게 정박아들이라고 믿기지 않았다.

연극은 너무나 완벽하게 진행되고 있었다. 진이는 트럼프장의 킹이 무대 위로 걸어나온 것처럼 썩 잘해내고 있었다.

위엄이 있었고, 때로는 화내는 표정을, 때로는 기쁜 웃음을, 감정 표현까지 제대로 해내고 있었던 것이다.

"여보, 우리 임금님 어때?"

"조용히 하세요."

수련이는 진이의 걸음 하나, 손짓 하나 놓치지 않고 눈으로 받아들이고 있었다.

"오 잔 만드는 사람 와수니다."

옷 잘 만드는 사람이 왔습니다라는 말을 그렇게 말했지만 누구도 그 서툰 대사를 듣고 웃는 사람이 없었다.

연극은 마지막 장면을 남겨놓고 있었다. 베틀로 옷을 짜는 시늉을 하는 장면도 무사히 끝났으며 진이가 팬티만 입고 나와 옷을 입는 흉내를 내는 것도 아주 성공적이었다. 단추를 끼는 시늉을 할 때에는 모든 사람이 박수를 치고 웃었다.

'저게 내 아들이랍니다. 진이랍니다. 보세요, 사람들이 말리는 것을 끝내 제 힘으로 이 연극을 해치운 것입니다.'

독고는 관객석을 향해, 박수를 치고 있는 사람들을 향해서 그렇게 말해주고 싶었다.

임금님의 행차가 무대 위에서 벌어졌다. 대단원이었다. 무대에는 임금의 화려한 행렬 말고도 수십 명의 구경꾼이 등장하여 빈틈이 없을 정도로 꽉 차 있었다.

나팔수들이 하늘을 향해 일제히 팡파르를 울렸다. 수련이만이 아니라 학부형들은 제각기 출연하는 자기 아이들을 돋보이게 하기 위해서 화려한 의상과 소도구를 만들어주었기 때문에, 어느 연극 장면도 이렇게 화사할 수는 없었을 것이다.

임금님 행차의 맨 앞에는 북을 두드리고 지나는 의장대가 있었다.

둥둥둥…….

북을 치면서 일제히 의장대들은 술 달린 꼬꼬마를 쓰고 장난감 병정들처럼 행진을 했다.

"이그님 나가신다. 기 비껴라(임금님 나가신다. 길을 비켜라)."

"이그님."

"이그님."

군중들은 외친다.

진이가 호위대에 휩싸여 서서히 무대 중앙으로 나온다.

"와……!"

군중들이 외치고 음악 소리가 높아진다.

"에헴, 나는 이그님이다. 세상에서 제일 조은 오 입은 이그님이다."

조명을 받아 진이의 하얀 살결은 정말 세상에서 어느 의상도 따르지 못할 만큼 아름다웠다.

이쁘다, 이쁘다. 좋다, 좋아. 함성이 들린다.

이때 군중 속에서 한 아이가 커다란 소리를 지른다.

"에헤헤…… 더기 더기, 이그님 빨가이, 이그님 빨가이, 이그님……."

연극은 여기서 막을 내려야 되는 것이었다. 아마 군중들은 제

각기 '임금님은 발가벗었다!'라고 외치고, 임금과 신하들은 허둥
지둥 도망가며 퇴장하는 것으로 막이 내려질 것이었다.

그런데 갑자기 한 아이가 무대 위로 나타난 것이었다. 그것은
앞 장면에서 비단옷을 파는 상인의 직공織工 역할을 하던 아이였
다.

"오 사세요. 세상에서 제일 개빈 오 사시오."

라고 앞에서 하던 대사를 외며 나타났던 것이다. 그러자 갑자
기 혼란이 생겼다. 모든 아이들의 대사가 뒤죽박죽이 되면서 무
대는 삽시간에 난장판이 되었다.

"이그님 나가신다. 기 비껴라!"

의장대의 역할을 맡은 아이들은 스위치가 고장난 장난감 곰처
럼 멈출 줄 모르고 북을 치며 돌았다.

진이는 옷 이야기가 나오니까 앞의 대사를 외었다.

"이리 온너라! 온너라! 온너라!"

긁힌 레코드판처럼 똑같은 대사를 되풀이했다.

"빨가이, 빨가이, 이그님, 빨가이."

얼굴이 빨개지면서 군중역을 맡은 아이는 미친 듯이 소리 질렀
다.

"막을 내려! 막을 내려!"

누군가가 소리 질렀다.

관객들은 일제히 머리를 숙였다. 보지 않으려고, 무대를 보지

않으려고 머리를 떨어뜨렸다.

수련이도 고개를 숙였다.

"나 이그님, 이그님이다!"

진이의 외치는 소리가 통곡처럼 들려왔다.

"빨가이, 빨가이!"

진이가 한마디씩 외칠 때마다 메아리치듯 군중역을 맡고 있는 아이들이 외쳐댔다.

독고는 어금니를 깨물었다. 찝찔한 것이 목구멍을 적셨다.

갑자기 주위가 조용해졌다. 폭풍이 일시에 멈춘 것처럼 무거운 정적이 흘렀다. 불이 켜졌다.

손님들은 별안간 불이 들어와 주위가 환해지자 손수건으로 얼굴을 가리고 급히 눈물을 닦았다.

막은 내려져 있었고 관객석 앞에는 수녀 한 분이 서 있었다.

마이크 소리가 울렸다.

"순서가 바뀌었지만 원장선생님께서 인사말이 있으시겠습니다."라고 아나운스먼트가 끝나자, 원장수녀님은 작은 기침을 한 번 하고는 인사를 했다.

"지금 제가 나올 자리가 아니지요. 그러나 지금이야말로 여러분이 저를 필요로 할 때라고 생각해서 이렇게 나왔습니다."

스무 살쯤 된 처녀의 목소리 같았다. 독고는 벼락을 맞은 느낌이었다. 온몸으로 번개 같은 전류와 함께 차가운 빗줄기가 쏟아지는 것 같았다.

'저 목소리는!'

독고는 수녀의 얼굴을 자세히 보려고 했지만 역광이라 거의 얼굴을 알아볼 수가 없었다.

"여보."

독고는 수련이를 불렀다. 그러나 수련이는 계속 엎드린 자세로 어깨만 들먹이고 있었다.

"여러분, 용기를 잃지 마세요. 여러분들은 선택받은 분들입니다. 하나님은 값어치 없는 사람에게는 시련을 내리지 않으십니다."

"이판에 전도하는 거야!"

누군가가 작은 목소리로 욕을 했다.

"처음부터 저는 이 연극을 반대해왔어요. 사람은 구경거리가 되어서는 안 됩니다. 남을 웃기는 연극이나 농담에는 으레 바보가 등장하지요. 코미디언들은 바보 흉내를 내서 사람들을 웃기고 재미있어 합니다. 그것은 신을 모독하는 것과 같습니다. 왠지 아십니까! 이 세상에서 제일 큰 바보는 바로 예수님이시구, 하나님이신 까닭입니다. 바보를 비웃는 것은 곧 신을 비웃는 것입니다."

독고는 머릿속에서 벌떼가 날아다니고 있는 것 같았다. 수천수만의 벌떼가 잉잉거리고 날아다니면서 따끔따끔 그 바늘로 쏘아대는 것이었다.

"이 연극을 허락한 것은 어떤 사람으로부터 편지를 받았기 때문이지요. 그 사람 역시 옛날에는 남들이 '바보'라고 생각했던 아이였지요. 손을 시곗바늘 방향으로 돌리라고 하면 그 애만 혼자서 반대방향으로 돌리고, 꽃을 그리라고 하면 검은 꽃을 그렸고, 달리기를 하라고 하면 혼자서 엉뚱한 곳으로 뛰어갔지요. 그런데 그 바보 아이가 지금은 어떤 현명한 사람보다도 현명한 글을 쓸 줄 아는 사람이 된 거지요."

"아! 선생님."

독고는 벌떡 일어섰다가 주저앉았다.

'아! 선생님, 우리 여선생님.'

원장수녀는 독고의 이야기를 하고 있었던 것이다. 그것은 독고와 원장수녀 두 사람밖에는 모르는 일들이었다.

"제가 아주 곤경에 빠졌던 일이 있었답니다. 속세를 떠나기 전이었지요. 저는 죄를 지었고 모든 사람은 그것으로 하여 절 멸시하고 박해하고 따돌렸습니다."

'아! 선생님, 선생님은 맹선생님 이야기를 하고 계시는군요. 선생님을 못살게 군 동네 사람들이 미웠지요. 그들이 미운 만큼 난 선생님을 좋아했답니다.'

"그때 단 한 사람만이 제 편이 되어 저를 지켜주려고 했지요. 그게 누군지 아세요? 바로 그 바보 아이였지요."

'선생님, 저는 '바가'가 아닙니다. 선생님한테만 그렇게 보인

것 뿐이지. 저는 절대로 '바가'가 아니었답니다.'

"나는 그 바보 아이가 아니었더라면 목숨을 끊고 말았거나 지금처럼 천주님 곁에서 화평한 날을 보내지 못하고 영원히 떠돌아다녔을 것입니다. 그래요. 분명히 그 애는 날개를 달고 다니는 아기 천사였어요. 여러분들은 바보 아이를 자식으로 둔 것을 부끄럽게 생각하거나 혹은 불쌍하게 생각지 마세요. 그 아이들이야말로 이 세상에서 가장 죄가 없는 사람들입니다. 그 애들은 똑똑하지 못하니 남에게 속을지라도 속일 줄을 모르고, 그 애들은 몸이 자유롭지 못하니 남에게 매를 맞을지라도 남들을 핍박하지 못합니다. 피로 물든 이 죄인들의 땅 위에서 오직 그 애들이 밟고 서 있는 땅, 여기 바로 이 자리만이 더럽혀지지 않은 성지입니다. 천주님은 이곳에 집을 세우시고 죄 없는 자를 편히 쉴 수 있게 할 자리를 마련해주신 겁니다. 그 아이들이 연극을 끝까지 훌륭하게 해내지 못했다고 해서 섭섭하게 생각지 마십시오. 그 아이들은 원래 거짓말을 할 줄 몰랐기 때문에 오늘 연극에서도 실패한 것입니다. 그러나 그건 실패가 아닙니다. 아이들이 얼마나 좋아했습니까? 얼마나 열심히 했습니까? 어려운 한 음절의 말을 하려고 해도 전신을 움직여야 하는 아이들이 무엇 때문에 그렇게 열심히 연극을 했을까요. 바로 여러분들, 그 아이들이 사랑하는 사람들을 기쁘게 해주려고 그랬던 것이지요."

'아! 선생님, 저도 그랬지요. 할 줄도 모르는 높은 철봉대에 올

라가 거꾸로 매달리다가 떨어져 팔을 다쳤지요. 선생님을 기쁘게 해드리려구요.'

"자! 여러분, 힘을 내세요. 눈물을 닦으세요. 환한 불빛이 들어와도 얼굴을 가리지 마세요. 아이들이나 여러분들은 죄인이 아닙니다. 오히려 죄의 현장에 없었다는 부재증명이기도 하지요. 그러니 박수를 치세요. 자! 늦지 않았으니 어서 박수를 치세요. 여러분들을 즐겁게 해주려고 몇 달 전부터 연습을 해온 이 아이들에게 박수를 쳐주세요. 특히 말이지요. 병이 났으면서도 자기 의지로 끝까지 임금님역을 해낸 독고진에게 박수를 쳐주세요."

원장수녀, 여선생은 두 손을 합장하듯 가슴에 올리고 손뼉을 쳤다. 그것은 그 작은 손만큼이나 작은 소리였지만, 그 메아리는 크게 번져갔다. 박수 소리는 점점 커지면서 천둥 소리를 내었다. 독고윤의 볼에서는 눈물이 흐르고 있었지만, 그도 손바닥이 부르트도록 박수를 쳤다. 그것은 진이만이 아니라 선생님을 향해서 치는 박수이기도 했다.

실내 전체에 불이 들어왔다. 독고는 더 뚜렷하게 여선생님의 얼굴을 볼 수 있었다. 그러나 그 목소리를 빼놓고는 옛날의 모습을 남기고 있는 곳은 아무 데도 없었다.

나이가 들었대서가 아니었다. 쉰 가까운 나이인데도 얼굴에는 여전히 처녀티가 났다. 그런데도 옛날의 그 여선생, 눈을 감으면

관객들은 일제히 머리를 숙였다. 무대를 보지 않으려고   423

감초 냄새처럼 아련히 떠오르는 눈, 코, 입, 그리고 그 눈썹이 아니었다.

수녀옷을 입어서만이 아니었다. 철봉대에서 떨어진 독고를 업고 양호실로 달려가던 여선생의 따스했던 체온, 그리고 그 촉감은 어디에서도 느낄 수가 없었다. 피가 돌고 있는 사람의 몸이 아니라, 성모 마리아상처럼 대리석으로 깎아 세운 조상彫像 같았다.

독고의 기억 속에서는 아직도 여선생님은 지금 저기에 저렇게 서 있는 것이 아니라 어딘가 아주 멀고 먼 곳에 있었다. 풀 먹인 하얀 주름치마를 입고 있었다. 풍선처럼 부풀어오른 블라우스를 입고 아득히 먼 저쪽 복도 끝에서 걸어오고 있었다.

치약 광고에 나오는 모델의 하얗고 가지런한 흰 이빨 사이로 산들바람 같은 미소가 새어나온다. 여선생님 몸에서는 향수 냄새가 아니라 화한 박하 냄새 같은 것이 났었다.

그 냄새는 새로 산 공책이나 새 연필, 새로 받은 국어책 같은 책갈피 속에서도 풍겨 나왔다. 그러나 수녀님은, 수녀가 된 그 여선생님은 웃지 않으셨다. 조용히, 아주 조용히 체중이 없는 사람처럼 모빌같이 허공에 떠 있었다. 조명 탓만이 아니라 영화에서처럼 바흐의 〈토카타〉라도 효과음으로 울려오면 금세 승천해버릴 것처럼 보였다.

독고는 눈을 지그시 감았다. 그리고 가늘게 뜬 눈으로 아스라이 멀어져가는 여선생님의 모습을 다시 확인해보았다.

뜻밖에도 독고가 마지막 보았던 여선생님의 모습이 어렴풋이 떠오르고 있었다. 흐렸던 초점이 점점 뚜렷해지면서 그 장면은 줌인으로 가까이 다가섰다.

늦은 봄, 꼭 이맘때 이만한 저녁시간이었다. 냇둑은 석양빛으로 명암의 콘트라스트가 과장되어 있었고, 그 위에 역광으로 검게 드러난 여자의 모습이 보였다.

맹선생의 일로 린치를 당하고 난 뒤 여선생은 학교에도 마을에도 그 모습을 나타내지 않았다. 어떤 사람들은 실성해서 방 안에 갇혀 있었다고도 했고, 또 어떤 사람은 벌써 이곳을 떠나버렸다고도 했고, 또 어떤 사람은 감옥에 갔을 것이라고도 했다.

여선생이 하숙을 하고 있었던 원산네 집에도 몇 번 가보았지만 아무 기척도 없었고, 그 집 사람들에게 물어봐도 아무도 대답 해주는 사람이 없었다.

원산네 아버지는 야생조野生鳥를 길들여 서울에 갖다 파는 일을 하고 있었다. 그리고 불교의식에 쓰는 방생放生을 위해서 새를 잡아 팔기도 했다. 그래서 여선생님을 찾아가면 언제나 새들이 우는 소리가 났었고, 새장 속의 새들이 모이를 찍어 먹고 물을 마실 때 하늘을 바라보는 예쁜 모습을 여선생님과 손을 잡고 구경을 했다.

"독고야! 저놈이 지금 뭘 바라보고 있게?"

여선생님이 그렇게 물으면 독고는 한참 생각하다가,

"별이요!"

하고 대답을 했다. 그러나 그때는 낮이었고 하늘에는 별이 있을
리가 없었다.

"독고야! 너는 시인이구나. 그래, 저놈들은 지금 별을 보고 있
는 걸 거야. 사람들의 눈으로는 볼 수가 없어도 높이 날아다니는
새들은 대낮에도 별들을 볼 수가 있지……."

선생님은 또 독고를 바보라고 생각하고 있었는지 모를 일이었
다.

그러던 여선생님이 정말 오랜만에 냇둑에 나타났던 것이다. 사
람들의 눈을 피해 저녁녘에 몰래 원산네 집을 빠져나온 모양이었
다.

독고는 냇둑 아래 숨어서 선생님을 몰래 지켜보고 있었다. 자
기가 아는 체를 하면 선생님은 틀림없이 부끄러워하시거나 화를
내실 것이 분명했다.

선생님은 냇둑에 앉으셨다. 꼭 오줌을 누는 사람처럼 하얀 스
커트 자락을 들고 쪼그리고 앉았다. 정말 실성해버린 것 같았다.
그렇지 않고서야 어떻게 둑 위에 올라앉아 소변을 볼 수가 있는
가? 한 번도, 한 번도 두 무릎을 세우고 그렇게 앉아 있는 여선생
님의 모습을 본 적은 없었다.

슬픈 눈으로 독고는 오줌을 누고 있는 여선생님의 모습을 몰래 몰래 지켜보고 있었다. 여선생님이 스커트 자락을 올렸다. 그러자 갑자기 스커트 속에서 새 한 마리가 포르르 날아올라 하늘 높이 사라져버렸다. 종달새인 것 같았다. 그러자 또 한 마리의 새가 여선생님의 치마 속에서 날아올랐다. 한 마리, 두 마리, 세 마리…… 선생님은 오줌을 누고 있는 것이 아니라 새들을 누고 있는 듯이 보였다.

"아! 선생님."

독고는 소리치려고 했지만 선생님이 부끄러워할까 봐 잠자코 그 광경을 지켜보았다.

대체 웬일일까? 새들은 틀림없이 여선생님의 음부 속에서 나와 치마 밖으로 날아오르는 것이었다. 온몸에 들어 있던 새들이, 자궁 속에 갇혀 있던 새들이 퍼덕거리며 날아오른다. 그 새들은 석양빛을 받아 황금빛으로 변해 하늘 속으로 빨려들어갔다. 땅에서 하늘로 거꾸로 떨어지는 유성流星이었다.

선생님은 쉬를 다 하고 난 사람처럼 일어서더니 스커트를 털었다. 그러고는 놀처럼 꺼져버렸다.

독고는 선생님이 앉아 있던 냇둑으로 달려가보았다. 그러나 거기에 오줌 자국 같은 것은 없었다. 단지 쇠망으로 엮은 빈 새집이 놓여 있었다. 방생放生을 위해 새를 가둬두었던 원산네의 새장이 틀림없었다.

독고는 유난히도 긴 저녁 그림자들을 밟으며 집으로 돌아왔다. 그것이 마지막 본 여선생님이었다. 몇 번인가 여선생님이 소변을 보듯이 앉아 있었던 그 냇둑에 가보았지만, 거기에는 빈 새집조차도 찾아볼 수가 없었다. 그러나 독고는 환상 속에서 몇 번이고 그와 똑같은 광경을 똑똑히 볼 수가 있었다.

선생님의 자궁과 치맛자락을 열고 날아오르는 새들이 저녁 햇빛을 받아 황금빛으로 물들어 어두운 하늘 속으로 빨려들어가는 그 광경을 말이다. 기억 속에서 그 테이프는 수없이 리와인드되어 똑같은 장면을 재생하곤 했었다.

냇둑에 역광으로 앉아 있던 여선생님의 모습에 새로운 조명이 비쳐지자 거기에는 검은 수녀옷을 입은 원장수녀님이 나타나게 된 것이다.

"당신, 무얼 그러고 있어요? 빨리 일어나지 않고요!"

수련이가 독고의 정신을 불러들였다.

관객들은 거의 다 빠져나가고 없었다. 원장수녀님도 없었다. 무대를 치우기 위해서 인부와 선생님 몇 분이 원장수녀가 서 있던 자리에서 서성대고 있었다.

"여선생님 어디 가셨어?"

독고의 목소리가 좀 컸었는지 주위 사람들이 독고 부부 쪽을 쳐다보았다.

"여선생님이라뇨? 어느 선생님요?" "원장수녀님!"

"벌써 들어가셨어요. 왜요. 인사하시게요?"

"내 선생님이라고."

"뭐라구요?"

"내 여선생님이라니까. 아까 연설할 때 이야기 못 들었어?"

"당신도 참 별소릴 다 하시네. 어서 가요."

수련이는 독고의 등을 떼밀다시피 하여 밖으로 끌어냈다.

바깥은 어두웠다. 조금 전까지만 해도 아이들과 구경꾼으로 꽉 차 있던 운동장은 텅 비어 있었고, 휴지쪽들이 널려 있었다. 아직 걷히지 않은 만국기만이 북소리와 박수 소리의 여운을 가는 줄에 매달고 저녁 바람에 흔들리고 있었다.

"원장수녀님 말씀 참 잘하시지요? 훌륭한 분예요. 그분의 말을 들으니 한결 마음이 가벼워져요. 나! 다시 교회에 나갈까 봐요. 신교 말구 가톨릭! 다시 믿으면 이젠 가톨릭으로 갈래요."

"내 여선생님이었다니까 그래!"

독고는 자기 말을 믿어주지 않는 수련이 때문에 약이 올라 있었다.

"어렸을 때부터 난 가톨릭이 좋았다구요. 신부님들, 수녀님들 옷도 좋구, 알아들을 수 없는 이상한 라틴언가 그런 걸로 미사를 드리는 것도 좋았지요. 당신 말 알 것 같애. 그 '까매아스……'란 광고문 말이지요. 뜻을 모르니까 더 신비하게 느껴지는 거 있죠.

라틴어로 드리는 기도문도 그렇지요."

"허 참, 내 진짜 여선생님이었다니까."

"그리고 그걸 뭐라고 그러지요? 과자 같은 걸 입에다 넣어주는 것, 성찬이라고 했던가요……."

독고는 더 이상 수련이에게 말해보았자 소용이 없다는 걸 알았다. 그보다는 원장수녀님을 만나야만 했다.

"빨리 가자니까요. 진이를 만나야지요. 딴 애들이 모두 부모를 만나는데 늦게 가면 기다리잖아요."

독고는 여선생 때문에 진이를 잊고 있었다. 그렇지, 연극이 끝나면 아이와 면회를 하는 순서가 있다. 같이 저녁을 먹는 프로가 마련되어 있다.

"거기에 원장수녀님도 나오시겠지?"

"물론이지요. 아무렴, 안 나오시겠어요?"

독고는 거꾸로 수련이의 손을 끌고 진이의 숙사로 갔다.

여러 반으로 나뉘어 있었지만 독고는 숙사의 식당에 차려져 있는 파티장으로 갔다. 그렇다. 그렇다. 그것은 작고 초라해도 파티장이다. 수련이가 꿈꾸어오던 파티! 신데렐라처럼 유리구두를 신고 왕자와 춤을 추는 파티장.

벌써 진이는 그 자리에 나와 있었다.

"아이구, 내 임금님."

수련이가 진이를 덥석 끌어안았다. 진이는 옥색 치마저고리를

손으로 가리키면서,

"데상에 데일 이쁜 오지다(세상에서 제일 이쁜 옷이다)."란 말을 되풀이했다. 그것은 죽어라 하고 왼 연극 대사의 한 토막이기도 했던 것이다.

독고는 유난히도 큰 진이의 머리통을 두 손으로 쓰다듬어주었다. 수련이의 옷은 얼룩이 져 있었다. 그녀의 품엔 안긴 진이가 침을 흘려서만이 아니었다. 수련이의 눈물은 그칠 줄 몰랐다. 수련이의 빼빼 마른 작은 몸은 설움으로 차 있는 것처럼 보였고, 옷고름을 수백 개 적셔도 그 응어리는 터져나올 성싶지 않았다.

"잘했다! 아주 임금님 노릇 잘했다. 그런데 너 아프지 않아?"

"안 아퍼, 안 아퍼."

갑자기 진이는 발작을 일으킨 것처럼 커다란 소리로 외쳐댔다. 연극이 다 끝났는데도 진이는 아프다고 하면 연극의 배역을 빼앗길까 봐 겁이 났던 모양이다.

"그래! 그래, 좋아. 넌 아프지 않은 거야."

겁을 먹은 표정을 지으며 무엇을 빼앗기지 않으려고 안간힘을 쓰던 진이가 좀 마음을 가라앉혔다.

"안녕들 하세요?"

진이를 붙잡고 어쩔 줄 모르던 독고 부부의 뒤에서 인사말이 들려왔다. 독고는 깜짝 놀라서 뒤돌아보았다.

원장수녀님이었다. 독고는 예나 지금이나 선생님이 야속했다.

이렇게 태연할 수가 있는가? 이십 년 만에 만난 사람끼리 이렇게 태연하게 말할 수 있는가? 자신이 진이의 아버지라는 것을 잘 알면서도 왜 지금까지 연락을 주시지 않았는가? 독고는 여선생님의 매정함이 원망스러웠다.

"선생님!"

독고는 여선생의 손을 덥석 잡으려 했다. 그러나 원장수녀는 합장을 하듯 두 손을 모으고 인사를 했다. 묵주에 매달린 십자가가 독고와 여선생 사이에 빗장을 지르고 있었다.

"선생님이라고 부르지 마세요. 저는 속세를 떠나 천주님의 종이 된 지 오래입니다. 저는 옛날의 그 사람이 아닙니다."

"선생님!"

"마리아라고 부르세요."

진이는 수련이의 손을 끌고 가서 원장수녀님의 묵주에 갖다대면서 말했다.

"하나님! 하나님."

아주 똑똑한 발음으로 말했다.

원장수녀는 웃었다.

"진이는 날 보고 하나님이라고 그런답니다. 언젠가 하나님이 어떤 분인가 이야기를 해주었더니 글쎄 절 보고 자꾸 하나님이라고 부르지 않겠어요? 진이만 보면 그래서 부끄러움을 느끼지요."

수련이는 계속 놀란 얼굴을 하고 그저 원장수녀와 독고를 번갈아 쳐다보았다.

"그럼 정말로 마리아 수녀님이 옛날 당신 선생님이었다는 거예요?"

"아닙니다. 아닙니다."

원장수녀님은 고개를 내저었다.

"저에겐 옛날이란 게 없어요. 모든 것은 다 깨끗이 사라져버렸지요. 천주님의 은총을 받아들이기 위해서 새사람이 된 거죠. 옛날 이야기는 하지 마십시다."

플래시가 터졌다. 원장수녀님, 진이, 그리고 독고와 수련이 이렇게 넷이 서 있는 장면을 보고 재빨리 사진사가 셔터를 누른 것이었다.

"한 장만 더 찍어주세요."

독고는 원장수녀님 곁으로 바짝 다가서면서 말했다. 무엇인가 할 말이 많은데 생각이 잘 나지 않았다. 독고는 초조했다.

사진사는 모터드라이브를 부착한 최신형 니콘 카메라를 들이대면서 말했다.

"웃으세요!"

『25시』의 요한 모리츠 생각이 났다. 독고는 억지로 웃는 낯을 하였지만, 입술은 굳어 있는 채였다.

"치즈, 라고 해보세요."

그러나 진이는 치즈란 말을 하지 못한다. 아니다. 진이는 그런 말을 할 필요가 없다. 왜냐하면 그 애는 늘 웃고 있으니까. 그리고 여선생님도 마찬가지다. 속세의 번뇌를 말끔히 씻어버렸다는 것 일까! 원장수녀님은 쉴 사이 없이 모나리자와 같은 미소를 머금고 있었다.

문제는 독고 부부였다. 그들은 오랫동안 웃음을 잊고 살았다. 더구나 진이 앞에서는 말이다.

"치즈!"

독고가 말했다.

"치즈."

작은 목소리로 수련이도 따라 했다.

그 순간 잠자리 날아가는 소리 같은 가벼운 셔터음과 모터드라이브가 필름을 감는 소리가 들려왔다.

필름에는 치즈라는 의미는 사라지고 오직 그 입술의 모양만이 찍혀지게 될 것이다. 치즈가 웃음이 되는 것이다. 웃음소리가 되는 것이다.

그것도 요즈음엔 국어순화운동의 하나로 '김치!'라고 바꿔 말하는 사람이 있다. '치즈'든 '김치'든 먹는 음식 이름임에는 다를 게 없다. 먹는 음식이 사진에서는 즐거운 웃음으로 둔갑해서 나타난다. 카메라도 거짓말을 하는 것이다.

그러나 독고는 오랜만에 가족사진이라는 것을 찍은 것이 좋았다. 더구나 거기에는 이미 죽었던 사람이 돌아온 것처럼 여선생님이 서 계시다. 낡은 졸업식 앨범 속에서나 뒤져볼 수 있는 여선생님이 이 자리에 이렇게 서서 사진을 찍고 있는 것이다.

돌사진을 찍고 난 뒤 진이와 함께 사진을 찍어본 일은 거의 없었다. 플래시가 터질 때 진이는 어! 어! 하고 무언가 놀란 표정을 지었다. 어렸을 때부터 빛을 보면 늘 그런 소리를 내는 아이였다.

"한 장 더 찍어주세요."

이번에는 수련이가 말했다. 진이가 왕관을 쓰고 있는 연극 기념사진을 찍자는 것이었다.

"왕관이 어디 있지?"

수련이는 진이의 손을 끌고 연극 지도 선생님에게로 갔다.

원장수녀님과 독고 단둘이 남았다.

"그러면 다음에 또 봅시다."

원장수녀는 다른 사람들과 인사를 나누려고 자리를 뜨려고 했다.

"선생님, 잠깐만요!"

"선생님이라고 부르지 말래두."

처음으로 원장수녀는 옛날 선생님의 말투로 독고에게 야단치듯이 말했다.

'아! 진짜 우리 여선생님이시다. 그 말투와 목소리.'

"선생님, 한마디만 들려주세요. 언제 수녀님이 되셨나요? 학교를 떠난 바로 그 다음이었나요?"

원장수녀님은 조금 슬픈 표정을 지으면서 머리를 가로 흔들었다. 그러고는 사람들이 모여 있는 자리로 사라졌다.

속세의 일을 생각하지 않으려는 것이 역력히 보였고 자기와 옛날의 자기를 완전히 끊어버리려 하는 것이 너무나도 분명히 나타나 있었다.

'괜히 만났다.'

만남으로써 오히려 멀어져버린 여선생님이 원망스럽게 느껴졌다.

정박아들은 싫을 때는 피아피아, 좋을 때는 꼴라시라 한다

"저 시란이에요. 아래층 다방에 와 있거든요. 빨리 좀 내려오세요."

독고가 수화기를 들자 밑도 끝도 없이 시란이의 목소리가 흘러나왔다. 독고는 밀린 카피들을 작성하느라고 점심시간도 건너 뛸판이었다. 그런데 시란이는 일방적으로 말을 끝내고 찰칵 전화를 끊어버렸다.

독고는 습관적으로 주위를 훑어보았다. 이제 미란이나 시란이에게서 온 전화를 받으면 반드시 주위를 살펴보는 것이 독고의 버릇처럼 되어버린 것이다.

독고는 이쪽 대답도 기다리지 않고 전화를 끊어버린 시란이가 괘씸했지만 한편으로 고맙기까지 했다. 생각이 잘 나지 않을 때에는 무슨 구실이라도 붙여 자리를 떠야만 아이디어가 떠오른다. 최소한 화장실이라도 자주 드나들어야만 무엇인가 착상이 떠오른다. 그래서 좋은 카피는 화장실에서 만들어지는 일이 많았기 때문에, 도안부장은 "음식 광고 문안은 제발 화장실에 드나들며 쓰지 마라."고 농담을 했다.

최소한도 다방이라면 농담이라도 그런 놀림을 받지 않아도 되는 것이다.

시란이는 음악이 잘 들리는 구석자리 하나를 차지하고 스트로로 열심히 레몬 스퀴시를 빨고 있었다. 독고가 다가가도 모르고 있었던 것이다.

"탐정께서 웬일이신가?"

독고는 시란이의 앞자리에 앉으면서 말했다. 사진을 찍을 때처럼 속으로 '치즈'라고 말했다. 웃는 표정을 만들기 위해서였다.

"내 젊음을 보상하세요."

시란이도 농담으로 받아넘겼다.

"보상이라니?"

"아! 이렇게 좋은 계절에 이게 뭐예요? 매력 없는 중년 유부남이나 찾아다니구. 그러니 이 아까운 생선 가운데 토막 같은 시간을 보상하라는 거지요."

"쉽게 말합시다. 언니 심부름 왔다 이거지요. 데이트할 시간에……."

"역시 카피라이터는 센스가 빠르시군요."

"무슨 밀명을 띠고 오셨나요?"

핑크 플로이드의 노랜가? 투명한 전자음이 콜라의 거품처럼 유리컵 위로 쏟아졌다.

"언니는 퇴원해요!"

"왜 갑자기?"

"선생님 때문에요."

"저 때문이라니요?"

"그건 제 소관이 아니지요. 언니에게 물어보세요."

"그 이야기라면 전화로 간단히 할 일이지!"

"누가 아니래요."

시란이는 책을 묶은 밴드를 풀어 노트들을 뒤지더니 편지봉투를 꺼내 독고에게 주었다.

"구식예요! 이런 편지 동생에게 전해주라고 하는 것. 촌스럽게 이게 무슨 짓들이에요? 뉴미디어의 시대에 사는 사람들이."

"시란이는 좋아하는 사람에게 편지 안 쓰나?"

"좋아하는 사람에게 왜 편지를 해요? 직접 만나서 말하지?"

"그럼 보기 싫은 사람에게는 편지를 쓴다, 이거지요?"

"그럼요. 보기 싫은 사람은 전화 목소리를 들어도 역겹거든요."

"되었어요. 언니는 내가 보기 싫었던가 보죠. 그러니까 이 편지를 보낸 거지. 배달료 얼마죠? 거기에 젊음의 보상금까지 합치면?"

"점심 사세요."

"아직 점심 안 먹었어요?"

"난 혼자 밥 안 먹어요. 예수님도 그랬거든요."

"거창하게 왜 예수님은?"

"생각해보세요. 예수님은 십자가를 혼자 짊어지셨다잖아요. 그러나 밥만은 여러 제자들과 함께 들었어요. 최후의 만찬!"

"혼자 밥 먹는 것이 죽기보다 어렵다는 건가?"

"심심하죠. 어쨌든 난 혼자 밥 먹을 때가 제일 처량해요."

"좋아, 나도 식사 전이니까. 그런데 말예요, 난 언니하고도 아직 식사를 같이한 적이 없거든, 술은 한잔했지만!"

"거꾸로 되었네요."

"거꾸로라니, 시란이가 먼저라구."

"그게 아니라 대개는 밥을 먹다가 술 마시는 게 순서 아녜요?"

"시란이는 밥에서 술의 단계로 넘어간 남자 친구가 있나?"

"그런데 왜 묻지요? 남의 편지 뜯어보는 것처럼 프라이버시 침해예요."

"그래! 수사학에서는 모든 부정은 긍정의 의미를 포함한다던데, 그래서 광고에는 무엇을 강조할 때 역기능이 생기지. 도둑이 제발 저린 식의 광고물이 참 많거든. 순수한 자연음료 어쩌고 한 것일수록 인공식품일 경우가 많지."

"난 부정도 긍정도 안 했어요. 그런 건 묻는 게 아니다라는 것뿐이죠."

"어쨌거나 됐어. 자, 식사하러 갑시다."

독고는 시란이에게 건강했을 때의, 그리고 대학 시절의 미란이를 느꼈다. 진바지에는 젊음과 건강의 탄력이 있었다. 적갈색으로 탄 시란이의 얼굴도 금세 터질 것처럼 바람이 가득 찬 풍선 같았다. 그러나 스낵집에 시란이와 마주 앉는 순간 수련이 생각이 나서 침울해졌다.

바로 며칠 전 수련이와 진이의 연극 구경을 갔을 때, 꼭 이렇게 생긴 경양식 집에서 함께 스파게티를 먹던 생각이 났기 때문이다.

"무얼로 들까?"

"스파게리 미트소스."

시란이는 스파게티라고 하지 않고 미국식 발음으로 스파게리라고 했다. 수련이가 '스파게티요.'라고 하던 그 목소리, 그 발음하고는 사뭇 느낌이 달랐다.

독고는 얼른 외면을 하고 자기는 별로 좋아하지도 않는 햄버거를 시켰다.

"저에게 뭐 물으실 거 없으세요?"

시란이는 장난기 있는 눈으로 독고를 쳐다보았다. "그야……."
독고가 말하려고 했지만 시란이가 말을 가로챘다.

"언니가 왜 독고선생을 찾으려고 애썼는지?"

"대충 얘기했잖아!"

"그런 거 말고 진짜 이유."

"그게 뭔데? 탐정께서 알아낸 비밀이라도 있어요?"

"선생님은 언니에게 손을 댈 수도 있었지요, 그날 밤. 그러나 선생님은 그러지 않으셨어요. 신부님도 아닌데 말이죠. 그 이유를 알고 싶었던 거예요. 여기 예외적인 남성이 있구나!"

독고는 얼굴이 붉어졌다. 시란이 앞에서 자기가 꼭 내시처럼 앉아 있다는 생각이 들었기 때문이다. 그리고 그런 말을 아무렇지도 않게, 마치 자기 집 강아지 이야기라도 하듯이 쉽게 이야기하는 시란이가 그를 당황하게 만든 것이었다.

"언니는 모든 걸 경험하려고 했지요. 언니의 하루는 남의 일 년과 맞먹었거든요. 일 년 동안 할 수 있는 걸 하루에 모두 체험해 버리는 것. 그것이 자기의 운명이라고 생각하고 있었던 거지요. 쓰레기터에 버려진 유리조각 하나도 무심히 스쳐 지나가지 않아요."

"그래, 내가 쓰레기터에 버려진 지푸라기인가?"

독고는 모욕을 받은 사람이 분풀이를 하듯 독하게 말했다.

"어머!"

시란이는 불쾌한 반응을 보인 독고가 의외란 듯이 놀란 표정을 지었다.

"화나셨어요? 뭐 제가 잘못 말한 거라도 있나요?"

"아니, 하지만 꼭 날 빗대놓고 하는 소리 같아서……."

"선생님답지 않네요? 전 중요한 말을 할 참이었는데."

"걱정 말고 해보라구."

독고는 이쑤시개 하나를 뽑아 부러뜨리며 말했다.

"언제 또 삐뚜로 나가실지, 어디 무서워서 말할 수 있나요?"

"신경 쓰지 말구!"

"좋아요. 어디까지 얘기했더라? 응, 쓰레기터, 유리조각, 이건 분명히 선생님과 관계없는 말이구요. 이 다음부터가 중요해요. 언니는 모든 걸 다 알려고 했지요. 그런 몸으로 백과사전 일을 맡은 것도, 거기에는 세상 일들이 모두 적혀 있기 때문이지요. 심지어는 제일 싫어하는 수학 문제에까지 도전을 해서 어려운 수식을 푸느라고 밤을 새우는 일까지 있었거든요. 그런데 말이죠. 언니는 가장 중요한 것, 여자로서 가장 중요한 걸 경험해보지 못했던 거예요."

독고는 겁이 났다. 시란이가 무얼 이야기하려고 하는지 금세 눈치를 챘기 때문이었다. 시란이 입에서 그런 말이 어떤 수사법으로 튀어나올지 마음이 조마조마해지는 것이다.

"남정네!"

시란이는 그걸 한마디 말로 간단히 처리했다.

'남정네'—참으로 묘한 어감이었다. 그건 남성을 의미하는 사내니 남자니 대장부니 하는 여러 말들과는 아주 다른 뉘앙스를 풍겼다. '수컷'이란 말처럼 그 말에는 성적인 냄새가 짙게 풍기고 있으면서도 남편이나 아기 아버지들의 뜻까지도 포함되어 있다.

"왠지 아세요? 남자는 수학으로 말하자면 풀지 않아도 금세 해답을 알 수 있는 일차방정식 정도라고 생각했기 때문이지요. 남녀 사이라는 것, 뻔할 뻔 자 아녜요? 몇 번 만나면 차 마시러 가자, 술 마시러 가자, 나는 네가 좋다. 다음엔 어쩌구저쩌구 하다가, 울거나 웃거나 하다가 애 하나 낳으면 끝나는 것. 하나에다 하나 보태는 거 아니겠어요? 건너보지 않아도 환히 들여다보이는 접싯물이지요."

"그게 누구 생각이란 말예요? 언니 생각, 그렇지 않으면 시란이 자신?"

"천만에요. 저는 아녜요. 저는 그 점에 있어서만은 언니의 제자가 아니지요. 여지껏 제자 노릇만 했으니 이번엔 선생 노릇 좀 하려고 이렇게 사립탐정 노릇까지 하는 거 아니겠어요?"

"그럼 시란이에겐 오묘한 미적분 문제?"

독고가 처음으로 시란이라고 부르자, '수학을 통 모르시는군'이라고 말하면서 시란이는 핸드백에서 담배 한 대를 꺼냈다.

독고가 '시란이'라고 이름을 불러준 것에 용기를 얻은 눈치였다. 트고 지내도 좋은 사이가 되었다는 듯이 담배에 불을 붙이고는 뻐끔 담배를 피우기 시작했다. 놀랍게도 그것은 '켄트'였다.

독고는 기가 질렸다.

"괜찮아? 큰일 날라구 그래."

"흥, 듣던 대로군요. 때로는 모험 좀 해보세요······. 그리구 그런 건 미적분에 속하는 문제가 아니구요. 집합론集合論 계통이라구요."

시란이는 남녀의 사랑 문제를 집합론으로 풀 기세였지만, 독고는 수학 책만 봐도 아스피린을 먹었던 터라 얼른 화제를 피해 미란이 이야길 했다.

"시란이가 아니구, 언니의 남성관에 대해서 말하고 있었잖아."

"물론이지요. 일차방정식."

"그런 그렇다 치구, 시란이는 언니에게 무얼 가르쳤지?"

"제가 아니구 선생님!"

"내가?"

"해운대 바다에서 언니를 길들였지요. 갈매기 사육사! 남자에게도 신비한 엑스치가 있다. 빤한 공식으로는 풀리지 않는 엑스치 말예요."

"그래서 이번엔 날 경험의 대상으로, 그러니까 백과사전의 한 항목으로 삼겠다, 이거지?"

"뭐, 이제 안 것처럼 그러세요? 벌써 알고 있음시롱!"

시란이는 야비한 유행어를 썼지만 그녀에겐 천한 말도 아주 잘 어울렸다.

"선생님 정조를 시험해보겠다는 거죠. 황진이와 서화담이 만난 거지요. 뭐."

시란이는 계속 담배 연기를 뿜어댔다. 독고는 조마조마해서 사방을 살펴봤다.

"걱정 마시래두요. 저 영문과라구요. 급하면 나성에서 온 한국계 미국인 노릇 하면 되니까⋯⋯. 사실은요!"

시란이는 갑자기 음성을 낮추고 비밀 이야기를 하듯 독고에게 얼굴을 가까이 갖다댔다. 샴푸 냄새 같은 것이 풍겨왔다.

"사실은요. 나 담배 피울 줄 몰라요. 이것은 귀찮은 남자를 쫓는 미사일이라구요. 그 애들은요, 양담배 갑째 꺼내놓고 담배 한 대 꼬나물면 기겁을 해서 도망치거든요. 자기가 잡힐 줄 알구 말이지요."

시란이는 사내처럼 깔깔거리고 웃었다.

"그 표정이 너무너무 재미있어요. 너라면 목숨이라도 바치겠다. 한 번만이라도 만나다오. 계속 츱츱하게 묻어다니다가도 핸드백에서 켄트 한 갑 꺼내면 그 순간부터 파래지는 거예요. 처음엔 그래도 허세를 부리지요. '저, 그거 말야. 담배를 피우시는가 본데, 건강에 안 좋아요. 특히 이렇게 사람이 많은 곳에선 말이지요.' 근데 탁자 위에 양담배 갑을 탁 올려놓으면, 그것도 그 애들 앞에다가 말이지요. 그러면 안절부절못하지요. 자기 것으로 오해받을까 봐 사방을 살펴보다가 공중전화를 건다나요. 그러고는 대개 급한 약속이 있다면서 도망치고 말아요. 바퀴벌레를 쫓는 것보다 간단하지요."

독고는 시란이가 하얀 잇속까지 환히 드러내놓고 무슨 음모라도 꾸미듯 독고의 귓전에서 소곤대는 것이 싫지 않았다. 그러나 일부러 심술을 부렸다.

"나도 그럼 바퀴벌레란 말이야? 그래서 양담배를 그렇게 겁 없이 피워대는 건가?"

"지푸라기에서 바퀴벌레로, 바쁘시군요……. 선생님은 공중전화 걸러 나가시지 않았으니 합격예요. 그건 그렇구요, 편지 빨리 뜯어보세요."

"사신의 자유."

"헌법에 보장된 자유."

"그런데 왜 헌법을 침해하지?"

"혼자 보시라구요."

"그런데 왜 둘이 있는 데서 뜯어보래?"

"센스가 빨랫줄이시네요. 그러니까 혼자 계시라, 이거지요. 아직도 모르겠어요? 전 이만 가겠다, 이거예요."

시란이는 책을 묶은 밴드를 낚아채듯 들고서는 일어났다. 『노턴 앤솔러지』의 두꺼운 책표지가 보였다. 그리고 다른 쪽에는 놀랍게도 고우영의 만화 『삼국지』가 있었다.

독고는 웃었다.

"왜 웃지요? 기분 안 좋은 웃음이네요." 시란이는 일어선 채로 말했다. 정말 기분이 상한 모양이었다.

"잠깐 앉아봐!"

"나 강의 있어요."

"만화책은 어디서 읽지?"

"지하철!"

"『노턴 앤솔러지』는?"

"강의실요."

"어느 쪽이 재밌어?"

"둘 다 좋아요!"

"남자 친구도 둘?"

"헌법에 보장된 자유, 세련된 사람은 그런 건 묻지 않는다구 했지요?"

"나는 어느 쪽일까? 성인만화? 영문 교재?"

"성인만화가 아닌 건 확실하네요."

"언니가 날 정말 좋아할까?"

"강은 건너봐야 하고……."

"앉아보라니까!"

"왜요?"

"글쎄 좀 앉아보래두."

"비밀 얘기 있어요?"

"내가 만약 시란이를 좋아해서 치분치분 쫓아다녔다면 양담배 갑 내놓았을까?"

"퀴즈 할래요?"

"갑자기 퀴즈는……."

"윗물이 맑아야 다음이 뭐죠?"

"그야 아랫물도 맑다지."

"틀렸어요. 세수를 하지예요."

"윗물이 맑아야 세수를 한다?"

"잘 연구해보세요."

시란이는 머리채를 뒤로 한 번 넘기더니 뒤돌아보지도 않고 나가버렸다. 진을 입은 뒷모습이 고전투로 말하자면 사향노루 같았다.

시란이의 말대로 독고는 편지봉투를 뜯었다. 그것은 빨갛고 파란 사선무늬가 뺑 돌려 쳐져 있는 항공용 봉투였다. 먼 데서 외국을 여행하고 있는 사람으로부터 받은 편지를 뜯어보는 느낌이다.

미란이는 지금쯤 티롤이라도 가 있는 것일까? 영영 돌아오지 못하는 아프리카의 어느 오지가 아니면 콩고 강 상류의 정글 속에서 헤매고 있는 것일까? 미란이가 악성 빈혈증 환자라서 그런 것만은 아니었다. 처음 만났을 때도 그랬던 것처럼, 미란이를 보고 있으면 꼭 몇 분 뒤에는 엄청난 사건이 벌어질 것만 같은 불안감이 들었다. 끝없이 유동하는 물이었고, 잠시도 한 가지에 머물러 있지 않는 새였다.

'무엇이 벌어지려고 한다.'

편지봉투를 뜯는 독고의 손은 가늘게 떨렸다. 혹시 이것도 무슨 유서가 아닐까? 그때처럼 미란이는 침대보에 싸여 들것에 실려나가고 있는 중이 아닐까? 독고는 편지지를 펼쳤다. 편지에는 아무 말도 적혀 있지 않았다. 타이프 용지와 같은 하얀 백지 위에는 간단한 약도가 그려져 있었고 전화번호와 집 주소가 적혀져 있을 뿐이었다.

그 밖에는 종이 한 귀퉁이에 'MEMENTO MORI'라는 로마 자가 낙서처럼 씌어 있었다.

그것은 '죽음을 생각하라'는 라틴어였다. 19세기의 낭만파 문인들 사이에 애용되던 말이었지만, 악성 빈혈증에 걸려 있는 미란이를 생각해보면 그저 아는 체하는 현학 취미라고만 넘겨버릴 수 없는 일이었다.

이 짧막한 문자 위에 미란이의 모든 것, 사랑, 비탄, 열정, 욕망, 그리고 겸허까지 깃들어 있는 것 같았다. 동시에 그것은 독고에게 내 집으로 찾아와 달라는 초대의 말이기도 했다.

독고는 자기가 진이의 연극을 보러 간 동안 퇴원을 하려고 자기에게 몇 번이나 전화를 걸었을 미란이의 모습을 상상해보았다. 그리고 온종일 침대에 누워 자기로부터 전화가 걸려올 것을 기다리고 있는 그 표정도 생각해보았다.

진이, 아내, 미란이, 이 세 사람을 동시에 똑같이 모두 사랑할 수는 없는 것일까? 기울기에 따라 그 깊이가 달라지는 물과도 같은 것일까?

미란이가 그려준 약도는 꼭 생쥐에게 시행착오를 실험하기 위해 만들어놓은 미로迷路 상자와 같았다. 약도를 보면 미란이의 집은 한강이 내려다보이는 한남동 외인주택 근방인 것 같았다.

독고는 비밀문서라도 챙기듯 얼른 편지를 윗저고리의 안호주머니에 집어넣고 자리에서 일어났다. 우선 전화부터 걸어야겠다고 생각한 것이었다.

양담배를 꺼내놓으면 쫓아다니던 남자 녀석들이 공중전화를 걸러 간다는 시란이의 말을 연상하고, 혼자 피식 웃고는 전화 다이얼을 돌렸다. '만약에 미란이가 받지 않고 딴 사람이 받는다면…….' 독고는 무어라고 말해야 할는지 미리 마음속으로 연습을 했다. '누구세요'라고 물으면 뭐라고 하지? 독고라고 합니다. 그건 하나마나한 소리다. 대개 전화에서 누구세요, 하는 것은 이름을 묻자는 것이 아니라 그 용건이나 찾는 사람과의 관계를 묻는 것이니까, 무슨 관계라고 말해야 되는가? 친구? 우습다. 남자와 여자, 친구란 것을 믿어줄 리가 없다. 애인? 그게 사실이라도 세상에 그렇게 말할 사람이 어디 있겠는가? 더구나 자기는 미란이의 애인이랄 수가 없다. 용건은 무엇인가? 그냥 전화를 걸어 달라고 해서…….'

전화벨이 열 번쯤 울렸을까? 끊고 다시 걸려고 하는데 찰칵하고 수화기를 드는 소리가 나오면서 "여보세요!" 소리가 들려왔다.

.

미란이의 목소리 같았다.

"미란 씨를 좀 바꿔주세요."

아니나 다를까? 일부러 태연한 체하는 독고의 말이 끝나기가
무섭게,

"누구신데요?"

라는 말소리가 들려 왔다.

미란이가 아닌 것 같았다.

"독고라고 합니다."

"독고라니요?"

독고는 당황했다.

"독고는 제 성입니다. 독고윤이라고 하면 알 겁니다."

꼭 심문을 당하고 있는 느낌이었다.

"무슨 일이신데요?"

상대방은 꼬치꼬치 캐묻기 시작했다.

독고는 좀 더 연습을 하고 난 뒤 전화를 걸 걸 그랬다고 후회를
했다. 그러나 카피라이터란 이런 때 편리하다. 순간의 기지는 그
들의 직업이니까.

"출판사입니다."

독고는 미란이가 백과사전 번역을 맡고 있었다는 사실을 기억
하고는 얼른 둘러대서 말했다.

"몇 번 말해야 알아듣습니까? 그 애는 이제 번역 일은 하지 않

아요."

목소리의 주인은 미란이의 어머니인 것이 틀림없었다.

"아닙니다. 번역 일이 아니라, 이미 번역했던 것에 대해 문의할 일이 생겨서 그러는데요."

"예, 저에게 말하세요. 그 애는 지금 정양중이니까요."

"갈매기 항목의 번역에 모르는 것이 있어 전화를 걸었다고 전해주세요."

"갈매기라구요?"

그러자 갑자기 수화기에서 조금 잡음 소리가 들리더니 숨가쁜 소리로 다른 목소리가 들려왔다.

"저예요! 미란이에요."

독고는 대답 대신 긴 한숨을 내쉬었다.

"이렇게 사람을 혼내기예요?"

"저희 고모예요."

"검문소 헌병!"

"아녜요. 무서운 분 아녜요……. 근데 이렇게 빨리 전화 걸어주실 줄 몰랐어요."

"메멘토 모리라고 쓰시지 않았습니까?"

독고가 그렇게 대답하려고 하는데 메멘토 모리라는 말에서 갑자기 전화가 끊어졌다. 시간만 되면 통화 내용이 무엇이든 무자비하게 끊어버리는 것이 공중전화인 것이다. 독고는 얼른 동전을 집어넣고 다시 전화 다이얼을 돌렸다. 빨리 걸지 않으면 또 '검문소 헌병'이 나타날지 모를 일이기 때문이었다.

통화중이었다. 다시 다이얼을 돌렸다.

"아저씨! 저도 전화가 좀 바쁜데요."

독고의 뒤에는 벌써 대학생 차림의 젊은 애들이 줄을 서 있었다. 독고는 신경질적으로 다이얼을 돌렸지만 계속 통화중 신호가 들려왔다. 독고는 뒷사람에게 전화를 양보하지 않을 수 없었다.

밖에는 비가 뿌리고 있었다. 먼지와 매연 속에서도 가로수는 오월이었다. 비에 젖은 이파리가 잿빛 거리에 페인트칠을 하고 있는 것처럼 보였다. 싱그러운 냄새가 코끝으로 흘러들어왔다.

무언가 뿌듯한 것이, 이상한 생명력 같은 것이 독고의 가슴을 적시고 있었다. 살아 있다는 것, 그래서 숨쉬고 보고 이렇게 냄새 맡고 있다는 것, 독고는 비를 맞아서가 아니라 사무실을 향해서 뛰었다.

누군가가 지금 자기의 전화를 기다리고 있는 것이다.

아니다. 미란이는 사무실로 전화를 걸고 있을는지도 모른다. 그렇기 때문에 통화중 신호가 울렸을 것이다.

사무실 문을 열고 뛰어들어가면서 독고는 도안부장의 얼굴부터 살펴보았다. 그러나 도안부장은 물론이고 아무도 독고를 향해서 이렇다 할 반응을 보이지 않았다. 미란이는 전화를 걸지 않았던 것이다.

그렇다면 다른 전화를 받고 있는 중인가? 다른 전화라면 그게 누구일까? 좀 야속한 생각이 들었다. 그쪽은 태연한데 자기 혼자 뛰어온 것이 쑥스러웠다. 그러고 보니 갑자기 자기 자신이 비를 맞은 개처럼 보였다.

몇 번인가 망설이다가 결국은 약이 올라서 독고는 전화 다이얼을 돌렸다. 그새 전화번호를 완전히 외고 있었다. 또 통화중 신호가 울렸다. 내던지듯이 수화기를 놓았다. 그 소리가 너무 컸던지 일제히 사람들은 독고 쪽을 쳐다보았다.

"어 참! 왜 이렇게 써지지가 않지?"

독고는 착상이 떠오르지 않아 신경질이 나 있는 것처럼 보였다. 다시 수화기를 들고 다이얼을 돌렸다. 신호 소리가 한 번 울리더니, 미란이의 목소리가 들려왔다.

"여보세요."

침착한 목소리였다.

"여보세요라니, 그럴 수가 있어요?"

남이 들을까 봐 낮은 목소리로 말했지만 배에 힘이 들어가 있는 격앙된 목소리였다.

"미안해요. 상대방에서 끊어줘야 말이지요."

"그러면 이쪽으로 전화를 걸어줘야지요."

"싫어하시잖아요. 제가 전화 거는 거……."

"만약 내가 다시 전화를 하지 않았더라면!"

도안부장이 독고에게로 다가왔다. 상어가 난파선을 쫓아오고 있는 것이다.

"그러면 헤드라인에다가 쓰는 게 좋을 것 같군요."

독고는 클라이언트와 전화를 거는 것처럼 엉뚱한 소리를 했다.

"뭐라구요! 헤드라인이라니요……?"

수화기에서는 멋도 모르고 미란이가 이상하다는 듯이 반문을 했다.

"아! 잠깐만요."

독고는 송화기를 손으로 막고 도안부장 쪽을 바라보았다.

"뭐야?"

"전화 어서 끊고 사장실에 가봐!"

"뭔데 그래?"

"누가 왔어요? 여보세요. 무슨 일예요?"

수화기에서는 계속 미란이가 독고를 부르고 있었다.

"가보면 알 걸 가지고……."

"좋은 일야, 나쁜 일야?"

"화나셨어요? 진짜 화났나봐! 여보세요!"

미란이가 외쳐댔다.

"글쎄? 실장님이 되었으니 좋은 일이기는 한데……."

"한데…… 어쨌다는 거지?"

"좀 말 좀 하세요. 누가 와서 그런 거지요!"

"아! 여보세요. 나중에 다시 걸겠습니다. 너무 염려하지 마십시오. 성의껏 할 테니까요."

"왜 말투가 그래요? 그리고 무얼 성의껏 하겠다는 거예요?"

독고는 수화기를 놓았다.

아무래도 도안부장이 냄새를 맡고 있는 것 같아서였다.

독고는 일어서서 사장실로 갔다.

김봉섭 사장은 이례적으로 소파에 앉아 신문을 읽고 있었다. 이렇게 느긋한 모습으로 한가하게 있는 김봉섭 사장을 독고는 한 번도 구경한 적이 없었다.

"절 찾으셨습니까?"

"아닌데……?"

"도안부장이……?"

"아니, 아니야. 지금 오지 않아도 되는 일인데……. 점심시간에 잠깐 회의를 했었지. 독고부장, 아니 독고실장만 자리에 없어서……."

"손님이 와서 이 아래 봉쥬르에 좀 내려갔다 왔습니다."

"괜찮아요. 기획실 기능을 내주부터 본격적으로 가동시키려고 하는데……."

사장은 기획실이 무슨 공장 기계인 것처럼 말했다.

"독고실장도 청심학원 원장과 전번 일을 상의해주게."

"자매결연 말씀인가요?"

"그렇지, 그리구 아이들에게 CF를 보이고 그 반응을 측정하는 일도 한번 검토해보고요."

"사장님."

독고는 정박아들이, 이를테면 진이가 생쥐처럼 미로 상자 속에서 돌아다니고 있는 것 같아 가슴이 아팠다.

"사장님…… 꼭 그 일을 하셔야 합니까?"

"그건 내 의견이 아니라 기획실과 연구소의 자문을 맡게 될 맹박사의 요청이요. 내 미국에 갔을 때 같이 있었던 친군데 놀라운 친구지요."

"정박아들은 아이큐가 30도 안 되는 아이들이 있습니다. 그 애들을 기준으로 CF 효과를 측정한다는 건 황당무계한 일이라고 생각합니다."

김봉섭 사장은 신문을 탁자 위에 올려놓았다.

"앞으로 천천히 이야기하겠지만, 정박아들의 커뮤니케이션 문제를 다룬 맹박사의 논문을 한번 읽어봐요. 가령 말이지, 정박아들을 격리시켜서 수용해도 유행어를 다 알고 있다는 거야. 가령 '도망간다'는 걸 '토낀다'라고 하잖아. 그 애들도 그 말을 쓰지요. 그런가 하면 또 새 말들을 만들어내는데 이게 보통 사람들의 상상력 가지고는 어림도 없다는 게요. 싫다, 나쁘다라는 말을 그 애들은 '피아! 피아!'라고 한다는 거지. 그리고 맛있다. 좋다는 '꼴라시.' 이건 꼭 독고부장이 '까매아스'를 쓴 것과 똑같잖아요? 처음 듣는 말, 그러면서도 뭘 생각하게 하는 인상 깊은 말. 사실 맹박사도 독고부장의 그 카피가 히트하는 걸 보고 내게 그걸 제안해왔던 것이지. 그 애들은 '밥먹었다'란 말을 '밥갔다'라고 한다나?"

사장은 유쾌한 듯이 웃었다.

"맞아 맞아. 그렇지, 밥을 다 먹었다는 것은 밥이 갔다는 것이지. 그리구 그 애들은 수식어를 쓰지 않는다는 거요. 수식어가 없는 세계, 군더더기를 없앤 말, 이게 바로 카피라이터가 이상으로 삼고 있는 게 아니겠소?"

독고는 진이 생각을 했다.

"피아피아…… 피아피아……."

수십 명의 정박아들이 모여 커다란 소리로 외쳐대고 있는 환상이 떠올랐다.

"알겠습니다. 사장님."

독고는 그 자리를 빨리 피하고 싶었다.

"꼴라시, 꼴라시."

그런가 하면 즐거운 연극을 하듯이 아이들은 비디오를 보면서 만세를 외치고도 있었다.

정박아들은 먹는 것과 TV를 제일 좋아한단다. 비디오를 이용해서 그 아이들의 교육과 치료가 가능해질지도 모른다.

독고는 사장의 제안 앞에서 좌우로 머리를 흔들고 있다. '피아 피아'와 '꼴라시' ……. 독고 자신이 속으로 그렇게 말하고 있었던 것이다.

"그리구 이것은 독고실장에 대한 배려이기도 한 것인데, 내가 안 이상, 자제분에 대해서도 무관심할 수 없거든. 어떻게 해서든 자제분을 도와드릴 작정입니다."

독고는 김봉섭 사장의 말이 입에 발린 말이라고만은 생각되지 않았다. 가까이에서 보면 세상엔 미워할 사람이 하나도 없는 것이다.

용설란꽃은 한평생
꼭 한 번밖에는 피지 않는다

독고가 자리에 돌아와보니 책상 위에 전화 메모가 있었다.

"한남동에서 전화, 퇴근길에 요 방문……."

독고는 누가 볼까 봐 메모지를 구겨 얼른 쓰레기통에 던졌다.

전화는 글씨로 보아 사동아이가 받은 것 같았다.

월급이 오른다. 내주부터는 정식으로 독고실장이 된다. 연구소 쪽으로는 소장이 되는 거다. 이만하면 아내 수련이에 대한 선물로는 크다. 그리고 진이! 그렇다. 진이를 위해 예쁘고 재미난 비디오테이프를 만들어 마음껏 TV를 즐기게 하자. 이젠 면회일이 아니라도 공적으로 청심학원을 자주 드나들 수가 있다.

아! 그리고 원장수녀님, 내 선생님을 만날 수가 있다. 아마 그냥은 만나기 힘들 것이다. 그러나 이건 학원을 위한 사업이니까 원장수녀님의 위치에서 날 만나주지 않을 수가 없을 것이다.

해피엔딩이다. 그리고 보면 미란이만이 불쌍하지 않은가. 미란이의 소원대로 퇴원도 했고 그러니 한남동으로 찾아가자. 독고는 퇴근길에 택시를 잡아탔다. 그리고 안호주머니에서 미란이가 그려준 약도를 꺼내 보여주었다.

택시에서 내린다. 꼭 초인종을 세 번만 짧게 누르자. 그때 누가 나와 순순히 대문을 열어주면 들어가고 그렇지 않고 응답이 없거나 열을 셀 동안 아무도 나타나지 않으면 그냥 돌아오는 거다.

독고는 택시 안에서 눈을 감고 미란이네 집의 대문 모양을 가슴속에 그려보았다.

"손님! 다 왔는데요."

택시가 멈춘 곳은 믿기지 않을 만큼 호화로운 저택이었다. 대리석 기둥에 철대문 집은 조금 높은 언덕 위에 있었지만, 정원 나무들이 어찌나 무성하고 뜰이 넓었던지 스페인 기와의 붉은 지붕만이 눈에 띄었다.

문패에는 번지수만 있고, 그 옆에는 순찰함이 매달려 있었다. 개 짖는 소리가 들려왔다. 곧잘 사람을 물어 죽이는 도사견인 것 같았다.

독고는 우편배달부처럼 큰 대문 앞에서 서성대다가 한참 만에 초인종을 발견했다. 그러나 초인종을 세 번 누르기도 전에 찰카닥하는 소리와 함께 대문이 자동으로 열리면서 '들어오세요'라는 인터폰 소리가 들려왔다.

미란이는 기다리고 있었던 것이다.

독고는 멋쩍어서 열린 대문 앞에서 그냥 머뭇거리고 있는데 앞

치마를 두른 가정부 차림의 아주머니가 나타나 독고를 안내했다.

그렇다. 불쌍한 수련이가 늘 이야기하던 집이 바로 이런 집이다. 담쟁이가 올라간 담, 골프장같이 넓은 잔디밭, 스프링클러, 풀장과 정원의 수은등……. 독고는 곁눈질로 그 모든 걸 보았다. 조금 전에 짖어대던 도사견이 철책 안에서 으르렁거렸다.

독고는 후회하기 시작했다. 두 손을 뒤통수에 올리고 꾸부정하니 걷고 있는 포로—짖어라. 좋다, 목이 쉬도록 짖어라. 독고는 그냥 돌아서 가려고 했지만 그럴 만한 용기도 없었다. 정원 한구석에 서 있는 장군석처럼 그냥 굳어버려 모든 지각을 상실한 채 그냥 이 자리에 서 있고 싶었다.

"이리 오세요."

가정부는 정원 뒤 별채로 그를 안내했다.

미란이의 방은 다행히도 정원 한구석에 방갈로식으로 지어놓은 별채에 있었다. 그런 곳이라면 남의 눈치 보지 않고 느긋하게 앉아 있을 수가 있다. 독고는 방문으로 들어서면서 한숨처럼 길게 숨을 내뿜었다. 그제서야 구두끈을 풀듯 신경을 풀고는 천천히 미란이의 방 안을 살폈다.

미란이는 아직 보이지 않고 있었다.

"곧 나오실 겁니다. 잠시 기다려주이소."

앞치마를 두른 아줌마는 경상도 사투리를 썼다. 도안부장의 말투가 생각나서 독고는 속으로 피식 웃으면서 주인 없는 방의 한

구석 의자에 걸터앉았다.

　방 안에서는 유자 냄새 같은 것이 풍겨왔다. 여자의 방을, 그것
도 혼자 있는 처녀의 방 안에 들어와본 것은 생전 처음 있는 일이
었다.

　우선 책장의 책부터 죽 훑어보았다. 서재는 따로 있는 눈치였
지만, 듣던 대로 책 이름만 보아서는 이 방의 주인이 무얼 하는
사람인지 도무지 짐작도 가지 않는 일이었다. 요리책이 있는가
하면 카드놀이 책이 있고, 테니스나 스키 같은 스포츠 책 곁에는
카메라 사진에 관한 입문서가 있다. 그렇다. 공통점이 있었다면
그 책들이 종류나 분야는 다 각기 달랐지만 하나같이 ‘입문서’ 류
라는 거였다.

　‘입문서!’

　미란이는 생을 입문서처럼 살고 있다. 미지의 것에 이르는 맨
처음의 긴장, 입구의 환희 같은 것이리라. 방에는 별 장식이 없
었다. 인형이나 무슨 기념품 같은 것들이 있어야 할 장식장에도
작은 유리병들의 컬렉션 정도이고, 별다르게 눈을 끄는 것은 없
었다.

　별장을 느끼는 방 분위기였고, 그게 여자의 방이라는 인상을
주고 있는 것은 겨우 체면처럼 앉아 있는 마호가니 화장대일 뿐
이었다.

　바로크 스타일의 카우치가 하나, 역시 마호가니 책상, 그리고

중세 사원 같은 대리석 전기 스탠드, 이런 것들은 분명 수련이가 곧잘 말하던 '부티'를 느끼게 하는 것이었다. 벽에 걸린 박수근의 오리지널 그림들도 만만찮은 힘으로 독고를 압도했다. 세계 일주 여행을 했는가. 한강이 내려다보이는 창문 옆에 각 도시의 이름이 적힌 페넌트 같은 것이 걸려 있는 것을 하나하나 읽어보았다.

베른, 루데자임, 잘츠부르크…… 안느시, 그런데 그때 독고가 들어온 반대편 문이 열리면서 공기처럼 소리 없이 미란이가 들어왔다.

"무얼 그렇게 열심히 보시지요!"

독고는 그 말에 놀랐지만 일부러 태연한 체하면서 말했다.

"저 도시들은 직접 가보신 곳인가요?"

"네! 제가 간 곳도 있고 아버지가 들르신 곳도 있지요."

미란이는 바로크 스타일의 카우치에 앉았다. 잠옷처럼 많이 비치는 홈웨어였다. 맞바로 보기가 민망스러워서 독고는 눈을 아래로 숙였다.

미란이의 작은 발이 보였다. 신데렐라의 유리구두같이 작고 예쁜 슬리퍼를 신고 있었으며, 빨간 페디큐어를 칠한 엄지발가락의 발톱이 독고를 지켜보고 있었다.

"와주셨군요. 난……."

"안 올 줄 알았나요? 그렇지만 전화를 언짢게 끊어서 그냥 갈 수가 없었지요."

"화내시니까 좋던데요!"

"마조히스트?"

"나한테 화내는 사람이 있다는 게 좋다는 거죠. 아버지도 나한테는 화 안 내시거든요. 그런데 날 야단치는 사람이 생긴 거지요. 전화 오래 건다고 야단도 치구요⋯⋯."

"좋으시다면 화를 내드리는 것쯤은 얼마든지 서비스해드릴 수 있습니다."

미란이가 높은 목소리로 웃었다. 큰 소리가 나면 독고는 상대적으로 주눅이 든다. 반사적으로 사방을 살펴보는 것이다. 단둘이 방 안에 있다는 것이 압박해오고 있는 것이다.

"매소부란 말이 있지요. 웃음으로 남을 즐겁게 해주는 일. 그런데 화를 내어 남을 기쁘게 해주는 것은 무어라고 해야 하나? 매분부賣憤婦, 아니지, 나는 남자니까 지아비 부夫자의 매분부賣憤夫라야 맞겠지."

"재미없어요! 시간이 아까워요. 우리 재미난 이야기해요."

미란이는 카우치에서 내려와 독고가 앉아 있는 의자 앞 맨바닥에 앉았다. 독고는 한강을 내려다보듯이 그렇게 내려다보이는 미란이의 모든 것을 느낄 수가 있었다. 그러나 독고는 익숙해 있지 않았다. 창문으로 한강을 내려다보면서,

"강이 참 멋있군요. 안개라도 끼면 더 좋겠는데⋯⋯."

라고 혼잣말을 하듯이 했다.

미란이는 대답했다. 그렇게 새침하던 미란이가 믿기지 않을 만큼 나긋나긋하게 독고를 향해 다가오고 있는 것이었다.

미란이는 독고의 무릎 위에 두 손을 올려놓았다. 마치 독고가 작은 제단祭壇이라도 되듯이 미란이는 기도하는 자세로 온몸의 체중을 독고에게 기대었다.

거북했다. 그러나 독고는 딴전을 피울 수 없었다. 또 그 파란 목덜미의 정맥이 눈에 띄었다. 관자놀이가 뛰고 있는 것을 손가락으로 짚을 수가 있었다.

"재미난 이야기가 뭔데……?"

독고도 조금 대담해지면서 반말투로 말했다. 이런 때에는 바깥에 비라도 뿌려주어야 하는 건데……. 독고는 속으로 그렇게 말하면서 낮은 회색 구름이 떠가는 한강 쪽으로 먼 시선을 보냈다.

"지금 무얼 생각하고 있었나, 그런 이야기."

"그쪽부터 말해봐요!"

'미란이' 또는 '자기'라고 말하려다가 독고는 '그쪽'이란 말을 썼다.

그러나 미란이는 달랐다.

"피……. 자기부터 말해줘야지, 뭐."

독고는 점점 대담해지는 미란이가 조금 무서웠다.

'이 졸장부야.'

도안부장이 독고를 향해서 핀잔을 주었다.

'사내 구실을 해야지. 뭐, 여자 앞에서 **빼**는 게 자랑인 줄 아남?'

사진부장이 능글거렸다.

"비가 왔으면 좋겠다는 생각을 했지요."

독고는 멍한 기분 속에서 사실대로 말했다.

"비……!"

미란이는 놀랐다는 듯이 외마디의 발음을 했다.

"그래요. 비! 이런 때 비가 막 쏟아졌으면 좋겠다. 노아의 홍수처럼 그런 비가 말예요."

"이 방이 노아의 방주가 되는 거지 뭐!"

미란이는 입을 심술궂게 다물고 눈을 흘기는 표정을 지었다.

"왜, 뭐 내가 나쁜 소리 했나요?"

"응큼한 생각."

독고는 얼굴이 빨개졌다. 먼저 꾄 것은 미란이었다. 그런데 독고가 가까이 가려고 하면 신기루처럼 저만큼 도망쳐버린다. 미란이도 전형적인 '여자'의 하나에 지나지 않았다.

"아니, 나는 다만 세상 시끄러운 데서 멀리 떠난다는 뜻으로……."

미란이가 진짜로 자기 손가락으로 독고의 입술을 막았다.

"변명하지 말아요. 나도 비가 왔으면 좋겠다고 생각했으니까요. 그리구 표류했으면, 이 방 전체가 노아의 방주가 되어 물 위로 표류했으면, 그렇게 생각했으니까요."

독고는 회전목마를 탄 것처럼 어지러웠다.

차가운 손이었다. 그것이 독고의 뜨거운 입술을 건드렸다. 독고는 살짝 입술을 벌려 은어 같은 미란의 집게손가락을 잘강잘강 물었다.

그 감정 있지 않던가? 어린애의 탐스럽고 보드라운 손을 입에 대면 꽉 깨물고 싶은 충동!

"더 세게 물어봐요."

"내가 식인종인가?"

그러나 손가락을 물고 하는 소리라 분명하게 말할 수가 없었다. 독고는 손가락을 지그시, 그러나 천천히 압력을 가하며 물었다.

왜 예수님이 자기의 몸을 '빵'에 비유했는지를 알 수 있을 것 같았다. 세상은 눈으로 이해할 수도 있고 귀로 느낄 수도 있다. 그리고 만져보는 것, 촉각으로 더 그것들을 가깝게 감지할 수가 있다. 그러나 이빨로 느끼는 것, 이빨로 씹는 것, 그것처럼 원초적이고 가까운 것은 더 없을 것이었다.

"이빨로 느끼는 것……."

별안간 '아얏' 소리가 들려왔다.

독고는 제정신이 들었다. 너무 세게 문 모양이었다.

"정말 식인종이야!"

미란이는 엄살을 부렸다. 하지만 정말로 미란이의 손가락에 독고의 이빨 자국이 패어 있는 것을 분명히 볼 수가 있었다.

"식인종 시리즈, 이런 때는 시란이가 있어야 웃을 수 있는데……. 식인종들은 비행기를 통조림, 기차를 김밥이라고 한다며?"

"정말 시란이가 이 자리에 있었으면 좋겠어요."

이젠 아예 독고의 무릎에 턱을 괴고 독고를 올려다보면서 미란이가 말했다.

"그럼 정말 나를 식인종이라고 생각하고 있어요?"

"아니."

미란이가 말했다.

"나도 아니지……."

둘은 서로 눈으로 마주 보고 웃었다. 미란이의 눈 가장자리에 가는 주름이 잡혔다. 갑자기 독고는 그것을 보자 아내 수련이를 생각했다.

젊음도 없이 늙어가는 수련이! 지금쯤 수련이는 무엇을 하고 있을까? 내 어느 헌 셔츠의 때를 빼고 떨어진 단추를 달고 있을까? 내 어느 때문은 양말을 빨아 널어 말리고 있을까?

"왜 그런 표정을 하고 있어요? 재미없어."

"시란이가 뭐라고 말했는지 알아요?"

독고는 자기에게 기대고 있는 미란이가 어서 일어나 카우치로 가주길 바랐다. 싫어서가 아니었다. 아내 때문이 아니었다. 왠지 숨이 막혀오는 느낌이었다.

"걔가 또 무슨 소릴 했군요. 걘 작은 악마야."

"황진이와 서화담이 만난 거래요."

미란이는 독고의 말을 듣자 웃지 않았다. 조금은 노기가 감도는 표정이었다.

"그래요? 그래서 뭐라고 말씀하셨나요?"

깍듯이 미란이는 극존칭을 썼다.

"그냥 웃었어요. 우선 나는 서씨가 아니고 거기는 황씨가 아니잖아!"

"어떻게 생각하시냐고요. 그 말에?"

"글쎄."

"자기를 서화담이라고 생각해요?"

"아니지, 나 같은 속인이?"

"날 황진이라고 생각해요?"

"글쎄, 그건 그런 것 같기도 하구."

미란이가 독고의 손등을 꼬집었다. 도안부장의 이야기에 의할 것 같으면 그것은 여자가 애무를 받고 싶을 때 접근하는 고전적인 방법이었다.

'남자가 체면이 있잖아.'

사진부장이 비꼬았다.

'그라고도 사내새끼가……. 마, 치워라구마.'

도안부장이 말했다.

'피아피아, 피아피아.'

진이가 외쳤다.

독고는 망설이다가 무릎에 기댄 미란이를 끌어안았다. 상상한 것보다 여자는 무거웠다.

미란이는 아무 말도 하지 않고 마치 의사가 청진기를 귀에 꽂고 그렇게 하듯이 독고의 심장에 귀를 대고 가만히 그 소리를 듣고 있는 것 같았다.

길게, 아주 길게 미란이는 한숨을 쉬었다. 먼 길을 걸어온 사람이 겨우 목적지에 이르러 무거운 짐을 어깨에서 풀어놓을 때의 한숨 같은 것.

독고는 한 오라기 한 오라기 머리칼을 세듯이 미란이의 머리칼을 어루만졌다.

흔히 이렇게 되면 둘이서는 입술을 맞대야 한다. 그러나 약속이라도 한 듯이 미란이와 독고는 그냥 편한 자세로 포옹만 하고 있었다.

미란이의 등 뒤에 있는 지퍼의 손잡이가 보였다. 독고는 그것을 잡고 아래로 내리는 상상을 여러 번 했다. 그러나 그것은 꼭 칼로 등을 째는 것 같아서 그만두었다.

열정이 없는 것일까? 사진부장이나 도안부장의 말대로 사나이의 피가 모자란 탓인가?

"무얼 생각하고 있어요?"

미란이가 졸린 목소리로 말했다.

"아무 생각도……."

"그냥 이대로 조금만 더 있어요. 너무너무 편안해요."

"난 좀 불안해."

킥킥거리고 미란이가 웃는 바람에, 그 몸의 움직임이 독고에게도 그대로 전달되었다.

"작은 지진이……."

"지진이라니요?"

"땅이 움직이면 더 불안해지지……."

이번엔 미란이가 더 크게 웃었다. 독고의 몸도 크게 흔들렸다.

"이번 지진은 진도 5."

"빨리 대피하세요!"

"도망갈 곳이 있어야지."

"그럼 그냥 허물어지세요."

'허물어진다'는 말이 어쩐지 자포자기에 가까운 말, 미란이의 심정을 그대로 나타낸 것 같아서 마음에 걸렸다.

"좋아요! 아마 국민학교 아이들이 서로 처음 만나 사랑한다면 우리 같을 거예요. 정말 이러구만 있는 것이 좋아요."

독고는 조금 무시당한 느낌이기도 했다.

'국민학교 학생 취급을 한다⋯⋯. 그러나 그건 사실이다. 여인을 포옹하고도 어느 멀쩡한 남자가 지진 이야기나 하고 있을 것인가.'

독고는 몸이 석고처럼 뻣뻣해져가는 것을 느꼈다. 불을 붙일 때 타지 않으면 연기만 나고 다시 불을 붙이기가 어려운 것이다.

'연기만 나고, 매운 연기만 자꾸 나고 청솔가지야, 불꽃은 어디로 갔느냐?'

독고는 카피를 쓰듯이 즉흥시 한 구절을 마음속으로 써내려 갔다.

방 전체가 바위가 되어가고 있는 것 같았다. 안에서 무엇인가 폭발하지 않으면 독고나 미란이는 모두 운모처럼 그 바위 속에 파묻히고 말 것이다.

결혼하기 전날 밤 창녀와 함께 있었던 토굴 속 같은 방이 생각났다. 습기 찬 어둠이 정액처럼 끈적끈적하게 온몸에 묻어왔던 기억들이 다시 곰팡이균처럼 피어나기 시작했다. 비린 냄새를 맡았다. 갑자기 모든 욕정은 사라지고 미란이와 독고 사이에는 두꺼운 콘크리트 벽이 쳐졌다.

탈옥수 빠삐용처럼 그 벽을 허물기 위해서 뾰족한 꼬챙이, 부러진 숟가락 같은 것에 날을 세우고 긁어내기 시작했다. 몸이 빠져나가지 않더라도 빛과 바람이 들어오는 구멍이 필요했던 것이다.

벽 한군데가 뚫어지면서 빛이 트이는가 싶더니 갑자기 비명소리가 들려왔다.

"아퍼! 아구, 정말 왜 이래요?"

독고는 제정신이 들었다. 독고는 미란이와 입을 맞추고 있었던 것이다. 헛구역질을 하는 사람처럼 미란이는 손으로 입을 막고 있었다. 눈물이 몇 방울 눈꺼풀에 맺혀 있는 것을 보면 정말 많이 아팠던 것 같다.

독고는 창녀가 자기를 변태라고 욕지거리를 하던 말들이 귀안에서 윙윙거렸다.

"왜 그런 표정을 하고 있지요?"

미란이는 흐트러진 옷매를 아물리면서 냉담하게 말했다. 독고는 무엇인가 변명을 하려고 했지만 무슨 말을 어떻게 꺼내야 할는지 몰랐다. 그러나 미란이에게만은 진실해지고 싶었다.

"미안합니다. 연기만 나고 불꽃은 없고……."

"그게 무슨 소리예요?"

미란이는 다시 웃었다. 독고는 그 바람에 조금은 마음이 놓였다.

"청솔가지는 타지 않지요."

"자기가 젖은 나무라는 거예요? 너무 맹렬히 타서 입술이 터질 뻔했는데도요? 가랑잎이야, 활활 타다가 금방 꺼지는 가랑잎……."

"이상합니다. 아무리 가까이에 있어도 난 여자의 맨살을 느낄 수가 없어요."

독고는 남성에게도 '불감증' 같은 것이 있다는 걸 솔직히 말하려고 하는데, 미란이는 얼른 독고의 입을 막았다.

"내 앞에서 다른 여자 이야기는 하지 말아요. 난 질투심이 강한 애니까, 앞으로 다른 여자 이야기는 절대로 하지 마세요. 시란이도요."

"동생까지 질투를 해요?"

"누구든요! 전 지금도 밤을 안 사요."

"밤? 밤이라니!"

"먹는 밤 말예요."

"왜, 밤송이의 가시를 벗기기가 힘들어서인가요?"

"아녜요. 어렸을 때 운동회 때문이었지요."

"운동회 때 밤알 줍기?"

"아주 어렸을 때, 국민학교에 가기도 전 일이었지요. 아버지가 날 데리고 국민학교 운동회엘 간 겁니다."

"국민학교에 들어가기 전이라면서?"

"아버지는 돈이 많으셨지요. 그 학교에도 후원회장인가 뭔가로 귀빈 초청이었지요."

"지금도 아버지는 돈이 많으신 것 같은데?"

"잠자코 제 이야기를 들어보시라구요."

미란이는 잠시 자리를 뜨더니 책상서랍에서 봉지에 싼 약을 찾아서는 입에 털어넣었다. 약을 삼키려고 고개를 뒤로 젖히고 턱을 올리자 온몸이 활처럼 팽팽해졌다. 가슴의 선이 분명히 보였다.

독고는 그 순간에 지금껏 느껴보지 못한 이상한 욕정이 막힌 홈통을 뚫고 뻗쳐나오는 것을 느꼈다. 독고는 미란이의 허리를 끌어안았다. 미란이는 입에 약이 들어서 무슨 소리인지 알아듣지 못할 소리를 웅얼거렸다. 그러나 독고는 그녀가 완강히 거절하고 있다는 것을 쉽게 알아차릴 수 있었다. 타오르려고 하면 끄고, 꺼지려 하면 다시 부채질을 한다. 독고는 현기증이 났다.

미란이는 약을 다 먹고는 숨이 찬 목소리로 말했다.

"제 이야기를 다 듣고요. 그리고 우리는 남들처럼 그렇게 흔해 빠진 장난을 하면 안 되는 거예요."

독고는 갑자기 미란이가 여선생처럼 느껴졌다.

'예, 알았습니다. 선생님 말 잘 들을게요!'

독고는 책가방을 멘 어린 시절 선생님에게 꾸벅 절을 하던 그때처럼 속으로 그렇게 말했다.

"아버지를 따라서 운동회에 갔어요. 물론 우리는 교장선생 바로 옆 본부석에 앉아 있었지요. 한참 구경을 하고 있는데 서무과장이 아버지에게로 오더니 '회장님! 다음엔 미란 아기를 위해서 밤 줍기 프로를 마련했지요. 운동장에 밤을 뿌리면 미란 아기를 내보내세요'라고 하지 않겠어요? 난 나만을 위해서 밤을 뿌려주는 거라고 생각했죠. 정말 밤을 한 소쿠리 들고 사람이 나타나더니 바로 본부석 내 눈앞에다 뿌려놓지 않겠어요? 난 신이 나서 뛰어나가 막 밤을 주워넣었지요. 치마폭에다가 담은 거지요. 근데 내 또래 되는 아이들이 사방에서 와! 하고 모여들더니, 내가 미처 줍지 못한 밤을 주워가지 않겠어요. 난 커다란 소리로 외쳤지요. 이건 내 밤이야. 내 밤이야. 안 돼, 안 돼……! 아이들은 들은 척도 하지 않고 마구 주워가는 거예요. 밤을 내 앞에다 뿌려놓아서 사실 난 다른 애들보다도 훨씬 많이 주웠지만, 난 한 톨이라도 남이 가져가는 것이 싫었지요. 밤을 주울 생각을 하지도 않고, 아니지요, 주웠던 밤까지 모두 내버리고 밤을 주워가는 아이들을 막다가 그 자리에 쓰러져 엉엉 울었지요. 학교 측에서는 날 위해 따로 밤을 한 소쿠리 갖다주었지만 난 밤 그 자체를 원했던 게 아닙니다. 내 밤이라고 생각한 것을 남에게 침범당한 것이 분했던 거지요. 아버지는 반은 농담으로 말씀하셨지요. '애야. 저 많은 사람들 보는 앞에서 욕심꾸러기 생떼 쓰는 아가씨 모습을 보였으니 넌 이제 시집가기 다 글렀다.' 그 다음부터 난 누가 밤을 주어도 절대로 먹지 않았지요. 아시겠어요? 내 앞에서는 절대로 다른 여자 이야길 하지 마세요. 지금까지 모든 남성들을 볼 때 운동장에 뿌려진 밤알로 보았지요. 이제는 남이 손댈 수 없는 밤을 내 치마폭에 담고 싶은 거지요."

독고는 텅 빈 운동장에 밤처럼 굴러 있는 자기를 생각해보았
다.

"그렇게 질투가 강한 줄은 미처 몰랐는데……. 역시 난 여러
모로 자격이 없는 사람인가 봅니다."

독고는 자기가 이미 결혼한 사람이라는 것과, 그것도 십 년 넘
게 한 여자의 남편으로 지금껏 별 탈 없이 잘 지내온 남자라는 것
을 상기시키면서 냉소적인 투로 말했다.

"참 상식적인 해석이군요. 공연히 그런 이야기 했나 봐 요……."

미란이는 혼잣말처럼 말했다.

"상식적?"

"그래요. 지나치게 상식적으로 제 말을 받아들였어요. 그게 두
려워서 난 지금까지 그 밤 줍는 이야기는 아무한테도 하지 않았
어요."

"그럼, 그게 여자의 흔해 빠진 질투가 아니고 뭐란 말이오?"

"참 답답하네요."

미란이는 약이 오른 표정이었다.

"아니 글쎄, 내 앞에서 다른 여자 이야기를 하지 말아라! 그런
뜻으로 그 밤 줍는 이야기한 것 아니겠어? 아버지도 그 광경을 보
고 욕심쟁이라고 하셨다면서요."

"그러니까 모두들 상식적이라는 거지요. 그만해요. 말하지 않
겠어요."

미란이는 정말 화난 얼굴을 하고 있었다.

"그러지 말고 이야기해봐요. 어째서 그게 단순한 욕심이나 질투심이 아니라는 건가? 혼자 밤을 독차지하려 했다고 자기 입으로 말하지 않았어요?"

"밤을 혼자 가지려고 한 것과는 다른 거였대두요."

"어느 점이 달라?"

"아무나 주워가라고 뿌려진 밤, 그것이 싫었던 거지요. 처음에 난 나에게 주는 밤인 줄 알았지요. 그런데 아이들이 줍는 걸 보고, 처음부터 그건 누가 주워도 좋은 밤이었다는 사실을 깨닫게 된거죠. 그게 슬펐다는 겁니다. 일일이 이렇게 주석을 달아야 아시겠어요?"

독고는 멋쩍어졌다. 미란이 말대로 너무 통속적으로 그 이야기를 해석해버린 자기가 실수를 했다는 느낌이 든 것이다.

"이를테면 말예요."

미란이는 답답한 표정으로 무언가 다시 설명하려는 것을 독고가 막았다.

"알겠어요. 그렇게 둔한 사람이 아니니까 염려 말아요."

"요컨대 사랑은 운동회 날의 밤 줍기 같은 게 아니라는 걸 말하고 싶었던 거죠."

갑자기 '삑' 하는 전자음 소리가 들렸다. 미란이는 무엇인가 더 말하려고 하다가 인터폰을 들었다. 어찌나 말소리가 큰지 수화기의 목소리가 독고에게까지 들려왔다.

"언니, 김박사님 오셨어!"

시란이인 것 같았다.

"알았어! 그래, 그래. 내가 조금 있다 나갈게. 좀 기다리시라구
그래."

미란이는 인터폰을 내던지듯이 끊었다.

"나도 밤 줍기는 싫습니다."

"밤 줍기라니요?"

"김박사! 누구죠. 그 사람?"

"질투하시나요?"

"너무 상식적으로 내 말을 해석하지 마십시오."

"역습이시군요!"

"말을 피하지 마세요. 김박사가 누구냐니까요?"

미란이는 대답 대신 한참 동안 웃었다.

"김박사는 제 주치의입니다. 왕진을 오신 거예요. 소개해드릴
까요?"

독고는 자기가 물러가야 할 시간이 된 것을 알았다. 그리고 보
니 벌써 바깥은 땅거미가 지고 있었고, 한강으로 면한 그 창문에
는 가로등과 다리를 건너다니는 자동차의 불빛들이 개똥벌레같
이 날아다니고 있었다.

"그만 가볼랍니다. 다음에 또 연락드리겠어요."

독고는 가지고 온 물건도 없는데 사방을 한번 돌아다보고는 일어났다. 미란이는 누가 옆에서 듣기나 하듯이 작은 목소리로 말했다.

"오 분만!"

"박사님이 기다리시잖아요!"

"꼭 오 분만 함께 있어요. 시간이 너무 아까워요."

"오 분 동안 뭘 하게요?"

"가만히 서로 쳐다보고 있어요. 아무 말도 하지 않고요."

　미란이는 정말 마지막 보는 사람의 얼굴처럼 독고를 뚫어질듯이 쳐다보았다. 독고도 미란이의 얼굴을 가만히 들여다보았다. 울고 난 사람처럼 미란이의 눈은 충혈되어 있었다.

"전 가끔 이렇게 오 분쯤 숨도 제대로 안 쉬고 사물들을 바라보는 습관이 있답니다."

"예를 들자면 어떤 것들?"

"태양."

"해를 쳐다봐요?"

"놀라실 것 없어요. 떨어지고 있는 저녁 해니까 눈이 멀 염려는 없어요. 빨갛게 타는 놀 속으로 석양이 조금씩 조금씩 침몰해가지요. 난 그걸 이 자리에 앉아 가만히 지켜보고 있는 거예요. 어느 때는 삼십 분 이상이 넘을 때도 있지요."

"소멸해가는 것들을 지켜본다는 거지?"

"맞았어요. 사라져가는 것이면 무엇이든 좋아요."

"그럼 우리가 처음 만났던 기차간 안에서도……."

"그래요. 잘 맞히시네요. 내가 자릴 바꿔달라고 했지요? 차창으로 내다보는 풍경들은 잠시도 멈춰 있는 것이 없지요. 들판의 나무들, 산봉우리, 작은 집들, 황톳길, 모든 게 도망치듯 사라져가지요. 난 그걸, 그 모든 풍경들을 지켜보면서 부산까지 내려갔던 거예요."

"그렇다면 나도 차창가의 풍경이란 말이지?"

"그렇지요. 지금 내 곁을 떠나려고 하지 않아요? 오 분만 지나면 이 의자에서 일어날 것이고 문을 열 거예요. 그리고 걸어나가지요. 발자국 소릴 내면서. 난 곧 대문 닫히는 소리를 들을 겁니다. 작은 죽음들을 듣는 거지요. 메멘토 모리."

독고는 미란이의 말대로 의자에서 일어났다. 그리고 당초무늬를 새긴 방문을 열고 밖으로 걸어 나왔다. 수은등이 켜져 있었지만 나무들 그림자로 정원은 어두웠다. 남의 눈에 띌 염려가 없어 좋긴 했지만 마음은 침울해졌다.

독고는 뒤에서 따라오는 미란이를 돌아다보았다.

미란이는 웃어 보였지만 쓸쓸해 보였다. 안채 응접실에는 불이 켜져 있어서 가구의 일부와 사람들이 움직이고 있는 모습이 무대에 선 것처럼 환히 들여다보였다.

불이 켜진 방을 밖에서 들여다보면 어느 가정이건 평화롭고 행복해 보이는 법이다. 더구나 바로크식 호화 가구가 놓여 있고 스페인의 양탄자가 깔려 있는 미란이네 집은 말할 것도 없는 일이다.

자정이 지난 뒤의 신데렐라와 같았다. 독고는 자기 집 초인종을 누르면서 새삼스럽게 집 대문이 너무 허술하다고 생각했다. 성문과도 같던 미란이네의 철문에 비하면 얼마나 초라하고 추악한 것인가!

그러니 슬픔이라는 것, 아픔이라는 것, 그리고 온갖 불행이란 것들이 쉽게 담을 넘어 독고의 이불 속으로 기어들 수가 있는 것이다.

그날따라 수련이는 짝이 틀린 슬리퍼를 찍찍 끌고 나와서는 문을 따주었다. 뜰에는 수은등 불빛도 없었고, 온실에 있어야 자라는 종려나무 같은 것도 없었다. 물론 도사견도 짖지 않았다.

수련이는 독고가 우비 삼아 입고 다니는 비닐 점퍼를 걸치고 있었다.

"늦으셨군요!"

수련이는 자다 깬 모양이었다. 머리가 헝클어져 있었다.

"식사 안 하셨지요?"

독고는 아무 대답도 하지 않았다.

수련이는 부엌으로 들어갔다.

울컥 치밀어오르는 분노가 핏덩이처럼 목에 걸렸다.

'내가 지금 어디서 돌아오는 줄 아니? 네가 입버릇처럼 이야기하던 그 부티 나는 집, 무슨 회사인지는 모르겠으나 회장님 댁에서 나오는 길이다. 잔디에 물을 주는 스프링클러도 있고, 수은등도 있고, 스모크 페어 글라스가 끼어 있는 저택에서 나오는 길이다. 아니다, 그런 집이 문제가 아니지. 초인종을 누르던 이 집게손가락에는 아직도 여자의 육향이 배어 있느니라. 베드로가 닭이 울기 전에 예수를 모른다고 세 번이나 부정했다지만, 난 해가 떨어지기 전에 널 백 번이고 천 번이고 부정했더니라. 그런데 너는 지금 부엌에서 도마질을 하고 콩나물을 무치고 있느냐. 시어가는 김치 항아리에 손을 넣고 있구나, 수련아.'

술 취한 사람처럼 독고는 맨바닥에 벌렁 누워 눈을 감았다. 주정을 하고 싶었다. 녹슬어가는 식칼에 날을 세우고 온갖 인연의 끈들을 모두 끊어버리고 싶었다. 쾌도난마.

'너는 페넬로페가 아니다, 수련아. 그리고 나는 십 년이나 방황하다 돌아온 오디세우스 장군이 아니다. 여기가 이타카냐? 나는 모험도 없이 내 둥지로 돌아왔고, 넌 양탄자를 짰다가는 풀어버리는 그 계책 없이도 남편을 무사히 맞이한 거다. 수련아, 이것이 우리들의 서사시이니라. 이것이 매일 쓰는 우리들의 서사시이니라.'

방문이 열리더니 밥상이 들어왔다. 밥이 두 그릇이었다. 수련이도 지금껏 저녁을 먹지 않고 있었던 것이다.

두 사람은 겸상을 하고 밥을 먹었다. 그릇도 수저도 스테인리스였다. 모두 말이 없었다. 마치 문 밖에서 초인종 소리가 울려오지 않나 귀를 기울이듯이 그렇게 먼 데 정신을 팔고 있었다.

두 식구뿐인데, 누구를 기다리고 있는가? 아직도 들어오지 않은 식구가 남아 있다는 말인가?

누구를 기다리고 있는가? 진이인가? 옛날에, 아주 옛날에 돌아가신 어머니인가, 아버지인가?

씹고 있다. 씹고 씹고 음식들을 씹어 삼키고 있다. 그들 부부는 그렇게 겸상을 하고 조용히 씹고 있다.

독고는 문득 초상집에서 밥을 먹고 있는 사람들의 얼굴이 떠올랐다. 곡을 하고 난 뒤라 모두 눈이 퉁퉁 부어 있고 코끝이 빨개져 있으면서도 열심히 열심히 밥을 입에 퍼넣고 씹고 있는 광경, 아무리 그 슬픔이 클지라도 살아 있는 사람들은 밥상 앞에 앉아야만 하고 먹어야 한다. 독고는 상복을 입은 채 허기진 듯 식사를 하고 있는 사람들의 얼굴에서 죽음 이상의 서글픈 감정을 느끼곤 했었다. 그건 배신감 같은 거였다.

독고는 지금 그 얼굴을 자기의 모습에서 보고 있는 것이다. 수련이가 뇌빈혈로 쓰러져 죽어 있고, 자기는 그 장례를 치르다 말고 저녁을 먹고 있는 것이라고. 콩나물국을 훌쩍거리며 마시고 젓가락 끝으로 재빨리 고깃덩어리를 집어낸다. 자기 곁에서 빗질을 하고 옷을 입고 말하고 웃고 넥타이를 매주고 구두를 닦아주고 '오셨어요?'라고 대문 빗장을 벗겨주고 차를 끓여 내오고 같이 근심하고 하품하고 등을 두드리고 기침 소리를 내던 그 여자가 죽었는데도 자기는 젓가락을 세워 입에 맞는 음식들을 집어내고 있는 것이다.

아니다, 그건 거꾸로일 수도 있다. 죽은 것은 자기이고 수련이는 자신의 관 곁에서 혀끝으로 음식의 간을 맞추어가며 밥을 먹고 있는 것이다. 자기의 죽음은 잠시 제쳐두고 음식을 식도로 넘긴다. 식도의 감각에는 슬픔이란 것이 없는 것이다.

훔쳐 먹는 음식처럼 소리 내지 않고 조용히 숟가락을 놓고서는 수련이는 밥상을 들고 일어났다. 하루의 무게를 들듯이 힘에 겨운 듯 밥상을 들어올린다. 그때 독고는 수련이가 남자의 양말을, 자기의 양말을 신고 있는 것을 보았다.

"여보!"

독고는 자신도 모르게 큰 소리로, 아주 험악한 소리로 수련이를 불렀다. 놀란 수련이가 하마터면 밥상을 놓칠 뻔했다. 균형을 잃은 몸이 꿈틀했다. 그것이 더욱 독고를 잔인하게 했다.

"당신 말야! 다 산 거 아니라구. 아무리 집에만 처박혀 있더라도 화장도 하구 옷도 좀 깨끗한 걸로 갈아입구 그래야지. 도대체 그 꼴이 뭐야?"

수련이는 실없이 웃었다.

"웃어? 아니, 난 화나는데 웃어? 그리구 제발 그 양말 말야. 남자 양말은 신지 말아줘."

"왜 그래요, 얼마나 편한데요……."

"편하다는 거, 그게 문제라구. 물론 우리가 신혼여행에서 돌아
온 부부는 아니지. 하지만 말야. 여성은 이성 아냐. 당신은 여자
고 나는 남자야. 남자끼리, 아니면 여자끼리 있을 때처럼 편해서
는 안 되는 거라구. 우리는 형제도 아니구 친구도 아니구 부부란
말야. 이성으로서 느끼는 것이 조금은 있어야 하지 않겠어? 그 잠
바하구 양말 당장 벗어!"

수련이는 아무 대꾸도 하지 않고 밥상을 치우다 말고 독고의
윗옷을 벗고 역시 독고의 양말을 벗었다.

비록 남자의 양말을 신고 있었지만, 그 속에서는 하얗고 갸름
한 여자의 발이 나왔다.

오늘따라 식물처럼 조용하게 앉아서 독고의 말대로 고분고분
따라주는 아내가 더욱 그의 가슴을 아프게 했다. 그리고 그 아픔
은 엉뚱하게도 분노의 감정으로 표현되었던 것이다.

병신! 병신! 병신! 차라리 수련이가 자기 말에 삿대질이라도 했
더라면 한결 마음이 가벼울 뻔했다.

'여지껏 뭐하고 들개처럼 쏘다니다가 겨우 돌아와서 한다는 소
리가 남의 양말 신은 것까지 다 참견이냐? 이성을 느끼지 않으면
다른 이성을 찾으면 될 것 아니냐구! 당신 감정만 소중하고 남의
감정은 자루 속에 든 모래인 줄 아느냐?'

이렇게라도 수련이가 반격하고 나섰더라면 마음이 훨씬 가벼웠을지도 모른다고 생각했다.

"당신 왜 그러구 있어. 내 말에 화도 안 나?"

"당신 오늘 너무너무 좋아요!"

아내의 대답은 의외였다.

"아니, 좋다니? 뭐, 놀리는 거야?"

"참말이래두."

"이렇게 신경질 내는데? 마조히스트가 또 하나 있군."

독고는 '마조히스트'란 말을 하는 순간 뜨끔했다. 같은 단어를 미란이에게 말했던 것이 생각났기 때문이었다. 더구나 미란이도 자기가 전화에다 대고 화를 낸 것이 좋았다고 했다.

이번에는 수련이가 화를 내는 자기가 좋다는 거였다. 여자는 정말 같은 틀에서 찍혀 나온 국화빵 같은 것일까?

"당신이 그러니까 정말 신혼부부 같단 말예요."

독고는 수련이에 대해 측은한 생각이 들었다.

"앞으로 말이지, 내가 늦게 돌아오는 날이면 전화를 걸 테니 먼저 밥을 먹어!"

뭔가 따뜻한 말을 해주고 싶었지만 겨우 그런 말밖에는 나오지 않았다.

"난 혼자 밥을 먹는 게 죽기보다 싫다구요."

독고는 또 한 번 놀랐다. 이 대사는 바로 오늘 점심 때 시란이가 한 소리였다. 어느새 독고의 방 안에는 두 여자의 지문이 가득히 묻어 있는 것이었다. 자기와 수련이가 이렇게 둘이서 한 방에 생활하고 있어도 미란이와 시란이가 바람처럼 문풍지 사이로 기어들어 그사이에 끼어든다. 독고는 수련이의 손을 잡았다.

'걱정하지 말아라. 우린 십 년을 살아온 부부가 아니냐. 사랑은 봄철의 꽃처럼 쉬우나, 정의 구근은 거뜬히 겨울을 날 수가 있는 것이다. 부부는 사랑보다는 정으로 사는 거란다. 이성이 아니라도 피붙이의 남매처럼 살아갈 수 있는 게 부부란다.'

그리고 독고는 속으로 변명을 했다. 미란이 때문에 도리어 너에 대한 새로운 감정이 생겼느니라고······.

"여보."

이번에는 수련이가 독고를 불렀다. 얼굴이 소녀처럼 빨갛게 상기한 수련이는 수줍은 듯이 독고의 곁에 와 앉았다.

"정말 당신 내가 여자 같지 않아? 이성으로 조금도 느끼는 것이 없어요?"

독고는 대답 대신 그냥 웃었다. 마음 같아서는 수련이를 안아주고 싶었지만, 자기의 옷 어느 한구석에 미란이의 머리칼이 묻어 있는 것 같아 그만두었다. 그건 셋을 다같이 모독하는 일 같기 때문이었다.

"나 말야, 이상해. 오늘은 공연히 당신에 대한 이상한 감정이 들지 않겠어요?" "이상한 감정이라니?" 독고는 놀랐다.

"체엣, 그걸 무안하게 내 입으로 말해야 하나?"

수련이는 양말을 벗더니 진짜 신혼생활의 연습이라도 하고 있는 것 같았다. 야행성 동물들이 어둠이 오면 소리를 내어 우는 것처럼 독고도 포효하고 싶다는 생각이 들었다.

"밥상이라두 치워놓고 애교 떨어. 무드 안 난다."

둘이서는 즐겁게 한바탕 웃었다. 사실은 수련이가 독고의 하루 행적을 알고 있었더라면 웃음이 아니라 분노의 고함을, 통곡을, 몸부림을 쳤을 것이다.

"정말 웃지 말고 들어야 해요. 당신, 왜 그런 생각이 들었나?"

여자는 본능적인 예감이란 게 있다. 독고는 천리안을 가진 무녀巫女 앞에 앉아 있는 것처럼 불안했다.

"당신이 출근하고 난 뒤 말예요. 조간신문을 읽었거든요. 그런데 창경원에 용설란꽃이 피었다는 기사가 있지 않겠어요? 난 용설란이 그것인지도 몰랐어요. 왜, 수혜네 집 정원에 있는 혓바닥 같이 생긴 선인장 있잖아요. 이파리에 가시 같은 게 잔뜩 나 있구. 그게 용설란이래요. 그런데 이건 보통 때는 꽃이 안 핀다는군요. 몇 십 년 지나야 딱 한 번 꽃이 피는데 그게 쉽지 않다는 거죠. 근데 그 꽃은 아주 붉고 멋지대요. 하지만 용설란이 꽃을 피우면 금세 죽어버리는데, 백조가 죽을 때 제일 아름다운 목소리로 운다지요? 용설란은 식물 속의 백조지요. 그 뻣뻣한 게 죽을 때가 되면 그렇게 탐스러운 꽃을 피운다니 이상하지 않아요!"

"그게 당신하고 무슨 상관야?"

"나도 죽을라나 봐."

"무슨 소리야, 당신?"

"나 요즈음 꽃 필라고 하나 봐, 그렇게 느낀 적이 없었는데 오늘 왼종일 이상하게 당신을 온몸으로 느꼈단 말예요. 숨도 쉴 수 없을 정도로. 죽을 때가 가까이 왔나 보다. 창경원에 있는 식물원의 용설란처럼 꽃을 피우고 죽을라나 보다. 웃지 말라고 했지요? 거 남녀 간에 느끼는 거 있잖아요."

"점잔 떨 것 없어! 그냥 섹스라고 말해. 영어는 그럴 때 편한 거야. 아무리 거북한 말이라도 영어로 이야기하면 장갑 끼고 불을 집는 것처럼 뜨겁지 않단 말야. 거북한 건 다 외래어로 적는 카피라이터들의 수법도 그 때문이지."

"좋아요. 그 섹스란 거 있잖아요. 그건 죽음의 감정예요. 그건 죽음과 통하는 입구에 있는 것이죠. 적어도 나에게는 그래요. 죽고 싶다는 생각이 들면 성욕이 일어나지요. 거꾸로 또 성욕이 일어나면 죽고 싶다는 생각이 들어요. 다 같은 암흑이라고, 다 같은 소비이고, 다 같은 부패. 그런데 오늘은 그 불감증 같은 것이 깨끗이 사라진 것 같았어요."

"내가 말했잖아. 섹스란 건 심각하게 생각할수록 도리어 추잡해지는 거라구. 휘파람 정도 부는 것처럼 가벼운 마음으로 대하란 말야."

"그럼 당신은 휘파람 부는 것처럼 그렇게 할 수 있단 말예요?"

"오해하지 마, 쓸데없이. 군자가 되라고 말했다 해서 자기가 군자란 법은 없잖아. 자…… 용설란 씨, 그만 설거지를 하시지요?"

독고는 자기의 아내에게 열두 개의 도끼눈을 통과하여 과녁을 맞히는 강궁의 솜씨를 보여줄 만한 오디세우스 장군이 아니었다. 이 냉장고를 쓰면 한 달에 전기값이 얼마 절약이 되는가 하는 부엌 살림 광고문을 쓰기 위해 책상 앞에서 머리카락을 뽑는 가련한 카피라이터에 지나지 않는다.

미란이는 키르케가 아니다. 여기는—이 방은 이타카가 아니다. 수련이는 페넬로페가 아니다.

밤이 깊어갔다. 수련이는 이부자리를 펴고 베개를 내리고 그들은 신혼 때부터의 습관으로 전깃불을 껐다. 그러나 용설란꽃은 아직도 여전히 피지 않은 채였다.

여선생은 작은 손,
작은 목소리에 대해서 말했다

독고는 원장수녀를 찾아갔다. 하나는 공적인 일로, 또 하나는
사적인 일로……. 정말이지 청심학원은 이제 단순히 진이가 수용
되어 있는 암울한 장소만은 아니었다. 여선생님이 있는 곳, 그곳
은 독고의 기억이 머물고 있는 사원寺院이기도 했다. 진이처럼 독
고 자신의 어린 시절은 지금 청심학원 속에 작은 감실을 만들어
놓고 있는 것이었다. 아무 때나 그곳에 가보면 시간의 여신들을
만날 수가 있는 것이었다.

그러나 원장수녀님은 독고를 피하는 눈치였고 몇 번이나 전화
를 걸고 편지를 낸 끝에 겨우 약속 시간을 얻어냈던 것이다. 그것
도 삼십 분간이라는 극히 제한된 시간을 전제로 한 것이었다.

원장수녀는 독고와는 달리 과거의 자기를 깨끗이 매장해버리
고 이제는 새사람으로 태어났다고 굳게 믿고 있는 것 같았으며,
독고의 출현으로 인해 그 완벽한 탄생에 배꼽과 같은 부끄러운
흔적을 남기게 될까 봐 불안해하는 눈치였다.

    그래서 독고는 청심학원에 대한 애드 킴의 원조 문제만을 누누
이 강조했고, 또 한편으로는 옛날의 제자가 아니라 진이의 학부
형이라는 입장을 내세웠다.

    원장수녀님은 돋보기를 쓰고 책을 읽고 있는 중이었다. 원장실
로 안내되어 독고가 응접세트의 의자에 앉아 있는 동안, 그래서
보리차 한 잔을 대접받고 있는 동안, 수녀님은 기도하는 것처럼
꼿꼿이 자기의 책상에 앉은 채로 계속 책을 보고 있었다.

    성서는 아닌 것 같았다. 자기를 거들떠보지도 않는 선생님이
섭섭했지만, 그런 무관심한 표정을 보자 옛날 여선생님의 한구석
그림자를 찾아낸 것 같아 그리움 같은 것이 피어나기도 했다. 곁
눈질로 수녀님이 펴 들고 있는 책표지를 살펴보았다. 그것은 특
수교육에 관한 심리학—정박아들의 교육 문제를 다룬 전문적인
도서처럼 보였다.

    수녀님은 책을 조용히 덮고는 약간 미소를 짓고 독고 앞에 와
앉았다.

    "실례했어요. 중요한 대목을 읽던 중이라, 그 페이지가 끝날 때
까지 일어설 수가 없었지요. 요즈음엔 책을 읽어도 집중력이 생
기지 않거든요."

    수녀님은 돋보기를 벗으면서 말했다. 요즈음이란 말 속에서 독
고는 슬픔을 느꼈다. 그것은 여선생님이, 풍금을 치고 춤을 가르
쳐주고 〈옛날에 금잔디〉를 노래 부르시던 그 예쁜 여선생님이 늙

어가고 있다는 말이다.

　그러나 희끗희끗한 새치머리가 돋아나기도 하고 목에 엷은 주름들이 잡혀가고 있으면서도 그 표정이나 몸놀림은 이십 대의 그 모습 그대로였다. 흡사 소녀역이나 맡으면 어울릴 탤런트가 오십 대 초로의 역할을 하기 위해 분장을 하고 나온 것 같았다.

　"돋보기가 어울리시지 않네요!"

　독고는 돋보기를 접어들고 그것을 어디에 놓을 줄을 몰라 망설이고 있는 수녀님을 보고 그렇게 말했다.

　"선생님이라고 말하지 말랬잖아요!"

　"지금 그 명령하시는 그 어투 말씀입니다. 거기에서 경칭만 빼면 영락없이 제가 이십 년 전에 듣던 그 말소리 그대로인데 어떻게 선생님이란 말을 쓰지 않을 수 있습니까? 그리고 또 저에게도 종교가 있거든요."

　"종교? 불교를 믿나요!"

　"아뇨, 선생님교지요."

　"가톨릭이란 말씀예요?"

　독고는 웃었다.

　"아녜요. 바로 선생님을 마음속으로 믿고 따르는 종교라니까요."

　수녀님은 얼굴이 붉어지면서 멋쩍어했다. 얼굴에 홍조를 띠고 어색해하는 몸짓에서는 영락없는 처녀티가 났다. 그리고 당당한 수녀님이 아니라 원죄의 피가 흐르고 있는 한낱 여성이었다.

"종교를 모독하면 안 돼요. 옛날 중세 때라면 종교가 권력이나 부가 있었으니까 또 모르지만, 요즈음엔 모독을 할 만큼 힘이 크지 못하지. 자, 용건을 말해봐요."

어느새 원장수녀님의 표정은 기도하는 사람의 것으로 엄숙하게 변해 있었다. 독고는 잠자코 손가방에서 서류를 꺼내 원장수녀 앞에 공손히 내밀었다. 애드 킴과 청심학원 사이의 자매결연서, 그리고 무슨 약정서 같은 것들이 들어 있는 봉투였다.

원장수녀님은 다시 돋보기를 쓰고 그 서류들을 읽어 내려갔다. 어느 것은 천천히, 또 어느 것은 빨리 넘겼다.

그리고 가끔 양미간을 찌푸리기도 하고 고개를 갸우뚱하기도 하면서 서류를 훑어 내려갔다. 그건 서류를 읽는 일에 아주 숙달된 사람에게서나 찾아볼 수 있는 분위기였다. 이를테면 김봉섭 사장이 결재 서류를 넘길 때와 흡사한 데가 있었다.

독고는 무료해서 방 안을 둘러봤다. 모든 분위기가 지금 그가 앉아 있는 나무 의자처럼 딱딱한 느낌을 주었다.

김봉섭 사장실의 응접세트는 튼튼한 가죽으로 되어 있는 것이지만 제법 푹신한 것이었다. 그러나 수녀님 방의 의자는 목침과 다름이 없었다.

역시 흰 벽에는 나무로 장식 없이 깎은 십자가와 구리로 된 예수의 상이 있었고, 외제처럼 보이는 태피스트리가 시선을 끌고

여선생은 작은 손, 작은 목소리에 대해서 말했다   497

있는 장식물이기는 했으나 그나마도 수묵화처럼 색채가 억제된 성화였다.

찬바람이 불고 있었다. 독고는 자기도 모르게 김봉섭 사장실과 원장실 방을 비교해보는 자신에 놀라기도 했다. 자매결연이란 말 때문에 그랬는가? 그래도 어느 것은, 수녀님의 방은 김봉섭 사장실과 닮은 분위기도 있고, 정반대의 느낌을 주는 위화감도 있었다.

굳이 말하자면 성당과 병실과 회사 사장실을 합쳐놓은 것 같은 인상이라고나 할까? 언제 다시 오면 꽃이라도 잔뜩 사다가 꽂아 드려야겠다고 생각하면서, 원장수녀의 표정을 다시 살펴보았다.

돋보기를 벗는 것을 보니 서류 검토가 끝난 것 같았다.

"좋습니다. 자매결연은 받아들이겠습니다. 하지만 아이들에게 광고를 만들어 보여준다는 것은 안 됩니다."

원장수녀님은 단호한 태도로 말했다.

"선생님! 광고에 대해서 고루한 생각은 버리셔야 합니다. 예수님이 복음을 전했던 것도 일종의 광고였지요. 산상수훈을 읽어보세요. 아주 훌륭한 카피이지요. 십자가의 심벌, 그 자체가 바로 상표 이미지를 이용하는 광고술과 같은 거지요."

"그러나 목적과 대상은 아주 달라요. 한쪽은 상품을 팔아 돈을 모으려 하는 것이고 한쪽은 진리를 알려줘 구원의 길로 이끌어가기 위해서지요."

"바로 그 점입니다."

독고는 광고 편에 서서 그것을 열렬히 옹호해본 적은 여지껏 한 번도 없었다. 그 자신이 카피라이터였지만 독고는 지금까지 시인의 입장을 버려본 적이 없었다.

"우린 광고 내용이 아니라 광고 형식을 연구하자는 겁니다. 애들처럼 TV 광고를 그렇게 재미있게 보는 경우도 드물지요. 예수님은 이 아이들의 마음, 그 순수한 마음에서 천국을 보셨고 그 마음에 호소하는 독특한 레토릭을 알고 계셨어요. 그 방법을 그냥 이용하면 훌륭한 카피라이터가 될 수 있습니다. 대중사회에서는 광고 기술을 이용해서 진리를 전파하지 않으면 그 진리는 곧 먼지 속에 묻혀버리지요. 팔리지 않는 겁니다. 어째서 라면이나 맥주 같은 것을 선전하는 광고 기술은 엄청나게 바뀌었는데, 예수교는…… 모든 종교가 다 그렇지요. 삼천 년 전 그때의 낡은 방식 그대로 선교하고 있나요? 그러니까 종교주의는 상업주의에 패배할 수밖에 없어요."

독고는 남을 설득하는 것이 직업이다. 광고인인 것이다. 그러한 자신이 슬프게 느껴졌다. 개가 사람을 보고 짖는 것처럼 독고는 본능적으로 어느 때, 어느 장소이건 선전 문구를 쓴다. 여선생님 앞에서도 말이다.

"부정하지 않겠어요. 하지만 그건 다른 겁니다. 성서의 말을 라면 봉지에 담을 수는 없지요. 예수님은 어째서 돌을 빵으로 만들어보라는 악마의 말을 거부했는지 그 이유를 잘 생각해보세요.”

“제 말은 교회에서 부르는 찬송가나 TV에서 부르는 CM송이나 근본적으로는 같은 형식이라는 겁니다. 오히려 현대의 광고술은 예수교에서 쓰던 방법을 배워온 것이라고 하는 편이 옳다는 말씀입니다. 그 형식은 서로 마음을 주고받는 순수한 소통의 욕망에서 생겨난 것이지요. 그래서 때 묻지 않은 아이일수록 이지러져 있지 않은 의사소통의 원초적인 감정을 잘 보존하고 있다는 것이지요. 특히.”

독고는 바보, 정박아들이 그렇다고 하려다 말고 말을 끊었다. 자기 입으로 바보나 정박아란 말을 여선생님에게 하고 싶지 않아서였다.

“그러면 애드 킴에서 연구한 광고 실험을 교회의 복음을 전달하는 데 응용하겠다는 건가요?”

“물론 애드 킴은 돈을 벌기 위해서 그러는 거지요. 하지만, 이 아이디어를 내고 또 직접 이 비디오 실험의 프로젝트를 낸 분은 장사하는 사람이 아니라 박사학위를 두 개나 가지고 있는 학자입니다. 학자는 돈이 없기 때문에 기업인과 제휴하여, 나쁘게 말하면 이용해서 자기 연구를 하자는 거지요. 서로서로 이용하는 거지요. 학자와 마찬가지로 종교인도 기업을 이용해서 천국의 문을 열 수 있다는 겁니다. 종교가 상업이 되라는 게 아닙니다. 학문이 기업이 되라는 이야기가 아닙니다. 진딧물과 개미처럼 기업과 공생하는 시대라는 것, 그렇지 않으면 살아남기가 어렵다는 걸 아셔야 합니다."

"좀 더 두고 생각해봅시다."

원장수녀님은 창밖을 내다보았다.

거기에는 정박아들이, 먹고 자고 공부하는 군단들이 천막을 치고 있다. 원장수녀님은 이 군단을 이끌고 세속의 무리와 싸워나가는 잔 다르크였다. 독고는 갑자기 모든 가면을 벗고 선생님과 이야기하고 싶었다. 그 군단에 끼어들고 싶었다.

"선생님! 사실은 이런 이야기하려고 선생님 뵈러 온 게 아닙니다."

원장수녀님이 손목시계를 들여다보는 것을 보고 독고는 황급히 외쳤다.

"선생님, 고해성사가 하고 싶은 거예요. 신부님 앞에서도 저는 고해를 할 수가 없어요. 선생님이시라면 그게 가능해요."

"고해성사? 나에게 고해를 하려고 왔다구요?"

"이십 년이 넘게 선생님을 찾았지요. 고해를 하려구요. 쉬운 말로 마음을 털어놓으려고요."

원장수녀는 다시 시계를 들여다보았다.

"좋아요. 무슨 이야기든 하세요. 여기는 천주님과 그리고 우리 둘밖에는 없으니까. 그러나 밖에서 날 기다리는 사람들이 있으니 되도록 짧게, 미안하지만 십 분 안에 끝내주세요."

"선생님, 제가 할 소리는 아니지만, 이 방에 들어서는 순간, 경건한 생각이 들면서도 가장 세속적인, 말하자면 회사 사장실 같은 분위기를 느꼈거든요. 이제 알 만합니다. 왜 '분초'를 따지십니까? 저희 사장이 그러지요. 시간, 시간, 시간! 기업의 자본금은 돈이 아니라 시간이라구요. 그 똑같은 이야기를 여기 와서 듣습니다. 예수님이 최후만찬을 하실 때에도 시간의 스케줄에 맞추어서 하셨나요? 창녀와 세리를 만나셨을 때 시간 제한이 있었던가요?"

"흥분하지 말고 이야기해봐요. 시간 제한 없어요. 그러나 이쪽 시간을 제한하지 않으면 저쪽 사람이 그 제한을 받게 마련이지요. 우리는 다같이 원죄의 시간 속에 있기 때문에 그런 거지요."

"저는요, 선생님. 선생님을 무척 사랑했답니다."

"그런 고해라면……."

"아니, 제 말씀을 다 들어보세요."

"계속하세요."

"선생님이 저희 학교와 마을을 떠난 뒤에도 줄곧 선생님 생각을 하였지요. 그냥 생각이 아니라 계절이 바뀌거나, 먼 행길을 보거나, 비가 오든가 바람이 덜거덕거리고 문지방을 지날 때, 난 선생님을 느꼈지요. 뜨거운 눈꺼풀로요. 아무 데서나 걸어오시는 거예요. 골목길에서도, 강둑에서도, 모래밭에서도 선생님이 나타나 걸어오시는 거예요."

"그걸 정신분석학에서는 이마고라고 하지요. 유년 시절엔 누구나 마음속에 자기가 원하는 이상적인 어떤 상을 그리게 되는데……."

"선생님, 누구나 다 그런 거다, 유년 시절의 경험은 다 그런 거다, 그냥 그렇게 흔해 빠진 것으로 제 감정을 일반화하려고 하지 마세요……. 어쨌든 저는 중요할 때, 그리고 뭔가 새 체험을 할 때에는 언제나 선생님을 생각했지요. 결혼을 하고 자식을 낳아도 선생님 생각을 많이 했어요."

독고는 갑자기 자신의 감정이 아주 평범해지는 것을 느꼈다. 애틋한 어떤 감정이 말을 하는 순간 멀리 도망쳐 저만큼의 자리에서 자신을 비웃고 있는 것 같았다. 뭔가 충격적인 것, 선생님이 깜짝 놀라서 비명을 지르거나 눈물을 뚝뚝 떨어뜨릴 수 있는 말, 그런 말을 해야 되겠는데 영 생각이 떠오르지 않았다.

얼음집에서 사는 에스키모인들에게도 수영복을 팔 수 있는 카피를 작성해내는 것이 광고인의 재능 아니냐? 그런데 어째서 이삼십 년 동안 품어온 자신의 감정 하나 언어에 담지 못하는 것일까?

"난 벌써 그런 여선생이 아녜요. 내가 떠난 것은 학교와 마을만이 아니었어!"

원장수녀는 처음으로 독고에게 옛날같이 반말을 했다.

독고는 마음이 뭉클해졌다.

"저에게 이야기해주세요. 수녀가 되시기 전의 그 마음이 어떤 것인가 말예요."

"무엇 때문에 그런 걸 알려고 해? 사람이면 누구나 같은 괴로움을 겪고 있는데. 나만 특별했던 게 아니라구 생각해."

"제가 지금 꼭 그런 심정이거든요. 선생님도 꼭 지금의 제 마음 같았을 거예요."

"신부가 되고 싶다는 건가?"

"바로 그거지요. 그걸 고해하고 싶었던 거예요."

"정말 신부가 되려고 해?"

"그 반대요!"

"반대라고? 신부의 반대가 뭘까?"

"전 이성이란 걸 잘 모르고 있었지요. 이성이라면 그건 선생님 뿐이었으니까요. 진이 엄마는 내 아내인데도 그건 그저 아내이지 이성이 아닙니다. 그러다가 전 최근에 와서 한 여성을 사랑하기 시작했어요."

원장수녀의 얼굴이 굳어졌다.

"그런 사랑이 악마의 유혹이라면 전 악마가 되고 싶은 거지요."

독고는 일부러 선생님의 표정에서 당혹하는 빛을 보기 위해 과장해서 말했다.

원장수녀님은 묵주에다 손을 갖다댔다. 그리고 작은 목소리로 말했다.

　"그걸 정말 누구에겐가 고해하고 싶었다면 이게 악마와 싸워 이기고 있다는 증거지요. 일어나요. 그리고 이기세요. 천주께서는 용서해주실 겁니다."

　원장수녀는 잠시 옛날의 여선생으로 돌아왔다가는 금세 엄격한 수녀의 세계로 되돌아갔다.

　"이기라니요. 뭘 이기라는 겁니까? 전 지금 악마에게 지기를 원하고 있거든요. 아녜요, 아닙니다. 그게 어째서 악마입니까? 사랑의 감정이 악마의 것이라면 이 땅에는 꽃도 피지 말고 물도 흐르지 말아야 합니다. 그 여자는 얼마 안 있어 죽게 될지도 몰라요. 내가 그 여자를 사랑하지 않더라도 얼마 살다가 사라질 한 목숨을 생각한다면 의무적으로라도 사랑이 무엇인가를 가르쳐줘야 할 거예요. 그런데 그게 왜 죄악입니까?"

　"나도 처음엔 그런 것이 사랑인 줄 알았지. 하지만 그건 육체의 욕망에 지나지 않는 거였지. 진짜 사랑은 죄악을 동반하지 않는 거예요. 가책 같은 것이 없는 거지. 지금 괴로워하면서 한 여자를 사랑한다면 그 사랑은 순수할 수가 없다는 증거예요."

　"죄악감이 없는 사랑이 어디 있나요? 예수님의 사랑은 고통이 아니었습니까? 빌라도의 눈으로 보면 예수가 이웃을 사랑한 것은 범죄자의 선동이었지요. 사랑과 십자가의 처형은 동의어지요! 그렇지요, 선생님? 그건 같은 말이지요? 난 미란이를, 용서하세요. 여자의 이름을 함부로 부르는 걸 용서하세요. 미란이를 아는 순간 난 내 손바닥에 못이 박히는 소릴 들었지요. 옆구리에 찔리는 창, 그리고 사람들은 내가 벗어놓은 옷을 찢고 목마른 나에게 신 포도주를 주고, 그리고 날 비웃었지요. 내가 만약 그 여자와 사랑을 하게 되면 이 사회는 간통죄로 고소할 것이고 예수님이 도둑과 똑같은 십자가에 못박힌 것처럼 도둑들과 똑같은 감방 속에 갇히게 될 겁니다……."

독고의 예상은 과녁을 맞히었다. 원장수녀는 충격을 받은 표정이었다. 멍하니 한참 동안을 넋 잃은 사람처럼 앉아 있었다.

그러나 입술에는 넓은 미소가, 꼭 옛날 독고가 바보짓을 할 때 약간은 슬프고 측은해하던 표정이 어려 있다.

"달라진 게 없군. 옛날이나 지금이나 날 이렇게 놀라게 하니 말야. 이젠 내가 고해를 좀 해야 되겠군. 안 그래요?"

원장수녀는 조용히 일어섰다. 그리고 눈짓으로 따라 일어서라는 신호를 보냈다.

"조금만 더 이야기하고 싶어요."

독고는 교무실에 들어온 학생처럼 쭈뼛거리면서 말했다.

"좋아요. 일어나세요. 날 따라와요."

원장수녀님은 앞서 걸어 나갔다. 독고는 여선생님의 뒷모습에서 여성을 느꼈다. 어느 경우엔 수녀복이 비키니의 수영복보다도 더 여성을 느끼게 하는 때도 있는 것이다.

원장수녀는 팬지꽃이 피어 있는 화단을 지나 얼마 안 떨어진 작은 건물로 들어갔다. 그곳은 청심학원의 교당인 것 같았다. 나무의자들이 놓여 있고 숲속같이 어두운 정면에는 제단이 있었다. 어디선가 금세 풍금 소리라도 울려올 것 같은 분위기였다.

"앉아요. 그리고 기도를 드리세요."

"선생님!"

독고는 원장수녀에게 소리쳤다. 그 말소리가 너무 커서 독고 자신이 얼른 입을 막았다. 생각한 것보다 그 성당 안에서는 말소리가 잘 울렸다.

"선생님."

이번에는 누가 엿듣기라도 하는 것처럼 말소리를 죽이고 독고는 말했다.

"너무하세요. 선생님, 제 이야기를 들어줄 사람은……."

"글쎄 앉으라니까요. 기도를 하지 않아도 좋아요. 그냥 앉아서 조용히 마음을 가라앉혀요."

독고는 시키는 대로 의자에 앉아 눈을 감았다.

원장수녀님은 손을 모으고 기도를 드렸다. 한참 동안 침묵이 흘렀다.

"이곳으로 온 까닭을 알겠어요? 우리의 말을 엿들을 사람은 천주님밖에 없으시지. 자, 이곳이라면 고해성사를 할 수 있을 거야. 마음놓고 다 말해봐요. 그리구 나에게도 독고가 아니면 남들에게는 절대로 말할 수 없는 이야기들이 많으니까! 신부님에게도 다 털어놓을 수 없었던 것들이 아직도 내 마음 한구석에 악마의 보금자리를 틀고 있지. 자, 어서 다 이야기해요. 나도 내 이야길 할 테니까……."

선생님의 조그맣고 오똑한 코에는 이슬처럼 땀방울이 솟아나고 있었다.

"아직도 선생님은 괴로워하고 계시군요."

독고는 여선생님이 자기를 '독고'라고 불러주고, 또 자기에게만 이야기를 들려줄 것이 있다는 말에 신이 났다. 그러나 풀이 꺾인 것 같은 여선생님을 위로해드리고 싶은 감정도 함께 일고 있었다.

"내 걱정하지 말고 자기 얘기부터 하라니까!"

"무엇부터 얘길 할까요?"

"여자 얘기를 계속해요."

"아! 미란이 말이군요. 그렇지요, 우린 미란이 얘길 하고 있었지요."

"어째서 악마가 되고 싶다는 거지? 미란이를 사랑하고 있는 것이 정말 순수한 사랑이라면 어떻게 악마가 될 수 있는 걸까?"

"아! 알겠어요. 그 말에 놀라신 거지요? 제가 금세 악마라도 되어 사람이라도 잡아먹을까 봐 겁이 난 것이지요?"

원장수녀는 철봉대에서 떨어진 독고를 바라보던 그런 눈으로 그를 지켜보고 있었다.

　"그 점이라면 너무 걱정 마십시오. 아직은 용기가 없으니까 그렇게는 되지 못할 겁니다. 그러나 미란이를 만나는 순간, 난 내 집이 답답하다는 걸 느끼기 시작했어요. 아내가 날 가두고 진이가 내 손발을 묶고 있다는 생각이 날 압박하기 시작한 겁니다. 내가 정말 하고 싶은 것은 치질약 광고나 쓰면서 한 달 내내 월급날만 기다리고 앉아 있는 그런 카피라이터가 아니었지요. 확실히는 모르지만 뭔가 아름다운 것이 있을 거예요. 황홀한 것, 마음이 뿌듯해지면서 하늘을 날아다니는 것 같은 행복한 일들이 있을 거예요. 이게 아닌데, 이게 아닌데! 이렇게 생각하면서 세상을 살아온 거죠. 옛날, 제가 선생님에게 칭찬을 받거나 할 때 말이죠……. 그리고 가끔 선생님이 제 머리를 쓰다듬어주실 때 느꼈던 행복, 그런 것을 다시 찾아보려고 했었지만, 그런 것은 두 번 다시 돌아오질 않았지요. 선생님은 제 마음을 모르실 겁니다. 그런 행복감을 위해서 제가 몇 번이나 다시 그 철봉대에서 떨어지고 싶어했는지를 말이지요. 지금도 그런 심정이란 말입니다. 팔목을 빼고 싶은 거지요. 깨진 이마에서 선지피를 흘리고 싶은 거지요. 아시겠어요, 선생님? 저를 가두고 있는 그 가정의 지붕 위에서 떨어지고 싶은 거지요. 그러면 미란이가 내 찢어진 바지의 흙들을 털어줄 거고, 아픈 뼈를 어루만져줄 거예요. 내가 철봉대에서 떨어지기만 한다면……."

"아, 그 일을 아직도 기억하고 있군!"

여선생은 찾던 물건이라도 발견한 것처럼 손뼉을 치듯 말했다.

"그럼 선생님도 아직 그 일을 기억하고 계시는군요."

독고는 가슴이 찡해졌다. 슬로비디오로 다시 그날의 일을 재생해보았다.

독고의 작은 몸이 풍선처럼 하늘로 천천히 뛰어올랐다가 갑자기 다이빙을 하듯 땅을 향해 추락하는 동작 하나하나가 무중력 상태에서 우주인들이 유영을 하는 장면처럼 뚜렷이 보였다.

"알고말고……. 내가 수녀가 되려고 결심했던 것이 독고 학생 때문이었다는 거 거짓말 아냐."

"이야기해주세요. 저에게만 들려주시고 싶다던 이야기 말예요."

"날 위해서가 아니라 독고를 위해서 꼭 그 말을 하려고 했었지. 그러나 그런 건 다 지난 일들, 속세에서 있었던 일이라고 생각했는데, 우리는 완전히 그 과거의 허물을 벗어던지지 못하고 있다는 걸 알았어."

여선생님은 처음으로 독고의 두 손을 잡았다. 그 손은 미란이의 손처럼 차가웠다. 들것에 실려나가던 미란이의 하얀 손이 인서트처럼 스쳐 지나갔다.

"날 아는 사람들은 맹선생 일로 창피를 당하고 그 충격 때문에 수녀가 된 거라고 생각하겠지. 하지만 절대로 그런 게 아니야."

원장수녀님은 완전히 옛날 여선생의 교단으로 돌아와 있었다. 여선생님이 독고에게 말할 때에는 말을 하나하나 띄어서 또박또박 발음하는 습관이 있었다. 머리가 둔한 사람에게 알아듣기 쉽도록 이야기할 때 흔히 쓰는 그런 말투였다. 그런데 이번에도 '절 대 로 아 니 야'라는 말을 그렇게 음절을 띄어서 말했던 것이다.

여선생은 기도문을 외듯 이야기를 계속했다.

"그래, 정말 무서운 밤이었지. 사람들이 늑대나 살쾡이보다도 더 무섭다는 생각이 들었지. 죽여라, 죽여라, 죽여라. 저년을 죽여라! 함성 소리와 발길질, 난 몇 번이나 까무러쳤었는지 몰라. 그런데 그때 갑자기 누군가가 사람들의 매를 막으며 날 감싸주려고 했던 거야. 그건 아주 작은 손이었어. 거칠게 날뛰는 그 사납고 거센 커다란 주먹들에 비해서 그 손은 얼마나 작고 힘없는 손이던가? 그 손이 누구의 것인지 독고는 잘 알 거야. 세상 사람들은 다 몰라도 독고와 나는 그걸 알고 있어! 그렇지? 그런데 그 손처럼 아주 작은 목소리가 또 군중들의 고함 소리 밑에서 들려왔었지. '선생님, 제가 아녜요. 제 잘못이 아녜요. 용서해주세요. 선생님.' 그때 나는 어느 매보다도 무서운 채찍이 내 가슴을 치는 것을 느꼈어. 고사리같이 작은 손과 모기 소리보다도 가냘펐던 목소리가 그보다 몇십 배나 더 큰 주먹, 더 큰 함성으로 내 가슴을 쳤던 거야. 왠지 알아? 난 독고를 바보라고 생각하고 있었잖아. 그런데 독고는 나와 맹선생의 사이를 다 알고 있으면서도 일부러 모른체했던 거라구. 그러구서도 날 감싸주었지. 아무 죄도 없으면서 날 향해서 용서해달라고 했잖아."

"선생님, 그건요."

독고는 목이 막혀서 간신히 작은 목소리로 말했다.

"그건 말이지요. 선생님과 맹선생 사이의 비밀을 알고 있는 사람은 나뿐이라고 생각했던 거예요. 사실 난 표본실에서 맹선생님과 같이 있는 선생님을 보았거든요⋯⋯. 일부러 보려고 한 것은 아니었지만, 공연히 죄를 졌다는 생각이 들었던 거지요. 그리구 내가 동네 사람에게 그 비밀을 퍼뜨린 것으로 선생님께서 오해하실까 봐 그랬던 겁니다."

"바로 그거지."

여선생님의 눈은 축축해져 있었다.

"바로 그거란 말예요. 아무 죄도 없는데 용서해달라고 했지요. 그리고 사람들을 말리려다가 대신 매를 맞았지. 독고는 날 말리려다 내 옆방에 입원해 있었지! 그렇지. 난 내 옆방에, 난로 벽 하나 건너에 예수님이 계시는 걸 알게 된 거예요."

"제가 예수라구요?"

"그때는 몰랐어. 그 애는 우릴 지켜보고 있었구나. 깜깜한 어둠 속에서 누가 우리를 보려고, 라고 생각했는데 그 애는 우릴 지켜보고 있었구나. 난 그 병실에 천리안 같은 독고의 눈을 보았던 거야. 그리구 자기 몸을 생각지 않구 그 무서운 증오의 주먹과 발길질 틈으로 뛰어들고 그래서 내 매를 대신 맞은 독고의 작은 손과 그들을 생각했지. 그리구 또 마지막에는 '제가 아녜요! 제 잘못이 아녜요. 날 용서하세요'라고 외치던 소리를 말이죠. 아무 죄도 없는 사람이 남의 잘못을 대신 사과하고 있는 목소리……. 예수님이 바로 그런 분이었지요. 로마 병사들에 비교해봐요. 참으로 그건 힘없는 작은 손이었을 거야. 죄 지은 사람 대신 매를 맞으신 분, 아무 죄도 지은 적이 없는 분이 죄의 무거운 십자가를 지고 언덕을 향해서 가요. 난 성서에서 예수님을 본 것이 아니라 바로 그 날 밤, 그 일을 통해서, 옆방에 붕대를 감고 누워 있는 독고를 통해서 본 거란 말야. 독고를 바보라고 생각했던 것처럼 예수님도 그때까지 난 바보라고만 생각했던 거지. 죄를 씻기 위해 나는 독고와 같이 머리가 모자라는 아이들, 그러나 똑똑한 우등생들보다 몇 배나 진실한 아이들을 위해 무슨 도움을 주어야겠다는 결심을 했어. 내가 찾아간 곳은 천주교에서 경영하는 고아원이었어. 거기에서 나는 정박아들을 맡아 키우는 보모가 되었던 거라구……. 그러다 차츰 내가 찾고 있는 것이 누구인가를 알게 된 거야."

"선생님, 그러나 지금은 달라요. 난 옛날의 착한 아이가 아녜요!"

"그래! 독고는 지금 맹선생과 표본실에서 사랑을 하던 그때의 내가 되어 있는 거란 말야. 육체의 나락으로 추락해서 허우적거리는 거야. 그러나 천주님은 다 지켜보고 있어요. 독고가 날 쳐다보고 있었던 그런 눈으로 말이지. 그냥 지켜보는 것이 아니라 슬픔과 아픔으로 우릴 지켜보고 계신 거지. 어땠어요? 그때 자기가 좋아하는 여선생이 남자와 이상한 짓을 하는 광경을 보았을 때 그 느낌이 어땠어요? 지금 미란이와의 관계를 그렇게 지켜보고 아파하는 사람이 있다는 걸 잊지 말아요. 힘없는 작은 손과 목소리가 들려올 거예요. 기다려봐요. 그러나 그 손은 우주를 움직이고 그 소리는 세상을 흔들어놓는 엄청난 힘을 갖고 있다는 걸 알게 될 거예요."

어느덧 여선생님은 원장수녀의 위치로 돌아와 있었다.

"그건, 사랑이 아니라 단순한 욕정인 거죠. 욕정은 양면의 날을 가지고 있어서 두 사람을 모두 해쳐요. 남과 나를 동시에 찌르는 칼날이지요. 그러나 사랑에는 칼날 같은 건 없답니다. 아무도 해치지 않아요. 무언가 갇혀 있는 느낌이라고 했지요? 그러나 자길 가두고 있는 건 아내도 자식도 아닌 바로 자기 자신의 육신, 그 육신의 벽입니다. 참으로 자유로워지기 위해서는 그 벽을 부수고 뛰어나오는 거예요."

"선생님은 그 육신의 벽에서 완전히 자유로워지셨나요?"

원장수녀님은 고개를 내저었다.

"아직도 싸우고 있는 중이지요."

독고는 원장수녀의 얼굴에서 뭔가 끝없이 싸우며 이겨가고 있는 전사의 표정 같은 것을 읽었다.

"저는 미란이에 대해서도 작은 손, 작은 목소리가 되고 싶은 거지요. 옛날 선생님에게 한 것과 똑같은 그런 감정으로 말이지요. 그건 육체의 욕망과 다릅니다."

"그래요. 나도 알 것 같애. 하나 사랑의 방법과 표현이 문제지."

"선생님은 나이 삼십이 넘은 사람이 중세 때의 플라토닉 러브를 할 수 있다고 믿으세요? 삼총사 같은 기사라도 되라는 말씀이신가요?"

"그렇지! 독고 같으면 그걸 할 수 있어."

"그쪽이 내 아내를 더욱 모독하는 거죠. 차라리 미란이에 대한 감정이 육체적 욕망에서 나온 거라면 그건 창녀와 자리를 함께하는 데 불과하지만, 만약 정신적인 사랑이라면 그건 더 위험하지 않겠어요? 육체만 소유하고 있는 아내란 걸 한번 생각해보세요."

"이젠 아무 말도 하지 맙시다."

원장수녀님은 일어났다. 체중이 없는 사람처럼 보였다.

"말은 할수록 자기를 배반하거든요. 기도를 하세요. 천주님을 믿지 않아도 좋아요. 누구를 향해서라도 좋으니 기도를 하세요. 아까 우린 광고 이야길 했었지요? 광고가 남에게 하는 말이라고 한다면 기도는 자기에게 하는 말이라고 생각해요. 지금 이 세상은 '광고'의 말이 '기도'의 말을 몰아낸 데 그 비극이 있는 거예요."

그리고 원장수녀님은 독고를 위해 매일 기도를 드리겠다고 했다. 반말이 경어가 될 때마다 갑자기 페이드 아웃되는 여선생의 얼굴을 보았다. 바깥으로 나오자 눈이 부셔서 독고는 이마에 손을 얹고 원장수녀님을 쳐다보았다. 원장수녀님은 독고를 보지 않고 먼 곳을 바라보고 있었다. 그리고는 팬지꽃이 피어 있는 뜰 저쪽을 손가락질했다.

"저 여자를 좀 봐요!"

간호원 같은 옷차림을 한 여인이 빨래꾸러미 같은 짐을 들고 세탁장 쪽을 향해서 힘겹게 걸어가고 있었다.

"누군데요? 보모인가요?"

옆모습만 잠깐 보였기 때문에 전체 인상은 알 수 없었지만 젊어 보였다.

"맞아요. 대학을 다닐 때 우연히 이곳으로 교생실습을 왔다가 그냥 눌러앉고 만 거예요."

"눌러앉다니요?"

"정박아들의 딱한 모습을 보고 그냥 떠나질 못했던 거지요."

독고는 여인이 걸어간 길 쪽을 다시 한 번 쳐다봤지만 아무 인적도 볼 수가 없었다.

"그중에서도 한 아이가 몹시 따랐어요. 잘 아시다시피 만 십칠 세가 되면 원생들은 이곳을 떠나야 하잖아요. 그 애도 여길 떠나게 되었지만, 이곳을 나간 뒤에도 매일같이 여기를 찾아왔지요.

그 보모를 보려고요…….”

“요즈음도 오나요?”

“아니오.”

“잊어버린 거로군요.”

“결혼을 했답니다.”

“결혼?”

“그래요. 두 사람은 결혼을 했지요. 그 아이는 목공소에서 일하며 행복하게 살아요.”

“세상에……. 그래, 지금 그 여자는 행복한가요?”

“물론이지요. 그러니까 결혼을 한 거지요.”

“동정심이 그렇게 오래 갈 수는 없잖아요.”

“사랑이었지요.”

“사랑이라고요?”

원장수녀님은 머리를 끄덕였다.

“곧 어머니가 될 거예요.”

수녀님은 예쁘게 웃었다. 여선생님의 웃음은 젊었을 때와 달라진 것이 없었다.

“하나님이여, 나의 부르짖음을 들으시며 내 기도에 유의하소서. 내 마음이 눌릴 때에 땅끝에서부터 주께 부르짖으오리니 나보다 높은 바위에 나를 인도하소서. 주는 나의 피난처시요, 원수를 피하는 견고한 망대심이니이다. 내가 영원히 주의 장막에 거

하며 내가 주의 날개 밑에 피하리이다."

수녀님은 성경의 한 구절을 작은 소리로 외었다.

"정 괴로울 때는 이 구절을 외워요. 시편 제61편 첫머리에 나
오는 다윗의 시지요."

원장수녀님은 손을 들어 보였다. 잘 가라는 손짓이었다. 독고
는 다시 여자가 사라진 세탁장 쪽을 한 번 흘낏 쳐다보고는 수녀
님에게 작별 인사를 했다.

수녀님은 아무 말도 하지 않고 독고를 물끄러미 쳐다보았다.

눈꺼풀이 없는 물고기가
잠잘 때는 어떻게 하는가의 문제

"하필이면 왜 맹박사지?"

독고는 초조한 마음에 손가락의 마디를 꺾으며 옛날의 그 맹선생을 생각했다. 그러고 보니 얼굴 모습도 닮은 데가 있는 것 같았다. 광대뼈가 나와 있고 목덜미가 굵은 것이 그랬다.

6시까지 미란이 집으로 찾아갈 약속이 되어 있었지만, 기획 고문회의는 이제부터 시작이라는 느낌이었다. 그건 독고가 실장이 되고 난 뒤 처음 열리는 회의였다. 그리고 김봉섭 사장의 미국 유학 시절의 친구였던 맹박사가 고문으로 취임하여 첫인사를 나누는 자리이기도 했다.

회의의 성격으로 보아 그저 이삼십 분이면 끝날 것으로 생각하고 미란이와 약속을 해두었던 것이지만, 맹박사는 막상 연구논문이라도 발표하듯이 데이터를 모은 카드와 파일까지 들고 나와 쉴 새 없이 말의 물레를 돌려갔다.

김봉섭 사장은 열심히 메모를 하고 있었고 도안부장, 사진부장은 물론이고 CF 부서나 영업부에서도 모두 끈기 있게 경청을 하고 있었다.

문제는 독고였다. 이 회의는 그 성격으로 보아 독고실장이 주인격인데 벌써 화장실을 다녀온 것이 세 번째인 것이다.

정직하게 말해 그것은 화장실이 아니라 전화를 걸기 위해서였다. 그것도 회사 내에서 걸면 아무래도 통화의 비밀을 지킬 수 없기 때문에 바깥에 있는 약방 공중전화를 이용했다. 그러자니 그 시간도 꽤 걸렸던 것이다.

독고를 향한 사장의 시선이 점점 싸늘해져갔다. 더 이상 화장실을 가는 체할 수도 없었다. '공격은 최상의 방어!' 독고는 드디어 이 회의를 빨리 끝내기 위해서는 맹박사에게 공세를 취하는 길밖에 없다고 생각했다.

"맹박사님!"

독고는 맹박사의 열변을 가로막았다. 사람들이 전부 독고의 얼굴을 쳐다보았다. 사장은 독고보다도 재빨리 맹박사의 표정을 살펴보았다.

"이야기 도중에 죄송합니다마는, 오늘은 여기에서 그만 끝마치는 게 좋다고 생각합니다."

도안부장이 눈짓으로 제지를 했고, 사진부장은 큰기침을 했다. 그러나 당사자인 맹박사는 껄껄거리고 웃었다.

"왜, 애인하고 데이트 약속이라도 하셨나요?"

둘 다 초면이었다. 그런 말들을 나눌 처지들이 아니었지만 일이 묘하게 돌아가는 것이었다. 더구나 자기의 심정을 정확히 꿰뚫어본 것 같은 맹박사의 반격에 가슴이 철렁했다. 그러나 독고는 카피라이터의 관록과 그 기지를 가지고 있다. 그 방면이라면 만만찮은 실력을 가지고 있는 것이다.

그리고 카피라이터들은 '궁하면 통한다'는 전략을 쓰는 경우가 많다. 일단 일을 저지른다. 그래 놓고 그것을 수습하려고 하면 자기도 모르는 절묘한 아이디어가 떠오르는 수가 많은 것이다.

봇물은 터지고 만 것이었다.

"예, 맞습니다."

독고는 일단 시인을 했다. 으레 아니라고 변명할 줄 알고 있는 맹박사의 의표를 찌르는 전술이었다.

"만약에 말입니다. 이 자리에 혹시 애인과 약속을 한 사람이 앉아 있다면 어떻게 되겠습니다. 아무리 박사님의 강의가 훌륭해도 그 말이 귀에 들리지 않을 겁니다. 맹박사님의 이론을 들어보니 바로 그런 생각이 떠오른 거지요. '남을 설득하려면 설득 내용 자체보다도 우선 그 환경을 먼저 만들어주는 것이 좋다.' 그리고 박사님은 지금 그 설득 환경에의 장場에 대한 이론을 말씀하고 계신데, 바로 지금의 이 환경이야말로 박사님의 말씀하고는 자가 당착을 일으키고 있다는 거지요. 왜냐하면 제가 한 일 년 전 카피를 만든 게 있는데 그건 위스키 광고였어요. 국산 위스키를 마시는 클라스는 대개가 샐러리맨들이지요. 그리고 샐러리맨들이 가장 고대하는 시간은 퇴근시간입니다. 퇴근시간 이후에 자기 생활이 시작되기 때문이지요. 이를테면 술이란 상품은 해가 막 지는 그 무렵부터 날개를 퍼덕이는 올빼미지요. 그래서 '오후 6시부터는 내 시간이다! 위스키의 시간이다.' 이런 카피를 만든 겁니다. 그 좋으신 말씀, 귀중한 말씀을 지금 같은 오후 6시의 시간이 아니라, 아침 일하기 전 시간에 본격적으로 맑은 정신으로 듣는 게 훨씬 효율이 높다고 생각한 거지요. 기획실장으로 좀 욕심이 나서 하는 소리입니다."

사장이 웃었다. 그러자 모든 사원들이 따라 웃었고, 나중에는 맹박사가 웃었다.

"과연 독고실장은 카피라이터의 자격이 있소. 자…… 악수를 합시다."

맹박사는 독고에게 손을 내밀었다. 사랑은 위대하다. 독고는 어디서 이런 배짱과 용기가 생겼는지 자기도 알 수 없는 일이었다. 음악이 있고, 놀이 지는 강물이 있고, 양털처럼 부드러운 카우치가 놓여 있는 미란이의 방 때문이었는가?

"난 몰라요! 시간이 아까워요!"

무엇에 쫓기듯 가쁜 숨결로 이야기하던 미란이의 전화 목소리 때문이었을까? 맹박사라서 여선생을 채갔던 그 맹선생을 연상했던 탓인가? '맹'이라는 성에 대하여 무의식적인 적의와 복수심이 있었던 것인가? 김봉섭 사장이 위기를 구해주는 기병대의 나팔을 불었다.

"좋아요, 동감이오. 따로 시간을 내서 본격적인 연수회를 갖도록 합시다. 우리만 듣기에는 아깝고 또 지나가는 이야기로 흘려들을 이야기들이 아니라구."

맹박사는 멋쩍어했지만 모든 사람이 '귀중한 이야기'라고 치켜세우는 바람에 그냥 불쾌해하는 것 같지만은 않았다.

"미리 학습 내용도 프린트하고, 클라이언트들도 부르죠. 광고 담당 이사들도 참석시켜 계몽을 합시다. PR이란 말은 알아도 맹박사가 전공한 'MR'이 뭔지 아는 사람이 별로 없을 거란 말야……."

사장은 독고와 맹박사 사이에 끊어질 뻔한 다리의 교각을 튼튼히 세웠다.

"실장, 한번 주선해보시오."

독고가 급한 것은 오늘의 이 시간이었다. 내일 어찌 되었든, 내일의 시간이 두 동강이가 나든 세 동강이가 나든 알 바 아니었다. 오늘, 중요한 것은 오늘이었다.

'오늘! 오늘만 진정 아름다워.'

독고는 속으로 시 한 구절인지, 광고 캐치프레이즈인지 잘 기억이 나지 않는 그 구절을 속으로 되풀이해봤다.

독고는 오늘이야말로 미란이의 성벽을 무너뜨려야 한다고 생각했다. 십 년이라는 기나긴 전쟁 끝에 트로이의 성을 태우고 헬렌을 찾아온 오디세우스의 슬기와 용기를 발휘할 때라고 생각했다.

우선 목마를 만들어야 할 것이다. 그러나 그 목마라는 것이 독고에겐 공중전화의 유리상자 안으로 들어가는 일이었다. 사진부장이나 도안부장이 눈치 채지 않게……

독고는 정말 영웅이 된 것이었다. 맹박사의 강연에서 풀려난 그들은 독고에게 감사했고, 그 표시로 술 한 잔을 사겠다는 거였다.

"6시 이후는 나의 시간이라고 하지 않았나. 위스키의 시간 아닌가?"

도안부장은 엘도라도 술집으로 가자고 했을 때 독고가 핑계를 대자 화난 목소리로 역습을 가해왔다. 일각이라도 빨리 미란이에게 전화를 걸어 떠난다는 말을 전해야 된다. 그런데 도안부장은 계속, 독고 때문에 자유로워진 시간이니 독고를 위해 쓰겠노라고 놔주지 않았다.

"좋아!"

독고는 맹박사에게 쓰던 수법을 다시 쓰기로 했다.

"자! 가자구, 엘도라도라 했겠다?"

바 엘도라도에는 도안부장의 새끼손가락인 나오미가 있었다. 제일 먼저는 그 이름 때문에 끌렸고, 그 다음에는 그 입술 때문에, 그리고 지금은 그 아이의 마음 때문에라고 변명을 하는 것을 보면 어지간히는 그 관계가 깊어진 모양이었다. 갑자기 누그러진 독고의 태도에 대해서 도안부장은 반신반의 하면서 회사를 나왔다.

독고의 아이디어, 머릿속의 백 촉짜리 전등에 불이 반짝했다.

"그러면 집에 늦게 간다고 전화해야지. 집사람과 약속해둔 것을 취소해야지."

미란이를 만나기 위해 독고는 아내를 팔았다.

독고는 공중전화 부스 속에 들어가서는 유리 너머로 도안부장의 거동을 살핀 다음에 다이얼을 돌렸다.

"이제 떠날 겁니다. 한 십오 분쯤이면 도착할 수 있을 거예요."

독고는 밝은 목소리로 말했다. 그러나 미란이의 목소리는 예외였다.

"늦었어요. 집안 식구들도 있구, 오늘은 안 되겠어요."

택시를 잡으려고 두리번거리고 서 있는 도안부장의 옆모습을 보면서 독고는 절망적으로 외쳤다.

"아니, 이제 와서 그러면 어떻게 해? 얼마나 애써서 얻어낸 시간인데!"

"좋아요. 그러믄요. 바깥에서 만나요. 어디 잘 가시는 곳 없어요?"

독고는 상대가 환자인 것도 잊고 어느 장소가 좋은가 기억의 책갈피를 넘겼다. 전화는, 특히 공중전화는 유언을 하는 사람처럼 마음의 여유란 게 없다. 삼 분간! 이 제한된 통화시간을 넘기면 숨이 끊어지고 만다. 그래서 사람들은 거의 반사신경을 가지고 말하게 된다.

이때 자기도 모르게 독고의 머릿속을 얼핏 스쳐 지나간 것은 '베어 하우스'란 단어였다. 아내는 행복한 생활을 나열하는 품목 속에 언제나 스프링클러, 스모크 페어글라스 등과 함께 베어 하우스란 말을 빠뜨리지 않았다.

행복의 파랑새 이름은 단군 선조 이래의 그 토종 말보다는 영어의 알파벳이 더 어울리는 모양이었다. 베어 하우스란 식당은 '곰의 집'이라고도 간판을 달아놓았지만 수련이는 바보를 꼭 정박아라고 부르듯이 '곰의 집'을 꼭 베어 하우스라고 불렀다.

그 바람에 독고는 얼떨결에 전화에 대고 "베어 하우스!"라고 외쳤던 것이다.

"스카이웨이에 있는 식당 말인가요?"

미란이는 그곳을 잘 알고 있는 눈치였다. 그렇다. 수련이의 꿈은 미란이의 현실이었다.

"그곳을 잘 아십니까?"

"자주 가던 곳이지요."

독고는 왜 하고많은 식당 가운데 베어 하우스를 댔는지 후회막심이었다. 그것은 아내가 진이를 데리고 가고 싶어 하던 곳이었다. 서울 시내를 발밑으로 굽어보며 비프스테이크를 썰자는 곳이었다. 베어 하우스보다 고급 식당은 얼마든지 있다. 그러나 그것은 스카이웨이 산꼭대기에 있었기 때문에 자가용차가 아니면 여간해서 갈 수 없는 곳이었다. 그러니까 아내가 행복의 조건으로 베어 하우스에서 저녁을 먹자는 것은 단순한 고급 식당을 의미하는 게 아니라 '자가용'까지를 내포한 상징으로 쓰는 말이었다.

큰일 났다 싶었다. 그건 큰 실수였다. 아내가 그렇게 가고 싶어 하던 곳을 미란이와 함께 간다는 것은 그의 죄의식을 배가했을 뿐만 아니라 우선 그곳으로 가자면 택시를 잡는 것도 어려운 일이요, 들어 있는 거라곤 주민등록증뿐인 가난한 지갑으로 봐도 얼토당토않은 일을 저지르고 만 거였다.

독고는 자기 말을 수정하고 다른 장소를 대려고 하는데 삼 분 통화가 다 되었다는, 삐삐…… 하는 전자음 소리가 들려왔다.

"여보세요. 여보세요!"

독고는 다급하게 소리쳤다.

그러나 미란이는 아주 여유 있게 말했다.

"좋아요! 먼저 가 계세요. 그리로 곧 갈게요!"

전화가 끊겼다. 전화를 다시 걸려고 훅을 눌렀지만, 유리문이 왈칵 열렸다.

"무엇하고 있노? 택시가 기다린다 말이다."

그동안 도안부장은 겨우 택시 한 대를 잡아놓고 독고를 기다리던 참이었다.

다시 독고의 머리에서 백 촉짜리 전구가 켜졌다.

"틀렸다. 애가 아프대."

"병원에라도 입원했다는 기가?"

"급히 가봐야겠다. 그러나저러나 돈 좀 가진 거 없어? 갑작스
레라 집에 돈이 없는 모양이던데."

도안부장은 독고를 전화 부스에서 끌어냈다.

"야, 이러구 있을 땐가?"

그는 자기가 잡은, 엘도라도행의 택시 속에 독고를 떠밀어넣고
는 호주머니에 들어 있는 돈지갑을 던져주었다.

"펏떡 가보래이."

택시는 인사를 나눌 겨를도 주지 않고 경주용 자동차처럼 발진
했다. 너무나도 삽시간에 일어난 일들이라 "손님, 어디로 가시는
겁니까?"라는 택시 운전사의 신경질 난 목소리를 듣고서야 제정
신을 차렸다.

"베어 하우스! 스카이웨이에 있는 베어 하우스."

"베어 하우스요?"

운전사는 버럭 소리를 질렀다.

"예! 예…… 곰의 집 말입니다."

백미러로 노려보는 운전사의 따가운 시선 속에서 독고의 몸뚱
이는 더욱 오그라들었다.

나쁜 사람, 간교한 사람! 불쌍한 아내를 팔았고, 불쌍한 자식을 팔았고, 불쌍한 친구를 팔았다. 유다여! 독고는 감쪽같이 도안부장이 애써 잡은 택시를 뺏어 타고 그의 지갑까지 털어서는 미란이를 만나러 스카이웨이를 오르고 있는 것이다.

'아, 수녀님!'

독고는 죄를 지었다고 생각하는 순간 수녀님과의 대화가 떠올랐고, 그 목에 걸린 묵주가 한 알 한 알 머릿속에서 돌아가고 있는 것을 느꼈다. 그것은 영혼의 알이었다.

'저는 죄를 지었어요. 수녀님! 어째서 사람은 죄를 짓지 않고는 여인을 사랑할 수 없는 걸까요?'

아내와 진이를 향해서 빌었다. 그리고 진이가 아프다고 하니까 자기보다도 더 허둥대던 착한 도안부장을 향해서 빌었다.

'용서하라.'

그리고 마지막에는 맹박사에게도 빌었다.

'당신은 우리에게 지식을 주려고 애썼는데 난 그걸 거부했지요.'

모든 게 미란이 때문이었다. 그러나 독고는 미란이를 미워할 수가 없었다. 미워하기는커녕 지금쯤 자기보다 먼저 베어 하우스에 와서 기다리고 있었으면 싶었다. 자기 혼자 미란이를 기다리고 있는 그 공백의 시간이 두렵기도 했지만, 그저 빨리 보고 싶다는 맹목의 감정이었다.

이른 저녁인데도 식당은 만원이었다. 한복판에는 외국 손님들을 대접하는 종합상사 직원인 듯싶은 젊은 청년이 유창한 영어로 조크를 하고 있었다. 그 말 사이사이에 바이킹처럼 생긴 외국 신사들이 겉보기와는 다른 섬세한 웃음소리를 섞어놓고 있었다.

"예약하셨나요?"

식당 종업원은 기를 죽였다.

"아뇨! 자리 없어요?"

"몇 분이시지요?"

"한 분이 또 옵니다."

"이리로 오세요."

종업원은 입구에 놓여 있는 응접세트 같은 대기석으로 안내했다.

"얼마나 기다려야 합니까?"

"예! 좀, 자리가 곧 빌 것 같진 않네요."

"저기 비어 있는 테이블이 있잖아요."

"다 예약된 자리라서……."

독고는 장터에 내다놓은 촌닭처럼 구석자리에 앉아 주위를 돌아보았다.

수련이 생각이 났다. 진이를 데리고 부드러운 안심 스테이크를 먹자던 베어 하우스가 바로 여기다. 그러나 수련아, 우리는 앉을자리가 없단다. 다 예약이 되어 있단다. 아니다. 수련아, 자리가 없어서가 아니다. 딴 여자가 네 앞길을 가로질러갔다. 너는 대기 석에 잠시만 앉아 있거라. 곧 네 차례가 올 것이니라.

정말 창가 테이블의 붉은 갓등이 켜져 있는 아늑한 구석자리에는 사랑하는 사람인 듯싶은 한 쌍의 남녀가 같은 자리에 어깨를 나란히 하고 푸딩을 먹고 있었다.

창 너머에는 짙어져가는 어둠이 있었고, 별처럼 뿌려진 시가지의 등불이 보였다.

독고는 호주머니 속에 손을 넣고 도안부장이 던져준 지갑을 만져보았다. 얼마쯤 될까, 손가락으로 대충 남들이 눈치 채지 않게 지폐를 세어보았다. 여남은 장의 지폐가 손에 잡혔다. 그게 만원짜리라면 십만 원일 것이다. 도안부장이 십만 원을 가지고 다닐 리가 없다. 그렇다면! 만약 천 원짜리라면, 만 원밖에 되지 않는다면……. 대체 이 집의 음식 값은 얼마인가? 목각으로 된 곰의 배에 적힌 메뉴를 보았지만 값은 적혀 있지 않았다. 오천 원짜리겠지! 그렇다면 오만 원…… 오만 원이라면 어떻게 꾸려갈 수 있을 것이다.

독고가 한참 동안 머릿속에서 돈 계산을 하고 있는데, 여자의 목소리가 그의 어깨를 쳤다.

"오래 기다리셨어요?"

미란이었다. 밖에서 봐서 그런지 한결 건강해 보였다. 금단추가 달린 다크블루의 슈트 탓인지 파리했던 얼굴에 좀 화색이 돌고 있는 것 같기도 했다.

"자리가 없는데요!"

독고는 일어서면서 멋쩍게 말했다.

미란이는 종업원을 불렀다. 그러고는 뭔가 귀엣말로 몇 마디
했다. 눈치로 봐서 미란이는 이곳에 자주 들렀던 것 같았다. 종업
원들은 미란이를 알고 있는 눈치였으며, 친절하게 허리를 굽히면
서 두말없이 테이블로 안내해주겠다고 했다. 단골손님은 달랐다.

"자주 왔어요?"

"아뇨, 제가 수영을 배울 때 여름 한철 여기 풀장을 다녔었지
요."

"그때 점심을 여기에서?"

"예."

독고는 수련이의 얼굴을 떠올렸다. 미란이가 수영하다 점심을
먹는 곳이 수련이에겐 평생 소원의 행락이 되는 장소이다. 그러
나 미란이가 밉지 않았다. 왜냐하면, 그녀에게선 부자티가 거의
나지 않았다. 처음 그녀를 기차간에서 만났을 때에도 그녀의 몸
에서는 이발소에서 발라주는 싸구려 향수 냄새가 났던 것을 기억
하고 있다.

마침 푸딩을 먹던 남녀들이 일어섰다. 그곳은 구석자리면서도
야경을 한눈에 볼 수 있는 창가 자리이다.

'오늘은 운이 좋구나. 맹박사를 치고, 도안부장을 따돌리고 그

에게서 택시와 돈을 가로챘다. 이제는 저 무명 연인들의 자리를 차지하게 된 것이다.'

자기 죄를 뉘우치며 원장수녀님의 목에 건 묵주를 생각했던 조금 전의 독고가 아니었다. 그는 목마를 이용해서 트로이의 성을 함락시킨 오디세우스의 지혜와 용기를 자랑하는 서사시의 주인공이었다. 도안부장의 돈은 독고를 대담하게 했다.

"저 자리로 갑시다."

독고는 일부러 웨이터가 안내하는 자리로 가지 않고 딴 자리를 손가락질했다.

아직도 그 의자에는 연인들이 앉아 있던 미지근한 체온이 묻어 있었다. 앞자리에 앉으려는 미란이의 손을 잡아 독고는 옆자리에 앉혔다. 조금 전의 그 연인들과 똑같은 자세로……. 미란이는 독고가 귀엽다는 듯이 웃었다.

"여기 자주 오세요?"

미란이가 물었다.

독고는 그 말에 가슴이 뜨끔했다. 그리고 수련이가 너무 초라하게 느껴져서 똑바로 미란이를 쳐다볼 수가 없었다.

'나의 페넬로페여, 기다려다오.'

독고는 '키르케'의 아름다운 자태를 보았다. 미란이는 아무 속도 모르고 미소를 짓고 있었다.

독고는 자리에 앉고 나서야, 미란이가 아직 환자라는 사실을 깨닫게 되었다.

"참! 이렇게 나와도 되는 거예요?"

미란이는 독고의 어깨에 기대듯이 가까이 다가오면서 귀엣말로 말했다.

"의사 선생님보다 훨씬 훌륭해요! 내 병을 거뜬히 낫게 했거든요."

"아니, 정말 이렇게 나와 돌아다녀도 괜찮으냐구!"

미란이는 대답 대신 머리를 끄덕였다.

"처음에 우리가 만났던 술집은 꼭 바다의 선실 같았지요. 그런데 여기는 비행기 속 같지요?"

"하기야. 스카이웨이니까 그럴 법도 한데?"

마치 비행기라도 탄 것처럼 두 사람은 옆 창문을 통해 산골짜기 밑으로 퍼져 있는 작은 등불들을 굽어보았다.

"스카이웨이, 하늘의 길."

독고는 작은 소리로 천천히 그 낱말을 외워보았다. 정말 그는 자신이 땅 위에 발을 디디고 있는 것이 아니라 하늘 위에 둥둥 떠 있는 느낌이 들었다.

미란이는 스튜어디스의 제복을 연상시키는 다크블루의 정장 차림이었다.

"외국여행이라도 하고 있는 것 같은데요."

독고는 미란이의 어깨에 손을 얹으면서 말했다.

"기차에서 비행기로, 정말 비약이 심한데요!"

"비행기는 날아다니는 거니까 비약이 심할 수밖에요……"

독고는 기차간에서 처음 미란이를 만났을 때 그녀에게 손을 얹어보려고 무척 애썼던 일이 생각나서 피식 웃으며 말했다.

이제는 거침없이 미란이의 어깨에 손을 얹을 만큼 그들은 가까워져 있는 것이다. '비약'이란 말이 의미심장한 말로 느껴졌다.

"난 서화담 노릇 그만하겠어!"

양파 수프가 나왔을 때, 독고는 귓엣말로 미란이에게 말했다. 연인들 사이에서는 귓엣말이 고함 소리보다도 더 큰 것이라는 역설을 실감하면서 미란이의 반응을 살폈다.

수프를 뜨려던 스푼을 조용히 내려놓고 미란이는 독고의 얼굴을 들여다보았다. 독고가 고개를 숙이고 있었기 때문에 미란이는 머리카락이 수프 접시에 닿을 정도로 얼굴을 굽히지 않으면 안되었다.

"너무 늦었어요!"

"늦다니?"

"여기가 비행기 속 같다고 했지요?"

"난데없이 왜 또 그 말은…….."

"나 진짜 비행기를 타게 될 거예요."

독고는 스푼을 놓고 꼿꼿이 앉아서 말했다.

"지금 뭐랬어? 비행기를 타다니."

"전 곧 미국으로 떠나게 돼요."

"아프잖아?"

"네, 그러니까 떠나야만 해요. 치료를 받으려고요."

"갑작스러운 이야기잖아!"

"아녜요. 오래전부터 난 미국에 가서 치료할 예정이었어요. 내가 그걸 거부해왔던 것뿐이에요. 그런데 갑자기 살고 싶거든요."

독고는 미란이에게 희롱당하고 있다는 생각이 들었다. 처음부터 그러했었다. 수면제를 입에 털어넣을 사람이 아무렇지도 않게 바로 자기 앞에 앉아 술을 마셨던 그 사실이 다시 생생하게 되살아났다.

"미란이는 정말 미스터리야."

독고는 화가 나서 말했다. 그러나 그녀는 웃으면서 대답했다.

"미란이와 미스터리, 두운이 아주 잘 맞는데요."

"빈정대지 말고 그 이유나 설명해봐요."

"무슨 이유, 살고 싶어졌다는 거! 미국에 가기로 했다는 거! 그런 말이죠."

독고는 미란이의 입에서 자기 때문이라는 통속적인 말이 나올까 봐 얼른 말을 가로챘다.

"그 반대! 왜 수면제를 먹었나?"

"부산 얘기를 하라는 거예요? 그건 벌써 지나가버린 옛날이야기잖아요. 지난 일을 캐묻는 것은 무덤을 파헤치는 것과 같아요."

"내 말은……."

독고는 말을 잠시 중단했다. 스테이크가 나왔기 때문이다. 미란이는 포크와 나이프를 재빨리 들었지만 먹지는 않고 그냥 고개를 숙인 채 잘게 잘게 고기를 썰기만 했다. 보이가 사라지자, 독고는 말을 이었다.

"내 말은 수면제를 먹을 사람이 어떻게 남과 태연하게 웃고 이야기 하고 술을 마실 수 있었느냐 하는 것이지. 그런 일이 지금도 여전히 되풀이되고 있단 말야. 어째서 그게 무덤 파는 일이라는 거야."

"지금도 되풀이되고 있다니요?"

"그렇잖아. 미국으로 곧 떠날 사람이, 아니지, 떠날 생각을 해놓고서도 말이지, 나와 만나고 이렇게 밥을 먹고……."

미란이는 헛기침을 했다.

"화났어요?"

"화보다도 진상을 알자는 거지."

"진상조사!"

"농담이 아니야."

"아시잖아요. 다 알고 계시잖아요. 난 재생 불능의 빈혈증 환자예요. 병명도 확실치 않은 병, 늘 피가 모자라는 병! 남의 피로 살아가는 사람이지요. 이런 사람은 현기증이 날 때마다 죽음이란 걸 생각하게 되지요. 보통 사람들은 세 끼 밥을 먹고사는 것처럼 난 늘 끼니마다 죽음을 생각하며 살아가는 거지요. 어떻게 죽는 게 제일 편안하면서도 극적인 것인가? 한국에도 에토나 같은 활화산이 있었다면, 난 아마 그 속에 뛰어들어 죽었을 거예요. 그리구 말이죠. 그런 것도 생각해봤어요. 한국에 말이죠. 애리조나 같은 넓은 벌판이 있거나, 사하라 같은 사막이 있었다면 무작정 지평선을 향해 걸어가다가 쓰러져 죽었을 거예요.”

미란이는 코냑 잔이라도 되는 듯이 두 손으로 꼭 감싸고 있던 엽차 잔을 입에 갖다댔다.

“그런데 말이죠. 내 조국에는 죽을 만한 땅도 변변한 것이 없더군요. 기껏 생각해낸 것이 이 땅에서 가장 멀리 떨어져 있는 바다였지요. 그것도 피가 늘 모자라는 사람이니까 따뜻한 남쪽에 있는 바다…… 그리구 하나의 남자.”

“남자?”

시란이에게 이미 들은 소리이기는 하지만 미란이의 입에서 남자란 말이 거침없이 나오자 독고는 놀란 소리로 반문하지 않을 수 없었다.

“그래요. 남자!”

독고는 무언가 말을 하려고 했지만, 좋은 생각이 떠오르지 않았다.

“이번에는 남해가 아니라 미국으로 가자 이거군요. 또 그 남자 하나가 필요했다 이거지.”

"그래요……."

의외로 미란이는 독고의 말을 순순히 받아들였다.

독고는 분한 생각이 들었다. 이때 김봉섭 사장의 교훈이 생각났다. '화날수록 말소리를 낮춰라!' 독고는 일부러 침착하고 나직한 소리로 물었다.

"그래, 언제 떠나기로 했어요?"

"일주일쯤 남았어요."

"그래, 이번의 내 역할은 뭐지?"

독고와 미란이는 눈싸움을 하듯이 서로 마주 보았다.

"저에게 용기를 주는 일예요."

"이별가가 아니라 응원가라도 불러라."

독고는 심술이 사나워졌다. 여권수속을 하고 떠날 준비를 하고 있었으면서도 자기에게는 그걸 모두 숨기고 있었다는 것, 갑자기 그녀와의 먼 거리를 느꼈다.

'그렇다. 이 여자는 나와 아무 상관이 없는 여자이다. 열차에서 우연히 만난 사람에 지나지 않는다. 나에게 그런 것을 보고할 만한 의무도 책임도 없는 여자이다.'

독고는 애써 태연한 체했다. 별로 당기지도 않는 음식을 맛있게 먹는 체했다.

미란이는 마치 식탁에서 밥을 먹기 전에 기도를 드리는 사람처럼 조용히 고개를 숙이고 앉아 있었다.

"이별가가 아니라 응원가를 부르라 그 말이지."

독고는 똑같은 말을 되풀이했다.

'아내를 팔고, 자식을 팔고, 친구를 속인 유다가 이 〈최후의 만찬〉의 자리에 앉아 있으니 너는 일어서서 얼른 나에게 포도주를 따르고 입을 맞추거라.' 독고는 또 속으로 이렇게 말하기도 했다.

그러나 미란이는 계속 독고가 맹박사나 도안부장에게 쓴 전략과 똑같은 방법으로 허를 찔렀다.

"맞아요. 응원가를 불러주세요."

독고는 서서히 역습을 가해야 된다고 생각했다.

"어떻게 하는 것이 응원가를 부르는 거야?"

"화내지 말고 들으세요. 내가 병원에서 깨어난 순간 제일 먼저 무엇을 생각했는지 아세요?"

"우린 지금 응원가 이야기를 하고 있는 거라구."

"그래요. 바로 그 이야기예요. 자기가 바로 눈을 뜨고 깨어난 내 곁에서 응원가를 불러주었던 거예요."

독고는 땅을 헛디딘 것처럼 마음의 균형을 잃었다. 미란이는 '자기'란 말을 처음 쓴 것이었다.

"그때 자기가 없었더라면 난 그냥 눈을 감고 꺼져버렸을 거야. 이런 이야기 너무 통속적인 것 같아 말하지 않으려고 했지만 말예요."

독고는 간지러운 대사들이 조금도 어색하게 들리지 않았다.

"그래? 내가 응원가를 불러주었다고…… 어디 구체적으로 말해봐요."

"처음에 미안하다는 생각이 들었지요. 자기는 여자를 다루는 솜씨가 아주 서툴렀지만, 일부러 능란한 체했어요. 다른 남자들과는 정반대였지요. 보통 남자들은, 아주 능숙한 솜씨를 가지고 있지만 거꾸로 서툰 체하지요. 그때까지 나에게 있어 남자란 제목만 알고 그 내용을 읽지 않은 소설책 같은 거였지요. 자기 때문에 난 그 책을 막 읽기 시작한 거지요."

"몇 페이지쯤이나 읽었어?"

"서문 정도지요. 그거 있잖아요. 『레 미제라블』."

"장발장?"

"그래요. 그 소설 너무 유명해서 난 안 읽었어요."

독고는 종잡을 수가 없었다. 무슨 속셈으로 이번에는 또 장발장 이야기를 꺼내는 건지. 미란이를 만나러 오기 전까지 독고는 줄곧 승승장구의 혁혁한 전공을 세웠다. 맹박사를 물리치고 도안 부장을 따돌렸다. 그러나 막상 중요한 목표물인 미란이 앞에서는 한 치의 공세도 펴지 못하고 연막 속에 갇혀 허우적거리는 신병新兵이었다.

"대체 그 소설이 우리와 무슨 관계가 있지?"

"아직도 모르겠어요?"

"미란이는……."

독고도 처음으로 미란이라고 직접 이름을 불렀다.

"남자란 제목만 알고 내용은 읽어본 적이 없는 소설책 같은 거라고 했지! 그런데 허구 많은 책 가운데 하필 '레 미제라블'을 예로 드는 거지? 이를테면 그것과 내가 무슨 관계가 있는 건지 그걸 모르겠다는 거지."

미란이는 의미 있는 웃음을 지었다.

"자기는 읽었어? 그 소설."

"물론이지. 문학 청년의 관록으로 그나마 이렇게 카피라이터 노릇을 하고 있잖아요."

"그 서장 재미있었어요?"

독고는 미란이의 질문을 듣고 오랜만에 중학교 시절에 읽었던 『레 미제라블』을 기억 속에서 떠올려보았다. 제목이 무슨 뜻인지 모르고, 처음엔 그게 사람 이름인 줄로만 알았다. '레 미제라블'이라는 사람이 언제 나오나 열심히 열심히 읽어보았지만 미리엘 주교, 장발장, 자베르, 코제트…… 모두 다 나오는데도 막상 '레 미제라블'이라는 인물은 나오지 않아 고민을 했던 우스운 기억이 났다. 후에야 그것이 '불쌍한 사람들'을 뜻하는 불어라는 사실을 알고 그야말로 자기 자신이 '미제라블'해지는 것을 느끼고 쓴웃음을 지었다.

그리고 제일 앞 장에는 미리엘 주교에 대한 장황한 이야기가 나와 그것을 건너뛰고 장발장이 감옥에서 나오는 장면부터 읽었던 기억이 어렴풋이 되살아났다.

"그 서장은 너무 따분해 건너뛰었지."

독고는 이렇게 이야기하다가 비로소 미란이의 진의를 깨닫고 아차 했다. 레 미제라블의 서장은 바로 자기와의 첫 사귐의 그 과정을 빗대놓고 한 소리였다. 뿐만 아니라 그 서장에 나오는 미리엘 주교는 서양 판 '서화담'처럼 고매한 인격으로 그려져 있지만 읽는 데는 지루하고 재미가 없다. 거기에는 이중의 뜻이 섞여 있는 것 같았다.

"그렇지요? 건너뛰고 읽으셨을 거예요."

미란이는 소리를 내고 웃었다. 독고도 멋쩍어서 그냥 따라 웃었다.

"우리도 그 서장을 건너뛰자는 거지요. 내가 미국에 간다는 것도 우리에겐 장황한 서장을 읽을 여유가 없다는 걸 알려드리고 싶어서였지요."

미란이가 적극적인 태도를 보이자 독고는 점점 그 공세가 무디어졌다. 성문을 열어놓고 들어오라는 격이었기 때문이다.

"서장을 건너뛴다는 게 무슨 뜻인지……."

일부러 독고는 둔한 체했다.

"자기는 자베르 경감 역할을 하는 거예요. 그러니까 쫓아다니는 사람이야. 그리고 난 도망치는 역할 장발장을 하자는 거지요. 죽을 때까지! 재미있을 것 같지 않아요?"

"날 보고 추적자 노릇을 하라고?"

"난 지금껏 삶을 추적해왔어요. 이왕 말이 나온 김에 왜 내가 부산에서 수면제를 먹었나 이야기하지요."

미란이는 후식으로 나온 애플 파이에는 손 하나 대지 않고 이야기에만 열중했다.

빈혈증 환자는 잠을 자지 못한다. 미란이도 예외는 아니었다. 다만 불면증에 대응하는 태도가 다른 사람과는 정반대였다는 것이다. 불면증에 걸린 사람은 어떻게 해서든 잠을 자려고 애쓴다. 그러나 미란이는 수면제를 먹기는커녕 말똥말똥 눈을 뜨고 불면증에 대한 연구를 하는 거였다. 대체 수면이란 게 무엇인가? 갈매기에 대해서만이 아니라 미란이는 수면에 대한 놀라운 지식을 가지고 있었다. 엘리슨이나 제플린의 전문도서를 읽고 있었을 뿐 아니라 고대로부터 오늘에 이르기까지의 수면제에 대한 각종 이름을 아이스크림 이름처럼 쉽게 댔다. 만드라게, 만드라고라. 베로날, 히프노진…….

"결국 잠은 눈꺼풀 속에 있는 거지요."

미란이는 부산에서 갈매기 이야기를 늘어놓아 독고의 넋을 빼놓은 것처럼 수면 생태학에 대해 자세한 설명을 하고 난 다음 그렇게 결론지었다.

"눈꺼풀!"

"눈꺼풀은 수면을 위해 있는 거예요. 말하자면 눈꺼풀이 있는 짐승들, 포유류라든가 개구리 같은 파충류들은 잠을 자지요. 새들도 눈꺼풀이 있어요. 새들은 울어도 눈물은 흐르지 않지만 잠만은 우리 인간들처럼 눈을 감고 자지요. 그런데 물고기들은 인간과 같은 그런 잠을 자지 않아요."

이 대목만은 그냥 감탄만 할 수 없는 이야기라고 생각한 독고는 얼른 반박했다.

"왜, 있잖아. 난 금붕어가 자는 걸 보았는걸? 물 아래 잠수함처럼 조용히 가라앉아 지느러미 하나 까딱하지 않고 자는 걸 똑똑히 봤다고."

"아녜요. 잠이라는 건 생물학적으로 말하면 뇌파의 변화를 의미하는 거예요. 물고기들은 자는 듯이 보여도 폴리그래프에 나타난 것을 보면 뇌파에는 아무런 변화가 없어요. 물고기에게는 눈꺼풀이 없는 거지요. 동태를 보세요. 죽어도 눈을 뜬 채로 있잖아요."

"좋아요. 그렇다고 칩시다. 눈꺼풀이 없어서 미란이도 잠을 못 잔다는 건가?"

"바로 그거예요. 나는 물고기처럼 죽어도 말이지요. 죽음을 응시하기 위해 눈을 감지 않겠다고 생각했죠. 불면증까지도 난 응시했어요. 추적자는 눈꺼풀이 없어요. 쫓는 자는 눈감아줄 줄을 모르지요. 자베르는 불면증 환자예요."

"그야 쫓기는 쪽도 마찬가지지."

"아니죠. 쫓기는 쪽은 늘 편안히 잠자는 것이 소원이지요. 눈을 감고 휴식하기 위해 도망치는 거지요. 누구보다도 깊은 잠을 자고 싶은 거지요. 난 부산 바다로 죽으러 간 것이 아니라 수면을, 죽음을 추적해서 거기까지 쫓아갔던 거예요. 수면제는 '인공의 잠'이지요. 잠의 추적자예요. 자살 그건 죽음에게 잡히는 게 아니라 죽음을 추적해서 말하자면 이쪽에서 잡는 거지요. 인공의 죽음!"

"그렇다면 그 추적자의 생이 잘못된 것이라는 걸 깨달았다, 그런 이야기지? 그래서 이제는 도망치는 쪽, 잡히는 쪽의 수동적 삶을 살겠다……."

미란이는 두 팔로 독고를 살짝 끌어안으며 그 자리에서 뛰는 제스처를 했다.

"맞아요. 바로 그거예요."

독고는 남들이 자기를 보지 않는가 곁눈질로 주위를 살펴보았다. 모든 사람은 자기들끼리만 열심히 먹고 이야기하고 웃고 담배를 피우고…… 자기 테이블만의 평화를 지키고 있었다.

"남자는 능동적인 것이고 여자는 수동적인 것! 그러므로 남자가 필요하다는 건 곧 추적자가 필요하다는 뜻이고 결국 그것은 수동적인 삶을 누려보자는 것이다. 어때, 백 점 답안이지?"

"에이 플러스."

미란이는 장난기 있게 자기 손가락으로 독고의 손바닥 위에 영어 A자를 쓰고 플러스의 십자를 그렸다.

그 십자를 보자 독고는 원장수녀님의 묵주에 매달려 있는 십자가상을 생각했다. 가슴이 무거워졌다. 진이가, 수련이가 그 십자가 위에서 철사 같은 갈비뼈를 드러내놓고 피를 흘리고 있었다.

'어디엔가 지켜보고 있는 눈이 있지. 그분은 어둠 속에서도 모든 것을 보고 있어. 독고가 우리들의 밀회를 지켜보고 있었던 것처럼 말야.'

원장수녀님이 독고에게 이야기했다.

"왜 그러고 있어요? 나도 눈꺼풀을 갖고 싶다고 했잖아요. 물고기에서 새가 되어야지요. 물고기가 새로 변신하면 무엇이 되나요? 그건 갈매기일 거예요. 갈매기 사육사님, 갈매기는 어디에서 잠잔다고 했지? 갈매기의 둥지는 어디에 있다고 했지요?"

독고는 자리에서 일어났다.

"왜 일어나세요? 아직 얘기 안 끝났어요!"

미란이는 독고를 올려다보았다.

"눈꺼풀을 달아주려고……."

사람은 눈을 깜박거린다. 무의식적으로 눈을 뜨고 감는 것, 눈꺼풀은 심장과 마찬가지로 자신의 의지 밖에서 움직이고 있다. 잠은 눈꺼풀이다. 영원한 잠, 그건 영원히 눈꺼풀이 내려오는 것이다. 그렇다면 사람은 눈을 한번 깜박거릴 때마다 죽는 것이다. 그 순간 순간 죽는다. 그리고 순간순간 다시 살아난다.

눈싸움을 해본 적이 있는가? 서로의 눈을 노려보면서 아무리 눈꺼풀을 움직이지 않으려고 해도 결국은 몇 분도 가지 못해 그것은 무겁게 내려온다. 그건 마치 죽음처럼 엄습해오는 것이다.

미란이는 물고기에서 눈꺼풀을 가진 새로 변신하고 싶다고 했다. 독고는 미란이가 눈을 감고 편안히 잠자는 얼굴을 연상해보았지만, 잘 떠오르지 않았다.

눈 한 번 깜박거리지 않고 차창 밖을 내다보던 미란이……. 미란이를 처음 보았을 때부터 미란이는 눈을 뜨고 있었다. 창가에 앉아 『어린 왕자』의 한 대목처럼 지는 해를 지켜본다는 미란이, 남이 잠들어 있을 때 수면에 대한 책을 읽고 있는 미란이……. 그러나 부산 술집에서만은 예외였다. 술에 취해 호텔방에서 흐트러진 자세로 쓰러져 있던 미란이의 얼굴이 얼핏 떠올랐다.

그런데도 그 모습은 곧 들것에 실려가던 손, 하얀 침대보 곁으로 삐져나와 자기를 부르듯이 흔들흔들 움직이던 그 손으로 바뀌었다. 눈뜬 데드마스크였다.

"나갑시다. 난 미란이의 잠자는 얼굴을 보고 싶어."

독고는 미란이의 손을 잡아 일으켰다. 손은 얼음장처럼 차가웠다.

"어디로 갈 거예요? 난 이제 집으로 가야 해요."

"미란이의 뇌파腦波를 변화시키자는 거지."

"뇌파?"

"물고기는 잠을 자는 것 같아도 뇌파에 아무런 변화가 생기지 않는다고 했잖아. 그리구 자기 입으로 물고기는 눈꺼풀을 가진 새로 변신해야 된다구 했잖아, 자! 빨리 일어나요. 잠이 무엇인 가, 수면제를 먹고 자는 인공의 잠이 아니라 진짜 잠이 무엇인가 를 가르쳐줄게."

미란이는 일어났다. 그리고 옆구리를 찌르듯이 말했다.

"하나는 아시고 둘은 모르시죠. 새는 잠들기 전에 곧잘 날아가 버리거든요. 자베르 경감님."

그렇다. 독고는 추적자이고 미란이는 도망자이다. 미란이는 벌 써 날개를 폈고 미국으로 날아가버리려고 한다. 스튜어디스의 제 복처럼 금단추가 달린 옷을 입고…….

독고는 당장 돈이 없다는 걸 깨달았다. 만약 도안부장이 던져 준 지갑 속의 돈이 천 원권이라면 밥값조차 변변히 치를 수 없는 처지가 아닌가?

독고는 모든 걸 도안부장의 지갑에 걸었다. 만약 밥값을 치르 고도 돈이 남으면 그 남은 돈만큼의 계획을 세운다. 택시값 정도 라면 미란이를 집에까지 바래다준다. 그 이상이라면? 그것이 호 텔값 정도라면, 기어코 미란이의 눈꺼풀을 내려오게 하리라. 돈 이 한 푼도 없다면…… 걷자. 어둠의 밤길을 걷자.

독고는 카운터를 향해서 천천히 걸었다. 긴장된 순간이었다. 몬 테카를로의 도박사들이 카드를 뒤집을 때의 심정이 이런 것인가?

독고는 천천히 돈지갑을 꺼냈다. 얼핏 본 계산서의 숫자는 삼만 원이 넘었다. 지갑을 열었다. '아! 주여.' 독고의 눈앞에 펼쳐진 지폐는 모두가 천 원권이었다. 세고 또 세어보았지만 겨우 만 팔천 원이었다.

미란이에게 그런 꼴을 보이고 싶지 않았다. 어떻게 이 망신을 면할 수 있겠는가? 독고는 돈도 확인해보지 않고 음식부터 시켜 먹은 경솔을 뉘우쳤다.

그러나 지갑 다른 쪽 갈피에 흰 종이쪽 같은 것이 독고의 눈에 언뜻 비쳤다. 재빨리 그 종이쪽을 뽑아봤다. 그건 십만 원 액수가 적힌 수표였다. 손에 또 무언가 딱딱한 카드가 잡혔다. 다다익선이다. 현금 카드인 것이다. 재빨리 끄집어내보았다.

그러나 그것은 색 바랜 흑백사진이었는데, 연령을 잘 분간하기 어려운 여자 사진이었다. 독고는 얼른 그 사진을 지갑 속에 다시 집어넣고는 계산을 했다. 어려운 고비를 무사히 넘긴 것이다. 하지만 지갑 속에 든 여자의 사진이 독고의 마음을 뒤흔들고 있었다. 누구일까? 도안부장이 비상금과 함께 늘 가슴에 품고 다니는 그 사진은?

돈환을 자처하면서 내놓고 늘 여자 이야기를 하는 도안부장이 자기 아내의 사진을 넣고 다닐 리는 만무한 것이다. 그렇다면 그의 어머니인가? 어머니치고는 너무 젊지 않은가? 아니다. 어머니라고 처음부터 늙은 것은 아니다. 젊은 시절의 어머니 사진? 그렇다면 도안부장의 어머니는 옛날에 아주 젊은 나이로 이 세상을 떠난 것일까? 그럼 도안부장이 몇 살 때일까? 사진의 그 여자, 그 얼굴이라면 도안부장은 젖먹이 정도가 아니었을까? 기억조차 없는 어머니의 얼굴을 그리면서 도안부장은 이 사진을 늘 가지고 다니는 것일까?

남은 돈 정도이면 미란이를 얼마든지 고급 호텔로 데려갈 수 있었지만 사진 속의 여자가 독고를 쳐다보고 있는 바람에 다시 풀이 꺾이고 말았다.

"저…… 택시를 좀 불러주세요."

독고는 힘없이 웨이터에게 말했다. 그러자 미란이가 손목시계를 들여다보면서 손을 가로 흔들었다.

"아녜요. 아빠가 이리로 차를 보내주신다고 했어요. 시란이가 날 데리러 올 거예요." "시란이가 온다구요?"

늘 미란이는 그랬다. 겨우겨우 이쪽에서 결심을 하면 돌아서곤 하는 것이다. 그러고 보니 자베르와 장발장의 추적극은 아주 옛날부터 시작되었던 것 같았다. 다만 달라진 것이 있다. 추적해도 좋다는 미란이의 허락이 내린 것뿐이다. 자신을 유혹해봐라. 유혹을 당하고 싶다. 결국은 이런 말이 아니겠는가? 그것은 말만 도망자일 뿐 잡힌 거나 다름없는 것이 아니겠는가?

독고는 미란이와 함께 밖으로 나갔다. 어둠이 보드랍게 그들을 감싸주었다.

미란이는 아무 말도 하지 않고 순순히 따라 나왔지만, 독고가 돌계단을 내려와 산길 쪽으로 향하는 것을 보자 제자리에 멈춰섰다.

"산책할 수 없어요."

"왜? 어지러워? 자, 내게 기대고 걸어요. 눈을 감아도 이렇게 하면 걸을 수가 있지."

독고는 미란이의 허리를 끌어안고 그렇게 말했다.

"그게 아니래두…… 여긴 군 작전 지역이잖아요. 차를 타지 않고는 다닐 수 없는 곳이에요. 더구나 밤엔 말이죠."

미란이의 말을 듣고서야 비로소 독고는 자신이 지금 어디에 있는가의 현장감을 분명히 느낄 수가 있었다.

"그렇지…… 참."

독고는 미란이의 허리를 끌어안았던 팔을 얼른 풀었다. 멋쩍은 느낌이었다.

"그러니까 말이죠. 우린 섬에 갇혀 있는 것이나 다를 게 없어요……. 구조선이 올 때까지는 꼼짝 못한단 말예요."

미란이가 의미하는 구조선이란 물론 자동차였고, 그 자동차는 시란이가 타고 있는 아버지의 차를 의미하는 거였다.

"그러면 이건 바다!"

독고는 숲 속의 어둠을 가리키며 말했다.

"부산 생각이 나네요. 해운대 앞바다 말예요."

미란이는 재미있다는 듯이 웃으며 말했다.

벌써 미란이와 자기 사이에는 과거를 이야기할 수 있는 시간이 생겼다는 것이 신기하게 느껴졌다.

"아니야. 여긴 섬이라고 했잖아. 그것도 무인도지."

"무인도?"

"그래, 우린 비행기를 타고 가다가 조난을 당한 거야. 우리 둘만이 살아남은 거지."

"그 무인도가 어디쯤에 있는 거예요?"

"남태평양!"

"참 멀기도 하네."

"이러지 말구 동굴이라도 찾아보자구."

독고는 다시 미란이의 팔을 끼고 뜰 언저리를 살펴보았다. 풀장 쪽을 향한 오솔길이 보였다. 아직 개장을 하지 않았을 것이므로 그쪽에는 둘이 앉아 있을 만한 으슥한 자리가 있을 것이었다. 독고의 예상대로 풀장 입구에는 굳게 잠겨 있는 문이 있었고, 바로 그 옆에는 벤치처럼 앉을 수 있는 바위 하나가 있었다.

"구조선이 빨리 왔으면 좋겠어?"

독고가 미란이를 그 바위에 앉히면서 물었다. 미란이는 고개를 가로 흔들었다.

"아니! 진짜 우리가 무인도에 표류했다고 생각하고 말이지. 그리고 우린 처음 만났을 때처럼 그렇게 낯선 사람이라고 해봐. 그렇다면 말이지. 어떻게 할 거냐구? 배가 빨리 나타나길 기다리겠어. 그렇지 않으면⋯⋯."

"물어보나마나죠. 난 도망치는 역을 맡고 있잖아요."

"도망간다구, 무인도인데?"

"촛날개를 만들지요, 이카루스처럼."

"그래! 촛날개라구? 그럼 나는 거대한 자물쇠를 만들지. 이렇게 하면 도망치지 못할걸?"

독고는 미란이를 끌어안았다. 정말 두 팔이 자물쇠인 것처럼 미란이의 몸을 잠가버렸다. 미란이는 쓰러지듯이, 오랫동안 너무 꼿꼿이 서 있다가 지쳤다는 듯이 독고의 가슴을 향해 허물어졌다. 그러나 미란이를 끌어안은 팔은 죄면 죌수록 그의 두 팔 안에는 어두운 숲만큼의 커다란 공동이 생겨나고 있었다.

무엇으로도 채워지지 않을 것 같은 틈바구니가! 미란이의 육체를 실감할 수가 없었다. 무슨 풍선 아니면 무슨 지푸라기 같은 거. 독고는 초조해졌다. 그가 처음으로 베개를 함께 벤 여자, 그 술집 여자를 끌어안았을 때와 조금도 다름없는 공극감이었다. 독고는 그 틈을 메우기 위해서 재빨리 입술을 갖다댔다. 입술은 미끄러웠다.

그 순간 미란이는 한 마리의 물고기가 되어버렸다. 그리고 눈꺼풀이 없는 비단잉어 같은 눈이 어항 속에서 자기를 응시하고 있는 것이었다.

그렇다. 독고는 이제서야 분명한 것을 알았다. 여자는, 모든 여자들은 물고기였다. 그것은 미끈거리는 것, 차가운 것, 지느러미처럼 차가운 것, 그리고 수백 수천 개의 비릿한 비늘이 있었다. 여자는 아무리 알몸이 되어도 비늘로 덮여 있기 때문에, 정말 맨살을 만져볼 수가 없었다.

'그렇다.'

독고는 미란이를 갈망하던 욕정이 갑작스레 불꽃처럼 꺼져가는 것을 느끼면서 그렇게 생각했다. 여자는 정말 물고기였다. 여자의 몸에서는 생선 비린내가 난다. 구역질—독고는 생선 가게를 지날 때마다 늘 헛구역질을 했다. 축축하고 미끈거리는 생선 비린내를 끈끈한 용액처럼 온 손에 묻히고 서 있는 어물전 장수들을 보면 더욱 비위가 뒤틀리곤 했다. 지금 꼭 자기 손이 그런 것이었다.

미란이도 예외는 아니었다. 독고는 절망적인 느낌을 뿌리치기 위해서 미란이의 앞가슴을 헤치고 손을 넣었다. 순간 미란이의 몸이 꿈틀거렸다. 낚싯바늘에 걸린 붕어가 뛰는 것 같았다. 독고는 뿌리치듯이 미란이를 밀어냈다.

"왜 그러세요?"

"아니! 정말 미란이는 눈꺼풀이 없군. 그렇게 말똥말똥 눈을 뜨고 날 감시하고 있으면 어떡해?"

"내가 눈을 뜨고 있었다고요?"

미란이는 조금 화난 목소리로 반문했다.

독고는 아차 싶었다. 자기를 지켜보고 있는 물고기의 눈은 어디까지나 독고의 상상 속에 있었던 것이지 실제의 것은 아니었다. 사실 독고는 미란이가 눈을 뜨고 있는지, 감고 있는지 확인할 여유조차도 없었다.

미란이는 옷매무새를 고치고 정원등이 켜져 있는 숲 밖으로 걸어 나갔다. 거기에는 차들이 대기하고 있는 주차장이 있었다.

"잠깐만, 미란이!"

독고는 미란이의 뒤를 따라가면서 어깨를 잡았다. 그리고 이런 때는 모든 걸 솔직하게 털어놓는 것이 상책이라고 느꼈다.

"잠깐만, 할 이야기가 있어!"

"차를 정각 9시까지 보내달라고 했으니까 미리 기다리고 있어야 해요. 시란이가 우릴 찾느라고 애먹을 거예요."

"할 이야기가 있다니까!"

미란이는 돌아섰다. 어둠 속에서도 미란이의 얼굴에 노기가 서려 있는 것을 읽을 수 있다. 눈빛이 날카로웠다.

독고는 서 있는 자세로 미란이를 가볍게 포옹했다. 미란이는 두 손으로 독고의 가슴을 밀어내면서 말했다.

"십 분 전예요!"

"미란이의 몸에서는 시한폭탄 같은 시계 소리가 들리지……. 카운트다운, 바로 미란이 자신도 얘기했지만 그게 바로 눈을 뜨고 있다는 증거라구."

"할 이야기가 있다는 게 뭐예요?"

"아니, 내 비밀 얘기가 있어. 오 분 동안이면 충분해!"

"말씀하세요."

"미란이한테서 눈꺼풀 없는 물고기 얘기를 들어서가 아니
라……."

"알겠어요. 제 몸에서 생선 비늘을 느꼈다. 이거지요?"

"미란이에게서만이 아니라……."

"참 여자도 많으시군요. 그래, 몇 마리의 물고기를 잡으셨나
요?"

독고는 할 말이 없었다. 어떤 말을 해도 미란이는 믿어줄 것 같
지 않았다. 그러나 미란이를 붙잡고 자기의 마음을 송두리째 털
어놓고 싶은 충동을 억제할 수 없었다.

"내가 직접 경험한 여자가 있어서 그런 느낌을 받았다는 게 아
니지. 길가는 여성, 버스간에서 만나는 여성, 다방 레지, 여사무
원…… 여자들은 아무 데나 있잖아! 그런데 말야. 난 그들에게서
여성을 느끼다가도 금세 물고기 같은 것을 연상하고 말지. 그러
면 욕망이 구역질로 변해버리는 거야. 나는 불구인가? 사실 난 서
화담이 아니라 자신이 없었기 때문에, 여자 앞에서 초연할 수도
있었던 거지. 그래! 자신이 없다는 걸 인정하고 싶지 않았기 때문
에, 어느 의미에선 여자를 더욱 갈망했는지 몰라. 사춘기의 여드

름 많은 사내애들처럼, 내게 있어 미란이는 무엇일까? 처음 엔 반
장난 삼아 접근했었지."

"그건 나도 알고 있어요."

진실이란 통하는 법이다. 미란이의 태도가 누그러지면서 빈정
대던 말투가 달라졌다.

"다 알고 있었다고 해도 들어봐요!"

독고는 나무에 기대 서서 미란이를 가볍게 끌어안았다. 미란이
는 독고의 어깨 위에 머리를 기대었다. 머리카락 냄새가 났다. 바
닷바람 같은 비릿한 냄새였다.

"장난이라기보다 확인하고 싶었던 거지."

"무얼 확인해요?"

"내가 남자라는 걸, 나도 보통 남자들처럼 여자를 사랑할 수 있
다는 걸, 어른이라는 걸. 그리구 말이지. 어렸을 때 난 여선생을
몹시 사랑한 적이 있었는데 그 때문에 이상한 성적 콤플렉스 같
은 게 생긴 것이 아닌가? 그 장애를 넘기 위해서는 누군가 열렬하
게 사랑할 수 있는 여자가 있어야 한다고 자기 진단을 한 거지."

"그런 거라면 돈 주고 쉽게 여자를 사는 게 좋지 않아요?"

다시 미란이의 태도가 굳어졌다.

"물론 나도 그런 생각을 많이 해봤어. 그러나 생선 비린내의 진
원지는 바로 창녀들에게서 풍겨나오는 것이었단 말야."

"싫어요, 그런 얘기. 오 분 전예요. 이제 자! 가세요."

독고는 초조했다. 여기까지 이야기가 나왔는데 도중에서 그만 두면 앞으로는 영영 미란이를 다시 볼 수 없을 것만 같았다. 남녀의 성에 대한 것은 공범 노릇을 했을 때에만 비로소 그 추악함이 사라지고 또 그 정당성을 갖게 되는 거였다. 독고는 처음 부산에서 미란이에게 쓰던 수법을 쓰는 것이 좋겠다고 생각했다. 우선 웃겨야 한다.

"그렇다구 내가 직접 창녀와 함께 지냈다거나, 여자를 모두 창녀처럼 생각한다는 것은 절대로 아니야. 단지 상상 간음만으로도 창녀에게선 구역질, 뱀장어 같은 물고기를 날로 씹는 듯한 느낌이 들었다는 거지."

그리고 독고는 자기가 출장으로 시골 여관방에 들었을 때의 경험담을 이야기해주었다. 여관집 보이에게 독고는 암시적으로 밤여자를 데려와달라고 교섭을 했다. 용기가 없어서 직접 대놓고 말하지는 못하고 "야, 밤에 심심한데 말야, 재미난 거 뭐 없니⋯⋯." 하고 완곡법을 썼다. 그랬더니 보이는 "예, 알겠습니다. 조금만 기다리십시오."라고 시원시원하게 대답했다.

독고는 보이를 보내놓고 곧 후회했다. 여자가 들어오면 어떻게 할까? 상상만으로도 갑자기 비위가 뒤틀렸다. 저녁을 먹은 것이 얹힌 기분이었다.

문이 열렸다. 독고는 눈을 감은 채 자는 체했다. 어떻게 돌려보내는가. 돈만 주고 사정해보리라. 갑자기 병이 났다고 하자. 가슴이 두근거렸다. 그러나 여자 소리는 나지 않고 보이의 굵직한 목소리가 그의 목침을 쳤다.

"화투를 가져왔어요. 재수점이라도 치시지요."

재미난 것이 없느냐니까 여관집 보이는 화투를 들고 들어온 것이었다.

미란이가 웃었다. 독고도 웃었다.

그러나 웃음 끝은 모두 쓸쓸했다.

"결론은 말이지, 난 여자에게 자신이 없다는 거지. 그것도 일종의 병일까? 미란이가 어떻다는 건 아냐. 아니지, 미란이만이 날 남자로, 어른으로 만들어줄 수 있는 유일한 여자라고 생각하고 있었지……."

"있었지, 라고요? 불행하게도 과거형이군요."

"아니, 있을 거야."

"저도 고백을 해야 되겠네요. 카운트다운. 일 분 안에 말이죠. 여자를 물고기 같다고 생각하셨다지요? 저는 남자를 곰! 참, 그러네요. 바로 여기가 베어 하우스잖아요. 뻣뻣한 털이 돋은 곰으로 생각했어요. 지능이 모자라도 곰들은 물고기를 잘 잡아먹더군요. 아주 민첩하게……. 그래서 저는 남자와 한 번도 사랑을 못해본 거지요. 이미 말한 거지만 그때 독고씨가 나타난 거죠. 우선 그 뻣뻣한 털이 보이지 않더군요. 됐다 싶었지요. 곰 중에서도 그거 있잖아요. 중국 오지에서 댓잎을 먹고 산다는 팬더, 독고씨가 곰으로 느껴질 때에는 난 판다라고 생각했지요. 그런데 내가 물고 기였듯이 독고씨도 역시 보통 곰이었다구요."

미란이는 돌아서서 어둠 속으로 빠져나갔다. 빠른 걸음이라 독고는 말할 겨를도 없이 뛰어 가듯이 뒤쫓아갔다.

장식용 횃불이 켜져 있는 식당 입구에는 시란이의 모습이 보였다. 벌써 차가 와서 기다리고 있는 눈치였다.

"빨리 자동차를 타세요. 자정이 되면 이 자동차는 호박이 되고 말 테니까요."

시란이는 독고를 보자 연극 대사를 외듯이 말했다. 여전히 장난기가 많았다.

"그러면 시란이는 뭐지……?"

독고도 이렇게 농담으로 주고받는 인사가 마음 편했다.

"계모의 딸이죠. 어차피 그 유리구두는 내 발에 맞지 않아요." 미란이는 독고에게 눈도 주지 않고 차 안으로 들어갔다. 벤츠 6백이었다. 독고는 너무 이야기가 통속적으로 되어간다 싶었다. 왜 하필이면 벤츠여야 하는가? 벤츠는 수련이가 말하는 부의 목록 속에서도 감히 찾아볼 수 없는 거였다. 그냥 자가용이면 되는 것이었다.

대학교수 같은 운전기사가 문을 열어주었다. 독고는 사양하고 기사 옆자리에 타려고 했다.

"그건 제 지정석예요."

시란이가 재빨리 앞자리에 탔다. 독고는 미란이 곁에 앉았다.

비가 내리고 있었다. 독고는 고서점에서 랭보의 『지옥의 계절』과 『보들레르의 산문집』을 사들고 동숭동 골목길로 막 돌아서려던 참이었다. 지우산을 받고 있어서 발 밑만 조심스럽게 살피고 걷고 있는데 갑자기 자동차의 경적 소리가 울렸다.

몸을 겨우 피하기가 무섭게 한 대의 검은 벤츠가 그의 옷자락을 스치듯이 지나갔다. 흙탕물이 튀었다. 지우산으로 막으려 했지만 흙탕물은 독고의 온몸을 때렸다. 옆구리에 낀 불쌍한 랭보의 시집도, 보들레르도……

독고는 흙탕물을 끼얹고 간 그 자동차를 뒤쫓듯 노려보았다. 뒤 창문으로는 김이 서려 있었지만 분명히 같은 나이 또래의 여자 얼굴이 보였다. 하수구에서 나온 쥐처럼 물벼락을 맞고 아연히 서 있는 독고의 전신을 아주 서늘한 눈으로 훑어보고 있었다. 웃고 있는 것 같기도 했다.

독고는 주먹을 불끈 쥐었다.

'좋다. 내 반드시 돈을 벌어 네가 지금 타고 있는 차와 똑같은 벤츠 한 대를 사리라. 그래서 어느 날인가 비가 내리는 저녁에 너를 향해 흙탕물을 뿌리리라. 너의 옆구리에 낀 시집은 뭐냐. 내 그 것을 빗물로 흠씬 적셔주리라.'

독고는 대학 시절의 한 컷 속에 벤츠의 기억이 있다는 걸 비로소 찾아냈다. 돈을 벌어 벤츠를 사리라던 맹세는 그가 대학을 졸업하기도 전에 잊어버렸고, 이제는 옛날에 달고 다니던 대학 배지처럼 어디에선가 시뻘겋게 녹이 슬고 있는 것이었다.

그러나 벤츠를 보자 그때의 그 적개심 같은 것, 흙탕물을 끼얹어놓고 뒤 창문으로 자기를 내려다보던 그 계집애의 얼굴이 생생하게 되살아났다.

이상한 일이었다. 아무 인과관계가 없는데 돈을 벌어야 한다는 치기만만한 대학 시절의 욕망과 이상한 적개심 같은 게 솟아나자 옆에 앉아 있는 미란이를 겁탈이라도 할 수 있을 것 같은 맹렬한 욕정이 생겨났다.

지금 같으면 미란이를 끌어안아도 공허함 같은 것은 느껴지지 않을 것도 같았다. 정말로 전신이 발기해 오르는 것을 느꼈다. 여지껏 여자 앞에서 이렇게 사내다운 자신을 맛본 것은 처음인 것 같았다. 자신의 앞가슴에 갑작스레 북슬북슬한 털이 자라나는 것 같았다.

흙탕물을 튀기고 싶었다. 미란이의 온몸에 흙탕물을 끼얹고 싶었다.

그러나 벤츠는 통속영화의 한 장면처럼 미끄러져갔고, 독고는 영화 로케를 하듯 미란이 곁에서 '엔지'를 내지 않으려고 얌전하게 앉아 있었다. 벤츠의 창유리로 내다보이는 스카이웨이와 서울 시가지의 밤풍경은 꼭 외국의 도시처럼 낯설게 보였다.

미란이는 눈을 감고 있었다. 그러나 그 눈꺼풀은 미세한 경련을 일으키고 있었다. 만약 시란이만 없었더라면, 운전기사만 없었더라면 독고는 그 눈꺼풀에 입을 맞추었을 것이었다.

"노인들은 데이트를 하실 때 주로 무슨 말들을 하시나요?"

시란이가 뒷자리를 돌아다보며 또 농담을 던졌다.

"너 말조심해. 나 기분 별로 안 좋아, 지금."

미란이가 쏘아붙였다.

"기분 안 좋아 보이니까 이런 질문 하는 게 아니냐구."

"그러지 말구 시란이가 맞혀보지 그래. 무슨 말을 할 거 같애?"

독고가 끼어들어 어색한 분위기를 씻어내려고 했다.

"뻔할 뻔 자죠. 사설社說을 쓰고 있었겠죠."

사설이라는 말에 독고는 웃고 말았다. 맞는 말이었다. 미란이와 자기는 사설을……. 아니다, 섹스에 대한 정견발표를 하고 오는 셈이었다. 레 미제라블.

"여기에 내려줘요."

독고는 소리쳤다. 그것이 사막 한복판이었다 해도 내려달라고 했을 것이다. 차는 겨우 스카이웨이를 내려와 아리랑고개를 지나고 있었다.

"노인이라고 해서 화나셨어요? 사람은 말이죠. 태어나자마자 늙기 시작하는 거죠. 그러니까 두 살짜리 늙은이, 열 살짜리 늙은이……. 사람들은 다 늙은이들이라는 거죠."

시란이가 이런 말로 독고를 만류했다.

운전기사는 백미러로 미란이와 독고의 표정을 훔쳐보며 멈칫거렸다. 정말 차를 세워야 할 것인지, 그냥 몰고 가야 할 것인지 상황 판단을 해보자는 눈치였다.

미란이가 아주 침착한 말투로 "내려드리세요."라고 했다. 독고는 그것이 영원한 인사말처럼 들렸다. '내려드려라'는 말 속에는 여러 가지 말뜻이 내포되어 있는 것 같았다. 어차피 독고가 가야 할 방향과 미란이의 방향은 같지가 않다. 같은 차를 타고 어디까지나 같이 갈 수는 없는 노릇이다. 어디에선가는 내려야 한다. 그런데도 독고는 미란이의 말이 섭섭하게 들렸다. 약속은 자기가 쫓아다니고 미란이가 도망치는 역을 맡기로 했지만 실제로는 미란이가 쫓아오기를 기대하고 있었던 독고였다.

독고는 고래 뱃속에서 나온 요나처럼 검은 벤츠에서 튀어나왔다. 미란이에게도, 시란이에게도 변변한 인사말도 하지 못한 채로 쫓기는 사람처럼 그렇게 차에서 내린 것이었다.

'미란이를 잊어버리자.'

멀리 사라지는 벤츠의 빨간 미등 불빛을 보면서 그렇게 다짐했다. 어둠 속에 홀로 내던져진 자기 자신의 모습이 추악하게 보였다. 흘레를 하다가 물벼락을 맞고 헐떡거리던 해피—어렸을 때의 그 자기 집 개 생각이 났다.

독고는 미란이를 아주 잊어버리는 방법을 생각하면서 무작정 어둠 속을 걸었다. 사진부장의 말이 떠올랐다. 좋아하던 여자를 잊으려면 우선 그 여자의 단점을 찾아내서 그것을 극대화시켜보라는 거였다. 아무리 완벽한 여자라도 아킬레스의 뒤꿈치를 가지고 있는 것이다. 어디엔가 결점이 있을 것이다. 눈 밑에 작은 점이 있다거나 콧구멍이 좁다거나 뻐드렁니가 있다거나 새끼손가락이 굽었다거나……. 어쨌든 좋은 점보다는 나쁜 쪽 하나를 찾아 내서는 줄곧 그것만 생각하고 있으면 된다는 거였다.

독고는 미란이의 얼굴, 몸짓, 이런 것들을 생각하며 사진부장의 말대로 결정적인 결점의 단서를 찾아내려고 했다.

아니다. 용모보다는 그녀가 자기에게 접근해온 동기부터가 불순한 것으로 해석해보았다. 나를 이용하려고 한 것이다. 미란이네는 부자다. 남자들은 딸밖에 없는 그 집안의 재산을 노리고 그녀에게 접근해왔을 것이다. 그렇지 않은 진실한 남자가 나타나 구애를 했더라도 미란이는 의심을 품게 되었을 것이다. 자신은 백혈병과 같은 빈혈증 환자이다. 언제 죽을지 모르는 여자와 결혼을 하겠다는 남자는 모두가 유산을 목적으로 한 신데렐라 보이로 보였을 것이다.

그래서 미란이는 아예 접근해오는 남자를 모두 거부해버리고, 그 대신 지적인 세계, 백과사전적 지식의 세계, 이를테면 관념의 세계, 장기판 위에서와 같은 생을 즐겨온 것이다.

어떤 사람을 미워하기 위해선 그 사람이 자기보다 강자라는 생각이 들어야만 한다. 약자라고 생각하면 마음 놓고 미워할 수가 없기 때문이다. 약자에겐 측은한 생각이 들기 때문에 철저하게 증오할 수가 없는 법이다.

'미란이를 미워하라. 아! 그리고 보니 '미'라는 그 두운頭韻이 우연히도 일치하지 않는가? 미란이를 미워하라. 미란이는 나보다 강자이다. 우선 돈이 많지 않은가? 황소의 힘은 뿔에서 생겨나고, 사람의 힘은 돈에서 생겨난다. 미란이는 날 받아넘길 수가 있다. 그 뿔은 미란이네 대리석 대문이다. 골프장 같은 잔디밭이다. 한강을 음악처럼 앉아서 감상할 수 있는 페어글라스의 전망창……그리고 검은 벤츠 6백……. 뿔 달린 여자를 생각하라. 미란이를 미워하라. 미란이는 나보다 강하다. 왜냐하면 미란이는 나보다 영어를 잘한다. 백과사전을 번역하는 여자. 지식은 발톱이다. 표범의 날카로운 이빨이요 발톱이다. 지식은 생명을 가진 모든 것들, 모든 사물들을 찢어발길 수가 있다. 부드러운 내장을 꺼내어 빨래처럼 널어놓을 수가 있다. 그것을 학자님들은 분석이라고 하지 않던가. 딸기가 장미과에 속해 있다는 것을 알고 있는 여자, 미란이는 그 지식의 발톱으로 내 머리와 얼굴과 앞가슴을 할퀴고 상처나게 할 수가 있다. 미란이를 미워하라. 미란이는 강자이다. 코에 뿔이 난 코뿔소이고, 하룻밤 사이에 한 치씩 발톱이 자라나는 자칼이다.'

독고는 속으로 이렇게 외쳐보았지만, 미란이에 대한 적개심이

나 증오의 감정은 영 떠오르지 않았다. 그만큼 사랑이 깊어져서가 아니었다. 미란이가 강자로 느껴지지가 않았기 때문이다.

미란이가 부자라는 것, 자기 같은 것은 그 집 머슴밖에는 되지 않는다는 것, 그리고 미란이가 재원이라는 것, 백과사전과 겨룰 수 있는 지식의 보고를 머리에 이고 다니는 소장 영문학자라는 것, 이런 것들을 아무리 나열해놓아도 그의 눈앞에 떠오르는 미란이의 모습에는 뿔도, 발톱도 없었다. 목덜미에 파란 정맥이 비쳐 나온 빈혈증 환자……. 언제 죽을지 모르는 불치의 병을 앓고 있는 병자에 지나지 않았다.

신이 죄 많은 인간을 미워하지 않고 사랑하는 까닭은 인간이 약자인 때문이다. 그리고 인간이 약자라는 것은 아무리 권세와 부와 태산을 뽑아낼 수 있는 힘이 있다 할지라도 죽어야만 될 존재인 까닭이다. '죽는 자'는 '약자'이다.

신이 아니라도 그렇다. 인간들끼리도 그런 것이다. 죽음을 앞둔 사람 앞에서는 누구나가 관대해지게 마련이다. 가장 약한 인간…… 그는 죽음을 선고받은 자이다. 죽은 짐승이 산 개만도 못하다는 논리는 거짓이 아니다.

독고는 미란이를 미워하려고 하면 할수록 그녀에 대한 측은한 감정이 솟아났다. 마음에 걸렸다. 어두운 골목길을 지나며 독고는 자기가 차에서 내릴 때 미란이의 표정이 어떠했는지를 생각해보려고 했다.

그러나 표정은 물론이고 그 얼굴조차도 떠오르지 않았다. 미란이의 얼굴을 생각하려고 하면 웬일인지 도안부장의 지갑 속에 십만 원권 자기앞수표와 함께 나왔던 여인의 얼굴, 노랗게 색이 바랜 여인의 흑백 사진이 나타나곤 했다.

그것은 '죽음'을 보고 있는 것 같은 슬픈 얼굴이었다. 색 바랜 옛날 앨범 속의 얼굴은 조금씩 다 슬퍼 보이게 마련이지만…….

암호처럼 여러 형태로
흩어져 있는 별빛들

색 바랜 사진 속의 여인이 독고의 의식을 깨웠다. 몽유병 환자처럼 아무 골목길이나 닥치는 대로 걸어 다녔다. 독고는 손목시계를 들여다보았다. 밤 11시 가까운 시간이었다. 독고는 비로소 도안부장에게 전화를 걸어야 한다는 생각이 들었다.

집에서 전화를 걸면 아내가 이상하게 생각할 것이다. 거짓말하기는 쉽다. 그러나 거짓말이 탄로나지 않게 유지해가려면 몇 배의 힘이 들어야 한다. 빚을 내어 빚을 꺼가는 것처럼 한 번 한 거짓말을 정말인 것처럼 꾸미기 위해서는 새 거짓말을 다시 꾸며대야 한다. 빚의 이자가 불어나듯이 거짓말은 자꾸 불어나게 마련이다. 원금보다 이자가 커진다. 애초의 거짓말을 막으려다 결국 사람들은 그 거짓말보다 더 큰 거짓말을 하게 된다.

독고는 도안부장에게 거짓말을 한 것이 미음에 걸렸다.

'전화를 걸어야 한다. 나는 지금 병원에 아이를 입원시키고 나오는 것으로 되어 있다. 남의 돈을 빌렸으니 의당 인사말이 있어

야 한다.'

독고는 '약'이라고 쓴 간판 하나를 찾아냈다. 그러나 그 약방은 막 문을 닫으려고 하는 순간이었다. 그냥 전화를 빌려달라고 하기엔 너무 미안하다는 생각이 들어 약을 사기로 독고는 결심한다. 미란이와 수면제 이야기를 나누었던 끝이라 자기도 모르는 사이에 '수면제'를 달라는 말이 무의식적으로 흘러나왔다.

"수면제요? 왜 잠이 안 오세요?"

빈 약상자를 정리하고 있던 약사가 어슴푸레한 어둠 속에서 불쑥 나타나 말했다. 흰 가운이 유난히 차가워 보였다. "예, 잠이 잘 오지 않아서요."

약제사는 아래위로 독고를 훑어보았다.

"수면제라도 여러 종류가 있는데요……. 그리구 말이지요."

약제사는 갑자기 말꼬리를 흐렸다.

평상시에 수면제를 사용하는 사람들은 대개 수면제의 이름쯤은 알고 있다. 독고는 약제사가 자신을 의심하고 있다는 걸 직감했다. 자신의 얼굴이 흡사 자살이라도 할 것처럼 그렇게 처참하게 보였는가? 일석이조란 말이 생각났다.

'이 틈에 도안부장에게 전화를 걸자. 약사도 통화 내용의 반쪽은 알아들을 수 있을 것이고, 그렇게 되면 안심을 하게 될 것이다.'

"부작용이 적은 것으로 아무거나 주십시오."

독고는 '부작용이 없는 것'이라는 말을 강조하고는 전화를 쓰자고 했다.

도안부장은 전화를 받자마자 비밀 이야기를 하듯 작은 목소리로 속삭이듯 말했다.

"니 거 어디고…… 괜찮나?"

"그래, 괜찮아. 병원에서 나오는 길인데, 아이도 덕택에…….."

"아이가 아니라 니 말이다."

"내가 왜?"

"아주머니 아무렇지도 않던가?"

"아주머니라니?"

"내가 자네 보내놓고 말이다. 아무래도 염려가 돼서 말이제, 집으로 전화를 안 걸었나!"

독고는 가슴이 철렁 내려앉았다. 독고는 도안부장이 혼자서라도 술집에 갔을 것으로 알고 안심했었다. 그러나 도안부장은 수련이에게 전화를 건 것이다.

"전화를 걸다니?"

"이보래이, 지금 그럴 때가 아니란 말이다. 아이가 그래 어떠냐고, 지금 택시 태워 보냈으니 너무 걱정 말락 했드니 아무래도 아주머니 대답이 수상쩍지 않드나. 직감이라는 거 있제……."

도안부장은 독고가 거짓말을 했다는 것을 눈치채자 얼른 말꼬리를 돌렸다는 거였다. 그러고는 술자리를 피하려고 거짓말을 한 모양이라고 일부러 화난 체했더니 수련이는 아니라고, 정말 아이가 아프긴 아팠었노라고 도리어 독고를 감싸주더라는 거였다.

"손님! 이 약은 말입니다. 비바르비탈산계에 속하는 수면제인데, 일 회 사용량이 0.1그램을 넘으면 안 됩니다. 용법을 잘 읽어보고 복용하세요."

약사는 여전히 불안한 눈치였다. 전화를 끊는 독고의 태도가 심상치 않게 보였던 모양이다.

독고는 약사가 싸준 수면제 봉지를 입 안에 털어넣고 정말 깊고 깊은 잠, 그 인공의 위험한 잠 속에라도 뛰어들어 모든 걸 잊고 싶었다. 자기는 오래전에 벌써 그런 잠 속에 빠져 있었는지도 모를 일이었다.

자기는 영원히 생명이 부화되지 않는 돌멩이를 품고 둥지 안에서 잠들어 있는 한 마리 펭귄인지도 모를 일이었다. 남극의 섬…… 수컷도 알을 품는다는 펭귄들의 섬……. 왠지 극지일 텐데도 그곳은 따뜻할 것이라는 생각이 들었다. 천 년이 지나도 부화되지 않는 돌멩이, 돌멩이의 깊은 잠. 베로날…… 아미탈…… 브로발린……. 독고는 몽롱한 정신 속에서 미란이처럼 수면제에 대해, 그리고 남극의 펭귄에 대해서 연구를 해보았다.

아내는 심문을 할 것이다. 자기는 최소한 네 시간 동안의 알리바이를 대지 않으면 안 된다. 서로 의심하고 속이는 세상, 부부의 관계에 대해서도 곰곰 생각해보았다. 그곳이 수련이가 입버릇처럼 말하던 베어 하우스만 아니었더라도 모든 걸 실토해버릴 결심을 했을는지도 모른다.

수련이는 독고가 다른 여자와 함께 베어 하우스에서 저녁을 먹었다고 하면 한평생의 꿈을 도둑맞은 사람처럼 그 자리에서 까무러치고 말 것이다. 호주머니에서 나온 극장표를 보고서도 그렇게 펄펄 뛰던 수련이가 아닌가? 그러니 거짓말을 한다해도 그건 수련이 자신을 위한 것이니까 죄가 될 수 없다.

수련이가 독고의 마음을 정말 잘 알고 있었다면 그까짓 일 대수로운 것이 아니라는 걸 잘 알 것이다. 베어 하우스에 간 것도 우연히 그렇게 된 것이지 수련이를 의식해서 한 일이 아니라는 걸 알 것이다.

오히려 진상을 안다면 수련이는 기뻐할지 모른다. 미란이를 거부한 것은, 포옹하다 말고 상대방을 밀어낸 것은 독고 쪽이었기 때문이다.

미란이는 빈혈증 환자이고, 곧 미국으로 떠날 여자이다. 그러니 수련이의 적수랄 수도 없는 것이다. 그러나 부부라도 남이기 때문에 독고의 속을 독고처럼 잘 알 수가 없다. 어차피 진실이 통하지 않으니까, 오해를 낳을 수 있는 사실보다는, 진실로 믿겨지는 거짓말이 나은 것이다. 거짓말 같은 진실보다는 진실 같은 거짓말이 인간의 마음을 편안하게 한다.

독고의 발걸음은 집으로 향했다. 지금쯤 방바닥을 후비고 앉아 있을 수련이의 모습이 점점 가까이 다가오고 있었다.

의외였다. 아내는 독고를 반갑게 맞이했다. 오히려 신경질을 피운 것은 독고 쪽이었다. 저녁식사를 했느냐는 물음에 했다는 표시를 했는데도 재차 똑같은 말을 되풀이했기 때문에 소리를 지르고 만 것이다.

"아니, 먹었다는데 왜 그래! 아, 이 시각까지 굶고 다니는 사람 봤어?"

괴로웠다. 저녁식사란 말만 들어도 그것은 고문을 당하는 느낌이었다.

"어디서 잡수셨어요?"

심문은 시작된 것이었다. 아내가 필요 이상으로 싹싹하게 굴 때에는 일단 그것이 불길한 징조라고 생각해두는 편이 좋은 것이다.

몇 번 연습을 해두었지만 막상 입이 잘 떨어지지 않았다. 독고는 넥타이를 천천히 풀며 다시 마음속으로 대답해야 할 것을 생각해보았다. 남자에게 넥타이가 있다는 것을 처음으로 독고는 감사했다. 넥타이를 매거나 풀 때의 그 짤막한 시간의 유예!

남자의 싸움은 두 종류였다. 하나는 넥타이를 매는 순간에서부터 시작되는 싸움이고 또 하나는 넥타이를 푸는 순간에서부터 벌어지는 싸움인 것이다. 전자는 담 바깥에 있는 사회에서 벌어지고 있는 생존경쟁이고, 후자는 담 안의 가정에서 치러야 되는 부부싸움인 것이다.

넥타이를 풀면서 독고는 천천히 그 전투장으로 들어갔다.

"사장님 댁에서……."

수련이가 아무리 의심을 한다 해도 사장한테까지 알리바이를 확인하려고 들지는 않을 것이다. 그리고 이럴 때는 신분이 높은 사람으로부터 초대를 받았다고 해야 여자들은 기분이 좋아진다. 그러면 자연히 공격해오는 창끝이 무디어지는 법이다.

"사장님 댁?"

수련이의 입가에 야릇한 미소가 어려 있었지만 독고는 얼마든지 반격할 총탄을 그득히 쌓아두고 있었기 때문에 느긋한 기분으로 계속 알리바이의 각본을 써나갔다.

"도안부장이 눈치 없이 술을 마시러 가자고 하지 않겠어?"

수련이는 시치미를 뗐다. 도안부장에게서 전화를 받은 것을 내색도 하지 않고 있었다. 그것을 독고는 역이용했다.

"사장 댁에 나 혼자 초대를 받았다고 하면 동료 사이에 섭섭해하지 않겠어? 맹박사라구 왜 기획실 고문 말야. 술이나 하면서 앞으로의 사업 확충에 대해 상의를 해보자나! 그런데 그게 사내의 비밀이라 남들에게는 말하지 말라는 거지. 근데 도안부장이 끈덕지게 달라붙잖아, 눈치 없이……. 그래서 어떡해. 아이가 아프다는 핑계를 댔지. 그랬더니 택시까지 잡아주잖아, 좀 미안하더군."

수련이의 입가에는 계속 수상한 미소가 돌고 있었다. 독고는 좀 불안해졌다. 너무 조용한 것이다.

"좀 미안했다구요? 저한테는 미안하지 않구요?"

독고의 가슴에 화살촉이 날아와 박혔다.

"당신한테 미안하다니……. 아! 전화 못한 거 말야? 글쎄, 도안 부장 때문에 약속시간보다 늦어져서 사장 댁으로 곧바로 택실 타고 갔지. 그리구 어디 윗사람 있는 데서 전활 걸 수 있나. 그리구 곧 나올라는데 이야기가 길어지는 바람에……."

당황한 탓인가 매듭이 잘 풀리지 않아 몇 번을 잡아당긴 끝에 겨우 넥타이를 풀었다. 그리고 윗저고리를 벗었다. 아내는 이때 저고리를 받아서 장롱에 건다. 항복한 장군의 군기를 받아 가듯이……. 이것이 매일마다 되풀이되는 그들의 저녁의 의식儀式이었다.

보통 때와 마찬가지로 수련이는 독고로부터 윗저고리를 받았다. 그런데 그냥 받아 걸지 않고 마치 투우사가 홍포를 들고 있듯이 두 손으로 윗저고리를 든 채 서 있었다.

"그래, 저녁은 맛있었어요?"

수련이는 여전히 입가에 미소를 띠고 물었다.

"거 참! 이상한 사람이네? 무얼 그런 걸 꼬치꼬치 묻나. 빨리 옷이나 걸라구……."

독고는 짜증을 부렸다. 죄가 없는 사람은 당당하게 굴어야 한

다. 이렇게 신경질을 부리는 것은 자기에게 죄가 없다는 결백의
표시이다.

"이상한 사람이라구요?"

수련이가 웃었다. 그러나 그 웃는 표정은 그대로 우는 모습으
로 이어졌다. 처음엔 호호거리는 웃음소리 같았는데 그것이 점점
큰 소리로 바뀌면서 울음소리가 되었다.

"그래요! 누가 이상한 사람인가 알아봐요? 당신 왜 거짓말을
해. 사장님 댁에 있었다구요? 근데 왜 사장이 당신에게 전화를 걸
어요? 옆에 있는 사람 놔두고 왜 이리로 전활 걸어! 뭐요. 아이가
아파서 입원을 했다구요? 당신, 오늘 직장에서 맹박사라는 사람
과 다투었다면서, 그것도 일찍 퇴근하려고 말예요."

"누가 그래, 도안부장이 그래?"

독고는 드디어 올 것이 오고 말았다는 생각이 들었다.

"사장이 그럽디다. 집에 무슨 일이 있느냐구……. 그러더니 도
안부장한테서 전화가 오지 않겠어요?"

수련이는 울면서도 여전히 독고의 윗저고리를 들고 있었다. 독
고는 수련이에게서 윗저고리를 빼앗아 자기가 장롱 안에 걸려고
했다. 그러나 수련이는 독고의 손을 뿌리치고는 그 윗저고리를
뒤지기 시작했다.

남자의 비밀은 대개 호주머니 속에서 드러나게 마련이었다. 어
렸을 때에는 학교 선생님들이 호주머니 검사를 해서 불량 학생

의 정체를 밝혀냈다. 화투장이 들어 있거나, 담배, 성냥, 심하면 칼과 같은 흉기가 나온다. 그것으로 영영 퇴학을 당하고 마는 불쌍한 친구들도 있다.

사진부장의 '바람학습' 강의에서도 바람 피울 때 제일 조심해야 될 것은 호주머니 정리를 잊지 말라는 거였다. 자기도 모델 하나가 바람을 맞히는 바람에 피임기구를 바지주머니에 그대로 넣어둔 채 집으로 돌아간 일이 있었다는 거였다. 자기 같은 노장들도 실수를 할 때가 있다는 거였다. 그 사실을 알고 부랴부랴 집으로 돌아갔을 때에는 이미 행차 뒤의 나팔이었다. 벌써 그 양복바지는 아내의 손에 의해서 깨끗이 빨아져 베란다에 널려 있었고, 피임기구가 들어 있던 양복바지 주머니는 속이 뒤집혀서 개 헛바닥처럼 겉으로 빼내져 있었다.

그러나 아내는 아무 내색도 하지 않더라는 거였다. 다음 날 회사에서 돌아와보니 다른 빨래는 모두 걷어 치웠는데도 그 양복바지만은 그 자리에, 똑같은 모습으로 내걸린 채였다. 혹시나 혹시나 했지만 아내는 여전히 아무 말이 없었고, 개 헛바닥처럼 호주머니 속을 드러낸 양복바지만은 매일같이 그 자리에 그냥 걸려 있었다. 결국 일주일 뒤에 사진부장이 자수를 하고 난 뒤 베란다에서 그 양복바지는 겨우 걷혔다는 거였다.

독고는 모든 거짓말이 무참하게도 판잣집처럼 무너져 내려앉는 것을 보았다. 사진부장의 강의대로 호주머니 정리부터 했더라면 그래도 빠져나갈 구멍이 있었을는지도 모른다.

수련이는 도안부장의 지갑과 수면제 약봉지를 꺼내 들었다.

"이건 뭐지요?"

수련이는 세관원처럼 재빠르게 지갑을 뒤졌다. 남은 지폐장과 함께 끼어 있던 색 바랜 여자의 사진을 꺼냈다.

"이게 누구야, 당신!"

못 보던 지갑 속에서 돈과 여자 사진이 나오는 걸 보자 수련이는 절망적으로 소리 질렀다.

"누구예요. 이게?"

독고는 그것이 도안부장의 지갑이라고 차마 말할 수 없었다. "잘 봐! 옛날 사진이잖아? 그 여자가 살아 있다면 지금 환갑을 넘은 지 오래겠지."

독고는 풀이 죽은 말로 대답했다.

"그런데 왜 이게 당신 지갑 속에 있어요?"

"내 지갑이 아냐."

"그럼 이제 소매치기까지 해요."

"무슨 소릴 그렇게 함부로 해!"

"아니, 이상하잖아요. 이런 사진이 들어 있는 지갑이 왜 당신 호주머니에 들어 있어요?"

독고는 피곤했다. 모든 걸 이야기하자. 거짓말에서, 아내에게서, 세계의 모든 사람들에게서 풀려나고 싶었다. 육지 위에서는 천적이란 게 거의 없다는 펭귄이 되고 싶었다. 눈이 오는데도 따뜻하기만 한 남극의 섬으로 가고 싶었다.

"도안부장 거야!"

"도안부장요?"

"아이가 아프다고 했더니 비상금으로 주더군."

"지갑째로요?"

"응, 택시가 떠나는 바람에……."

"왜 아이가 아프다고 했어요?"

"미란이를 만나려고……."

"미란이?"

수련이는 어디에서 들은 이름이라는 듯이 고개를 갸웃거렸다.

"미란이 말야. 곧 미국으로 떠나. 그래서 만난 거야." "맞았어요. 당신에게 전화를 걸었던 여자!" 수련이는 입술을 파르르 떨었다.

"그래, 팔 게 없어서 불쌍한 진이를 팔아 여자를 만나러 가요? 당신 그게 정말야…… 정말이냐구?"

"천천히 이야기해. 아무것도 아니야."

수련이는 흐느껴 울다가 정신이 돌아오자 이제는 약봉지를 펴봤다. 눈물 때문에 글씨가 잘 보이지 않았던지 눈물을 씻고는 약봉지를 자세히 살펴보았다. 그러더니 질겁을 하며 수련이는 전기에 쩐 것처럼 약봉지를 내동댕이쳤다.

"아니…… 이거 수면제잖아요?"

수련이의 얼굴이 창백해지면서 손이 떨렸다.

또 실수했구나! 수면제를 내버리지 않고 집에까지 가지고 온 것을 후회했다. 그러나 뜻밖의 반응이 일어났다. 서슬 푸르게 뛰던 수련이가 갑자기 누그러지기 시작한 것이다.

한참 동안 작은 소리로 흐느껴 울었다. 독고는 집을 나가고 싶었다. 정말 펭귄이 산다는 남극의 섬이라도 찾아나서야겠다는 생각이 든 것이다.

수련이는 밖으로 나가려는 독고를 잡았다.

"여보! 좋아요. 아무 말도 안 하겠어요. 아무것도 안 묻겠어요. 이대로 계세요."

수련이는 수면제 봉지를 얼른 집어가지고는 밖으로 나가며 말했다.

독고가 수면제를 먹고 자살할 생각을 한 것으로 오해를 한 것이었다. 독고는 엉뚱한 수면제의 효과를 보고 속으로 쓴웃음이 나왔지만, 정말 아내가 그것을 치우지 않았더라면 입 안에 그것을 털어넣었을지도 모른다는 생각이 들었다.

빈방에 앉아서 독고는 대체 지금 자기에게 무슨 일이 일어났었는가를 차근차근 따져보았다. 공백상태였던 마음속에 차츰 미안한 생각, 불안감, 수치심…… 그리고 누구에 대한 것인지도 잘알 수 없는 분노 같은 것들이 여진餘震처럼 몰려오기 시작했다.

그리고 뜻밖에도 수련이와 자기는 지금까지 서로 깊이 사랑해 왔다는 것을 깨닫게 되었다. 독고는 모든 걸 다 털어놓으면서도 '베어 하우스'에 갔다는 것만은 끝내 말하지 않았다.

그것은 그가 아내를 사랑하고 있다는 무의식적인 증거였다. 내일 내일 하다가 지키지 못했던 약속이었지만, 언젠가는 자기와 진이, 그리고 수련이 이렇게 세 식구가 손을 잡고 찾아가야 할 곳이었다. 수련이의 그 꿈과 가능성을 남겨두고 싶다는 욕망, 그것은 곧 수련이에 대한 사랑이었다.

수련이도 그랬다. 남편에게 다른 여성이 생길 때, 아내는 누구나 다 분한 생각부터 한다. 자기의 자존심이 상했다는 것이 남편의 사랑을 잃었다는 슬픔보다 앞서는 것이다. 여자들은 냉장고 속에 넣어둔 자기의 소시지를 누가 훔쳐 먹기라도 한 것처럼 '소유권 침해'의 이해 문제가, 남편과의 애정 문제보다도 더 중대하게 느껴지는 것이다.

그러나 수련이는 수면제를 보는 순간 태도가 달라졌다. 독고가 자살을 생각할 정도로 고통을 겪고 있다고 믿었기 때문이다. 그렇게 아파하는 마음에 자기마저 손톱자국을 내서는 안 된다고 생각했기 때문이다. 그것은 요컨대 수련이가 독고를 그만큼 아끼고 사랑하고 있다는 뜻이다.

독고는 아내가 무엇을 하고 있는지 궁금한 생각이 들어 방문을 열고 베란다 쪽으로 나갔다. 혹시⋯⋯. 이번에는 독고의 마음 이

탔다. 수면제를 들고 나가 자신이 삼켜버린 것이나 아닌가?

수련이는 독고가, 독고는 수련이가 수면제를 먹으면 어떻게 하나 서로 엉뚱한 오해를 하고 있는 결과가 되었다. 그러나 그 수면제 는 우연히 굴러들어온 것이고 굳이 따지자면 그것은 미란이에게서 비롯된 것이었다.

아내는 하수구를 들여다보고 있었다. 어둠 속에서도 하얀 정제 몇 알이 흩어져 있는 것이 보였다. 수련이는 수면제 봉지를 수채에 처넣고, 그 자리에 그냥 정신 나간 사람처럼 못 박혀 있었던 것이다.

그러한 모습이 독고에게는 꼭 지금까지의 모든 슬픔과 절망의 찌꺼기들을 수채 속에 모두 털어버리고 그것이 다시 기어나오지 않도록 감시하고 있는 것처럼 보였다.

독고는 수련이에게 다가갔다. 그리고 뒤에서 살며시 끌어안았다. 수련이는 잠자코 있었다. 아직 마르지 않은 차가운 눈물자국이 독고의 뺨에 와닿았다.

"바보야, 아무 일도 아냐."

이렇게 말하려고 했지만 그들 사이에서는 '바보'란 말은 금기의 말이었다. 진이를 생각해서 절대로 그들은 바보란 말을 쓴 적이 없었다. 그래서 독고는 귀에다 대고 이렇게 속삭였다.

"그래, 더러 좀 그렇게 질투 좀 해봐라. 그래야 당신이 날 사랑하고 있다는 걸 확인할 수 있잖아."

맑게 갠 밤하늘에는 별들이 빛나고 있었다. 이런 때 밖에 나와 별을 본다는 것이 참 우습게 느껴졌다. 독고는 암호처럼 여러 형태로 흩어져 있는 별빛들을 바라보면서 꼭 언젠가도 이런 경험이 있다는 생각을 했다.

여선생님 일을 도와주다가 밤늦게 학교에서 집으로 돌아가던 때의 일이었다. 멀지 않은 길이었지만 집으로 가려면 숲이 우거진 언덕을 넘지 않으면 안 되었다. 달걀귀신이 나온다는 곳이었다. 나무 하나하나가 허깨비를 보는 것 같아 눈을 꼭 감고 한참 동안 제자리에 서서 와들와들 떨고 있는데 인기척 소리가 났다. 옆집에 사는 진석이네 할아버지였다.

안도의 숨을 내쉴 때 문득 밤하늘에 별들이 빛나고 있는 것이 보였다. 조금 전까지만 해도 전연 보이지 않던 그 많은 별들이 어디에서 갑자기 솟아난 것일까?

"자! 방 안으로 들어가서 이야기해."

독고는 수련이의 손을 끌었다. 손을 뿌리쳤지만, 수련이는 독고를 따라서 방 안으로 들어왔다.

독고는 얼른 TV를 켰다. 무거운 침묵을 견디기 힘들어서였다.

"남들은 부부싸움할 때 TV를 켠다는데 말야. 자, 우리도 그렇게 해봅시다."

독고는 농담을 했다.

"당신 아주 딴 사람 같아요. 여자를 다루는 솜씨가 보통이 아니야, 정말 다시 봐야지 안 되겠어."

수련이도 조금은 풀린 것 같았다.

마침 TV에서는 마감 뉴스를 하고 있었고, 공교롭게도 그 진행 담당자는 김수열 아나운서였다.

"당신 생각나? 극장표 사건!"

"할 말이 없으면 가만히나 있어요. 난데없이 극장표는 또 뭐예요."

"당신이 내 호주머니에서 극장표를 찾아내고는 날 의심한 적이 있었잖아. 결과는 어떻게 되었지? 그건 바로 우리들이 갔던 거였잖아! 지금도 그렇다구. 내가 다른 여자와 연애라도 한 줄 알지만 그 결과는 말이지…… 내가 사랑한 사람은 말이지……."

"제발 가만히 좀 있어요……."

수련이는 두 손으로 귀를 막았다.

"당신은 김수열 아나운서와 아무 일이 없었다고 했었지……. 그게 사실이라면 나도 마찬가지라구. 내가 저 친구를 보고 질투를 한다면 말이야……."

근엄한 표정으로 내각의 무슨 발표문을 낭독하고 있는 김수열 아나운서의 얼굴을 손가락으로 가리키며 독고가 말을 계속하자 수련이가 다시 신경질적으로 소리 질렀다.

"당신은 비겁해. 자기에게 불리한 일이 있으면 꼭 그런 이야기를 꺼내더라구……. 저 사람하구 나하고 대체 어쨌다는 거예요?"

귀를 막고 있는 체하면서도 수련이는 독고의 말을 하나도 빼놓지 않고 다 듣고 있었던 것이다.

"내 말은 밖에서 보면 굉장하게 보여도 안으로 들어와보면 아무것도 아니라는 거지…… 남녀관계란 도넛처럼 겉만 풍성하고 안은 텅 빈 거란 말야."

수련이는 눈을 흘겼다. 수련이가 그렇게 아름다워 보인 것은 처음이었다. 정확하게 말하자면 아름답다기보다 섹스어필이라는 말이 옳을는지도 모른다. 그러나 섹스어필을 순수한 우리말로 옮기면 암내나 암청내가 되는 것이다. 독고는 카피라이터이기 때문에 단어를 선택할 줄 안다. 아내의 그 모습을 그는 외래어 표기로 적기로 했다.

독고는 수련이를 끌어안았다.

"몰라! 몰라! 몰라!"

수련이는 가슴을 떠다밀며 말로는 그렇게 했지만 입김은 전에 없이 뜨거웠다.

독고는 수련이를 끌어안은 채 방바닥에 쓰러졌다. 그때 마침 우연히도 TV에서는 김수열 아나운서가 무슨 임시조치법의 내용을 읽어 내려가고 있었던 참이라 '엄벌에 처함'이라는 말소리가 들려왔다.

'좋다!'

독고는 김수열 아나운서가 내려다보고 있는 자리에서, 엄벌에

처하겠노라고 말하고 있는 김수열 아나운서의 목소리를 들으면서, 수련이가 자신의 아내라는 것을 증명해 보이려고 했다. 자신이 완벽한 남성이라는 것과 누구에게도 꿀리지 않는 어른이라는 것을 선언해야 된다고 생각했다.

저 침착한 김수열 아나운서의 목소리를 혼란에 빠뜨려 떨리게 하리라. 기역 자와 니은 자를 헷갈리게 할 것이고, 모든 모음의 서열을 뒤바꿔놓아 반벙어리처럼 입속에서 안타까운 호흡을 하게 하리라.

다시는 너의 노랫소리가 수련이의 목소리와 어울려 교회당 지붕 너머로 흘러나가지 않게 할 것이며, 그것들이 서로 짝을 지은 나비처럼 떡갈나무 잎 사이로 날지 못하게 할 것이니라.

독고가 끌어안고 있는 수련이는 여학생 교복을 입고 있었고 그 치마의 주름마다 빳빳한 풀이 먹여져 있었다. 독고는 그것이 구겨지지 않게 조심스러운 동작으로 치맛자락을 헤쳐갔다.

파란 스커트의 접힌 선 하나하나가 헝클어지면서 올이 풀려나가듯 무한히 번져나갔다. 아! 그것은 바다였다. 뜨거운 햇빛과 눈부신 공기와 출렁이는 파도의 율동 속으로 독고는 뛰어들어갔다.

독고는 알몸이었다. 땀구멍 하나하나마다 바다의 전체, 공기의 전체, 하늘의 전체가 젖어들었다. 독고는 헤엄을 치기 시작했다. 넘실거리는 바다에 둥둥 떠서, 욕망의 구름이 피어오르고 있는 저쪽 수평선을 향해 손을 들었다. 단단한 어깨의 근육을 느꼈다. 앞가슴으로 파도를 가르면서 노처럼 재빨리 움직이는 두 팔의 억센 리듬 속에서 독고의 두 다리는 희열의 물장구를 쳤다.

배꼽에서 옛날에, 아주 옛날에 잃어버렸던 탯줄이 다시 돋아나서 마치 수초처럼 바다에서 너울거렸다. 번지던 바다는 점점 수축되어 작은 둥지를 이루었고, 독고는 이제 그 아늑한 공간 속에서 자신이 하나의 날개 돋친 새로 변신하는 것을 느꼈다.

모든 무게가 사라지고 있었다. 독고를 압박하고 있던 위기의 압력이 희박해지자 독고는 바다에서 하늘로 솟구쳐 올라갔다.

헤엄치고 있던 물고기가 날개를 달고 새로 변신하는 순간이었다.

그래서 자신은 신화 속의 용이었다. 하지만 그때 독고는 용이 되어가고 있는 자신의 육체와 바닷물 사이에 답답하고 두꺼운 비늘 조각이 남아 있다는 사실을 깨달았다.

비늘만큼의 거리. 독고는 맨살로 그 바다를 느낄 수가 없었으며, 바다와 공기는 두꺼운 단절의 막을 치고 있었다. 바다는 끈적끈적한 피막을 가지고 있어서 그것을 찢고 하늘로 솟아오를 수가 없었던 것이다. 부패한 우유에 끈적끈적한 막이 엉긴 것과 같은 불쾌한 감각이.

"조금만 더, 조금만 더⋯⋯."

수련이가 숨가쁘게 외치고 있었다.

비릿한 물비린내가 났다. 물고기의 비늘이 독고의 가슴에 와닿았다.

　용은 추락하고 있었던 것이다.

　독고의 눈에서는 눈물이 흐르고 있었다. TV의 화면 속에서는 김수열 아나운서가 독고를 바라보면서 "안녕히 주무십시오!"라고 인사를 했다. 입가에 엷은 미소를 띠고…….

맹박사의 스윙 이론과
독고의 실천

스윙 작전. 이것은 맹박사가 고문으로 취임하면서 첫 번째 내세운 구호였다. 애드 킴의 선전 방식과 그 방향은 '스윙' 이론을 토대로 뜯어고쳐졌고, 그것을 심의하고 실천에 옮기는 총사령부가 바로 독고가 맡고 있는 기획실이었다.

독고는 거세된 황소처럼 열심히 일을 했다. 아침부터 밤까지 맹박사의 오른팔 왼팔 노릇을 하며 뛰고 뛰었다.

이유는 간단했다. 미란이를 잊기 위해서였고, 수련이와 화해하기 위해서였다. 그리고 보면 독고 자신이 이 '스윙' 요법을 필요로 하고 있었기 때문이었는지도 모른다.

스윙은 물론 '흔들다'라는 영어에서 나온 것이다. 그리고 그것은 재즈의 음악 용어이기도 하다. 하지만 맹박사의 다년간 연구로 얻어진 스윙 이론이란 것이 중학교 학생들이 펼쳐보는 영어사전에 적혀 있는 그런 평범한 뜻일 리가 있겠는가?

스윙은 각기 다른 뜻을 가진 낱말들의 두음자頭音字를 따서 합성해놓은 말이다. 마치 '까매아스'처럼 말이다.

맹박사는 S자를 설명하기 시작했다.

"'아이다AIDA'는 이제 낡은 이론이에요. 현대의 광고는 스윙 법칙으로 만들어져야 합니다. 스윙의 맨 처음 S자는 서스펜스의 약자인데……."

독고는 속으로 웃었다.

'저 친구, 지금 우리가 무슨 서부활극이라도 만들고 있는 줄 아나?'

"이때 서스펜스를 이용해서 만든 것이 바로 서부활극이라고 생각하신대도 별 잘못은 없습니다."

'저것 봐, 진짜 서부활극이란다.'

"서부활극은 아이들로부터 어른들까지, 그리고 여자나 남자나 다 좋아하지요. 서부활극의 매력은 한마디로 이 서스펜스를 이용해서 만든 것입니다. 미국의 서부지대는 개척지대이지요. 똑같은 해가 뜨고 지고, 똑같은 마을에서 똑같은 사람들과 똑같은 인사를 하며 살아가는 그 똑같은 생활, 같은 아내, 같은 자식들……. 이 일상성에서 벗어나기 위해서 사람들은 새로운 서부를 갈망하는 것입니다. 평화를 버려두고 싸움을, 안전을 피해서 모험을 찾는 그 심리, 그것은 예측을 불허하는 새로운 체험을 갈망하기 때문이에요. 서스펜스, 광고는 바로 따분하고 기계화한 현대인에게 서부의 초원을 제공하는 것입니다. 그러니까 새로운 카피는 일상적 논리나 습관을 뒤엎는 겁니다. 불안과 놀라움이 있어야 해요. 가령 바다를 찍는다고 합시다. 여기에 사람이 나타난다, 어떻게 하겠어요. 보나마나 수영복을 입히려고 하지요. 그러나 그 화면에는 서스펜스가 없어요. 그 의외성이 사람의 눈길을 끄는 겁니다. 바로 이것을 뒤집으면 예식장에 수영복 입은 신랑신부의 이미지가 되지요. 서부지대, 광고는 경험과 이미지의 새 개척지대를 만들어놓는 것이고, 그것이 바로 서스펜스를 낳는 비결인 것입니다."

독고는 맹박사를 비웃으려고 했지만 그것은 자신의 슬픈 열등의식인지도 모른다는 생각이 들기 시작했다. 그렇다고 무작정 감격해버리기도 너무 경솔한 일이 아니겠는가?

맹박사는 그야말로 서스펜스를 주기 위해 잠시 말을 끊었다가 다음 W자로 재빨리 옮겨갔다.

"다음은 W인데 이것은 원더링Wandering, '방황하다'의 뜻입니다. 방황…… 떠도는 것…… 아시겠어요?"

'예, 알겠습니다.'

독고는 눈을 감았다. 맹박사가 흑판에 무슨 글씨와 도표를 그리고 있었지만 독고야말로 미란이와의 밀회에서 서스펜스를 느끼고, 이제는 그것이 들통이 나 서글픈 마음의 방황을 하고 있는 중인 것이다. 스윙의 S자도 W자도 그것은 서부 목장의 말들처럼 자기의 엉덩이에 찍힌 낙인의 문자로 여겨졌다.

군데군데 사보텐이 서 있고 엉겅퀴가 한 무더기씩 자라나고 있는 황량한 사바나 지대를 가슴속에 그려보았다. 떠도는 것, 정착하지 않고 흘러다니는 것, 서부극의 쓸쓸한 영웅들이 생각났다. 그들은 낯선 마을에 이르고, 그곳에는 또 반드시 악한들이 모이는 술집 하나가 있다. 떠돌이는 말도 없고 표정도 없지만 한 여자를 사랑하게 되고 거기에서 나쁜 친구들과 싸워 구사일생의 고비를 넘긴다. 그는 승리했지만 길을 다시 떠난다. 사랑하는 여자가 있는데도, 휘파람 소리, 메아리 소리, 이런 효과음에서 서부의 방랑자는 지평선으로 꺼져간다.

꺼져간다. 독고는 자기 자신이 하나의 갈색 점으로 바뀌면서 바로 그 자리에 엔드마크가 튀어나올 무렵, 맹박사의 '원더링' 설명도 거의 끝나고 있었다.

"요컨대 말이죠, 이 W는 광고를 보는 소비자들이 이 상품에서 저 상품으로 정처 없이 떠돌아다니는 방랑자적 성격을 가지고 있다는 말이기도 합니다. 그러니 자, 이번에는 이 상품을 좀 써보시지요, 라고 유혹할 수가 있는 것입니다. 춘향이는 W자가 없어요. 일구월심 이도령뿐이지요. 소비자가 전부 춘향이라면 새 상품은 나올 수도 없고, 또 광고를 아무리 해보았자 소용없을 게 아닙니까? 상품의 세계에는 조강지처란 것이 없다는 관념을 불어넣어야 합니다."

'조강지처라구? 그렇지. 수련이는 조강지처지. 미란이는 신발

매품이구……. 그렇다면 내 앞에 나타난 광고문은 대체 어떤 것인가? 미란이를 상품으로 치면 어떤 카피를 작성해야 될 것인가?'

어느새 맹박사는 I자로 넘어가 열변을 토하고 있었다. 역시 맹박사도 말이 막히면 김봉섭 사장처럼 어려운 영어를 썼다. 영어 단어가 많이 튀어나오는 것으로 봐서 생각이 낡은 집 하수구처럼 자주 막히는 모양이었다.

"I는 인볼브먼트involvement의 두음입니다. '휩쓸린다'는 것이지요. 히피들이 잘 쓰던 말인데, 결국 뭐랄까. 커미트먼트, 하지만 트랭퀼라이즈, 히프노타이즈……. 그렇지, 일종의 마취 현상이지요. 자기가 대상 속으로, 이를테면 상품 속으로 자기도 모르게 파고들어가 하나가 되는 거지요. 이게 제일 중요합니다. 최면술에 걸린 것처럼 몰아沒我의 일체감을 형성하는 것, 광고에 소비자를 인볼브시켜 공범관계가 되게 하는 것이지요. 그렇지, 몰입하는 것, 우리말로는 '빠진다'는 말이 좋겠군. 한 여자를 깊이 사랑할 때의 그 몰입해가는 심정, 그것이 인볼브먼트예요. 문제는……."

'나는 인볼브먼트가 잘 안 된다. 아무것도 몰입할 수가 없는 거야. 수련이도 미란이도 늘 내 바깥에 있어. 어떻게 하면 그들 속으로 파고들 수 있을까? 양말을 벗어던지듯이 내 고린내나는 자의식을 벗어 내동댕이칠 순 없는가? 맞다. 내가 완전한 성 체험을 못하게 된 것은 바로 여자 속에 인볼브되지 못했기 때문이다.

열중한다는 것, 내가 너에게 완전히 융합된다는 것……. 그런 아편 같은 광고를 만들 수 있는 것일까……. 정말로 그것은 가능할 것인가?'

독고는 맹박사에게 질문을 했다.

"뜻은 알겠는데요. 구체적으로 어떻게 해야 그 I자를 충족시킬 수 있는 광고를 만들 수 있지요?"

독고는 광고보다도 여체 속에 인볼브먼트하는 방법을 배우고 싶었던 것이다.

"실장은 성급하시군요. 바로 실장은 내 말에 인볼브되지 않고 있다는 증거이고, 나도 실장을 인볼브할 만큼 강의를 제대로 하지 않았다는 증거지요. 말하는 사람과 듣는 사람이 인볼브하게 되면 질문 같은 것은 나오지 않아요. 어쨌든 좋아요. 예를 들자면 여기 사람 모습이 있는데, 얼굴이 텅 비어 있다면 어떻게 되지요? 보는 사람은 그냥 보는 게 아니라 눈, 코, 입 이런 것을 그 여백 속에 그려놓고 보게 되지요. 빡빡이 그려놓은 그림을 보는 것보다도 미완성의 그림 쪽이 보는 사람을 더 인볼브시키는 힘이 큰 것입니다. 광고 역시 빡빡하게 만들지 말고 보는 사람이 상상력을 가지고 참여할 수 있는 여백을 만들어주는 기법, 그것이 바로 '인볼브먼트'의 한 예라고 할 수 있지요."

'바로 미란이에게 빈구석이란 게 있었던가? 수련이에게 빈자리가 있었던가? 그렇지, 빈자리를 가지고 있는 것은 '진'이었다.

진이는 말을 유창하게 하지 못했다. 다 하지 못한 말의 공백, 그것을 내가 메워야 한다. 진이와 말을 하고 있을 때에는 그가 말할 때라 해도 그냥 듣는 것이 아니라 함께 말하고 있다고 하는 편이 옳을 것이다. 발음되지 않는 불완전한 낱말, 다 내쉬지 못한 진이의 숨결 속에서 내가 살고 있다. 진이야…….'

"N은 낫싱Nothing이죠. 문자 그대로 무無라는 뜻입니다. 광고는 현대의 선禪입니다. 만다라입니다. 이 물건을 꼭 팔기 위해서 여기 광고가 있다. 이런 인상을 주었다면 그건 실패입니다. 아무 흔적도 겉으로 남겨서는 안 됩니다. 무조건이어야 합니다. 낫싱광고는 물 위에 쓰는 글자이고, 사막 위에 찍힌 낙타의 발자국같은 것이지요."

'제법 시적이구나. 낙타 발자국이라구? 낫싱…… 낫싱…… 나는 수련이가, 진이가, 그리고 나와 이 많은 낱말들이 없다고 말할 수 있을 것인가? 낫싱…… 무를 체험하라. 섹스 그것도 낫싱이지. 그런데 난 그것이 무엇인가 '있는 것'으로 생각하고 있기 때문에 늘 실패하는 것이다. 낫싱.'

"최고의 광고는 무의식 속에 남아 있도록 하는 것이지요. 먹은 음식이 남아 있으며 체해요. 체하는 광고는 만들지 말자, 이겁니다."

'아! 이제 마지막이군. G 하나가 남았다. G는 무엇인가? 설마 God는 아니겠지. Gold도 아니겠지. 낫싱이 나왔으니 Ghost인가?'

"마지막 G는 Goodness(善)입니다. 여러분, SWIN까지라면 노름하는 사람과 다를 게 없어요. 노름꾼들은 서스펜스를 느끼지요. 원더링(彷徨)합니다. 그리고 인볼브, 몰입해서 밤새는 줄 몰라요. 그러나 털고 일어나면 대개 다 낫싱 아닙니까?"

맹박사는 사람들이 웃어주기를 기대하고 잠시 말을 멈추었다. 그러나 웃은 것은 마음 약한 독고실장 하나뿐이었다.

염화시중……. 석가처럼 독고를 향해 맹박사는 미소를 지었다. 연꽃 대신 백묵을 보이면서.

"그러나 광고가 노름과 다른 것은 노름이 해를 주는데, 즉 악한 것인데 광고는 G, 즉 선善이라는 말입니다. 치약 광고는 보건생활에 기여를 하고, 술 광고는 스트레스 해소의 정신 위생에 이바지한다. 이렇게 악마에게라도 '선'의 이미지를 만들어주는 것이 카피라이터의 의무이지요. 가령 설탕 광고를 할 때에는 그것이 사카린처럼 인공적 감미료가 아니기 때문에 암에 걸릴 염려가 없다는 것이 강조되어야 하고, 또 인공 감미료를 선전할 때에는 설탕처럼 비만증에 걸려 고혈압으로 쓰러져 죽는 일이 없다는 플러스 이미지를 만들어내야 된다는 것이지요. 모든 상품에는 +와 -가 있게 마련이니까, + 이미지만을 끄집어내어 그것을 소비자에 게 강조해 보여야 합니다."

그리고 맹박사는 말했다. 이 모든 S.W.I.N.G.를 합치면 스윙 효과가 나온다는 것, 그네를 타는 것 같은 효과…… 어지러움, 최면 효과……. 어째서 옛날 사람들은 그네를 탔는가? 그것은 바로 스 윙 효과를 맛보기 위해서였다는 것이다.

이제 TV나 신문 광고가 현대인의 그네터가 되어야 하고, 이 그 네를 타다가 춘향이는 행복한 이도령이라는 상품을 만나게 된다 는 것이었다.

'소비자가 한 상품에 대해서 춘향이처럼 절개를 가지면 안 된 다고 했지. 그런데 결국 스윙 이론은 어지러움과 최면술로 소비 자를 춘향이처럼 한 상품만 섬기게 하라는 것이니, 대체 맹박사 의 이론은 어떻게 돼먹은 거냐. 알았다! 하늘과 땅을 번갈아 왔 다 갔다 하는 그 모순 자체가 스윙이란 말이렷다. 창녀와 일부종 사하는 열녀……. 이 둘 사이를 왔다 갔다 상하 운동을 하는 스 윙……. 아! 스윙 밴드.'

독고는 자기 자신의 생도 스윙으로 바꿔놓을 결심을 했다.

'향단아, 그넷줄을 밀어라.'

'수련아, 그넷줄을 밀어라.'

'미란아, 그넷줄을 밀어라.'

독고는 그중에서 '미란이'와 '밀다'가 제일 두운이 잘 맞는다는 것에 흠칫 놀랐다.

전화마저 오가지 않은 것이 벌써 닷새나 되었다. 만약 미란이 말대로라면 앞으로 이삼 일이면 미란이는 떠날 것이다. 왜 전화 가 없는가? 자기가 전화를 걸지 않는 이유는 명백했지만 미란이가 전화를 걸지 않는 이유는 무엇 때문인가?

스윙─아슬아슬한 일, 방황하는 것, 몰입하는 것, 무, 죽음, 아무것도 남기지 않는 것……. 그러나 착한 것, 좋은 것, 남을 해치지 않는 것……. 그렇다, 독고가 진실로 구하고 있던 것은 여선생님도 미란이도 아니었다. 더구나 수련이와 진이의 가족도 아니었다.

정말 스윙하는 그네를 타고 도달되는 세계는 하나의 어지러움 속에서만 볼 수 있는 것인지도 몰랐다. 어렸을 때 독고는 운동장 한가운데서 빙글빙글 팽이처럼 돌다가 그대로 큰대 자로 땅 위에 누워버리곤 하는 놀이를 했었다.

그러면 하늘이, 그리고 그 큰 학교 전체가, 주위의 숲들이 빙글빙글 돌아갔다. 아! 얼마나 짜릿한 행복의 순간이었던가?

또 그런 놀이도 했었다. 햇볕이 내리쬐는 데서 자기 그림자를 한참 지켜보다가 갑자기 하늘로 고개를 치켜올리면 자기의 그림자가 하얗게 떠서 하늘 위로 날아가는 것이 보였다. 분명히 그것이야말로 스윙의 세계였다. 하늘로 날아간 그 그림자를, 그리고 빙글빙글 어지럽게 돌아가던 학교의 유리창들과 번쩍이는 숲의 나뭇가지들을 찾아내야 한다고 생각했다.

독고는 난데없이 맹선생이 그리워졌다. 여지껏 없었던 감정이었다. 맹박사와 성이 같아서만이 아니었다. 국민학교 마당에서

뺑뺑이 놀이를 하던 때를 연상하며 어떤 어지러움을 느끼는 순간, 기억의 입구로 맹선생의 커다란 몸집이 나타났다. 그러고는 소댕만 한 커다란 손바닥으로 독고의 뺨을 후려쳤다.

독고는 그날 지각을 했었다. 눈이 너무 많이 내려 등교하던 고갯길에서 그만 미끄럼을 타고 놀았던 것이다. 눈은 포근히 독고의 몸을 감싸주고 있었고, 국어책의 가갸거겨나 산수책의 그 아라비아 숫자 1, 2, 3…… 들을 하얀 공책처럼 모두 지워놓고 있었다.

교문을 들어섰을 때는 조회가 끝나고 아이들의 행렬이 벌써 교실로 향하고 있었을 때였다. 하필 맹선생이 주번 선생이었다. 그는 교문에서 지각생들을 일렬로 세워놓고 있었다. 독고를 보자 맹선생의 눈이 번쩍 빛났다.

"독고! 이리 와 서 있어!"

맹선생은 지각했다는 그 이유만이 아닌 것 같았다. 무슨 까닭인지 독고에게 몹시 화를 내고 있었던 것이다. 다른 아이들을 모두 교실로 보낸 뒤에도 공연한 트집을 잡아 독고만 따로 세워놓고 뺨을 후려쳤다.

"이놈의 자슥, 주둥이 함부로 놀리고 다니지 말어! 다시 또 쓸데없는 소릴 지껄이고 다녔다가는 아가리를 찢어버리겠다!"

눈에서 불꽃이 튀면서 주루룩 코피가 쏟아졌다. 빨간 핏방울이 하얀 눈 위에 떨어졌다. 핏방울은 번지지도 않고 보석알처럼 흰 눈 속으로 박혔다. 독고는 눈물조차 흘릴 수가 없었다. 자기는 맹선생에게 '맹꽁이'라고 한 적이 한 번도 없었는데 대체 무슨 말을 했다는 것인가? 그것은 선생이 학생에게 하는 말이 아니라 남자와 남자가 일 대 일로 싸울 때 주고받는 말씨요, 또 주먹질이었다.

교내에서는 맹선생과 여선생님 사이에 이상한 소문이 조금씩 나돌고 있었는데 맹선생은 아마도 그것이 독고의 짓이라고 생각했던 모양이다. 왜냐하면 맹선생이 여선생과 가까이 지내는 것을 남 앞에 보인 것은 바보로 생각한 독고뿐이었기 때문이다.

죽으면 죽었지 정말 그건 자기의 짓이 아니라는 것을 생각하자 눈물이 왈칵 솟아났다. 억울해서가 아니라 여선생도 맹선생과 똑같은 생각을 하고 있을 것이었기 때문이다. 그렇다고 변명을 할 수도 없었다. 독고는 여선생이나 맹선생이 생각하고 있는 것처럼 바보가 아니었다. 만약에 묻지도 않는데 이쪽에서 이런 소문은 내가 퍼뜨린 게 아니라고 말한다는 것은, 도둑이 제 발 저린 것으로밖에는 생각되지 않는 일일 것이다.

코피를 닦고 머리를 치켜올렸을 때, 먼 교실 창문에 이쪽을 쳐다보고 있는 여선생님의 얼굴이 보였다. 역성을 들어준 것도 아닌데 여선생이 먼빛으로 자기를 지켜보고 있는 것을 보자 엉엉 소리내어 울었다. 도둑놈 같은 큰 발자국만 눈 위에 찍어놓고 맹선생은 사라지고 없었다.

그렇게 밉기만 하던 맹선생이 어째서 갑작스레 그립게 느껴지는 것일까? 옛날에, 아주 옛날에 잊어버렸던 맹선생이 어째서 이십 년 가까이 그의 가슴 한구석에 숨어 있다가 이제서야 연기처럼 피어오른다는 말인가?

맹선생의 퍼런 수염터, 상스럽게 생긴 두꺼운 입술, 거무튀튀한 얼굴, 그리고 무엇보다도 그 떡 벌어진 두 어깨가 독고의 마음을 사로잡았다.

자학인가? 맹선생이 다시 한 번 그 두툼한 손을 들어 세차게 자기의 뺨을 내려치면, 그래서 코피가 터져 주루룩 쏟아지면 독고의 가슴이 후련해질 것만 같았다. 그러면 맹선생의 널찍한 두 어깨에 얼굴을 파묻고 소리내어 엉엉 울리라. 그렇게 한 시간쯤 울면 슬픔의 응어리들이 후련하게 빠질 것 같다는 생각이 들기도 했다.

독고는 두 손으로 뺨을 어루만져보았다. 한 닷새 사이에 그의 볼은 야위어 있었다. 살갗이 얇아져 혓바닥이 손바닥에 와닿는 것 같은 느낌이었다. 수척해진 자기의 모습을 손바닥의 거울로 비춰보자, 형언할 수 없는 자기 연민에 빠져버렸다.

독고는 원장수녀님을 찾아가보고 싶었다. 그 뒤 맹선생을 만나본 적이 있었느냐고, 지금 어디에서 무엇을 하고 계신가……. 그러나 그런 말을 하면 선생님의 묵은 상처가 덧날지도 모른다. 하지만 독고는 궁금했다. 맹선생만은 아직도 힘센 사람으로 어디에선가 어깨를 펴고 살아가고 있어야만 한다고 생각했다. 유들유들해서, 뻔뻔스럽게, 그리고 또 흘낏 훔쳐본 일이 있었던 그 거대한 남근을 보라는 듯이 온 세상을 향해 뻗치고 살아야만 한다.

맹선생에게 향하던 그 증오심이 어째서 그리움과 존경심으로 바뀌어가고 있는지…… 더 이상 참지 못하고 독고는 카피 원고를 찢어버리고는 전화 다이얼을 돌렸다.

"원장수녀님 부탁드립니다."

독고는 숨넘어가는 사람처럼 급한 소리로 외쳤다. 한참 동안 있다가 원장수녀님 목소리가 들려왔다.

"접니다. 독고예요, 선생님."

"웬일이지? 진이는 괜찮아요. 모든 일을 아주 잘해내고 있지."

"진이 때문이 아닙니다…… 저…….."

독고는 맹선생 이야기를 꺼낼 수가 없었다.

"맹박사라구……. 청심학원 프로젝트를 총관장하고 계신 고문선생인데요. 지금 비디오를 만들고 있는데요. 언제 그분 뫼시고 선생님 뵐려고요."

"인사는 뭐, 바쁘실 텐데……. 참 보내주신 TV 세트, 비디오덱 감사합니다. 방마다 설치해주었더니 아이들이 아주 좋아하고 있어요."

"그런데요, 선생님…….."

역시 독고는 우수한 카피라이터였다.

거짓말하는 순발력이, 그 둘러치는 솜씨가 비상했다.

"그런데 말이지요…… 맹박사라고 하니까 얼핏 맹선생 생각이 나지 않겠어요?"

원장수녀님은 잠자코 있었다.

"맹선생은 지금 어디 계신지요. 어떻게 지내고 계십니까?"

한참 동안 수녀님은 아무 말이 없었다. 독고는 큰일 났다 싶었다. 공연한 소리를 했다고 후회했다. 그러나 의외로 침착한 말소리로 원장수녀님은 성경 구절이라도 낭독하듯이 이야길 했다.

"글쎄요. 그분 통 보지 못했는데, 어떻게 알았는지 한 두 달쯤 전인가 이곳으로 찾아왔어요."

"예? 그곳으로 찾아오셨어요?"

"그래요. 여기로 와서는……."

이번에는 독고가 말을 잇지 못하고 그냥 수화기만 들고 있었다.

"책을 사달라는 거였지. 백과사전의 외판원으로 일하고 계셨던 거죠."

독고는 수화기를 내던지려던 것을 겨우 참고 되물었다.

"외판원요?"

"나이가 많으셔서 잘 안 되는 것 같았지. 오죽하면 나를 다 찾아왔겠어."

원장수녀님은 무엇인가 라틴어로 짤막하게 말한 것 같았다.

'키리에 엘레이손(주여, 우리를 불쌍히 여기소서)'이라고 했던가?

"그게 아닐 겁니다. 맹선생님은 선생님을 잊지 못하고 선생님을 뵙고 싶어서 외판원을 가장해서 말이죠……."

독고는 열에 들뜬 사람처럼 이 소리 저 소리를 하며 헤맸다.

그러나 원장수녀님은 냉담한 말투로 대답했다. 전연 흐트러져 있는 구석이 없었다.

"나를 보고 싶다니, 그게 언제 적 일인데!"

조금 미소를 짓는 것 같았다.

"그렇게 자존심이 강한 분이…… 오죽 사정이 딱하면 나에게까지 찾아왔겠어. 그래도 돈을 직접 드렸더니 받지 않으시더군요. 책값은 수금원이 받으러 온다는 거였어."

독고는 한참 동안 횡설수설하다가 수화기를 놓았다.

'이젠 내 뺨을 때려줄 사람도 없구나. 만약에 맹선생이 이곳에 나타나 나에게 비통한 표정을 지으며 책을 사달라고 하면 이번엔 내가 뺨을 때려야겠다. 코피가 쏟아지게 하리라. 펑펑 쏟아지게 하리라. 그러면 시들어가는 맹선생의 성기가 다시 발기하리라. 깃발처럼 일어나라. 일어나라.'

그러나 독고의 환상은 오래가지 않았다.

백과사전 광고를 다시 접고(아! 그 안에는, 백과사전의 어느 갈피에는 미란이가 번역했다는 갈매기 항목이 있을지도 모른다. 거기에도 껄껄 웃으면서 카리브 해를 날아다닌다는 라핑 갈매기에 대한 이야기가 나올 것인가) 맹선생은 돌아서 나간다. 걸어왔던 그 문으로 다시 돌아서 나간다.

뒷머리가 벗겨진 맹선생의 환영을 보고 있을 때 이번에는 직통 전화벨 소리가 울렸다.

"교환이 이 전화번호를 가르쳐주었어요. 이젠 전용 전화까지 있으시구……. 앉아 계신 의자는 회전의자예요?"

시란이의 목소리였다.

"아! 시란이야?"

독고는 반가웠다. 그러나 바로 침울해지는 자신을 발견했다.

"저녁 사주세요."

"오늘은 안 되겠는데?"

"오늘만이 아니라 내일도 마찬가지겠지요?"

"아니야. 오늘은 좀 특별한 회의가 있단 말야."

"그럼 내일 저녁은요?"

독고는 점점 입장이 난처해졌다.

"내일 저녁은 말이지……."

"거 보세요. 제가 내일도 바쁠 거라고 하지 않았어요."

시란이를 만나는 거야 어떻겠느냐? 그리고 미란이와의 마지막 작별쯤은 해야 되지 않겠는가. 독고는 자기 자신을 타일렀다.

"좋아, 오늘 저녁에 만나자."

"언니 안부는 묻지 않으세요?"

"만나서 얘기해."

"장소 정해요."

독고는 베어 하우스란 말이 나올까 봐 가슴이 덜컥 내려앉았다. "회의가 있으니까 말이지. 먼 데보다 가까운 곳에서 잠깐 만나자구. 이쪽으로 나와."

시란이의 입에서 또 무슨 기괴한 말이 나올까 겁이 나서 조심조심 변명을 했다. 누가 옆에 있는지 시란이가 종알거리는 소리가 수화기에서 흘러나오더니 킥킥 웃는 소리와 함께 "좋아요. 그럼 갈게요."라는 소리가 들려왔다.

독고는 타이탄 운동화의 마지막 카피를 완성해서 제작부에 넘겨야 했다. 그것은 회사만이 아니라 독고에게 있어서도 중요한 광고였다. 맹박사에게는 스윙 작전 모델 제1호이고, 독고에게 있어서는 기획실장을 맡은 후의 첫 작품이 되기 때문이었다. 더구나 운동화는 수요가 많은 대중상품일 뿐 아니라 상대방이 한창 활동적인 청소년들이라 새로운 감각의 새로운 소비품, 여기에서 이겨야 미래의 시장을 장악할 수가 있다.

그러나 무엇보다도 이 광고는 청심학원에서 폐쇄회로를 타고 방송되는 제1호 시험작인 것이다. 이 커머셜은 몇 개로 나뉘어 원생들에게 방영이 되고 특수 비디오카메라로 그것을 보는 정박아의 반응이 낱낱이 찍히도록 장치되어 있는 것이다. 그 데이터에 의해서 '스윙' 효과가 측정되고 광고의 최종안이 결정되는 것이었다.

맹박사가 들어오는 바람에 독고는 시란이의 전화를 끊었다. 보나마나 타이탄 운동화의 카피를 두고 고문선생께서 고문을 시작할 눈치였기 때문이다.

"실장, C안의 타잔 말인데 너무 낡은 이미지가 아닐까요?"

"그러니까 시험용 아닙니까?"

독고는 조금 도전적으로 말했다. 외판원이 된 맹선생과 박사 고문이 된 맹선생의 두 이미지를 가슴속에 그려보면서…….

"타잔이 도시에 나타난다면…… 무슨 신발을 신을까요?"

퀴즈문제처럼 사회자가 물으면 아이들이 일제히 버저를 누른다.

그리고 맨 먼저 누른 학생이 대답을 한다.

"타이탄 스포츠화요."

"예, 맞습니다."

그 순간 화면이 바뀌면 타잔이 알몸에 표범가죽을 두르고 타이탄 스포츠화를 신고 고층빌딩 옥상에서 타이탄이라고 외친다.

그러고는 빌딩과 빌딩 사이를 밀림의 나뭇가지에, 덩굴에 매달려 날아다니는 것처럼 그렇게 자유로이 넘나든다.

독고는 그것을 S.W.I.N.G.에 맞춰 하나하나 설명을 했다. 고층빌딩 사이를 오가는 시계추 운동은 그 자체가 스윙 효과이고, 서스펜스를 내는 효과라고. 그리고 밀림의 타잔을 도시의 빌딩과 아스팔트로 끌어낸 것 역시, S와 W를 만족시키는 요인이라고…….

"스윙 효과란 결국 날고 싶다는 욕망이 아니겠습니까? 그래서 타잔을 답답한 도시에서 시원히 날아오르게 한 것입니다. 밀림 대신 각종 교통 표지판을 보여줍니다. 정지 신호등, 주차금지, 일방통행, U턴금지, 갖가지 규제의 푯말 사이로 자동차가 밀림의 코끼리나 원숭이 떼처럼 그 사이를 누비며 다닙니다. 그 위를 타잔이 자유롭게 뛰어다니는 것이지요."

"타잔은 덩굴을 잡고 나무 사이를 오가지만 이 CF에서는 동작만 그렇고 실제 끈은 보이지 않지요. 그러니까 맨손으로 스윙 운동을 하고, 보는 사람이 밧줄을 연상하는 게 됩니다. I, 인볼브먼트의 이론을 그렇게 살린 것입니다. 물론 마지막 G는 운동화니까 국민 체력 향상의 이미지로 끝을 맺으면서, 누구나 타이탄 스포츠화를 신으면, 야성의 활기를 되찾을 수 있다는 신화를 주는 것이지요."

A안, B안은 이미 검토를 끝낸 것으로 맹박사는 거기에 대해서는 별 질문을 하지 않았다. 김봉섭 사장의 영향인지 맹박사도 소파에 앉아 시가를 태우고 있었다. 독고는 그 옆에 따라 앉아 맹박사에게 혹시 맹선생에 대해서 모르느냐고 물었다.

물론 알 리가 있겠는가? 그런 엉뚱한 짓을 하는 것이 이따금 저지르는 독고의 실수였고, 그런 실수를 정당화하기 위해 또 비 범한 재능을 발휘하는 것이 독고였다.

"맹일도 선생? 모르겠는데, 왜 내 친척이라고 합니까?"

"아니에요, 너무 닮아서요."

"뭐하는 사람인데요?"

맹박사가 관심을 보이자 독고는 자신이 생겼다.

"옛날에는 국민학교 선생님이셨는데……. 지금은 서적 외판원이에요."

맹박사는 금세 불쾌한 표정으로 바뀌면서 껄껄 웃었다.

"그래, 그 사람이 날 닮았다니 구체적으로 어디가 어떻게……?"

"아닙니다. 그보다도 말이지요. 맹선생이라는 사람이 옛날 애인에게 책을 팔러 왔다는 거예요. 선생님은 심리 분석에도 대가가 아니십니까? 거, 어떻게 생각하세요?"

맹박사는 흥미 없다는 듯이 담배연기만 내뿜고 있었다.

"최소한 나는 그런 밸 빠진 사람이 아니오."

"그게 아니라 말입니다. 책을 판다는 것은 표면적인 이유이고, 무의식적으로 그 여선생을 보고 싶은 충동이……."

"여선생이라구요?"

"아이구, 참, 내가 설명을 안 했군요. 그 선생의 연인은 같은 학교에 근무하고 있던 여선생이었거든요. 지금 수녀가 되셨지만……."

맹박사는 점점 이상한 표정을 지었다.

"근데 독고실장은 왜 그런 일에 신경을 쓰는 거지요? 그리고 그게 나와……."

"만약 제가 그런 입장이 된다면 어떻게 할까, 궁금해서지요."

맹박사는 웃었다.

"실장은 참 묘한 데가 있어요. 외판원이 되시면 저에게 오세요. 내 한 질 팔아드릴게."

맹박사는 내뱉듯이 핀잔을 주고는 일어서 나가려고 했다. '정말 나는 묘한 데가 있다.'

독고는 어째서 맹박사에게 그런 어리석은 질문을 했는가 후회하기 시작했다.

"잠깐만요."

독고는 자기가 바보가 아니라는 것을 증명하기 위해 이 우문을 정당화할 구실을 찾았다.

"수녀님은 옛날 그 사람의 애인이었다. 이런 카피 어떨까? 그걸 묻고 싶었던 겁니다."

맹박사는 귀가 솔깃해지는 눈치였다.

"괜찮은데? 수녀님은 옛날 그 사람의 애인이었다! 때리는 데가 있는데요!"

맹박사는 눈을 가늘게 뜨고 입맛이라도 다시는 듯한 표정을 지었다.

"근데 그걸 무슨 커머셜로 쓰려구요?"

"글쎄, 저도 그걸 몰라서 근심하는 중입니다."

맹박사는 호쾌하게 웃었다.

일 년에 삼 센티씩 달은
지구에서 떨어져가고 있다

"무얼 그렇게 열심히 생각하고 계세요?"

〈산체스의 아이들〉의 트럼펫 소리가 컸기 때문에 시란이는 외치듯이 말했다. 독고는 시란이에게 무슨 말부터 해야 할지를 몰라서, 그리고 미란이 이야기를 꺼내기가 두려워서 입을 다물고 있었던 것이다.

"카피 때문에."

"무슨 카피예요? 도와드릴게요."

"신발이라구, 타이탄 스포츠화."

독고는 건성건성 대답했다.

"신은 죽었다고 한 니체는 무신론자지요. 그러면 니체와 정반대되는 사상을 가진 사람을 뭐라고 할까요?"

시란이는 또 퀴즈문제를 들고 나왔다.

"그야 키르케고르쯤 되겠지."

"역시 구세대는 고상하시군요. 신발장수지 뭐예요."

"왜 갑자기 신발장수는!"

"무신론자의 반대는 유신론자, 신을 내세우는 사람이니까 신발장수란 거지요. 어때요, 이거 카피 원고로 쓰세요."

독고는 정말 자기가 구세대란 생각이 들었다. 언어에 대한 감각이 벌써 다른 것이다.

"설마 내 카피 도우려고 온 것은 아닐 테고."

"난 우편배달부보다는 신문배달 쪽이 좋다고 생각했는데요. 근데 또 편질 가지고 왔거든요."

시란이는 등산용 배낭 같은 가방에서 두툼한 편지를 꺼내 들고 말했다. 등산복 차림을 한 시란이는 산 속에서 나온 요정같이 발랄해 보였다.

"어째서 신문배달 쪽이 좋다는 거지?"

보나마나 그 편지는 미란이가 보낸 것이라고 여긴 독고는 딴전을 피웠다.

"편지는 그 내용을 볼 수 없거든요."

"결국은 이 편지를 신문처럼 읽어보고 싶은 거로군."

"흥미 없어요. 그 내용을 저는 다 아니까요."

"그럼 한번 그 내용을 맞혀보지 그래. 내기라도 할까?"

시란이는 내기라는 말에 장난꾸러기 아이처럼 눈이 반짝였다.

"뭘 내기할까요?"

"학생한테 돈내기는 할 수 없구……"

독고가 주저하자 시란이는 얼른 말꼬리를 채갔다.

"좋아요, 지는 쪽이 우심깜뽀를 정하기……."

"우심깜뽀라니?

"세대차 느끼네요. 까매아스처럼, 우리 심심한데 깜깜한데 가서 뽀뽀하자는 첫 자를 따서 만든 말이죠."

시란이는 큰 소리를 내고 웃었다. 사이다 병마개라도 딴 것처럼 청량한 웃음소리가 독고의 마음을 톡 쏘았다.

"재밌어요. 남자들은 여자 쪽에서 먼저 뽀뽀를 해준다고 하면 대개 다 그런 표정을 짓거든요." 독고는 불쾌했다.

"시란이는 아무 남자나 붙잡고 뽀뽀를 해준다고 하나?"

그러나 시란이는 장난기 있는 얼굴로 거침없이 대답했다.

"아뇨, 위험한 생각을 품고 있는 사람에게만요! 이열치열식 예방법이지요."

"그럼 내가 시란이에게 위험한 생각이라도 품고 있었다는 거야?"

독고는 더욱 불쾌해졌다.

"그게 정 불쾌하시다면 다른 걸로요. 이기는 쪽이 저녁 먹는 장소를 정하기……."

"좋아요. 그런데, 이 편지 미리 뜯어본 거 아냐?"

"그럴 필요가 어디 있어요?"

"그럼?"

"제가 쓴 편진데……"

"뭐? 시란이가?"

"그래요, 언니 대신 제가 대필한 거죠."

독고는 미란이가 다시 입원이라도 했는가 싶으니까 마음이 무거워졌다.

"아뇨, 아주 건강해요. 언니는 미국으로 떠난걸요."

"아니…… 떠나다니?"

"바람과 함께……."

"장난 말구……."

"그러실 줄 알았어요. 비행기 뜬 뒤에 나팔!"

"전화 한 통 없이?"

"편지에 써 있을 거예요."

"어디 그 편지 좀 줘봐요."

"우선 내기에 진 것부터 해결하구요."

"말로 하지, 왜 편지를 썼지? 시란이답지 않게."

독고는 미란이가 떠났다는 충격을 감추기 위해서 아무 말이나 했다.

"선생님은 저와의 내기에서 번번이 졌어요. 그런데 한 번도 진 값을 제대로 치르지 않으셨단 말예요."

독고는 옛날 같지가 않았다. 귀가시간이 늦어지면 아내가 신경을 쓸 것 같아 어디에서나 전화를 걸었다. 형사 피의자처럼 정확한 알리바이를 확보해서 증거로 제시했다. 아내가 그렇게 시켜서가 아니라 독고 쪽에서 자진해서 해온 것이다. 그러나 미란이 소식을 듣자 수련이 생각을 잠시 잊어버리고 말았다.

"왜 말 한마디 없이 떠났지?"

"나중에 편지를 보시라니까요."

"편지는 편지고……. 어디 좀 시란이가 알고 있는 것을 얘기해 보라고."

시란이는 마지막 한 방울도 남기지 않겠다는 듯이 빈 커피잔을 들어 다시 마셨다.

"우리 얘기해요."

커피잔을 든 채로 시란이가 말했다. 독고는 '우리'라는 말에 가슴이 덜컥했다.

"우리 얘기라니?"

"언니 얘기하지 말고 지금, 여기에 있는 사람들 얘기나 하자는 거죠."

"정말 떠난 거야?"

"생각나세요? 우리가 제일 처음 만났던 병원."

시란이가 무슨 말을 하려는 건지 독고는 겁이 났다.

"말을 피하지 말고 언니 얘기를 해요."

"그래요, 난 지금 언니 얘기를 하고 있는 거예요. 언니는 무엇이든 자기가 하고 싶은 것을 했다고 했지요? 그러고는 싫증이 나면 나에게 물려주었다구요."

독고의 예감은 들어맞고 있었다. 시란이는 위험한 폭발물 같았다.

"이젠 선생님을 저에게 물려주고 간 거죠."

"이봐!"

독고는 좀 큰소리로 외쳤다. 자기가 말해놓고 자기 자신이 놀랐다.

"이봐요! 농담에도 한계가 있다구."

"저 농담으로 하는 소리 아녜요. 그리고 오해하지 마세요."

독고는 무엇을 생각해야 할지 잘 몰랐다. 그러나 자신의 의지와는 관계없이 지금껏 느껴보지 못한 자포자기에 가까운 감정이 솟아오르는 걸 느꼈다. 위험한 폭발물은 시란이가 아니라 바로 자기 자신이었다.

부도덕한 것, 죄, 파렴치, 온갖 악의 이름들이 떠오를수록 자신을 파괴하고 싶은 욕정이 모세혈관 하나하나에까지 독소처럼 스며드는 것 같았다.

숨이 가빠졌다. 용수철 같은 시란이의 육체는 손가락으로 조금 튀기기만 해도 허공으로 튀어오를 것 같았다. 말 한마디 없이 떠나버린 미란이에 대해서 약이 오르면 오를수록, 시란이에 대한 감정이 숨가쁘게 뜨거워진다. 수련이에 대해 죄의식을 느끼면 느낄수록 시란이를 향한 욕망의 소용돌이도 더욱 깊어졌다.

현기증을 느꼈다. 교정 한복판에서 **뺑뺑**이질을 하다가 쓰러졌을 때의 그 아득한 현기증, 애벌레같이 맑은 시란이의 몸이 회전목마처럼 빙글빙글 돌아가고 있었다.

"밖으로 나가요, 선생님!"

시란이가 일어났다.

따라 일어서기만 하면 이젠 끝장이라는 생각이 들었다. 그러나 독고는 미란이와 시란이를 분간할 수 없을 만큼 혼란 속에 빠져 있었다.

"안 돼!"

독고가 소리쳤다.

"무어가 안 된다는 거지요? 밖에 나가는 게 왜 안 되는 일에 속하는가요? 그건 거꾸로 자기 혼자 무언가 불결한 생각을 하고 있다는 증거가 아닐까요?"

시란이는 미란이와는 달랐다. 독고는 시란이의 뒤를 따라나섰다. 그것이 자기가 시란이에 대해 이상한 생각을 하고 있지 않다는 그 결백성을 증명해 보이는 유일한 방법이었기 때문이다.

"서선생님, 빨리 타세요. 이긴 쪽이 장소를 정하기로 했잖아요?"

조금 전까지만 해도 매섭게 굴던 시란이는 택시 한 대를 잡아놓고 농담을 했다. 독고는 정말 서화담이라도 된 듯이 점잖게 택시에 올라탔다.

'모르겠다. 스윙은 광고의 이론이 아니라 바로 삶의 방법이 아니겠는가? 서스펜스…… 원더링, 인볼브먼트……. 좋다…… 낫싱……. 어디로 갈지도 모를 택시를 타고 여자와 함께 떠나는 것……. 이거야말로 스윙이 아닌가?'

시란이는 택시 운전사에게 말했다.

"인천요! 올림푸스 호텔."

독고는 다시 당황했다. 이건 너무 노골적이 아닌가? 호텔이란 말에, 더구나 그것도 인천이란 말에 독고는 기가 꺾이고 말았다. 자기에게는 상의 한마디도 없이 일방적으로 장소를 결정해버린 시란이의 그 대담하고도 오만한 행동에 모욕을 느꼈지만 독고는 말 한마디 할 수가 없었다.

시란이도 농담을 하지 않고 심각한 표정을 지었다. 싸운 사람처럼 독고의 반대쪽 창문을 바라보고 있었다. 조금씩 어둠이 짙어가고 있는 자동차의 유리창에 시란이의 옆얼굴이 비쳤다. 그리고 마치 후광이라도 되는 것처럼 막 켜지기 시작한 가로등 불빛이 얼비치고 있었다.

무언가 말하려 했지만, 분위기가 너무 무거웠다. 이런 때는 침묵 이상의 표현이 없다. 독고는 눈을 감았다. 그리고 지금 자기는 서스펜스의 'S'를 지나 인천을 향해 원더링의 'W'를 경험하고 있는 중이라는 생각을 했다. 분명히 그것은 방황이었다. 그렇지 않으면 지금쯤 독고는 155번 시내버스를 타고 있었을 것이었다. 초

저녁부터 술에 취해 있는 노무자가 아니면 싸구려 향수 냄새를 풍기는 점원 아가씨, 혹은 수염터가 잡히기 시작한 고교생들 틈에 끼어서, 어제 보았던 거리의 그 광고판이나 간판 글씨들을 보고 있었을 것이다.

영양제 약병을 들고 있는 미스코리아 '선'은 여전히 왼쪽 볼에 보조개를 만들면서 S빌딩 십일 층 옥상 위에서 웃고 있을 것이고 제일은행 간판에는 엄지손가락을 세운 심벌마크가 첫째를 가리키고 있을 것이다. 그 네거리를 지나면 주유소가 있고 그 바로 옆에서는 휘발유 냄새로 꽃향기가 날 것 같지 않은 꽃가게가 있다. 그 모든 풍경들을 하나하나 그려가래도 독고는 다 그릴 수 있을 것이다. 출퇴근할 때마다 늘 보아온 풍경들이 아닌가.

그러나 독고는 지금 엉뚱한 고속도로를 달리고 있는 것이다. 원더링……. 별로 먼 곳도 아니었지만, 인천은 그에게 있어 생소한 땅이었다. 친척도, 친구도 살고 있지 않은 곳이다.

"왜 하필 인천이지?"

독고는 침묵을 견디다 못해 시란이를 보면서 말했다. 택시가 트럭을 따돌리려고 차선을 바꾸는 바람에 시란이의 몸이 독고 쪽으로 기울어졌다. 거의 입술이 독고의 뺨에 닿을 만한 거리에서 시란이의 목소리가 들려왔다.

"얼마 전에 말예요. 아버지네들이 눈물을 흘리며 읽던 통속소설 하나를 읽었거든요. 그 대목에 말이지요. '사랑해서는 안 될 사랑'을 하고 있는 남녀의 밀회 장소가 바로 인천 월미도로 되어 있더군요."

"그럼 우리도 지금 밀회를 하고 있다는 건가?"

"촌스럽게 그걸 일일이 말로 설명해야 하나요."

독고는 몸을 움츠렸다. 시란이는 금세 그의 어깨에 기대기라도 할 자세로 접근해왔다. 운전사가 백미러로 훔쳐보고 있는 것 같아 독고는 자세를 바로 취했다.

"언니하고 함께 있을 때에도 그렇게 말을 안 하셨어요?"

시란이는 손가락으로 무엇인가 자동차 창문에 낙서를 하면서 독고에게 물었다.

"아니, 처음부터 끝까지 말만 하지. 말이 끊어지면 서로 불안해 지거든."

"그럼 지금은 불안하지 않으신가 보지요?"

카피라이터인 독고가 일찍이 이렇게 무력해 보기는 이번이 처음이었다. 번번이 말문이 막히곤 했었다. 무어라고 대답해야 옳을지 몰랐다. 결국 비상 화법을 쓰기로 결심했다.

"무어라고 대답하는 것이 좋겠어?"

"물론 불안하다구 말씀하시는 쪽이죠."

"응, 그럼 됐어. 난 지금 불안해!"

"그럼 내리세요."

"자동차가 달리고 있는데……?"

"그러니까 자살하시기 좋잖아요."

독고는 또 말문이 막혔다.

'너 같은 쪼다는…….'

독고는 시란이에게 비웃음을 당하고 있는 기분이었다. 오기가 생겼다.

'이 쪼그만 애한데……. 그렇지, 체면 문제다. 내가 남자라는 걸, 쪼다가 아니란 걸 보여줄 테다. 미란이에 대한 분풀이까지도.'

독고는 자동차 문을 열고 떨어지는 시늉을 했다. 그러면서 낭떠러지에서 소나무 가지를 잡듯 시란이의 손을 잡았다. 시란이는 독고의 손을 잡는 대신 가볍게 때렸다.

"그런 게 우습다는 거지요. 이젠 고등학교 학생도 그런 식으로 구애하지는 않거든요. 손을 잡고 싶으면 그냥 덥석 잡으면 되는 거예요. 아시겠어요? 남녀를 처음 포옹시키기 위해서 번개를 치게 하던 수법은 왕년의 국산영화 수법이지요. 지금은 그런 감독 없다구요."

독고는 계속 핀잔을 당하고 있었지만, 미란이 쪽보다는 훨씬 마음이 자유로웠고 또 부담이 없었다.

"선생님껜 MT가 필요하단 말예요. 그래서 인천으로 가자고 한 거지요."

"MT?"

"MT도 몰라요? 멤버십 트레이닝, 대학생들이 하는 거 있잖아요. 집을 떠나서 말이지요. 서울에서 떨어진 곳에 반 애들끼리 모여 합숙하는 거예요……."

독고는 얼굴이 붉어졌다. 이 경우의 MT는 여럿이 합숙을 하는 게 아니라 단둘이 동숙하는 것을 의미하는 것이다. 결국 그것은 시란이가 독고를 트레이닝시키겠다는 말이기도 했다.

독고는 차가 인천 시내로 들어오자 어지러움을 느꼈다. 이제는 'I' 인볼브먼트, 맹박사의 설명대로 하자면 몰입의 단계, 빠지는 단계, 너와 내가 하나가 되는 융합의 경지가 눈앞으로 다가선 것이다.

차가 멈추자, 시란이는 재빨리 택시비를 치렀다. 독고는 지갑만 든 채 또 한 번 바보처럼 머쓱하게 서 있었다. 차는 벌써 떠나버리고 난 뒤에 말이다. 시란이는 아무렇지도 않게 호텔 안으로 걸어들어갔다. 멋쩍어서 천천히 뒤따라가려고 하는데 시란이는 걸음을 멈추고 독고를 기다렸다.

시란이는 독고가 당황해하는 것을 재미있어 하는 눈치였고 일부러 또 그런 기회를 만들어 놀려주려고 하는 눈치이기도 했다.

독고는 결심했다.

'이건 납치와 다름없어. 나에겐 잘못이 없어. 시란이가 꾸민 일이야. 그리구 미란이가 나빴던 거야. 날 속인 것은 미란이야. 말한마디 없이 날 조롱하고 미국으로 떠나버렸지. 이건 미란이와 내가 결별했다는 확인서에 도장을 찍는 거와 다름없는 것이니까. 이건 애정이 아니라구. 단순한 육체의 장난, 돈을 치르고 창녀와 베개를 같이 베는 것과 다를게 없지.'

독고는 결심을 했다. 밀실 속에서 시란이와 단둘이 있는 것을 생각해보았다. 그것은 단순한 상상이 아니라 조금 있으면 현실이 되는 것이다. 한 십 분…… 십 분이 지나면 독고는 방 안에서 옷을 벗고 있을 것이었다. 밤송이 같은 시란이, 그러나 따끔하게 찌르는 밤송이의 껍질을 벗기면 까맣게 윤이 흐르는 매끈한 밤톨이 튀어나오리라.

목욕탕 물소리가 들려올 것이다. 활시위같이 시란이의 온몸이 팽팽하게 휠 것이다. 아! 화살처럼 허공을 가르고 날 것이니라. 과녁을 맞힐 것이니라……. 한가운데 한 치도 어긋나지 않게 동그란 점의 한복판 과녁을 향해 날아가 박히리라…….

시란이는 손을 잡고 갈 듯이 독고에게 바짝 붙어서 호텔 안으로 들어갔지만, 그러나 웬일인지 프런트 쪽으로 가질 않고 그냥 로비를 지나갔고, 독고가 머뭇거리자 '빨리 오세요'라고 손짓했다.

거기에는 호텔방 문이 아니라 수박이 셋 그려져 있는 오락실 문이 있었다. 잭팟—슬롯머신을 하자는 거였다. 인천으로, 호텔로! 독고는 혼자서 보라색 꿈을 꾼 것이다. 아니다. 시란이가 그런 꿈을 꾸게 해놓고 독고의 발을 헛디디게 한 것이다.

'이것도 계획적으로 날 골탕 먹이려 한 짓이 분명하구나.'

"여기 앉으세요."

독고는 잠자코 코인을 잔뜩 바꿔온 시란이 옆자리에서 슬롯머신의 손잡이를 잡았다. 독고의 손은 떨리고 있었다. 덜커덩 소리를 내면서 기계가 돌아갔지만, 독고의 눈에는 아무것도 보이지 않았다. 옛날 시골집 뒤뜰에 열리던 빨간 앵두 같은 것들이, 옛날 딱지놀이를 할 때 보던 것 같은 노란 별들이, 그리고 이따금 여름 수박들이 눈을 스치고 지나갔다.

"노름의 경우를 생각해보세요."

맹박사가 이야기했다.

"인볼브먼트, 정신없이 빠지는 거지요. 시간 가는 거 모르잖아요. 그게 SWING 가운데 I이지요."

옆자리에서는 주르르주르르 땡그렁 코인이 떨어지는 소리가 들려왔다.

시란이의 눈은 활활 타오르고 있었으며, 그 앞에 수북이 동전이 쌓여 있었다. 독고는 안중에도 없었다.

"그렇게 재미있나?"

"이것도 언니한테 배운 거지요."

"그렇게 재미있느냐고!"

"언니의 말을 빌릴 것 같으면 손잡이를 잡아챌 때의 묵직한 저항감─하나…… 둘……. 순서대로 짝이 맞아가는 기대감…….

풍선 터지듯이 기대가 터져 나가는 헛바람의 공허……. 아니면 쨍그렁 금속이 떨어지는 충족감, 잭팟……. 영원히 잡지 못하는 것에 대해 열병을 앓는 목마름, 언니는 인간이 만든 기계 가운데 가장 최고라는 거예요."

독고는 분노가 치밀었다. 인천까지 와서는 슬롯머신을 돌리고 앉아 있는 자신의 꼴이 너무나도 추악해 보였다. 그렇다고 시란이를 욕할 수도 없었다.

시란이가 거짓말을 한 것은 하나도 없는 것이다. 인천 올림푸스 호텔로 가자고 할 때 이상한 연상과 기대를 품은 것은 독고의 일방적인 상상에서 나온 것에 지나지 않는다. 시란이가 호텔에 잠자러 가자고 한 적은 없었으니까!

"재미없으세요? 좋아요. 이 정도 땄으면 택시비는 나왔으니까 그만 돌아갈까요?"

I자를 지나 이제 낫싱無의 N자를 향해 가고 있는 중이었다.

"화나셨어요? 왜 화가 나셨을까? 응, 그래요. 돈을 잃으셨으니까? 나 같은 악동이나 따지 선량한 사람은 다 잃기 마련이에요. 저는요, 신혼여행 가서도 숙박비를 슬롯머신으로 따서 치를 계획이거든요. 지금부터 그 연습을 하는 거예요."

마지막으로 남은 것은 선(굿니스)을 뜻하는 G이다. 스윙 작전의 마지막 글자 G를 위해서 독고는 시란이를 용서하기로 했다. 호텔 소리만 들어도 금세 질펀한 침대 광경을 연상하는 '어른'들의 고정관념이 오히려 부끄러웠다. 호텔에는 이발소도 있고 식당도 있고 오락장도 있다. 독고는 웃었다. 어찌 침대뿐이랴.

"아주 재미있었어."

"정말요?"

"응, 난 지금 스윙 작전중인데 그것의 모의 훈련을 한 거야. 시란이 말을 빌리면 MT지……."

시란이는 조금 실망한 표정이었다. 시란이는 입을 다물었고, 서울로 올라올 때까지 줄곧 침묵을 지켰다.

택시에서 내릴 때 시란이는 편지를 주며 독고에게 말했다.

"약속 다 지키셨으니까 편지 드리겠어요. 안녕!"

독고는 집에 돌아오기 전에 시란이의 편지를 읽어야만 했다. 찢어 없애야 한다. 증거인멸……. 그래서 혼자서 집에 들어오기 전에 동네 당구장 옆에 있는 커피숍에 들렀다. 늘 간판을 보기는 했지만 들어가 본 것은 이번이 처음이었다. 커피를 시켰지만 독고는 입에도 대지 않았다.

편지를 뜯었다. 조명이 어두워서 글씨가 잘 보이지는 않았지만 그것은 첫눈에 미란이의 필적이 아니라는 것을 곧 알 수 있었다.

어때요. 실망하셨지요? 제가 밉지요. 인천 호텔에 가자는 말을 들으셨을 때 뭘 상상하셨어요? 절 이상한 애라고 생각하면서도…… 또 언니를 생각하면서 안 되는 일이라고 생각하면서도 쫓아오셨지요. 전 이상한 애가 아니라 나쁜 아이예요. 언니도 우리 아빠도 날 나쁜 애라고 했어요. 그러나 선생님을 인천에서 여자의 몸이 아니라 슬롯머신을 애무하게 만든 나의 계획은 단순한 장난만이 아녜요. 언니의 마음이 지금 선생님의 마음과 비슷했을 거예요. 그걸 알려드리려고 한 것뿐이지요. 아시겠어요, 왜 언니는 한마디 인사도 없이 미국으로 갔는지? 난 모두 알고 있어요. 언니는 정말 선생님을 좋아했던 거죠. 아마 살아 있는 것, 그것도 ♂(거기에는 수컷 표시가 그려져 있었다)를 좋아했던 것은 선생님이 처음이었던 거지요.

언니가 불쌍했어요. 언니가 실망한 것만큼 선생님을 실망시키고 당황하게 만들고 싶었던 거죠. 언니의 편지를 기대하다가 그게 엉뚱한 편지라는 것을 알고 당황했겠죠.

계속되는 기대의 배반.

그러나 너무 슬퍼하지 마세요. '잭팟―' 언젠가는 쏟아지겠지요. 뻔쩍거리는 은화가 수북수북 쌓일 것입니다. '잭팟―' …… 매일 돌려보세요. 반드시 성공할 때가 있을 겁니다.

마지막 인사를 이런 '놀이'로 끝내게 된 저희 자매를 영원히 저주하시기를.

독고는 편지를 찢었다. 마치 그 편지가 시란이의 분신이기나 한 것처럼. 그러나 독고는 알몸이 된 느낌이었다. 지금까지 걸치고 다닌 남루한 의상들이 갈가리 찢겨나가면서 때가 낀 추악한 자신의 맨살이 드러난 느낌이었다.

언젠가 목욕을 할 때 독고는 자신의 몸을 자세히 뜯어본 적이 있었다. 인간의 몸은 결코 깨끗한 것이 아니었다. 아무리 때를 벗겨도 육체의 어디엔가는 물로 지워질 수 없는 흠집이 있기 마련이다. 기억조차 할 수 없는 흉터가 있고, 까만 사마귀나 주근깨 같은 점들이 찍혀 있기도 하다.

시란이의 편지는 꼭 이렇게 아픔조차 기억할 수 없는 자잘한 흉터까지를 모두 겉으로 드러내 보이게 하는 확대경과 같은 구실을 하고 있었다. 그러나 '미란이는 정말 서울을 떠났는가?' 하는 의심이 들기도 했다. 미란이는 모르고 있을 것이다. 베어 하우스에서 돌아오던 날 밤, 집에서 무슨 일이 일어났는지 미란이는 죽을 때까지 모르고 있을 것이다. 그리고 '베어 하우스에서 왜 포옹하다 말고 미란이를 밀쳐버렸는가?' 하는 자신의 마음을 그녀는 영원히 모를 것이다.

미란이는 독고에게 모욕을 당한 것으로 알고 어쩌면 시란이와 꾸며 이렇게 자신을 놀림감으로 만들어놓은 것인지도 모른다. 독고는 어릿광대같이 어둠 속을 배회했다. 그런 기분으로는 도저히 자기 집 문 앞에 설 수가 없었던 것이다. 자기가 구하는 '잭팟'은 무엇인가? 수박이 세 개 그려져 있는 삶이란 대체 어떤 것일까. 미란이는 그에게 있어서 좀처럼 이가 맞지 않는 '잭팟'이었던가! 그러면서도 자신의 귀가가 늦어진 데 대해 '수련이에게 무어라고 둘러대야 할 것인가?' 하는 걱정도 했다. 인천까지 가서 슬롯 머신을 했다고는 말할 수 없는 일이었다.

독고는 편지를 찢듯이 자신의 모든 것을 찢어내버릴 수만 있다면 얼마나 행복할 것인가 하는 생각도 해보았다. 어디에선가 개 짖는 소리가 들려왔다. 그리고 열어놓은 아파트 창문에서는 TV 소리가 흘러나왔다. 11시 시보가 울리고 '지구의 자전은 조금 씩 늦어지고 있습니다'라는 소리가 들려왔다. 그것은 독고가 쓴 신제품 시계의 카피였다. 미란이가 가르쳐준 것을 카피 원고로 쓴 것이었다.

원자시계로 재면 하루의 길이가 매일 1억분의 5.5초씩 길어지고 있다는 것을 알 수 있다는 것이다. 이런 계산으로 하면 현재의 하루는 백 년 전에 비해 천분의 일 초가 더 길어지는 셈이 된다. 그건 아주 미세한 차이지만 캄브리아기 초기에는, 이를테면 5억 7천만 년 전에는 한 해가 428일이었다는 계산이 나온다. 이런 정밀한 시간의 개념을 이용해서 독고는 시계 선전의 카피를 만들었다.

그리고 그것은 '까매아스고태십'이라는 커머셜과는 라이벌이 되는 것이었다.

"정말예요? 근데 왜 지구의 자전 속도가 떨어지게 되는 거지?"

독고는 미란이에게 물었다. 미란이는 병원 침대에 누워 있으면서도 마치 지구를 팽이나 공처럼 손아귀에 가지고 놀듯이 이야기를 했다.

"달의 인력 때문이래요. 그 인력 때문에 썰물이나 밀물이 생기잖아요. 그때 그 조수潮水로 바다 밑이 마찰되기 때문에 지구의 자전에 브레이크가 걸리게 된다는 거죠."

"설마!"

독고는 부정하려고 했지만 자기도 모르게 그 상상력의 날개는 우주의 무한한 공간을 날고 있었다.

"정말예요. 그걸 증명하는 과학적 증거도 있거든요. 산호 아시죠? 산호에도 나무처럼 연륜 같은 게 있어요. 한 해의 순환에 따라 산호의 칼슘 분비 속도가 달라지게 되는 탓이죠. 그런데 말이죠, 그 칼슘 분비 속도는 한 해만이 아니라 밤낮의 영향에 따라서도 또 달라진다는 거예요. 그러니까 일륜日輪이란 게 생겨나는 거죠. 그래서 수억 년 전의 산호 화석을 놓고 그 연륜 사이에 있는 일륜의 수를 세어보면 일 년간의 일수를 알 수 있다는 것이지요."

"그래도 그게 바다의 조수 때문이라는 증거는 안 되잖아?"

의심이 나서가 아니었다. 미란이의 머리에서 지구의 신비한 지식이 실타래의 실처럼 술술 풀려나오는 것이 너무도 신기해서였다.

"조석潮汐 마찰은 지구만이 아니라 달에서도 일어나고 있기 때문에 달의 자전 주기도 늦어지게 되었다는 거예요. 그래서 현재 달은 말이지요. 일 년에 삼 센티씩 지구에서 떨어져가고 있는 중이거든요."

미란이의 표정으로 보아 농담을 하고 있는 것은 아닌 것 같았다. 그래서 독고는 '그것 카피에 써도 괜찮아요?'라고 물었던 것이다. 미란이는 미소를 지으면서 고개를 끄덕였다.

"근데 왜 그런 것을 공부했죠?"

"시집보다 그 편이 더 내 상상력을 자극했거든요."

"그 상상력 속에는 지구가 어떻게 보이던가요?"

"작은 벌레, 배추벌레같이 아주 작고 파란 벌레."

독고와 미란이는 웃었다.

"그런데 그걸 카피에다 어떻게 쓰시게요?"

이번에는 미란이가 거꾸로 독고에게 물어왔다.

"'까매아스'라는 커머셜이 성공했잖아요. 이번에는 스위스 계통이 아니라 일본계 시계 회사에서 부탁이 들어온 거지. 그래서 말이지, 이번에는 정반대로 의미의 세계로, 지식의 경이로 멋진 카피를 써 보내려고 했던 참이거든요."

미란이의 얼굴이 어두워졌다.

"그럼 이 회사 시계 것도 써주고, 저 회사 시계 것도 써준다 이거지요? 두 여자에게 동시에 연애편지를 쓰는 것과 같군요."

"그게 카피라이터의 숙명이지요."

"그럼 사랑도 그렇게 하겠네."

미란이도 농담조로 말했지만 독고는 그에 대해서 변명을 하려고 했다.

"좋아요! 농담이에요. 변명하려고 하면 더 이상해져요."

그때 병원 간호사가 들어왔고, 독고는 그 틈에 카피 하나를 완성했던 것이다.

11시 시보 소리를 듣고 독고는 자기가 찬 손목시계를 들여다보았다. 일 초도 틀리지 않았다. 옛날 투가리스의 낡은 손목시계가 아니었다. 그런데 독고는 그때의 그 손목시계가 그립게 느껴졌다.

서기도 하고 덜 가기도 하고 빨리 가기도 한다. 시계가 틀릴 때 그것으로 관심이 쏠린다. 사람처럼 살아 있게 되는 것이다. 그러나 전자 손목시계는 태엽을 감아줄 필요도 없고, 또 틀리는 법도 없으니 그것을 맞추려고 관심을 가질 필요도 없다. 단순한 기계에 지나지 않는다. 정확한 시계는 죽은 시계인 것이다. 정확하고 실수 없는 사람은 죽은 사람인 것이다.

"당신 거기에서 뭘 하고 있어요?"

독고는 놀라서 얼굴을 들었다. 수련이었다.

"거기에 서서 뭘 하고 있어요?"

"시계!"

"시계를 잃어버렸어요?"

독고는 얼떨결에 저도 모르게 이렇게 말했다.

"아니, 난 소매치기라도 당한 줄 알았는데……. 제자리에 있었다구."

수련이는 의아한 얼굴로 독고를 쳐다보고 있었다.

"당신이야말로 왜?"

"왜라니요, 당신이 늦길래 나와본 거죠."

"원, 나중엔 안 하던 짓까지!"

"당신은 전과자예요. 난 이제 옛날처럼 그냥 기다릴 수가 없어요. 별 생각이 다 들어요."

"그 여자는 떠났대두그래. 병 고치러 미국으로 간 거야."

"그걸 어떻게 믿어요? 거짓말투성이인걸!"

두 사람은 나란히 걸었다.

"진이 괜찮지?"

"내일 면회날예요."

"그래? 우리도 말야, 실험용 비디오를 다 만들면 청심학원에 가게 돼. 녀석을 이젠 내가 자주 만날 수 있어."

"원장수녀님두 자주 만나실 수 있구."

"왜 그래, 당신 정말 원장수녀님까지도 질투하나?"

"뭐, 꼭 이성 문제로만 질투하나요?"

독고는 부부의 대화란 게 언제나 이런 것이라고 생각하니까 서글퍼졌다. 십 년을, 이십 년을 그런 이야기를 나누다가 결국은 제각기 헤어진다.

독고는 문득 상처한 동창생에게 문상을 갔던 기억이 났다. 조객은 몰려오고 장례 준비는 해야 하고 그 동창생은 슬퍼할 겨를도 없이 바빴다. 그런데 밤에 정전이 되어 갑자기 초를 찾는데 그 친구는 그걸 어디에 뒀는지를 알 수가 없었던 것이다. 늘 그런 일은 아내가 하던 일이었으니까⋯⋯.

그때 무심코 그 친구는 '여보!'라고 소릴 질렀던 것이다. "여보, 초 어디에다 두었지?" 그는 죽은 아내를 불렀다. 그 바람에 모두들 다시 눈물을 흘렸다.

부부란 그런 것이다. 독고는 경건하게 수련이의 손을 잡았다.

"이봐, 당신 오래 살아야 돼!"

독고는 아내의 손이 더 얇아지고 거칠어진 것을 느꼈다.

"왜 또 당신 수면제 먹을려구 그래요?"

아내까지도 미란이나 시란이처럼 독고의 마음을 모르는 것이다. 모두가 남남들이었다. 외로웠다.

카피라이터가 실연을 하면
몇 개의 낱말을 찾아낸다

스윙 작전 1호가 드디어 개시되었다. 타이탄 운동화의 카피는 A, B, C의 세 타입으로 나누어져 제작되었고, 그것은 곧 청심학원의 폐쇄회로 TV를 통해 매일같이 방영되었다. 그리고 청심학원 원생들에게는 타이탄 운동화가 선물로 주어졌던 것이다.

물론 거기에는 '진'이도 끼여 있다. 진이는 새 운동화를 선물받자, 그것을 신지 않고 품에 꼭 껴안았다고 했다. 부드러운 신발 고무창의 탄력을 손으로 눌러보기도 하고 뺨에 비비기도 하면서 장난감처럼 가지고 놀기도 하고, 때로는 여자 아이가 인형을 가지고 놀듯이 안고 다니기도 했다.

독고는 운동화를 받아들고 좋아하는 진이를 보면서 자기의 어렸을 적 모습을 생각하지 않을 수 없었다.

원장수녀님에게 독고는 말했다.

"선생님, 이상스러운 일입니다. 왜 애들은 그렇게 신발을 좋아하는지요? 옛날 노래나 이야기를 들어봐도 그렇잖아요? 서울 가신 오빠가 신발을 사준다고 했다든지, 또 신데렐라의 유리구두, 분홍신 이야기……. 다 그렇잖아요!"

수녀님은 아이들이 일제히 새 운동화를 받아들고 좋아하는 모습을 흐뭇한 시선으로 바라보고 있다가 독고의 말에 잠시 무엇을 생각하고 있는 것 같은 표정을 지었다.

"애들을 보고 있으면 말이지, 문화의 시원을 느낄 수가 있어. 애들이 신발에 대해서 관심을 갖고 있는 걸 보면 꼭 원시시대로부터 문화가 생겨나는 그 과정을 관찰하고 있는 것 같은 생각이 들어요."

원장수녀님은 독고를 향해서라기보다 자기 자신에게 들려주는 말처럼 이야기했다.

"인간을 자연의 땅으로부터 떼어놓은 최초의 것이 바로 신발이 아니겠어요?"

독고는 다시 자기의 어렸을 적 모습을 생각하면서 말했다.

"맨발과 신발, 우리나라 말 참 재미있잖아요."

원장수녀님이 웃었다. 맨발은 야생적인 자연의 발이고, 신발은 인공적인 문명의 발이라는 것을 아주 적절하게 표현해준 말이었다.

"전 그런 추상적인 얘기가 아니라 말이지요."

독고는 사실, 원장수녀님에게 은근히 하고 싶은 말이 있어서 우회 화법을 써온 것이었다.

"신발을 보면 늘 선생님 생각이 났었지요."

원장수녀는 조금 놀라는 표정을 지었다. 독고가 국민학교 때의 이야기만 하면 원장수녀님은 언제나 그런 거북한 표정을 지었다.

"또 무슨 얘기를 하려고 하는 거지?"

독고는 수녀님이 경계태세를 짓자 얼른 고개를 가로저었다. 아무것도 아닌 이야기라고, 그리고 독고는 신발을 잃어버렸던 옛날 이야기를 했다.

독고는 여름방학 숙제인 나비 채집 상자를 들고 방과 후에 교무실을 기웃거렸다. 그러나 여선생은 교무실에 없었다. 빈 교실로 숙직실로, 이렇게 여선생을 찾아다니다가 드디어 '생물표본실'에서 흰 가운을 입고 있는 여선생님을 발견했다.

여선생님은 여름방학 숙제물인 아이들의 나비 채집함을 정리하고 있었고, 그 옆에는 맹선생님이 있었다. 독고는 여선생님과 맹선생님의 최초의 밀회를 그때 처음으로 목격하게 된 것이었다. 여선생님의 얼굴은 화난 사람처럼 홍조를 띠고 있었고, 맹선생님은 금세 여선생을 삼켜버리기라도 할 듯이 그 커다란 입을 벌리고 웃고 있었다.

독고는 유리창문에 바짝 붙어서 숨을 죽이고 여선생님과 맹선생님을 지켜보고 있었다.

교실 중앙에 있는 고목나무 가지 위에는 박제된 새들이 앉아 있었다. 독고가 알고 있는 새라고는 부엉이, 방울새, 굴뚝새, 꾀꼬리 정도여서 그 나머지는 이름조차 알 수 없는 새들로 수십 마리가 제각기 다른 깃과 부리를 내보이고 있었다. 금세 날아오를 듯이 날개를 편 것도 있고, 막 하늘에서 내려와 가지 위에서 날개를 접고 쉬고 있는 새들도 있었다. 그러나 모든 움직임은 한순간 속에 얼어붙어 있었고, 새소리는 일제히 침묵 속에 잠겨 있었다.

여선생은 나비 상자 하나를 들어 진열장 꼭대기에 올려놓으려 했지만 키가 작아 손이 미처 닿질 않았다. 이때 맹선생은 우람한 두 팔로 여선생님의 가는 허리를 덥석 끌어안고는 추켜세웠다.

그 바람에 여선생님이 들고 있던 나비 상자가 떨어져버렸고, 그 순간 뻣뻣하게 굳어버린 호랑나비의 날개들이 색종이처럼 마룻바닥에 흩날렸다.

그 죽은 나비들 위로 여선생이 쓰러졌다. 흩어진 가운 자락 사이로 여선생님의 허연 허벅다리가 드러날 때, 박제된 새들이 일제히 날갯짓을 퍼덕거리며 우짖기 시작했다. 까치 소리, 까마귀 소리, 부엉이 소리, 꾀꼬리 소리……. 독고는 귀를 틀어막고 도망쳤다.

"맹꽁이 나쁜 놈, 맹꽁이 나쁜 놈."

독고는 여선생을 쓰러뜨린 맹선생이 죽이고 싶도록 미웠다.

그와 때를 같이하여 독고는 자기 새 신발이 없어진 것을 알았다. 신발장에는 독고의 신발이 없었다. 그날 처음으로 신고 온 파란 운동화가 없어진 것이다.

누군가가 훔쳐간 것이다. 전날 밤에만 해도 머리맡에 놓고 잤던 새 신발이었다. 지우개를 봐도 그랬지만 말랑말랑한 고무신의 탄력은 독고를 묘하게 흥분시켰다. 고무는 그냥 물질이 아니라 살아 있는 무슨 생명처럼 느껴졌기 때문이다. 누르면 들어갔다가도 다시 가벼운 저항을 하며 튀어나오는 것이다.

칼끝이나 송곳 같은 것으로 찌르면 묘한 촉감이 손에 와닿는다. 어느 때는 이빨로 질겅질겅 씹어보기도 했다. 그래서 독고의 필통 속에 있는 지우개는 잠시도 성할 날이 없었다. 운동화의 고무신 창도 독고에게는 신발이기 전에 지우개의 고무와도 같은 감각적인 노리개였다. 그런데 그걸 누가 훔쳐간 것이다. 여선생님의 허연 허벅지, 지우개와 같이 팽팽한 탄력이 있는 그 허벅다리가 죽은 나비의 날개를 까뭉개고 있을 때, 누가 독고의 신발을 훔쳐가버린 것이다.

"방과 후에 신발장을 열어보니 제 새 신발이 없어졌잖아요. 그날 저는 울면서 맨발로 집으로 돌아갔지요. 벌을 받을 때처럼 창피하고, 또 겁이 났었지요. 이상해요. 다른 것과는 달라요. 신발을 잃어버린다는 것—그건 특수한 충격을 주는 사건이지요. 그리고 또 맨발로 걸어간다는 것, 그건 꼭 발가벗겨진 기분이었지요."

원장수녀님은 눈을 가늘게 뜨고 여선생 시절을 생각해보려는 표정을 지었다. 신발을 잃어버리고 울며 집으로 돌아간 국민학교 학생의 모습을 독고의 몸에서 찾아보려는 표정이기도 했다.

"무얼 하느라고 혼자 학교에 남아 있었나요?"

독고는 그 이유를 말하지 않았다.

"기억이 잘 나지 않는데요!"

"그런데 왜 신발을 보면 내 생각이 난다고 했어요?"

"아! 내가 그렇게 말했던가요. 그건 말이지요. 언젠가 선생님이 제 신발을 신겨준 일이 있다는 생각이 들어서였지요. 맞아요……. 선생님, 제 신발을 신겨준 적이 있으셨어요. 1학년 때요!"

원장수녀님은 웃었다.

"그래, 독고 학생이 처음 국민학교에 입학했을 때 생각이 나는군. 신발을 짝짝이로 신고 다녔었지. 그렇게 어린 시절이 있었다고는 믿겨지지 않아요!"

원장수녀님은 '어린 시절'이 아니라 독고가 그렇게 '바보짓'을 하고 다니던 때가 믿겨지지 않는다고 말하려 했는지도 모른다. 그 바보가 지금 훌륭한 카피라이터가 되어 남과 두뇌 싸움을 하고 있는 것이 대견스러웠던 모양이다.

그런데 지금은 진이가 그 여선생님 앞에서 신발을 들고 좋아라고 웃고 있다. 지우개의 고무를 가지고 놀았던 독고윤처럼 지금은 독고진이 부드러운 타이탄 신발의 고무창을 뺨에다 대고 비비고 있는 것이다. 손가락으로 찔러보기도 하고 튕겨보기도 하면서…….

"일주일에 한 번씩 자료를 가지러 들르겠습니다. 선생님을 뵈올 수가 있어서 저는 이 기획에 동의를 한 것입니다."

"천주님께 기도하고 있어요. 나보다도 천주님의 은총을 받으러 이곳에 오십시오. 반드시 도와드릴 거예요."

원장수녀님은 독고를 측은하게 생각하고 있는 것 같았다. 미란이의 이야기를 고백했던 것을 아직도 기억하고 있는 까닭이었다.

"아녜요, 선생님. 전 그 여자를 잊었어요. 그 여자는 미국으로 떠났습니다."

독고는 입술을 지그시 깨물었다. 차마 미란이라는 말을 입 밖에 내지 못했다. 원장수녀님은 미리 알고 있었던 것처럼 놀라는 기색이 없었다. 안됐다는 표정으로 독고의 손을 잡았다. 선생님의 손은 아직도 처녀의 손처럼 정갈했고 섬세했다.

"누구나 다 괴로움을 겪으면서 높은 언덕으로 오르는 것이지요."

"그게 어떤 언덕인데요. 골고다의 언덕 말씀인가요?"

원장수녀님은 고개를 가볍게 내저었다.

"나도 그 언덕이 어떤 곳인지 몰라요. 지금도 오르고 있는 중이니까 말이지. 언덕의 정상에 오르지 못한다 할지라도 죽을 때까지 한 발짝이라도 더 높은 그 언덕을 향해서 걸어 올라가야 하는 거예요."

"선생님, 무엇 때문에 평지를 놔두고 언덕길로 가야 하나요?"

원장수녀님은 구구단을 외다 틀린 학생을 꾸짖는 듯한 표정으로 독고를 내려다보았다.

"사랑을 알기 시작하는 순간부터 우린 그 언덕을 오르게 되는 거지. 사랑은 끝없이 높은 충계와도 같은 것이지요. 이 계단은 내려갈 수도 올라갈 수도 있어요. 같은 계단이라도 그 의미는 달라. 육체를 가진 인간을 사랑하는 것은 내려가는 계단이고, 영혼을 사랑하는 것은 올라가는 계단인 거지. 난 그 밑바닥 계단에까지 내려갔다가 다시 그 계단을 타고 올라가고 있는 중이야."

청심학원 아이들이 기뻐한 것은 운동화뿐만이 아니었다. 그 TV 선전 광고도 인기를 독점하고 있었다. 그것이 여지껏 한 번도 보지 못한 새 광고였을 뿐만 아니라, 특히 독고와 맹박사가 팽팽히 맞섰던 C안 광고에는 타잔이 등장하였기 때문이다.

실험자료 파일을 검토하던 맹박사는 비명에 가까운 소리를 질렀다.

"야, 이것 좀 봐! 단연 C안의 타잔이 최고이군 그래. 역시 전문가는 다르단 말야."

A안은 사장의 안을 토대로 한 것이고, B안은 주로 외국 것을 토대로 맹박사, 그리고 C안은 독고가 만든 안이었다. 아이디어를 처음 냈거나 토의과정에서 자연히 A안은 사장 것이 되고, B안은 맹박사, 그리고 C안은 독고의 것이나 다름없게 된 것이었다.

그래서 그 실험은 내놓고는 말하지 않았지만 삼자의 경쟁 같은 것이 되어버렸고, 그 결과에 있어서는 독고가 트로피를 차지하게 된 셈이다.

점수 채점은 TV 카메라를 통해 그 광고를 보고 있는 아이들의 눈 움직임을 찍는 것이었다. 사람의 눈처럼 그 마음을 정직하게 나타내주는 것이 없다는 맹박사의 지론에 의할 것 같으면 무엇보다도 눈을 깜박이는 횟수에 의해서 그 심리상태를 정확한 수치로 측정할 수 있다는 거였다.

즉, 사람은 긴장할수록 눈을 깜박거리는 횟수가 많아진다. 우리나라 말에 '눈 한 번 깜박거리지 않고 거짓말을 한다'는 것이 있는데 그것처럼 과학적인 말도 없다는 거였다. 거짓말을 할 때에는 저도 모르게 눈을 깜박이는 횟수가 많아지는 거였다. 심하면 평상치보다 배 이상의 숫자를 기록하기도 한다는 거였다.

그와 반대로 또 우리나라 말에 좋은 사람을 보거나 무엇에 반해 버리면 '스르르 눈이 감긴다'고 표현하는데, 감정이 느긋해지고 풀어지면 눈이 깜박거리는 횟수는 정상치보다 훨씬 하회해서 마지막에는 눈이 감겨 잠들게 된다는 거였다.

최면상태란 바로 눈의 깜박거림이 정지된 상태를 의미한다.

그러니까 '눈 깜박임 측정조사'에 의하면 그 횟수가 적게 나타난 것일수록 I가 높아져 광고 효과가 큰 것이고, 수치가 높아질수록 그 반대 효과가 일어나는 것이다.

"놀라운 기록입니다. C안의 타잔이 그네를 탈 때에는 거의 최면상태나 다를 바 없어요."

맹박사는 독고를 칭찬해주었지만 그 어조에는 다분히 질투 같은 것이 섞여 있었다.

"그거 다 맹박사님의 이론에 의한 것이 아닙니까?"

맹박사의 얼굴이 벌겋게 달아오른 것을 보고 독고는 겸손해하지 않을 수 없었다. 맹박사는 처음부터 타잔 안이 고정관념에서 못 벗어난 진부한 아이디어라고 공박했었다. 그러나 결과는 무서운 카운터펀치로 맹박사의 턱을 맹타한 것이었다.

독고는 시인 지망생이었다. 그의 아이디어는 말의 '뜻'보다는 말의 '소리'에서 힌트를 얻은 거였다.

'타이탄 스포츠화'의 두운頭韻은 '타'이다.

독고는 그것을 보는 순간 '타' 자로부터 시작하는 몇 개의 단어들이 눈앞에 떠올랐다.

"타이탄—타조."

그중에서도 그의 마음에 부싯돌처럼 불똥을 튀게 한 것은 타조라는 낱말이었다. 털을 뽑다 만 것처럼 껑충하게 생긴 모양도 재미있을 뿐 아니라, 모든 새가 하늘을 날아다니는데 유독 땅 위를 뛰어다니는 것도 익살스러웠다.

그것은 하늘을 버리고 땅을 선택한 반역의 새였다. '날개'는 퇴화하고 '발'은 진화한다. 발—신발—타조—타이탄—불모의 땅.

모래밭이 깔려 있는 지평선에 태고적 공룡처럼 목을 길게 빼 고 서 있는 타조의 사진과, 타이탄 스포츠화가 구름처럼 하늘에 떠 있는 일러스트를 사용한다. 그리고는 '땅 위에서 제일 빠른 짐 승 을 아십니까?'와 같은 캡션을 붙인다.

독고가 맨 처음 구상한 것은 이렇게 타조의 이미지를 이용한 것이다. 그러나 동물의 이미지는 우화적인 것이어서 직접적으로 때려주는 맛이 부족한 게 흠이었다.

타이탄—타잔.

독고의 상상력은 타조에서 타잔으로 옮기게 되었고 그 결과로 맹박사가 경탄해 마지않는 최대의 최면 효과, 눈이 스르르 감기 는 광고, 이를테면 인볼브먼트의 I를 광고의 여왕으로 생각하고 있는 그 최면술을 얻어낸 것이었다.

그 광고의 카피만이 아니었다. 눈이 깜박거리는 횟수로 광고 효과를 측정하는 실험을 할 때마다 독고는 미란이의 말소리를 듣 곤 했다.

"잠은 눈꺼풀 속에 있는 거예요. 물고기는 눈꺼풀이 없기 때문 에 잠을 잘 수가 없어요. 눈꺼풀을 감는다는 것은 순간적으로 잠 자는 것이고 죽는 것이지요……."

미란이……. 갑작스레 미란이 생각을 하면 손부터 허전해지기 시작한다. 독고는 무엇인가를 손에 잡기 위해서 담배를 피워 물 기도 하고 볼펜을 잡고 낙서를 하기도 했다. 그러나 그 낙서라는 것도 실은 카피를 작성할 때와 마찬가지로 두운頭韻을 맞추는 낱말의 사냥이었다.

'미란이……미국', '미란아……미련', '미란……미스터리', '미란……미궁迷宮', '미란……미란……미운 사람! 미꾸라지! 미생물! 미륵보살……미래.'

미란이를 생각하다 말고 독고는 '미'자로 시작하는 낱말들을 한 소쿠리씩 담아낸다. 그리고 거기에서 미란이와 자신이 서로 얽혀진 의미의 매듭들을 찾아낸다.

음악가가 사랑을 잃으면 아름다운 한 편의 소나타가 생겨나고 영웅이 여인을 잃으면 나라 하나를 정복한다. 그런데 카피라이터가 실연을 하면 몇 개의 '낱말'을 찾아내는 것이다. 독고는 그렇게 생각하고 어지러운 낙서 사이에 이렇게 썼다.

'모든 육체는 낱말 속에서 죽는다.'

"이번에도 또 한번 히트를 치겠소. 축하합니다."

맹박사가 처칠처럼 굵직한 시가를 문 채 입 안에서 웅얼거렸다. 그리고 큰 소댕 같은 손으로 독고의 손을 덥석 잡고 흔들었다.

"아닙니다. 저야말로 축하드립니다. 선생님의 스윙 작전 제1호가 아닙니까."

자기가 만든 광고를 보고 눈을 껌벅거리고 있는 정박아들의 얼굴이 떠올랐다. 그중에는 사랑하는 진이가 있다. 그런 축하라면 얼른 맹박사에게 돌려주고 싶었던 것이다.

돌 위에 새기는 글자,
이끼처럼 살아나는 묘비명

　　운명의 노크 소리라는 것은 진부하기 짝이 없는 옛날 표현이
다. 운명은 문을 두드리고 나타나지 않는다. 현대시에서는 대체
로 전화벨 소리를 타고 찾아오기 때문이다. 맹박사가 또 한 번 히
트를 칠 것이라고 독고의 손을 잡았을 때, 그리고 독고가 '아닙니
다. 그것은 박사님의 아이디어입니다'라고 겸손하게 허리를 구
부리고 미담의 주인공처럼 그 영광을 상대방에게 돌리고 있을 때
그 전화벨 소리는 울렸다.

　　언제나처럼 독고실장은 수화기를 들면서 '애드 킴입니다'라고
했다. 직통 전화일 경우는 회사명을 대고, 사내 교환일 경우에는
'기획실'이라고 말하는 것이 습관처럼 몸에 배어 있었다. 김봉섭
사장은 사원 훈련을 전화 받는 데서 시작했는데, 그의 말에 의할
것 같으면 사원들이 전화 받는 것 하나로 그 회사의 전부를 읽을
수 있다는 거였다.

　　그러나 이번 전화는 일상의 그것과 달랐다. 마치 혼선이라도

된 것처럼 처음에는 알아들을 수 없는 잡음 같은 것이 들려왔고 다음에는 저……저……저…… 하는 여자의 다급한 목소리가 주문을 외듯 되풀이되고 있었다.

"여보세요. 여보세요……."

독고는 의자에서 벌떡 일어나 큰 목소리로 외쳤다.

"누구십니까? 말씀하세요. 애드 킴입니다."

독고가 그렇게 말하자 수화기에서는 '당신'이란 짤막한 말과 곧바로 진이가…… 진이가…… 하는 수련이의 떨리는 목소리가 들려왔다.

"여보! 왜 그래, 진이가 어떻게 된 거야?"

맹박사는 독고가 받고 있는 전화가 심상치 않다는 기색을 알아차리고 소파에서 일어나 눈치를 살폈다. 방에서 나가야 할는지, 옆에서 아는 체를 해야 할는지 머리가 잘 돌아가는 맹박사도 얼핏 판단이 서지 않았는지 머뭇거렸다.

"떨어졌대요. 진이가…… 지붕 위에서 떨어졌대요."

"무슨 소리야! 진이가 떨어지다니?"

"빨리빨리 청심학원으로 가보세요……. 저 지금 떠나요."

거의 실성한 것 같은 수련이의 말소리로 보아 예삿일이 아닌 것만은 분명했다. 전화를 놓자 독고는 허둥대기 시작했다. 공연히 윗저고리를 벗었다가 다시 입고는 호주머니를 뒤졌다.

"무슨 일이 생겼어요?"

맹박사의 말을 듣고 비로소 독고는 자기에게 지금 무슨 일이 생겼는가를 분명히 깨달을 수가 있었다.

"제 아이가 떨어졌답니다."

"떨어지다니요. 입시철도 아닌데……. 무슨 시험을 치렀는데 그래요?"

"아녜요. 지붕에서 떨어졌대요."

"지붕요?"

독고는 맹박사의 반문을 그냥 묵살한 채 문을 박차고 밖으로 뛰어나갔다.

"여기 일 좀 부탁드립니다."

독고는 맹박사가 듣든 말든 뒤돌아보지도 않고 그렇게 말 한마디 던지고는 청심학원으로 달려갔다.

진이가 떨어진 것은 청심학원 안에 있는 성당 첨탑 지붕 위에서라고 했다. 그러나 목격자들은 모두 정박아들이기 때문에 한결같이 종잡을 수 없는 이야기들뿐이었다.

분명한 것은, 성당 앞 성모상이 있는 장미밭에 독고진이 추락해 쓰러져 있었다는 사실이다. 추락지점과 부상상태로 보아 아주 높은 곳에서 떨어진 것만은 틀림없는 일이었다. 다만 무엇 때문에, 그리고 또 어떻게 진이가 그 높은 첨탑 위에 올라갔는지 누구도 설명할 수가 없었다.

독고가 청심학원에 도착했을 때에는 이미 경찰이 현장조사를 하고 있었고, 진이는 앰뷸런스로 병원으로 옮겨진 뒤였다. 꼭 이런 일이 있었다. 언젠가도 꼭 이런 일이 있었다. 앰뷸런스가 오고 경찰이 오고 불안과 놀라움, 사람들이 숨어서 자기를 응시하고 있다. 그렇다. 미란이가 들것에 실려나가던 부산 해운대의 호텔.

예측할 수 없는 막막한 불안이 그를 휩쓸었다. 독고가 사람들이 모여 있는 현장으로 달려갔을 때, 제일 먼저 본 것은 형사 앞에서 원생 두 서너 명이 뭐라고 제각기 손짓 발짓을 하며 말하던 거동이었다.

"워어이, 어……어!"

한 아이는 손을 들어 자꾸 성당 첨탑을 가리키며 뜻을 알 수 없는 말을 되풀이했다. 또 한 아이는(그 아이는 몽골리즘이었다) 마치 개구리가 뛰듯이 계속 그 자리에서 펄쩍펄쩍 뛰면서 진이가 떨어지던 때의 모습을 재현해 보여주고 있는 것 같았다.

그런데 독고의 가슴을 친 것은 또 다른 한 아이가 형사 손을 잡고는 '타단', '타단'이라는 말을 되풀이하고 있는 것을 들었던 순간이었다.

형사는 그 말이 무엇인지를 몰라 멍하니 그냥 그 아이의 입만 쳐다보고 있었지만 독고의 가슴에는 분명히 무엇인가 와닿는 것이 있었다.

'타단은 타잔이란 말일 것이다. 진이는 되풀이해서 그 광고를 보다가 타이탄 스포츠화의 타잔처럼 지붕에서 날려고 했던 것이 분명했다. 자기도 그 신발을 신고 높은 데서 뛰어내리기만 하면 커머셜의 타잔처럼 마음 놓고 훨훨 날아다닐 수 있다고 믿었을 것이었다. 저 아이는 지금 진이가 커머셜의 타잔 흉내를 낸 것이라는 것을 말하고 있는 중이다!'

독고의 정수리에 벼락이 내리쳤다. 다른 사람은 몰라도 자기는 그 비밀을 알고 있다. 왜 진이가 떨어졌는지. 그 녀석은 연극에 대해서 비상한 열정을 지니고 있었다. 벌거숭이 임금님의 연극 연습을 하듯 진이는 커머셜을 보면서 타잔을 흉내 낸 것이 틀림없었다.

독고가 병원 응급실에 도착했을 때에는 진이가 이미 숨을 거두고 난 후였다. 원장수녀님과 보모 몇 사람, 그리고 수련이가 흰 포목에 덮인 진이를 끌어안고 울고 있었다.

독고는 재빨리 진이의 발을 보았다.

독고의 눈에는 불길이 솟아올랐다. 운동화였다. 하얀 타이탄 운동화였다. 들것 밑으로 축 늘어져 흔들리던 미란이의 손이 진이의 발 위로 스쳐 지나갔다.

"안 돼! 안 돼!"

독고는 커다란 소리로 외치면서 진이에게로 달려들었다. 인턴들이 넘어지는 독고를 일으켜 세웠다.

"이러시면 안 됩니다."

"안 돼! 안 돼!"

"이러시면 안 됩니다."

한동안 그들은 말을 잊은 사람들처럼 서로 안 된다는 말만 부르짖고 있었다.

원장수녀님이 넋을 잃은 수련이를 부축하면서 밖으로 끌어냈다. 수련이의 아랫입술은 까맣게 타 있었다. 피멍이 든 자국이었다. 수련이는 워낙 쇠약해져 있었다. 내색은 하지 않았지만 미란이의 일로 혼자서 앓고 있었던 중이었다. 수련이는 진이가 시신이 되어 실려나가는 것을 보자 결국 새로운 충격을 이기지 못하고 실신하고 말았다.

독고는 슬퍼할 겨를도 없이 이번에는 수련이를 병실로 옮겼다. 심한 빈혈이라고 했다. 의사가 '빈혈'이라고 말했을 때 미란이 이름이라도 들은 듯이 독고는 흠칫 놀랐다.

진이가 지붕 위에서 뛰어내린 것도, 수련이가 이 침대 위에 이렇게 까무러쳐 있는 것도 모두가 자기 탓이라는 생각이 들자, 독고는 그 자리에 그냥 서 있을 수가 없었다. 유태교인들이 어째서 회개할 때 옷을 찢었는가 알 수 있을 것 같았다.

무엇인가를 찢고 싶었다. 카피 원고를 찢어발기고, 자신의 신분증명서를 찢어 던지고, 출근하기 위해 깨끗이 다려놓은 하얀 와이셔츠를 갈가리 찢어버리고 싶었다. 그리고 할 수만 있으면 가슴을 찢어 어느 한구석엔가 음모를 꾸미고 있는 것처럼 몰래 숨어 있는 마음을 드러내 보이고 싶었다. 온갖 비밀, 위선, 치사스러운 욕망, 춘화도같이 음란하고 추악한 자신의 모습을 대낮의 밝은 빛 속에 드러내기 위해, 살갗을 덮고 있는 모든 의상을 찢어버리고 싶었다.

자코메티의 조각처럼 바짝 마른 팔, 가뭄에 말라버린 강줄기처럼 희미한 정맥 자국이 비쳐 보이는 수련이의 팔을 바라보던 독고의 눈은 점점 흐려졌다.

"정신을 차려요. 우선 부인부터 진정시켜야 돼."

원장수녀님이 어느새 들어와 독고의 등 뒤에 서 있었다.

"선생님!"

독고는 등에 가방을 멘 국민학교 학생처럼 선생님을 불렀다.

"선생님…… 진이는 제가 죽인 거예요."

수녀님은 아무 말도 하지 않고 성호를 긋고 조용히 기도를 드렸다.

"선생님, 저는 철봉대 위에서 떨어졌고, 제 자식놈은 지붕 위에서 떨어졌습니다. 정말 우리는 바보 부자예요. 바보는 바보밖에 낳을 수 없단 말예요!"

"조용히 해요. 왜 그런 생각을 해? 진이가 떨어진 것은 보호를 게을리한 내 잘못이지. 누구의 죄도 아닌 거야."

독고는 비로소 수녀님이 손자를 잃은 할머니처럼 아주 깊은 고통과 비탄에 젖어 있는 것을 역력히 볼 수가 있었다. 원장수녀님은 언제나 겸허하고 화평한 얼굴을 하고 있었다. 그런데 지금 그

잔잔한 얼굴이 흔들리고 있었던 것이다. 꼭 그날, 동네 사람들이 모여들어 돌을 던지던 그날의 여선생과 같은 표정이었다.

"아녜요. 선생님이 아녜요. 그 녀석은 타잔 흉내를 내려고 한 것입니다. 제가 만든 광고가 제 자식의 머리를 부숴놓은 것이죠. 뛰어라, 뛰어내려라, 이 신발만 신으면 빌딩과 아스팔트 길도 밀림이 되는 것이다, 이 신발만 신으면 넌 타잔이 되는 것이다⋯⋯. 매일 밤 하루도 거르지 않고 그 선전 광고는 아이큐가 돌고래보다도 낮은 바보들의 연약한 뇌세포 속으로 파고든 것이지요. 세포처럼 말입니다. 선생님, 진이는 발가벗은 임금님의 연극을 하듯이 그 지붕에 기어올라 타잔 흉내를 냈던 것이지요. 뛰어내리기 전에 뭐라고 소리쳤다고 하지 않았어요? 그건 바로 신발 광고에서 타잔이 타이탄⋯⋯ 이라고 소리 지른 것을 그대로 흉내 낸 것이지요."

독고는 신부 앞에서 고해성사를 하듯 모든 것을 다 털어놓았다. 그리고 선생님이 회초리를 들고 벌을 내리기를 바랐다.

"그리고 보세요. 이 수련이를, 이 여인을 이렇게 마르게 한 것도 바로 저입니다."

"자학하지 말아요."

원장수녀님은 어린아이에게 하듯 두 손으로 독고의 머리를 감싸주었다.

"진이는 우리가 생각하는 것처럼 불행한 아이가 아니야. 독고가 철봉대에서 떨어졌을 때 난 처음으로 이성과는 또 다른 고귀한 사랑의 체험을 했었지. 날 기쁘게 해주려고 독고는 할 줄도 모르는 철봉을 타다가 떨어졌던 거야. 난 그냥 농 삼아 말한 건데……. 독고가 양호실에서 헛소리를 할 때 난 이 세상에 태어나처음으로 기도란 것을 해보았지. 그때까지만 해도 난 크리스천도불교 신자도 아니었으니까. 진이가 지붕에서 뛰어내린 것은 '추락'이 아니지. 높이 솟아오른 거야. 그 애는 우리가 보지 못한 것을 보고 있었는지도 몰라요. 아주 높은 곳에 있는 것, 지붕에라도기어 올라가지 않고는 못 배기는 희열의 어떤 것이, 지복至福의 어떤 것이 십자가처럼 번쩍이고 있었던 것이지. 신발 광고 같은 것을 믿고 그런 짓을 했다니 당치도 않은 소리야. 그 애는 마리아상 앞에 있는 꽃밭에 떨어져 있었지. 고통스러운 얼굴이 아니었어. 웃고 있었지. 일그러져 있었어도 그 얼굴은 밝고 화평해 보였지. 그 녀석은 천사를 보았던 거야. 분명히 천사님들과 함께 날아간 거야. 무거운 육신은 떨어졌지만, 밝고 깨끗한 영혼은……. 그렇지, 세상에 태어나서 말야. 죄라는 것은 눈곱만큼도 짓지 않고살아온 순수한 영혼은 공기보다도 가볍게 떠서 날아간 거야."

원장수녀님은 정말 진이가 천사들의 손을 잡고 승천이라도 하는 광경을 본 것처럼 이야기를 했다.

"그리고 미란이 이야긴데, 미란이는 미국으로 떠난 것이 아니야."

"선생님!"

독고는 너무나 의외의 말에 의자에서 벌떡 일어났다.

"앉아요. 조용히 들어요. 영원히 비밀로 하려고 한 것이지만 난 미란이와 만나서 독고와 수련이의 이야기를 했지."

"어떻게 미란이를 아셨나요? 그리고 왜 그런 말을 하셨나요?"

"더 이상 아무 말도 묻지 말아요. 바로 진이가 떨어졌던 그 성당에서 우리는 모든 걸 이야기했잖아. 그것으로 족해. 천주님께 난 약속을 했었지. 독고의 영혼을 구하겠다고……."

"그래서 미란이는 전화를 하지 않은 거군요. 그리구 시란이를 나에게 보내 모욕을 한 거군요."

"모욕이라니……. 미란이는 똑똑한 여자야. 독고가 있었기 때문에 천주님 앞으로 갈 수 있게 되었다는 것을 감사하고 있을 텐데……?"

"미란이가 천주교 신자가 되었다구요?"

미란이라는 말을 하다가 독고는 본능적으로 수련이의 기색을 살폈다. 수련이는 아직도 깨어나지 않은 채였다.

"거 봐요. 왜 남의 눈치를 살피지 않고는 미란이란 말을 할 수 없는 거지? 결국 미란이도 독고도 남의 눈치를 보지 않고 무엇인가를 사랑할 수 있는 방법을 찾아내야 했던 거지……. 그게 천주님이야. 내가 그랬던 것처럼 두 사람도 결국은 그 고통스러운 사랑을 통해 천주님 앞으로 나아가고 있거든……."

"근데, 왜 지금 저에게 미란이 이야기를 하는 거예요?"

"바로 지금이 말할 때야. 슬픔을 알 때 인간은 누구나 진실해지고 천주님의 목소리를 들을 수 있게 되는 것이니까."

"제 아내가 선생님을 찾아가 미란이 이야기를 했던가요?"

원장수녀님은 아무 말도 하지 않고 조금 웃었다.

"이 세상에 고통을 혼자서 이겨낼 만큼 강한 사람이 어디 있겠나?"

이때 누가 병실 문을 두드렸다. 문상객처럼 까만 옷을 입은 청년 두 사람이었다.

"경황이 없으시겠지만, 잠깐만 뵜으면 해요."

"저 말인가요?"

독고가 문 쪽으로 가면서 말했다.

"두 분 다요!"

원장수녀님도 따라 나왔다.

"시체 부검을 해야 됩니다. 사고사일 경우에는……."

독고가 형사인 듯한 청년의 말을 가로막았다.

"전 그 애 애비입니다. 사고사라고는 하지만, 시체 부검까지 꼭 해야 할 특별한 이유는 없다고 봅니다. 누가 죽이기래도 했다는 겁니까? 단순 추락사고를 놓고 너무 과잉수사를 하고 계신 것 같은데……."

이번에는 형사가 말을 가로막았다.

"요즈음 고아원에서 사고가 계속 터지고 있습니다. 경영 관리가 엉망이기 때문이죠. 일전에는 죽은 아이들을 암매장한 사건이 발생했지요. 그리구 이번 추락사고도 애매한 점이 많거든요."

"전 동의할 수 없어요. 그리구 목격자들이 있지 않습니까?"

"그게 더 문제지요. 목격자들이란 게 전부 정신박약이란 말이에요. 그 애들은 목격자라기보다는 오히려 가해자일 수도 있는 가능성이 더 많아요."

"가해자요?"

원장수녀님과 독고가 동시에 소리쳤다.

"그렇지요. 아이들에게 쫓기다가 그렇게 될 수도 있고, 또 애들이 집단으로 때려서 그렇게 만들 수도 있거든요. 더구나 그 애들은 정박아니까 무슨 일을 할지 모르잖습니까?"

"정박아를 모르시는군요. 사회에서는 정박아에 대해서 많은 편견을 갖고 있지만 실제로는 그런 짓을 할 애들이 아녜요. 사람을 때려서 죽일 만큼 기운이 세고 영리한 애들이 아니란 말예요. 그렇죠, 사람을 죽이려면 힘이 세고 영리해야 합니다."

독고는 흥분해서 말했다.

"보호자께서는 이번 사고가 학원 쪽에는 아무 잘못도 없다는 거군요."

형사는 의아하다는 말투로 반문을 했다.

"아녜요. 잘못이 많지요. 전적으로 그 잘못은 우리에게 있어요."

원장수녀님이 앞으로 나오면서 말했다.

"언제든지 오셔서 계속 수사를 하세요. 무엇이든 협조를 하고 그 죗값을 받겠습니다. 하지만 원생들을 괴롭히는 일이 있어서는 안 됩니다. 천주님께 맹세드리지요. 그 애들에겐 아무 잘못이 없어요."

"전 보고만 하면 됩니다. 상사가 계시니까 그분들이 판단할 일이구요. 곧 다시 연락드리겠습니다. 상심이 크실 텐데 죄송합니다."

계속 질문을 하던 그 청년은 공손히 인사를 하고 비상계단을 통해 내려갔지만 나머지 한 청년은 그냥 그 자리에 서 있었다.

"같이 오신 분이 아니셨던가요?"

독고는 조금 짜증스러운 말투로 이야기했다.

"아뇨, 전 기자예요."

"기자요?"

"직업이지요. 카메라맨들은 남들이 다 외면하는 장면에다 초점을 맞추고 셔터를 누르지요."

"사진기자이십니까?"

"아닙니다. 이를테면 카메라맨처럼, 조문을 해야 할 자리에서도 취재를 해야만 될 제 직업을 이해해달라는 겁니다."

독고는 진짜 올 것이 왔다고 생각했다.

"의문의 추락사!"

카피라이터와 마찬가지로 신문기자들도 낱말을 사냥하고 그것을 짧은 캡션으로 가두어둔다. 독고가 그것을 모를 리가 있겠는가?

그대로 두면 청심학원은 스캔들을 일으키는 '폭풍의 눈'이 되고 정박아들은 위험한 살인자들의 이미지로 전국에 번져갈 것이다. 가뜩이나 멸시받고 소외된 정박아들에게 살인 폭력배의 낙인마저 찍히게 될 것이다.

"기자님!"

독고는 비장한 각오를 했다. 진상을 밝히는 길밖에 없다. 왜 진이가 지붕에서 떨어졌는가? 그 석연치 못한 이유를 밝히리라. 그것이 자신의 죄를 씻는 길이고, 억울한 누명을 쓰게 될 정박아와 청심학원, 그리고 여선생님을 지키는 길이다. 독고는 그렇게 생각했다.

그리고 지금 자기가 말하려고 하는 것, 그것이 얼마나 애드 킴에는 치명적인 것인가를 잘 알고 있었다. 뿐만 아니라 그것은 카피라이터로서의 자신의 마지막이라는 것도 모르는 게 아니었다.

"기자님! 왜 내 자식이 지붕 위에서 뛰어내렸는지 아시고 싶으신 거죠?"

기자의 눈이 빛났다.

독고는 자기 죄를 털어놓지 않고서는, 그 심판을 어떤 형태로든 받지 않고서는 땅을 디디고 서 있을 수 없을 것만 같았다.

"돌아가세요. 이분은 지금 정상적인 상태가 아닙니다."

원장수녀님이 기자를 꾸짖듯이 말했다. 그리고 독고의 손을 끌며 병실 안으로 들어가라는 눈짓을 했다.

"아녜요, 수녀님. 진실은 알려져야 합니다. 온 세상 사람들에게 진이의 마지막을 알려줘야 해요. 지금까지 난 진이의 존재를 감춰두려고만 했었지요. 살아 있었어도 죽어 있는 존재와 다름이 없었지요. 이젠 순서가 거꾸로 되어야 합니다. 죽었기 때문에 살아 있는 존재가 되는 것이지요. 그 애가 내 자식이라는 걸 세상을 향해 고래고래 소리 질러야 해요."

기자는 특종거리를 잡았다고 생각했는지 양미간에 긴장의 빛이 떠돌았다. 쉴 사이 없이 병원 복도에는 불행한 표정을 지은 사람들이 오가고 있었지만, 독고처럼 그렇게 처참한 얼굴은 없었다.

"좋습니다. 언제나 좋은 것보다 나쁜 것이 뉴스가 된다고들 하지요. 그러나 저를 센세이셔널한 화제나 찾아다니는 파리라고 생각하셔서는 안 됩니다. 저는 지금 고아원 같은 복지기관의 부정을 캐내어 그것을 기획기사의 시리즈물로 다룰 작정입니다. 수녀님에게는 안된 말입니다마는, 정말 우리가 두려워해야 할 것은 뿔 돋친 악마가 아니라 천사의 날개를 달고 다니는 악마들이지요."

독고는 드디어 결심을 했다. 원장수녀님이 '날개 돋친 악마'가 아니라는 것을 밝히기 위해서도 애드 킴 이야기를 털어놔야만된다고 생각한 것이다.

"천사의 날개를 단 악마를 찾으시려면 다른 곳으로 가보시지요. 그러나 뿔 돋친 악마라도 좋으시다면……."

"누가 뿔 돋친 악마입니까?"

"접니다."

"돌아가시라고 했잖아요. 방금 전에 자식을 잃은 사람을 붙잡고 대체 무슨 이야길 하자는 거예요. 이분의 머릿속에는 지금 슬픔밖에는 들어 있는 것이 없어요."

원장수녀님은 처음으로 화난 표정을 지었다. 독고도 그런 얼굴을 지금껏 본 적이 없었다.

"쓰세요. 우선 애드 킴 이야기부터요. 그건 광고 회사 이름인데, 저는 바로 거기서 일하는 카피라이터입니다."

마치 피의자가 자술서를 써가듯, 독고는 진이가 지붕에서 추락한 것이 타이탄 신발 광고의 실험 때문에 생긴 것이라는 이야기를 했다.

기자는 열심히 메모를 하고 있었지만 별 흥미를 느끼고 있지 않은지, 반문이나 보충 설명 같은 것을 요구하지는 않았다.

"그런데 어디서 들은 이야기지만, 아이들은……. 그러니까 정 박아들 말이지요. 틈만 있으면 밖으로 도망쳐 나가려고 한다는데, 거기에 대해서는 어떻게 생각하시지요?"

기자는 독고에겐지, 원장수녀에겐지 분간할 수 없는 질문을 했다. 그는 여전히 자선단체의 부정행위에만 관심이 있는 것 같았다.

"결국 도망치려다가 그런 사고가 났다고는 생각지 않으십니까?"

독고는 계속 추궁하는 기자의 말에 끝내는 분노를 터뜨리고 말았다.

"당신네들이 저 애들에게 무얼 도와주었나요? 그 애들이 천대받고 모멸을 당하고 있을 때 당신들은 어디에 있었어요! 무얼 알아요. 그 애들의 똥오줌을 받아낸 적이 있습니까? 제 머리조차 가누지 못하는 애들과 밥숟갈을 함께 떠본 적이 있나요? 저희들 부모들도 싫다고 버린 자식들을 이렇게 돌보고 있는 사람들을 당신들이 심판하겠다는 말씀인가요? 천사의 날개를 단 악마가 누군지 몰라서 이곳의 담을 기웃거리고 다닙니까?"

기자는 얼굴을 붉히고 돌아갔다. 원장수녀님은 정말 옛날 선생님처럼 꾸짖었다.

"왜 그런 말을 해! 독고는 그들을 심판할 자격이 있다고 생각해? 마치 자기 혼자 십자가를 짊어진 사람처럼 이야기하고 있는데, 그것도 바로 오만이란 거야. 십자가는 아무나 지는 것인 줄알아요? 왕관은 자기 노력으로 차지할 수 있어도 면류관은 하늘의 뜻이 없이는 누구도 쓸 수 없는 거야. 자기가 정의로운 사람이라고 생각하는 사람처럼 큰 죄를 짓고 있는 사람도 없지."

원장수녀님은 병실 문을 닫으며 조용하게, 그러나 준엄하게 말했다.

신문기사는 한 단짜리였다. 숫제 기사화하지 않은 신문도 있었다. 정박아가 지붕에서 떨어져 죽은 것도 도사견이 사람을 물어 죽인 것과는 다르기 때문이다. 기사 내용도 실족사로 간단히 처리되어 있었다.

경찰에서도 수사는 더 이상 계속하지 않았다. 진이가 바보였기 때문에 위험한 지붕으로 올라갔고, 진이가 바보였기 때문에 실족해서 떨어졌다. 모든 것은 진이가 '바보'라는 사실에 의해 해명되고 납득되고 명쾌하게 처리되었다.

독고는 진이의 죽음을 회사에 알리기는 했으나 그것이 타이탄 신발 광고 때문이라는 이야기는 하지 않았다. 우선 그들에게 불리한 말을 믿으려 할 사람도 없을 것이고 잘못하면 회사에서 돈이라도 끄집어내려는 트집으로 오해될 수도 있다.

독고는 자신이 저지른 죄마저도 어디에 하소연할 수가 없었다. 남들이 차라리 자신을 향해 침을 뱉고, 눈을 흘기고, 발길질하는 쪽이 훨씬 더 마음이 편했을 거라고 생각했다. 죄에 대한 벌은 일종의 구제이다. 죄를 짓고도 벌을 받지 못한다는 것은 구원마저도 허락받지 못한 절망일 것이다.

진이의 장례식 날은 날씨가 맑았다. 너무나도 청명한 날, 하늘은 물을 뿌리고 비질을 한 것처럼 깨끗했다.

벌써 7월—여름이었다. 청심학원 십 주년 기념식이 열리던날, 만국기가 휘날리고 있던 바로 그 운동장에서 진이의 장례식이 거행되었다. 북소리도, 아이들의 함성 소리도 들리지 않았다.

수련이와 경양식집에서 스파게티를 먹고, 진이의 그림 구경, 연극 구경을 하던 것이 불과 한두 달 전 일인데, 지금 독고는 수련이를 부축하고 진이의 작은 관 앞에 서 있는 것이다.

"나! 이그님이다. 이그님이다!" 하고 외치던 진이의 얼굴이 떠올랐다. 정확하게 말하자면 그것은 진이의 '눈'이었다.

이 세상에 나서 처음으로 아침 이슬에 젖은 꽃밭의 꽃들을 보았을 때, 청심학원에 넣고 최초로 면회를 갔었을 때, 글씨를 처음 읽을 줄 알게 되었을 때, 노래를 배울 때, 그리고 연극 무대에 섰을 때, 분명히 진이의 눈은 놀란 듯이 무엇을 바라보고 있었다. 독고나 수련이는, 그리고 세상 사람들은 보지 못하는 무엇을 바라보고 있는 것 같았다. 그 시선은 아주 먼 곳을 향해 있었다. 바로 눈앞에 꽃이 있고, 아버지 어머니의 얼굴이 있는데도 그것을 바라보는 진이의 눈은 훨씬 더 먼 곳을 쳐다보고 있는 것 같았다.

멍하니 한 점을 응시하고 있다 꺼져가는 점, 그러나 황금빛처럼 빛나는 점, 그것이 무엇인지 알 수 없었으나, 독고는 진이의 그런 신비한 시선에 자기가 오랫동안 찾아오던 꿈의 정체를 어렴풋이 짐작할 수 있을 것 같았다.

"너 지금 무얼 보고 있니?"

진이가 이따금 넋을 잃고 사물을 응시하고 있을 때 수련이나 독고는 그렇게 물었다. 그러면 진이는 예외 없이 아주 답답한 어조로 말하는 것이었다.

"어이……니나……더더……더러…….."

전연 알아들을 수 없는 몇 개의 음절만을 되풀이했다. 무언가 말하고 싶어했지만 그것이 너무 황홀하고 엄청나게 아름다워 이 세상 말로는 표현할 수 없다는 듯이…….

수련이와 독고는 대개 그럴 때 눈물을 흘린다.

"응! 알았어…… 알았다구. 저것이 예쁘다구?"

타이탄 신발을 신고 진이는 그것들을 잡기 위해 높은 지붕 위에 오른 것이다. 십자가가 있는 뾰족한 지붕…… 제일 높은 지붕……. 진이는 그것이 땅보다 높은 곳에 위치해 있다는 것을 알고 있었던 것이다. 그리고 그 멀리 있는 '점'을 향해 날아간 것이다. 더듬지 않고는 절대로 발설할 수 없는 아름다운 영혼.

진이의 친구들은 어렸고 또 정박아였기 때문에 조사를 읽을 아이가 없었다. 진이가 죽었는지조차 모르는 아이들이 많았으며 무엇 때문에 이곳에 모여 있는지 알지 못하고 즐겁게 장난질을 치는 아이들도 있었다.

독고는 수련이를 몇 번이나 포옹하듯이 끌어안았다. 자세를 똑바로 잡지 못했기 때문이다. 진이는 그렇게 해서 청심학원 재단에서 관리하는 가톨릭 묘지에 묻혔다.

'내가 임종하는 날 밤에는 귀뚜리 한 마리도 울지 마라.'

독고는 지용의 시구를 수없이 되풀이해 외면서 그 묘지에 갔고, 아이를 묻었고, 그리고 돌아왔다. 영화 장면에서는 으레 이런 장례식 날에는 비가 내리고 쌀쌀한 바람이 불고 나뭇잎이 진다. 그러나 7월의 여름은 파라솔처럼 활짝 열려 투명했고 미풍조차 불지 않았다.

진이를 묻고 돌아오는 길에 독고는 처음으로 원장수녀님에게 말을 했다.

"부탁이 있습니다, 수녀님."

처음으로 독고는 여선생님을 수녀님이라고 불렀다.

"진이 무덤에 묘비를 하나 세우게 해주세요. 그리고 제 손으로 그 비명을 꼭 쓰고 싶습니다."

원장수녀님은 무언가 계속 기도를 드리고 있다가 고개를 들었다.

"묘비?"

"예! 진이를 위해서라기보다 저를 위해서요."

"좋은 일이지. 비명은?"

"이제부터 쓸 거예요. 호메로스 나비라는 것을 아세요?"

"나비? 그런 나비가 있었나?"

독고는 나비 표본 상자를 떨어뜨리며 마룻바닥에 쓰러졌던 여선생의 허연 허벅다리 살이 떠올랐지만 애써 그 환영을 쫓아내며 말했다.

"예, 전설의 나비지요. 호메로스가 숨을 거둘 때 피를 토하듯 몇 마디의 시구를 읊었다는 거예요. 그 시구가 입 밖으로 나오자마자 그것들은 곧 나비로 변신해서 하늘로 날아갔다는 거예요."

"호메로스 나비 같은 묘비명을 쓰고 싶다는 말인가 보군. 날아가버리면 어쩔라구."

슬픔을 잊기 위해서인가, 원장수녀님은 가벼운 농담을 했다. 처음으로 그들은 웃었다.

독고는 정말 묘비명을 쓰고 싶었다. 지금껏 독고가 써온 글은 번갯불처럼 금세 번쩍하다가 사라지는 전파가 아니면 하루만 지나도 휴지통에 버려지는 신문지 위에 쓰는 것이었다. 돌 위에 새기는 글자, 이끼처럼 파랗게 살아서 해마다 다시 돋아나는 글자, 누가 읽든 말든 별빛이나 바람처럼 한 공간을 비추고 고요히 흔들어놓는 글자.

독고는 카피라이터가 아니라 이번만은 기필코 짧고 아름답고 생명적인 몇 개의 언어를 찾아내야 한다고 다짐했다. 그가 진이의 제사상에 바칠 수 있는 것은 언어밖에는 없었던 것이다.

광고는 되도록 많은 사람들이 보라고 있는 것이다. 독고는 캡션을 쓸 때마다 많은 사람들의 눈과 귀와 입술을 생각해왔다.

그러나 이 쓸쓸한 무덤에 세우는 비석의 글자는 대체 누가 읽을 것인가? 누구보고 읽으라고 사람들은 비석에 글을 쓰는가? 비석 위에 글을 쓰는 사람들은 시간을 생각하게 되는 것이다. 백년 혹은 천 년 뒤에 오는 사람들을 위해서 언어를 고른다.

독고는 처음으로 광고의 문자와 가장 대극을 이루는 것이 바로 비석의 문자라는 것을 깨달았다.

광고문과 금석문—그리고 단단한 화강석을 생각해보았다. 두껍고 무거운 눈꺼풀을 지니고 있는 돌, 그것을 갈고 닦으면 그 눈꺼풀이 조금씩 열리면서 내부로부터 빛이 흘러나오는 것이다. 이 빛 위에 진이의 전 생애를, 그 목숨을 기록하기로 하자. 그리고 어느 시인도 그 이상 더 아름답게 표현할 수 없는 찬미의 언어들을 두어 방울의 피처럼 떨어뜨리기로 하자.

"여보, 아무래도 진이를 다른 곳에 묻을 걸 그랬어요."

수련이가 독고의 귀에다 대고 말했다. 너무 울어서 그 목소리는 쉬어 있었다.

"별소리를 다 하는군. 그 묘지가 어때서 그래."

"살아 있을 때에도 그 애들과 함께 있었는데, 죽어서도 또 정박아들 틈에서……."

"여보!"

독고는 눈을 흘기며 위압적으로 수련이의 말을 막았다. 원장수녀님이 들었는가? 곁눈질로 살펴보았지만 수녀님은 꾸벅거리며 졸고 있는 눈치였다.

'수녀님도 조실 때가 다 있으시군!'

꼿꼿한 자세만 보아왔던 독고는 졸고 있는 수녀님에게서 따스한 인간의 피를 느꼈다.

"다시는 그런 소리 꺼내지도 마. 이젠 정박아란 말도 하지 말아……. 옆에 착한 친구들이 있으니 외롭지 않고 좋지 뭘 그래."

독고는 묘비명을 쓸 생각을 하고 있는데, 수련이는 진이의 이웃 걱정을 하고 있었다. 독고는 수녀님처럼 깊은 졸음에 잠기기 시작했다. 비탄보다도 더 깊은, 빈 영구차가 터덜거릴 때마다 그 늪과 같은 졸음에서 깨어나 주위를 살피곤 했다.

여름의 열기와 졸음과 미열처럼 남은 오열이 독고의 눈꺼풀에서 맴돌고 있었다.

쓰레기통에 버려진 라면봉지까지도
운모처럼 빛나는 아침

집으로 돌아오자 수련이는 아직 이른 저녁인데도 밥상을 차렸다. 그러고는 독고와 겸상을 해 푸짐하게 밥 한 그릇을 몽땅 치웠다. 물론 진이가 죽고 난 뒤 수련이가 줄곧 굶어왔기 때문이기도 했겠지만, 독고 앞에서 이렇게 불타는 식욕을 보여준 적은 이번이 처음이었다.

신기한 일이었다. 몸도 제대로 가누지 못하던 사람이 갑작스레 눈이 빛나고 온몸에 생기가 돌면서 미친 듯이 밥을 먹어대기 시작한 것이다.

"여보, 당신 솔직히 말해봐, 진이가 죽은 것이 정말 슬퍼요?"

"그걸 말이라고 하고 있어?"

독고는 아무래도 수련이의 정신이 이상해지는 것 같아 불안감마저 들지 않을 수 없었다.

"정말 슬프긴 슬픈 거지요. 그런데 말이지요. 병신 자식이 죽으니까 속으로는 홀가분해지면서도 공연히 겉으로만 슬픈 체하는 게 아닌가 하는 의심이 들어요……. 눈에서는 눈물이 자꾸 흐르는데도 속으로는 이게 거짓 눈물이 아닌가? 계모 같은 눈물이 아닌가? 자기를 속이는 눈물이 아닌가? 이런 끔찍한 생각이 문득문득 들지 않겠어요. 그리고 말이죠, 애가 죽었는데 왜 이렇게 식욕이 나지요? 아무리 먹어도 배가 헛헛한 게 시장기가 든단 말예요. 이상하지 않아요? 애는 에미 얼굴도 못 보고 죽었는데…… 그에미는 이렇게 밥을 퍼먹고 있는 거예요. 혼자 살았다고 목구멍으로 밥을 넘기고 있는 거지요."

수련이는 밥 한 그릇을 다 먹고 나더니, 이번에는 또 갑작스레 말을 퍼붓다가 눈물을 흘리는 거였다.

수련이의 말을 듣자 독고도 실은 가슴이 덜컹 내려앉는 것을 느꼈다. 정말 우리 부부는 진이를 사랑했던가? 그 애의 죽음을 정말 서러워하고 있는 걸까? 진이를 낳고 십 년이 넘도록 그들 부모는 늘 그 충격으로부터 벗어나질 못했다. 청심학원에 진이를 보낸 것도 진이 자신을 위해서라기보다 귀찮은 물건처럼 팽개치려고 했기 때문이 아닌가?

속으로는 자기도 모르게 진이가 떨어져 죽은 것을 다행스럽게 여기고 있는지도 모른다는 끔찍한 생각이 들자, 독고의 눈에서도 눈물이 쏟아질 것 같았다. 진이가 정말 불쌍하게 느껴졌기 때문이다. 그리고 세상에서 제일 가깝다는 피붙이에 대해서도 남일 수밖에 없는 인간의 삶이 외롭게 느껴졌기 때문이다.

"당신, 말해봐요. 그렇지 않죠? 우린 그 애를 사랑하고 있었던 거죠?"

"물론이지."

"버린 게 아니지요?"

"버리긴 왜 버려. 당신보다 착한 어머니가 어디 있겠어. 밤새워 가며 금종이로 왕관을 만들었잖아. 당신은 그 애를 임금님처럼 모셨단 말야."

"임금님……."

"그래 임금님. 그 애가 연극하는 거 봤잖아. 그 앤 정말 임금님처럼 위풍당당했어."

"정말 그 앤 연극을 하는 것으로 알고 지붕에서 뛰어내렸을까요?"

수련이는 멍한 얼굴로 연극을 하던 날의 진이 모습을 더듬고 있는 것 같았다. 초인종이 울렸다.

수련이는 거울 속으로 얼굴을 잠깐 비춰보고는 밖으로 나갔다. 문밖에서 무언가 두런거리는 소리가 나더니 수련이의 목소리가 들려왔다.

"여보, 꽃이에요."

독고는 커다란 꽃바구니를 들지 못해 끙끙대는 수련이를 도와 그것을 방 안으로 옮겨놨다.

그러나 그 조화에는 보낸 사람의 이름이나 회사명 같은 것이 보이지 않았다.

"누가 보낸 거래?"

"몰라요. 꽃가게 사람이 그냥 배달왔다고 하면서 놓고 가던데요."

독고는 그게 미란이가 보낸 것이라는 것을 직감했다. 독고는 미란이가 입원해 있었을 때 장미꽃 몇 송이를 사들고 병문안을 갔었다. 바로 그와 같은 종류의 장미였다.

아침 이슬이 묻어 있는 것 같은 싱싱한 백장미, 독고는 콧날이 찡해왔다.

'미란이도 알고 있었구나.'

"누가 보낸 걸까요?"

"거래처 누가 보낸 거겠지."

"그런데 이름이 없어요?"

"정말 조화는 이름 같은 거 쓸 필요가 없는 거야. 남의 장례식을 무슨 광고판 정도로 알고 있는 사람들보다는 몇 배나 낫지."

"그렇다구 이름도 안 써요?"

독고는 아무 대꾸도 하지 않았다. 회사에서는 많은 꽃들을 보내왔다. 거래처의 모든 곳에서 마치 광고 경쟁이라도 하듯이 조화가 쏟아져 들어왔다. 꽃보다 회사명이 더 눈길을 끄는 화환들이었다. 그러나 독고는 진이의 장례식만은 광고로부터 도피시켜야 한다고 생각했다. 그래서 장례식장에서는 그 꽃들을 눈에 띄지 않는 곳에 숨겨두었다.

그런데 최후에 온 그 조화만은 달랐던 것이다.

"난 꽃이 너무 활짝 핀 것을 보면 민망스러워요. 지기 직전의 목련꽃을 보면 뭔가 발가벗은 것 같아 이불 같은 것으로 덮어주고 싶은 생각이 들거든요. 알몸을 내놓고 있는 것처럼 뻔뻔스럽게 보여요."

"그럼 봉오리진 꽃밖에는 좋아하지 않겠네요?"

"그래요. 봉오리진 꽃."

독고는 미란이와 꽃 이야기를 하던 것을 기억해냈다.

그 장미꽃들도 모두가 반쯤 봉오리진 것들이었다.

"이건 여자가 보낸 것이 틀림없어요."

수련이는 장미꽃 냄새를 맡다 말고 큰 소리로 외쳤다. 수련이의 목소리가 그렇게 맑고 생기에 차 있는 것도 처음이었다. 터덜거리는 영구차를 타고 돌아올 때만 해도 수련이의 목소리는 쉬어 있지 않았던가.

"뭐야? 여자라고? 왜 장미꽃에서 샤넬 향수 냄새라도 납디까?"

독고는 가슴이 뜨끔하면서도 농담조로 수련이의 말을 받았다.

"나쁜 사람!"

수련이의 얼굴은 장미 가시에 찔려 핏방울이 번져가듯 빨개졌다. 신혼 때보다도 수련이는 더 앳되어 보였다.

"왜 그래?"

"당신은 아주 나쁜 사람이라고……."

수련이는 독고에게 다가왔다. 눈이 부신 듯이 장미꽃 한 송이 한 송이를 들여다보던 때의 표정 그대로 독고를 쳐다보면서…….

수련이는 배만 헛헛한 것이 아닌 것 같았다. 전신이 텅 비어 있는 모양이었다. 무엇인가를 채우지 않고는 금세 꺼져버릴 것 같은 공허.

"당신은 나쁜 사람이야."

수련이는 독고에게 뺨을 갖다대면서 비밀 이야기라도 하듯이 귀에다 대고 속삭였다. 간지러운 입김이 독고의 귓밥을 스쳐 지나갔다. 조그맣고 하얀 수련이의 이빨이 꽃봉오리 같은 입술을 열고 독고의 귓밥을 가볍게 물었다.

옆에 놓인 백장미며 꽃바구니에서 갑작스레 짙은 향내가 풍겨왔다. 그리고 여름의 새벽 바람이…….

짧은 여름밤. 어둠은 까만 이슬 같은 방울로 매달려 있다가 새벽이 되면 작은 바람에도 후드득후드득 떨어지는 것이다.

수련이의 입김은 꼭 그러한 새벽 바람이었다.

독고는 처음으로 수련이의 체중을 가슴으로 느꼈다. 늘 검불같이 느껴지던 수련이의 몸에 무게가 생겨난 것이다.

"나쁜 사람이라구……? 그래 내가 얼마나 나쁜 사람인가를 보여줄까?”

독고는 수련이를 꼭 끌어안으면서 숨막히는 소리로 그렇게 말했다.

수련이가 몸의 균형을 잃고 방바닥으로 허물어졌다. 그 바람에 꽃바구니가 넘어지면서 장미꽃 송이가 사방으로 흩어졌다. 자칫하면 장미 가시에 찔릴지도 모를 일이었다.

그러나 독고도, 수련이도 그런 것에 한눈을 팔지는 않았다. 장미꽃 이파리가 흩어지는 것을 보자 독고는 생물 표본실에서 꼭 그렇게 쓰러졌던 여선생님의 몸을 생각했다. 표본 상자의 나비들이 갑자기 다시 되살아난 것처럼 공기 속에 흩어졌다가 하늘거리면서 마룻바닥으로 내려앉았다. 그 위로 여선생님의 허연 허벅다리가 뚜렷하게 솟아올랐다.

수련이의 허연 허벅살이 아직 장지에서 돌아온 그대로인 까만 상복 사이로 나타나 보였고, 나비 날개처럼 하얀 장미꽃 송이 몇 개가 그 맨살에 짓눌려 으깨져 있었다.

화장기 없는 얼굴은 약간 부어올라 있었지만 모세혈관마다 부풀어 붉은빛으로 물들어 있었다. 수련이는 눈을 꼭 감고 있었지만 눈물이 배어 흘러내리고 있었다.

독고는 그 눈꺼풀 위에 입술을 대었다. 바닷물처럼 소금기가 혀끝에 와닿았다. 남탕 쪽에서 뜨거운 물을 퍼내는 남자들의 우람한 팔뚝이 자욱한 목욕탕의 수증기 속에서 번갈아 나타났다.

파랗게 문신을 뜬 용무늬와 글자들이 꿈틀거렸고, 철사처럼 꼬여진 힘줄이나 대장간의 쇳물처럼 벌겋게 단 근육들이 뜨거운 물을 헤집고 있었다. 맹선생의 커다란 손이, 여선생의 허벅다리를 움켜잡았다.

겨울 아침 하얗게 쌓인 눈길 위로 커다란 발자국을 남기고 가는 황소와도 같았다.

"아이를 갖고 싶어요. 진이와 똑같은 애가 태어나도 후회하지 않을 거예요."

독고는 계속해서 무엇을 말하려는 수련이의 입을 틀어막았다. 청바지를 입은 시란이가 독고에게 소리친다.

"퀴즈예요. 카피라이터 자격이 있으신지 내기를 해요. '우심깜뽀' 공간……. 역시 세대 차이를 느끼네요. 그것은 '우리 심심한데 깜깜한데 가서 뽀뽀나 할까'의 준말이에요. '우심깜뽀…….' 그러면 뭐라고 대답할까요. '오케이 깜뽀…….'"

독고는 더 힘차게 수련이를 포옹했다. 독고도, 수련이도 옷을 입은 채로 있었는데 맨살처럼 수련이의 알몸을 느낄 수가 있었다. 텅 빈 공간…… 끌어안아도 메워지지 않던 빈틈이 서서히 꺼져가고 있었다. 세계는 둥지만큼 작아졌다.

매일같이 학교를 오가는 그 언덕 위에는 오래된 팽나무가 하나 있었고 동쪽으로 뻗친 나뭇가지 사이에는 까치 둥우리가 있었다.

독고는 학교를 갈 때 한 번, 돌아올 때 한 번 그 둥지를 향해 돌 팔매질을 하는 것이 습관이었다. 그날은 학교에서 일찍 파하고 돌아오던 길이었다. 늙은 선생 한 분이 돌아가셔서 장례식만 하고 공부는 하지 않았기 때문이다.

독고는 아이들과 함께 언덕을 넘다가 다시 둥지를 향해 돌팔매 질을 했다.

아이들도 모두 돌을 던졌지만 누구도 그 둥지를 맞히지는 못했다. 그러다가 누군가가 그 까치집에 새끼가 있다고 말했다. 분명히 보았다는 것이었다. 독고는 호기심이 생겼다.

"올라가볼까?"

"정말 올라갈 수 있니?"

아이들이 와! 하고 웃었다.

"네가 거기 올라가면 손바닥에 장을 지지겠다."

독고는 아이들이 자기를 비웃자 나무를 타고 올라가기 시작했다. 아이들은 여전히 놀려댔다. 그 높은 나무에 어떻게 오를 수 있겠느냐는 거였다. 나무 밑에서 아이들이 조롱을 하는 소리를 들으며 독고는 한 가지 한 가지 나뭇가지를 디디며 하늘을 향해 올라갔다.

아이들이 외치는 소리도 이제 들리지 않았다. 아래를 내려다보았지만 금세 현기증이 났다. 갑자기 공포심이 생기면서 도로 기어 내려가려고 했지만, 아랫가지보다는 윗가지가 더 가까이 있다는 생각이 들었다.

독고는 다시 기어올랐다. 강줄기가 멀리까지 보였다.

늘 다니던 학교 길이 낯설게 보였고, 조금 전까지 아이들과 놀던 학교 마당이 책보만 하게 보였다. 독고는 국기 게양대의 깃발처럼 나무 꼭대기 위에서 바람에 나부꼈다.

조금만 더, 조금만 더.

귀신에 홀린 것처럼 둥지를 향해서 손을 뻗쳤다.

이윽고 독고는 까치 둥지가 보이는 나뭇가지에 매달려 머리를 높이 치켜세웠다.

보였다. 까치 둥지가 보였다.

그러나 까치는 물론이고 까치 새끼 한 마리도 없었다. 그것은 묵은 둥지였다. 벌써 몇 년이나 잊혀진 둥지였다. 텅 빈 둥지―거기에는 작은 회오리바람만이 불고 있었고 삭아버린 앙상한 나뭇가지들이 금세 허물어져 내릴 것같이 위태롭게 걸려 있었다.

이 높은 곳에까지 둥지를 찾아 올라온 자기가 바보스럽게 느껴졌다. 아래를 내려다보았지만 아이들은 겁에 질려 모두 도망쳐버리고 한 놈도 남아 있지 않았다. 독고 혼자였다. 더 이상 올라갈 수도, 내려갈 수도 없는 나뭇가지 사이에서 독고 자신이 그 빈 둥지처럼 매달려 있었고, 그 공포심 때문에 자기도 모르는 사이에 뺨 위로 눈물이 흘러내리고 있었다.

뭐라고 외쳐야만 했다.

"어머니!"

누군가가 자기를 도와줄 사람이 필요했다. 이 현기증으로부터 빨리 벗어나야만 했다.

"어머니!"

큰 소리로 독고는 외쳤다. 그러나 메아리조차 들리지 않았고 나뭇가지를 지나는 바람소리만이 솨—솨— 들려 왔다.

텅 빈 둥지—허공 속에 매달려 독고는 어머니를 부르고 있었다.

독고는 힘껏 수련이를 끌어안았다. 둥지는 따뜻했다. 오랫동안 새가 살지 않던 고목나무의 앙상한 둥지에 눈이 내리고 가지는 하얗게 하얗게 부풀어 올라왔다.

둥지는 아늑하고 따뜻했다. 바닥 없는 심연의 입구와도 같았고 빨간 화로 속 부드러운 재 속에 묻혀 있는 불덩이와도 같았다. 그 둥근 둥지 속에는 동·서·남·북의 방위 같은 것이 없었다. 방과 방 을 가르는 장지문 같은 것도 없었다. 문턱이라는 게 없었다. 이미 그 둥지 안에서는 수련이라든가, 독고라든가 하는 이름과 성 같 은 것을 찾아볼 수가 없었다.

둥지 안에는 체온과 똑같은 농밀한 공기가 넘쳐나고 있었다.

'인볼브먼트…… 예, 몰입하는 것……. 그렇지, 우리나라 말로 한다면 빠진다는 말이 적합하겠군요.'

맹박사가 굵은 시가를 이빨로 질겅질겅 씹으며 말했다.

여선생님이 독고의 다리에 옥도정기를 발라주었다. 만국기들이 휘날리고 있었고, 와아…… 함성 소리들이 들려왔다.

시란이가 책가방에서 노란 귤을 꺼냈다.

미란이는 페퍼민트가 들어 있는 유리컵을 눈 위에까지 들어올렸다. 역청의 바다처럼 파란 민트의 향기로운 술이 미란이의 눈을 렌즈처럼 커다랗게 확대시켰다. 눈꺼풀이 서서히 그 눈을 닫고 있었다.

그러나 그 영상들은 모두 수련이의 둥지 안에 부드러운 깃털처럼 흩어져 있는 것이었다.

갑자기 둥지가 숨쉬기 시작했다. 꿈틀대며 움직이기 시작했다. 현기증이 나면서 독고는 온몸이 수직선으로 팽창하는 것을 느꼈다. 드디어 깜깜한 공간 속에서 별똥이 떨어지듯이 독고는 타오르는 빛이 되면서 하늘을 향해 솟아올랐다.

타잔이 빌딩 꼭대기에서 타이탄이라고 외치며 뛰어내리듯이 독고도 무엇인가 커다란 소리로 외쳤다. 물론 그것은 상표 이름과 같이 등록된 말이 아니었다.

사전에도 없는 말이었다. 맥주의 거품처럼 저 밑바닥에서부터 한 방울 한 방울 터져나오는 낱말들이었다.

몸이 깃털처럼 가벼워지면서 마치 바닷물에서처럼 독고는 허공 속을 헤엄쳤다. 온몸이 확산되면서 불구름처럼 번졌다.

그때 독고는 분명히 보았다. 냇둑에 앉아 있던 여선생님의 양

가랑이 사타구니 속에서 종달새가 한 마리 두 마리 푸드득 날아오르는 것을……. 그러다가 그것이 수십 마리, 수백 마리가 되어 떼를 지어 일제히 하늘로 날아오르는 것을.

그 종달새들은 놀빛을 받아 금쪽같이 반사를 하면서 하늘의 정상으로 추락해갔다. 그렇다, 그것은 태양의 인력에 끌려 떨어지는 추락이었다.

그것은 여선생이 아니라 바로 수련이었다. 육체 속에, 둥지 속에 갇혀 있던 그 날개들이 푸드득거리며 날아오르는 전율……. 독고는 처음으로 수련이의 남편이 되었고, 수련이는 독고의 아내가 되어 있었다.

독고와 수련이의 뺨 사이에는 누구의 것이라고 말할 수 없는 눈물이 뜨겁게 번져가고 있었다.

독고의 시계는 정확했다. 그러나 이제 독고는 시계 같은 것에 정신을 팔지 않았다. 왜냐하면 출근시간이란 게 독고에게는 없었던 것이다. 출근부도, 의자에 앉으면 불이 켜지는 상황판도 그에게는 존재하지 않았다. 다시는 광고문을 쓰지 않을 것이다. 그 대신 진이를 위해서 묘비명을 쓴다. 그리고 그 묘비명을 쓰듯이 독고는 시를 쓰게 될 것이었다.

수련이는 다시 튼튼하고 따뜻한 자궁을 유리창처럼 맑게 맑게 닦을 것이다. 티끌 하나 묻지 않게, 어느 세균도 이 신성한 곳을 더럽히지 않게 하기 위해서 수정처럼 투명한 자궁 속에 빛을 들일 것이었다.

수련이는 출산을 하고, 독고는 시를 쓰고, 이 두 사람은 때로는 진이의 무덤을 찾아가 꽃을 바칠 것이다.

독고는 넥타이를 매지 않고 반소매 셔츠 바람으로 외출 준비를 했다. 여름이라고 하지만 아침 공기는 그래도 좀 차가웠다.

수련이는 문 앞에까지 배웅을 나가고 독고는 종이봉투를 높이 들어 인사를 했다. 다녀오겠노라고…….

늘 다니던 골목길이었지만 아침 햇빛 때문인가, 모든 풍경은 니스를 칠한 것처럼 반짝였다.

아! 쓰레기통에 버려진 라면봉지까지도 운모처럼 빛나는 아침이었다.

독고가 버스를 기다리며 늘 손목시계를 맞추었던 그 시계포는 굳게 문이 닫힌 채 '가게 빌려드립니다'라는 푯말이 붙어 있었고, 나무벽에 시계병원이라고 쓴 글자는 모두 사그라져 '계'자와 '원'자만을 겨우 읽을 수가 있었다.

독고는 버스가 오기를 기다렸다. 그러나 그것은 애드 킴으로 가는 방향이 아니었다. 그와는 정반대인 청심학원 쪽이었다.

그리고 그 종이봉투 안에는 카피 원고가 아니라 진이를 위한 묘비명 초고가 들어 있었다. 물론 그것은 이제 막 쓰기 시작한 메모 정도의 글에 지나지 않았다. 독고가 생각해낸 말은 '둥지 속의 날개'라는 거였다. 그 말 다음에 십여 가지 구절을 써놓았지만, 그 중에서 어느 것을 골라 완성시켜야 할지 자신이 없었다. 원장 수=녀님을 찾아가 그 초고를 놓고 상의를 할 작정인 것이다.

독고는 정말 그것이 '둥지 속의 날개'라도 되는 것처럼 묘비명의 원고가 들어 있는 종이봉투를 옆구리에 꼭 끼었다.

버스가 왔다. 출근길의 사람들이 우르르 몰려들었다. 독고도 그들 틈에 끼어 버스 속으로 돌진해 들어갔다. 그때 자신의 모습을 독고는 슬로비디오로 돌려보았다. 스크린에 나타난 독고의 모습은 아메리칸 풋볼 선수 차림이었다.

어깨에는 넓적한 프로텍터를 대고 머리에는 은빛 헬멧을 쓰고 있었다. 옆구리에는 종이봉투 대신에 탄력 있는 적갈색 타원형 볼을 끼고 있었다.

태클해 들어오는 상대방 선수들을 제치고 잔디밭 위를 달려가는 한 동작 한 동작이 슬로모션으로 극명하게 떠올랐다.

그때 앞에서 달려오던 한 선수가 슬라이딩 태클을 하고 독고는 용수철처럼 허공으로 솟구쳐 올라갔다. 스톱모션이 걸리자 파란 하늘에 둥실 떠서 다시는 이 땅 위에 떨어지지 않을 것 같은 자세로 옆구리의 볼을 끌어안고 있었다.

진이를, 수련이를, 세계의 모든 것을 옆구리에 꼭 끼고 독고는 치약 광고 모델처럼 흰 이빨을 드러내놓고 웃고 있었다.

이어령 작품 연보

문단 : 등단 이전 활동

「이상론-순수의식의 뇌성(牢城)과 그 파벽(破壁)」	서울대 《문리대 학보》 3권, 2호	1955.9.
「우상의 파괴」	《한국일보》	1956.5.6.

데뷔작

「현대시의 UMGEBUNG(環圍)와 UMWELT(環界) -시비평방법론서설」	《문학예술》 10월호	1956.10.
「비유법논고」	《문학예술》 11,12월호	1956.11.

* 백철 추천을 받아 평론가로 등단

논문

평론·논문

1.	「이상론-순수의식의 뇌성(牢城)과 그 파벽(破壁)」	서울대 《문리대 학보》 3권, 2호	1955.9.
2.	「현대시의 UMGEBUNG와 UMWELT-시비평방 법론서설」	《문학예술》 10월호	1956
3.	「비유법논고」	《문학예술》 11,12월호	1956
4.	「카타르시스문학론」	《문학예술》 8~12월호	1957
5.	「소설의 아펠레이션 연구」	《문학예술》 8~12월호	1957

3. 「화전민지대 – 신세대의 문학을 위한 각서」　　　《경향신문》　　　1957.1.11.~12.
4. 「현실초극점으로만 탄생 – 시의 '오부제'에 대하여」《평화신문》　　1957.1.18.
5. 「겨울의 축제」　　　　　　　　　　　　　　《서울신문》　　　1957.1.21.
6. 「우리 문화의 반성 – 신화 없는 민족」　　　　《경향신문》　　　1957.3.13.~15.
7. 「묘비 없는 무덤 앞에서 – 추도 이상 20주기」　《경향신문》　　　1957.4.17.
8. 「이상의 문학 – 그의 20주기에」　　　　　　　《연합신문》　　　1957.4.18.~19.
9. 「시인을 위한 아포리즘」　　　　　　　　　　《자유신문》　　　1957.7.1.
10. 「토인과 생맥주 – 전통의 터너미놀로지」　　　《연합신문》　　　1958.1.10.~12.
11. 「금년문단에 바란다 – 장미밭의 전쟁을 지양」　《한국일보》　　　1958.1.21.
12. 「주어 없는 비극 – 이 시대의 어둠을 향하여」　《조선일보》　　　1958.2.10.~11.
13. 「모래의 성을 밟지 마십시오 – 문단후배들에게 말《서울신문》　　　1958.3.13.
　　한다」
14. 「현대의 신라인들 – 외국 문학에 대한 우리 자세」《경향신문》　　　1958.4.22.~23.
15. 「새장을 여시오 – 시인 서정주 선생에게」　　　《경향신문》　　　1958.10.15.
16. 「바람과 구름과의 대화 – 왜 문학논평이 불가능한가」《문화시보》　　1958.10.
17. 「대화정신의 상실 – 최근의 필전을 보고」　　　《연합신문》　　　1958.12.10.
18. 「새 세계와 문학신념 – 폭발해야 할 우리들의 언어」《국제신보》　　1959.1.
19. *「영원한 모순 – 김동리 씨에게 묻는다」　　　《경향신문》　　　1959.2.9.~10.
20. *「못 박힌 기독은 대답 없다 – 다시 김동리 씨에게」《경향신문》　　1959.2.20.~21.
21. *「논쟁과 초점 – 다시 김동리 씨에게」　　　　《경향신문》　　　1959.2.25.~28.
22. *「희극을 원하는가」　　　　　　　　　　　《경향신문》　　　1959.3.12.~14.
　　* 김동리와의 논쟁
23. 「자유문학상을 위하여」　　　　　　　　　　《문학논평》　　　1959.3.
24. 「상상문학의 진의 – 펜의 논제를 말한다」　　　《동아일보》　　　1959.8.~9.
25. 「프로이트 이후의 문학 – 그의 20주기에」　　　《조선일보》　　　1959.9.24.~25.
26. 「비평활동과 비교문학의 한계」　　　　　　　《국제신보》　　　1959.11.15.~16.
27. 「20세기의 문학사조 – 현대사조와 동향」　　　《세계일보》　　　1960.3.
28. 「제삼세대(문학) – 새 차원의 음악을 듣자」　　《중앙일보》　　　1966.1.5.
29. 「'에비'가 지배하는 문화 – 한국문화의 반문화성」《조선일보》　　1967.12.28.

43. 「이상문학의 출발점」	《문학사상》	1975.9.
44. 「분단기의 문학」	《정경문화》	1979.6.
45. 「미와 자유와 희망의 시인 – 일리리스의 문학세계」	《충청문장》 32호	1979.10.
46. 「말 속의 한국문화」	《삶과꿈》 연재	1994.9~1995.6.

외 다수

외국잡지

1. 「亞細亞人の共生」	《Forsight》新潮社	1992.10.

외 다수

대담

1. 「일본인론 – 대담:金容雲」	《경향신문》	1982.8.19.~26.
2. 「가부도 논쟁도 없는 무관심 속의 '방황' – 대담:金璟東」	《조선일보》	1983.10.1.
3. 「해방 40년, 한국여성의 삶 – "지금이 한국여성사의 터닝포인트" – 특집대담:정용석」	《여성동아》	1985.8.
4. 「21세기 아시아의 문화 – 신년석학대담:梅原猛」	《문학사상》 1월호, MBC TV 1일 방영	1996.1.

외 다수

세미나 주제발표

1. 「神奈川 사이언스파크 국제심포지움」	KSP 주최(일본)	1994.2.13.
2. 「新潟 아시아 문화제」	新潟縣 주최(일본)	1994.7.10.
3. 「순수문학과 참여문학」(한국문학인대회)	한국일보사 주최	1994.5.24.
4. 「카오스 이론과 한국 정보문화」(한·중·일 아시아 포럼)	한백연구소 주최	1995.1.29.
5. 「멀티미디어 시대의 출판」	출판협회	1995.6.28.
6. 「21세기의 메디아론」	중앙일보사 주최	1995.7.7.
7. 「도자기와 총의 문화」(한일문화공동심포지움)	한국관광공사 주최(후쿠오카)	1995.7.9.

8.	「역사의 대전환」(한일국제심포지움)	중앙일보 역사연구소	1995.8.10.
9.	「한일의 미래」	동아일보, 아사히신문 공동주최	1995.9.10.
10.	「춘향전」과 '忠臣藏'의 비교연구」(한일국제심포지엄)	한림대·일본문화연구소 주최	1995.10.
	외 다수		

기조강연

1.	「로스엔젤러스 한미박물관 건립」	(L.A.)	1995.1.28.
2.	「하와이 50년 한국문화」	우먼스클럽 주최(하와이)	1995.7.5.
	외 다수		

저서(단행본)

평론·논문

1.	『저항의 문학』	경지사	1959
2.	『지성의 오솔길』	동양출판사	1960
3.	『전후문학의 새 물결』	신구문화사	1962
4.	『통금시대의 문학』	삼중당	1966
*	『축소지향의 일본인』	갑인출판사	1982
	* '縮み志向の日本人'의 한국어판		
5.	『縮み志向の日本人』(원문: 일어판)	学生社	1982
6.	『俳句で日本を讀む』(원문: 일어판)	PHP	1983
7.	『고전을 읽는 법』	갑인출판사	1985
8.	『세계문학에의 길』	갑인출판사	1985
9.	『신화속의 한국인』	갑인출판사	1985
10.	『지성채집』	나남	1986
11.	『장미밭의 전쟁』	기린원	1986

소설

시

| 『다시 한번 날게 하소서』 | 성안당 | 2022 |
| 『눈물 한 방울』 | 김영사 | 2022 |

칼럼집

| 1. 『차 한 잔의 사상』 | 삼중당 | 1967 |
| 2. 『오늘보다 긴 이야기』 | 기린원 | 1986 |

편저

1. 『한국작가전기연구』	동화출판공사	1975
2. 『이상 소설 전작집 1,2』	갑인출판사	1977
3. 『이상 수필 전작집』	갑인출판사	1977
4. 『이상 시 전작집』	갑인출판사	1978
5. 『현대세계수필문학 63선』	문학사상사	1978
6. 『이어령 대표 에세이집 상,하』	고려원	1980
7. 『문장백과대사전』	금성출판사	1988
8. 『뉴에이스 문장사전』	금성출판사	1988
9. 『한국문학연구사전』	우석	1990
10. 『에센스 한국단편문학』	한양출판	1993
11. 『한국 단편 문학 1-9』	모음사	1993
12. 『한국의 명문』	월간조선	2001
13. 『뜻으로 읽는 한국어 사전』	문학사상사	2002
14. 『매화』	생각의나무	2003
15. 『사군자와 세한삼우』	종이나라(전5권)	2006

    1. 매화

    2. 난초

    3. 국화

    4. 대나무

    5. 소나무

| 16. 『십이지신 호랑이』 | 생각의나무 | 2009 |

희곡

대담집&강연집

교과서&어린이책

8. 『느껴야 움직인다』		시공미디어	2013
9. 『지우개 달린 연필』		시공미디어	2013
10. 『길을 묻다』		시공미디어	2013

일본어 저서

*	『縮み志向の日本人』(원문: 일어판)	学生社	1982
*	『俳句で日本を讀む』(원문: 일어판)	PHP	1983
*	『ふろしき文化のポスト・モダン』(원문: 일어판)	中央公論社	1989
*	『蛙はなぜ古池に飛びこんだのか』(원문: 일어판)	学生社	1993
*	『ジャンケン文明論』(원문: 일어판)	新潮社	2005
*	『東と西』(대담집, 공저:司馬遼太郎 編, 원문: 일어판)	朝日新聞社	1994. 9

번역서

『흙 속에 저 바람 속에』의 외국어판

1.	* 『In This Earth and In That Wind』 (David I. Steinberg 역) 영어판	RAS–KB	1967
2.	* 『斯土斯風』(陳寧寧 역) 대만판	源成文化圖書供應社	1976
3.	* 『恨の文化論』(裵康煥 역) 일본어판	学生社	1978
4.	* 『韓國人的心』 중국어판	山侏人民出版社	2007
5.	* 『В ТЕХ КРАЯХ НА ТЕХ ВЕТРАХ』 (이리나 카사트키나, 정인순 역) 러시아어판	나탈리스출판사	2011

『縮み志向の日本人』의 외국어판

6.	* 『Smaller is Better』(Robert N. Huey 역) 영어판	Kodansha	1984
7.	* 『Miniaturisation et Productivité Japonaise』 불어판	Masson	1984
8.	* 『日本人的縮小意识』 중국어판	山侏人民出版社	2003
9.	* 『환각의 다리』『Blessures D'Avril』 불어판	ACTES SUD	1994
10.	* 「장군의 수염」『The General's Beard』(Brother Anthony of Taizé 역) 영어판	Homa & Sekey Books	2002
11.	* 『디지로그』『デヅログ』(宮本尙寬 역) 일본어판	サンマーク出版	2007
12.	* 『우리문화 박물지』『KOREA STYLE』 영어판	디자인하우스	2009

공저

1.	『종합국문연구』	선진문화사	1955
2.	『고전의 바다』(정병욱과 공저)	현암사	1977
3.	『멋과 미』	삼성출판사	1992
4.	『김치 천년의 맛』	디자인하우스	1996
5.	『나를 매혹시킨 한 편의 시1』	문학사상사	1999
6.	『당신의 아이는 행복한가요』	디자인하우스	2001
7.	『휴일의 에세이』	문학사상사	2003
8.	『논술만점 GUIDE』	월간조선사	2005
9.	『글로벌 시대의 한국과 한국인』	아카넷	2007

전집

지성의 숲을 걷기 위한 길 안내

34종 24권 5개 컬렉션으로 분류, 10년 만에 완간

이어령이라는 지성의 숲은 넓고 깊어서 그 시작과 끝을 가늠하기 어렵다. 자 칫 길을 잃을 수도 있어서 길 안내가 필요한 이유다. '이어령 전집'의 기획과 구성의 과정, 그리고 작품들의 의미 등을 독자들께 간략하게나마 소개하고자 한다. (편집자 주)

북이십일이 이어령 선생님과 전집을 출간하기로 하고 정식으로 계약 을 맺은 것은 2014년 3월 17일이었다. 2023년 2월에 '이어령 전집'이 34종 24권으로 완간된 것은 10년 만의 성과였다. 자료조사를 거쳐 1차 로 선정한 작품은 50권이었다. 2000년 이전에 출간한 단행본들을 전집 으로 묶으며 가려 뽑은 작품들을 5개의 컬렉션으로 분류했고, 내용의 성 격이 비슷한 경우에는 한데 묶어서 합본 호를 만든다는 원칙을 세웠다. 이어령 선생님께서 독자들의 부담을 고려하여 직접 최종적으로 압축한 리스트는 34권이었다.

평론집 『저항의 문학』이 베스트셀러 컬렉션(16종 10권)의 출발이다. 이 어령 선생님의 첫 책이자 혁명적 언어 혁신과 문학관을 담은 책으로

1950년대 한국 문단에 일대 파란을 일으킨 명저였다. 두 번째 책은 국내 최초로 한국 문화론의 기치를 들었다고 평가받은 『말로 찾는 열두 달』과 『오늘을 사는 세대』를 뼈대로 편집한 세대론 『거부하는 몸짓으로 이 젊음을』으로, 이 두 권을 합본 호로 묶었다. 베스트셀러 컬렉션의 세 번째 책은 박정희 독재를 비판하는 우화를 담은 액자소설 「장군의 수염」, 보카치오의 『데카메론』 형식을 빌려온 「전쟁 데카메론」, 스탕달의 단편 「바니나 바니니」를 해석하여 다시 쓴 한국 최초의 포스트모던 소설 「환각의 다리」 등 중·단편소설들을 한데 묶었다. 한국 출판 최초의 대형 베스트셀러 에세이 『흙 속에 저 바람 속에』와 긍정과 희망의 한국인상에 대해서 설파한 『오늘보다 긴 이야기』는 합본하여 네 번째로 묶었으며, 일본 문화비평사에 큰 획을 그은 기념비적 작품으로 일본문화론 100년의 10대 고전으로 선정된 『축소지향의 일본인』은 베스트셀러 컬렉션의 다섯 번째 책이다.

여섯 번째는 한국어로 쓰인 가장 아름다운 자전 에세이에 속하는 『하나의 나뭇잎이 흔들릴 때』와 1970년대에 신문 연재 에세이로 쓴 글들을 모아 엮은 문화·문명 비평 에세이 『현대인이 잃어버린 것들』을 함께 묶었다. 일곱 번째는 문학 저널리즘의 월평 및 신문·잡지에 실렸던 평문들로 구성된 『지성의 오솔길』인데 1956년 5월 6일 《한국일보》에 실려 문단에 충격을 준 「우상의 파괴」가 수록되어 있다.

한국어 뜻풀이와 단군신화를 분석한 『뜻으로 읽는 한국어사전』과 『신화 속의 한국정신』은 베스트셀러 컬렉션의 여덟 번째로, 20대의 젊은이에게 들려주고 싶은 말을 엮은 책『젊은이여 한국을 이야기하자』는 아홉 번째로, 외국 풍물에 대한 비판적 안목이 돋보이는 이어령 선생님의 첫 번째 기행문집『바람이 불어오는 곳』은 열 번째 베스트셀러 컬렉션으로 묶었다.

이어령 선생님은 뛰어난 비평가이자, 소설가이자, 시인이자, 희곡작가였다. 그는 남들이 가지 않은 길을 가고자 했다. 그 결과물인 크리에이티브 컬렉션(2권)은 이어령 선생님의 장편소설과 희곡집으로 구성되어 있다.『둥지 속의 날개』는 1983년《한국경제신문》에 연재했던 문명비평적인 장편소설로 10만 부 이상 팔린 베스트셀러이고, 원래 상하권으로 나뉘어 나왔던 것을 한 권으로 합본했다.『기적을 파는 백화점』은 한국 현대문학의 고전이 된 희곡들로 채워졌다. 수록작 중「세 번은 짧게 세 번은 길게」는 1981년에 김호선 감독이 영화로 만들어 제18회 백상예술대상 감독상, 제2회 영화평론가협회 작품상을 수상했고, TV 단막극으로도 만들어졌다.

아카데믹 컬렉션(5종 4권)에는 이어령 선생님의 비평문을 한데 모았다. 1950년대에 데뷔해 1970년대까지 문단의 논객으로 활동한 이어령 선생님이 당대의 문학가들과 벌인 문학 논쟁을 담은『장미밭의 전쟁』은 지금도 여전히 관심을 끈다. 호메로스에서 헤밍웨이까지 이어령 선생님과 함께 고전 읽기 여행을 떠나는『진리는 나그네』와 한국의 시가문학을 통해서 본 한국문화론『노래여 천년의 노래여』는 합본 호로 묶었다. 한국인이 사랑하는 김소월, 윤동주, 한용운, 서정주 등의 시를 기호론적 접근법으로 다시 읽는 『시 다시 읽기』는 이어령 선생님의 학문적 통찰이 빛나는 책이다. 아울러 박사학위 논문이기도 했던 『공간의 기호학』은 한국 문학이론사에서 빼놓을 수 없는 명저다.

사회문화론 컬렉션(5종 4권)은 이어령 선생님의 우리 사회와 문화에 대한 관심을 담았다. 칼럼니스트 이어령 선생님의 진면목이 드러난 책 『차 한 잔의 사상』은 20대에 《서울신문》의 '삼각주'로 출발하여 《경향신문》의 '여적', 《중앙일보》의 '분수대', 《조선일보》의 '만물상' 등을 통해 발표한 명칼럼들이 수록되어 있다. 『어머니와 아이가 만드는 세상』은 「천년을 달리는 아이」, 「천년을 만드는 엄마」를 한데 묶은 책으로, 새천년의 새 시대를 살아갈 아이와 엄마에게 띄우는 지침서다. 아울러 이어령 선생님의 산문시들을 엮어 만든 『시와 함께 살다』를 이와 함께 합본 호로 묶었다. 『저 물레에서 운명의 실이』는 1970년대에 신문에 연재한 여성론을 펴낸 책으로 『사씨남정기』, 『춘향전』, 『이춘풍전』을 통해 전통 사상에 입각한 한국 여인, 한국인 전체에 대한 본성을 분석했다. 『일본 문화와 상인정신』은 일본의 상인정신을 통해 본 일본문화 비평론이다.

한국문화론 컬렉션(5종 4권)은 한국문화에 대한 본격 비평을 모았다. 『기업과 문화의 충격』은 기업문화의 혁신을 강조한 기업문화 개론서다. 『푸는 문화 신바람의 문화』는 '신바람', '풀이'라는 키워드를 통해 고금의 예화와 일화, 우리말의 어휘와 생활 문화 등 다양한 범위 속에서 우리 문화를 분석했고, '붉은 악마', '문명전쟁', '정치문화', '한류문화' 등의 4가지 코드로 문화를 진단한 『문화 코드』와 합본 호로 묶었다. 한국과

일본 지식인들의 대담 모음집 『세계 지성과의 대화』와 이화여대 교수직을 내려놓으면서 각계각층 인사들과 나눈 대담집 『나, 너 그리고 나눔』이 이 컬렉션의 대미를 장식한다.

2022년 2월 26일, 편집과 고증의 과정을 거치는 중에 이어령 선생님이 돌아가신 것은 출간 작업의 커다란 난관이었다. 최신판 '저자의 말'을 수록할 수 없게 된 데다가 적잖은 원고 내용의 저자 확인이 필요한 부분이 있었으니 난관이 아닐 수 없었다. 다행히 유족 측에서는 이어령 선생님의 부인이신 영인문학관 강인숙 관장님이 마지막 교정과 확인을 맡아주셨다. 밤샘도 마다하지 않으면서 꼼꼼하게 오류를 점검해주신 강인숙 관장님에게 이 지면을 빌려 감사의 말씀을 드린다.

KI신서 10648
이어령 전집 11

둥지 속의 날개

1판 1쇄 인쇄 2023년 2월 17일
1판 1쇄 발행 2023년 2월 26일

지은이 이어령
펴낸이 김영곤
펴낸곳 (주)북이십일 21세기북스

TF팀 이사 신승철
TF팀 이종배
출판마케팅영업본부장 민안기
마케팅1팀 배상현 한경화 김신우 강효원
출판영업팀 최명열 김다운
제작팀 이영민 권경민
진행·디자인 다함미디어 | 함성주 유예지 권성희
교정교열 구경미 김도언 김문숙 박은경 송복란 이진규 이충미 임수현 정미용 최아림

출판등록 2000년 5월 6일 제406-2003-061호
주소 (10881) 경기도 파주시 회동길 201(문발동)
대표전화 031-955-2100 **팩스** 031-955-2151 **이메일** book21@book21.co.kr

ISBN 978-89-509-3864-2 04810

(주)북이십일 경계를 허무는 콘텐츠 리더

21세기북스 채널에서 도서 정보와 다양한 영상자료, 이벤트를 만나세요!
페이스북 facebook.com/jiinpill21 포스트 post.naver.com/21c_editors
인스타그램 instagram.com/jiinpill21 홈페이지 www.book21.com
유튜브 youtube.com/book21pub